D1706297

COLLECTION FOLIO

Gilbert Sinoué

La pourpre et l'olivier

ou

Calixte Ier le pape oublié

Denoël

Ce volume est la réédition, révisée et complétée,
de *La Pourpre et l'Olivier* paru en 1987
aux Éditions O. Orban
(prix Jeand'Heurs du roman historique).

© *Éditions Denoël, 1992.*

Gilbert Sinoué est né le 18 février 1947, au Caire. Après des études chez les jésuites, il entre à l'École normale de musique à Paris et étudie la guitare classique, instrument qu'il enseignera par la suite. Il publie son premier roman en 1987 : *La pourpre et l'olivier* (prix Jean d'Heurs du roman historique), biographie romancée de Calixte, seizième pape. En 1989, il publie *Avicenne ou La route d'Ispahan* qui retrace la vie du médecin persan Avicenne. Son troisième roman, *L'Égyptienne,* paru en avril 1991, a obtenu le prix littéraire du Quartier Latin. Cet ouvrage est le premier tome d'une vaste fresque décrivant une Égypte mal connue : celle des XVIIIe et XIXe siècles. *La fille du Nil* est le deuxième et dernier tome de cette saga égyptienne. Parallèlement à sa carrière de romancier, Gilbert Sinoué est aussi scénariste et dialoguiste. On lui doit *Le destin du docteur Calvet,* une série télévisée composée de deux cents épisodes.

Je tiens à remercier tout particulièrement
Daniel Kircher
pour sa précieuse collaboration et ses conseils.

Je n'ai été envoyé qu'aux brebis perdues

Matt. XV-24

PROLOGUE

« Ce matin il doit faire le même ciel au-dessus des montagnes de Thrace... »

Calixte continua d'observer les longues ondulations du Caelius et de l'Esquilin, et au-delà de la vieille enceinte de Servius Tullius, les premiers contreforts des monts Albains que la lumière de l'aube découpait clairement sur la ligne d'horizon.

Hadrianapolis... Sardica... Ces noms de villes où son enfance avait dormi prenaient à Rome des résonances barbares.

Quarante ans qu'il n'avait revu son pays. Quarante ans... et il n'avait rien oublié du passé, de chaque détour de la longue route qui l'avait mené jusqu'à ce jour.

Il s'écarta de la fenêtre, fit quelques pas en direction du lit qu'il venait de quitter, et son image se refléta dans le miroir de bronze fixé au mur. Si son regard lui apparut toujours aussi vif, aussi bleu, ses traits avaient comme un air de cendre. Il y avait aussi cette profonde cicatrice le long de sa joue droite, qui transparaissait sous le collier grisonnant de barbe.

Cinquante-six ans.

La Thrace est si loin. L'enfance au bout du monde.

Dans quelques instants, l'édit sur lequel il avait travaillé au cours des derniers mois serait enfin promulgué. Chaque mot, chaque phrase, il les avait pensés. Désormais nul doute ne subsistait en lui. Ce qu'il avait décidé était bon et juste. Et l'Église des siècles à venir en garderait la mémoire ; il en était convaincu, sans orgueil aucun. Cet édit serait un message d'espérance, la voie hors des ténèbres. La tendresse des hommes et de Dieu. Qu'importe si aujourd'hui certains ne voyaient dans cette démarche que provocation ou même hérésie : Hippolyte... Hippolyte et les autres.

On ne bouleverse pas impunément la marche tranquille des fleuves...

La porte de la chambre s'ouvrit brusquement, ramenant Calixte à la réalité, et la silhouette de Hyacinthe se découpa dans le miroir. Il fut surpris de constater combien le prêtre s'était étiolé depuis leur première rencontre, là-bas, dans les mines de Sardaigne.

— Saint-Père, on nous attend.

— Saint-Père... C'est curieux, aujourd'hui encore, cinq ans après ma nomination à la tête de l'Église, j'ai du mal à accepter ce titre...

— Et pourtant, tu devras bien finir par t'y habituer.

— Peut-être, un jour peut-être.

En un éclair furtif, le flot des souvenirs déferla dans sa mémoire et lui revint l'extraordinaire succession d'événements qui avait conduit un orphelin thrace, disciple d'Orphée [1], à la succession de Pierre.

---

1. Sa légende, l'une des plus obscures de la mythologie grecque, est liée à la religion des mystères ainsi qu'à une littérature sacrée allant jusqu'aux origines du christianisme.

LIVRE PREMIER

Chapitre 1

Comme toujours en début de matinée, le forum de Trajan grouillait d'une foule immense, et sous l'effet du soleil les dalles de marbre étincelaient de blancheur.

Incommodé par la chaleur qui bondissait du sol, le sénateur Apollonius pénétra avec soulagement sous la voûte monumentale de l'arc de triomphe, avant de s'engager sur la vaste esplanade avec le pas mesuré requis par l'ordonnance des plis de sa toge. Très vite il se vit englué, pressé par la masse cosmopolite et affairée qui emplissait le vaste quadrilatère. Il s'arrêta pour laisser passer une litière aux rideaux tirés, portée par quatre géants noirs. Le portefaix qui le suivait le heurta aux reins, proféra un juron et rétablit de justesse l'équilibre de la barrique qu'il portait sur l'épaule. L'instant d'après, Apollonius fut obligé d'éviter le cheval d'un officier de la garde prétorienne. Une Syrienne aux yeux peints le bouscula, avant de lui faire des propositions dans un jargon mi-latin, mi-grec. Il la repoussa, tout en refusant d'un signe de la tête la marchandise d'un vendeur de saucisses ; l'odeur d'huile chaude dans laquelle elles baignaient sur le réchaud ambulant prit Apollonius à la gorge et l'écœura. Son front ruisselait de sueur, son pesant habit l'enveloppait comme d'une couche de graisse poisseuse. Les lèvres entrouvertes, il haletait. Il fallut l'ombre des colonnades pour qu'il se remît quelque peu.

Tout en épongeant son visage noyé, il jeta un coup d'œil machinal sur la colonne Trajane, dont les frises de marbre aux éclatantes couleurs proclamaient autant le triomphe des légions que celui des sculpteurs romains.

Il reprit sa marche en direction de la basilique Ulpia[1], évita un charmeur de vipères, puis, bifurquant sur la droite, escalada une dizaine de marches. Deux joueurs d'osselets se figèrent avec révérence à son approche, une lueur de crainte dans les yeux : à Rome les jeux de hasard étaient interdits, et ils avaient tout à craindre d'une dénonciation aux vigiles. Apollonius, impassible, les dépassa, débouchant dans une vaste cour non pavée. A présent, son cœur battait violemment dans sa poitrine, et il dut s'arrêter une fois encore, songeant avec mélancolie : « La vieillesse est le châtiment que Dieu nous envoie pour expier les péchés de notre pédante jeunesse. »

C'est alors qu'une main se posa sur son épaule.

— Te serais-tu égaré, Apollonius ?

— Carpophore ! Quelle surprise de te trouver ici !

— Ce serait plutôt à moi d'être étonné. Ils sont bien rares les jours où tu quittes ton palais et tes greniers d'or.

— Mes greniers d'or ? Faudrait-il que ce soit toi, Carpophore, qui me plaisantes à ce sujet ? Toi qui possèdes une maison aux Esquillies, une autre sur la colline de Diane, un navire — le plus gros de la flotte —, un fabuleux domaine près d'Ostia et d'autres richesses encore que j'ignore. Mes greniers d'or... Allons, tu n'es pas sérieux.

---

1. Nommée ainsi du nom de famille de Trajan.

— Par Hercule ! ne dirait-on pas à t'entendre que c'est moi le sénateur et toi le chevalier !

Si les deux amis avaient sensiblement le même âge, ils étaient à l'opposé l'un de l'autre. Apollonius avait une allure diaphane. Carpophore était imposant. La maigreur d'Apollonius, son visage creux, ses traits toujours d'une constante pâleur traduisaient que l'homme n'était pas de saine constitution. La corpulence de Carpophore envahissait sa toge. Les traits trop pleins de son visage étaient dominés par un crâne qu'il prenait plaisir à faire raser, et qui sous le soleil luisait comme un galet.

Apollonius répliquait :

— Un chevalier d'origine syrienne et faisant partie de la maison de César est de nos jours bien plus riche qu'un sénateur.

— Peut-être. Mais le laticlave de pourpre qui borde ta toge continue d'être plus estimé que l'anneau d'or de mon ordre. Parlons sérieusement, que fais-tu ici par cette chaleur ?

— Phalaris, mon vieux serviteur, est mort il y a quelques jours. J'ai besoin de quelqu'un pour le remplacer.

— Ah ! nous y voilà. Tu cries à qui veut l'entendre que tu es contre l'esclavage, et aussitôt que l'un de tes serviteurs disparaît, tu te précipites pour en racheter un autre.

— Carpophore, mon ami, entre posséder des décuries d'esclaves [1] et une poignée de fidèles, il existe, me semble-t-il, une différence.

— C'est bon. Il est inutile de revenir sur cette question. Nous en avons fait cent fois le tour. Le seul conseil que je te donne, c'est de prendre garde lors de

---

1. Dans les grandes maisons, les esclaves étaient souvent divisés en groupes de dix.

ton choix. Les bons esclaves se font de plus en plus rares. Il est révolu le temps où pour six cents ou sept cents deniers on pouvait s'offrir quelque chose de valable. Actuellement, ces individus qui nous viennent de Syrie ou de Bithynie sont tout juste bons aux travaux d'écurie. En réalité, la qualité n'est plus ce qu'elle était. Hormis Délos, où l'on peut encore dénicher quelques Épirotes ou quelques Thraces de valeur, tout le reste est sans intérêt.

— Tu as sans doute raison. Toutefois, le travail que je réserve à mon futur serviteur n'exige pas de qualités exceptionnelles. Mais puisque tu parlais de Thraces, on m'a justement signalé un lot en provenance de Sardica.

Le sifflement caractéristique de la clepsydre géante installée dans la basilique ulpienne domina un instant la rumeur du forum.

— La cinquième heure...[1], commenta Carpophore. Tu as de la chance. Il me reste encore un peu de temps avant de me rendre chez Mancinius Alba le censeur. Rendez-vous dont je me serais bien passé : je soupçonne notre ami de vouloir me soulager de quelques sesterces.

Il leur fallut peu de temps pour atteindre l'esplanade située au sud du forum. Là, sur une estrade, ils aperçurent un groupe d'hommes, de femmes et d'enfants, les pieds peints en blanc avec autour du cou un collier de métal, ainsi qu'une médaille destinée à recevoir le nom de leur futur maître.

Suant à grosses gouttes, le marchand désignait les personnages qui composaient son étal : Éros, Phébus, Diomédès, Calliope, Sémiramis, Arsinoé. On aurait cru

---

1. Aux alentours de 10 heures du matin. Dire que l'heure romaine ne fut jamais qu'approximative, perpétuellement élastique et contradictoire, serait un euphémisme.

qu'il parlait de princes ou d'astres immortels. En réalité on n'avait fait que dépouiller ces malheureux de leur véritable identité pour les affubler de noms empruntés à la mythologie, à l'astronomie ou encore à leur lieu d'origine.

« Une tête servile n'a pas de droits. » Ainsi s'expriment les jurisconsultes. Le premier signe de la personne humaine, la marque de son individualité étant le nom, l'esclave n'a pas le droit de le posséder.

— Tu vois, commenta Carpophore, c'est bien ce que je te disais : rien que du médiocre.

Apollonius ne répondit pas. Il continua d'étudier le lot d'esclaves. Tous portaient la même expression. On aurait dit que l'on avait apposé sur leur visage un masque de craie qui faisait le regard creux et le trait immobile.

— Finalement, déclara Apollonius comme s'il se parlait à lui-même, ce spectacle est bien affligeant.

— Tu ne vas tout de même pas te laisser gagner à ton tour par cette nouvelle mode ! Depuis quelque temps c'est manière d'élégance de s'apitoyer sur le sort des esclaves. C'est à croire que certains d'entre nous se font un point d'honneur à multiplier les affranchis.

Apollonius eut un geste de désaveu.

— Mon ami, nous nous connaissons toi et moi depuis notre plus tendre enfance. Nous aurions pu être frères, et tu sais l'affection que je te porte en dépit de nos désaccords en bien des domaines, alors je t'en prie, laisse-moi quelques illusions, ne me fais pas croire que tu es totalement dépourvu de sentiments. D'ailleurs tu n'as pas d'inquiétude à te faire, depuis la loi instaurée par Auguste les affranchissements sont réglementés. Tu peux dormir tranquille, l'abolition de l'esclavage n'est pas pour demain.

— Je ne suis pas tout à fait de ton avis, Apollonius. Tout le monde sait à Rome que cette loi n'est pas respectée. Que ce soit avant dix-huit ans ou après trente ans, l'affranchissement d'un esclave dépend surtout du bon vouloir de ses maîtres, et...

Carpophore n'eut pas le temps de finir sa phrase, le marchand était près de lui, qui souriait toutes dents dehors.

— Mes seigneurs, contemplez cette merveille ! C'est une pièce unique qui ne demande qu'à vous appartenir, et pour mille deniers seulement.

Les deux amis reportèrent leur attention sur l'estrade pour constater que la merveille en question était une femme d'une cinquantaine d'années, replète à l'excès, la prunelle morne et le sein fatigué.

— Es-tu convaincu à présent ? Rien que des déchets.

Le marchand allait s'envoler dans un délire de protestations, lorsqu'un remue-ménage se produisit parmi les esclaves.

— Arrêtez-le !

Une forme venait de dévaler l'estrade. Des grappes de mains se tendirent vers un mouvement d'ombres. La silhouette filait. En un éclair elle fut auprès de Carpophore. Le chevalier lui barrait la route. La silhouette marqua une courte hésitation devant la masse imposante qui se dressait devant elle, esquissa une dérobade, trébucha, fut rattrapée par un coin de sa tunique.

— Je savais que celui-ci ne me causerait que des ennuis ! J'en étais certain !

Furieux, le vendeur s'apprêta à corriger le fuyard, mais Apollonius intervint.

— Allons, du calme. Tu ne vas tout de même pas abîmer ta marchandise...

La *marchandise* n'était autre qu'un jeune garçon de seize ans, grand, le trait régulier, le regard infiniment bleu, le front dominé de longues mèches noires.

— Où as-tu trouvé cette bête féroce ?

— La légion de Caïus l'a ramené de Thrace avec un groupe de prisonniers. On m'avait prévenu. Je suis désolé, mes seigneurs.

Carpophore fit taire l'homme d'un geste sec et se pencha vers Apollonius.

— Que penses-tu de cette pièce ? Pas mal, n'est-ce pas ?

Le sénateur ne répondit pas, mais à son expression on devinait qu'il n'était nullement indifférent.

— Ainsi, tu voulais fuir... Mais où serais-tu donc allé ?

Pour toute réponse l'adolescent jeta sur son interlocuteur un regard dur.

— Comment se nomme-t-il ? reprit le sénateur.

— Lupus. Mais c'est hyène que j'aurais dû l'appeler.

— Non, dit Carpophore songeur, je crois le surnom bien trouvé. Lupus... Et combien en demandes-tu ?

— Je ne comprends pas, mon seigneur.

— Qu'y a-t-il à comprendre ? Je te demande combien. Cinq cents deniers ?

— Cinq cents ! Un garçon aussi vigoureux, aussi...

— Trêve de sottises, ce sera cinq cents ou rien.

Carpophore fit mine de se détourner.

— Attendez ! Je disais cela uniquement pour souligner la valeur de votre achat. Il est à vous, seigneur, il est à vous.

C'est le moment que le sénateur choisit pour intervenir.

— Mille, renchérit-il d'une voix calme.

Carpophore le dévisagea interloqué.

— Que se passe-t-il, mon ami ? Cet esclave t'intéresse donc ? Cependant, mille deniers c'est bien plus qu'il ne vaut !

— Sans doute. Mais vois-tu, Carpophore, je demeure un vieil homme romantique dont l'âme s'émeut encore au contact de la beauté. Laisse faire. Accorde à mes derniers jours la vision suprême de la jeunesse.

Pris au dépourvu, Carpophore parut réfléchir un court instant, puis un sourire éclaira ses traits.

— Suis-je bête. Après tout c'est pour toi que nous sommes ici. Tu peux garder le garçon. Mais cependant j'y mets une condition : permets-moi de te l'offrir.

— Mais je n'en vois pas la raison !

— Pourquoi tant de façons ? N'aie crainte, je ne te réclamerai rien en échange.

S'adressant cette fois à l'esclave, Carpophore enchaîna avec un lyrisme volontaire :

— Va, Lupus, ce n'est point un maître, mais un père que je te donne !

Alors le garçon redressa enfin la tête et laissa tomber avec un mépris terrible :

— Calixte. Je m'appelle Calixte : Lupus c'est bon pour les animaux.

Chapitre 2

— Et maintenant, petit, que vais-je faire de toi ?

Calixte regardait fixement droit devant lui. Tout dans cette demeure lui était hostile. En l'arrachant quelques semaines plus tôt à sa terre, on lui avait arraché le cœur. Confronté à l'implacable dureté de ses ravisseurs, il avait très vite compris, alors que la colonne s'éloignait de Sardica, que ces hommes lui préparaient une vie à courber l'échine. Et cette pensée brûlait son esprit. Zénon, son père, ne lui avait-il pas dit un jour : *un être soumis est un être mort*. Tout au long du voyage, il y avait eu ces images, ces parfums de Thrace qui avaient bougé en lui.

Sardica... Là-bas les rivières étaient claires qui serpentaient au pied de ce village où il avait grandi. Sardica, la tendre, la rebelle, appuyée contre les flancs du mont Haemus qui murait l'horizon au nord, et faisait un rempart au pays avant d'aller mourir vers l'Orient.

Sur son enfance ne s'étaient posés que des regards d'hommes. Quelques semaines après qu'elle l'eut mis au monde, sa mère, Dina, était morte emportée par une fièvre inconnue. Ce fut Zénon, son père, qui l'éleva. Zénon, chaudronnier de Sardica. Tête de lion plantée entre de larges épaules. Impétueux, Zénon. Coléreux, mais avec un cœur aussi grand que tout le lac Haemus.

Qui sait... Peut-être qu'à cette heure, là-bas, résonnaient encore leurs éclats de rires fous quand, l'eau jusqu'à la taille, Zénon et lui s'échinaient à faire bondir au-dessus de la surface liquide des silures aux écailles lumineuses. Peut-être aussi que, par le vouloir d'Orphée, l'ombre-enfant de Calixte, accroupie à l'ombre des ruelles, continuait de s'amuser avec ces jouets que l'on avait surnommés les jouets divins : toupies de fortune, rhombes, balles ou osselets, dont les Titans, selon la légende orphique, se seraient servis pour attirer Dionysos enfant dans leur piège.

Il y avait ces scènes inaltérées où, parfois, sous un bourdonnement menaçant, il se revoyait encagoulé et enveloppé dans un long manteau gaulois, prenant plaisir à vider les ruches de leurs précieux rayons de miel. Ces instants privilégiés, lorsque, manœuvrant le grand soufflet de forge, il se laissait aller à rêver devant les gerbes d'étincelles de métal rougi qui jaillissaient comme autant de milliers d'étoiles du marteau de Zénon.

La Thrace est si loin. L'enfance au bout du monde...

Pourrait-il oublier ces jours de fêtes, entre ombres et lumières, quand les disciples de Bacchus[1], hommes et femmes du village, nouaient et dénouaient, au son des flûtes et des tambourins, des rondes extatiques, des rubans de rires et de couleurs.

Calixte ferma un instant les yeux pour mieux s'imprégner du passé. Zénon se tenait là, devant lui, en habit de lin blanc, couronné de myrte, et lisait à la masse des fidèles les rhapsodies orphiques dans la grande basilique décorée des roues d'Ixion[2]. Il revit aussi tout naturellement la cérémonie de sa propre

1. Appellation latine de Dionysos. Le dieu grec de la vigne. Son culte, assimilé à un culte égyptien, est lié au mythe orphique.
2. Nom donné à la constellation d'Hercule et à celle de la couronne australe. Par extension : roue du destin.

initiation aux rites institués par Orphée, le divin chanteur.

Orphée... Sa religion, la vraie. Même en cette heure, à des centaines de milles de sa terre, l'enseignement sacré lui revenait par vagues, inondait son âme et son cœur. Aussi vivante qu'hier, au-delà du froid de la mort, il entendait la voix de Zénon lui conter des parcelles de la fabuleuse histoire : « Un jour, Orphée, fils du roi Œagre et de la muse Calliope, reçut d'Apollon la lyre à sept cordes. Il y ajouta deux, atteignant ainsi le nombre des Muses, neuf. Et il se mit à chanter, charmant les dieux et les mortels, apprivoisant les fauves, parvenant même à émouvoir les êtres inanimés. C'est aussi par ce pouvoir, unissant poésie et musique, qu'il contribua au succès des Argonautes, triomphant du chant des Sirènes. Un jour, il épousa la plus belle, la plus douce des dryades, Eurydice, la nymphe protectrice des forêts. Hélas, pour le malheur d'Orphée, Aristée, le fils d'Apollon et de Cyrène — qui apprit aux hommes à élever les abeilles —, s'éprit à son tour d'Eurydice. Un matin qu'il la poursuivait à travers la forêt, elle fut piquée par un serpent et mourut. Brisé, Orphée se refusa à la perte de son amour. Alors, défiant la fatalité qui immobilise et déconstruit les hommes, il descendit au royaume d'Hadès. Par la seule arme de ses chants il apaisa Cerbère, le chien gardien des Enfers, réussit à faire jaillir des larmes au regard des divinités infernales, et obtint la permission de ramener sa bien-aimée sur terre. Cependant, une condition lui fut posée : qu'il ne se retournât point pour regarder son amour avant que celui-ci ne fût sorti des Enfers. Hélas, Orphée impatient et languissant faillit à sa promesse. A peine eut-il posé son regard sur Eurydice qu'elle disparut dans les ténèbres...

« Affligé par la perte définitive de sa bien-aimée, le

divin chanteur resta inconsolable et solitaire, jusqu'au jour fatal où, pour avoir dédaigné l'amour des femmes thraces, il fut mis en pièces par les Ménades, ces femmes possédées. »

Inséparable du destin d'Orphée, il y avait celui de Dionysos : « Sémélé, sa mère, aimée de Zeus, mourut au sixième mois de sa grossesse, foudroyée à la vue de son amant divin. Le dieu arracha alors l'embryon du sein de Sémélé et le porta, cousu dans sa cuisse, jusqu'au terme. Héra[1], la troisième et la dernière épouse de Zeus, jalouse, livra l'enfant aux Titans qui le déchirèrent et mangèrent son corps en bouilli. Des cendres des Titans, foudroyés par Zeus, naquirent alors les hommes qui portent ainsi l'élément bestial, titanique, mais aussi une parcelle de divinité dans leurs âmes... »

Etait-ce donc cet élément bestial qui brisait l'or des légendes et le cristal fragile du bonheur ? Car en Thrace saignait aussi le tourment d'un pays.

Meurtrie par des vagues successives d'envahisseurs, cette terre n'avait jamais connu la paix. Tour à tour sous la domination perse, celle de Philippe de Macédoine et d'Alexandre. Sous la tutelle d'un gouverneur romain durant le règne de Tibère. Autonome sous Caligula, mais néanmoins gouvernée par des princes élevés à Rome. Et enfin depuis Claude, officiellement province procuratoriale. L'ultime fierté du pays ne consistait plus qu'à procurer aux troupes auxiliaires des cavaliers qui avaient la réputation d'être les meilleurs de l'Empire.

Calixte n'aurait pu dire avec précision quand il vit pour la première fois les troupes de hors-la-loi. Ces personnages avaient toujours fait partie intégrante de son univers. Déserteurs, esclaves fugitifs, ils vivaient le

1. Protectrice du mariage et des femmes mariées.

plus souvent dans les montagnes de l'Haemus, ne descendant des forêts que pour échanger le produit de leur butin contre du blé, du vin ou des quartiers de mouton. Personne ne s'en scandalisait : c'était une affaire entre eux et l'habitant.

Mais un matin, ce ne fut plus comme avant. Calixte se rappelait avoir été surpris par l'allure et le langage de ceux qui faisaient boire leurs chevaux à la fontaine du village, tandis que leurs chefs discutaient avec les hommes. Il ne fut pas long à réaliser qu'aux hors-la-loi s'étaient joints des Barbares sarmates et marcomans. Leurs tribus écrasées par les légions, ils avaient dû accepter d'être cantonnés à la manière de colons au sein des provinces qu'ils avaient autrefois dévastées. Mais cette vie sédentaire leur était devenue très vite insupportable : ils s'étaient mis à déserter et à rejoindre d'autres révoltés. Hadrianapolis avait même manqué d'être emportée par leur soulèvement.

Quelques jours plus tard le drame éclata. Il venait d'avoir seize ans.

Au cours de la nuit, des rumeurs étranges avaient couru le village. A l'aube on apprenait qu'une poignée d'hommes blessés avaient demandé et obtenu l'hospitalité des villageois ; refuser eût été transgresser la loi de Zeus. Mais les vieux secouaient la tête, qui se souvenaient d'autres mutineries réprimées dans le sang.

La première heure ne s'était pas écoulée qu'une turme de cavaliers se répandait dans le bourg. Tout s'emplit alors de cris et de tumultes. La porte de la maison familiale vola en éclats, laissant apparaître l'image étincelante des lamelles métalliques qui protégeaient la poitrine d'un centurion. D'un ton rogue le Romain avait demandé si des rebelles avaient trouvé refuge dans la maison. Zénon avait secoué la tête en signe de négation.

— Et celui-là ? avait interrogé l'officier en pointant un doigt sur Calixte.

— C'est mon fils. Laissez-le tranquille, ce n'est qu'un enfant.

— Un enfant ? Il est presque aussi grand que moi et tout à fait de taille à faire partie de ces bandes de brigands. Qu'il ôte ses vêtements !

— Vous faites erreur, je vous dis qu'il n'a rien fait !

Négligeant l'intervention, le centurion empoigna l'adolescent.

— Je veux savoir si ton corps est vierge de blessures. Déshabille-toi !

Calixte voulut résister. Il y eut un bruit de déchirure, sa tunique tomba à terre. Tout se passa très vite : le choc sourd d'un poing contre une mâchoire, le centurion qui s'écroulait ; d'autres hommes surgissant glaives nus, et Zénon chancelant, le corps brusquement tassé, les bras repliés sur une étrange fleur rouge qui dégorgeait de sa poitrine des pétales ensanglantés.

L'univers basculait. On entraîna l'adolescent hors de la maison, mais il réussit à se libérer, à retourner auprès de son père, se serrant très fort contre lui comme pour retenir la vie qui fuyait.

— Emportez-le !

Dehors une demi-brume, un cri de femme.

— Pitié, pitié pour lui ! Ce n'est qu'un enfant. Ma vie en échange de la sienne.

Une fois encore il voulut fuir, chuta, s'accrochant désespérément à sa terre...

Depuis, il y avait eu la longue progression vers l'ouest. Les premiers champs glacés de Moésie supérieure, l'Illyrie tourmentée et grise, la halte sous les pluies désespérantes de Salona en Dalmatie, le cheminement le long de la mer. C'était la première fois qu'il voyait la mer. Mais elle ne fut à ses yeux qu'un jalon de plus sur la voie de son exil. Il y eut encore Émona et les terres noriques, la Cisalpine, Médiolanum [1], enfin cette ville labyrinthique : Rome.

— Que vais-je faire de toi ?

Il ne répondit rien. Apollonius voulut lui prendre la main, mais il replia ses doigts pour n'offrir qu'un poing fermé.

— Ne me fais pas la guerre, Lupus. Plus tard tu me remercieras d'avoir pris mon ami Carpophore de vitesse. Suis-moi. Nous allons faire ensemble le tour de cette maison où désormais il te faudra apprendre à vivre. Même si cela te semble absurde, je te demande d'y porter un autre regard que celui du fauve dans sa cage.

La demeure d'Apollonius était une insula, un immeuble de rapport, dont il louait les sept étages et se réservait le rez-de-chaussée. Calixte avait eu un recul instinctif en arrivant devant cet ensemble de maçonnerie qui, en forte saillie sur la rue, poussait vers le ciel comme une gigantesque asperge. A la blancheur éclatante du marbre bordant la chaussée, succédaient le gris des pierres de taille du premier étage, l'ocre des briques du second, et enfin le brun délavé des cinq derniers étages. Toute la façade était striée d'escaliers particuliers menant aux différents appartements, ainsi que de balcons de bois et de pierre, soutenus par des colonnes ornées de plantes grimpantes.

Sur le bord des fenêtres, du moins celles qui n'étaient pas fermées par une tenture de voile ou un volet, on pouvait apercevoir des pots de fleurs, ou même parfois de véritables jardins miniatures.

1. Milan.

Plutôt que de partager cette partie de l'immeuble en une infinité de boutiques, de magasins et de tavernes comme dans la plupart des îlots, Apollonius avait choisi d'y installer ses appartements. Ainsi, parfaitement isolés des chambres des étages supérieurs, ils formaient une sorte de résidence particulière.

L'atrium, cette vaste pièce centrale bordée de colonnades, était pavé de mosaïques dont les pierres de couleurs se détachaient comme autant de points de lumière dans le prolongement du pastel serein des fresques. Calixte eut d'ailleurs la surprise d'y découvrir Orphée, charmant de sa lyre les animaux sauvages. Les autres scènes étaient plus banales.

Au centre de la salle un jet d'eau retombait gracieusement dans une grande vasque carrée. Apollonius expliqua :

— Ce bassin, vois-tu, est par privilège impérial relié à l'aqueduc. J'autorise mes locataires à y puiser gratuitement l'eau qui leur est nécessaire. Ce qui leur permet de ne pas dépendre des puits et des fontaines publiques.

Calixte s'entendit répliquer avec ironie :

— Là où je suis né, personne n'aurait eu besoin de cet artifice. Il y a des fleuves et des rivières en Thrace. Et nul n'y manque jamais d'eau.

Apollonius considéra l'adolescent un instant, hésita, et prit le parti de trottiner le long du pourtour de la salle, en continuant de désigner les pièces principales.

— Voici le triclinium où je retiens parfois mes amis à dîner. Et ceci c'est l'exèdre, j'y reçois mes clients et obligés. J'y travaille aussi, j'y dicte mes lettres, mais le plus souvent je m'y recueille pour savourer une des rares joies de ma vie : la lecture. Au fond, ce sont les latrines. Un vendeur d'engrais vient faire leur vidange toutes les nones [1].

Il s'engagea ensuite dans un austère corridor. Des lampes suspendues brûlaient faiblement, éclairant d'une flamme tremblante des murs de stuc blanc creusés de niches qui contenaient des bustes en marbre de femmes et d'hommes. Bien qu'il fût quelque peu surpris, Calixte n'en laissa rien paraître.

— Un jour proche, expliqua Apollonius avec un sourire, mon effigie viendra elle aussi prendre place le long de ces murs. Ce que tu vois, ce sont les membres de ma famille rendus au royaume des morts.

Un instant plus tard, ils débouchèrent à nouveau à ciel ouvert, dans une cour centrale transformée en jardin d'agrément. Sous la surveillance de quelques graves matrones, des enfants jouaient au cerceau sur les allées sablées, d'autres lançaient leur toupie, soulignant leurs gestes d'éclats de rire. Une nuée de colombes s'éleva brusquement sous leurs pas alors qu'ils longeaient un bassin encombré de nénuphars et de lotus.

— Admire, lança Apollonius avec fierté. En toute modestie, je crois que tu as devant toi un des jardins les plus raffinés de Rome.

— Au pied de l'Haemus, c'est toute la campagne qui est un jardin. Pour regarder le ciel de Thrace on n'a pas besoin de se tordre le cou en arrière. Ton bassin ne ressemblera jamais à un grand lac aux eaux bleues, et tes cyprès ne seront que des ratures auprès de mes forêts !

Calixte avait parlé avec une véhémence croissante qui attira sur lui et son maître des mines contrariées. Le sénateur se donna le temps de répondre à quelques

---

1. Les nones correspondaient à la pleine lune et se situaient le 7 des mois de mars, mai, juillet, octobre. Ainsi que le 5 des autres mois.

saluts gênés ; soupirant, il posa une main sur l'épaule de son esclave.

— Je comprends. Je ne puis te rendre ce que tu as perdu. J'espère que malgré tout, avec le temps, tu pourras être heureux ici.

Comprendre ? Heureux ?

Quel homme étrange ! Quelle prétention ! Comment pouvait-il comprendre ce que signifiait pour lui une vie où il ne verrait plus le visage de Zénon penché sur le sien ? Où il n'entendrait plus, dès le soleil levant, sa voix rouler comme un galet ? Comment pourrait-il être heureux loin de son village, privé à jamais des parties de pêche, de chasse, de la neige recouvrant Sardica d'infini immaculé, privé à jamais du droit de se perdre et de courir droit devant lui : libre !

Il sentit brusquement les larmes lui monter aux yeux, il les refoula rageusement. Zénon n'aurait pas été fier de lui. L'œil circonspect d'Apollonius le fixait. Il se mordit les lèvres et l'affronta avec fierté.

*

Ce fut le lendemain qu'on le mit en présence du villicus, le chef des esclaves.

Éphésius (ce n'était pas son vrai nom, mais c'est ainsi que l'avait surnommé un marchand, inspiré sans doute par ses origines ioniennes), Éphésius était un homme auquel on n'aurait pu donner d'âge. Tout ce que l'on pouvait constater, c'est qu'il se trouvait plutôt sur le déclin. Il avait un visage parcheminé, aux traits immobiles, et donnait l'impression d'observer le monde avec l'œil éteint d'un caméléon. Mais ce n'était qu'une apparence. En réalité il n'était loin de rien, mais proche de tout. Apollonius — qui éprouvait une véritable répulsion pour tout ce qui avait trait aux choses domestiques — se reposait depuis près de vingt-cinq ans sur lui et avait fini par l'affranchir. Aussi le villicus lui était-il encore plus dévoué.

S'il existait une chose qu'Éphésius ne tolérait pas, c'était l'indiscipline et le gaspillage. C'est sans doute pourquoi il exprima très vite sa désapprobation sur le choix du nouvel esclave ramené la veille du forum.

— Vous cherchiez bien un remplaçant à Phalaris ? Alors ce gamin...

— Tu me connais... Quelque chose d'indéfinissable. De plus, c'était Carpophore ou moi.

— Eh bien, il eût mieux valu l'abandonner au banquier : lui au moins ne s'embarrasse pas d'autant de scrupules.

— Allons, nous lui trouverons bien quelque chose à faire. Dans le cas contraire, si d'entre tous les esclaves de l'Empire il en est un qui ne travaille pas, je ne pense pas que nous commettrions là un acte outrageant.

— Ne pas travailler ?

Bien qu'à peine perceptible, un trait du visage du villicus s'articula. Les propos de son maître sonnaient à ses oreilles comme un blasphème. Dût-il imposer au Thrace de lui rapporter les échos du vent, il ne tolérerait pas un manquement aux principes établis depuis toujours.

Il trouva Calixte dans le jardin, encore désert à cette heure. L'aube venait tout juste de poindre, et déjà des rumeurs montaient comme en plein midi, car Rome s'éveillait aussi tôt qu'un village.

— Tiens, mets cela autour de ton cou.

Calixte examina la petite chaîne que lui tendait Éphésius. Un nom y était gravé : celui du sénateur. D'un geste décidé il la jeta dans le bassin.

— Je ne suis pas un animal à qui on met un collier pour le retrouver lorsqu'il s'égare !

L'intendant observa impuissant les chaînons de

33

bronze qui disparaissaient sous la surface. Blême, les lèvres pincées, il esquissa un geste menaçant.

— Va chercher ce collier !

— Va donc le chercher toi-même, puisque tu es si doué pour l'esclavage !

De petites veines violettes enflèrent aux tempes d'Éphésius. Jamais on n'avait eu le front de lui répondre ainsi. Il se dit que s'il ne mettait pas cette forte tête à la raison, c'en serait fait de son autorité ; et comme il ne fallait pas compter sur Apollonius...

— Je t'ai donné un ordre : obéis !

— Non !

Éphésius prit une profonde inspiration. Il allait devoir corriger lui-même cet insolent.

Il empoigna Calixte par les épaules, mais, très vif, celui-ci se dégagea par une torsion du buste. Dans le même temps, saisissant le vieil homme par le bras gauche, s'aidant de son propre poids, il le déséquilibra et le fit basculer dans la pièce d'eau. Presque aussitôt retentit un cri.

— Père !

Surpris, Calixte pivota sur lui-même. Il aperçut un garçon de type grec, plus jeune que lui, vêtu d'une modeste tunique blanche, et tenant entre ses bras plusieurs rouleaux de papyrus réunis par une longue lanière de cuir. Avant qu'il ait eu le temps de réagir, l'autre fit tournoyer les rouleaux au bout de la courroie et les lui projeta à la face. Il se rua en avant, sa tête percuta la poitrine de Calixte, lui coupant le souffle. Le Thrace s'abattit à son tour dans l'eau froide. Il voulut remonter, mais des bras puissants le saisirent par la nuque et le tassèrent irrésistiblement sous la surface.

Il suffoqua, se débattit désespérément, sentit l'eau se répandre en gargouillis sonores dans ses poumons. La pression se relâcha un bref instant. Il aspira une bouffée d'air salvatrice. On le fit replonger. Une fois, deux fois. Des éclairs rougeâtres traversaient son cerveau, des bourdonnements emplissaient ses oreilles, il faiblissait, se désarticulait.

Enfin, après ce qui lui parut une éternité, on mit un terme à son supplice. Dans un demi-brouillard, toussant, crachotant, les yeux noyés d'eau, il se sentit tiré hors du bassin. Il s'affala sur les carrés de mosaïque, pantelant et hoquetant, vaguement conscient d'un bruit mouillé de sandales et de la voix d'Éphésius.

— Tu as de la chance que je ne veuille pas faire perdre mille deniers à notre maître ! Hippolyte, aide-moi.

Il n'eut pas la force de réagir tandis qu'on l'installait à genoux, le buste penché, la tête coincée sous l'aisselle du villicus. Une main retroussa sa tunique et le dépouilla de la bande de toile qui protégeait son entrejambe.

— Frappe, Hippolyte ! Corrige ce petit rebelle !

La courroie de cuir mordit cruellement les fesses du Thrace qui hoqueta, plus meurtri par l'humiliation que par les coups.

Lorsque enfin on le relâcha, il se redressa, livide, et fixa Hippolyte d'un œil vengeur.

— J'espère que tu as compris la leçon, lança l'intendant. N'oublie jamais que esclave, tu n'as ni droits ni recours. Tu n'es plus une personne. Seulement un objet. Si tu devais avoir des enfants, ceux-ci seraient la propriété de ton maître, comme de petits animaux. Il va de soi que des institutions civiques telles que le mariage ou les cérémonies religieuses te sont absolument interdites ! Sache aussi qu'il existe toute une panoplie de châtiments qui ont fait plier de bien plus récalcitrants que toi. Je te conseille donc vivement de ne pas tenter une autre rébellion. Si tu passais outre, je t'assure qu'il ne resterait plus rien de cette petite tête arrogante !

— A présent va rechercher ce collier !

35

Calixte se maîtrisa pour ne pas sauter à la gorge d'Éphésius. Lentement, avec une rage manifeste, il se laissa glisser dans l'eau.

Dès le lendemain il fut désigné au service personnel d'Apollonius. Sa besogne consista à réveiller son maître à l'heure où se levait la capitale. De toute façon, un tel tintamarre montait des ruelles alentour, qu'il eût été difficile pour quiconque de dormir au-delà de la première heure. De plus, il fallait compter avec le branle-bas déclenché par les divers esclaves à qui incombaient les tâches ménagères. Les yeux encore bouffis de sommeil, ceux-ci s'infiltraient dans les pièces, armés d'un arsenal de seaux, de torchons et d'échelles, prêts à recouvrir le sol de sciure de bois, à faire reluire les moindres recoins.

Calixte se présentait alors à la chambre du sénateur, commençait par ouvrir les volets, servait le verre d'eau que son maître buvait tous les matins en place de petit déjeuner, puis — et ce n'était pas une mince affaire — il l'aidait à se draper de sa toge bordée de pourpre, digne vêtement des maîtres du monde. Bouffant, éloquent, solennel, mais d'une effroyable complexité quant à l'ordonnance des plis. Il se retirait ensuite, emportant d'une moue dégoûtée l'urinal d'argent empli à ras bord des déchets sénatoriaux.

Au fil des jours, ce rituel s'accomplissait sans qu'il fît le moindre effort pour agrémenter autrement que par ces gestes immuables le réveil d'Apollonius, qui, curieusement, ne semblait pas lui en tenir rigueur. Cependant, si le vieil homme prenait le parti de sourire avec indulgence, il ne se privait en revanche ni de remarques ni de commentaires, interrogeant son esclave sur son pays, sa famille, sa religion, même s'il n'obtenait pour toute réponse que des monosyllabes ou des insolences à peine déguisées.

En vérité, Calixte commençait à s'étonner de la patience et de la mansuétude dont son maître faisait preuve. Lui, à sa place...

Il crut avoir trouvé l'explication le jour où il découvrit sa propre image dans le grand miroir de bronze et d'argent qui ornait la chambre du sénateur. Fasciné, il s'approcha : jamais encore il ne s'était vu ailleurs que dans l'eau claire des fontaines. La main d'Apollonius ébouriffa ses cheveux.

— Eh oui, murmura-t-il, tu es très beau...

Beau ? Mais oui, bien sûr ! Cela expliquait tout. Aussi bien son achat injustifié que son travail de principe dans l'intimité de son maître. Le sénateur avait sans doute l'intention de le mettre dans sa couche ! Il y avait aussi nombre d'indices qu'il était difficile d'interpréter autrement ; entre autres le fait qu'Apollonius ne possédât ni épouse ni concubine.

Mais la première à qui il s'ouvrit de cette hypothèse — Aemilia, une des servantes — se récria avec indignation :

— Le maître se livrant à des amours grecques ? Ah non, pas lui ! Le monde entier peut-être mais pas lui. C'est l'être le plus chaste et le plus honnête qui soit.

Tous les autres esclaves à qui le Thrace posa la question eurent la même réaction indignée. C'était pourtant bien étrange. Tout aussi étrange que le dévouement, le respect quasi filial exprimé par tous ces gens à l'égard du sénateur. Car lui, Calixte, eût volontiers accueilli tous les ragots, toutes les railleries d'atrium pour alimenter sa haine. Qu'Éphésius et Hippolyte fussent à ce point acquis à leur maître pouvait s'expliquer : Apollonius les avait outrageusement privilégiés, allant même jusqu'à prendre en charge les études d'Hippolyte. Mais les autres ? Était-il possible que la servitude pût éteindre les hommes à ce point ?

Certes Apollonius avait la réputation d'être un philo-sophe. Mais Marc Aurèle régnant, cela n'avait vrai-ment rien d'original. On en rencontrait à tous les coins de rue : nourrissons du prince ou parasites affamés remarquables par leur crasse, leurs guenilles et l'aspect hirsute de leurs barbes et de leurs cheveux. Tous professaient les systèmes les plus opposés. Tous rêvaient d'une réussite pareille à celle de Rusticus, l'ancien maître de l'empereur devenu préfet du pré-toire, ou comme celle de Fronto parvenu jusqu'au consulat. Ou encore celle de Crescens qui avait reçu avec sa chaire d'enseignement six cents deniers d'or. Oui, le moindre pouilleux se piquait de philosophie. Apollonius ne représentait donc pas un cas particulier. Rien qui expliquât la dévotion de son entourage.

Mais ce n'était pas tout. Au lieu de lui valoir l'estime et le soutien des autres serviteurs, l'attitude rebelle de Calixte ne lui attirait que réprobation et critiques. Une fois même Hippolyte alla jusqu'à le mettre en garde contre une tentative d'évasion. Le Thrace l'avait alors toisé de haut.

— Crois-tu m'effrayer par la menace des fugitiva-rii ? Les chasseurs d'esclaves ne me font pas peur !

— Non, fit Hippolyte, mais il te faut savoir qu'en t'évadant tu te volerais toi-même à ton maître, lui infligeant ainsi un préjudice qu'il ne mériterait nulle-ment.

Sur l'instant Calixte se demanda s'il devait rire ou s'indigner. Il se contenta d'affirmer d'un ton glacial :

— Tout compte fait, tu as beau être un affranchi, tu es bien plus esclave que moi.

C'est alors qu'Hippolyte eut cette repartie tout à fait singulière :

— Je suis sans doute encore esclave, mais certaine-ment pas du seigneur Apollonius...

Chapitre 3

Certains jours, Apollonius se levait bien avant l'aube ; ce qui avait pour conséquence de tirer le jeune Thrace hors du lit au moment de son meilleur sommeil. Il traversait alors en titubant le vaste appartement empli de ténèbres, se heurtant à tous les angles, jusqu'à ce qu'il eût atteint la chambre du sénateur. Ses tâches accomplies, il descendait aux cuisines en réprimant ses bâillements, et cherchait à se faire servir un plat de ces friandises romaines pour lesquelles il éprouvait une véritable passion : sortes de croquettes de fromage et d'épeautre, frites dans du saindoux, sucrées au miel et parsemées de graines de pavot. Hélas, inévitablement, ces matins-là la cuisine était déserte. Aemilia, Carvilius, le cuisinier attaché à Apollonius, de même que la plupart des serviteurs, tous semblaient s'être volatilisés.

Jurant devant les armoires fermées à clef, il en était réduit à attendre leur retour, lequel survenait généralement lorsque le soleil était haut levé.

Naturellement, les premiers temps, il les avait interrogés sur ces absences répétées, mais on se contentait de lui répondre de manière évasive que serviteurs et maître célébraient un sacrifice, ce qui l'exaspérait au plus haut point. Car jamais il n'avait perçu dans la demeure l'odeur caractéristique de la chair grillée.

Jamais les esclaves de la maison ne furent conviés à partager les restes conformément à la coutume universelle. Par ailleurs, pouvait-on croire un seul instant qu'un homme libre, sénateur romain de surcroît, s'entourait de ses serviteurs pour prier les dieux ?

Autre détail curieux, il n'y avait pas que les esclaves d'Apollonius qui assistaient à ces mystérieuses réunions, mais aussi certains locataires de l'îlot, ainsi que d'autres personnes venues de tout le quartier, gens issus de toute origine et de toute condition.

Un matin, Calixte, désireux d'en avoir le cœur net, se décida à suivre Carvilius et Aemilia à leur insu. Il les vit se rendre jusqu'au tablinium, la pièce principale de la demeure. Tapi derrière une colonne, il resta un long moment à les épier alors qu'ils entamaient des strophes chantées dont il ne put saisir le sens, mais dont la ferveur l'émut malgré lui. Il entendit Apollonius prononcer des discours et lire des textes, qui d'une certaine manière lui rappela Zénon lorsqu'il expliquait la doctrine d'Orphée à ses fidèles.

Zénon... Où était-il à présent ? Qu'était-il advenu de son âme ? S'était-elle réincarnée dans un homme ou un animal ? De toutes ses forces il pria pour que son père, arraché à la roue du destin, eût trouvé le repos aux Champs Élysées.

Finalement, après plusieurs semaines d'observation, il dut se rendre à l'évidence : ces gens ne célébraient ni rituel barbare ni cérémonie sanglante. Ils n'étaient que de vils plagiaires et surtout des hypocrites. Pour preuve, il n'y avait qu'à observer comment, au terme de ces assemblées, ils se séparaient en s'embrassant et en se donnant le nom de « frères », pour réintégrer, aussitôt la réunion terminée, leur place hiérarchique. Apollonius retrouvait ses occupations quotidiennes, ceux qui étaient ses clients et protégés le saluaient toujours avec la même déférence. Quant à Aemilia, Carvilius et les autres, ils reprenaient leurs besognes tout aussi servilement. Alors ? A quoi rimaient ces réunions incongrues ? Cette fausse fraternité ?

Non, décidément un monde le séparait de ces Romains. Qu'ils fussent bourgeois ou servants, il n'aurait jamais rien en commun avec eux.

*

Ce jour-là, on était au cœur de februarius et un vent froid gémissait en courant sur l'Esquilin. Après qu'il eut renvoyé le dernier de ses clients, Apollonius grimaça en quittant son inconfortable escabeau d'ivoire. Il fit quelques pas en direction de l'un des deux braseros — qui d'ailleurs enfumaient et empestaient la salle bien plus qu'ils ne la réchauffaient — et approcha de la chaleur ses doigts gourds aux jointures déformées.

— Calixte, ce temps ne me vaut rien de bon. J'ai décidé de me rendre aux thermes et tu m'y accompagneras. Quelques brasses et un passage au sudatorium seront propices à dénouer le vieil arbre que je suis devenu.

On chargea le Thrace de fioles, d'onguents, de strigiles, de serviettes, et ils quittèrent la maison, alors que l'horloge à eau installée dans l'atrium expulsait quelques cailloux vers le ciel pour annoncer la quatrième heure.

Jamais, depuis le jour du forum, il n'avait eu l'occasion de sortir dans Rome. Et malgré lui il se sentit gagné par une certaine fébrilité.

Ils passèrent devant d'innombrables échoppes peuplées d'une faune aussi bruyante que variée : barbiers, taverniers, rôtisseurs, gargotiers enroués à force d'inviter la clientèle. Ils croisèrent de curieux batteurs de

41

poussière d'or, frappant à coups redoublés de leur maillet. Plus loin, des changeurs qui faisaient sonner leur provision de pièces sur des tables malpropres. C'est alors que l'idée de s'évader surgit à son esprit.

Qui donc pourrait le rattraper dans ce tourbillon désordonné ?

Son cœur se mit à cogner violemment dans sa poitrine. La vision des chasseurs d'esclaves occulta un bref instant son désir, puis, comme dans un état second, avisant une trouée dans la foule, il bondit en avant. Il courait. Il volait entre les insulae ! Plus rien ne l'arrêterait.

Il s'engouffra dans une ruelle qui s'ouvrait sur la gauche. Des arcs succédèrent aux arcs et aux statues. Il dépassa un monument équestre, une fontaine, toujours filant droit devant, déboucha enfin devant le fleuve.

Un vent frais soufflait sur son visage ruisselant de sueur. A quelques pas serpentait le lit du Tibre. Il aperçut un pont sur sa droite ainsi qu'un imposant édifice. Vu sa forme oblongue, il se dit que c'était peut-être l'un de ces cirques réservés aux courses de chars dont parlaient si souvent les esclaves du sénateur.

Arrivé au bord du fleuve, glissant sa main sous sa tunique, il arracha sans hésiter sa chaîne d'esclave, et la lança de toute sa force dans le cours du Tibre.

Non loin se dressait un mur de pierres sèches, couronné de vertes frondaisons qui encadraient une porte massive. Un groupe d'enfants jouaient sous un portique. Ne sachant trop que faire, il décida de s'en approcher, attiré par l'ombre des colonnades. Mais à peine eut-il fait quelques pas, qu'il se figea. Il n'y avait pas d'erreur possible : une lyre et une roue étaient bien encastrées dans le bois de la porte. Deux symboles orphiques !

Il considéra cette coïncidence comme un bon présage, longea le mur, s'infiltra dans une venelle nauséabonde. Très vite, il se retrouva devant la façade d'une insula et en déduisit que le jardin qu'il avait entr'aperçu s'étendait de l'autre côté. Perplexe, il réfléchit un instant : si des bacchanales s'y déroulaient, le gardien devait être un boucoloï[1]. Il pourrait peut-être l'aider. Plein d'espoir, Calixte se dirigea vers la porte. C'est à ce moment qu'il sentit un liquide tiède se déverser sur son visage. Il releva la tête, juste à temps pour entrevoir une silhouette qui s'effaçait dans l'embrasure d'une fenêtre.

Des gouttes roulaient sur ses joues. A son grand effarement il reconnut l'odeur âcre de l'urine. Quelque sans-gêne avait dû se débarrasser du contenu de son vase d'aisance. Écœuré, Calixte s'essuya le visage du revers de sa manche, hésita, décida malgré tout de persévérer.

La porte une fois ouverte, il se trouva à l'entrée d'un long couloir décoré de satyres bondissants, de ménades tournoyantes, de silènes, de musiciens et d'autres motifs dionysiaques. A l'autre extrémité on distinguait le vert du jardin où se déversaient des flots de soleil.

Calixte fit quelques pas encore, jusqu'à ce qu'il aperçût sur sa gauche une porte gravée des mêmes symboles orphiques. Il frappa, tenta de l'ouvrir.

— C'est inutile. Il n'y a personne à cette heure !

Il sursauta comme si le feu du ciel venait de s'abattre à ses pieds.

L'inconnu reprit :

— Mais que t'est-il arrivé ? Tu sens... — il grimaça — On t'aurait versé un urinal sur la tête ?

Celui qui venait de l'interpeller était un adolescent vêtu d'une tunique blanche, avec une ceinture de lin, la

1. Prêtre de Dionysos.

43

tête entourée d'un bandeau immaculé, les pieds chaussés de sandales en sparterie.

— Allons, remets-toi. J'ai connu plus d'une fois la même mésaventure !

Calixte observa avec attention son interlocuteur. Il pouvait avoir le même âge que lui. Plutôt maigre, il avait des traits agréables, des yeux bruns et des cheveux de même couleur ordonnés en boucles au-dessus d'un front étroit.

— Tu ne peux pas rester dans cet état. Viens, je t'accompagne aux thermes. Tu pourras t'y laver et y faire nettoyer tes vêtements.

Comme Calixte hésitait, il ajouta :

— De toute façon, si tu es un disciple d'Orphée, tu dois le savoir, personne ne te laissera entrer ici avant que tu ne sois purifié.

— Serais-tu... toi aussi, un orphiste ?

— Oui. Et fier de l'être.

— Je... Je ne voudrais pas te faire perdre ton temps.

— Bien au contraire. Tu me fournis là un excellent prétexte pour échapper à ma leçon de grec. Mon grammaticus a une méchante tête et manie le bâton trop aisément à mon goût.

Après une ultime hésitation, il se décida à suivre l'adolescent. Un disciple du divin Orphée ne pourrait pas le trahir.

Quand ils débouchèrent dans la rue, il désigna du doigt l'endroit que les déjections avaient souillé.

— Pourquoi font-ils cela ?

— Tu ne dois pas être d'ici pour poser pareille question. D'ailleurs tu as un curieux accent.

— Je suis à Rome depuis peu.

— Alors sache que, dans les îlots, seuls quelques logements privilégiés situés au rez-de-chaussée possè-dent des latrines. Aux étages supérieurs, les locataires disciplinés déversent quotidiennement leurs excréments dans les jarres disposées à cet effet à l'entrée des porches. Quant aux autres... Mais trêve de palabres. Allez, viens !

Le soleil déclinant donnait au ciel d'hiver une teinte mauve qui contrastait avec les toits mordorés. La marche rapide des deux garçons, ainsi que la pente raide de l'Aventin les privaient quelque peu de la fraîcheur qui s'installait. Ils atteignirent enfin les thermes que Trajan avait dédiés à son ami Licinius Sura, et fendirent la foule des baigneurs et des flâneurs de toutes conditions qui s'agglutinaient autour des nombreuses boutiques alignées sous les portiques de l'immense quadrilatère. Ils s'engagèrent ensuite sur le xiste, que prolongeait une vaste galerie rafraîchie d'ombrages et de fontaines où s'exerçaient des athlètes sous l'œil distrait de graves vieillards en toge blanche.

Calixte et son nouvel ami — il avait appris qu'il s'appelait Fuscien — se rendirent directement au cœur même des thermes : complexe de palestres, de bibliothèques, de salles d'exposition, de salons de massage, de piscines et de gymnase.

Ils se dévêtirent dans l'apodyteria, et Fuscien recommanda aux esclaves de nettoyer leurs vêtements. Après quoi, il entraîna Calixte vers la vasque où, puisant l'eau dans ses paumes réunies, il aspergea généreusement le visage et les cheveux du Thrace.

— Voilà. Tu en avais jusque dans le dos.

— Je te remercie. C'est froid, mais cela vaut mieux que cette puanteur visqueuse.

— Tu peux aller te réchauffer dans les étuves ou prendre un bain tiède dans l'une de ces pièces. A moins que tu ne préfères nager dans la piscine du frigidarium. C'est d'ailleurs l'endroit le plus propice pour nous faire inviter à dîner.

— Nous faire inviter ?

— Je comprends ton étonnement, mais ici ce genre de démarche est chose courante.

Il n'essaya pas d'approfondir, et emboîta le pas à son compagnon.

C'est dans le plus simple appareil qu'ils traversèrent le tepidarium, avant de déboucher sur un superbe espace à ciel ouvert, à quelques pas de l'imposante piscine.

Une foule dense bruissait le long des pavements marbrés. Des hommes et des femmes étaient paresseusement étendus sur la margelle ; d'autres s'ébattaient dans l'eau sans paraître le moins du monde se soucier de leur nudité intégrale.

— Tu parlais de nous faire inviter à dîner, interrogea soudain Calixte subjugué par le spectacle, mais ne devrais-tu pas rentrer chez toi ?

— Non, je te l'ai dit, mon grammaticus m'y attend.

— Mais qu'est-ce que c'est qu'un grammaticus ?

Fuscien le scruta, poings sur les hanches.

— Mais enfin, d'où viens-tu pour ignorer ce qu'est un grammaticus ?

— Je t'ai répondu, je suis à Rome depuis peu.

— C'est l'homme qui est en charge de nous transmettre un enseignement secondaire à base de littérature grecque et latine.

— Et tes parents ? Tu as bien des parents. Ne vont-ils pas s'inquiéter ?

— Ce ne sera pas la première fois. De toute façon, je préfère les coups de mon père à ceux du vieil imbécile. Mais j'y pense, et les tiens ?

Calixte marqua un temps d'hésitation.

— Mes parents sont morts.

— Il doit bien y avoir quelqu'un qui t'attend ? insista Fuscien.

L'ombre d'Ephésius traversa l'esprit du Thrace.

— Pas vraiment, souffla-t-il, les traits brusquement tendus.

— Si je comprends bien, toi aussi tu fuis un grammaticus !

— En quelque sorte. Et je...

Une impressionnante clameur qui montait des quatre coins du frigidarium l'interrompit. Concentrée autour de la grande pièce d'eau, la foule applaudissait, encourageait quelqu'un aux cris de « César ! César ! ».

En se rapprochant, Fuscien et Calixte découvrirent rapidement l'objet de cet engouement : la surface de la piscine était striée par les sillages parallèles de plusieurs nageurs qui rivalisaient de vitesse. En tête, une chevelure blonde émergeait et disparaissait à un rythme cadencé, brisant l'eau en milliers de perles cristallines.

— Hé, mais c'est Antonius Commodus, le fils de l'empereur Marc Aurèle ! commenta Fuscien. Admire son style...

— Pas mal. Mais rien d'étonnant.

— Rien d'étonnant ! Voilà qui est vite parlé. Te sens-tu capable de nager aussi vite que lui ?

— Sans aucun doute, répliqua Calixte avec assurance.

Fuscien examina son nouvel ami avec une expression intéressée.

— Vraiment ?

— Fuscien. Quand tu me connaîtras mieux, tu sauras que je ne mens que pour gagner du temps. Or, là... (Il désigna les nageurs) je n'en vois pas l'intérêt.

— Je te prends au mot. Toutefois, si ce que tu affirmes est vrai, alors je t'en prie, refrène tes ardeurs : l'héritier de la pourpre déteste être battu.

— C'est absurde, alors, à quoi la course servirait-elle ? Je ne...

— Fais-moi confiance. Ce sera le moyen de nous joindre à eux et nous en profiterons pour nous faire inviter à dîner. Mais souviens-toi : laisse-le gagner !

— Décidément ton ventre occupe toutes tes pensées !

— Et toi, tu parles comme mon vieil imbécile de grammaticus.

Un cercle de curieux entourait l'adolescent à la chevelure blonde.

— Alors, y a-t-il encore quelqu'un qui désire se mesurer avec moi ?

Sans hésiter, avec un aplomb surprenant, Fuscien se présenta et releva le défi en son nom et celui de Calixte. Il fut presque aussitôt suivi par un autre jeune homme à la chevelure bouclée et aux doigts bagués.

Le César, après avoir jaugé un instant ses nouveaux adversaires, déclara :

— Très bien, allons-y !

Ils prirent position sur les cubes de marbre disposés sur un des côtés de la piscine. Quelqu'un donna le signal en frappant dans ses mains, et les quatre nageurs plongèrent dans un ensemble quasi parfait.

La froideur soudaine de l'eau ne surprit pas Calixte. Au contraire, elle lui rappela des sensations familières, de ce temps encore si proche, alors qu'il fendait la surface glacée du lac Haemus. Il ne s'était aucunement vanté en affirmant à Fuscien qu'il était un excellent nageur : à Sardica, nul ne pouvait lui résister. Mais, se souvenant de l'avertissement de son ami, il s'efforça de se maîtriser en calquant son allure sur celle du fils de l'empereur. Dans les dernières longueurs, et bien que la tentation fût grande de se laisser aller, il lui concéda un avantage court mais décisif.

Ce fut sous un tonnerre d'applaudissements que les nageurs se hissèrent sur le rebord, bouche ouverte, avec une expression de poisson tiré hors de l'eau.

— Par Hercule ! s'exclama Commode, tu m'as donné bien du mal. Quel est ton nom ?

— Calixte.

— J'aime les gens de ta trempe. Ton ami et toi

48

voudriez-vous vous joindre à la cena du Palatin?

Calixte jeta un regard en coin vers Fuscien, qui ravi lui fit signe d'accepter.

Comment? lui, l'esclave fugitif, le Thrace exilé, invité à partager la table d'un fils d'empereur? Il voulut bredouiller quelque chose, tandis que Commode lui effleurait le dos et la joue avec une singulière douceur. L'intervention du quatrième nageur mit fin à son embarras.

— César, n'oublie pas que tu as bien voulu accepter d'honorer le banquet que je donne pour fêter l'anniversaire de ma première coupe de barbe. Emmène si tu veux tes parasites avec toi.

— Ah, Didius Julianus, commenta Fuscien, il faut être riche comme tu l'es pour se permettre ainsi de dénigrer ses « ombres[1] » !

Quelques instants plus tard, les quatre jeunes gens se retrouvèrent sur les coussins d'une même litière. Les rideaux en étaient fermés afin de protéger les occupants des rigueurs de la température; tandis que du toit, formé d'une plaque de verre informe, filtrait une lumière laiteuse.

Ému et prudent, Calixte évita de prendre part à la conversation et se contenta d'examiner Commode. Vêtu presque aussi simplement que lui-même et Fuscien, le fils de Marc Aurèle était grand, très robuste pour son âge. On devinait l'athlète. Bien que ses paupières bouffies et lourdes lui donnassent perpétuellement l'air de sommeiller, ses traits étaient plaisants. Son abord avait quelque chose de direct, même de cordial. Et en dépit de l'évidente vanité qui transpirait de tous ses propos, Calixte ne put s'empêcher de lui trouver un certain charme. Quant à Didius Julianus,

---

1. Surnom donné aux personnages parasites qui évoluaient dans l'entourage des seigneurs romains.

49

avec sa tunique de soie brochée d'or, sa ceinture de pierreries et son ton précieux, il ressemblait jusqu'à la caricature au fils de riche patricien qu'il était.

Gladiature, courses, la discussion allait bon train. Calixte, lui, conservait le silence ; autant par ignorance qu'assommé par l'extraordinaire de sa situation. *Esclave le matin, fugitif à midi, commensal de César le soir...*

Un frisson courut le long de son échine lorsque Didius Julianus proposa une partie de dés. Il n'avait même pas un as pour miser. Mais déjà on dressait au centre de la litière la table d'ivoire prévue à cet usage. Les premiers coups furent joués, très vite ce fut au tour de Calixte. D'une main incertaine, il secoua le cornet et lança les dés.

— Le coup de Vénus ! s'émerveilla Julianus.

— Tu es vraiment en veine, mon ami ! renchérit Fuscien en frappant l'épaule de son compagnon. Entamer une partie par le meilleur trait !

— J'espère que cela durera, murmura Calixte comme s'il se parlait à lui-même.

A tour de rôle, ils firent rouler les dés une nouvelle fois. Dans l'instant où Commode offrait à nouveau le cornet au Thrace, une main écarta les rideaux de cuir de la litière. Ils étaient arrivés à destination.

Chapitre 4

En raison de la tombée rapide des nuits d'hiver, les trois hôtes de Didius Julianus ne virent de son palais qu'une masse noire, qui bordait la chaussée. La seule ouverture éclairée était la porte ; les quatre adolescents la franchirent et pénétrèrent dans l'imposant atrium. Calixte resta sans voix devant l'étalage de luxe qui envahissait cette salle aux colonnes cannelées, mouchetée de centaines de flambeaux supportés par des torchères de bronze.

Le sol était recouvert de superbes mosaïques, et la grande vasque de l'impluvium pavée de marbre vert. Sur la demande de Didius Julianus, c'est du pied droit qu'ils franchirent le seuil du triclinium.

La salle à manger était beaucoup plus vaste et plus somptueuse encore que l'atrium. Calixte ne connaissait pas grand-chose aux métaux précieux, mais il était évident que les lits devaient être en argent massif. Quant à la vaisselle, elle était toute d'or ciselé. Il constata par la suite que les moulures du bois rare qui composait les guéridons ainsi que les tables basses portaient des incrustations de perles fines.

Tout à son étonnement, le jeune Thrace n'avait prêté qu'une vague attention au petit groupe de gens d'âge mûr des deux sexes déjà allongés sur les lits. Didius Julianus les salua.

— Ô pères ! Et vous honorables, je vous amène un illustre convive : le césar Commode m'a fait l'honneur d'accepter mon invitation.

A peine le nom de Commode prononcé, les dîneurs se levèrent, louant le prince et rivalisant en discours serviles. Bras croisés, Calixte observa la scène avec un mépris à peine voilé : ce n'est pas à Sardica que des vieillards se seraient abaissés devant un jeune éphèbe tout juste sorti de l'enfance.

Comme il fallait s'y attendre, soulignant son geste par de grandes manifestations de flatteries, le père de Didius Julianus lui céda la place d'honneur. Bouleversant la tradition, le fils de Marc Aurèle pria ses compagnons de le rejoindre sur le même lit. Aucun des convives, sénateurs ou matrones, n'osa protester ; mais il suffisait de voir la moue dédaigneuse qui plissait leurs lèvres pour comprendre combien ils étaient scandalisés par ce privilège accordé à de petites gens.

Les trois adolescents s'installèrent confortablement cependant que des esclaves les déchaussaient, les couronnaient de fleurs, et versaient sur leurs mains de l'eau parfumée. Presque aussitôt, des mimes et des musiciens firent leur entrée. Calixte les observa avec une impatience retenue : son estomac hurlait famine.

Heureusement, le service de la prima cena ne tarda pas à commencer. Huîtres épineuses, orties de mer, mauviettes. Le Thrace, qui n'avait jamais vu de tels mets, se limita prudemment à suivre l'exemple de Fuscien.

— Délicieux, apprécia Commode. Goûtez donc ces ortolans confits au miel. C'est pure merveille.

— Nous te remercions, César, répondit courtoisement le compagnon de Calixte, mais nous sommes des adeptes de la religion d'Orphée. A ce titre, il nous est interdit de consommer de la viande. En revanche, la chair des moules et autres fruits de mer nous est autorisée, car selon les plus grands savants, ce sont des intermédiaires entre l'animal et le végétal.

Commode eut l'air à la fois surpris et intéressé. Il demanda en quoi les traditions orphiques différaient du culte de Bacchus. Calixte et Fuscien entreprirent alors de lui exposer les principes de l'ascèse et ceux de la vie pure tels que les avait prêchés l'aède mythique de Thrace. Mais ils furent très vite interrompus par les autres convives qui n'appréciaient guère que l'on accaparât un hôte aussi illustre. Commode fut donc obligé de répondre que la santé de son père était plutôt meilleure depuis que l'illustre Galien le soignait au venin de vipère ; que la paix actuelle ne devait pas faire illusion, car tout le monde au Palatin demeurait convaincu qu'il faudrait définitivement ramener à la raison les peuples de la rive gauche du Danube. Mais déjà on introduisait les plats de l'altera cena.

Calixte et Fuscien se montrèrent une fois encore plus sobres que les autres, ne touchant guère qu'aux fruits, aux gâteaux de farine, aux œufs en gelée et à quelques légumes frais. D'ailleurs, à leur étonnement, ils constatèrent que Commode, s'il consommait de la viande, modérait lui aussi son appétit. Didius Julianus s'en inquiéta.

— Souffres-tu, César ? Ou commettrions-nous la maladresse de te servir des plats qui ne sont point à ton goût ?

— Non, Didius, rassure-toi. Tu me régales. Mais il me faut préserver la santé et l'harmonie de mon corps, demeurer sain comme Hercule, si je veux réussir les mêmes exploits.

Une vague d'applaudissements salua la confidence. Dans le même temps que des commentaires, échangés par les voisins de lit de Calixte, lui parvinrent au-delà du brouhaha.

— C'est bien l'empereur qu'il nous faut à Rome en ces temps difficiles.

— Oui, Jupiter sait que je respecte profondément Marc Aurèle, cependant ce n'est point d'un philosophe que l'Empire a besoin, mais d'un général.

Perplexe, Calixte s'abîma un instant dans la réflexion, essayant de mettre un peu d'ordre dans les sentiments confus qui l'envahissaient. C'était la première fois qu'il se trouvait mêlé à des Romains du plus haut rang. Une pensée perverse le poussait à se dresser et révéler à tous qu'il n'était rien d'autre qu'un esclave en fuite.

— Réveille-toi, voyons ! s'exclama Fuscien. C'est l'heure des souhaits et des vœux.

Des esclaves évoluaient entre les tables, distribuant du vin rafraîchi à la neige. Il était de coutume de porter autant de verres que le nom de l'hôte comportait de lettres. A la huitième coupe correspondant à la dernière lettre du nom de Julianus, Calixte éprouva un réel soulagement. Non seulement il n'aurait pas à déclamer des barriques de compliments hypocrites, mais il échappait de justesse à l'ivresse.

La troisième veille était passée depuis longtemps. Essayant désespérément de réprimer ses bâillements, Calixte pria pour que cette fête s'achevât enfin. Mais c'était méconnaître ces infatigables Romains. Le festin était bien terminé, mais debout et rechaussés, les invités continuaient à deviser. Certains mordaient encore à pleines dents un gâteau carthaginois, d'autres entamaient une nouvelle partie d'osselets. C'est alors qu'un cri bizarre figea l'assistance. Les conversations moururent sur les lèvres, et une série d'interjections étouffées s'éleva, comme pour se prémunir contre un invisible danger.

Le chant d'un coq !

— En pleine nuit... Quel prodige !

— Quel mauvais présage, surtout. Annoncerait-il un incendie, ou une mort soudaine ?

— Par Hercule, j'espère qu'il n'est rien arrivé à ma maison ou à ma famille !

— Ne vous affolez pas. Ce signe ne s'adresse peut-être pas à nous.

— Alors pourquoi les dieux nous l'auraient-ils fait entendre ?

Le triclinium s'était comme drapé d'un voile noir. L'insouciance et la gaieté qui régnaient encore quelques instants plus tôt avaient cédé la place à une indicible angoisse. Sans plus attendre, les invités s'éclipsèrent, taciturnes. Calixte et son compagnon se retrouvèrent dans la litière de Commode, secouée par le pas inégal des porteurs à moitié endormis. Le fils de l'empereur interrogea Fuscien :

— Désires-tu que je te ramène chez toi ?

— Volontiers, César. D'autant que, tu le sais, sans torches je ne pourrai jamais me retrouver dans ce dédale de ruelles plus obscures les unes que les autres. Sans compter que je risquerais de me faire écraser par un chariot.

— Et toi, mon ami, enchaîna Commode en se tournant vers Calixte, dans quelle région habites-tu ?

Calixte, pris de court, hésita avant de bredouiller :

— Loin... Hors de Rome, César. Mais je te serais reconnaissant si tu me déposais au même endroit que mon ami.

— Soit. Mais auparavant nous allons nous rendre à l'amphithéâtre Flavien[1]. Je veux vérifier l'état de mes bêtes.

Bien que l'heure fût très avancée, Calixte, qui avait eu le loisir de se rendre compte combien chez les Romains tout ce qui avait trait aux jeux virait à

1. Actuel Colisée.

l'obsession, ne fut pas autrement surpris par la décision du fils de l'empereur.

Pendant que ses deux compagnons se livraient à un débat passionné sur les mérites comparés des tigres et des panthères, il écarta les rideaux et se laissa aller à observer l'activité nocturne. Ce qui le frappa, c'était le nombre incroyable de charrois qui dévalaient les ruelles à toute allure et que la litière était forcée d'éviter. Il se rappelait pourtant n'en avoir pas vu un seul durant le jour. Il en déduisit que probablement seule la nuit devait être réservée aux activités d'approvisionnement. Il vérifia aussi la justesse des propos tenus par Fuscien, et se demanda par quel sortilège on pouvait se retrouver dans ce labyrinthe de rues enténébrées, sans plaques indicatrices.

A l'instant où ils parvenaient à hauteur d'une haute façade incurvée et percée d'arcades, un licteur leur annonça qu'ils avaient atteint leur destination. Ils mirent pied à terre, et Commode envoya réveiller le belluaire pour qu'il les conduisît aux fauves. C'est à ce moment qu'ils entendirent un bruit de sanglots.

— Qu'est-ce que... ? s'inquiéta Calixte.

— Laisse, ce n'est rien, répondit Fuscien.

Ignorant son avis, Calixte se dirigea à longues enjambées vers l'endroit d'où montaient les pleurs. Ce fut dans une des bouches d'escalier du vaste édifice qu'il découvrit la petite fille. Elle leva vers lui l'éclat surpris de ses grands yeux clairs. Lui ne vit d'abord que la tache diaphane de son visage renversé sous la lune, et les tresses dorées qui coulaient sur ses épaules. Elle pouvait avoir douze ou treize ans.

— Qu'y a-t-il ? Pourquoi pleures-tu ?

Fuscien qui l'avait suivi le tira par le bras.

— Laisse, te dis-je. C'est sans doute une alumna.

— Une quoi ?

— On voit bien que tu es étranger à Rome ! Les

alumni sont des enfants abandonnés parce que jugés dérangeants. Ils deviennent la propriété de qui les recueille.

Avant que Calixte eût le temps d'en savoir plus, un appel de Commode retentit derrière eux. Le césar désignait une lueur grandissante par-delà la ligne noire des toits.

— Déjà l'aube..., commenta Calixte.

— Non, elle surgirait du Caelius. Cette lumière vient de l'Aventin. C'est-à-dire...

— La maison de Didius Julianus ! Elle doit être en train de brûler !

— Le présage..., murmura Fuscien d'une voix blanche.

Commode s'était rejeté entre les tentures de la litière en criant un ordre. C'est au pas de course que porteurs, licteurs et porte-flambeau firent demi-tour. Calixte esquissa un mouvement dans leur sillage, puis il s'immobilisa. Après tout, que lui importaient les affaires de ces gens ? Il était étranger à leur monde, et c'était miracle qu'au cours de cette folle journée son identité n'eût pas été découverte. Ne sachant trop que faire, il alla s'asseoir auprès de la fillette.

— Es-tu vraiment une... enfin, ce que disait mon ami ?

Pour toute réponse, elle renifla une ou deux fois avant de murmurer :

— J'ai faim.

Irrité par son impuissance, il répondit avec une certaine brusquerie :

— Je ne peux rien pour toi.

Il y eut un silence. La nuit confondait leurs deux silhouettes.

— N'as-tu vraiment pas de parents ?

Elle le dévisagea avec une expression déchirante, et Calixte pensa : « Fuscien devait avoir raison. »

— Depuis combien de temps es-tu ici ?

— Trois jours.

— Trois jours ! Sans manger ?

Elle secoua la tête à la manière d'un chiot qui s'ébroue. Il voulut la consoler, la serrer contre lui comme Zénon savait si bien le faire, mais il n'osa pas.

— Ce soir il est trop tard... Il faillit ajouter : « Et je ne sais rien de cette ville. » Mais je te promets que demain tu auras de quoi te nourrir.

Il avait affirmé cela avec une assurance qui le surprit lui-même.

Alors elle se rapprocha de lui, dans son regard brillait une lueur nouvelle qui faisait penser à l'animal qui voit poindre la caresse du maître. Elle finit par articuler sur un ton à peine audible :

— Je m'appelle Flavia...

Chapitre 5

Ils avaient passé le reste de la nuit blottis l'un contre l'autre, à l'abri d'un portique. Flavia avait sans cesse sursauté à chaque grondement de charroi dévalant les ruelles en pente, et Calixte s'était efforcé de la rassurer. L'aube venue, il avait souhaité très fort que Fuscien vînt les retrouver : lui aurait certainement su les aider à trouver de quoi se nourrir. Hélas, Fuscien n'était pas reparu.

Tout en marchant parmi les îlots, Calixte observait la fillette. Elle avait l'air encore plus fragile que la veille. Avec ses tresses dénouées, elle lui faisait penser à l'un de ces plumeaux ébouriffés dont usaient les esclaves d'Apollonius. L'image évanescente du vieil homme traversa son esprit, et il se demanda comment il avait réagi à son évasion.

A mesure qu'il progressait, la foule enflait au cœur des ruelles. Il saisit la main de sa compagne pour la protéger du mieux qu'il pouvait de la marée désordonnée des passants.

— J'ai faim.

Les tavernes ne manquaient pas, mais comment faire sans le plus petit as ?

— Regarde !

Sans s'en rendre compte, ils étaient arrivés dans la

Vᵉ région[1], sur le Caelius, et devant eux se découpait une large place aux étals riches et variés. Un panonceau de bois vermoulu indiquait : Macellum Liviae, marché de Livie. Ils longèrent la devanture de l'une des nombreuses boulangeries d'où s'élevaient des senteurs de pain chaud.

Calixte se pencha discrètement vers Flavia.

— Dis-moi, serais-tu prête à tout pour manger ?

— Tu veux dire... prête à voler ?

Il fit oui en même temps qu'elle.

Ils pénétrèrent au cœur du marché jusqu'à ce que Calixte s'immobilisât devant un panier débordant de fruits.

— Attention, souffla-t-il, c'est le moment...

Il tendit la main vers une pêche rouge dans un geste qui se fondit dans l'entrelacs des autres mains. Quelques instants plus tard, encouragé par ce premier succès, il récidiva, et confia discrètement son butin à la fillette.

Très vite, elle mordit goulûment la saveur épaisse du fruit.

— Attends donc un peu, conseilla-t-il affolé par tant d'inconscience.

Elle ne répondit pas, tout occupée à savourer son délice, et quand elle eut fini elle fit mine de lui offrir la seconde pêche.

— Non, trois jours c'est bien plus que mon estomac n'en a jamais supporté. Mange, tu en as plus besoin que moi.

Elle eut un sourire reconnaissant, et sans plus hésiter s'attaqua à la pulpe.

Maintenant le soleil était haut sur la ville ; nul ne semblait leur prêter attention. Au gré des tréteaux, il subtilisa encore un pain, une pièce de lard ainsi qu'une

---

1. Rome était alors divisée en quatorze régions.

poignée d'olives. Ce fut à hauteur d'un deuxième thermopolium[1] que la fortune les abandonna.

Tout l'air environnant était empreint d'une odeur chaude de garum[2] et de poissons grillés qui chatouillait les narines. Sur un des comptoirs étaient rangés plusieurs petits pains ronds. Flavia saisit le bras de Calixte.

— Crois-tu que... ?

Il observa le marchand qui, tout en servant un personnage ventripotent, les doigts couverts de bagues, vantait ses poissons à la volée. Calixte s'attarda un bref instant sur les deux hommes avant d'étudier le reste du décor. Ici les passants étaient nettement moins nombreux. Il n'y avait plus cette protection de masse qui, tantôt, avait si bien contribué à les rendre invisibles.

— Non, Flavia, cette fois c'est trop risqué.

— Mais...

— Non, Flavia !

Ils reprirent leur marche à travers le dédale du marché. Des idées confuses s'entremêlaient dans l'esprit de Calixte. Il avait du mal à maîtriser l'inquiétude qui commençait à sourdre en lui. Qu'allaient-ils devenir tous les deux dans cette ville-labyrinthe, sans ami, sans personne ? Aujourd'hui ils avaient eu de la chance, mais demain ? Et les jours suivants ? C'est en se tournant vers Flavia qu'il se rendit compte qu'elle n'était plus à ses côtés. Dans le même temps, un cri retentit dans son dos, si fort qu'il eut l'impression que tout Rome avait dû l'entendre.

— Petite voleuse ! Rends-moi ça ou il t'en coûtera !

1. Taverne ouverte sur la rue.
2. Sorte de saumure composée des liquides qui s'écoulaient des poissons salés et à moitié putréfiés, que les Romains aromatisaient très fortement : c'était un assaisonnement de luxe et un excitant puissant de l'appétit.

— Arrêtez-la ! Arrêtez-la !

Comme dans un mauvais rêve, il vit la fillette perdue, et sans hésiter il s'interposa entre elle et la fureur du marchand.

— Mais... par Jupiter ! Laisse-moi passer ! Ne vois-tu pas qu'elle va nous filer entre les doigts ?

En guise de réponse, il repoussa l'homme de toutes ses forces, lequel, surpris, alla s'affaisser au pied des tréteaux, et détala à son tour dans le sillage de Flavia.

Son cœur battait à rompre. Tout en se faufilant parmi les passants, son regard s'accrochait à la petite tête blonde qui pointait par intermittence entre les tuniques.

Statues, fontaines, ruelles. Sans trop savoir comment, il déboucha sous l'arc de Janus, rue de l'Argilète, entre la curie et la basilique Aemilia. Il se retourna. Le marchand semblait avoir perdu leur trace, ou peut-être, découragé, avait-il fini par abandonner la poursuite. Il inspecta attentivement l'esplanade de marbre blanc. C'est au moment où il allait passer sous l'arc de Janus que la voix de la fillette tinta à ses oreilles.

— Tu es folle ! Par ta faute nous avons failli connaître le pire des châtiments !

Elle inclina la tête, et lui tendit un poisson grillé.

— Tiens, c'est pour toi...

— Je ne mange pas de chair animale.

— Ah ?

— Et ne recommence plus jamais un coup pareil ! Jamais, entends-tu ? Si on nous avait attrapés...

Il marqua un silence avant de poursuivre d'une voix plus maîtrisée :

— Toi tu ne risquais peut-être pas grand-chose, mais pour moi c'eût été bien plus grave. Je ne te l'ai pas dit, mais je suis un esclave. Un esclave en fuite.

Elle leva vers lui un visage troublé.

— Pardonne-moi.

Ses yeux se brouillèrent brusquement. Le jeune Thrace s'en voulut aussitôt.

— Il ne faut pas pleurer, petite sœur.

Elle renifla tout en s'essuyant les joues de la paume de sa main.

— Pourquoi m'appelles-tu petite sœur?

— Toi et moi ne sommes-nous pas seuls au monde? Je suis ta famille, tu es la mienne.

Elle approuva en secouant plusieurs fois la tête.

Ici et là évoluait la foule familière du forum. Un groupe d'hommes et de femmes noblement vêtus les désigna du doigt en souriant avant de poursuivre leur marche, indifférents.

— Comment t'appelles-tu?

— Calixte.

— Calliste? Comme c'est curieux. Sais-tu ce que cela veut dire chez moi?

Après une courte pause, elle ajouta :

— Le plus beau.

Il sourit.

— Ce n'est pas Calliste, mais Ca-lixte... Pourquoi dis-tu « chez moi »? N'es-tu pas née à Rome?

— Mes parents étaient originaires d'Épire. C'est là-bas que je suis née. D'ailleurs mon vrai nom est Glikophilousa. Je suis arrivée en Italie il y a cinq ans. Après la mort de ma mère. C'est depuis que nous vivons ici que l'on m'a surnommée Flavia. Je suppose que c'était plus simple à prononcer, et peut-être aussi parce que mon père travaillait aux abords de l'amphithéâtre Flavien.

Il jugea inutile de poser d'autres questions, conscient de la peine qu'il ne manquerait pas d'éveiller en elle. D'ailleurs la suite de son histoire était simple à deviner. Le père, sans doute à court de moyens, avait dû décider de se débarrasser d'une bouche de plus à nourrir. Une alumna... Un qualificatif à la consonance délicate

63

porteur de tant d'horreur. Aussi longtemps qu'il vivrait, il ne pourrait plus jamais oublier ce mot. Mais pour l'heure, qu'allait-il advenir de Flavia et de lui ?

— C'est la faim qui vous a poussés à voler ?

Les deux enfants se retournèrent presque en même temps.

Calixte prit vivement la main de Flavia et examina l'homme qui venait de les aborder. Sa silhouette ne lui était pas totalement inconnue. Il était persuadé de l'avoir déjà vu quelque part. Mais où... ?

Soudain, l'image de l'étal du marchand de poissons revint à son esprit : bien sûr ! Le client ventripotent c'était lui. Il pensa un instant fuir. Mais déjà l'inconnu avait posé sa main sur l'épaule de Flavia.

— Rassurez-vous. Je n'ai pas l'intention de vous remettre aux vigiles.

— Alors que veux-tu de nous ? interrogea Calixte avec une pointe d'agressivité.

— Tout simplement vous aider. Suivez-moi, je vais vous conduire à un endroit où vous pourrez manger, dormir et gagner quelques sesterces.

— Nous aider ? Et pourquoi ferais-tu cela ?

— Peut-être parce qu'à ton âge je faisais comme toi. Peut-être aussi parce que celle-ci — dans un geste qui se voulait affectueux, il ébouriffa les cheveux de Flavia — aurait pu être ma fille.

Fallait-il lui faire confiance ? Le sourire avait quelque chose de malsain dans cette figure trop ronde maculée de taches de rousseur. Mais Flavia, rassurée, avait abandonné sa main pour s'emparer de celle de l'homme.

*

A Rome la splendeur avoisinait avec la crasse, l'opulence avec la misère. Sur les traces de l'inconnu, les deux enfants venaient de passer sous l'arc de Trajan. Après avoir tourné le dos au forum d'Auguste et longé le temple de Mars Vengeur, ils se retrouvèrent presque sans transition à l'orée de la sordide Suburre, quartier le plus cosmopolite et le plus malfamé.

Entre les chaussées aux pavés disjoints filtraient des mares d'eau boueuse, souvenirs des dernières pluies Des rats au poil luisant fuyaient à leur approche. Partout s'étalaient des détritus et des excréments. Et Calixte, qui avait encore en mémoire la mésaventure de la veille, regardait craintivement en l'air. Dans ces rues puantes, la foule était moins dense qu'aux abords des forums ou des thermes, ce qui rendait la bigarrure du monde interlope qu'ils croisaient sans cesse plus criante.

Prostituées, vieilles ou à peine pubères, à la poitrine énorme ou discrète, aux joues tatouées, aux cris de louve. Mesureurs de blé, espions de la préfecture du prétoire à l'affût de complots ou de séditions. Scythes aux vêtements chatoyants, au crâne rasé. Parthes à la coiffure cylindrique et aux pantalons bouffants ; transfuges de quelque peuple barbare ; espions de rois ambitieux, trop redoutables au maniement du cimeterre pour pouvoir être arrêtés sans motif.

Il y avait aussi, courant dans tous les sens, ces bandes d'enfants des deux sexes, sales, nus ou vêtus de hardes grouillantes de vermine, qui criblaient d'insultes et de projectiles les passants rechignant à leur jeter quelques deniers. Disséminés dans des recoins sombres, des joueurs d'osselets comptaient et recomptaient fiévreusement leurs pièces de cuivre, tandis que quelques vieillards grabataires — que l'on avait installés au-dehors pour prendre un peu de soleil — s'agitaient sur leur paillasse pour tenter de repousser la marée toujours renouvelée de tiques et de cafards.

Leur guide, par la richesse de ses vêtements et de ses bijoux, détonnait dans cet endroit de fin du monde. Et pourtant il y évoluait comme quelqu'un de parfaitement familier des lieux. Calixte, qui se sentait de plus en plus mal à l'aise, eût volontiers pris ses jambes à son cou. Mais comment aurait-il pu se retrouver dans ce dédale ?

Comme s'il avait deviné ses pensées, Servilius — c'était son nom — s'immobilisa un instant pour lui sourire.

— Je vous devine fatigués... Mais rassurez-vous, nous ne sommes plus très loin de la boutique de mon ami Gallus. Là vous pourrez vous nourrir et vous reposer en toute quiétude.

Finalement Servilius s'arrêta devant un thermopole. Il s'accouda au comptoir de marbre percé de trous où étaient fichées des amphores de vin miellé. Dans l'ombre de l'auvent, plusieurs consommateurs, pichet à la main, discutaillaient courses et auriges.

— Mais c'est cette vieille crapule de Servilius ! cria une voix. Ave, mon vieux. Quel bon vent t'amène ?

Aux cicatrices qui balafraient son visage et au bandeau noir qui dissimulait son œil droit, Calixte se dit qu'il y avait de fortes chances pour que le tavernier fût un ancien gladiateur.

— Salve Gallus. Je te présente Calixte et Flavia, mes petits protégés. Ils ont faim et cherchent une maison accueillante. Peux-tu quelque chose pour eux ?

— Ils sont beaux, en effet. Approchez donc... Eh bien, n'hésitez pas, choisissez ce qui vous fait envie.

Il désigna l'extrémité du comptoir où, sur des degrés de maçonnerie, étaient exposés des galettes, des gâteaux de farine et de miel, des tartes au fromage ainsi que des pâtés de raisins cuits.

Flavia, que la frugalité du repas de tantôt n'avait nullement rassasiée, poussa un cri de joie. Calixte, profondément mal à l'aise, dût se faire violence pour prendre une tartelette et la tendre à la fillette.

— Tu peux te servir aussi, encouragea Gallus.

— Je te remercie. Mais je n'ai pas faim...

— Comme tu peux le constater, fit Servilius en riant, notre jeune ami se méfie de toi. De nous.

— Je vois, je vois..., murmura Gallus. Mais il n'a rien à craindre. Restaurez-vous, les enfants, ensuite je vous donnerai une bonne chambre. Lorsque vous serez reposés nous déciderons de votre avenir.

Calixte loucha sur un plat empli jusqu'à ras bord de ces pâtisseries dont il raffolait. Finalement, n'en pouvant plus, il s'empara d'un gâteau, n'en fit qu'une bouchée, et s'en voulut presque aussitôt.

*

Combien de temps avait-il dormi ?

La rame de bois qui bâillonnait la fenêtre ne semblait plus éclairée par le soleil, et cependant des rais de lumière filtraient au travers des interstices. Du dehors fusaient des éclats de voix et des rires grossiers. Pourtant, cette fenêtre, il le savait, ne donnait pas sur la rue, mais sur la cour intérieure. Or, tout à l'heure, lorsqu'il l'avait traversée, celle-ci était déserte. C'était avant qu'il ne s'écroule sur cette paillasse qui sentait le cloaque, assommé par la fatigue et les émotions.

Une voix, plus forte que les autres, qu'il reconnut aussitôt pour être celle de Gallus, perça à travers le panonceau de bois.

— Ô Romains, je vous salue ! Laissez-moi vous dire la joie et l'honneur que vous me faites en revenant toujours aussi fidèles dans ma modeste demeure. Cette fois encore je m'efforcerai de justifier votre confiance. Voici pour commencer un superbe lot de jeunes vierges.

Pris d'un atroce pressentiment, Calixte se rua vers la fenêtre, tenta d'écarter le vantail, mais en vain ; quelqu'un l'avait sans doute fermé de l'extérieur. En désespoir de cause, il plaqua son œil contre un interstice du volet.

A tous les angles de la cour, de longues torches enfoncées dans le sol meuble se consumaient à deux fois hauteur d'homme. Elles illuminaient violemment une estrade de planches, érigée contre le mur du fond, où trônait Gallus. La danse rougeâtre des flammes rendait plus effrayante sa face couturée et mutilée, plus sinistre le pitoyable troupeau qui l'entourait.

A sa droite et à sa gauche étaient alignées une douzaine de fillettes à peine pubères. Leur aspect fit frémir le jeune Thrace : on les avait revêtues d'une robe immaculée, si fine que la lueur des torches ne laissait rien ignorer des détails les plus intimes de leur corps juvénile.

— Oui, nobles seigneurs, vous ne rêvez pas. Des vierges. Ces tendres agnelles n'ont jamais servi. Mais je vous sens sceptiques. Montez, voyez et touchez !

Pour tout nobles seigneurs, il n'y avait là que vagabonds hirsutes et dépenaillés qui, les prunelles rondes et le souffle court, n'étaient venus que pour le spectacle. Maquerelles vieillies et informes, probablement à l'affût de la « bonne occasion ». Légèrement à l'écart, un groupe de gens mieux vêtus, qui observaient le spectacle d'un œil las et vaguement dégoûté — sans doute des affranchis désireux de pourvoir au plaisir de leur maître.

Il venait de repérer Flavia parmi d'autres fillettes, menue, apeurée, encore plus orpheline.

— Allez, mes biches. Allez, mes gentils papillons. Dansez un peu, que l'on voie combien vous êtes belles.

Le son aigrelet d'un pipeau se fit entendre, et les fillettes s'agitèrent de façon mécanique, imitant maladroitement les danseuses de mime.

Flavia hésita, puis, sur un coup de coude d'une de ses compagnes, elle se résigna à suivre l'exemple.

— Dix deniers seulement ! Dix deniers pour l'une de ces petites merveilles. N'hésitez pas. Approchez. Touchez... Oui, ma bonne Calpurnia, laquelle te tente le plus ?

Une énorme mère maquerelle, ployant sous le poids de ses breloques, avait roulé jusqu'à l'estrade. Le cœur de Calixte s'accéléra lorsqu'il la vit désigner Flavia du doigt. Gallus, souriant, fit signe à la fillette de s'approcher et, devant son mouvement de recul, la prit fermement par la main et la conduisit vers sa monstrueuse cliente. Après que celle-ci se fut hissée tant bien que mal sur les planches qui gémirent sous son poids, elle s'approcha de Flavia et se mit à lisser ses cheveux dénoués avec admiration. Il y eut un échange de paroles indistinctes, et Gallus fit tomber les derniers voiles de sa victime.

Avec une certaine fascination, Calixte put alors contempler le corps dénudé de sa petite compagne, qui frémissait à la lueur ocre des flammes. Les mains grasses de la dénommée Calpurnia épousèrent ses formes naissantes, glissèrent le long des flancs, jusqu'à la délicate entaille du pubis.

— Calixte !

Le cri désespéré de Flavia le frappa en plein cœur. Sans réfléchir, il bondit vers la porte, s'arracha les ongles à essayer de la faire basculer. Affolé, il revint vers la fenêtre, réitéra sa tentative, échouant là aussi. Tel un fauve piégé, il tourna sur lui-même, puis, évaluant la minceur des murs dont la crasse et le plâtras dissimulaient les fissures, il prit son élan et donna de l'épaule contre la cloison. Elle se brisa comme une feuille desséchée, l'ensevelissant du même coup sous un nuage de poussière et de débris divers. Il passa la main à travers la paroi, referma ses doigts sur une mince poutrelle qu'il secoua dans tous les sens. Elle s'arracha enfin. Un nouvel effondrement se produisit : cette fois l'ouverture fut assez large pour qu'il s'y glissât tout entier.

Un mouvement de panique se déclencha dans la foule à la vue de cet adolescent à l'aspect hirsute, noir de poussière et l'œil fou. En deux bonds, le Thrace fut sur l'estrade. Paralysée de peur, l'énorme maquerelle n'avait pas bronché. La poutrelle que Calixte maniait comme s'il s'agissait d'une sarisse macédonienne, la frappa au ventre. Bouche ouverte, souffle coupé, Calpurnia bascula au pied de l'estrade, telle une tortue renversée sur le dos.

Déjà Calixte se précipitait sur les degrés, brandissant toujours son arme improvisée. Mais c'était sans compter avec Gallus, lequel n'avait pas fréquenté inutilement les amphithéâtres de l'Empire. Sa jambe fouetta l'air, heurtant l'adolescent à la hanche. Déséquilibré, le Thrace s'étala de tout son long, lâchant son arme. En un éclair l'ancien gladiateur fut sur lui, le saisissant à la gorge, l'écrasant de tout son poids. Il étouffait. Dans un demi-brouillard, il entendit un cri qui émanait sans doute de Flavia, cependant que Gallus, la face ricanante, haletait, lui soufflant au visage une haleine âcre, chargée d'ail et de mauvais vin.

Suffoquant, Calixte battit des mains à la manière d'un noyé. Une pierre roula miraculeusement sous sa paume. Il s'en empara, frappa la tempe de son adversaire avec une violence désespérée, le forçant à relâcher son étreinte. Encouragé, il cogna, encore et encore, parvenant à faire basculer Gallus. Au moment où il allait assener un nouveau coup, une main emprisonna son poignet.

— Cela suffit !

Calixte se retourna vivement : Éphésius ! L'intendant du sénateur Apollonius. Abasourdi, il obtempéra. Comme s'il n'avait attendu que cet instant, Servilius émergea de l'assistance, et s'empressa d'exprimer sa reconnaissance au villicus.

— Qui que tu sois, tu as gagné le droit de consommer ici gratuitement autant de pichets de vin qu'il te plaira. Ce mutin n'en est pas à sa première révolte. Grâce à toi cette fois il sera sévèrement châtié.

Calixte ouvrit la bouche pour protester, mais Éphésius ne lui en laissa pas le temps.

— Arrête tes boniments...

— Que... Que veux-tu dire ?

— Cet esclave appartient à mon maître, le sénateur Apollonius. Je suis ici pour le récupérer.

Un instant décontenancé, Servilius reprit très vite son aplomb.

— Tu dois faire erreur. Cet éphèbe est depuis un an la propriété de mon ami Gallus.

— Je ne fais pas erreur et tu le sais, répliqua fermement Éphésius.

— Allons, tu dois confondre, insista le proxénète. Tous ici te confirmeront avoir vu depuis des mois cet adolescent dans la boutique de Gallus.

Il y eut des hochements de tête et des murmures approbateurs.

— Vous êtes en train de commettre un faux témoignage ! lança une voix nouvelle et pleine d'autorité.

Un remous se produisit et quatre personnages de taille impressionnante apparurent, encadrant un vieillard d'aspect chétif : Apollonius et ses porteurs de litière. Désignant la bande pourpre qui bordait sa toge, il interpella Servilius.

— Comme tu peux le constater, je suis sénateur. Je confirme les propos de mon intendant. Cet esclave est bien ma propriété : veux-tu me le disputer devant le tribunal consulaire ?

Servilius réprima une grimace : les porteurs de laticlave étaient de trop gros gibiers pour lui. Même ses amis s'étaient instinctivement reculés d'un pas.

— Seigneur, balbutia-t-il, quoique sûr de mon droit, je suis...

— Je me doutais bien qu'avec ta beauté nous te retrouverions chez un tenancier de lupanar, souffla Éphésius à l'oreille de Calixte. Dis-toi que tu as de la chance, beaucoup plus que tu n'en mérites. A la place de notre maître je t'aurais volontiers laissé crever ici comme un rat.

C'est à peine si l'adolescent s'intéressa aux propos de l'intendant ; il venait de croiser l'expression déchirée de Flavia.

— Seigneur ! cria-t-il à l'intention d'Apollonius, tout en désignant la fillette. Elle est avec moi.

Apollonius jaugea Flavia, se tournant vers Servilius il demanda :

— Combien pour cette enfant ?

— Elle ne lui appartient pas ! protesta vivement le Thrace. Elle est... c'est une... il chercha le mot... c'est une alumna.

— Ah ! c'est ainsi. Sais-tu, reprit Apollonius, que je pourrais vous faire arrêter tous pour enlèvement de fille libre ?

— Mais, seigneur ! se récria Servilius, les alumni sont à qui les recueille !

— C'est pourquoi elle partira avec moi et mon esclave. Pas d'objections ?

Servilius serra les poings, considéra le physique impressionnant des porteurs qui escortaient le sénateur, et finit par secouer la tête avec résignation. Calixte s'approcha alors du vieil homme et, après un temps d'hésitation, il se décida à prononcer les mots qu'il n'aurait jamais cru pouvoir dire :

— Merci... maître.

Apollonius réprima un sourire, frappa dans ses paumes et se dirigea vers sa litière.

Le Thrace prit par la main Flavia qui s'était empressée de se draper dans sa tunique. Éphésius ferma la marche. Derrière eux, les proxénètes faisaient cercle autour de Gallus. Il était demeuré couché à la même place. Une tache de sang s'élargissait à hauteur de sa tempe.

Chapitre 6

Août 180

Calixte observa longuement l'équipage qui s'éloignait le long des ruelles en pente. En passant à sa hauteur, Carpophore lui avait fait un vague signe de la main, qu'il lui avait rendu de manière tout aussi désinvolte. Il ne comprenait toujours pas ce qui pouvait bien rapprocher le chevalier et le sénateur. Peut-être l'un trouvait-il chez l'autre le miroir de ses désirs secrets.

Marc Aurèle est mort... Commode son fils a hérité de la pourpre !

C'était cette nouvelle — dont l'importance échappait pour l'instant à Calixte — qui avait motivé la visite impromptue du chevalier. Il avait surpris des échanges passionnés entre les deux amis, où il était question des mérites du nouvel empereur et de ses défauts, de l'erreur commise par Marc Aurèle d'avoir légué l'Empire à un gamin de dix-neuf ans, apparemment incompétent et uniquement passionné par les jeux de cirque. De toute façon, Commode ou Marc Aurèle, quelle différence cela pouvait-il faire ? Ni dieux ni empereurs ne modifieraient sa destinée.

Il regagna la cour intérieure de l'insula, se dirigea vers le péristyle et alla s'asseoir, ainsi qu'il en avait pris l'habitude, au pied d'une pièce d'eau de marbre rose ciselé. Il perçut l'écho du va-et-vient des serviteurs qui s'affairaient dans le triclinium, le pas lent d'Apollonius qu'il aurait reconnu entre cent.

Cinq ans déjà qu'il était sa propriété...

Il était forcé de reconnaître que sa condition lui paraissait beaucoup moins pénible à supporter que dans les premiers temps. Après le piteux échec de sa tentative d'évasion, alors qu'il avait tout à redouter de son maître, celui-ci ne lui avait fait aucun reproche. De surcroît, face au désarroi de Flavia, il avait déclaré :

— Ce que tu as fait est bien. Désormais elle restera parmi nous.

Ajoutant à son étonnement, l'intransigeant Éphésius avait approuvé. Dès lors, les rapports avaient rapidement évolué entre le jeune Thrace et les deux hommes. Si à l'égard du villicus ils ne dépassèrent jamais le stade de la neutralité méfiante, en revanche il se surprit à éprouver pour le vieil homme un sentiment neuf, fait de respect et d'affection. L'attitude de Flavia ne fut pas étrangère à cette situation. Dès les premiers instants elle avait témoigné une reconnaissance éperdue à l'endroit du sénateur, désirant aussi vite que possible se rendre utile. Apollonius, qui portait sur cette fillette vive et gaie une sollicitude de grand-père, décida de la placer en apprentissage chez un maître barbier. Décision que Calixte avait eu du mal à accepter. En effet, avec le temps, il s'était attaché à « sa petite sœur ». Elle était son rayon de soleil. Sa tendresse. Dès le premier jour, il avait tenté, gauchement il est vrai, d'user de son influence pour qu'elle changeât d'avis.

— Quel besoin as-tu d'apprendre ce métier ? Tout le temps que tu passes hors d'ici est un temps pendant lequel je ne peux pas te protéger.

— Mais je n'ai plus besoin d'être protégée, avait répondu la fillette avec une expression désarmante.

— Qu'en sais-tu ? Aurais-tu déjà oublié Gallus ? Et si ton maître barbier était du même bois ?

— Castor ? Aucun danger, il n'aime pas les femmes. Je crois bien que c'est pour cette raison qu'Apollonius m'a confiée à lui !

— Mais il est peut-être cupide. Il pourrait chercher à te voler à Apollonius pour te revendre à...

— Me revendre ? Je crois que tu n'imagines pas ce que peut gagner un barbier. Il y en a même qui finissent respectables chevaliers ou riches propriétaires !

Elle avait conclu timidement :

— Et si tu optais toi aussi pour ce métier ?

Calixte avait sursauté, effaré.

— Pour quelles raisons ?

— Mais pour gagner de l'argent, beaucoup d'argent, et racheter ainsi ta liberté.

— Racheter ma liberté ?

— A Rome cela se fait couramment. L'ignorais-tu ?

Effectivement Calixte l'ignorait. Il se contenta de répondre par une pirouette :

— Est-ce pour cela que tu as voulu devenir coiffeuse ?

— Pas vraiment. Pour l'heure je ne veux quitter ni Apollonius... ni toi.

Elle marqua un temps, puis ajouta en le fixant :

— En vérité, ce que je désire par-dessus tout, c'est de ne pas passer ma vie à vider un urinal.

— C'est le maître qui m'a imposé ce labeur. Je ne l'ai pas choisi.

— Bien sûr, mais pourquoi ne pas lui demander une autre occupation ? Il accepterait volontiers.

— Évidemment, puisque tout ce que je gagnerai lui reviendra.

— Il est d'usage à Rome d'offrir des gratifications aux esclaves méritants. Apollonius est loin d'être un homme ingrat.

Sur l'instant, un peu par dépit, beaucoup par fierté, Calixte avait coupé court à la discussion. Mais dès le lendemain, alors qu'il ouvrait les volets du sénateur, les suggestions de Flavia revinrent à son esprit. Et comme il semblait méditer, les deux mains posées sur la pierre froide, fixant le timide soleil qui tentait de crever la toile écrue des nuages, Apollonius l'avait interpellé.

— Eh bien, Calixte... A quoi rêves-tu ?

Il avait serré un instant les poings avant de lancer :

— Si je te le demandais, me donnerais-tu d'autres tâches à accomplir ?

Un sourire content éclaira tout de suite les traits d'Apollonius. Cela faisait près de cinq ans que durait cette petite cérémonie du réveil, seule tâche dont le rebelle avait toléré qu'on le chargeât. Maître et esclave avaient fini par s'habituer à ce rituel, mais au fond de lui Apollonius avait espéré que l'exemple de Flavia susciterait un jour un sentiment d'émulation. Il demanda avec une fausse indifférence :

— Serais-tu attiré par quelque chose de particulier ?

— Flavia m'a laissé entendre que les maîtres barbiers gagnaient beaucoup d'argent.

— C'était vrai dans le passé. Depuis que notre empereur a mis à la mode la barbe du philosophe, la prospérité de ces gens n'est plus ce qu'elle était.

Apollonius parut réfléchir un temps avant de demander :

— Sais-tu lire et compter ?

— Un peu. Mais en grec.

— Eh bien, nous allons commencer par parfaire ton instruction. Je vais demander à Éphésius de te servir de pédagogue. Ensuite, selon tes aptitudes nous aviserons.

La perspective d'un apprentissage sous la férule du

sévère villicus n'enchanta guère Calixte. Un moment, il fut tenté de dire à son maître qu'après tout le mieux serait qu'il devînt chaudronnier, comme son père. Zénon eût été fier de lui. Mais Rome n'était pas Sardica.

Dès le lendemain, Éphésius entama sa mission avec sa rigueur coutumière. Au fil des semaines, en dépit des inévitables volées de bâton, son élève finit par assimiler les finesses de la langue latine, de l'écrit et du calcul. Ce qui ne l'empêchait pas de se demander à quoi ces études — qui le rebutaient — lui serviraient un jour. Et comme il ne se privait pas de le laisser entendre à son précepteur, les leçons se déroulaient dans un climat pour le moins houleux.

Cependant, au-delà du caractère rebelle de son élève, Éphésius ne tarda pas à remarquer ses aptitudes exceptionnelles pour tout ce qui avait trait au calcul. A titre d'exemple, là où la plupart des jeunes gens étaient forcés de suivre la règle traditionnelle qui consistait à compter à l'aide de ses doigts pour ensuite annoncer le résultat en désignant une partie de son corps, Calixte, lui, trouvait la solution par la seule gymnastique mentale. Bientôt, il réussit même à accomplir les opérations les plus complexes sans l'aide d'un abaque.

Le villicus, bourru mais honnête, ayant reconnu ses dons, recommanda à son maître de lui confier l'administration de ses revenus fonciers, qui étaient considérables. Apollonius, comme tout sénateur romain, possédait d'immenses domaines, des propriétés de taille cyclopéenne. Conformément aux lois de Trajan, il les avait — pour la plupart d'entre elles — concentrées en Italie. Sa fortune allait ainsi des plaines de la Cisalpine aux vignobles de Campanie, en passant par les vallées fertiles de l'Étrurie.

Il ne fallut guère de temps à Calixte pour comprendre le mécanisme de la gestion des domaines. Dès lors il ne se priva pas d'émettre des critiques sur certaines faiblesses que son regard neuf découvrait. Et Éphésius fut forcé de reconnaître le bien-fondé de ses suggestions. Sous sa surveillance attentive, il permit au Thrace de mettre en œuvre nombre de transformations qui eurent pour conséquence immédiate un gain de temps et d'argent.

Informé du travail de Calixte, Apollonius ne s'en trouva que plus fier et plus heureux. Les qualités inattendues décelées chez le plus indocile de ses esclaves confortaient ainsi ses thèses sur la tolérance et la générosité qu'il convenait de témoigner à ces malheureux.

Mais tout cela n'était déjà plus que du passé.

Calixte venait d'avoir vingt et un ans. Son existence se partageait entre la domus de l'Esquilin et la ferme de Tibur, passant de l'univers des nombres et des recensements à celui de la senteur des grains moulus et du lin filé. Quant à Flavia, elle était devenue la coiffeuse attitrée de Livia, la sœur du sénateur. Celle-ci, bien que nettement plus jeune qu'Apollonius, lui ressemblait beaucoup par sa douceur et sa discrétion. On ne la voyait jamais se rendre aux Jeux ou porter des bijoux. Elle avait également la réputation de pratiquer la plus stricte chasteté, de ne jamais user de violence à l'encontre d'un serviteur et d'être particulièrement charitable envers les plus pauvres des citoyens. Toutefois, comme la plupart des patriciennes, elle aimait à être coquettement coiffée et appréciait fort l'avantage de pouvoir s'en remettre aux soins de la meilleure élève de Castor. De son côté, Flavia s'était rapidement liée d'affection pour sa maîtresse, et mettait un point d'honneur à justifier sa confiance.

Au solstice d'hiver, lors des dernières saturnales[1], les deux esclaves avaient perçu un premier salaire qui laissait entrevoir en quelle estime on les tenait. Beaucoup auraient probablement envié leur sort. Flavia avait l'air d'être parfaitement heureuse. Calixte l'eût été également, si ne subsistait une plaie que ni le temps ni les êtres ne parvenaient à cicatriser : quelque part au tréfonds de lui, un pays demeurait qui s'appelait la Thrace, où un enfant avait vécu...

---

1. Fêtes célébrées en l'honneur de Saturne, au cours desquelles les esclaves prenaient la place des maîtres. Elles étaient caractérisées par les excès auxquels on s'y livrait.

Chapitre 7

— Tu l'attends toujours, Calixte ?

— Oui, maître. Et curieusement, chaque jour mon attente se fait plus longue.

— C'est sans doute qu'être sa propre coiffeuse est encore plus difficile que l'être pour autrui.

— Je la préférerais en tresses comme le jour où je l'ai connue, mais ponctuelle.

— Ne sois pas si impatient. Peut-être est-ce pour toi qu'elle se fait belle. Et si cela peut te rassurer, sache que je t'autorise à rester dehors ce soir aussi longtemps que tu le désireras.

— Je te remercie, mais Flavia ne pourra peut-être pas en faire autant.

— Rassure-toi, Livia ne punit jamais une esclave pour une absence, dès lors que cette absence ne perturbe pas le service.

Après un dernier sourire, Apollonius reprit sa promenade tout en mettant machinalement un peu d'ordre aux plis de sa toge. Calixte l'observa tandis qu'il trottinait entre les colonnes. Indiscutablement l'homme était bon. Peut-être aussi bon que l'avait été Zénon.

Zénon...

Il regarda machinalement vers l'est. Vers la Thrace. Mais le mur du jardin barrait l'horizon et, au pied de ce mur, ses rêves retombaient en lambeaux. Malgré les privilèges accordés par Apollonius, en dépit de tous les avantages acquis au cours de ces dernières années, il ne demeurait qu'un esclave.

Avec un soupir oppressé il fit quelques pas vers la porte. Grande ouverte, elle permettait d'entrevoir par-dessus l'amoncellement des toits un ciel bleu sombre, éclairé des derniers éclats du couchant. En ce premier jour des nones d'augustus l'air était doux. Il ferma un instant les yeux pour mieux goûter le fragile plaisir que représentaient ces images de liberté. Un jour peut-être, hors de cette demeure, ou loin de Rome, il réapprendrait à respirer de nouveau.

Le claquement précipité de sandales légères le tira de sa mélancolie. La silhouette blanche de Flavia qui se mouvait entre les portiques s'élançait vers lui. La fillette chétive et affamée qu'il avait secourue quelques années plus tôt s'était métamorphosée en une gracieuse jeune fille, à la taille mince, à la gorge ronde et au teint lumineux. Elle était vêtue ce soir d'une robe de lin immaculé qui mettait en relief l'harmonie de son corps.

— Pardonne-moi, dit-elle en déposant un baiser sur sa joue, et sois remercié de m'avoir attendue.

— J'ai du mérite en effet. Je voulais t'emmener au portique de Pompée. Avec la chaleur d'aujourd'hui, l'ombre des fontaines nous aurait agréablement rafraîchis. Maintenant ce n'est plus la peine.

— Tu sais, j'ai fait aussi vite que j'ai pu. Sincèrement.

Il hocha la tête et fit glisser la paume de sa main le long de l'admirable chevelure de la jeune fille qui, il le savait, faisait l'envie de sa maîtresse et de ses compagnes d'esclavage. Couleur de miel, les longues mèches recouvraient la nudité de ses épaules, avant de couler le long de son dos, jusqu'à ses reins.

82

— Seraient-ce les soins qu'il t'a fallu prodiguer à ta coiffure qui t'ont retardée ainsi ?

Elle baissa les yeux, gênée.

— Non. Livia m'a retenue avec d'autres servantes pour — elle parut rechercher ses mots — une conversation amicale.

Calixte n'écoutait que d'une oreille.

— Je pensais t'emmener au mime, mais il est probablement trop tard aussi. On m'a parlé de combats nocturnes à l'amphithéâtre Castrense. Aimerais-tu y assister ?

— Tu sais bien que même à la lueur des torches, je ne trouve aucun plaisir à ces tueries. Quant aux exhibitions des mimes, elles me rappellent de trop mauvais souvenirs. Pourquoi ne pas tout simplement jouir de la sérénité de ce jardin, de ses parfums ?

Il entoura de son bras les épaules de sa compagne. Elle se serra naturellement contre lui, tout en le dévisageant discrètement.

Lui aussi avait beaucoup changé. Il était plus grand que la plupart des jeunes gens de son âge, ses épaules nettement plus développées. L'éclat de ses yeux avait pris une fixité impressionnante, tandis que des fils argentés parsemaient prématurément ses cheveux aile-de-corbeau. Les années avaient passé. Pourtant Flavia avait la sensation que leur rencontre dans ce coin ténébreux de la ville datait d'hier.

— Es-tu heureuse, petite sœur ?

— Tu sais, c'est long six mois sans te voir... Oui, ce soir je suis heureuse. Mais cesse donc de m'appeler *petite* sœur. Après tout il n'y a que quatre ans d'écart entre nous.

— Quatre ans. Une vie. Je t'appellerai ainsi, même lorsque tu te traîneras sur la voie Sacrée, courbée en deux comme une petite vieille.

— Arrogant. As-tu seulement vu tes premiers cheveux blancs ? A ton âge, déjà ! Je me demande lequel d'entre nous sera courbé avant l'autre !

Après un court silence, elle enchaîna :

— Et toi Calixte, es-tu heureux ?

Les prunelles du Thrace se voilèrent et il se mit à fixer un point invisible.

— Apollonius est un homme de bien. Parfois même, un court instant, il m'arrive d'imaginer que je ne suis pas son esclave, qu'il n'est pas mon maître. Presque aussitôt me reviennent des souvenirs, des désirs.

— Des désirs ?

— N'en parlons pas. Je m'en veux d'avoir ces pensées. Je te l'ai dit : Apollonius est un bon maître.

— Il n'est pas besoin d'être devin pour savoir ce qui te ronge. Tu as toujours le regret de ton pays, n'est-ce pas ?

— Sans doute. Mais il n'y a pas que cela. Une nostalgie plus forte encore.

— Dis-moi. Parle-moi, je t'en prie.

— Écoute, petite sœur. Jour après jour, sur les chemins, dans les fermes, je vis dans la promiscuité d'hommes libres. Peut-être sont-ils aussi pauvres que moi, peut-être même plus malheureux, mais ils sont libres. Si je prends place à leurs côtés dans une taverne ou un triclinium, ils me repoussent ou s'écartent. Je suis un esclave, Flavia, un esclave, comprends-tu cela ? C'est comme une marque indélébile qui ceint mon cœur et mon corps.

— La liberté... C'est donc ça. Tu en rêves toujours autant.

Calixte marqua une nouvelle pause. A la manière de quelqu'un qui se voudrait autre, il s'efforça de sourire.

— Parlons plutôt de toi. Il y a quelques jours, j'ai entendu Livia dire à Apollonius que tu étais devenue la meilleure coiffeuse de Rome.

Flavia haussa les épaules. Saisissant brusquement sa

main, elle lui fit face et s'exprima avec une autorité inattendue.

— Calixte. Tu viens de parler de liberté. Sache qu'elle existe. Elle est à portée de ta main.

Devant son étonnement elle précisa :

— Tu le sais. Livia et Apollonius sont chrétiens.

— Ainsi que la moitié de leur maison.

— Et bien d'autres autour de toi que tu ignores.

Il fronça les sourcils, brusquement tendu.

— Pas toi Flavia ? Tu ne vas pas me dire que...

— Pourquoi pas ?

— Ignores-tu donc que cette secte est interdite et que ses membres sont voués aux bêtes ou à la croix ?

— Quelle importance ? Toi, Calixte, tu reculerais devant ces dangers ? Moi qui croyais que mon grand frère ne craignait rien ni personne, voici qu'il tremble devant les espions et le tribunal du préfet du prétoire.

— Détrompe-toi, je n'ai toujours peur de rien.

— Dans ce cas...

— Nous ne sommes pas là pour juger de ma témérité, réponds-moi plutôt : es-tu oui ou non chrétienne ? Et depuis quand ?

— Si cela peut te rassurer, ma réponse est non. Je n'ai pas encore reçu le baptême.

— Le baptême ? C'est donc ainsi que vous appelez la cérémonie d'initiation ?

— Si tu veux.

— Encore heureux que tu n'aies pas franchi ce pas. J'imagine que c'est à Livia que tu dois ces idées folles.

— Disons qu'elle m'a ouvert les yeux.

— Et pourquoi disais-tu que la liberté était à portée de ma main ? Je ne vois pas le rapport.

Alors elle parla longuement. Avec une passion qu'il n'aurait jamais soupçonnée chez un être qu'il pensait connaître aussi bien que lui-même. Lorsqu'elle se tut enfin, il répliqua :

— Je suis désolé. Au risque de te paraître buté, je ne comprends toujours pas ce que tu veux dire.

— C'est pourtant clair : si tu es chrétien, tu seras libre où que tu sois. Paul a dit : « L'homme de bien est libre même s'il est esclave. »

— C'est bien ce que j'imaginais : les chrétiens ne sont en quelque sorte que des philosophes. Tu sais ce que je pense des philosophes. Je...

Une voix emphatique l'interrompit.

— Bien sûr, leur espèce est trop proliférante pour que la philosophie ne devienne pas aux yeux du vulgaire synonyme de déraison prétentieuse.

Calixte s'était retourné. Mais le ton l'avait déjà renseigné sur l'identité de l'interlocuteur.

— Ce cher Hippolyte... J'aurais dû me douter que tu faisais partie de cette bande.

— De cette bande ? Modère ton langage, dis plutôt : de cette ecclesiae [1].

Ils s'étaient détestés dès le premier regard échangé, et les années n'avaient aucunement apaisé leur inimitié. Flavia, qui savait le caractère fougueux des deux jeunes gens, s'interposa.

— Allons, vous n'allez pas recommencer vos éternelles querelles !

Elle se tourna vers Calixte.

— Hippolyte est un maître et un ami. Toi, tu es mon frère, tu es partie de moi et le resteras toujours. Si vous ne vous respectez pas l'un l'autre, craignez au moins de blesser celle qui vous aime.

Ces mots qui se voulaient apaisants brûlèrent Calixte comme une lame chauffée à blanc. Il cria presque :

— Comme un maître ? C'est donc lui qui t'entraîne dans cette aventure imbécile ? Une aventure où tu risques un jour de te perdre !

1. Assemblée. Par extension : Église.

— Calixte ! Ce n'est pas vrai. Je te l'ai dit, c'est Livia. Et puis calme-toi : je ne suis pas encore chrétienne.

— Nous n'avons pas pour habitude de contraindre qui que ce soit à rallier la vraie Foi, précisa sèchement Hippolyte.

S'adressant à Flavia :

— Quel besoin avais-tu de le mettre au courant ? Un individu tel que lui, uniquement préoccupé du caractère matériel de l'existence, ne peut être, ne sera jamais chrétien.

— Enfin une vérité ! répliqua Calixte avec cynisme. J'ajouterais même que...

— Non ! l'interrompit vivement Flavia. Ne dis rien de plus.

Elle fixa ensuite Hippolyte et ajouta avec force :

— Calixte n'est pas l'homme que tu crois. C'est un des êtres les plus généreux qui soient. Il nous rejoindra un jour, j'en suis convaincue.

— Flavia, au risque de te décevoir, je dirais plutôt que c'est toi qui reviendras à la réalité. Réfléchis donc un peu, tu proclames que ton dieu est bon. Dans ce cas pourquoi tolère-t-il la persécution des siens ? Il est tout-puissant ? Pourquoi laisse-t-il se commettre tant d'atrocités dans ce monde ? Mort, misère, haine, esclavage et abandon. L'abandon ! Celui de certains enfants innocents que l'on balance à la rue comme des animaux. Tu n'as pas pu oublier, n'est-ce pas ?

Sous la pâle clarté des astres, le visage de Flavia avait blêmi. Hippolyte revint à la charge.

— Ta façon de voir les choses, en ramenant tout à ce bas monde et à la mort des êtres, est des plus bornées qui soient !

— Mais pour qui me prends-tu ? Pour un épicurien ? Pour un athée ? Tu sembles volontairement oublier que j'ai toujours suivi les enseignements d'Orphée qui...

87

— Qui a déclaré qu'après leur mort les hommes se réincarnaient selon la conduite qu'ils avaient eue sur terre, dans le corps d'animaux !

— Parfaitement. Mais il te faut préciser que cette métamorphose se poursuit jusqu'à ce que ces âmes soient jugées dignes d'entrer aux Champs Élysées, ou que leur déchéance les précipite dans le Tartare.

— Dans ces conditions, si tu crois vraiment que la mort n'est qu'une porte vers d'autres formes de vie, pourquoi refuses-tu de croire que, cette porte franchie, Dieu récompenserait ceux qui ont été jusqu'à sacrifier leur existence pour lui témoigner leur foi ?

A l'expression gênée de Calixte, on voyait que l'argument avait porté. Flavia s'en aperçut et lui saisit les mains.

— Oh ! si seulement tu acceptais de venir assister à l'une de nos réunions. Rien qu'une fois. Nous pourrions alors t'expliquer.

— M'expliquer ? M'expliquer les propos tenus par un fils de charpentier galiléen ? Pourquoi penses-tu qu'ils devraient prévaloir sur l'enseignement d'Orphée le divin musicien, dont la lyre charmait jusqu'aux bêtes les plus féroces ?

— Orphée n'est qu'une légende, intervint à nouveau Hippolyte. Et même s'il a réellement existé, il faut que tu saches qu'au fil du temps ses exploits ont été considérablement amplifiés par la tradition. Comment peux-tu croire qu'un être fait de chair et de sang ait pu descendre aux Enfers et en revenir ? Comment peux-tu imaginer que le chant d'une lyre puisse maintenir en équilibre le rocher de Sisyphe et immobiliser la roue d'Ixion ? Qu'il charme Hadès et Perséphone passe encore, mais des objets inanimés...

— Est-ce donc plus extraordinaire que de voir un homme présumé mort sortir de son tombeau et monter jusqu'au ciel ?

C'est alors qu'un bruit de volet qu'on claque résonna au-dessus de leurs têtes, suivi presque aussitôt par un éclat de voix furieux :

— Holà ! Ce tapage est bientôt fini ? Allez vous chicaner ailleurs, et laissez dormir en paix les honnêtes gens !

Le feu aux joues, les trois jeunes gens se turent instantanément. Et, avisant la fenêtre encore ouverte, Calixte chuchota :

— Allons-nous-en... Nous risquons de recevoir sur la tête le contenu d'un urinal.

Ils se retirèrent entre les arbres du jardin, jusqu'à la porte principale. Là, Calixte s'emparant de la main de la jeune fille lança à Hippolyte :

— Nous allons faire, elle et moi, la promenade projetée. Alors, bon vent.

— Non, annonça Flavia.

— Que dis-tu ?

La main de la jeune fille s'était raidie dans la sienne.

— Tu as raison, approuva Hippolyte. Il ne faut pas le suivre. Il fera tout ce qui est en son pouvoir pour te dissuader de devenir chrétienne.

Comme Calixte ne le contredisait pas, le fils d'Ephésius poursuivit avec ferveur :

— Tu verras, il ne te parlera que des dangers qu'il y a à embrasser notre foi. Il tentera de la déprécier à tes yeux, semer le doute dans ton esprit. Tu es encore fragile. Je t'en conjure, ne risque pas de te perdre alors que tu n'es qu'au début du voyage.

— Il suffit, Hippolyte ! Cesse de vouloir lui imposer tes mirages. Rome est pleine d'individus comme toi qui ne vendent que du vent.

Flavia avait un visage tendu, on la devinait déchirée.

— Calixte, si j'acceptais de t'accompagner, me promettrais-tu de venir demain avec moi assister à la célébration du rite chrétien ?

— Qu'est-ce que c'est que ce marchandage ?

— Ainsi tu pourrais te faire une idée plus précise de notre religion. Apollonius, lui, saura trouver les mots pour te convaincre.

— Me convaincre... Mais je n'ai nul besoin d'être convaincu. Votre religion n'a rien de plus que celle d'Isis ou de Mithra !

Flavia et Hippolyte eurent la même expression de désaveu.

— Il n'y a qu'un seul Dieu, rétorqua le fils d'Éphésius en détachant volontairement chaque mot, celui qui s'est révélé à nous sous la forme d'un homme fait de chair et de sang : Jésus le Christ. Tous les autres dieux, y compris le Dionysos d'Orphée, ne sont que dieux de pacotille.

— Quelle vanité habite donc l'esprit des chrétiens. Quelle infatuation. Un seul dieu : le vôtre ! C'est curieux, où est donc passée votre charité ? Votre tolérance ?

Calixte respira profondément avant de reprendre avec fermeté :

— Maintenant, Hippolyte, laisse-nous tranquilles. Sinon je t'imposerai de le faire, mais autrement que par le verbe.

— J'ai une âme à sauver, fut la seule réponse d'Hippolyte.

Aussitôt le poing de Calixte s'abattit sur la mâchoire du fils du villicus, lequel, plus petit et plus fluet que le Thrace, s'affaissa de tout son long.

— Calixte ! s'écria Flavia avec réprobation.

Avant qu'Hippolyte ne se relevât, elle s'agenouilla près de lui et, redressant sa tête en un mouvement quasi maternel, elle appuya sa nuque contre sa cuisse.

— Pardonne-lui, il a perdu la tête. Il ne sait pas ce qu'il fait.

Cette fois c'en était trop. La coupe débordait. A bout d'arguments le Thrace laissa tomber avec mépris :

— Je vois. La médiocrité va à la médiocrité.

Sans plus rien ajouter, il tourna les talons et s'engagea à longues enjambées dans le large couloir qui s'ouvrait sur la rue.

Chapitre 8

Il se réveilla le corps lourd et courbatu, noyé de
sueur malsaine. En faisant un geste pour écarter la
couverture rêche et humide, il eut l'impression désagréable que quelque chose de visqueux frôlait sa main.
Cancrelat ou rat ? Rien n'aurait pu le surprendre outre
mesure. Cette chambre d'auberge devait être le centre
des vermines de la terre.

La fille allongée à ses côtés poussa un soupir en
s'étirant. Il étudia ses traits à peine entrevus la veille :
elle était très jeune. Ses cheveux d'un blond douteux
couraient sur ses épaules.

Pourquoi avait-il accepté de la suivre ici ? Un besoin
de plonger dans la luxure ? Un voyage engendré par
lassitude de soi ? Pourtant, il avait toujours su que ces
filles d'auberge ne l'inspiraient pas. Mais celle-ci, avec
ses traits mouchetés de taches de rousseur, son air
maladroit et désarmé, lui avait irrésistiblement fait
penser à Flavia lorsque quelques années plus tôt il
l'avait recueillie dans cette ruelle.

Alors qu'il avait voulu fuir, oublier celle qui l'avait
blessé, meurtri dans sa fierté, voici qu'il partageait sa
couche avec une sorte de double de la jeune fille. Une
pensée perverse traversa son esprit, et il se dit que
peut-être cette nuit il n'avait fait que céder à une
tentation incestueuse. De toute façon, maintenant ne

demeurait qu'un goût d'amertume, plus présent encore que la veille.

D'un geste brusque, il bondit hors du lit après avoir rejeté la couverture poisseuse, ouvrit grands les volets et commença à se vêtir rapidement sans porter d'attention aux questions de la courtisane, uniquement préoccupée par le plaisir qu'elle espérait lui avoir procuré.

L'instant d'après il était dans la salle du bas et demandait son compte à l'aubergiste.

— Un pain : un as. La soupe : un as. Un setier de vin : deux as. La fille : huit as.

Calixte trouva le compte exorbitant, en particulier la somme pour la fille. Elle était loin de valoir ces huit as. Mais il ne marchanda pas. Nul doute que la malheureuse eût payé de coups la réclamation du client. A l'instant précis où il alignait sur la table les piécettes de bronze, l'aubergiste s'exclama en levant les bras :

— Ô Servilius ! Te voilà donc revenu ?

Au seul nom de Servilius, une marée de souvenirs morbides revint à l'esprit du Thrace. Il se retourna vivement. C'était bien le triste individu qui avait su quelques années plus tôt, avec son sourire et sa mine affétée, les entraîner, Flavia et lui, vers les horreurs de Suburre.

Le proxénète n'avait pas tellement changé. Peut-être était-il un peu plus gras, plus chauve, vêtu avec encore plus de mauvais goût, mais le ton était le même et il répondait à l'aubergiste avec la même jovialité qu'autrefois à Gallus.

— Mercure t'est-il toujours aussi favorable ? s'enquit l'aubergiste.

— Oh, tu connais ce dieu... Il vole plutôt qu'il ne paie les sacrifices qu'on lui fait.

— Il n'y aurait donc plus dans les rues d'enfants à voler, seigneur Servilius ? ironisa Calixte.

A cette heure matinale, bien que l'auberge fût encore

à moitié vide, il y avait le long du comptoir les habituels parieurs de courses qui, entre deux pichets d'albus, discutaient avec passion les mérites respectifs des auriges, porteurs des couleurs bleues ou vertes et, dans le coin le plus obscur, deux adolescents qui se livraient à une partie de mourre[1]. A la question de Calixte, tous les visages convergèrent vers lui.

— Qui es-tu ? interrogea Servilius interloqué.

— Tu ne te souviens donc pas ? Le garçon qui protégeait la petite voleuse de poissons. Celui qui a empêché ton ami Gallus de la vendre. Allons, ami, fais donc un effort.

Servilius parut fouiller un instant sa mémoire avant de s'exclamer incrédule :

— L'esclave du sénateur Apollonius ?

— Parfaitement. Ai-je à ce point changé que tu ne te souviennes plus de moi ?

— Par Pluton ! Je ne me souviens que trop ! Tu as blessé au crâne mon ami Gallus. Et au cas où tu l'ignorerais, il en est mort. Tu es un assassin !

Bien que surpris par la nouvelle, Calixte rétorqua avec mépris :

— Je te reconnais bien. Encore et toujours à travestir la vérité. Tu sais parfaitement que ce soir-là je n'ai fait que me défendre et protéger une malheureuse enfant. Du reste, si tu me croyais véritablement criminel, il me semble qu'en cinq ans tu avais largement le temps de m'accuser devant le tribunal du préfet.

— Comment pouvais-je espérer d'un magistrat qu'il condamnât le giton d'un sénateur ?

Calixte se raidit sous l'injure, tandis que le proxénète partait d'un grand éclat de rire.

1. Jeu où l'on se montre rapidement les doigts, les uns relevés, les autres fermés, afin de donner à deviner le nombre des premiers. On accuse un nombre en même temps, et celui-là gagne qui devine le nombre de doigts qui lui sont présentés.

L'assistance s'apprêtait à lui faire écho, mais très vite les traits se figèrent. Du revers de la main le Thrace avait frappé de toute sa force la tempe de Servilius, qui bascula en arrière, se rattrapant in extremis au rebord du comptoir. Avec un grondement de fauve, Calixte bondit sur lui, le projetant à terre. Ivre de fureur, il plaqua son pied sur la face de son adversaire, appuyant la semelle contre son visage, faisant naître sur ses traits déformés une expression de crapaud à l'agonie. Il accentua sa pression. Servilius voulut crier, mais il ne sortit de sa gorge qu'une sorte de gargouillement grotesque. L'aubergiste tenta de s'interposer. Le bras du Thrace le faucha au bas-ventre, et il alla lui aussi finir au pied du thermopole.

Maintenant les doigts de Calixte s'étaient refermés sur le cou épais de Servilius, et lentement, comme s'il éprouvait à la vue de la souffrance de l'autre une véritable volupté, il resserra l'étau.

— Non, seigneur ! Arrête !

La main fragile de la fille qui avait partagé sa couche s'agrippait à son bras.

— Arrête, seigneur..., implora-t-elle. Si tu le tues, tous les gens de la maison seront tenus pour responsables. Je ne veux pas finir dans l'arène.

Calixte jeta un œil écœuré sur sa victime.

— Tu es fortuné, l'ami... Elle vient de te sauver la vie.

Après un temps il ajouta :

— Ne penses-tu pas qu'un tel geste mérite récompense ?

Servilius, terrorisé, ne put qu'approuver frénétiquement de la tête.

— Parfait. Alors je suis sûr que tu ne refuseras pas de lui offrir une de tes belles bagues pour qu'elle puisse racheter sa liberté. N'est-ce pas, Servilius ?

Liant le geste à la parole, il appuya son genou sur la

poitrine de sa victime. Celui-ci, la lèvre inférieure éclatée, bavant sa salive rougeâtre, émit vaguement quelque chose qui ressemblait à : « Oui, tout ce que tu voudras... »

Rapidement, Calixte fit glisser un des précieux bijoux d'entre les doigts boudinés, et le tendit à la fille.

— Mais la liberté ne lui servirait à rien si elle n'avait pas les moyens d'en profiter. Aussi, avec ta permission...

Et il s'empara d'une autre bague, tout en déclarant à la fille :

— Remercie le seigneur Servilius de sa générosité.

Elle s'exécuta, hésitante. Le Thrace se releva. Le proxénète, suant et grimaçant, voulut faire de même, mais Calixte le maintint fermement à terre.

— Attends ! J'y pense... après tout ce que tu dois aux prostituées, il me semble que tu peux te montrer encore plus généreux !

— Mais... que... que veux-tu encore ?

— Tout simplement ceci...

Calixte désigna du doigt le lourd collier d'or tressé, pendu au cou de Servilius.

— Il me paraît tout à fait naturel que tu offres cette merveilleuse pièce à cette jeune personne. Juste récompense pour le temps qu'elle a passé à vous enrichir, toi et tes amis.

Servilius poussa un soupir proche du sanglot. De grosses gouttes de sueur perlaient à son front et le long de ses tempes. Brisé, il dégagea le collier et le tendit à la fille qui s'en saisit avidement. Un murmure réprobateur parcourut le cercle des assistants, mais nul n'osa intervenir.

— Merci, bredouilla la jeune fille avec un sourire timide. Puis-je connaître ton nom afin qu'il demeure à jamais dans ma mémoire ?

— Calixte.

— Moi, c'est Élisha.

— C'est bien, Élisha. Maintenant il faut que tu partes. Loin, le plus loin possible, et sois heureuse.

Assuré qu'elle était hors de danger, le Thrace se dirigea à son tour vers la porte et avant de disparaître lança avec ironie :

— C'est bien, Servilius... C'est bien ce que tu as fait. Je suis sûr que ce n'est que le premier pas vers une vie exemplaire et dans le cas où tu faiblirais, n'hésite pas à venir me trouver !

*

Carvilius, le cuisinier d'Apollonius, l'attendait à l'insula.

— J'ai à te parler, dit-il avec gravité.

— Et moi j'ai faim.

— Parfait. Nous alimenterons donc le ventre et l'esprit. Suis-moi.

L'homme l'entraîna vers les cuisines encore désertes. Il ouvrit un placard, prit deux petits pains ronds, une assiette de métal qu'il remplit jusqu'à ras bord de haricots puisés dans une casserole géante, et posa le tout sur la grande table de chêne massif.

— Un verre de mulsum ?

Calixte fit la grimace. Les lendemains de débauche il ne rêvait que d'eau fraîche, et l'idée même de l'alcool lui donnait la nausée.

— Dis-moi plutôt de quoi tu veux m'entretenir.

— En fait, je ne suis qu'un intermédiaire, confia Carvilius en se servant une coupe de vin miellé. C'est Flavia qui m'a prié de te parler.

— Flavia ? Que veut-elle ? Il me semble que tout a été dit.

— Avant toute chose, sache qu'elle regrette profondément votre dispute et s'excuse d'avoir pu te blesser.

— Ensuite ?

— Eh bien, elle aimerait que je plaide sa cause.

— Sa cause... Mais n'est-elle pas la tienne ? A quoi cela servirait ? Que cette gamine se laisse endormir par d'absurdes rêveries, passe encore, mais toi ? Toi, Carvilius ?

Malgré son refus, le cuisinier lui servit une coupe de vin.

— Petit, tu me sembles bien nerveux. Bois donc. Ceci apprivoisera peut-être tes humeurs. Quant à la « gamine », laisse-moi t'affirmer qu'elle est bien plus adulte que certains d'entre nous. Mais là n'est pas le propos. Si je comprends bien ta position, tu ne veux pas abandonner l'orphisme, mais tu exiges que Flavia et moi renoncions à notre foi ?

— Si quelqu'un venait à découvrir que vous êtes chrétiens, pour vous deux ce serait la mort dans les pires des supplices. En revanche, ma religion, elle, est tolérée par Rome.

— Il est de notoriété publique qu'Apollonius est chrétien et...

Calixte ne le laissa pas poursuivre.

— Ne te réfugie pas derrière la sécurité que notre maître vous apporte ; elle est aussi fragile qu'une lame de cristal : Apollonius n'est pas éternel. Ce ne serait pas la première fois qu'un sénateur[1] perdrait la vie pour avoir transgressé la loi néronienne.

— Et s'il venait à notre maître d'être tué, ne trouverais-tu pas une certaine grandeur à mourir à ses côtés ? sourit Carvilius.

— Non, aucune. J'ai accepté de vivre pour lui, je trouve que c'est déjà bien suffisant.

— Toujours ton esprit rebelle... Tu as raison. Il ne

1. Un siècle plus tôt, l'empereur Domitien avait fait exécuter ses propres cousins pour leur adhésion au christianisme.

s'agit pas de mourir pour lui plaire ; du reste il ne l'apprécierait pas. Mais en ce qui concerne Flavia et moi-même, nous partageons la même foi, et nous n'en changerons pas, même si cette fidélité doit un jour nous conduire dans l'arène.

— Inconscience !

— L'inconscience ne serait-elle pas de ton côté ? D'où tiens-tu cette certitude ?

— Tout simplement parce qu'il est insensé de risquer sa vie pour des idées.

Carvilius se redressa lentement sur son tabouret.

— Écoute-moi bien, petit. Je suis un vieil homme. Je vais bientôt avoir soixante ans. J'ai passé mon existence à vénérer Mars, Jupiter, Vénus et les autres. Des dieux muets et égoïstes, conçus de toutes pièces pour servir d'alibi à la folie des hommes. Mars sur son char ne fut toujours à mes yeux que symbole d'exil et de terreur. Je n'ai vu sacrifier à Pluton que les ténèbres au pied des autels. Jupiter, que d'aucuns se plaisent à considérer comme le maître absolu de l'univers, Jupiter n'offre que la vision torturée d'un caméléon se métamorphosant au gré de ses désirs ; tantôt satyre, tantôt pluie d'or, ou encore, pour pénétrer en Danaé : taureau. Allons Calixte, soyons sérieux, peut-on vénérer un dieu taureau ? Cette fois quelqu'un, un homme pareil à toi et à moi, un être de chair et de sang a parlé d'amour et de fraternité. Il n'a pas fait la guerre à Saturne ou aux Titans, mais à l'injustice. Il ne fut pas élevé par des corybantes[1], mais par une femme : Marie. Une femme comme les autres. Contrairement au fils de Saturne, il ne bâtit pas les murailles de Troie, mais il a semé la graine d'un univers cent fois plus noble, cent fois plus grand. Alors cet homme, laisse-

---

1. Nom des prêtres de la déesse Cybèle, réputés pour leurs dévotions violentes.

nous croire en lui. Cette croyance nous permet de mieux supporter notre état. Toute ma vie je n'ai appartenu qu'à d'obèses patriciens, repus et répugnants. Toute ma vie j'ai subi le joug. Alors, Calixte, pour une fois où j'entends les mots liberté, amour, justice, ne me demande pas de me boucher les oreilles.

Troublé malgré lui, Calixte ne sut trop que dire. Il y avait une telle ferveur, une telle sincérité dans ce qu'il venait d'entendre qu'il se sentit désarmé. Il secoua la tête avec lassitude et, le dos un peu voûté, il se retira.

Chapitre 9

Situé entre la Vélia, le Caelius et l'Esquilin, près du colosse du soleil, dans la dépression comblée du lac de la Maison Dorée, l'amphithéâtre Flavien dressait ses quatre étages de murailles arrondies. C'était un ouvrage grandiose, un cercle surplombé d'une rotonde de près de trente toises de haut, taillée dans un travertin compact fait de blocs extraits tout spécialement des carrières d'Albulae. Vu de loin, l'édifice faisait songer à l'iris d'un cratère géant prêt à engloutir le ciel.

En ce dernier jour des nones d'augustus, il y régnait une effervescence qui rappelait le temps des grands triomphes de Caligula, Domitien et Trajan. Rugissement des lions, feulement des panthères, grognement des tigres, avec pour dominante le cyclopéen, l'apocalyptique hurlement de la foule des quirites[1].

Un léopard se tordait de douleur sur le sable ocre, donnant des coups de griffes convulsifs pour tenter de se débarrasser de la longue flèche qui traversait son corps de part en part. De larges plaques de sang marbraient la surface de l'arène où gisaient déjà plusieurs dizaines de fauves aux pattes raidies, la peau encore frémissante des derniers spasmes de vie. D'autres bêtes, désorientées, éperdues, refluaient par à-

---

1. Appellation des citadins de Rome.

coups, de l'ombre du vélum à la lumière dure du centre de la piste.

Des lions bondissaient, pour tenter d'escalader les hauts murs qui cerclaient le périmètre, avant de retomber dans un grondement désespéré. Des panthères cherchaient à s'infiltrer entre les barreaux des ouvertures, et leurs échecs successifs accroissaient leur fureur. La plupart s'affolaient au cœur de l'espace découvert, avant de piler net et de s'affaisser lourdement, foudroyés par une flèche.

Par vagues montaient les clameurs. Les cris de « César! César! » déchiraient le ciel de l'amphithéâtre. Chaque fois qu'un fauve s'écroulait, les regards se tournaient vers Commode, hommes et femmes envoûtés par le jeune souverain, maître et instigateur de ces instants de démesure.

L'empereur était vêtu, comme Hercule, d'une peau de lion qui lui laissait libres la poitrine et le bras droit. La mâchoire de l'animal le coiffait comme un casque, et sa crinière lui encadrait le visage avant de retomber en cascade le long de ses épaules, conférant à ses traits une allure barbare.

Il cala une flèche contre la corde de son arc et le tendit. La pointe suivit les bonds désordonnés d'un lion; Commode bloqua son souffle, détendit les doigts. Avec une volupté secrète il apprécia la vibration de la corde, suivie du bref chuintement de l'air. Les vivats redoublèrent. Le trait frappa l'animal de plein fouet, creusant une empreinte sanguinolente, alors que l'empennage de la flèche frémissait, insculpé dans la robe jaune.

— Extraordinaire! Quatre-vingt-trois fauves tués par quatre-vingt-trois flèches! s'exclama Quintianus.

— Ne te sens-tu pas fatigué, Auguste? s'enquit Bruttia Crispina de sa voix nasillarde.

La nouvelle épouse de Commode, le ventre alourdi par un début de grossesse, était la seule qui fût assise.

— Ne crains rien, Augusta, intervint Lucilla avec une voix aux sonorités railleuses, mon frère est aussi infatigable dans ses exploits guerriers que dans ses joutes amoureuses !

Commode jeta un coup d'œil furtif vers la jeune femme au visage renfrogné, raidie dans une immobilité hiératique. Sa sœur aînée l'intimidait toujours un peu. Il avait l'impression désagréable qu'elle le tenait pour un gamin immature.

— Ne désires-tu pas tenter ta chance, cousin Quadratus ? interrogea-t-il pour faire diversion.

Mais Umnius Quadratus semblait perdu dans un rêve. Une jeune femme brune intervint, offrant à l'empereur une coupe taillée en forme de massue.

— Non, seigneur, dit-elle d'une voix posée, ceci n'est plus une venatio [1] ordinaire, mais une épreuve de force que tu t'es imposée. Il te faut achever ton ouvrage afin de prouver au peuple de Rome que tu es bien l'élu des dieux. Ne partage pas cette gloire avec un autre.

— Tu dis vrai, Marcia, approuva le jeune prince, un éclair d'orgueil dans le regard.

Se tournant vers le peuple assemblé, il leva sa coupe et fit une libation sur le sable de l'arène en s'écriant :

— Gloire à Sol Invictus, à Mithra et à tous les dieux !

Il y eut quelques cris rageurs, très vite couverts par un tonnerre d'encouragements roulant des gradins.

— Gloire au nouvel Hercule !

Commode porta la coupe à ses lèvres, absorba deux gorgées de vin, et la reposa aussitôt. Se saisissant à nouveau de son arc, il dénombra ses flèches. Il en restait dix-sept. Dix-sept, pour dix-sept fauves.

Allait-il réussir l'impossible ? Dans un silence par-

1 Chasse en amphithéâtre.

fait, il tendit sa corde. Les flèches de l'archer césarien reprirent leur course implacable. Il ne subsista plus que trois fauves, puis deux, enfin un dernier. Lorsque celui-ci, une admirable panthère au pelage jaune marbré moucheté de noir, s'écroula, ce fut l'apothéose. En un ample geste triomphal, Commode leva à deux mains son arc vers le ciel. Il avait réussi l'extraordinaire exploit : abattre cent bêtes fauves, de cent flèches.

Son premier mouvement fut de descendre dans l'arène pour mieux goûter son triomphe, mais la vue de la piste encombrée de cadavres l'en dissuada. Il prit le parti de se retirer modestement, non sans avoir une dernière fois salué la masse déchaînée.

— Aujourd'hui, César, tu as rejoint les héros, effleuré les dieux ! s'exclama Marcia avec enthousiasme.

Commode prit la jeune femme par le bras et l'entraîna hors de la loge impériale.

— Si tu le désires, un jour tu m'accompagneras à la chasse, et je dévoilerai pour toi certains secrets de ma force.

La sœur et l'épouse de l'empereur échangèrent un regard irrité. Cette Marcia, que le peuple surnommait l'Amazonienne, commençait à prendre beaucoup trop d'importance à leurs yeux. En silence, tous s'engagèrent à la suite du couple dans le vomitorium qui conduisait hors de l'amphithéâtre. L'empereur pérorait. Marcia, légèrement embarrassée par ces débordements, se retourna machinalement vers le petit groupe de suivants, et presque aussitôt elle poussa un hurlement de terreur.

— Non, Quadratus ! Non !

— De la part du Sénat !

Ce fut l'entraînement intensif que Commode

s'imposait depuis toujours sous la conduite des lanistes les plus réputés, qui lui sauva la vie.

La vision fugitive d'un bras levé, l'éclair d'un poignard, et une volte rapide qui lui permit de n'offrir à l'agresseur que son profil. L'arme, au lieu de plonger dans son dos, entailla son épaule. Avec une surprenante vigueur, Marcia se jeta sur l'avant-bras de Quadratus. Dans le même temps, Commode, genou lancé dans une posture classique du pankration, heurta le bas-ventre du meurtrier qui, cloué par la douleur, se plia, la main refermée sur son entrejambe. Déjà les equites singulares surgissaient et maîtrisaient l'homme. Ni Quintianus ni la sœur, non plus que l'épouse de l'empereur n'avaient bronché.

Marcia dégrafa sa stola et la noua autour de l'épaule de Commode pour arrêter le sang qui coulait en épais filets. Livide, le prince de Rome la laissa faire. C'était la première fois qu'il voyait la mort d'aussi près, la première fois également qu'il constatait de manière aussi flagrante la réalité des complots dont il était la cible. Il refréna difficilement le léger tremblement de ses lèvres, se décida enfin à répondre au centurion.

— Qu'ordonnes-tu, Auguste ?

— Qu'on le conduise à la prison Mamertine. Le préfet du prétoire s'en chargera.

Après un temps, il pointa son index sur le petit groupe qui n'avait toujours pas réagi.

— Quant à ceux-là, qu'on leur fasse subir un interrogatoire.

— M'interroger ? s'écria Lucilla affolée. Moi, ta sœur !

— Ma chère, depuis quelque temps il est des rumeurs singulières qui courent la ville. Je veux en avoir le cœur net !

— Mais la vérité est là ! Quadratus a toujours été ton compagnon de débauche. Pour une raison qui vous

105

concerne tous les deux il aura jugé avoir été lésé par toi et...

— Ah non! intervint contre toute attente Quadratus. Tu ne t'en tireras pas par une double trahison!

S'adressant à Commode il répliqua avec force.

— C'est elle, Auguste, c'est elle qui est la cause de tout. Elle désirait ta mort pour accéder au pouvoir. Elle m'avait promis de m'épouser en échange de mon geste et...

— L'épouser, lui? se récria brusquement Quintianus.

— Tais-toi! aboya Crispina en le foudroyant du regard.

— T'aurait-elle donc fait la même promesse? interrogea Commode.

Avec un ricanement amer Quadratus révéla :

— Ce cher Quintianus devait lui aussi te frapper. Si tu es encore en vie, c'est parce que ce lâche a eu peur. Mais nous ignorions tous les deux que nous agissions pour la même récompense : la pourpre en épousant cette garce.

Quintianius voulut protester ; déjà les equites singulares l'encadraient et le fouillaient. L'instant d'après on découvrait un poignard dans les plis de sa toge.

Le visage fermé, d'un claquement sec des doigts, Commode intima l'ordre de les emmener. Et désignant son épouse, il précisa :

— Elle aussi.

— Moi, Auguste? Je t'en fais le serment, je n'étais au courant de rien!

— Elle aussi!

Saisissant le bras de Marcia, il ajouta :

— Et maintenant, qu'on nous laisse!

Sans plus attendre, les gardes saluèrent en frappant leur cuirasse de leur poing fermé.

Longtemps après qu'ils eurent disparu avec leurs

prisonniers, le bruit de leurs semelles cloutées résonnait toujours dans les corridors de l'amphithéâtre. Se tournant vers Marcia, Commode la serra contre lui.

— C'est bien... Tu m'as sauvé la vie. Toi seule es digne de ton empereur.

Chàpitre 10

Apollonius était en train de faire sa promenade
quotidienne dans le jardin intérieur de l'insula, lorsque surgit la litière de Carpophore. Les porteurs la
déposèrent à terre et aidèrent le chevalier à en descendre. Intrigué, Apollonius se dirigea vers son
ami : il n'était guère dans ses habitudes de lui rendre
visite sans s'être fait annoncer. A son expression, il
comprit tout de suite qu'il se passait quelque chose de
grave.

— Ave Carpophore, quel...

— Je te salue. Pouvons-nous nous entretenir en
particulier ?

— Naturellement. Veux-tu ici, dans ce jardin ?

— Je préférerais un endroit plus discret.

Le vieil homme hocha la tête.

— Suis-moi.

Il conduisit son compagnon dans la galerie des
ancêtres. Désignant les masques mortuaires et les
bustes des défunts de la gens Apollonii, il ironisa :

— Personne ne nous dérangera dans ce couloir des
horreurs. Alors, qu'avais-tu donc de si confidentiel à
me dire ?

— Je suis ici pour te mettre en garde : tu dois fuir.

— Fuir ? Mais pourquoi ?

— Parce que tous savent ton amitié pour Pompéia-

108

nus, le plus proche collaborateur de Marc Aurèle ; Pompéianus qui est aussi le mari de Lucilla.

Apollonius eut l'air atterré.

— Tu veux dire que l'on va arrêter Pompéianus ?

— Si ce n'est déjà fait. Et il est tout à fait probable que ses amis — dois-je encore le préciser —, dont tu fais partie, subiront le même sort.

— Je ne peux pas croire que Pompéianus ait pu tremper dans cette histoire d'attentat. Il avait juré à Marc Aurèle de veiller sur son fils.

— Mais enfin, ouvre donc les yeux ! Tu sais parfaitement que depuis la mort de l'empereur deux clans se partagent le pouvoir. D'une part les anciens fidèles d'Aurèle qui, au côté de Pompéianus, continuent tant bien que mal à administrer l'Empire...

— Avec probité et compétence !

— Sans doute. Mais il n'empêche qu'ainsi ils barrent la route aux augustants, familiers de Commode, qui possèdent en Pérennis, le préfet du prétoire, un chef que les scrupules n'étouffent guère !

Apollonius amorça quelques pas, tête basse. Carpophore reprenait, plus pressant :

— Mon ami, je t'en conjure, il faut fuir immédiatement. Les prétoriens risquent de débarquer d'un instant à l'autre.

Le vieux sénateur leva la tête vers lui et déclara calmement :

— Tu devrais remonter dans ta litière. S'ils te trouvent ici, sachant que tu es attaché au service du palais, ils n'auront pas de mal à en conclure que tu venais me prévenir. Pars.

— Mais, c'est toi qui es menacé !

Apollonius posa affectueusement la main sur l'épaule du chevalier.

— Je te remercie du fond du cœur pour le risque que tu as pris. Mais rien ne me fera changer d'avis : je reste.

C'est paraît-il dans l'adversité que l'on reconnaît les siens, et si je puis être utile à Pompéianus...

— Tu ne peux plus rien pour lui !

— C'est possible, mais pourquoi partirais-je ? Je suis vieux, malade. Les conditions précaires d'un voyage, les angoisses de la fuite m'achèveraient. Depuis de longues années je me prépare à souffrir et à mourir pour ma foi chrétienne. Je ne crains donc pas d'avoir à le faire pour l'amitié.

Carpophore le considéra, partagé entre l'admiration et la réprobation. Il connaissait suffisamment le vieil homme pour savoir qu'il ne reviendrait pas sur sa décision.

— As-tu bien réfléchi ? articula-t-il, la voix tendue par l'émotion.

— Tout à fait. Je te demande seulement — s'il m'arrivait malheur — de prendre soin de ma sœur et de mes esclaves.

Ils se saluèrent longuement. Le chevalier se détourna et marcha vers sa litière aussi vite qu'il le put. Ils ne devaient jamais se revoir.

Après le départ de Carpophore, Apollonius convoqua ses esclaves dans l'atrium où il les reçut, enveloppé dans sa toge, le visage aussi serein que d'habitude.

— Mes amis, l'heure est venue de vous quitter. J'ai toujours cru que mon vieux corps affligé de trop de maux ne réussirait pas à me maintenir longtemps parmi vous. Or, ce sont les hasards de la destinée : ce n'est pas lui qui me trahit. Je vais probablement être la victime indirecte — et dois-je le préciser, innocente — d'une révolte de palais. D'ici peu, les prétoriens vont venir m'arrêter. Je tenais donc à vous réunir tous pour vous dire adieu.

Le sol se dérobant sous leurs pieds, un éclair traversant un ciel sans nuages n'eussent pas fait plus d'impression sur les esclaves que cette déclaration. Certains se mirent à murmurer machinalement, éperdus : « Maître, ô maître ! » Flavia et la plupart des femmes ne purent contenir leurs larmes. D'autres, dont Calixte, l'instant de surprise passé, méditèrent sur les retombées qu'un tel événement aurait sur leur destin. Tous savaient la bonté d'un homme tel qu'Apollonius. Ils ne retrouveraient jamais pareil maître.

— Vous savez aussi que je suis chrétien, ce qui m'a amené à m'interroger souvent et longuement sur la question de l'esclavage. Sans doute aurais-je été plus fidèle à mes convictions si je vous avais affranchis plus tôt. Mais c'eût été ma ruine ou pour le moins la perte de mon rang sénatorial, et la perte de l'influence que je pouvais exercer à la Domus Augustana [1] en faveur de mes frères. Je n'aurais fait qu'attirer l'attention sur moi, ce qui m'aurait probablement valu tôt ou tard la condamnation aux bêtes. Mais peut-être ne sont-ce que de fragiles excuses que je vous évoque, après me les être données à moi-même. Quoi qu'il en soit, je vais de ce pas rédiger mon testament, et j'y ferai préciser pour tous ici présents la manumissio !

A peine eut-il prononcé ce mot que tous les esclaves se dévisagèrent avec stupeur. Ce que venait de décider leur maître n'avait qu'un sens : l'affranchissement. Ils allaient être libres !

Calixte chercha le regard de Flavia mais ne le trouva pas. La jeune fille en larmes fixait le sénateur avec compassion.

La première émotion écoulée, un courant de fièvre submergea le groupe d'esclaves. Certains se précipitèrent aux pieds du vieil homme, d'autres cherchèrent à lui embrasser les mains ; mais la majorité, envahie par une multitude de pensées contradictoires, fit silence.

— Allons, mes amis, reprenez-vous. Mettons à profit le temps qui nous reste. Toi, ordonna-t-il en se tour-

1. Palais impérial.

nant vers Hippolyte, rends-toi immédiatement chez Claudius Maximus le censeur. J'ai besoin de lui pour faire avérer mon testament. Toi, Éphésius, rassemble tous les documents nécessaires à l'expression de mes dernières volontés. Quant aux autres, retournez à vos tâches.

A l'exception de l'intendant, tous quittèrent l'atrium. Et pour la première fois depuis qu'il était à son service, Apollonius put constater un trouble véritable sur les traits de son serviteur.

— Maître... maître, est-ce vrai ? Les prétoriens vont-ils...

— Hélas oui, mon brave Éphésius. Carpophore est venu m'informer. Ils ne vont sans doute pas tarder à surgir.

— Dans ce cas... ta sœur, Livia, elle aussi serait en danger.

— Je te la confie. Les intrigants qui fourmillent autour de notre empereur n'ont — du moins je veux le croire — aucune raison de lui en vouloir.

— Mais ne crains-tu pas sa réaction lorsqu'elle apprendra ton arrestation ?

Un sourire parcheminé plissa la face du vieil homme.

— Non, non. Livia est une nature timide et discrète.

— Ce sont des êtres comme elle qui deviennent les plus téméraires lorsque les circonstances violent leur nature...

— Rassure-toi, mon ami. Et n'oublie pas de lui transmettre toute mon affection. Je crains de n'avoir point ce courage.

Éphésius s'inclina. Les traits à nouveau refermés, il entreprit d'ouvrir les coffrets qui contenaient les titres de propriété ainsi que les documents de famille d'Apollonius. S'emparant d'une tablette de cire et d'un stylet, il attendit le texte du sénateur.

— N'aurais-tu pas préféré un scribe ? Il aurait sans doute rédigé tout cela plus clairement que moi.

Apollonius ne répondit pas. Étonné, Éphésius leva les yeux. Faiblement éclairés par la lumière tremblante des lampes, les traits de son maître s'étaient figés. Il chuchota :

— Ce n'est plus la peine.

C'est alors que le villicus perçut le bruit cadencé des chaussures cloutées. Seuls les prétoriens en portaient.

Chapitre 11

Le forum de César était comme toujours empli d'une foule bigarrée. D'une part, les sénateurs, chevaliers, nobles matrones, drapés de soie et d'étoffes empourprées, revenant des jardins ou des portiques du Champ de Mars ; de l'autre, la masse hétéroclite des habitants de la proche Suburre, vêtus de lin ou de laine, en robe flottante des provinces orientales, en tunique courte d'athlète, en manteau gaulois, ou bien encore dans la tenue provocante des prostituées.

Les groupes d'élégants stationnaient devant les boutiques les plus fastueuses, discutaillant le prix des ivoires, de la vaisselle précieuse et des fourrures. Les plébéiens, eux, marchandaient âprement avec les maraîchers qui offraient dans de simples paniers tressés les fruits et les légumes qu'ils avaient tirés de leurs barques à fond plat, amarrées aux pontons de bois du Tibre. Fraternellement mêlés, des hommes devisaient au pied des thermopoles ; d'autres, abrités de l'ardeur du soleil par les arcades qui bordaient la place, étaient étendus sur les banquettes de quelques échoppes de barbier où s'échangeaient les derniers échos de la capitale. Celle d'Alcon, bien que pratiquant des prix exceptionnellement élevés, était la plus fréquentée. Ils étaient rares ceux qui vous apprêtaient une barbe sans vous charcuter. Alcon faisait partie de ceux-là.

Il acheva de passer délicatement sa lame sur la joue ronde de son client, personnage obèse et bouffi, dont les vêtements traduisaient l'opulence.

Autour d'eux, un petit monde s'agitait comme dans une ruche. Apprentis qui aiguisaient les couteaux du maître, mignons qui marquaient le pas devant les grands miroirs de bronze, constituaient presque exclusivement le décor de la boutique. Alentour, il y avait le va-et-vient incessant des curieux et la rumeur discontinue formée par le papotage des clients

Entre ces murs s'échangeaient les ragots les plus communs, les anecdotes nées la veille, ou encore des secrets murmurés qu'on aurait pu imaginer n'entendre que dans les couloirs austères de la Domus Augustana.

— Alors, lança une voix, si l'on en croit les dernières nouvelles, nous risquons de revoir les temps néroniens.

— Calomnies de sénateurs, répliqua quelqu'un, notre jeune Auguste n'a rien d'un fou sanguinaire. La meilleure preuve en est que Lucilla, au lieu d'être exécutée comme ses complices, se retrouve exilée à Capri.

— Et son époux, le noble Pompéianus ? interrogea un troisième personnage.

— Il a sauvé sa peau en renonçant au pouvoir et en acceptant de se retirer à Terracine.

Le client qu'Alcon était en train de raser sursauta violemment.

— Et les...

Il s'interrompit, grimaça, portant la main à la coupure que son mouvement avait provoquée.

— Du calme, seigneur Servilius ! rugit le barbier, sinon ton visage et ma réputation en souffriront.

— Aucune importance pour ta réputation, maugréa Servilius, mais prends garde à ma peau.

Il acheva sa question :

— Et les complices de Pompéianus, quel a été leur sort ?

— Quels complices ?

— Je veux parler... aïe ! maudit Alcon !... de ses collaborateurs.

— Seigneur Servilius, protesta vivement le barbier, tu ne te soucies peut-être pas de ressembler à un gladiateur sorti de l'arène, mais je te répète que moi j'ai une renommée à défendre. Si tu commets encore un écart, je te raye du nombre de mes barbes !

Une cascade de rires accompagna la remarque d'Alcon. Servilius, lui, se contenta de hausser les épaules avec agacement. Visiblement il était sur des charbons ardents.

— Les collaborateurs de Pompéianus, reprit l'informateur, ainsi que tous ceux qui ont servi sous l'ancien régime, vont sans doute être relâchés dès que Pérennis, le préfet du prétoire, aura jugé leur cas.

— Et le sénateur Apollonius ?

— Son nom n'a pas été cité plus particulièrement que d'autres. Je suppose que s'il est prouvé qu'il n'a pas été mêlé au complot, il sera lui aussi relâché.

— A moins que l'on ne découvre qu'il est chrétien, plaisanta une autre voix.

Servilius faillit bondir de son tabouret. Une nouvelle fois la lame entailla sa peau. Le sang perla sous l'œil moqueur de l'assistance et le barbier, piqué au vif, leva les bras au ciel. Cette fois il n'eut pas le temps d'exprimer sa colère : Servilius s'était levé.

— Veux-tu répéter... Apollonius est chrétien ?

— Parfaitement. Ce n'est un secret pour personne. Je...

Sans prendre la peine d'écouter la suite, Servilius s'essuya les joues avec son peignoir et déclara à Alcon avec superbe :

— Décidément, mon pauvre ami, tu es bien trop maladroit pour que je continue à te confier mon visage.

Les rires redoublèrent, tandis que le malheureux barbier piaffait de colère.

— Console-toi, ajouta Servilius, imperturbable. Je ne t'oublierai pas pour autant. Demain je serai assez riche pour pouvoir t'engager, ainsi que tes aides, pour couper la barbe à mes affranchis. Tu pourras ainsi t'exercer à ta guise.

*

De tout temps, la justice rendue par le préfet du prétoire avait eu mauvaise réputation. Elle ne jugeait guère que des procès criminels, plus particulièrement ceux de lèse-majesté. La procédure était secrète, les sentences de mort trop nombreuses pour que l'on crût à la probité des juges. Ces procès se déroulaient à la Castra Praetoria, le camp où résidait la garde prétorienne. Les détenus, souvent illustres, y étaient enfermés sous bonne garde en attendant d'être jugés. On les autorisait rarement à communiquer, mais le cas échéant ce geste était considéré comme de très bon augure.

Parmi les anciens proches de Marc Aurèle qui se trouvaient réunis dans la Castra, le sénateur Apollonius tranchait par sa sérénité. Les Pertinax, les Julianus, les Victorinus, se voyaient chaque jour réconfortés par son attitude. Ils s'étaient complu à le qualifier avec humour : « Seul authentique philosophe de l'Empire depuis la mort de Marc Aurèle. »

Du reste, la situation s'éclaircissait. Pompéianus ayant renoncé au pouvoir, ses amis n'étaient plus dangereux. C'est pourquoi nul ne s'étonna vraiment de voir se succéder les jugements de clémence. Ainsi, Julianus fut seulement condamné à se retirer à Médiolanum. Pertinax, dans son village natal de Ligurie. Même Victorius, dont la parfaite rectitude n'avait d'égale que son immuable franchise, fut épargné.

Dans ces conditions, pourquoi Apollonius aurait-il éprouvé une quelconque appréhension ? D'entre tous, il était incontestablement le moins compromis dans cette affaire. Sa sœur Livia, ses amis, ses clients, ses esclaves, la communauté chrétienne tout entière, lui faisaient parvenir des messages de réconfort, des présents, des friandises qu'il s'empressait d'ailleurs de redistribuer aux autres détenus, et même aux prétoriens qui le surveillaient.

Il faisait lourd ce matin-là, lorsque deux gardes, en grand appareil de cérémonie : cimier, cuirasse sculptée, manteau pourpre sur les épaules, le conduisirent au tribunal.

Tigidus Pérennis, préfet du prétoire, était tout comme Pompéianus, chevalier d'origine syrienne. Il conservait de son ascendance un teint mat, des cheveux et une barbe bouclés, une tendance naturelle à l'embonpoint. Cependant, tout dans sa culture et sa carrière était d'essence occidentale. Apollonius savait son talent pour les choses guerrières, il savait aussi que c'était lui, Pérennis, qui avait communiqué cet art au jeune Commode ; ce qui l'avait amené aujourd'hui à l'un des postes clés de l'État.

Installé sur sa chaise curule, au centre d'une courte estrade de marbre, une plaquette de cire sur les genoux, il était encadré par deux greffiers, prêts à prendre des notes. Derrière eux, on apercevait une clepsydre qui égrenait ses gouttes d'eau avec monotonie, conférant à cette salle aux murs nus et froids un climat encore plus austère et plus solennel.

Pérennis et Apollonius se saluèrent courtoisement, et d'emblée le préfet demanda au sénateur s'il avait fait choix d'un avocat. Le prévenu répondit avec calme qu'il se défendrait lui-même, ainsi que la loi l'y autorisait.

— Sais-tu les chefs d'accusation portés contre toi ?

— Parfaitement. J'aurais, paraît-il, comploté la mort de l'empereur.

Pérennis étouffa un soupir.

— Si ce n'était que cela. Je pourrais te relâcher sur l'heure.

— On m'accuserait donc d'un autre crime ?

— Dans la nuit d'hier, un homme t'a dénoncé : tu serais chrétien.

Ainsi, songea Apollonius, le moment était venu.

— Tu l'as dit, je suis chrétien.

Le préfet se pencha en avant, plus attentif.

— Tu n'es pas sans savoir que selon les lois de l'Empire sur les associations illicites, tu es passible de la peine capitale.

— Je connais les lois.

— Voyons, Apollonius. Tu es philosophe, tu n'es pas de cette racaille que l'on peut fanatiser à souhait. Vas-tu mettre ta vie en péril pour le plaisir de défendre une idée absurde ?

— Si je comprends bien, préfet, tu me condamnerais non point parce que je suis chrétien, mais parce que je le reconnais publiquement ?

Embarrassé, Pérennis, le menton appuyé au creux de sa paume, caressa sa joue de son index.

— C'est ainsi que le veut la jurisprudence impériale, inspirée par les plus justes princes.

— Tu conviendras que cet usage est aussi incohérent qu'il est injuste.

Pérennis eut un geste d'impatience.

— De tout temps, la secte chrétienne a été une menace pour la res publica[1]. Le seul fait d'en faire

1. L'ordre, la chose publique.

partie t'assimile aux déstabilisateurs de l'État, donc aux comploteurs.

— Alors, répliqua le vieux sénateur, si tu es vraiment persuadé de ce que tu avances, tu ne devrais éprouver aucun scrupule à me condamner. D'autant que j'ai été arrêté parce qu'on me soupçonne d'avoir conspiré contre notre prince.

— Reconnais-tu Commode pour légitime empereur ?

— J'ai toujours dit que ce n'était pas le maître qui convenait à l'Empire, mais je n'ai jamais remis sa légitimité en question. Cela est d'autant plus évident que les préceptes chrétiens recommandent de *rendre à César ce qui est à César*, et *de respecter l'ordre voulu par Dieu*.

— Dans ces conditions, tu ne peux pas refuser de brûler quelques grains d'encens devant la statue de notre Auguste ?

— Cela, je ne le peux pas. Tu le sais, l'empereur se prétend un dieu sur terre. Lui offrir de l'encens serait pour moi une véritable apostasie.

— Tu désires donc mourir ?

— Mon seul désir est de vivre dans le Christ. Hors de lui, je serai mort.

— Tes raisonnements me sont étrangers, Apollonius. Reconsidère ton attitude. Je te laisse trois jours pour méditer.

— Ni trois jours ni trois ans ne me feront changer.

Les prétoriens ramenèrent Apollonius dans sa cellule. Dans les heures qui suivirent, les conclusions de l'interrogatoire commencèrent à transpirer au cœur de la caserne et progressivement à travers toute la ville, soulevant une émotion considérable. Trois jours plus tard, lorsque les deux hommes furent à nouveau face à face, ce fut paradoxalement Pérennis qui paraissait le plus perturbé. L'attitude du sénateur le plaçait dans une position extrêmement fâcheuse : sur ordre de son défunt père, Commode avait en effet juré de ne jamais mettre à mort un sénateur. Et la clémence dont Pompéianus et ses amis avaient bénéficié était due pour une large part au désir d'offrir au peuple une image rassurante de son jeune empereur. Et si la condamnation de Lucilla et de ses complices avait été approuvée à l'unanimité par les citoyens, il n'en serait pas pareil pour un personnage aussi respecté qu'Apollonius...

— J'ai deux nouvelles à t'apprendre, commença Pérennis d'une voix mesurée, deux nouvelles qui vont peut-être t'inciter à réviser tes principes.

— Cela m'étonnerait, mais je t'écoute.

— Connais-tu un dénommé Servilius ?

Étonné, le sénateur plissa le front.

— Non, finit-il par répondre, ce nom ne me dit rien.

— C'est curieux car, vois-tu, c'est ce Servilius qui t'a dénoncé.

— Quel qu'il soit, il faut reconnaître qu'il doit être bien renseigné. Mais pourquoi croyais-tu que cette... révélation serait de nature à m'influencer ?

— Tout simplement, et de manière, disons... primaire, j'imaginais qu'à ta place cela éveillerait un désir de vengeance, et l'on n'a jamais vu de vengeance post mortem.

— Désolé de te décevoir, mais je pardonne volontiers à cet individu. Sans doute mal informé et trompé par les innombrables calomnies qui courent sur les chrétiens, il aura pensé faire œuvre utile en me dénonçant.

— Et à présent, si je t'apprenais que ta sœur est venue me voir pour m'avouer qu'elle aussi fait partie de cette secte, et pour me prier de partager ton sort. Cette nouvelle te laisserait-elle aussi indifférent ?

Avec un calme désarmant, Apollonius répliqua :

— Comment pourrais-je l'être ? Je suis heureux. Fier de son courage.

— Vraiment, Apollonius, tu es le plus étrange des philosophes de l'Empire, et crois-moi, sous Marc Aurèle, j'en ai rencontré à satiété ! Tu épargnes ton ennemi et tu te désintéresses de la mort de ta sœur ?

— Cela n'a rien de commun avec la philosophie. Livia et moi-même témoignons simplement de la gloire du même Dieu.

— En vous faisant tuer ?

— Notre Christ a dit : *Celui qui veut sauver sa vie la perdra.*

Pérennis haussa les épaules, excédé.

— Mais ne comprends-tu pas que j'essaye de te sauver la vie !

— Et je t'en suis reconnaissant. Mais à quoi ressemblerait mon existence si je venais à me trahir.

— Par Jupiter ! Je ne te demande pas de renier ton Nazaréen. Un simple geste formel me suffirait !

— Sans doute, mais ce simple geste serait de trop. Je suis chrétien. Je veux vivre en tant que tel, à moins — il marqua une pause avant de conclure —, à moins que tu ne décides de me faire mourir.

— Tu te condamnes toi-même.

— Non, ce qui me condamne ce sont les décrets impériaux, qu'au fond de toi tu sais injustes. Des décrets auxquels tu n'oses pas te soustraire.

Cette dernière remarque ne fit qu'accroître l'irritation de Pérennis. Il frappa violemment de la paume l'ivoire de sa chaise curule, se leva et déclara d'un ton sec :

— Marcus Tullius Apollonius, tu as reconnu pratiquer une religion illicite et faire partie d'une association interdite. Pour ces deux forfaits je te condamne à la peine capitale.

— Et moi, Tigidus Pérennis, je te pardonne, répondit tranquillement le vieux sénateur.

Le préfet du prétoire manqua suffoquer devant tant de maîtrise de soi, mais conscient qu'une réplique de sa part eût manqué de dignité, il fit signe aux deux prétoriens de reconduire le prisonnier.

Longtemps après que les pas se furent estompés, Pérennis, affalé plutôt qu'assis, analysait encore les sentiments divers que le sénateur avait éveillés en lui. Ce fut la voix des greffiers qui le tira de sa méditation.

— Préfet, devons-nous introduire le délateur ?

Immédiatement Pérennis se ressaisit. Il n'avait pas voulu le procès non plus que la condamnation d'Apollonius. Malgré lui il avait été impressionné par le courage tranquille de ce vieil homme. Il aurait certainement pu le sauver, si cette dénonciation n'était pas venue aggraver la situation. L'œil dur, il ordonna que l'on fît entrer le délateur.

La silhouette épaisse de Servilius, la richesse ostentatoire de sa mise, son attitude à la fois servile et orgueilleuse, tout déplut au plus haut point au préfet. Il questionna d'une voix rude :

— Que veux-tu ?

— Seigneur préfet, je suis ici pour réclamer mon dû.

— Ton dû ?

— Oui, seigneur, les biens du misérable ennemi de notre patrie, que j'ai eu tant de mal à démasquer.

— Ainsi, c'est dans ce but que tu as dénoncé le sénateur Apollonius !

— Pour cela, et pour autre chose encore.

— Quoi donc ?

— Il y a quelques années, le sénateur, enfin je veux dire ce misérable chrétien, m'a fait, ainsi qu'à d'autres, grand tort.

Pérennis n'insista pas.

— Pourquoi revendiques-tu ses biens ? Tu sais pourtant que la loi de majesté qui récompense les délateurs en leur concédant les possessions de leurs victimes a cessé d'être appliquée depuis Nerva [1].

— Mais seigneur, je croyais que... enfin... dans nombre de cités de l'Empire, il est encore d'usage de distribuer à leurs dénonciateurs les biens des chrétiens.

— Peut-être. Mais dans ce cas sache qu'à Rome il existe une loi plus sacrée encore : celle qui punit de mort tout individu qui aura causé de quelque manière que ce soit la perte d'un sénateur !

Servilius, pris de court, blêmit sous la menace à peine voilée.

— Je connais bien sûr cette loi, mais...

— Sais-tu que je viens de condamner à mort le sénateur Apollonius, et que tu en portes la responsabilité ?

Servilius crut que les murs de la pièce se refermaient sur lui.

— Mais, seigneur ! Tu as agi avec justice et moi en loyal sujet !

— Tu as agi en personnage envieux et cupide. Quant à moi, je n'agirais véritablement avec justice qu'après t'avoir châtié pour ton acte.

Le préfet contempla avec un plaisir non dissimulé le visage de Servilius qui s'était décomposé. Se redressant, il annonça d'une voix plus assurée que face à Apollonius :

— Servilius, pour avoir causé la mort d'un sénateur, je te condamne, conformément à la loi, à la peine capitale. Prétoriens, emmenez-le !

---

1. La loi de majesté accordait au délateur (s'il faisait triompher son accusation) le quart de la fortune du condamné frappé de confiscation. Sous l'Empire cette loi rendit la délation très fructueuse.

*

L'exécution d'Apollonius et de Livia souleva une émotion considérable parmi les vingt-trois esclaves de la maison. D'entre tous, Flavia fut la plus éprouvée. A Calixte qui s'efforçait de la consoler, elle confia entre deux sanglots qu'elle avait le sentiment d'avoir perdu un père pour la seconde fois. Un père bien plus noble que le premier.

— Mais moi je suis toujours là, Flavia.

A peine eut-il prononcé ces mots qu'il prit conscience de leur puérilité, et la manière dont la jeune fille s'écarta de lui ne fit que confirmer sa pensée. Lui-même d'ailleurs ne pouvait se défaire de ce sentiment de perte irréparable. Ce fut une des raisons pour lesquelles il avait accueilli avec réprobation le discours tenu la veille par Hippolyte. Après les avoir réunis dans l'atrium pour leur apprendre la triste nouvelle, il les avait exhortés à ne pas plaindre le sénateur et sa sœur, mais plutôt à les envier d'avoir eu l'incomparable privilège de donner leur vie pour la gloire du Christ. Calixte n'avait pu se contenir longtemps.

— Je reconnais bien là cet art du paradoxe que seuls les charlatans savent maîtriser. Ton dieu est à la fois tout-puissant et infiniment bon, et tu trouves tout naturel qu'il ait abandonné au supplice l'un de ses adorateurs les plus dévoués !

— Et toi tu fais un curieux disciple d'Orphée, qui nie qu'il y ait une vie après la vie.

— Là n'est pas le propos !

— Si tu es convaincu comme nous que la mort n'est pas une fin, mais un passage, une porte ouverte sur une autre forme de vie, tu conviendras qu'il serait pour le moins absurde d'imaginer que l'on nous réserve une éternité de souffrance, surtout lorsque nos mérites sont

125

suffisants pour nous permettre d'accéder à un meilleur héritage.

Une nouvelle fois Calixte se sentit irrité par l'habile rhétorique du jeune affranchi. Conscient de n'être pas de taille à lutter sur ce terrain, il aborda un autre sujet.

— A propos d'héritage, sais-tu si nous allons être libres ainsi que le désirait le défunt Apollonius ?

Le regard d'Hippolyte se fit encore plus critique.

— Décidément, ce païen ne respecte rien. Crois-tu vraiment que ce soit l'heure de parler de ces choses ?

— J'imagine, ironisa Calixte, que lorsque, comme toi, on a le privilège d'être un affranchi, le sort d'esclaves tels que nous n'a aucune importance !

— Le Thrace a raison, approuva quelqu'un, va-t-on respecter la volonté de notre ancien maître ?

Hippolyte dut avouer son ignorance. Aucun testament n'avait pu être rédigé, et la déclaration d'Apollonius n'avait pas été faite devant un témoin autorisé. Le jeune homme attendait l'arrivée de son père qui était allé aux nouvelles. D'ici là, il pria chacun de vaquer à ses tâches habituelles.

Le groupe d'esclaves obtempéra sans entrain, le cœur gris, l'esprit troublé de mille inquiétudes. Les jours qui suivirent n'apportèrent pas de changement. On flottait toujours entre un espoir ténu et la tristesse. Ce ne fut qu'aux ides qu'Éphésius les convoqua à nouveau.

— C'est la dernière fois que je m'adresse à vous, commença l'intendant. Il en est sans doute que cela réjouira, précisa-t-il en fixant volontairement Calixte, tout ce que je souhaite c'est qu'ils n'aient jamais à changer d'opinion.

Il s'interrompit comme pour donner plus de poids à ce qui allait suivre, et chacun devina l'émotion réelle qui se dissimulait derrière l'immobilité de ses traits rigides.

— Notre maître et sa sœur ne laissent aucun héritier officiel. Et comme ni l'un ni l'autre n'a établi de testament...

— Pourtant, interrompit une voix, Apollonius avait bien déclaré vouloir nous affranchir

— Devant nous, et nous seuls. Et notre témoignage n'a aucune valeur légale. Notre maître a été arrêté sans avoir eu le temps de rédiger, de signer et de faire avérer un testament.

— Dans ces conditions, qu'allons-nous devenir ?

Éphésius prit une profonde inspiration avant d'annoncer :

— Le seigneur Carpophore a décidé de prendre sous sa protection toutes les personnes qui furent au service de son ami. Il appartient à la maison de César. Nul ne peut s'opposer à sa décision.

L'expression du groupe d'esclaves se métamorphosa brusquement. Le rêve n'était plus que cendres. L'espérance qu'ils avaient portée ces jours durant était réduite à néant. Carpophore était certes le plus proche ami d'Apollonius, mais tous ceux qui l'avaient côtoyé de près ou de loin savaient la funeste réputation liée de tout temps aux chevaliers syriens. On les accusait de fourberie et de cupidité. Serviles envers leurs supérieurs, impitoyables envers leurs dépendants.

— Et pour ce qui concerne ton fils et toi-même ? interrogea Carvilius, d'une voix sèche.

— Nous sommes affranchis et nous avons donc toute liberté pour agir comme il nous plaira. Nous pourrions vous suivre chez Carpophore, mais Hippolyte et moi-même avons pris la décision de ne pas le faire. Lorsque l'on a servi quelqu'un comme Apollonius on ne peut pas s'accoutumer à un autre maître.

— Nous vous regretterons, déclara spontanément Flavia.

Calixte piqué au vif se tourna vers elle, pour constater que le regard de la jeune fille était brouillé de larmes.

Chapitre 12

Février 183

Carpophore habitait au-delà de la XIVe région, un immense domaine situé à environ dix-sept milles de la capitale. De nombreuses terrasses dominaient un parc moucheté de bosquets et de pièces d'eau, tandis qu'une rivière artificielle dénouait son ruban au pied des pinèdes. Pour rehausser l'habituel atrium, on avait érigé un impressionnant portique semi-circulaire, qui, conjugué à l'avancée des toits, faisait un abri idéal contre le mauvais temps.

Au centre de la construction se trouvait le péristyle, autour duquel s'ouvraient d'innombrables pièces, dont une exèdre percée de toutes parts de baies aussi larges que des portes à deux battants. Carpophore, bien que peu féru de littérature, avait poussé le plaisir jusqu'à concevoir une bibliothèque dont la façade incurvée accueillait le soleil à toute heure du jour. A l'extérieur, une piscine chauffée avait été creusée dans un coin du parc d'où l'on pouvait apercevoir la mer, le bois et les collines à perte de vue.

A l'intérieur, contrastant avec la beauté simple du paysage, régnait un luxe outrageant. Ici et là, des vases d'or et d'argent incrustés de pierres fines côtoyaient sur les tables de vulgaires objets en métal de Corinthe.

Un revêtement d'argent tapissait le pavé des salles de bains. Des lits d'ivoire engorgeaient la pièce qui tenait lieu de salle à manger, à côté de pesantes tables de bronze et de bois précieux.

Le jardin, quant à lui, avait été entièrement conçu sous les directives de la matrone. Non contente d'avoir imposé que l'on entourât la domus, ainsi que toutes les dépendances, d'un enchevêtrement de pelouses, de lauriers et de charmilles de roses, elle avait insisté pour qu'on les surchargeât aussi de divinités de marbre. Ainsi, les statues de faunes, de satyres, de nymphes, les sanctuaires prétendus ruraux, émergeaient d'entre les buissons comme autant de chapelles sur les pentes du Capitole. Sans oublier les Néréides, les Tritons et les Niobides qui surveillaient l'ombre des bassins.

Tout cela nécessitait évidemment une légion de jardiniers qui veillait à plier la nature aux exigences abusives de ce que la maîtresse appelait de « l'art ». Ainsi, les ifs, les platanes et les cyprès taillés avaient pris la forme de devises en lettres latines, de molosses menaçants, ou encore de navires composant la flotte de Carpophore.

Cornélia, inspiratrice de cet univers fantasmagorique, était justement en train de remonter l'allée en compagnie d'une amie, Olivia, et de sa nièce, Mallia. Exagérément filiforme, cette dernière possédait un visage anguleux, des pommettes hautes, un nez aquilin, de grands yeux noirs qui, largement espacés sous des sourcils épais, luisaient constamment de désirs inassouvis.

Comme toutes les patriciennes de vieille souche, Cornélia et Olivia se lamentaient sur ce séjour « dans ce désert » où, écartées des visites, des spectacles et des boutiques de la capitale, elles distillaient jour après jour leur mortel ennui.

Cheminant à deux pas derrière les deux femmes, Mallia, si elle ne se plaignait pas, n'en regrettait pas moins elle aussi cette vie de la métropole qui lui avait permis — alors qu'elle avait à peine plus de vingt ans — de collectionner amants et divorces. Et pour elle, aujourd'hui, le mot désert ne sous-entendait pas autre chose qu'abstinence charnelle.

Les trois femmes venaient de parvenir à hauteur d'un groupe composé d'une vingtaine de personnes, rassemblées autour de l'intendant de la propriété. Installé à une table, celui-ci rédigeait des noms sur des tablettes de cire.

A la différence de Cornélia et d'Olivia qui ne jetèrent sur l'attroupement qu'un coup d'œil distrait avant de pénétrer dans l'atrium, Mallia, elle, prit le temps de s'arrêter sous le portique et d'observer le groupe. C'est alors qu'elle le vit. Il était plus grand que la moyenne de ses compagnons, possédait une allure athlétique, des traits à la fois durs et purs qui éveillèrent en elle un désir aussi violent que soudain.

Qui donc était cet homme ? Et quels étaient ces gens ? Elle se souvint tout à coup que Carpophore lui avait vaguement parlé des esclaves du défunt Apollonius...

*

Cela faisait plus de trois heures qu'ils étaient alignés au centre de la cour. Une bise piquante mordait le ciel au-dessus des têtes, et des nuages gris-mauve voilaient le soleil.

Calixte laissa errer son regard sur ses compagnons. Ils n'étaient arrivés que la veille, pourtant ces quelques heures leur avaient suffi pour percevoir combien cette nouvelle vie serait différente de celle qu'ils avaient connue chez le sénateur. Ici, tout vibrait, bourdonnait.

131

On se serait cru dans une fourmilière géante. Du pain aux marteaux des portes, en passant par le vin et le tissage, tout était fabriqué dans la ferme adjacente. Le nombre d'esclaves immobilisés dans des emplois aussi absurdes qu'inutiles avait de quoi surprendre : esclave régisseur, esclave médecin, préposé aux vêtements, une dizaine de crieurs qui avaient pour seul devoir de précéder et d'annoncer la litière de Carpophore, et le plus surprenant : des silentiarii, chargés uniquement d'imposer silence à leurs camarades.

— Serais-tu sourd ? Je te demande ton nom !

— Calixte.

— Articule, je n'ai rien compris !

Le Thrace examina celui qui, attablé derrière ses tablettes de cire, l'interpellait avec si peu de ménagement. Il devait avoir une quarantaine d'années, sa peau était mate, et on aurait dit ses traits ravinés, creusés au couteau. Probablement l'intendant, un Syrien ou un Epirote.

— Alors, ce nom ?

Calixte posa volontairement ses deux poings sur la table comme pour y prendre appui. Se penchant sur l'homme, il colla ses lèvres à son oreille et répéta avec une lenteur délibérée :

— Ca-lixte...

Un vol de frelons s'abattant sur l'homme n'eût pas eu plus d'effet. D'un seul bond il se leva, renversant dans son élan la plus grande partie des tablettes.

— Comment oses-tu ?

Très calme, le Thrace se recula.

— Ramasse !

Il ne broncha pas.

— Veux-tu ramasser ?

— Fais ce qu'il te dit, je t'en conjure, gémit une voix derrière lui qu'il reconnut pour être celle de Flavia.

— Fouet ! ordonna l'homme.

— Je t'en supplie, ne fais pas l'imbécile. Tu n'es pas seul concerné. Songe aux autres ! Nous paierons tous pour ton entêtement.

Calixte poussa un soupir, esquissa quelques pas en direction de l'intendant, marqua un léger temps d'arrêt au cours duquel tous deux s'affrontèrent, puis il s'accroupit et entreprit de récupérer les tablettes qui jonchaient le sol.

— Voilà. Voilà qui est parfait. Tu sais, l'ami, j'ai eu très peur pour toi.

— J'en suis désolé.

Le villicus, décontenancé par la soudaine soumission de l'esclave, pesta en son for intérieur. Le claquement du fouet éveillait chez lui une indicible jouissance.

— Quel travail faisais-tu chez ton ancien maître ?

— Je m'occupais des comptes de la propriété.

L'homme alla se rasseoir et grava quelque chose à l'aide de son style, puis, sans redresser la tête, il aboya :

— Suivant !

Calixte quitta le rang et se dirigea vers les dortoirs. Ressassant son amertume, il s'engouffra dans l'ergastule où l'on avait installé une trentaine de lits. L'endroit, modestement éclairé par quelques rais de lumière, empestait la sueur et le rance. Il se laissa tomber au hasard sur l'un des grabats. Il était là, fixant le plafond, lorsque Flavia posa sa main sur son épaule.

— Décidément, tu es incorrigible !

— Mais enfin, pourquoi cet affolement ? Je n'ai tout de même pas commis un crime. Cet individu cherchait à m'humilier, tu l'as bien vu. Ce n'est pas chez Apollonius qu'un tel...

— Fini, Apollonius ! L'Esquilin, c'est fini ! Ici nous sommes définitivement rendus à notre véritable condition. Tu peux comprendre cela ? Nous sommes redevenus ce que nous n'avons jamais cessé d'être : serviteurs, esclaves.

Il se souleva sur un coude et murmura avec une ironie volontaire :

— C'est ton dieu qui te souffle cette émouvante docilité ?

— Tu es stupide, Calixte, tu ne seras jamais qu'un gamin stupide.

— Elle a raison, fit la voix de Carvilius. Ce que tu as fait est puéril et pouvait te conduire aux pires châtiments. Alors qu'entre nous tous tu es probablement celui qui aurait le plus de chances de se faire apprécier de notre nouveau maître.

— Et toi, Carvilius, crois-tu vraiment que cette barrique vaut la peine qu'on se fasse apprécier de lui ? Regarde donc autour de toi. Tout ce luxe ostentatoire n'est là que pour dissimuler le vide et la crapulerie.

— Je suis un esclave, non un censeur, et...

Il s'interrompit. L'intendant venait de faire irruption dans le dortoir, accompagné de deux aides chargés de vêtements.

— Voici des tuniques et des chlamydes neuves. Revêtez-les. Tant que vous vivrez sous ce toit, vous ne porterez pas d'autres tenues.

La distribution s'effectua dans un silence général. Après un court moment d'hésitation, les premiers servis entreprirent à contrecœur de se dépouiller de leurs habits. La nudité ne gênait pas ces familiers des thermes ; ce qui leur répugnait c'était de devoir endosser ces vêtements uniformes qui leur donnaient la sensation de devenir véritablement des objets anonymes et interchangeables.

Flavia et Carvilius imitèrent leurs compagnons. Calixte, après avoir saisi sa nouvelle vêture, l'examina puis la froissa dans ses poings. Flavia pressentit le pire.

— Non... pas ça !

Mais c'était trop tard. L'intendant, qui n'avait cessé d'épier le Thrace, intervint :

— Eh bien, l'ami, ces vêtements ne seraient-ils pas à ton goût ?

— Je ne les mettrai pas, répliqua simplement Calixte en s'écartant de Flavia.

— Comment ?

— Ces vêtements sont en laine, n'est-ce pas ?

— Oui, et alors ?

— Je suis un disciple d'Orphée. Comme tel, je refuse de me nourrir ou de porter quoi que ce soit d'origine animale.

On n'entendit plus dans la salle que les gémissements discontinus du vent courant derrière les lucarnes. L'intendant, blême, se rapprocha un peu plus du Thrace, l'étudiant avec incrédulité. Il allait répliquer, lorsqu'une voix claqua :

— Éléazar ! Pourquoi ne donnes-tu pas à cet homme des vêtements de lin ?

Une jeune femme drapée dans ses soieries doublées de fourrure se tenait nonchalamment appuyée contre le montant de la porte.

— Maîtresse, balbutia l'intendant, nous... nous n'avons pas de vêtements de lin pour les esclaves.

— Alors laisse-lui ceux qu'il porte.

— Mais... c'est contraire aux instructions.

— N'aie crainte. J'en parlerai à mon oncle.

— Très bien. Si tu en prends la responsabilité...

— Mais oui. Laisse-nous à présent.

Le villicus se retira non sans avoir jeté un œil mauvais en direction de Calixte.

— Tu as du courage, commença Mallia sans se soucier de la présence des autres esclaves, et il en faut pour se dresser contre Éléazar. Je dois avouer que cela me plaît.

— Je te remercie d'être intervenue, répondit Calixte d'un ton neutre.

— Tu le peux. Éléazar se console de n'avoir pas l'anneau d'or des chevaliers ou le laticlave des sénateurs en tyrannisant le petit monde placé sous ses ordres. En le défiant tu t'en es fait un ennemi mortel. Mais, n'aie crainte, je te protégerai.

Avant que Calixte ait eu le temps de répliquer, elle s'était détournée. Avant de franchir le seuil, elle dit encore d'une voix qui ne laissait aucun doute sur le fond de sa pensée :

— Nous nous reverrons bientôt...

Un silence gêné se prolongea après qu'elle se fut retirée. Flavia le brisa la première.

— En effet, Calixte, Carvilius a raison. D'entre nous tu es sans aucun doute celui qui sera le mieux apprécié dans cette maison.

*

Une semaine s'écoula sans que nul ne l'informât sur ce que l'on attendait de lui. Ce matin-là, il s'était éveillé d'humeur maussade. Un étau lui enserrait la poitrine, et il éprouvait une angoisse indéfinie. C'était ainsi chaque fois qu'il rêvait de son père. Un rêve, toujours le même, où défilaient en désordre les visions du passé : lacs, promenades, forêts ; cette impression de bien-être avant que la mosaïque ne vole d'un seul coup en éclats pour s'éparpiller dans les ténèbres.

Carvilius avait été nommé aux cuisines, Flavia au service personnel de la nièce de Carpophore. Quant à lui, il ne savait toujours rien de l'occupation qu'on lui réservait. Paradoxalement, l'inaction lui pesait. Depuis qu'Apollonius lui avait fait découvrir le monde des chiffres, il y avait pris goût. De manipuler des sommes d'argent plus ou moins importantes avait fini par éveiller en lui un sentiment — certes très relatif — de puissance.

Trois jours plus tard enfin, on le conduisit auprès du chevalier. La pièce où on le mena était creusée de niches ornées de statuettes de jade. Le sol recouvert de mosaïque faisait penser à un grand tapis de fleurs mauves et pourpres. En attendant l'arrivée de Carpophore, il eut tout loisir d'examiner les étagères élevées de part et d'autre d'une large baie ouverte sur la campagne, qui ployaient un peu sous le poids de nombreux rouleaux de cuivre. Le mobilier se composait d'une large table en chêne massif, ainsi que de deux lits à une place, taillés dans des bois exotiques aux teintes si riches qu'on aurait dit des plumages de paon.

Au bout d'un moment, Carpophore fit son apparition. Il n'avait guère changé depuis la dernière fois que Calixte l'avait entrevu chez Apollonius. Toujours aussi imposant, le crâne luisant, la face incrustée de ces mêmes yeux ronds dans lesquels on avait du mal à lire, mais qui dégageaient une acuité peu commune. Il déclara avec une certaine pesanteur :

— Je suppose que comme nous tous tu as été très touché par la disparition de ce pauvre Apollonius.

Calixte acquiesça.

— Aurais-tu perdu la parole ?

— Non, fit-il d'une voix un peu tendue.

— Parfait. Voilà qui me rassure.

Il marqua un temps d'arrêt et reprit :

— D'autant que j'ai des projets pour toi.

Avant de s'expliquer, Carpophore alla s'étendre sur un des lits, et se cala entre deux coussins de soie tout en se débarrassant de ses sandales.

— Voici près de deux semaines que tu es ici. Tu as dû certainement constater qu'entre l'insula de ton ancien maître et — il fit un ample geste de la main —

137

ceci, il existe une différence de taille. Outre les vignobles et la fabrication de vêtements qui, je le précise, ne sont que des occupations accessoires, mon travail se répartit surtout, et principalement, entre le commerce avec l'Afrique et la construction, disons plutôt la reconstruction d'insulae.

— La reconstruction ?

— Écoute-moi attentivement. Tu n'ignores certainement pas que notre bonne ville de Rome est aussi fragile qu'elle est belle. Il n'y a qu'à observer nos immeubles de bois pour comprendre la raison de cette fragilité. Ces édifices ont tous un point commun : tôt ou tard, dans un délai plus ou moins long, qui varie selon la chance de leurs propriétaires, ces insulae sont appelées à disparaître par le feu.

Aussitôt revint à la mémoire de Calixte l'incendie du palais de Didius Julianus. Si de telles bâtisses pouvaient être détruites, combien plus exposées étaient les insulae aux appartements composés de murs de bois, peuplés de réchauds portatifs, de braseros, de candélabres aux lampes fumeuses, sans oublier les torches d'éclairage nocturne, véritables nids à combustion.

— Je vois. Mais néanmoins ce qui m'échappe, c'est en quoi la fragilité de ces immeubles peut te rapporter de l'argent.

— Enfantin. Écoute-moi bien. On me prévient qu'une insula flambe dans la IIe ou la IIIe région. Je m'y précipite et prodigue aussitôt mes sympathies au malheureux propriétaire désemparé. Abattu, démoralisé par la soudaine perte de son bien, l'homme est généralement dans un état second. Séance tenante, dans le but apparent de le réconforter, je lui propose de racheter, faut-il le préciser, à très bas prix et très au-dessous de sa valeur réelle, le terrain sur lequel ne gît plus qu'un amas de décombres. Que crois-tu que décide l'infortuné bonhomme ?

La réponse paraissait évidente.

— Il accepte de vendre.

— Exact. Quelques jours plus tard, une de mes équipes de maçons se charge de réédifier une insula toute neuve que je remets immédiatement en vente. Car souviens-toi bien de ceci : malheur à celui qui fait bâtir pour conserver sa construction ! Il va au-devant d'angoisses inimaginables. Bâtir et vendre. C'est ma devise !

Carpophore se tut un instant avant de demander avec une expression satisfaite :

— Alors, ne trouves-tu pas mon idée intéressante ?

Profiter ainsi de la détresse des gens pour leur ravir leur bien ne relevait guère de sentiments louables.

— Je reconnais là une astucieuse initiative, répondit Calixte à contrecœur.

— J'étais certain que tu apprécierais. Maintenant j'en arrive à la raison de ta présence : j'ai besoin de tes services.

Devant l'étonnement du Thrace, il enchaîna :

— Parfaitement. Car figure-toi que les éloges que ton défunt maître faisait de toi m'ont convaincu que tu devais être doué pour ce genre d'affaire. La manière dont tu as géré ses biens est révélatrice. J'irais même jusqu'à affirmer que tu as dû prendre goût à ce genre de travail. Est-ce que je fais erreur ?

— Non, mais ce que je faisais chez Apollonius n'a aucune commune mesure avec ce qui se passe ici.

— Rassure-toi. Il n'est nullement dans mes intentions de te mettre à la tête de mes propriétés ! J'estime que tu n'as pas encore la compétence nécessaire. Il est trop tôt. Ce que je désire est beaucoup plus à la portée de tes capacités actuelles. As-tu bien saisi le mécanisme des insulae ?

— Parfaitement.

— Alors, désormais c'est toi qui en seras chargé. Tu

te rendras sur les lieux, tu marchanderas, tu achète-
ras, c'est tout. Crois-tu la besogne trop complexe ?

— Pas le moins du monde. Je pense simplement
qu'il me faudra un temps d'adaptation.

— Tu auras tout le temps qu'il faudra. Les premiers jours je t'accompagnerai, ensuite tu n'auras
plus qu'à suivre l'exemple. Je te mettrai aussi au
courant des prix pratiqués dans les divers quartiers
de la capitale et de la valeur des terrains selon leur
emplacement, afin que tu puisses négocier aux meil-
leures conditions. Alors ?

Calixte, que cette proposition prenait de court, se
mit à réfléchir. Que pouvait-il faire ? Ce n'était rien de
plus qu'un ordre déguisé.

— C'est bien, laissa-t-il tomber d'une voix sans
enthousiasme, quand devrais-je commencer ?

Carpophore eut un petit rire âpre.

— Au premier signe d'incendie, mon ami. N'aie
crainte, tu seras prévenu à temps.

Le banquier se mit à gigoter un instant parmi ses
coussins avec un air satisfait.

— Vois-tu, chez moi ton existence se résumera en
quelques mots : labeur et docilité. Si tu remplis ton
devoir tel que je l'entends, je te promets de faire de toi
un esclave heureux. Par contre, s'il te prenait la
fantaisie de te livrer à des agissements troubles, à
l'exemple de ceux que je t'ai vu commettre chez
Apollonius les premiers temps, alors...

Carpophore laissa volontairement en suspens le
reste de la phrase, mais le sens en était clair.

— C'est compris ? Et sans attendre la réponse il
conclut : Tu peux te retirer.

Calixte s'inclina et se dirigea lentement vers la
porte.

— Lupus !!

Le Thrace se figea comme cloué au sol.

— Je vois que les années ne t'ont pas apaisé...
Toujours aussi susceptible ?

— Oui, seigneur Carpophore, toujours, répliqua
Calixte avec détermination.

La lourde face du Romain se congestionna.

— Sais-tu ce que peut te coûter ce comportement ?

— Non. En revanche je sais ce qu'il t'en coûterait à
toi. Au moins mille deniers. C'est bien le prix que tu as
payé pour m'avoir ? Sans compter les espérances de
profits que tu viens de miser sur ma tête.

— Tu es sans doute le plus insolent des esclaves de
l'Empire ! écuma le chevalier.

— Non, le plus réaliste. A toi de peser ce que peut te
rapporter un esclave docile mais stupide, et un autre,
rétif mais compétent.

Carpophore s'était levé, le visage aussi cramoisi que
les coussins pourpres qui l'environnaient. Face à lui,
Calixte semblait attendre une décision qu'il savait déjà
favorable. Le spéculateur qu'était son nouveau maître
ne pouvait qu'être tenté par la situation. Le Romain se
contenta de souffler bruyamment à deux ou trois
reprises, avant de se laisser retomber sur le lit. Il
parvint même à esquisser un sourire.

— Il en a fallu de la patience à ce pauvre Apollonius
pour te supporter ! Je te conseille toutefois d'être à la
hauteur des espoirs que j'ai mis en toi, si tu ne veux pas
que je t'abandonne entre les mains d'Éléazar. J'ai
comme l'impression qu'il ne t'aime pas...

Chapitre 13

Perdu dans ses réflexions il ne l'avait pas entendue venir. Flavia était là, à quelques pas de lui, qui lui souriait.

— Toujours enfermé dans tes rêves... ?

Il déposa un baiser furtif sur le front de la jeune fille.

— Alors, notre coiffeuse est-elle satisfaite de sa nouvelle maîtresse ?

Le sourire de Flavia disparut comme par enchantement.

— Mallia est folle. Parfaitement folle.

— C'est donc plus grave que je ne l'imaginais, ironisa Calixte.

— Folle, te dis-je ! En comparaison avec cette femme, je peux t'affirmer que la sœur d'Apollonius, qui pourtant elle aussi avait ses manies, était une sainte femme. Sais-tu combien de flacons, de petits pots d'albâtre j'ai pu dénombrer chez la nièce de notre maître ? Plus d'une trentaine ! Des produits plus invraisemblables les uns que les autres : fucus, craie, céruse, lie de vin, poudre d'antimoine et j'en oublie. En fin de compte, tout cet attirail pour masquer, mais en vain, les horribles petits boutons qui recouvrent son visage. « Urtica[1] », c'est le surnom dont

1. Ortie.

les servantes l'ont affublée. C'est te dire... Ridicule.

— Je ne sais si c'est ridicule, mais à t'écouter il me semble parfaitement lui convenir.

— Et crois-tu qu'elle se contenterait de la simple coiffure républicaine ? Pas le moins du monde. Ce serait un sacrilège. Comment imaginer la noble Mallia coiffée aussi modestement ! De plus, tu as dû peut-être t'en apercevoir, elle a des mèches noires de jais. Pas plus tard qu'hier elle a décidé de devenir blonde. Des heures durant il m'a fallu enduire ses cheveux de ce mélange de suif de chèvre et de cendre de hêtre — mélange de son invention affirme-t-elle, alors qu'il est connu depuis toujours de toutes les patriciennes de bon ton. Ce n'est pas tout. J'ai dû travailler encadrée de deux esclaves qui présidaient au miroir, de deux autres aux bandelettes, d'une troisième aux épingles et d'une autre encore aux peignes !

— Je reconnais que c'est étrange.

— Une épingle mal fixée, une mèche déplacée, et c'est la porte ouverte à l'hystérie. Elle est folle, te dis-je !

Brusquement il s'interrogea : Folle ou jalouse ? Depuis le premier jour qu'il avait pénétré dans cette demeure, il avait très vite compris que la nièce de Carpophore avait des vues sur lui. Et si jusqu'à ce jour il avait feint d'ignorer ses avances, il devait reconnaître qu'il n'avait pas eu beaucoup de mérite : le physique de la jeune femme n'était pas de ceux qui éveillent un désir irrésistible. L'ovale quelque peu enflé de son visage, son nez aquilin, ses lèvres lourdes et humides ne plaidaient guère en sa faveur. D'ailleurs Calixte redoutait aussi la réaction de Carpophore. En vérité, cette situation aurait pu probablement durer long-temps encore s'il n'y avait eu ces regards irrités qu'elle jetait à Flavia et lui, lorsqu'elle les croisait au détour d'un couloir ou dans une allée du parc.

Pris d'un soupçon subit, il fit glisser le pan du ricinium [1] qui recouvrait l'épaule de la jeune fille jusqu'à mi-bras et eut aussitôt un mouvement de recul. Il ne s'était pas trompé. Un énorme hématome marquait la chair blanche. Flavia poussa un petit cri.

— Écarte ta stola ! lui intima-t-il d'une voix tendue.
— Non.

Elle s'était elle aussi reculée, croisant les bras sur sa poitrine.

— Flavia, ne m'oblige pas à...
— Mais qu'est-ce qui te prend ? Pourquoi ?
— Il me prend que depuis quelques jours tu évites de te rendre aux bains en ma compagnie, et maintenant ceci..., fit-il en désignant la marque violette.

Le jeune fille baissa la tête, gênée, et avoua d'une voix sourde :

— Je n'ai pas besoin de retirer ma stola. Tu as raison. Sur mon dos et ma poitrine tu constaterais les mêmes traces de coups.

— C'est Mallia, n'est-ce pas ?
Elle acquiesça.

— Il suffit que je ne la coiffe pas assez vite pour que le nerf de bœuf s'abatte sur moi. Il suffit qu'elle juge une boucle, une seule mal placée pour aussitôt me larder les seins à coups d'épingle. Avant de te rejoindre ici j'ai dû changer de tunique ; l'autre était tachée de sang.

— Mais c'est un monstre !
— Si tout cela n'était dû qu'à ma maladresse... Mais non, je suis convaincue qu'elle agit uniquement par plaisir, que tout n'est que prétexte.

Prétexte... Savait-elle à quel point elle avait raison ?
Calixte hésita puis :

— Écoute-moi bien, il faut que tu annonces clairement à Mallia que nous sommes frère et sœur.

1. Sorte de châle qui couvrait les épaules et la tête des Romaines.

144

— Mais tu sais bien que ce n'est pas vrai !

— Fais-moi confiance. Si elle en est persuadée, elle te laissera tranquille. En ce moment elle n'est poussée que par la jalousie.

— Tu veux dire que... toi et Mallia ?

Le tremblement de la voix de Flavia avait quelque chose d'enfantin.

— Rassure-toi. Il n'y a rien entre elle et moi. Rien. Mais quelque chose me dit qu'elle souhaiterait que ce fût le contraire.

Il repensa aux manœuvres obliques de la nièce de Carpophore. Si elle ne cherchait pas ouvertement à le séduire — sans doute estimait-elle que sa dignité le lui interdisait —, en revanche, ses yeux, sa démarche, tout lui soufflait qu'elle n'attendait qu'un geste de lui.

— Ne lui cède pas. Je t'en conjure ! Tu irais au-devant de graves ennuis.

Calixte la considéra, surpris par cet affolement exagéré.

— Si un jour ses avances devaient se préciser, ce jour-là crois-tu vraiment que j'aurais le choix ? Depuis quand un esclave refuse-t-il de se soumettre à son maître ?

— Mais Mallia n'est pas ton maître ! Et je doute fort que son oncle soit d'accord pour qu'elle s'abandonne entre les bras d'un esclave.

— Il faudra bien trouver un moyen pour qu'elle cesse de te martyriser.

— Ne t'approche pas d'elle, Calixte. Je t'en prie, laisse-la tranquille.

Légèrement irrité par son insistance, il rétorqua :

— A t'écouter on dirait que je projette de l'assassiner.

— Ce n'est pas elle qui est en cause. C'est pour toi que j'ai peur. Son plaisir serait pour toi une souillure, une empreinte impure... en ce monde et dans l'autre.

Le regard du Thrace se durcit d'un seul coup.

— En ce monde et dans l'autre... Nul besoin de chercher ailleurs l'explication de ce langage. J'imagine que tu continues à fréquenter tes amis chrétiens. Même sous ce toit.

Comme elle ne répondait pas, il ajouta :

— Chez Apollonius et Livia cela se concevait. Mais Carpophore, lui, est un vrai Romain. Il ne se soucie peut-être pas des dieux, mais il observe avec soin tous ses devoirs de piété. Et tu sais que l'un de ces devoirs est de dénoncer ceux qui pratiquent les superstitions étrangères.

La jeune fille, ignorant les propos de son compagnon, se contenta de répéter :

— Écarte-toi de Mallia. Oublie tout ce que je t'ai dit. Je t'en conjure.

Il inclina légèrement la tête et la fixa un moment avant de répliquer :

— Si je te répondais que tu n'as jamais tenu compte de mes recommandations, qu'aujourd'hui encore tu te défies de toutes mes appréhensions ? Et que par conséquent je ne vois pas ce qui me retiendrait d'agir comme il me plaira. Ne fût-ce que pour ne pas être en reste avec toi.

Elle voulut protester, mais, trop bouleversée, elle ne parvint pas à trouver les mots. Elle réajusta son châle sur ses épaules et quitta la pièce.

*

Bien qu'il jugeât la manière condamnable, Calixte ne put s'empêcher de prendre goût à ses nouvelles occupations. Les premiers temps, face au désarroi des malheureux propriétaires forcés d'assister au spectacle de leur fortune réduite en cendres, il avait éprouvé des remords. Chaque fois qu'il concluait un achat, il avait l'impression de ruiner l'homme une seconde fois. Insensiblement cependant, ses scrupules s'estompèrent. Il n'aurait pu vraiment expliquer les raisons de cette métamorphose. Peut-être éprouvait-il une certaine jouissance à dominer ces patriciens qu'il jugeait indirectement responsables de sa condition d'esclave. Au bout de peu de temps, il déploya tant de zèle qu'il fit réaliser à Carpophore des profits non négligeables. Le banquier le familiarisa avec les rouages de ses finances, lui accordant chaque jour plus de pouvoir. Pour le récompenser, il accrut même sa solde (qui n'en demeurait pas moins une misère) et on lui fit quitter l'ergastule qu'il avait jusqu'ici partagé avec les autres esclaves, pour le loger dans une petite chambre individuelle.

Ce matin, veille des ides de mars[1], cela faisait exactement six mois qu'il était au service de son nouveau maître. Le soleil perçait de ses rayons la fine brume de l'aube qui s'effilochait. Il avait quitté de bonne heure la propriété. On était venu le réveiller au point du jour pour lui annoncer qu'une insula était en flammes dans le Vélabre. Une fois de plus il s'était demandé comment Carpophore obtenait des renseignements aussi rapides sur les incendies. A croire qu'il les provoquait lui-même.

Lorsqu'il déboucha à hauteur du Tibre, le vent frais de cette fin d'hiver lui balaya le visage. D'un seul coup il se crut ramené plusieurs années en arrière. L'adolescent qu'il était alors venait de fuir Apollonius...

Sur sa gauche le pont Sublicius et le cirque Maximus, plus loin le portique de Flore et, face à lui, le

1. Les ides étaient le quinzième jour des mois de mars, mai, juillet et octobre, et le treizième jour des autres mois.

haut mur que dominaient des branches encore dénudées. Rien n'avait changé.

Mais alors l'incendie...?

A peine Calixte se fut-il glissé dans la venelle puante qu'il avait autrefois empruntée, qu'il eut aussitôt la confirmation de ses pressentiments : l'insula qu'il était chargé d'acheter et qui fumait encore était celle-là même qui abritait les réunions d'orphistes.

A quelques pas, un attroupement d'une vingtaine de personnes contemplait, mains aux hanches, tête rejetée en arrière, ce qu'il restait de la façade. Des poutrelles noircies se dressaient vers le ciel comme de gigantesques aiguilles de pin. Le vent agitait une vague étoffe à demi brûlée, et le craquement sourd des derniers tisons couvrait par intermittence la conversation des témoins. Ces derniers, la mine abattue, parlaient à mi-voix. Instinctivement, Calixte tendit l'oreille.

— Il ne reste plus que le jardin...

— Il va nous falloir reconstruire tout l'édifice, commenta quelqu'un.

— Et avec quel argent ? interrogea un troisième personnage.

Il se décida à intervenir.

— Pardonnez-moi, mais lequel d'entre vous est le propriétaire de cet îlot ?

Tous les regards convergèrent vers lui, tandis que les rangs s'entrouvraient. Il entendit qu'on murmurait :

— Voici encore une créature envoyée par ce vautour de Carpophore.

Il pouvait presque sentir de manière physique le mépris que ces gens éprouvaient à son égard.

Il maîtrisa sa gêne et réitéra sa question.

— C'est moi, le propriétaire ! lança un jeune homme à la barbe frisée.

Le personnage fit quelques pas vers Calixte, pour s'immobiliser presque aussitôt.

— C'est curieux... ta tête ne m'est pas étrangère...

— La tienne non plus, répliqua Calixte qui venait de reconnaître son interlocuteur.

— Où ? Quand ?

— Ici même. Il y a longtemps... Très longtemps...

Perplexe, Fuscien — car c'était lui — fouilla sa mémoire sans quitter Calixte des yeux. Enfin son visage s'éclaira.

— L'urine ! Tu venais d'arriver dans la ville et...

— Tu fuyais ton grammaticus.

— Incroyable ! Eh bien, on peut dire que nous avons tous deux une mémoire à toute épreuve. Je suis ravi de te revoir. S'il me souvient bien encore, je t'avais quitté auprès d'une alumna ?

— Exact.

— Comment ? Vous vous connaissez ? intervint quelqu'un.

— Parfaitement, expliqua Fuscien avec un réel plaisir. Sept ans déjà... Nous avons même partagé la table de cette vieille fripouille de Didius Julianus en compagnie de celui qui allait devenir notre actuel empereur, Commode lui-même.

— Dans ce cas, fit l'homme en s'adressant à Calixte, il faut que tu nous pardonnes. Nous avions cru un moment que tu étais l'un des affranchis de Carpophore.

Le visage de Calixte s'empourpra malgré lui. Il bredouilla quelque chose de confus.

— Non, il n'est certainement pas complice de ce requin, confirma Fuscien. C'est un orphiste, un frère.

S'adressant à nouveau au Thrace, il demanda :

— Je présume que tu venais pour participer aux cérémonies ?

149

— En effet, mentit Calixte. Mais de toute évidence, je suis mal tombé.

— C'est le moins qu'on puisse dire. Nous t'aurions volontiers accueilli. Cependant comme tu peux le constater il ne reste que ces ruines fumantes...

— Et que comptez-vous faire ?

— Il faudrait reconstruire, lança une voix. Mais aucun d'entre nous n'en a les moyens. Même pas Fuscien.

— La fortune de mon père est modeste, plaida ce dernier, et j'ai dû emprunter pour aborder le cursus honorum[1].

— Pourquoi ne pas vous installer dans une autre insula ?

— Tu sais bien qu'il nous faut un jardin pour la célébration de notre culte. Et pour en trouver un à Rome...

— Dans ces conditions, pourquoi ne vendez-vous pas ce terrain ? Ce qui vous permettrait de vous installer en Transtibérine ou au Champ de Mars ?

— Et qui acceptera de le racheter ? dit Fuscien en faisant un geste de dépit. Les machinations larvées dans cette ville sont telles que je ne pourrais vendre qu'à un chevalier comme Carpophore, qui lui ne le reprendra qu'au tiers de sa valeur.

— Tu veux dire au quart, grinça un orphiste.

— Combien estimez-vous ce terrain ?

Il y eut un moment d'embarras, puis Fuscien finit par déclarer :

— Je sais que lorsque César entama la construction de son forum tout près d'ici, il lui en coûta près de cent millions de sesterces rien que pour l'expropriation des terrains.

Le Thrace calcula rapidement.

1. Carrière des honneurs. C'est-à-dire succession des magistratures.

— Soit quatre cent neuf mille et quatre-vingts sesterces l'arpent.

— A peu de chose près.

— Je vous en offre cinq cent mille...

Il y eut un mouvement de surprise parmi le groupe.

— Serais-tu fou ? questionna Fuscien, ou serais-tu le roi des Parthes ? A défaut de pouvoir mettre Rome à genoux, t'aurait-il confié pour mission de l'acheter ?

— Ni l'un ni l'autre, sourit Calixte. Un homme tout simplement, et qui dispose actuellement de quelque fortune.

Chapitre 14

— Cinq cent mille sesterces l'arpent !

L'été 187 avait succédé au printemps, et Calixte croyait toujours entendre les hurlements de Carpophore lorsqu'il lui avait fait part de la transaction. Il s'était arrangé pour mettre sur le compte de son inexpérience le prix « exorbitant » qu'il avait payé pour l'insula de Fuscien. Non sans hypocrisie, il avait fait valoir que le rachat de cette ruine ne coûtait pas plus cher à son maître que son expropriation n'avait coûté à César. Du coup, le chevalier avait manqué de s'étrangler, avant de se reprendre pour expliquer doctement que ce prix n'était que celui auquel, eux, chevaliers, revendaient la place aux empereurs, et que tout l'art consistait à se l'approprier en un premier temps au moindre coût.

Jugeant que son nouvel esclave manquait encore de métier, Carpophore l'avait à nouveau accompagné quelque temps. Mais l'âge du banquier altérait de plus en plus son énergie, et donc son activité. Il n'avait plus comme autrefois le goût de se lever en pleine nuit pour traverser Rome et discuter pied à pied le prix d'un îlot consumé. Par ailleurs, ses obligations sociales, en tant que membre de la maison de César, le forçaient à accomplir certains devoirs dont il estimait, avec le temps, tirer un profit autrement plus important que ses opérations immobilières. En conclusion, il avait décidé d'absoudre le faux pas de son esclave, et Calixte avait fini par recouvrer son autonomie, une autonomie qui s'était accrue considérablement au cours de ces dernières semaines.

En cette fin d'après-midi, le soleil à demi voilé par les brumes de chaleur commençait à s'échancrer sur les monts Albains. Après avoir négocié dans la matinée l'achat d'un immeuble qui appartenait à l'un des nombreux propriétaires juifs du Trastévère, Calixte avait décidé de se rendre là où se tenaient désormais les réunions orphiques. Il s'agissait d'une demeure située aux environs du pont Fabricius, acquise grâce aux fonds alloués par lui-même.

Comme à chaque fois qu'ils le revoyaient, ses frères l'accueillirent avec un enthousiasme spontané. Fuscien, en particulier, lui fit une véritable ovation. Les cérémonies du culte achevées, les deux hommes se retrouvèrent, accoudés au marbre du thermopole proche de la demeure, une coupe de massique[1] à la main. L'édile reprocha amicalement au Thrace de ne pas lui donner l'occasion de le remercier du service rendu à la communauté, et Calixte éprouva pour la première fois depuis longtemps la satisfaction intime, quoique purement subjective, d'être considéré comme un homme libre.

— Te souviens-tu de notre équipée nocturne en compagnie de Didius Julianus et de Commode ? interrogea Fuscien avec une pointe de nostalgie.

— Bien sûr. Qui aurait pu imaginer alors que nous étions en présence du futur maître de l'Empire ? T'arrive-t-il de le revoir ?

1. Cru célèbre.

— Hélas non, depuis qu'il a succédé à son père, il est devenu inaccessible.

— Inaccessible ? Pas tant que cela, ironisa Calixte, on dit qu'il possède un harem de trois cents concubines et autant de mignons.

Fuscien eut un geste évasif.

— On lui prête tant de choses. En réalité il n'a qu'une favorite. Une affranchie de son père, Marcia. On la surnomme « l'Amazonienne ». Un personnage étonnant. Elle l'accompagne à la chasse et s'entraîne avec lui à l'école des gladiateurs.

— Notre empereur a des goûts originaux en matière de femmes...

— Peut-être moins que tu ne le penses. Au dire de tous ceux qui l'ont vue, Marcia serait vraiment une superbe créature.

La conversation se reporta sur les courses de chars. D'autres orphistes vinrent proposer une partie de dés, tout en se plaignant de la cherté croissante du prix de la vie. En tant qu'édile, Fuscien mit cette inflation sur le compte des difficultés d'approvisionnement avec l'Afrique et plus particulièrement l'Egypte, grenier de l'Empire. Calixte, qui savait que Carpophore possédait de gros intérêts dans le commerce du blé, promit de voir s'il existait un moyen d'arranger les choses. Mais l'heure tournait, et il lui fallut prendre congé. Il quitta ses amis sous les bénédictions, avec l'impression d'être devenu véritablement le bienfaiteur de cette petite communauté.

Sur le chemin du retour, il ne put s'empêcher d'établir des comparaisons entre sa religion et celle abordée par Flavia. Il avait beau essayer de trouver à la jeune fille des circonstances atténuantes, il n'y parvenait pas, ne fût-ce qu'en raison des dangers encourus par les adeptes du christianisme, des dangers que lui, Calixte, avait certainement moins de risques d'affronter. Car, s'il était vrai que la loi romaine interdisait aux personnages dits « serviles » de participer à des réunions religieuses, les mystères orphiques ne pouvaient être considérés comme une religion classique. Par contre, ce que le Thrace redoutait, c'était l'attitude de ses frères orphistes. Quelle serait leur réaction dans le cas où ils viendraient à découvrir sa condition ? Continueraient-ils encore à le respecter ou le chasseraient-ils de la confrérie ?

Il était tellement préoccupé par ces questions qu'il ne prit conscience d'être arrivé que devant l'entrée de la propriété de Carpophore.

« Juste à temps pour la cena », pensa-t-il en conduisant sa monture aux écuries. Il allait se diriger vers les cuisines lorsque des cris attirèrent son attention. Intrigué, il se précipita dans la cour et vit tout de suite l'attroupement formé par les esclaves. Flavia fondit littéralement sur lui.

— Vite, Calixte ! Il faut faire quelque chose. Éléazar va le tuer !

— Tuer ? Tuer qui ? Mais de quoi parles-tu ?

— Carvilius. Vite !

La jeune fille se lança dans une explication que sa panique rendait confuse, où il était question d'un cochon de lait que le cuisinier était accusé d'avoir dérobé.

— Tu sais comme moi, ajouta-t-elle en tremblant, que Carvilius est incapable de voler quoi que ce soit. L'intendant a perdu la tête !

Sans plus hésiter, le Thrace se fraya un passage à travers les rangs. Le vieux cuisinier était à terre, le visage tuméfié, recroquevillé aux pieds d'Éléazar. Armé d'une trique, le Syrien déchaîné frappait comme un dément sur le malheureux qui, à bout de résistance, ne cherchait même plus à parer les coups. Sous un dernier choc, le cuir chevelu éclata, faisant jaillir un flot de sang.

— Arrête, Éléazar !

Sans attendre la réaction de l'intendant, Calixte se rua sur lui et chercha à s'emparer de la trique. Une violente empoignade s'ensuivit. Pris de court dans un premier temps, le Syrien parut avoir le dessous, mais très vite il réussit à se dégager, et les deux corps étroitement encastrés roulèrent dans la poussière. Après un temps d'une mêlée confuse, Éléazar, avec une agilité insoupçonnée se remit sur ses pieds, balança la trique à toute volée à la face de Calixte, tandis que dans sa main droite, comme par magie, apparut une dague aussi appointée qu'un croc de loup.

— Ainsi. On ose s'attaquer à son villicus... Approche donc, fils de chacal, approche...

Calixte s'était redressé à son tour, et sans quitter la lame des yeux il se mit à tournoyer à la manière d'un fauve autour du Syrien, guettant la faille. Le cercle s'était resserré. Aux cris d'encouragements avait succédé un silence qui faisait une sorte de chape invisible. A quelques pas, Flavia terrorisée retenait son souffle.

Calixte risqua une nouvelle attaque. Il tenta d'emprisonner le poignet de son adversaire, mais sans succès. Les deux hommes s'observèrent à nouveau jusqu'à ce que l'intendant se décidât. Visant la poitrine de Calixte, il bondit en avant. C'est à peine si le Thrace eut le temps de se propulser sur le côté en réprimant un cri de douleur : l'arme venait de lui inciser le bras gauche.

Profitant de son avantage, Éléazar récidiva. Mais cette fois, au lieu de l'affronter de face, Calixte se laissa volontairement basculer sur le dos, entraînant l'autre dans sa chute. Il se produisit un nouvel enchevêtrement de corps. Les muscles raidis, le souffle court, les membres pétris de sueur et de poussière, le villicus couché sur son adversaire pointait la lame que s'efforçait de détourner Calixte.

Brusquement, pressentant qu'il ne résisterait plus longtemps à la pression, Calixte plaqua sa main libre sur le visage du Syrien, et avec rage il enfonça ses ongles dans ses orbites. Éléazar poussa un hurlement d'animal piégé et relâcha son étreinte. Un instant plus tard le Thrace était sur lui. Saisissant le poignet, il parvint grâce à un mouvement de torsion à lui faire lâcher la dague, puis usant de ses mains comme d'un garrot il commença à l'étrangler.

L'iris glauque, Eléazar, impuissant, fixait sa propre mort. Indifférent aux vociférations qui montaient de toutes parts, Calixte serra de plus en plus fort. Il ne voyait plus rien, il n'entendait plus. Uniquement possédé par la folie de tuer. La même qui s'était emparée de lui quelques jours plus tôt, face au proxénète. Il entrevit vaguement le visage de Flavia penché sur lui. Elle hurlait, mais sa voix semblait venir de l'autre bout de l'horizon.

— Ne fais pas ça! Ils te tueront, arrête! Ils te tueront!

Sous ses doigts durs comme du marbre il pouvait sentir les battements de sang du Syrien qui cognaient dans ses artères. Jusqu'à ce que, tout à coup, ce ne fussent plus les traits décomposés d'Éléazar qui grimaçaient sous lui, mais ceux d'un tribun; hallucination effrayante revenue du passé. Ce visage s'évanouit à son tour pour céder la place à celui de Zénon grimaçant de douleur. Alors, comme vaincu par ses propres fantômes, Calixte desserra l'étau.

Éléazar ne cherchait même pas à maîtriser le tremblement de ses mains. Son regard était celui d'un halluciné, ses gestes ceux d'un noyé.

— Tu vas savoir ce qu'il en coûte de s'attaquer à son intendant! Quand Diomédès en aura fini avec toi, je prendrai la relève et tu maudiras le jour où ta mère t'a enfanté !

Éléazar acheva de lier fermement les poignets de Calixte aux poutres dressées en forme d'X au centre de la cour. Se tournant vers Diomédès, il ordonna :

— Vas-y, montre-nous ce que tu sais faire !

Avec un sourire entendu, Diomédès fit une première fois claquer son fouet dans le vide. Prenant son élan, il cingla de toutes ses forces le dos dénudé de Calixte.

— Trop mou ! aboya Éléazar. Si tu ne frappes pas mieux, c'est toi qui prendras sa place !

Sous l'effet de la douleur, le Thrace étouffa un cri. Les dents serrées, le corps tendu comme un arc prêt à rompre, il attendit le deuxième coup.

A mesure que se prolongeait le supplice, il pouvait sentir la sueur salée qui dégoulinait le long de ses membres, cependant que naissait en lui l'impression de lames chauffées à blanc que l'on plantait au creux de ses reins. Alors, désespérément il essaya de concentrer son esprit sur une autre pensée : tout plutôt que d'offrir à l'intendant ne fût-ce qu'un gémissement. Il ferma les paupières et porta son esprit loin, très loin. Loin de Diomédès et du fouet. Loin d'Éléazar, loin de Rome, vers le mont Haemus et le lac. Le lac frais où glissaient des poissons d'or...

Chapitre 15

Quand il reprit conscience, il eut la certitude de se trouver quelque part sur les berges du Styx, le fleuve des Enfers, sinon comment expliquer ce noir absolu qui l'environnait de toutes parts. Couché en position de fœtus, il voulut se détendre, mais une brûlure atroce le paralysa. C'était comme si tout son être se déchirait. Alors, il s'efforça de rester parfaitement immobile, respirant à peine, la joue collée contre la terre humide.

— Maîtresse, il faut que je te parle.

Tout au long de ces deux dernières nuits, des réflexions contradictoires avaient tourmenté la conscience de Flavia. Maintenant sa décision était prise. Elle se confierait à Mallia même si elle devait en souffrir, même si cela devait lui coûter Calixte.

Immobile, debout dans l'embrasure de la porte qui donnait sur sa chambre, Mallia l'observait, partagée entre la curiosité et la colère. Elle n'était pas accoutumée à ce que ses esclaves vinssent la déranger au point du jour. Sans répondre, elle fit demi-tour et alla s'installer sur l'escabeau d'ivoire qui faisait face au triptyque de bronze qui lui permettait de se contempler simultanément de face et de profil. Saisissant de sur un petit guéridon en marbre un carré de toile blanche, elle le jeta nonchalamment sur ses épaules.

— Coiffe-moi !

Flavia serra les poings nerveusement, plus que jamais consciente que l'heure n'était pas à la désobéissance. Des deux mains, elle dégagea de dessous la toile la masse de crins décolorés qui composait la chevelure de la nièce de Carpophore. Elle prit peignes, aiguilles et rubans, et murmura :

— Je dois te parler de mon frère.

Mallia haussa les sourcils, surprise.

— Ton frère ? Mais je croyais que tu étais une alumna, que tu n'avais pas de famille ?

— C'est exact. Mais c'est Calixte qui m'a recueillie dans la rue. Depuis, je l'ai toujours considéré comme tel.

— Calixte ?

Une lueur d'intérêt traversa son regard. Flavia, qui devinait le cheminement de ses pensées, ne put s'empêcher d'éprouver une sorte d'irritation.

— Alors ?

— Je. crois savoir qu'il ne t'est pas indifférent.

Elle marqua un temps avant de conclure :

— Je suis venue te demander de le sauver.

— Le sauver ? Je ne comprends pas. Il serait donc en danger ?

— Tu n'es donc pas au courant ? Il y a deux jours...

— Il y a deux jours je visitais ma cousine d'Albe. D'ailleurs, tu n'imagines tout de même pas que j'ai pour habitude de me tenir informée de la vie quotidienne de nos serviteurs. Alors explique-toi, veux-tu !

Une fois de plus Flavia mesura l'abîme qui séparait les maîtres des esclaves... Pourtant, l'événement de la veille avait fait un bruit considérable. Au cours de la cena, ce fut même l'unique sujet de conversation. Aemilia et elle avaient passé une partie de la nuit à veiller Calixte, s'efforçant d'apaiser les plaies

160

causées par le fouet de Diomédès. Non plus Carpophore que cette femme n'avaient eu le moindre écho du drame. Avec résignation, elle entreprit de conter à sa maîtresse l'incident du cochon de lait, la violence aveugle d'Éléazar, l'intervention de Calixte, l'affrontement entre les deux hommes ainsi que le terrible châtiment qui en découla pour le Thrace.

— Quand il ordonna à Diomédès d'arrêter, Calixte avait perdu conscience depuis longtemps. Ensuite il le fit jeter dans l'ossuaire.

— L'ossuaire ?

— C'est une sorte de cachot, surnommé ainsi par les esclaves parce qu'il n'est pas plus grand qu'une niche creusée à même la terre, et fait penser aux petites urnes où l'on dépose les os des défunts. J'ai supplié Éléazar de me laisser au moins lui porter de l'eau, mais il n'a rien voulu savoir.

— L'insensé !... J'ai toujours su que le cerveau de ce Syrien n'était pas plus gros qu'une noix. Allons, termine ma coiffure. Nous irons ensuite lui dire deux mots.

Pour ceux qui connaissaient la nièce de Carpophore, il eût mieux valu affronter une descente aux Enfers que ses colères. Sous le tombereau d'injures qui se déversait sur lui, le villicus ne pouvait qu'incliner la tête et faire silence.

— Le fouet d'abord, l'ossuaire ensuite ? haleta-t-elle après avoir épuisé son répertoire d'imprécations. Sans soins ! Par Bellone, aurais-tu perdu la tête ?

— Mais, maîtresse, protesta Éléazar, ce chien a tenté de me tuer !

— Tu es pourtant bien vivant ! Ou alors serait-ce ton fantôme qui gesticule devant moi ? Non, ce dont je suis sûre c'est que toi tu avais bien l'intention de le laisser crever dans cette... cette...

161

Elle parut chercher le mot prononcé par Flavia, puis elle enchaîna très vite :

— Et du sel sur ses plaies, m'a-t-on dit. Du sel sur une peau à vif ! Si je ne me retenais pas !

Le villicus esquissa affolé un mouvement de défense, évitant de justesse d'être éborgné par le stylet que Mallia venait de tirer des plis de sa tunique.

Flavia contemplait la scène avec ravissement et crainte à la fois. Quelque chose lui soufflait qu'en provoquant l'intervention de Mallia, elle avait par la même occasion créé une situation dont tôt ou tard elle aurait, elle aussi, à subir les conséquences.

— Calme-toi, maîtresse ! s'écria le Syrien.

Devinant le regard des esclaves fixé sur lui, il eut un sursaut de fierté :

— N'oublie pas que j'appartiens au seigneur Carpophore !

— Justement ! Parlons-en. Il t'a fait confiance en te chargeant de son troupeau et tu l'as trahi. Tu sais parfaitement l'intérêt qu'il porte à ce Calixte, et les services que cet homme lui rend. As-tu conscience que, par ta fatuité, tu as manqué lui causer une immense perte ?

« Une immense perte peut-être, pensa Éléazar. Mais certainement pas aussi importante que pour toi... »

Une bouffée de colère le souleva intérieurement. Sous prétexte que cette femme avait envie de chevaucher le Thrace, celui-ci allait être remis en liberté. Pis, il risquait peut-être d'occuper une position comparable à la sienne. Il ne put s'empêcher de lancer avec une incroyable audace :

— Au lieu de songer à la satisfaction de ton basventre, tu ferais mieux de réfléchir à ce que dirait ton oncle s'il apprenait que...

Il n'eut pas le temps d'achever sa phrase.

Mallia était devenue plus blanche qu'un bâtonnet de

céruse. Jamais nul n'avait osé lui parler sur ce ton, encore moins un esclave. Ce poinçon qui servait à graver ses tablettes de cire pouvait tout aussi bien égorger ce porc de Syrien ! Elle voulut se jeter sur lui, mais au dernier moment la raison prit le dessus. Elle se contenta de menacer les lèvres serrées :

— Je te jure par Pluton que si mon oncle venait à apprendre quoi que ce soit, je te ferais jeter dans le bassin aux murènes. Tu ne seras ni le premier ni le dernier impudent à leur servir de pâture. A présent, trêve de palabres, tu vas obéir et libérer l'esclave !

*

Flavia acheva de panser les blessures qui avaient creusé des sillons brunâtres sur le dos de Calixte.

— Comment te sens-tu ?

Le Thrace remua lentement sur le ventre.

Il avait encore à l'esprit l'odeur ténue d'excréments et d'urine qui avait empesté les ténèbres de l'ossuaire tout au long de sa captivité.

— Je vais quitter cet endroit, murmura-t-il d'une voix rauque. Je partirai, j'en fais le serment. Mais avant, le Syrien paiera.

— Tu ne sais pas ce que tu dis. C'est la douleur qui te souffle ces mots.

— Je m'évaderai, te dis-je. Et le Syrien paiera.

Flavia médita un instant avant de déclarer avec lassitude :

— Je crains qu'avant cela ce soit toi, hélas, qui sois obligé de payer.

— Que veux-tu dire ?

Elle quitta le chevet de son compagnon et se dirigea lentement vers la petite lucarne d'où filtrait une lumière lactaire.

— Mallia m'a ordonné de t'amener à ses appartements, fit-elle sans se retourner. Dès ce soir.

Calixte roula sur le dos.

— Je présume que tu vas accepter, ajouta-t-elle encore en revenant à ses côtés.

Il se souleva avec précaution. Ses prunelles habituellement d'un bleu aigu avaient viré au gris.

— A moins que ton dieu ne décide tout à coup de me remplacer...

*

Une lune rouge était apparue au-dessus des monts Albains. De lourdes nuées, surgies dès le début de la soirée, voilaient la plupart des étoiles. La chaleur étouffante était à peine atténuée par les sursauts erratiques d'une brise qui venait rider la surface des bassins, agitant le feuillage des trembles et des cyprès.

— L'orage ne va pas tarder à éclater, fit remarquer le Thrace comme s'il se parlait à lui-même.

Flavia marchait à ses côtés. Elle ne répondit pas, mais elle ne put s'empêcher de constater que même les éléments naturels s'étaient accordés pour partager le trouble de son âme.

Le couple traversa la cour et s'engagea sous l'alignement des arcades qui menaient aux appartements des maîtres. Lorsqu'ils débouchèrent dans le jardin intérieur, une nuée de palombes, prises de panique, s'envolèrent brusquement vers le ciel. Flavia accéléra le pas. Comme si elle avait voulu être déjà au terme de cette absurde comédie. Elle se guida sur les rares lueurs que laissaient filtrer les rideaux tirés et s'arrêta enfin devant l'une des arcades. Écartant la toile, elle s'introduisit dans la chambre de Mallia.

La nièce de Carpophore replia le rouleau en parchemin de charta qu'elle était en train de lire, avant d'aller à leur rencontre. Elle était vêtue d'une fine simarre de lin d'Égypte, et les jeunes gens remarquèrent qu'elle venait se placer intentionnellement devant la torchère de bronze, offrant ainsi par transparence la nudité de son corps.

— Je te retrouve avec plaisir, commença-t-elle d'un air quelque peu apprêté. Souffres-tu encore ?

— Oui. Mais cette souffrance me rassure. Elle prouve que je suis vivant. C'est tout ce qui compte.

La jeune femme ondula dans sa direction, et sans pudeur vint se presser contre lui. Avec une certaine gêne, Flavia observa les mains de sa maîtresse qui glissaient le long du dos de son ami.

— Ote ta tunique, dit-elle d'une voix soudainement rauque.

Impassible, Calixte entreprit de se dévêtir. Ses gestes étaient encore maladroits et gauches, et ce fut Flavia qui l'aida à passer le vêtement par-dessus sa tête.

Mallia tourna lentement autour de lui. Sa respiration s'accéléra à la vue de l'entrelacs de cicatrices qui zébraient la peau de son esclave. Fascinée, elle les effleura de ses ongles longs et peints d'ocre, un peu à la manière d'un maquignon flattant le cheval qu'il vient d'acquérir. C'était plus que Flavia ne pouvait en supporter. Elle tourna brusquement les talons et disparut dans le long corridor drapé d'ombres.

*

Combien de temps Flavia était-elle restée immobile dans les ténèbres ? Elle ne devait jamais s'en souvenir. Seule demeurait la vision vague de blancs fantômes statufiés, celle des frondaisons courbées sous le mugissement du vent, ses longues mèches d'or décoiffées, plaquées sur ses joues et son front, et l'eau de ses larmes mêlée à l'eau du ciel.

Lorsqu'elle revint à la réalité, elle se découvrit prostrée contre la souche d'un arbre.

Elle se redressa péniblement. Sa tunique trempée lui faisait l'effet d'une robe de plomb. A quelques pas elle retrouva l'allée qu'elle suivit machinalement jusqu'à ce qu'elle parvînt devant la masse noire de la domus, sous l'entière sujétion de ce chagrin infini qui vibrait en elle et envahissait chaque parcelle de son corps.

— Flavia !

Elle sursauta, effrayée par le son de cette voix qu'elle devinait pourtant familière.

— Flavia, ma petite, mais que t'est-il donc arrivé ?

Elle reconnut Aemilia. Elle voulut parler mais ne réussit pas. Simplement des larmes affluèrent à nouveau vers ses yeux. Alors la servante lui prit les mains et la guida vers l'aile affectée aux esclaves.

Depuis le drame survenu avec Éléazar, les compagnons de Carvilius lui avaient aménagé ce qui servait habituellement de remise, et y avaient installé un petit lit afin que le vieux cuisinier puisse récupérer à l'écart des dortoirs et des salles communes.

Il somnolait là, à la lueur d'une minuscule lampe grecque, lorsque Flavia et Aemilia firent leur apparition. Il entrouvrit les paupières et dévisagea les deux femmes d'un air ensommeillé.

— Flavia. Mais que s'est-il donc passé ?

Comme elle ne répondait pas, Aemilia la questionna à son tour, poussée par une intuition subite.

— Calixte... Il s'agit de Calixte, n'est-ce pas ?

La jeune fille acquiesça faiblement.

— L'intendant l'aurait-il agressé une nouvelle fois ? interrogea Carvilius affolé. Je n'ose y croire.

— Non..., balbutia-t-elle. Pas Éléazar.

— Mais alors...

— J'ai compris! s'exclama la servante. Mallia...
Mallia a enfin obtenu sa proie. C'est cela?

Et comme Flavia ne répondait pas, elle insista.

— Dis-moi, ma petite, c'est bien de cette créature
qu'il s'agit?

Comme si elle n'en pouvait plus de conserver son
désespoir pour elle, la jeune fille se cacha le visage
entre les mains et leur dévoila la vérité.

— Mais je ne vois pas pourquoi tu te mets dans cet
état? s'étonna le cuisinier. Tu devrais être rassurée, et
au lieu de cela on a l'impression que tu viens d'apprendre la mort de Calixte. Après tout, partager la couche
de Mallia me paraît nettement moins éprouvant que de
coucher sur la terre poisseuse de l'ossuaire.

— Imbécile! intervint Aemilia en adoptant une
mine furieuse. C'est bien de vous les hommes de
n'avoir aucune sensibilité. Tu n'as donc rien compris?

Sans attendre la réponse du vieil homme interloqué,
elle passa une main sur les cheveux trempés de Flavia.

— Je me doutais bien que tu étais amoureuse du
Thrace. Mais ce que j'ignorais, c'est combien ton
amour était fort.

— Amoureuse..., bredouilla Carvilius, réalisant du
même coup l'impair qu'il venait de commettre. Mais
depuis quand?

— Depuis toujours... Depuis le soir où il a penché
son visage sur le mien.

— C'est donc indirectement à cause de lui que tu
n'as jamais voulu franchir le pas et devenir chrétienne? interrogea Aemilia.

— J'aurais tant désiré que cet instant sacré fût
partagé par nous deux, que ce baptême fût aussi le sien.

Tout s'éclairait. Les réticences de leur compagne
reculant constamment l'échéance, les prétextes invo-
qués lors des réunions.

— En vérité, déclara le cuisinier, tu n'as pas le droit

de lui en vouloir d'avoir cédé à cette femme. Après tout, n'est-ce pas toi qui indirectement as favorisé leur union ? Et avait-il seulement le choix ?

Pour toute réponse, Flavia rejeta sa tête en arrière, faisant basculer sa chevelure d'or.

Chapitre 16

Calixte était étendu sur son lit, les mains croisées
sous la nuque, dans l'espèce de galetas qui lui avait
été concédé pour logement. Le soleil s'était levé
depuis longtemps déjà, mais il n'en avait cure. Mallia
avait promis d'intercéder auprès de Carpophore afin
qu'on le dispensât de travail jusqu'à ce qu'il fût
pleinement rétabli. Et il savait l'influence que pouvait avoir l'enfant gâtée sur son oncle — lequel,
atout non négligeable, était aussi son père adoptif —
pour ne pas douter un instant qu'elle parvienne à son
but.

Mallia... Il devait reconnaître que la nuit qu'il avait
partagée avec elle était certainement la plus sensuelle
qu'il ait jamais passée avec une femme. Il revit en
mémoire le corps gracile et dénudé de sa maîtresse, un
corps blanc comme une vague d'ivoire, le contour de
ses seins, dont les pointes érigées étaient venues se
frotter à son propre torse avec une science accomplie
des plaisirs de la chair. Elle s'était enroulée autour de
lui, debout, avec une force inattendue et toute la
sensualité du monde. Elle avait crié son plaisir lorsqu'il l'avait possédée à même le sol de la pièce.
Tumultueuses, avec une passion chaque fois renouvelée, leurs étreintes s'étaient succédé, lui arrachant par
moments des sursauts douloureux lorsque les ongles

de son amante se plantaient dans les plaies encore vives creusées par le fouet.

Quelle différence avec les quelques louves[1] et servantes qu'il avait pu connaître dans le passé et dont la possession furtive ne lui avait laissé que le souvenir d'un cérémonial triste avec, au bout du compte, un arrière-goût de répulsion. Au travers des caresses de Mallia, il avait pris conscience que l'amour pouvait être un art, une guerre voluptueuse, autant qu'une science. Et lorsque enfin la jeune femme repue avait laissé retomber sur lui son corps luisant de sueur, il s'était entendu déclarer :

— Dans tout l'Empire, il ne doit guère y avoir que Marcia, la concubine de l'empereur, qui soit meilleure que toi...

Il entrouvrit les paupières. Une main venait d'écarter le rideau qui fermait la pièce, et un rai éclatant de soleil inonda le lit. La silhouette de Flavia apparut brusquement à contre-jour.

— Toi, ici ? A cette heure ?

La jeune fille traversa la pièce de son pas gracieux et vint s'asseoir près de lui, à même le sol.

Il la considéra avec suspicion. Sa mise était nette, sa coiffure simple et raffinée. Pourtant, à quelque chose de diaphane qui transparaissait sur son visage, des cernes à l'entour des yeux qu'il ne lui connaissait pas, il s'inquiéta.

— Je me trompe peut-être, mais j'ai l'impression que tu n'as pas beaucoup dormi... Tu assistais sans doute à l'une de vos réunions.

Il avait dit cela comme une affirmation.

Elle fit oui de la tête.

— J'ai pris une décision importante. J'ai demandé à

1. Prostituées.

170

Carvilius d'intercéder auprès de nos frères : je vais être baptisée.

Il l'étudia, envahi par un malaise irraisonné. Elle avait l'air si jeune, si fragile et en même temps si déterminée. Il se laissa retomber sur le dos, retenant une grimace de souffrance.

— Ainsi, tu seras chrétienne...

— Oui. Mais je t'en prie... essaye de comprendre, je...

Elle lui saisit la main comme pour le retenir.

— Comment peux-tu...

— Calixte...

Elle voulut poursuivre, mais il ne lui en laissa pas le temps. Il laissa tomber simplement d'une voix sèche :

— Je viendrai. Je ne voudrais pas manquer cette noce...

*

Tous quatre marchaient d'un pas rapide le long des pavés alignés de la via Appia. Carvilius, Aemilia et Flavia précédaient Calixte. Le soleil qui disparaissait dans une gloire dorée derrière les marais, enflammait de part et d'autre de la voie le feuillage des arbres déjà jaunis par l'automne.

Le petit groupe était régulièrement dépassé par les charrois de vivres qui coulaient vers la capitale. Eux-mêmes ressemblaient dans leur modeste tenue à quelques paysans se rendant en ville pour y vendre leurs produits.

Aux alentours de la treizième heure[1], ils arrivèrent en vue d'une domus sise en bordure de la voie. Massive et austère, ses murs étaient de briques ocre et son toit de tuiles bombées. Seule la porte principale et quelques fenêtres étroites et hautes étaient creusées dans la

1. Aux alentours de 18 heures.

171

façade. A peine l'atrium franchi, Calixte s'immobilisa stupéfait : l'homme qui venait de leur ouvrir la porte n'était autre qu'Éphésius, l'ancien intendant du sénateur défunt. Il n'avait rien perdu de son impassibilité, cependant le Thrace crut déchiffrer une lueur moqueuse dans son regard.

— On dit que ton caractère ne s'est guère amélioré depuis notre dernière rencontre. Il nous faut néanmoins te remercier d'avoir sauvé notre vieil ami Carvilius.

— Mais comment se fait-il que...

— Que je me trouve ici ? C'est simple, je ne voulais pas me détacher de mes frères esclaves. Alors grâce à de généreux donateurs j'ai pu acquérir cette demeure où nous nous réunissons le jour du Seigneur.

Calixte ne trouva rien à redire, un peu dépassé et irrité à la fois par cette preuve de fidélité qu'il n'aurait pas attendue d'un personnage qu'il avait toujours jugé dur et froid.

Sans plus tarder, Éphésius les conduisit jusqu'au triclinium où, debout sous la lumière mouvante de plusieurs dizaines de lampes à huile, une foule était rassemblée. Si parmi l'assistance le Thrace crut reconnaître de nombreux visages, la majorité lui était inconnue. Ses amis furent évidemment chaleureusement accueillis ; quant à lui, demeuré sur le seuil de la porte, il ne put s'empêcher d'éprouver une sensation d'abandon. Il se consola en se disant que de toute façon sa présence ici était déplacée : il n'était pas habituel que l'on acceptât la présence de gentils[1] lors d'un baptême, et il avait fallu l'insistance de Flavia et celle de Carvilius pour que l'on fît exception à la règle.

Lorsque la cérémonie commença, il éprouva un nouveau choc en reconnaissant l'homme, vêtu d'une

1. Se disait des païens par opposition aux juifs et aux chrétiens.

longue dalmatique blanche, qui présidait : Hippolyte !
Sous l'œil attentif de l'assemblée, le fils d'Éphésius
achevait de déplier des rouleaux de parchemin. Plus
loin, Flavia s'était installée à l'écart avec un groupe
d'hommes, de femmes et d'enfants.

De cette voix pointue, qu'il aurait reconnue entre
toutes, Hippolyte lut en grec plusieurs textes semblant
ne rien avoir de commun entre eux, et déclara :

— Je conclurai en citant les mots de Paul : *Esclaves,
obéissez à vos maîtres terrestres dans la simplicité de
votre cœur, comme vous obéiriez au Christ. Ne le faites
pas avec un empressement servile qui ne cherche qu'à
plaire aux hommes, mais du fond du cœur, pour accomplir la volonté de Dieu. Servez pour contenter Dieu et non
les hommes, et souvenez-vous que tout ce que vous ferez
de bien ici-bas, que vous soyez libres ou esclaves, il vous
le rendra au centuple. Quant à vous les maîtres, n'ordon-
nez à vos esclaves que des choses justes. Et quand vous
les commandez, songez que vous avez un maître qui est
dans les cieux. Ne pesez point sur eux par la terreur, mais
souvenez-vous qu'ils ont le même Dieu que vous, et que ce
Dieu vous jugera les uns et les autres, sans regarder à la
condition des personnes.*

Tapi dans la pénombre, Calixte, qui n'avait rien
perdu du discours d'Hippolyte, ne comprenait nullement l'approbation unanime qu'il devinait autour de
lui.

Flavia était au premier rang. Les traits figés dans
une parfaite quiétude, elle paraissait loin de tout.

L'officiant invita ensuite les fidèles à la prière
publique. Après quoi, on entonna des cantiques. Alors,
pour la première fois, presque à son corps défendant,
Calixte se sentit gagné par l'émotion. Ces chants lui
rappelaient quelque chose des hymnes chantés à Sardica.

Il se forma une procession, au fil de laquelle les

173

fidèles déposèrent, les uns après les autres, sur une table basse, le contenu de paniers d'osier qu'ils avaient apportés. Ces offrandes, très modestes pour la plupart, étaient surtout composées de denrées alimentaires : fioles de vin, raisins, huile, lait et miel. D'autres personnes, plus rares, faisaient le don de pièces de cuivre ou d'argent.

A présent la foule entourait la table et le célébrant. Celui-ci écarta légèrement les mains et dit :

— Le Seigneur soit avec vous !

— Et avec ton esprit.

— Rendons grâce au Seigneur, notre Dieu !

— Ce qui est juste et digne.

Hippolyte, levant les deux bras, entama comme une supplique, dont Calixte ne retint que l'expression : *Pardonnez nos offenses comme nous pardonnons.*

Il réprima un mouvement d'agacement, ne sachant plus très bien si ce qui l'irritait davantage c'était ces professions de foi, ou le fait que ce fût Hippolyte qui les prononçât.

Maintenant il interpellait le groupe des catéchumènes :

— Renonces-tu à Satan ?

— J'y renonce.

— Renonces-tu à ses œuvres ?

— J'y renonce.

— Renonces-tu à ses pompes ?

— J'y renonce.

Cependant que Flavia et les autres se mettaient en route en entamant de nouveaux cantiques, Calixte s'interrogea sur le véritable sens de ces formules.

La lueur des torches remplaça bientôt celle des lampes à huile. Ils étaient parvenus au cœur d'une vaste salle circulaire dont les murs étaient creusés de niches. Une piscine octogonale était creusée au cen-

174

tre de la pièce, entourée de jets d'eau qui jaillissaient de la gueule béante de griffons de bronze.

Les fidèles nouèrent un demi-cercle autour de la vasque, tandis que se dévêtaient Hippolyte et les catéchumènes.

Calixte chercha Flavia du regard et la vit parmi les autres femmes, en train de dénouer sa longue chevelure dorée.

Sous l'impulsion d'Hippolyte s'élevèrent des chants d'allégresse, et les catéchumènes se formèrent en trois groupes. Les premiers, des enfants, tournant le dos à l'occident, descendirent les marches jusqu'à ce que l'eau recouvrît leurs épaules, pour remonter ensuite du côté opposé, où Hippolyte les attendait. Tour à tour, il les interrogea :

— Crois-tu au Père, au Fils, à l'Esprit-Saint ?

Chaque fois la réponse résonnait, ferme :

— J'y crois !

Versant un peu d'eau sur le néophyte, Hippolyte déclarait alors :

— Je te baptise !

Ce fut au tour des hommes et, enfin, des femmes.

Flavia conduisait la marche de ce dernier groupe. A peine fut-elle sortie de l'eau qu'il voulut se précipiter vers elle, mais un cordon de fidèles formé spontanément autour de la jeune fille l'en empêcha. On l'aidait à revêtir une tunique de lin blanc sans ceinture. On la chaussait de feutre et quelqu'un ceignit son front d'une petite couronne de fleurs.

Calixte chercha encore à se frayer un chemin vers elle, lorsque la voix d'Éphésius résonna derrière son épaule.

— Ne trouble pas la paix...

Il répliqua sèchement :

— Je n'en ai jamais eu l'intention.

Et il se résigna à suivre la procession qui réintégrait le triclinium.

Éphésius, qui s'était écarté pour partager un peu de pain et de vin en compagnie de ses frères, revint vers lui.

— Voudrais-tu prendre part à l'agape ?

— Non. J'aimerais simplement parler à ton fils. J'ai des questions à lui poser.

Surpris, l'intendant marqua un temps de réflexion avant de répondre :

— D'accord. Mais pas ici. Suis-moi.

Il entraîna le Thrace dans une pièce à l'écart de tous, où Hippolyte vint le rejoindre quelques instants plus tard.

— Mon père m'a dit que tu désirais t'entretenir avec moi. Qu'y a-t-il ?

Calixte passa une main nerveuse dans ses mèches noires.

— J'aimerais savoir. Je veux comprendre. Comment peux-tu prêcher l'obéissance et la soumission aux malheureux qui souffrent sous le joug de l'esclavage ? Comment peux-tu recommander la résignation et l'amour des maîtres ? C'est donc tout ce que vous avez à offrir aux opprimés ? De la complicité ?

— Je vois... Mais qui donc es-tu pour juger les propos de Paul avec autant de sévérité ?

— Tu le sais, un esclave. Avant tout, un esclave, et qui ne peut concevoir qu'un dieu, quel qu'il soit, puisse encourager l'asservissement de l'homme

Alors que par le passé le fils d'Éphésius se serait laissé déborder par la colère, il se maîtrisa, surprenant Calixte par le ton calme et ferme de sa réplique.

— Tu t'exprimes ainsi parce que tu ne sais pas. Tu ne sais pas que nous sommes partout. Dans le palais des Césars, dans les maisons de patriciens, dans les légions, les ateliers, les ergastules. Si un matin nous décidions de faire un appel direct à la liberté de tous les esclaves, nous donnerions en même temps le signal d'une lutte telle que le monde n'en a encore jamais connu. C'est cela que tu crois juste. Le sang versé ? Ne peux-tu pas comprendre qu'il ne faut pas chercher à attiser les haines, mais à apaiser les cœurs ulcérés ? Plus de Romains sont tombés victimes de la colère de leurs esclaves que de celle des tyrans. Sache que le Dieu des chrétiens ne peut favoriser de tels ressentiments.

Calixte examina Hippolyte en silence. Dans son esprit se bousculaient des jugements contradictoires qu'il ne maîtrisait plus. Il sentit qu'il ne pouvait demeurer plus longtemps ici sans que soient remises en cause ses certitudes les plus profondes. Alors il se retira sans un mot.

Chapitre 17

Avril 186

Carpophore remua sur son siège, s'inclina en avant, interrompant ainsi le travail de son barbier.

— Vous tous ici présents, écoutez-moi attentivement. Un événement considérable va se dérouler sous notre toit. Un événement de la plus haute importance.

Le chevalier marqua une pause comme pour mieux tenir en haleine son auditoire.

— L'empereur sera chez nous ce soir !

— L'empereur ? s'exclama Cornélia interloquée.

— L'empereur, confirma Carpophore ravi.

— Tu veux dire Commode... Commode lui-même ?

— Évidemment, femme, qui veux-tu que ce soit d'autre ?

Interpellant cette fois Éléazar, Calixte et les autres serviteurs, il demanda :

— Alors, que pensez-vous d'un tel honneur ?

Imperator, préfet ou autres, songea Calixte, qu'est-ce que cela pouvait bien changer à sa vie. Il fit quand même un effort pour se montrer admiratif.

— C'est bien, seigneur, l'éclat d'une telle visite ne peut qu'accroître votre renommée.

— Sans oublier les affaires, mon cher Calixte. Les affaires. Cela nous favorisera. Tu le sais, j'ai certaines

178

visées sur le commerce des céréales. Avec l'appui de Commode je pourrais enfin réaliser mon rêve : obtenir le monopole des transports de blé en provenance d'Égypte. Après tout, n'est-ce pas moi qui possède le plus gros navire de la flotte ? Ce serait la consécration !

— Une consécration de taille, renchérit Éléazar avec une emphase exagérée, vous deviendriez le personnage le plus important de l'Empire.

Il s'interrompit avant de susurrer :

— Après l'empereur, bien sûr.

Tandis que Carpophore rosissait de plaisir, le Thrace coula vers l'intendant un regard qui en disait long sur l'opinion qu'il se faisait de ses compliments.

— Mais nous n'aurons jamais le temps de tout préparer ! gémit Cornélia.

— Il le faut ! Je ne tolérerai pas la moindre défaillance. Les cuisiniers sont prévenus. Ils travailleront sans relâche jusqu'au dîner. D'autant que l'empereur ne viendra pas seul. Il sera accompagné du chambellan Cléander, du préfet du prétoire, ainsi que de l'Amazonienne, Marcia.

— Marcia ? se récria la matrone.

— Oui, Cornélia. Et j'entends que tu la traites comme une Augusta.

— Elle ? Une affranchie ? Une libertine qui est passée de Pompéianus à Commode ! Une intrigante qui a supplanté l'impératrice Bruttia Crispina !

Calixte sourit. Comme tous les parvenus, son maître et surtout son épouse étaient obsédés par le souci de respectabilité. Leur censure était souvent plus stricte que celle des aristocrates de vieille souche.

— Cornélia ! Je t'interdis de parler de cette façon !

La femme eut un geste d'humeur tout en se tournant vers Mallia pour quêter un renfort.

— Ma tante a raison. Si encore cette Marcia se contentait de changer d'amants, sa conduite ne regarderait qu'elle. Mais une femme qui s'affiche nue parmi les gladiateurs ? Qui n'hésite pas à livrer combat dans l'arène contre d'autres dévergondées ? Une femme qui s'abaisse de la sorte, abaisse par la même occasion ses hôtes.

Calixte se souvint alors des mots de Fuscien : « *Marcia est vraiment une superbe créature.* » Nul doute que ce fût là la véritable raison de l'hostilité des deux femmes.

— Parlons-en ! répliqua le banquier, je connais des femmes qui ont d'autres moyens de s'abaisser ! Plus discrets sans doute, mais tout aussi efficaces. N'est-il pas vrai, ma chère Mallia ?

Mallia crut défaillir. Quant à Calixte, stupéfié par l'allusion de son maître, il détourna son regard, gêné. Cela faisait bientôt trois ans qu'il était l'amant de la jeune femme. Toute la maison devait être au courant, à l'exception — du moins l'avait-il cru jusqu'à cet instant — de Carpophore. Sa remarque prouvait qu'il était moins aveugle que complaisant. Au coup d'œil que lui lança Mallia, il comprit qu'elle pensait la même chose. Mais par-dessus tout il y avait l'expression d'Éléazar : il jubilait intérieurement. Déjà Carpophore concluait :

— Je t'interdis, Mallia, et toi aussi Cornélia, de vous montrer en quelque manière que ce soit désagréable avec la concubine de notre empereur ! Le prince de Rome est sacré. Tous ses proches le sont donc également ! Maintenant, vaquez à vos besognes et que tout soit parfait pour ce soir.

En se retirant, Calixte et le villicus se croisèrent mais ne dirent mot. Depuis l'ossuaire, les deux hommes se côtoyaient dans le plus parfait mépris, et leur dialogue se limitait au strict nécessaire.

Carpophore avait pratiquement détaché le Thrace de l'autorité du Syrien pour en faire son plus proche collaborateur. Il y avait aussi la protection occulte, mais non moins efficace, de Mallia, qui dissuadait l'intendant de lui chercher noise. Il n'en demeurait pas moins qu'entre les deux hommes le ressentiment était bien ancré. Calixte n'oubliait pas. Quant à Éléazar, réduit à constater l'ascension de cet esclave qui se posait de plus en plus en rival et successeur, il entretenait à son endroit une hostilité farouche.

*

Après avoir mis le dernier trait à ses comptes de la journée, Calixte quitta la petite pièce qui lui servait de bureau. Toute la propriété était sur des braises ardentes. Des esclaves de la campagne amenaient les vivres par pleins charrois. Du côté du triclinium, c'était le va-et-vient incessant des serviteurs, portant lits d'ivoire, tables de bronze et fioles de parfum.

Traversant le péristyle, il aperçut Flavia qui se dirigeait en toute hâte vers les appartements de sa maîtresse. C'est tout juste si elle lui fit un petit signe de la main.

— Urtica..., lança-t-elle essoufflée. Je ne sais pas ce qui se passe, mais ce matin elle est au sommet de l'hystérie.

— C'est à cause de ce soir, voulut expliquer Calixte, l'empereur...

Mais déjà la jeune fille s'engouffrait dans la maison.

Il haussa les épaules, dépité. Depuis son baptême, sa « petite sœur » cherchait à l'éviter. Elle était devenue nettement plus distante à son égard, tirant profit de ses propres relations avec Mallia, laquelle traitait désormais sa jeune coiffeuse avec plus de considération. Cet éloignement creusait un vide qu'il ne parvenait pas à combler. Il se souvenait avec amertume de ce temps où elle saisissait n'importe quel prétexte pour le retrouver. Aujourd'hui plus rien n'était pareil, et au tréfonds de lui il en voulait à ceux-là qu'il jugeait responsables de la brisure : Hippolyte, Carvilius et les autres. Brusquement il décida de se rendre aux cuisines. Il lui fallait en avoir le cœur net.

L'endroit paraissait avoir été dévasté par un ouragan. Les hommes s'entrecroisaient dans une pagaille à affoler les dieux eux-mêmes. Dans un coin, en retrait, il aperçut Carvilius occupé à évider par la gueule un porcelet de jardin.

— J'ai à te parler.

— Pas le temps. Plus tard.

Avec impatience, Calixte le saisit par le bras.

— Non, tout de suite !

Carvilius interrompit un instant sa besogne.

— Veux-tu me lâcher ! Que t'arrive-t-il ?

— Je veux savoir... Que se passe-t-il avec Flavia ? Elle m'évite comme si j'avais la peste. Pourquoi ?

— Ne crois-tu pas que ce serait plutôt à elle qu'il faudrait poser la question ?

— C'est à toi que je m'adresse, et pour cause... Je ne serais pas étonné si tu m'annonçais que vous lui avez interdit de frayer désormais avec le gentil que je suis devenu à ses yeux.

— Absurde ! se récria Carvilius. Nous interdisons à nos frères la fréquentation des Jeux et le théâtre afin de n'être pas corrompus par eux. Mais il n'est aucunement défendu à un chrétien de fréquenter les gentils. D'ailleurs comment cela pourrait-il se faire ? Nous vivons à vos côtés.

Le cuisinier avait l'air sincère.

— Pourtant elle me fuit. Tu dois certainement en connaître les raisons. Elle partage plus de temps avec vous qu'avec moi. Ce qui, dois-je te le préciser, ne fut pas toujours le cas.

Carvilius se dégagea d'un geste brusque.

— C'est bon. Tu veux savoir ? Alors ouvre grandes tes oreilles : cette malheureuse enfant est éperdument éprise de toi. Elle se dessèche, se consume jour après jour à l'idée de savoir que tu partages la couche de cette libertine de Mallia !

— Flavia ? Amoureuse de moi ? C'est...

Il faillit poursuivre, mais se rendit compte que marmitons et servantes étaient en train de tendre l'oreille tout en les fixant d'un air égrillard. Indifférent, Carvilius se remit au travail. Calixte reprit à voix basse :

— Je n'ai nullement l'intention d'étaler ma vie devant ces gens. Nous reparlerons de cela plus tard.

Il étudia en silence le travail du cuisinier.

Sans répondre, Carvilius s'empara d'une poignée de dattes dénoyautées qu'il fit disparaître dans le ventre du porcelet.

— Tout ce que je vois sur cette table va finir dans la panse de cette pauvre bête ?

Toujours en silence, le vieil homme introduisit le reste des ingrédients : saucissons, grives, oignons fumés, escargots, becfigues et, pour couronner le tout, de la chair à saucisse et des herbes de toutes sortes.

— C'est effarant... Et comment achèves-tu cette merveille ?

Avec une mauvaise volonté évidente, Carvilius grommela :

— Je vais recoudre la peau, fendre le dos après cuisson, et imprégner la chair d'une sauce composée de garum, d'un peu de vin doux, de miel et d'huile. Et j'espère que ce porcelet sera cause chez Mallia et toi de la plus belle indigestion de votre vie...

— C'est insensé ! Qu'avons-nous fait qui mérite pareille fureur ?

— A la rigueur je veux bien absoudre cette créature, esclave de ses sens. Mais toi ? Le plaisir que tu prends à te perdre dans le bas-ventre de cette femme, et les tourments que tu infliges à cette pauvre Flavia ne méritent aucune indulgence.

— Crois-tu vraiment que j'aie le choix !

— Je sais, murmura le vieil homme, adoptant une mine exagérément compassée. Je sais. Tu n'es sans doute que l'innocente victime d'un insupportable viol. Et je ne peux que m'émerveiller devant ton sacrifice et tes capacités de résistance... Courage, Calixte, courage...

Chapitre 18

Commode, débarrassé de ses sandales, le coude gauche appuyé sur un coussin, le poing soutenant sa tête, était étendu dans une pose nonchalante.

Avec ses yeux mi-clos, sa barbe poudrée d'or, ses lèvres charnues, il offrait l'image d'une décadence que l'on aurait pu qualifier de « raffinée ». Allongé sur le lit d'honneur entre son hôte et sa concubine, il suivait avec un intérêt grandissant l'évolution des danseuses. Filles de l'Arabie Pétrée, du pays des Nabatéens et de Saba, beautés à la peau brune et aux cheveux de jais, elles étaient vêtues d'une mamalia qui dissimulait à peine leurs seins, ainsi que d'un pagne long, fendu, glissant jusqu'aux chevilles.

Assis en tailleur sur une natte, à l'extrémité des lits disposés en U, quatre musiciens soufflaient, pinçaient, frappaient leurs instruments, créant une musique à la fois entraînante et barbare. Les six danseuses tournoyaient le long de l'espace libre entre les lits, faisant sonner les bracelets de leurs poignets et de leurs chevilles, cependant que les rubis fixés au creux de leur nombril venaient par intermittence prendre au piège de leurs facettes le scintillement des lampes alexandrines. Hanches souples, elles dessinaient dans l'air des arabesques compliquées. Et par instants, au crescendo de la musique, le roulement de leur ventre nu

devenait si violent que les pans de leur pagne s'entrouvraient, laissant apparaître leurs jambes frémissantes.
Lorsque enfin le rythme se brisa, les danseuses se
laissèrent retomber sur le sol, pareilles à de grandes
fleurs coupées, déclenchant les applaudissements
spontanés de l'assistance.

— Par Isis! s'exclama Commode. C'est bien la première fois que je vois des danseuses accomplir de tels
prodiges avec leur ventre. Félicitations, mon cher
Carpophore!

— César, tu me combles, répondit le chevalier en
rosissant de plaisir.

La jeune femme étendue aux côtés des deux hommes
eut un petit rire.

— Le compliment est mérité, seigneur Carpophore.
Il faut vraiment faire preuve d'imagination pour étonner notre César.

— Et surtout en lui présentant quelque chose que
ma chère Marcia ne puisse pas faire, ajouta l'empereur
avec malice.

Marcia, d'un geste brusque qui lui était familier, rejeta
derrière ses épaules la masse de ses cheveux noirs.

— C'est exact, César, c'est là une chose que je ne
peux pas *encore* faire... Seigneur Carpophore,
enchaîna-t-elle, veux-tu permettre à tes danseuses de
m'apprendre leur art?

Ses deux compagnons s'épanouirent simultanément.
Commode s'écria:

— Tu vois, Carpophore, pourquoi je l'aime tant?
Comme disait mon père: Qu'est-ce que la beauté sans
le charme? La statue la plus parfaite, si elle ne possède
pas en elle un peu de l'âme de l'artiste, ne vaut guère
plus qu'un marbre froid.

Avec empressement le jeune empereur se pencha sur
sa compagne, posa ses lèvres sur son épaule ambrée,
remonta vers la ligne fine du cou.

— Tu es ma statue..., murmura-t-il d'une voix contenue mais passionnée. Tu es ma statue de chair, ma belle amazone...

Avec grâce, Marcia glissa ses doigts dans la chevelure bouclée de son amant, lissa la barbe dorée avant de déclarer d'une voix douce :

— César, j'ai faim.

— Désolé, ma princesse, mon Omphale, s'exclama Commode comme au sortir d'un rêve. Je suis impardonnable. Ami ! lança-t-il à l'intention de son hôte, tes danseuses nous ont émerveillés, quelle surprise nous réserves-tu pour le plat de résistance ?

Carpophore, affichant un sourire béat, frappa dans ses mains.

— Altera cena !

Aussitôt, le son d'un cor retentit. Tous les convives se tournèrent en direction de la porte derrière laquelle résonnait déjà le pas d'une troupe nombreuse.

Le sonneur entra le premier, suivi de deux esclaves tenant en laisse des chiens de courre et de superbes molosses le cou enserré de colliers d'or. Derrière eux, des personnages en habits de chasse portaient par les anses un immense plateau sur lequel on avait posé un jeune aurochs rôti, les pattes repliées sous son ventre, entièrement piqueté d'oranges, de citrons, de figues et d'olives.

L'animal était entouré de nombreux plats d'argent et d'or emplis des mets les plus étonnants : hures de sanglier, lièvres saupoudrés de pavot, loirs confits au miel, hérissons arrosés d'une sauce au garum, pintades, pâtés de langues de rossignol, saucisson de cerfs et, comble de la démesure : un aigle rôti.

Des cris d'admiration fusèrent de toutes parts, alors que les esclaves offraient à chacun des convives deux chiens de chaque race. L'empereur en eut naturellement droit à quatre. Carpophore, sous l'œil comblé des

187

invités, souhaita cérémonieusement que l'offrande de ces bêtes permît à ses hôtes des chasses aussi fructueuses que celles qu'ils s'apprêtaient à déguster. Mais déjà s'affairaient les coupeurs de viandes, accompagnés d'échansons qui faisaient circuler des coupes de vin rafraîchi à la neige, soulignant leurs gestes de chants harmonieux.

Soudain, la mélodie pincée d'une flûte s'éleva, annonçant l'arrivée d'un nouveau personnage. Il apparut, torse et pieds nus, la tête coiffée d'un bonnet de marin, un filet de pêcheur autour du bras, et précédant un groupe d'esclaves pareillement vêtus, foëne d'argent à l'épaule, et porteurs d'un plateau tout aussi impressionnant que celui sur lequel on avait servi l'aurochs, mais garni cette fois d'une variété infinie de produits de la mer. Un esturgeon géant occupait le centre du plateau, entouré d'anguilles, de murènes, de lamproies, de turbots et de mulets, accompagnés de la même abondance de garniture : salades d'écrevisses, caviar, huîtres et petits poulpes cuits dans le vin. Commode dévorait littéralement le spectacle des yeux.

— Tu t'es surpassé, Carpophore !

— Je connais ton goût pour les fruits de la mer, répondit modestement le chevalier.

Comme leurs prédécesseurs, les esclaves distribuaient les mets en chantant. Et à défaut de chiens de chasse, on offrit aux invités des harpons d'argent.

— Et que votre prochaine pêche vous rapporte autant que ce que vous partagerez ce soir.

De nouveaux applaudissements crépitèrent, et l'hôte croula sous les louanges et les remerciements.

Le calme revenu, Mallia, allongée entre le chambellan Cléander et sa concubine Démostrata — une ancienne maîtresse de Commode —, se lança dans une de ces controverses qui faisaient les délices des banquets romains : « Alexandre, s'il avait vécu, aurait-il vaincu Rome ? »

L'empereur, qui présidait la cena, se devait d'arbitrer le débat. Allongé auprès de l'épouse de Carpophore, sur le second lit d'honneur, Pérennis, le préfet du prétoire, fut le premier à donner son avis. Comme il fallait s'y attendre, il opta pour la victoire romaine.

Cléander, installé au troisième rang de préséance, prit immédiatement le contre-pied de cette thèse : il tenait pour une évidence le triomphe du grand Macédonien. Trop heureux de pouvoir s'opposer — fût-ce sur un détail aussi mineur — au trop puissant préfet du prétoire. Tous les autres convives se rangèrent à son avis.

Après d'interminables palabres, chacun des deux partis pria Commode de trancher. Le jeune prince, dont les joutes intellectuelles étaient loin d'être le fort, caressa méditativement sa coupe de vin. Imperator, il ne pouvait guère admettre que Rome pût être vaincue par quelque conquérant que ce soit. Roi du banquet, il n'eût pas été subtil de déjuger la majorité de ses commensaux. C'est le moment que choisit Marcia pour lui venir en aide.

— On dirait, lança-t-elle avec une ironie à peine voilée, que nos amis ont voté contre Pérennis, plutôt que contre Rome.

S'appuyant sur ce commentaire improvisé, Commode en profita aussitôt pour se lancer dans un discours d'où il ressortait que le vote de la majorité lui paraissait plus marqué de considérations personnelles que réellement impartial, et par conséquent ne pouvait être tenu pour valable. Il se hâta de conclure en riant qu'il était heureux toutefois de n'avoir point à prononcer la condamnation de Rome.

Un silence plutôt réprobateur accueillit le jugement. Carpophore, inquiet, jeta un coup d'œil en direction de

Cléander. Son malaise s'accrut lorsqu'il constata que le rival du préfet du prétoire avait disparu. Était-ce en réaction à l'affront qu'il venait de subir ? Non. Cela n'était guère possible. Un courtisan, chambellan de surcroît, ne s'émeut pas pour si peu... D'autant que, ces derniers temps, les faveurs du prince penchaient plutôt en sa faveur. La voix de Marcia tira le chevalier de sa méditation.

— Te voilà bien songeur, Carpophore. Je me demandais si c'est de toi que ta fille a hérité de soulever d'aussi subtiles controverses ?

— Non... euh... peut-être, bafouilla péniblement Carpophore, devinant en même temps que la jeune femme désirait faire diversion.

— Alors, ne voudrais-tu pas à ton tour poser une question de ton cru ? ajouta-t-elle en dégustant délicatement une huître.

Le malheureux banquier fouilla désespérément sa mémoire, se maudissant de n'avoir jamais eu la curiosité de lire l'ouvrage de Plutarque de Chéronée. Ses *Propos de table* avaient été justement rédigés pour éviter au lecteur ce genre d'embarras. Mais Carpophore méprisait depuis toujours ces *guides*, les considérant tout juste bons à occuper les oisifs et les débauchés. Ce fut la réapparition de Cléander qui le sauva.

Contournant les lits, le chambellan se pencha à l'oreille de l'empereur tout en lui présentant quelque chose au creux de sa paume. Dans le même temps, Marcia entreprit de babiller avec le chevalier, si bien que celui-ci ne put rien saisir de la conversation qui se déroulait entre les deux hommes. L'instant d'après, le chambellan s'éloignait à nouveau, et Carpophore put remarquer que Commode contemplait fixement une pièce de monnaie.

Un malaise profond avait envahi la pièce. Délaissant

leur nourriture, les convives, inquiets, observaient eux aussi l'empereur. Et lorsque retentit le pas caractéristique des soldats, il ne fit aucun doute qu'un drame était proche.

Cléander resurgit, suivi par deux légionnaires sans insignes de grade. Leur présence à elle seule était insolite. Accoutumée aux prétoriens, l'Italie avait perdu l'habitude de voir de vrais miles. En particulier ceux-ci, qui, vêtements et visages poudreux, semblaient avoir parcouru une longue route. Mais, surtout, il était sans exemple que Commode ait jamais interrompu un banquet pour s'entretenir des affaires publiques. La raison qui amenait un tel changement d'attitude devait être de grande importance.

Instinctivement chacun s'efforça de tendre l'oreille. Ce fut inutile. Commode interrogea les miles à voix haute.

— Vous venez de Pannonie ?

— Oui, César.

— Et c'est de là-bas que vous avez rapporté ces pièces ?

— César, que se passe-t-il ? questionna Pérennis inquiet.

Ignorant l'intervention du préfet, les deux légionnaires répondirent par l'affirmative. Commode insista :

— Et qui vous les a remises ?

— Les trésoriers de notre légion. Nous avons reçu double solde.

— Vous savez pourtant que ces pièces n'ont aucune valeur.

— C'est pourquoi nous sommes accourus à Rome, expliqua l'un des hommes, tandis que Cléander ajoutait :

— Elles n'ont pas cours aujourd'hui, César... Mais elles peuvent l'avoir demain.

Pérennis avait bondi.

— Je ne sais pas ce qui se trame, mais César, je t'en prie, n'écoute pas les calomniateurs.

— Et pourquoi te crois-tu calomnié, Pérennis? interrogea doucereusement le chambellan.

Le préfet du prétoire eut un instant d'hésitation. La voix de Commode claqua aussitôt.

— Infâme traître! s'écria-t-il en se dressant, le doigt pointé. Tu avais l'intention de me faire assassiner et de prendre ma place!

— Moi, César? Comment peux-tu... Dans tout l'Empire tu ne trouveras pas serviteurs plus dévoués que moi et mes fils!

— Justement. Parlons-en de tes fils! Ils commandent l'armée de l'Ister.

— Avec gloire!

— Peut-être. Mais ils ont tout de même commis l'inqualifiable crime : frapper cette monnaie pour la distribuer aux légions!

Liant le geste à la parole, Commode lui présenta un denier d'argent sur lequel Pérennis reconnut sa propre effigie ainsi que son nom.

— César... C'est la plus... la plus ignoble des calomnies qui m'ait jamais atteint... Il faut me croire, je...

— Je t'aurais peut-être cru, si ceci n'était que le premier incident venu à ma connaissance. Malheureusement pour toi, il n'en est rien. Te souviens-tu de cet homme vêtu en philosophe qui m'apostropha lors des jeux Capitoliens?

Le préfet du prétoire ne répondit pas, mais chacun se souvenait de l'homme, debout au premier rang, tourné vers la loge impériale et qui avait crié : « Il est bien temps, Commode, de célébrer des fêtes, quand Pérennis et ses fils complotent pour s'emparer de la pourpre! »

— J'avais donné ordre qu'on l'emmenât afin de

l'interroger, mais toi Pérennis, tu t'es empressé de me prendre de vitesse et tu l'as fait exécuter !

— Et ce serait pour un incident aussi dérisoire que tu conclus aujourd'hui à ma culpabilité ?

— Ce n'est pas tout. Il y a encore l'affaire des transfuges de Bretagne !

De cela, nul n'avait entendu parler. Mais néanmoins on remarqua que cette fois le préfet était devenu nettement livide. Commode reprit avec un sourire mauvais :

— Une troupe de mille cinq cents hommes, qui, après qu'elle eut quitté son île, a traversé toute la Gaule pour me retrouver ici, à Rome. Elle venait réclamer justice pour ses chefs que tu avais pris la liberté d'éliminer afin de les remplacer par des légats à ton entière dévotion. Tu vas sans doute me dire que cela aussi c'est de la calomnie ?

Le jeune empereur saisit son préfet par les pans de sa toge et voulut l'attirer vers lui. Mais c'était sans compter avec le tempérament impétueux du Syrien. Il écarta brutalement les poignets du prince, se dégagea en s'exclamant avec une incroyable audace :

— On ne traite pas un préfet du prétoire comme un vulgaire gladiateur !

Tout se passa très vite. Vif comme il savait l'être, Commode arracha du fourreau le glaive d'un des légionnaires pétrifié, et enfonça d'un seul coup la lame dans la poitrine de Pérennis. Les prunelles agrandies par l'horreur et la surprise, le préfet roula au sol dans un bruit sourd.

Sous l'emprise du drame, c'est à peine si quelques-uns perçurent le cri d'horreur poussé par Marcia.

Chapitre 19

Ce fut vers le milieu de la soirée qu'elle sollicita de l'empereur l'autorisation de se retirer quelques instants.

Du meurtre ne subsistait plus qu'une vague auréole mordorée sur le marbre du triclinium. Le banquet avait repris, et le vin, habituellement coupé à l'eau, coulait maintenant épais et lourd au creux des coupes. Cependant, malgré la légèreté des propos, les sons raffinés de la musique, les exhibitions des pantomimes, se devinait une gêne profonde dans l'assemblée. Si la plupart des convives avaient souhaité peu ou prou la disgrâce du trop puissant préfet du prétoire, la soudaineté, la méthode pour le moins expéditive employée par Commode, les avaient profondément choqués. Bien que certains se soient hâtés de féliciter le jeune empereur pour sa vigilance et l'esprit de décision dont il avait fait preuve, le ton n'y était pas vraiment : une mort au cours d'un banquet n'est jamais de très bon augure. S'ils n'avaient craint de paraître désavouer le César, tous les commensaux seraient partis.

— T'ennuierais-tu ?

Commode avait interrogé Marcia d'une voix neutre, sans réel intérêt. Depuis le drame il n'avait pratiquement pas parlé, se contentant de boire abondamment, les yeux dans le vague.

194

— Non, César... Simplement le besoin de respirer un peu d'air frais.

Elle ajouta quelque chose qui se perdit dans le pincement des cithares et se leva, traversa le triclinium d'un pas rapide.

Une fois à l'extérieur, elle s'imprégna de la lente respiration de la nuit et leva son visage vers le firmament piqué d'étoiles. Il faisait un ciel clair, de cette clarté que l'on ne rencontre qu'à fleur de montagne.

« Mon Dieu... Mon Dieu, aidez-moi... »

Elle réprima un frisson en revoyant l'image de Commode injuriant le préfet, alors que celui-ci, traits convulsés, ensanglanté, glissait lentement vers la mort.

Comment la nature si parfaite avait-elle pu donner naissance à une telle duplicité ? Alchimie de vertu et de perversité. Car c'était bien ce contraste qui la bouleversait. Jusqu'alors elle n'avait vu dans l'empereur qu'un jeune homme plus faible que méchant. Sa fascination pour les Jeux, son goût des prouesses physiques, étaient ceux de son âge. D'ailleurs, l'opinion se montrait indulgente pour tout ce qui rapprochait le prince du commun. Même l'instabilité mentale de son compagnon n'avait eu jusqu'à cet instant aucune conséquence véritablement grave. Mais voilà que, ce soir, le voile s'était déchiré. Pour la première fois elle voyait qu'elle était liée à un personnage dangereux, susceptible à tout moment de se transformer en fauve.

Certes, la trahison de Pérennis n'appelait aucune indulgence. Nul doute que le peuple comprendrait. Mais pas elle... Non, ce meurtre était gratuit. On connaissait trop d'ennemis à Pérennis pour imaginer qu'il aurait pu échapper tôt ou tard à la déchéance. D'ailleurs il n'y avait pas que l'assassinat du préfet... Marcia se souvint de la disparition pour le moins suspecte de la sœur, et de l'épouse de l'empereur. Cette dernière était certainement innocente. Jusqu'à ce jour, Marcia avait mis l'élimination de ces femmes sur le compte des conseillers de Commode. Des hommes tels que Pérennis. Mais ce soir, elle savait qu'elle avait commis une grave erreur de jugement en faisant preuve de trop de complaisance pour le jeune César, et par conséquent pour elle-même.

Lentement ses pas la rapprochaient de la rivière.

Calixte aussi était perdu dans ses pensées. Il fixait d'un air absent la surface étale de l'eau, l'esprit préoccupé par la confidence que lui avait faite Carvilius. Ainsi, Flavia l'aimait... Son attitude, ses changements d'humeur, tout s'expliquait. Et lui ? Lui l'aimait-il... ? Il devait reconnaître que le sentiment qu'il éprouvait pour elle était depuis toujours teinté d'ambiguïté. Entre aube et couchant. Entre ombre et lumière. La garder contre lui, mais sans désir d'aller plus loin. La posséder, mais du cœur. Peut-être était-ce cela l'amour ?

Ce fut seulement lorsque Marcia se trouva à ses côtés qu'il prit conscience de sa présence. A la manière dont elle était vêtue, il comprit tout de suite qu'il avait affaire à l'une des invitées de son maître.

— Pardonne-moi, je crois que je t'ai fait peur.

— Ce n'est rien, répliqua-t-il en s'apprêtant à partir. La nuit, même les arbres ont peur des arbres.

— Tu peux rester... J'étais juste venue respirer un peu. Il fait si lourd là-bas.

C'était bien ça. Une des invitées de Carpophore.

A nouveau il voulut se retirer.

— Ne pars pas...

Il l'étudia attentivement, surpris par le ton employé. Ce n'était pas un ordre, mais un souhait. Il amorça quelques pas vers elle pour mieux la détailler et prit conscience de sa très grande beauté.

Elle pouvait avoir trente ans, ses traits étaient d'une pureté classique. Ses longs cheveux noirs et bouclés bouffaient au-dessus de sa tête avant de se répandre sur ses épaules, contrastant avec l'ovale clair du visage. Mais c'était surtout ses yeux qui retenaient l'attention : deux lacs d'eau pure où se reflétait la lueur des étoiles. Cependant, deux détails l'intriguèrent : le premier était la mise très simple, presque pudique de l'inconnue. Sa stola de lin fin, immaculée, n'exhibait pas de profond décolleté. Ce vêtement n'était pas — comme l'inspirait la mode — fendu aux côtés et retenu aux chevilles par un galon. Le deuxième détail était l'absence de bijoux. Elle ne portait pas autour du cou les cercles d'or du monile, aucun collier pectoral ne s'étalait entre ses seins, ses bras fins ne s'ornaient pas de serpents dorés. Enfin sa sombre chevelure n'était pas éclairée par les gemmes d'un quelconque diadème. Était-elle vraiment une patricienne ?

Un silence gênant s'était installé entre eux. Calixte le premier se décida à le rompre.

— L'empereur est-il toujours là ? interrogea-t-il en indiquant la villa.

En dépit de l'obscurité, il perçut un raidissement chez la jeune femme.

— Oui, fit-elle, les lèvres à peine entrouvertes.

Après une pause ce fut à son tour de demander :

— Fais-tu aussi partie des invités ?

— En ai-je l'air ?

Il écarta volontairement les bras comme pour faire constater la modestie de sa tenue.

— Non, je ne suis qu'un des esclaves de Carpophore.

Bien qu'ils fussent assez éloignés de la villa, des

accents de musique et des éclats de rire grossiers leur parvenaient distinctement, portés par la résonance du soir.

— Ferais-tu quelques pas avec moi ?

Elle s'empressa d'ajouter avec un sourire forcé :

— La nuit même les arbres ont peur des arbres.

Une nouvelle fois l'invitation le surprit ; elle était vraiment peu commune de la part d'une ingénue[1] à l'égard d'un esclave. Il ne répondit pas mais poursuivit naturellement sa marche au côté de la jeune femme.

Ils avançaient maintenant parmi les statues, s'écartant de plus en plus de la fête. Bientôt ils furent en vue d'un petit pont jeté sur la rivière. Alors elle s'arrêta, posa ses coudes sur le parapet et se prit le visage entre les mains.

— Qu'y a-t-il ? s'inquiéta Calixte.

— Ce n'est rien... rien.

Il dut faire un effort pour ne pas se laisser aller à la serrer contre lui, alors que tout lui soufflait qu'elle ne le repousserait pas. Il lui sembla qu'elle effaçait des larmes au bord de ses yeux.

— Pardonne-moi, tout ceci est ridicule.

Elle était encore plus belle avec son regard humide et son expression désemparée.

— Tu dois me croire folle.

Il n'eut pas le temps de protester. Elle enchaîna :

— Parle-moi de toi.

Il faillit lui répondre que cela n'avait pas d'importance.

— Tu sais, la vie d'un esclave n'a vraiment rien de passionnant. Il survit, c'est tout.

— As-tu toujours été au service de Carpophore ?

— Non. Je suis ici depuis trois ans.

— Cela doit te paraître une éternité.

1. Femme libre.

Il glissa machinalement ses doigts dans ses mèches noires.

— Je ne sais plus. J'ai perdu la notion du temps.

— Je comprends.

Il voulut lui demander ce qu'une femme comme elle pouvait comprendre au malheur d'un esclave. Lui dire que depuis quelques semaines, surtout, cette condition était devenue encore plus étouffante. Si seulement il avait été libre. Un jour... Un bref instant il eut la vision du mont Haemus, du lac, des forêts...

— C'est la première fois que je te vois ici.

— J'accompagne un hôte de Carpophore.

L'image de Commode, le prince aux deux visages, revint à l'esprit de la jeune femme. L'idée de retourner vers lui, de s'allonger à nouveau à ses côtés, la remplit de répugnance. Elle avoua :

— Ces banquets me sont devenus insupportables.

— C'est tout de même moins pénible qu'un repas d'esclave.

Il avait usé d'un ton volontairement ironique et le regretta aussitôt.

Elle répondit posément :

— Pour certains, les prisons de l'esprit sont parfois plus pénibles à supporter qu'un ergastule.

— Peut-être, mais les autres formes de souffrance ne m'ont jamais consolé des miennes.

— Tu es malheureux, c'est pourquoi tu parles ainsi. Si je te disais pourtant que rien dans une vie n'est définitivement bon ou mauvais. Il faut savoir écouter, patienter.

— Patienter ? Le jour où l'on vous arrache à la vie, où l'on dresse des murs pour vous tenir asservi, vous ignorez le mot patience. Vous rêvez simplement alors que votre haine vous servira de tremplin. Je ne songe qu'à l'heure de ma liberté. Sans patience.

Il avait répondu à sa propre interrogation, plutôt

qu'à sa compagne, et le ton qu'il avait employé était voilé d'âpreté.

— Il ne faut jamais dire cela. La haine est un mot à bannir. Seuls comptent la tolérance et le pardon.

Tolérance ? Pardon ? Ces paroles lui rappelaient les conversations stériles qu'il avait eues avec Carvilius et Flavia. Il se maîtrisa pour ne pas laisser déborder la violence qui sourdait en lui, et se contenta de fixer le courant qui dérivait lentement vers les limites du parc. Après tout, qu'est-ce qu'une patricienne pouvait savoir de ses déchirures secrètes ? Elle demanda encore :

— Tu ne sembles pas romain. De quelle région es-tu ?

— Je suis né en Thrace.

— Un coin de l'Empire que je ne connais guère.

A leurs pieds, la rivière s'étirait gracieusement. On pouvait voir sur la surface à peine ridée s'effeuiller l'or pâle des étoiles. Elle se tourna vers lui, leurs regards se croisèrent sans que ni l'un ni l'autre cherchât à se détourner.

— Tu ne m'as pas dit ton nom.

— Calixte.

— Il te va bien.

— Pourquoi dis-tu cela ?

— Calixte veut dire « le plus beau ». L'ignorais-tu ?

La même erreur qu'avait commise Flavia ! Il se laissa aller à sourire.

— Tu es la seconde personne à faire ce rapprochement.

— Quelle était la première ?

Il secoua la tête.

— Une jeune fille.

— Une jeune fille...

Elle avait parlé d'une voix très basse, un peu rêveuse. Et elle ajouta très vite :

— Une jeune fille que... tu aimes sans doute...

— Si la tendresse profonde est une forme d'amour, alors oui, je l'aime.

— Je l'envie.

La réplique était venue spontanément, presque à l'insu de la jeune femme. Elle se sentait étrangement bien auprès de cet homme qu'elle venait à peine de connaître.

Tout aussi naturellement, avec tout ce que cette assurance comportait de paradoxe, Calixte ne douta pas un instant de la sincérité de la réponse. Apprivoisé, il se laissa aller à lui raconter sa vie. Son évasion manquée. Sa rencontre avec Flavia. Apollonius, son entrée au service de Carpophore. Elle l'écouta, attentive, l'interrompant parfois pour lui demander une précision. Comme elle était loin de la folie, du sang et de la comédie perpétuelle qu'était son quotidien. Jamais auparavant elle n'avait éprouvé une telle harmonie intérieure. Jamais elle ne s'était sentie si confiante et proche d'un être.

Calixte se tut enfin, brusquement embarrassé par ses confidences.

— Je crois que tu es un homme bon, Calixte. Et la bonté est une chose rare.

Après une pause elle déclara :

— Il faut que je rentre. Je ne suis pas venue seule.

Il crut deviner au ton de sa voix une pointe de regret. Mais sans doute se trompait-il, ou bien était-ce le reflet de son propre désir. Silencieusement ils remontèrent vers la villa, ralentissant leurs pas alors qu'ils s'approchaient de la lumière vacillante des torches. Là-bas c'était toujours les mêmes éclats de rire, mais leurs échos avinés claquaient plus fort dans le cristal endormi du parc.

— Marcia !

La jeune femme se figea.

— Marcia, où es-tu ?

— L'empereur..., réussit-elle à articuler.

— L'empereur ?

— Il a dû s'impatienter, partir à ma recherche

— Mais tu serais donc.. ?

Elle activa le pas sans répondre. A nouveau la voix retentit dans les ténèbres

— Marcia !

Elle courait presque. Il lui saisit le bras, la forçant à s'arrêter.

— Réponds-moi ? Tu n'es pas Marcia ? Pas la concubine de...

Il s'immobilisa soudain, frappé par la fermeté du corps de la jeune femme, du muscle dur qui roulait sous ses doigts, et par l'expression nouvelle de ses traits.

— De toute évidence tu ne m'as jamais vue dans l'arène. Je l'avais deviné.

Elle s'attendit à le voir prendre immédiatement l'attitude servile et apeurée que les esclaves adoptaient habituellement à son égard et qui creusait un gouffre immense entre elle et ses semblables. Non, il continua de l'affronter.

— Je ne t'imaginais pas ainsi.

— Marcia !

La voix résonnait plus proche encore.

— Je sais. On me décrit comme une prostituée aux mains rouges de sang. Une sœur de Cléopâtre, de Messaline ou Poppée.

Calixte la fixa intensément comme s'il cherchait à lire en elle.

— Tu es ce que tu es...

Ce fut au tour de la jeune femme d'être prise de court. Elle répéta, songeuse :

— Je suis ce que je suis...

Et il crut lire dans ses yeux : « Merci de ne pas condamner... »

— Marcia!!

A présent l'appel était impatient, irrité. Alors, avec une tendresse inattendue, elle effleura furtivement de sa paume la joue du Thrace, tourna les talons et se fondit rapidement dans la nuit.

Chapitre 20

En cette fin d'après-midi, les thermes de Titus, érigés sur les lieux de l'ancienne Maison dorée de Néron, étaient noirs de monde.

C'était la première fois que Calixte accompagnait son maître au bain. Il y voyait la confirmation de la place toujours grandissante qu'il avait prise auprès de Carpophore. Certes, certains esclaves prétendaient que les faveurs de Mallia n'étaient pas étrangères à cette ascension. Lui ne se donnait pas la peine de démentir. En vérité, ses relations avec la nièce du chevalier étaient pour le moins tumultueuses, et depuis quelque temps il s'évertuait à trouver le stratagème qui lui permettrait de rompre. Entreprise difficile, car il savait que les appétits sexuels de la jeune femme n'avaient d'égal que son caractère capricieux et vindicatif.

— Vois comme ils me saluent avec empressement, gloussa Carpophore en franchissant le seuil des vestiaires. Rarement ces arrogants patriciens se sont montrés aussi aimables pour un homo novus[1] !

— Vous êtes désormais sénateur. Ce n'est pas à vous que j'apprendrai combien l'homme est enclin à la servilité...

1. Homme nouveau. Par extension, nouvellement promu.

Son maître lui jeta un regard en coin. Il n'appréciait guère le sous-entendu qu'il devinait dans le commentaire du Thrace. Pourtant, force lui était de s'avouer qu'il avait raison. Depuis sa récente nomination par Commode, il avait pu constater — avec un certain mépris d'ailleurs — le changement de comportement de ses proches.

Les deux hommes se dévêtirent avant de pénétrer dans la palestre, où ils entamèrent, en levant haut le genou, le parcours de mille pas à quoi s'astreignait Carpophore avant de commencer ses ablutions. Le sable de la piste brûlait la plante des pieds de Calixte qui, tout en suivant son maître, observait les groupes épars. Certains devisaient à l'ombre des portiques, d'autres se doraient au soleil ou s'adonnaient à des parties de trigon, régulièrement interrompues par la course d'un enfant esclave chargé de récupérer la balle qu'un des joueurs avait laissée échapper. Lorsque essoufflés ils arrêtèrent leur exercice, les deux hommes pénétrèrent dans le tepidarium. Là, presque aussitôt, comme s'il n'avait attendu que cet instant, un homme se leva et aborda Carpophore. Calixte crut le reconnaître.

— Sénateur ! Laisse-moi t'admirer... J'aimerais enfin découvrir à quoi ressemble un être parfaitement comblé.

Une expression suffisante apparut sur les traits de l'intéressé.

— Comme tu le dis si bien, Didius Julianus, je suis un être comblé.

A peine eut-il prononcé ce nom que Calixte fut projeté dans le passé : c'était il y a quelques années. Fuscien, lui-même, ainsi que Commode... Tous trois étaient alors les invités du riche patricien.

Julianus ne parut pas le reconnaître. D'ailleurs, comment aurait-il pu ? Près de dix années s'étaient écoulées. Le prince de Rome lui aussi, s'il l'avait croisé lors du banquet, n'aurait sans doute pas porté la moindre attention sur l'esclave qu'il était. De repenser à l'empereur, l'image de Marcia revint presque naturellement à son esprit. En vérité elle ne l'avait pas quitté depuis leur rencontre, cette nuit-là, dans le parc. Elle ne devait plus se souvenir de lui.

Le banquier poursuivait :

— Et nos concitoyens ont tendance à oublier que j'ai rendu des services non négligeables à la res publica. Après tout, l'empereur n'a peut-être eu pour moi qu'un geste, somme toute naturel, de gratitude.

— Tu es bien trop modeste, Carpophore. De toute manière, je puis t'assurer que moi-même ainsi que tous les nobles de Rome te serons éternellement reconnaissants d'avoir contribué à nous débarrasser d'un tyran.

— Tu veux sans douter parler de Pérennis ? Au risque de te décevoir, sache que je ne suis pour rien dans sa disgrâce.

— Par Hercule ! Et cette promotion au rang de sénateur ? Juste le soir où notre César ouvrait enfin les yeux sur la trahison de son préfet du prétoire !

Carpophore considéra ses doigts chargés de bagues.

— Mon rôle s'est borné à offrir à l'empereur et aux augustants un festin impromptu. Il est possible, bien sûr, que le fait que ce banquet se soit déroulé loin des cohortes prétoriennes ait favorisé une heureuse issue à l'affaire.

— Assurément, observa Calixte, il est heureux que l'empereur ait constaté vos autres mérites. Car certaines mauvaises langues auraient pu conclure que c'est uniquement le dîner qui fait le sénateur.

Didius Julianus adressa à l'intervenant un regard approbateur.

— C'est Calixte, expliqua Carpophore, trop heureux de pouvoir couper court à une discussion qui s'annonçait stérile. Mon homme de confiance. Il s'occupe entre autres de ma banque. Mais viens, je ne veux pas te retarder dans tes ablutions.

Ils passèrent dans le sudatorium, avec Calixte dans leur sillage. La réflexion de son maître l'avait surpris. Jusqu'alors il n'avait jamais eu la moindre responsabilité au sein de sa banque, alors, pourquoi cette affirmation ?

L'âcre chaleur du sudatorium le prit à la gorge. La pièce, plutôt grande, était envahie par la vapeur qui s'échappait des tuyaux d'airain, formant un voile ténu qui s'épaississait sous la voûte et coulait les êtres dans un invisible manteau humide. Calixte sentit sa poitrine et son dos se couvrir de sueur. Il écarta nerveusement quelques mèches noires de son front et se rapprocha de ses deux compagnons.

— Te voilà désormais l'un des maîtres de Rome, venait de conclure Didius Julianus.

— Ami, tu me prêtes une importance que je n'ai pas. En réalité, c'est le chambellan Cléander qui est l'homme fort du régime.

— Cependant, si mes informations sont bonnes, la rumeur court que tu seras très bientôt nommé préfet de l'annone[1].

Calixte, qui savait que c'était là le désir le plus cher de son maître, s'interrogea sur le bien-fondé de cette déclaration. Carpophore se récria avec une modestie feinte :

— Rien n'est fait. Et tu sais que je déteste me prévaloir d'un titre ou d'une fonction que je n'occupe pas encore. Il ne faut pas offenser les dieux.

— Sage attitude, fit méditativement Didius Julianus...

1. Organisation du transport des vivres et du ravitaillement de Rome.

Et après une pause il enchaîna :

— Seigneur Carpophore, et bien que tes pouvoirs ne soient pas encore confirmés, j'aimerais te présenter une requête.

— Parle.

— Veux-tu tenter d'user de ton nouveau crédit auprès de Commode pour faire rappeler mon père ?

— Ton père ? Mais n'a-t-il pas été compromis dans cette conspiration où était impliquée Lucilla, la sœur de l'empereur ?

— En effet. Et Pérennis l'a fait exiler à Médiolanum.

Carpophore réfléchit un court instant avant de hocher la tête.

— Je puis peut-être te rendre ce service, murmura-t-il pensivement. Mais tu le sais, les temps sont durs. Les guerres de Marc Aurèle ont vidé les caisses de l'État et tout est bon pour les remplir... Il ne devrait pas être difficile de convaincre César de mettre fin à l'exil de ton père moyennant paiement d'une amende.

— Je ferai tout ce qu'il lui plaira.

— Dans ce cas je suis prêt à me charger des tractations. Tu me rembourseras en temps voulu.

— C'est-à-dire ?

— Habituellement je solde mes comptes en septembre. Tu me payeras au jour des ides. A condition, bien entendu, que ton père ait été gracié d'ici là.

— Bien entendu. Et combien cela me coûtera-t-il ?

— Oh... Mettons vingt talents euboïques. S'il en faut davantage, je te préviendrai.

Calixte écarquilla les yeux, abasourdi par l'énormité de la somme.

— De toute façon, j'imagine que je n'ai pas le choix. C'est d'accord.

— Mon esclave ici présent passera donc chez toi le matin même des ides.

S'adressant à Calixte, il ordonna :

— Sortons d'ici, la chaleur m'est devenue insupportable...

Comme ils pénétraient dans le frigidarium, le Thrace posa la question qui le préoccupait depuis que son maître avait fait cette remarque à son propos.

— Que se passe-t-il, seigneur Carpophore ? Pourquoi avoir déclaré tout à l'heure que j'étais responsable de ta banque ? Je n'ai jamais eu cette charge.

Avec la gravité placide qu'il mettait dans chacun de ses actes, Carpophore glissa sa main dans une des niches creusées dans le mur et s'empara d'un strigile propre qu'il tendit à son esclave. Surpris, après un court instant d'hésitation, Calixte se résigna à débarrasser la peau laiteuse de son maître de la poussière et de la sueur. Il en déduisit que, par ce geste, le nouveau sénateur voulait lui rappeler qu'il était toujours et avant tout le maître.

— Ce qui me fait le plus plaisir dans les thermes publics, c'est que l'on peut y admirer... doucement !... tout à son aise une profusion de belles créatures. En dépit de l'âge, mon regard ne se lasse pas de détailler ces corps de femmes. C'est d'ailleurs pourquoi je préfère les thermes d'Agrippa, de Titus ou de Trajan à ceux de mes résidences où ne m'attend que la silhouette empâtée de ma chère Cornélia... Mais par Cybèle ! tu m'arraches la peau !

— Pourtant, seigneur, répliqua Calixte, faisant fi volontairement des protestations de son maître, il me semble avoir entendu parler d'un décret de l'empereur Hadrien...

Carpophore éclata de rire.

— Oui, je sais. Il a eu l'idée saugrenue d'imposer aux hommes et aux femmes des heures de fréquentation séparées pour l'accès aux thermes. Mais comme tu peux le constater, entre promulguer une loi et la faire appliquer il y a un monde. Allons, ça suffit ! je commence à ressembler à un crabe trop cuit.

Le banquier fendit la foule des corps dénudés et descendit les quelques marches qui menaient à la piscine. Après avoir laissé progressivement l'eau froide monter jusqu'à ses hanches, il s'y glissa et commença à nager vigoureusement pour surmonter la différence de température. Le Thrace, lui, plongea d'un seul coup et le rejoignit en quelques brasses.

Après qu'ils eurent parcouru toute la longueur du bassin, Carpophore s'immobilisa et s'évertua à faire la planche. Calixte ne put s'empêcher de sourire intérieurement à la vue de cette panse sphéroïde qui dérivait sur la surface liquide telle une outre. Tout en haletant, son maître demanda :

— Dis-moi, est-ce qu'il te plairait de recouvrer ta liberté ?

Tout d'abord le Thrace crut avoir mal entendu. Mais Carpophore réitéra sa question.

— Je ne comprends pas...

— Tu sais qu'un maître peut proposer à son esclave de racheter sa liberté ?

— Parfaitement, mais...

— Le prix de rachat varie selon la valeur de l'esclave, et naturellement selon les caprices du maître. Pour des serviteurs ayant des qualités exceptionnelles, le montant peut être très élevé.

Du revers de la main, Carpophore fit disparaître quelques gouttes d'eau qui perlaient à ses lèvres.

— Alors, interrogea-t-il avec une évidente autosatisfaction. Est-ce que ma proposition t'intéresse ?

C'est à peine si Calixte, abasourdi, fit oui de la tête.

— Et je ne me montrerai pas trop sévère. Te souviens-tu du prix que je t'ai payé ? Mille deniers... Quand j'y pense, une folie. Mais apparemment Apollonius n'eut pas à se plaindre. Quant à moi, hormis le différend qui t'a opposé à Éléazar, je me considère comme très satisfait de ton travail. Toutefois, je suis persuadé que si tu étais... (Il parut chercher ses mots)... disons, plus stimulé, tu serais encore plus efficace. Est-ce que tu me suis ?

— Je crois.

— Voici ce que je te propose : pour vingt mille deniers tu seras un homme libre !

— Vingt mille deniers !

Il était donc là, le piège.

— Mais il me faudra plus d'une vie pour réunir une telle somme.

Carpophore eut un sourire énigmatique.

— Te sentirais-tu capable de gérer ma banque ? Je ne peux la confier qu'à quelqu'un de parfaitement sûr et efficace. Or tu sais l'être, mais seule la reconquête de ta liberté me garantira que tu ne profiteras pas de tes pouvoirs pour... enrichir tes amis orphistes !

Ainsi, son maître n'avait jamais été dupe. Il répéta avec un étonnement forcé :

— Mes amis orphistes ?

— Tu sais bien de quoi je parle. Je me souviens d'une insula au bord du Tibre qui appartenait à un certain Fuscien.

— Mais alors, tu étais au courant de tout ?

— Naturellement. Comment as-tu pu imaginer que durant tout ce temps je pouvais ignorer tes croyances orphiques ? Tu ne t'habilles que de lin et tu refuses de manger de la viande. De plus, tu sembles oublier que les rumeurs voyagent très vite à Rome et que ton maître possède des oreilles dans toutes les ruelles. Mais quittons cette eau glaciale. Je frise le coup de sang...

Calixte perplexe mit un temps à réagir, puis se hissant à son tour hors de l'eau il enveloppa son maître dans le peignoir que celui-ci lui tendait et entreprit de frictionner vigoureusement le corps adipeux.

— Pourquoi ne m'as-tu pas châtié ?

— Reconnais qu'il eût été dommageable de te faire jeter aux bêtes. Tes inclinations mystiques m'ont coûté cinq cent mille sesterces. Mais en trois ans tu m'as fait gagner plusieurs fois cette somme. C'est comme pour ta liaison avec Mallia : que ma chère nièce se paye un étalon parmi mes esclaves ou chez les prétoriens...

Décidément, pensa le Thrace, cet homme ne cesserait pas de le surprendre.

Pour se donner une contenance, il se mit à frotter vigoureusement ses propres membres et suivit en silence son maître qui se dirigeait vers la salle des masseurs. Ce fut seulement une fois allongé sur une table recouverte de peaux de mouton et le corps enduit d'huile parfumée que Carpophore reprit :

— Voici ce que je te propose : comme il est fort probable, ainsi que l'a laissé entendre Didius Julianus, que je sois nommé préfet de l'annone, j'aurai beaucoup moins de temps à consacrer à mes affaires. Tu prendras donc la direction de ma banque, et je t'abandonnerai le centième des bénéfices que tu réaliseras.

— Le centième ? protesta Calixte. Mais c'est insignifiant. Il me faudrait au moins les cinq centièmes !

Curieusement, Carpophore semblait avoir prévu cette réaction car il répliqua tout aussi vite :

— Deux pour cent.

Le Thrace attendit d'être allongé à son tour sur la table voisine avant de répliquer fermement :

— Seigneur, n'oublie pas que c'est toi qui m'as enseigné les finesses du marchandage. Et tu l'as souvent répété, je suis ton élève le plus brillant. Alors épargnons-nous des efforts inutiles. J'ai vingt mille deniers à réunir. Je ne descendrai pas au-dessous de quatre pour cent !

— Dans ce cas, disons trois et demi et n'en parlons plus, laissa tomber Carpophore désinvolte.

212

— C'est bon. Mais je te préviens, je m'arrangerai pour « arrondir » la somme.

Le futur sénateur se redressa sur un coude, parut sur le point de faire un éclat, mais partit d'un rire franc.

— Tu ne changeras jamais... Va pour tes quatre pour cent !

— Ce n'est pas tout. J'aimerais associer quelqu'un à mon rachat. Une personne qui m'est chère.

— Qui donc ?

— Elle s'appelle Flavia. C'est la coiffeuse de ta nièce.

Carpophore émit le gloussement caractéristique qui lui tenait lieu de rire.

— Dire que cette pauvre Mallia croit t'avoir totalement subjugué par ses charmes... C'est entendu. Mais cela fera quatre mille deniers de plus.

— Quatre mille deniers ? Pour une simple coiffeuse !

Carpophore tendit un doigt professoral.

— Une femme aimée n'a pas de prix. A ton tour de te souvenir que si tu fus mon élève, je demeure toujours ton maître.

— C'est bon. Quatre mille deniers. Mais je tiens à ce que cet accord soit rédigé en forme de contrat et contresigné par le censeur.

— Et méfiant avec cela !

— Il m'est déjà arrivé une mésaventure de ce genre avec le défunt Apollonius. Faute d'un texte dûment écrit...

Mais le banquier n'écoutait plus. Avec une expression voluptueuse il avait enfoui son crâne nu sous les replis de la couverture de mouton.

— Tu sais, Calixte, murmura-t-il après un silence, j'aurais aimé avoir un fils comme toi.

Chapitre 21

— Et combien de temps crois-tu qu'il te faudra pour réunir ces vingt-quatre mille deniers ? demanda Flavia.

Calixte l'avait guettée à la porte de sa maîtresse. A peine sortie, il l'avait saisie par le bras et, malgré ses protestations, il l'avait entraînée dans le parc. Maintenant ils étaient tous deux assis sur un banc de marbre, près d'un bosquet de lentisques. Non loin courait le sable clair de l'allée, et le soleil printanier qui filtrait au travers des ramures coulait vers le sol en longs filaments obliques. Partout, le feuillage s'imprimait sur la terre en une profusion d'ombres et de lumières. Droit devant eux, les molles ondulations des monts Albains striées par les labours resplendissaient de teintes délavées par l'avancée des rares nuages. Le bleu cru de l'azur occupait tout le reste du ciel.

— Quatre ou cinq ans, peut-être six, répondit Calixte après un moment de réflexion.

— Libres...

— Il semblerait que cette perspective t'effraie.

— Comment peux-tu le croire ? Il ne s'agit pas de cela. Je...

— Mais libre, libre ! Comprends-tu ? Libre enfin !

— Je sais, Calixte. Je suis heureuse et j'ai peur à la fois.

— Peur ? Mais de quoi ?

Elle essaya avec maladresse de s'expliquer. En vérité, ce n'était pas vraiment l'idée de liberté qui la tourmentait, mais confusément la pensée de vivre celle-ci avec Calixte. L'amour qu'elle lui portait ne serait jamais partagé et, surtout, elle était désormais chrétienne, lui orphiste.

— Si je comprends bien, lança le Thrace déçu, tu préférerais demeurer esclave, plutôt que de vivre libre à mes côtés. C'est absurde, incohérent !

— Pas autant que tu le crois.

— Dis tout de suite que ma condition d'orphiste fait de moi un être méprisable.

A sa grande surprise, il vit ses yeux se brouiller de larmes.

— Comment... comment peux-tu parler ainsi ? Tu ne vois donc pas la vérité ? Je t'aime... Je t'aime, Calixte, et plus qu'un frère !

Touché, le Thrace glissa son bras autour des épaules de la jeune fille.

— Je t'aime aussi, Flavia. Mais je prononce ces mots sans en connaître vraiment le sens. J'ignore ce qu'est le véritable amour. Je me l'imagine un peu comme un voyageur qui perçoit les échos d'un pays lointain et qui n'a jamais quitté le port. M'en voudrais-tu si je te disais être convaincu qu'aimer doit être quelque chose de beaucoup plus fort, immensément plus fort et différent ?

Il sentit le corps de sa compagne se raidir contre lui. Elle le repoussa dans un mouvement brusque, presque désespéré.

— Je vois. C'est donc à Mallia que va cet amour dont tu parles si bien.

— Mallia ? Tu n'as donc rien compris ? Cette femme n'est rien. Des instants de chair. Une étreinte. Toi, mieux que personne, sais les circonstances qui m'ont poussé à cette liaison.

A ce moment précis, une exclamation s'éleva de derrière les bosquets. Un cri de rage et de douleur. La nièce de Carpophore apparut, livide. Calixte, atterré, se demanda depuis combien de temps elle se trouvait là.

— Toi, va-t'en! ordonna-t-elle à Flavia d'une voix tremblante.

Après une hésitation, la jeune fille s'inclina, fit trois pas en arrière puis s'immobilisa, incapable de se résigner à abandonner Calixte. Elle voulut dire quelque chose, mais la nièce de Carpophore enchaînait à l'égard de son amant :

— Répète ce que tu viens de dire! Ose donc!

Bien que troublé, il n'hésita pas :

— Je maintiens mes propos.

— Voudrais-tu insinuer que toutes les fois que tu râlais sous moi, que tu mordais mes seins, que tu labourais mon ventre, toutes ces fois-là tu n'as fait que jouer une comédie? Arrête, c'est risible!

— Je reconnais que notre liaison n'a pas eu pour moi que des moments pénibles. Mais il n'empêche, et tu dois en être consciente, que j'ai toujours partagé ta couche avec un sentiment de contrainte.

Il marqua une pause avant d'ajouter :

— Qu'importe le passé, les raisons ou les conséquences : sache que c'en est fini de tout. Pour employer le terme de ton oncle : l'étalon prend le large...

— Contraint... Je t'ai contraint? Tu as l'outrecuidance de me jeter une telle ignominie à la face!

Des larmes inattendues coulaient à présent sur les joues de la fière Mallia. Flavia, détournant son regard, ne put s'empêcher de se sentir humiliée pour elle. Ce fut sur un ton radouci que Calixte reprit :

— Écoute-moi, si tu as cru que je me livrais à toi

216

autrement que par devoir, tu faisais erreur. Oublions tout cela, l'incident est clos, je...

— Notre amour ne fut donc qu'un incident !

Elle hurlait, au bord de l'hystérie. Flavia jeta autour d'elle un regard inquiet, redoutant de voir surgir d'un instant à l'autre Éléazar ou, pis, Carpophore lui-même. Calixte essaya une nouvelle fois de raisonner sa maîtresse.

— Je t'en conjure, maîtrise-toi. De toute façon il ne pouvait rien y avoir de plus entre nous. Je suis un esclave, Mallia, rien qu'un esclave.

— Je m'en moque ! Et s'il est vrai que tu n'es qu'un simple esclave, alors tu devrais savoir que la première qualité d'un esclave est l'obéissance. C'est à moi, à moi seule de décider de ton attitude !

Elle s'était apparemment ressaisie et lui faisait face avec toute sa puissance retrouvée.

Calixte répliqua, mais cette fois avec une pointe de violence :

— Je ne suis que l'esclave du seigneur Carpophore. Et celui-ci cstime que je lui suis plus utile à la gestion de ses affaires que dans le lit de sa nièce.

Les yeux exorbités, elle tenta de le gifler mais elle fut arrêtée net dans son élan.

— Lâche-moi ! hurla-t-elle.

Il maintint un moment les poignets de la jeune femme serrés entre ses doigts, puis, lentement, la libéra. Alors en désespoir de cause elle opéra une volte-face vers Flavia.

— Toi, siffla-t-elle, toi qui es la cause de tout, tu vas payer !

Liant le geste à la parole, du drapé de sa tunique elle saisit un stylet qu'elle pointa vers la gorge de la jeune fille. Mais sa tentative s'arrêta là. Calixte avait bondi.

— Cela devient ridicule ! Et dis-toi bien que s'il arrivait quoi que ce soit à Flavia, je t'étranglerais de mes propres mains ! Souviens-t'en... De mes propres mains !

Elle le dévisagea, hébétée, puis brusquement elle lui cracha au visage :

— Dès ce jour, apprends à te méfier de ton ombre, Calixte... De cela, souviens-toi aussi !

Longtemps après qu'elle se fut enfuie, les deux jeunes gens demeurèrent immobiles, encore sous l'effet du drame.

Le Thrace sentit les doigts délicats de Flavia essuyer la souillure qui maculait sa joue. Il leva machinalement son regard vers le ciel pur. Décidément le bonheur n'était pas de ce monde. En tout cas, il ignorait sûrement les êtres enchaînés.

— Calixte...

La voix de Flavia le tira de ses pensées.

— Calixte, pardonne-moi... Tout ceci est de ma faute. Je suis folle...

— Ce n'est la faute de personne. Ça devait arriver. Et c'est peut-être bien mieux ainsi...

Elle se fit toute petite contre sa poitrine.

— J'ai été injuste. Aveugle. Maintenant elle va chercher à se venger et brisera par la même occasion tous tes espoirs de liberté.

Calixte posa doucement sa paume le long des cheveux d'or de la jeune femme.

— Au risque de t'étonner, je t'avoue que j'ai des doutes quant au succès des éventuelles machinations de cette peste. Je crois connaître assez bien Carpophore, et ce n'est pas faire preuve de suffisance que de penser qu'il ne se passerait pas de mes services aussi facilement. En tout cas, pas pour satisfaire les humeurs de sa nièce.

Ils avancèrent lentement jusqu'au bord de l'Euripe inondé de soleil. Flavia s'immobilisa et se serra très fort contre le Thrace. Il l'enveloppa tendrement entre ses bras et réalisa soudain que tous deux se tenaient à l'endroit précis où, quelques jours plus tôt, il s'était trouvé avec Marcia...

*

Éléazar réajusta nerveusement un pli de sa tunique en se disant que décidément les femmes ne cesseraient jamais de le surprendre.

— Mais, maîtresse, pour quel motif désires-tu que ta coiffeuse soit livrée aux bêtes ?

Mallia frappa du pied avec impatience.

— Qu'importent mes raisons, je te dis de le faire. Fais-le !

Une fois de plus, le villicus se sentit agressé par le ton comminatoire employé par la jeune femme.

Quelques instants auparavant, elle avait surgi dans la pièce où il inspectait les comptes de la villa, dans un état proche de la folie : cheveux en désordre, visage défait. Même ses vêtements portaient des traces de déchirures et de boue. Si bien que la première réaction d'Éléazar fut de lui demander si elle avait été agressée. Elle l'avait considéré d'un air singulier avant de déclarer :

— Parfaitement. J'ai été attaquée !

— Sur le domaine ? Mais qui a pu se permettre une telle audace ?

— Flavia !

Le villicus fronça les sourcils, perplexe. Il connaissait bien la jeune fille et n'imaginait pas un seul instant comment un être d'apparence si fragile aurait pu commettre un tel acte.

— Maîtresse, j'avoue ne pas comprendre... Comment a-t-elle pu lever la main sur toi ?

— Ce qu'elle a fait me suffit ! Je veux la voir morte !

Il tenta alors de l'apaiser. Non point pour des raisons humanitaires — encore qu'il lui eût déplu qu'une si belle esclave, irréprochable à ce jour, mourût sur un simple caprice de sa maîtresse — mais surtout parce qu'il savait que Carpophore n'aimait pas perdre ses serviteurs ; attitude qui d'ailleurs avait toujours freiné les humeurs du Syrien.

— Mais je n'ai pas pouvoir de condamner cette fille à mort. D'ailleurs, depuis l'empereur Claude, le meurtre d'un esclave est considéré comme un crime.

— Ne me dis pas que cette loi est scrupuleusement appliquée !

— C'est vrai, les écarts ne manquent pas. Cependant, un esclave quel qu'il soit représente une certaine valeur ; surtout un esclave de la qualité de Flavia. Et notre maître est très économe.

— Qu'importe ! Il criera, vociférera comme à son habitude, mais cela s'arrêtera là. Il ne va tout de même pas m'exiler pour l'avoir privé d'une tête parmi les centaines qu'il possède.

— Malheureusement, tu sembles oublier que moi je ne suis pas le neveu de Carpophore.

— Dans ce cas mets-toi en rapport avec un laniste[1]. Ils ont toujours besoin de chair fraîche pour l'arène.

Patiemment, Éléazar entreprit d'expliquer à la jeune femme que les victimes de l'arène devaient auparavant avoir été condamnées ad bestia par les tribunaux réguliers. Ni lui ni les lanistes n'avaient prise sur les magistrats. Son exposé terminé, le villicus s'apprêta à subir une fois encore les foudres de son interlocutrice, mais à son grand étonnement une expression rusée apparut sur le visage de Mallia, et ce fut très calmement, un rien moqueur, qu'elle répliqua :

— Je te trouve bien réticent, villicus... Le serais-tu autant si je te confiais que cette Flavia est l'amante de ton ami Calixte ?

1. Organisateur de jeux.

D'abord Éléazar refusa d'y croire.

— Impossible. Ils sont frère et sœur.

— Oui, mais à la façon de Philadelphe et d'Arsinoé [1], fit-elle avec dérision. Ils ne sont pas vraiment parents. Calixte a recueilli cette alumna sous les voûtes de l'amphithéâtre Flavien.

L'intendant demeura un instant silencieux, mais à la lueur qui brillait dans ses yeux sombres la jeune femme comprit que l'affaire prenait une tournure favorable. La rivalité qui opposait le Thrace au villicus était trop profonde pour que celui-ci demeurât insensible à l'argument avancé.

— Je crois qu'il existe un moyen de te satisfaire, maîtresse, dit-il enfin.

Elle l'interrogea du regard.

— Flavia est chrétienne.

Mallia écarquilla les yeux.

— Mais... mais alors, pourquoi ne l'as-tu pas dénoncée aux magistrats ?

— Parce qu'elle n'est pas la seule dans ce cas, et qu'un esclave chrétien exécuté est, comme je te l'expliquais, une perte financière pour le maître. Ton oncle ne l'aurait pas toléré.

— Qu'envisages-tu donc ?

— Toi, maîtresse, toi seule as la possibilité de mettre discrètement les autorités au courant de ce crime. Après tout, on murmure que tu serais au mieux avec le préteur Fuscien...

Mallia n'eut pas besoin de réfléchir plus longtemps.

— Tu as raison, approuva-t-elle satisfaite, n'est-ce pas aux maîtres de dénoncer les impies ? Maintenant dis-moi, où ces chrétiens se réunissent-ils ?

1. Ptolémée II Philadelphe épousa sa sœur, Arsinoé. Ce fut le premier des rois d'origine grecque à adopter cette coutume des pharaons.

Chapitre 22

Le désir de liberté est un puissant aiguillon.

Dès son installation dans ses nouvelles fonctions, Calixte s'était mis au travail avec ardeur. Le monde de la finance et les opérations bancaires lui étaient en grande partie inconnus, et il découvrait chaque jour un peu plus les finesses de ce nouvel univers.

Le seul bilan des revenus immobiliers de Carpophore avait de quoi faire rêver : trois millions huit cent mille deniers ! Cinquante jugères de vigne en Italie et soixante dans l'archipel grec. Des entrepôts de blé à Carthage, en Sicile, et surtout à Alexandrie. En Occident, le quasi-monopole des verreries. Quinze navires dévolus au transport des céréales. Et cependant, l'essentiel des rentes de son maître provenait de sa banque et de ses spéculations financières. Riches patriciens ou misérables plébéiens, tous avaient recours au préfet, alors que selon l'usage le taux d'intérêt était fixé à cinq ou six pour cent... par mois ! Mais ce n'était pas tout.

Carpophore possédait encore des parts dans les travaux publics et dans les mines. Il participait à la ferme des douanes ainsi qu'à la levée des impôts directs. A mesure que Calixte alignait les colonnes de chiffres, il réalisait combien était vrai le proverbe affirmant que l'usure permettait de s'enrichir plus vite et plus sûrement que la piraterie[1].

Il reposa sa plume auprès du double encrier et vérifia une dernière fois ses calculs. Malgré le caractère approximatif de son estimation, il pouvait évaluer la fortune de son maître à près de quarante-trois millions de sesterces, dont deux tiers provenaient de la banque. Des chiffres qui laissaient rêveur ! Et pourtant, s'il voulait être libre un jour, le Thrace devait faire en sorte que cette fortune s'accroisse encore.

Le sifflement de l'horloge à eau lui rappela qu'il se faisait tard. Il rangea les papyrus dans leurs rouleaux de cuivre qu'il déposa ensuite au creux des casiers aménagés le long des murs. Repoussant le rideau qui fermait la pièce, il emprunta le long couloir aux lumières vacillantes et gagna la porte de l'entrée principale du dépôt qu'il referma soigneusement derrière lui.

La nuit roulait sur tout le paysage. Flavia n'allait plus tarder à le retrouver. Plutôt que de se rendre directement aux cuisines, il décida d'aller au-devant de sa compagne. Une fois encore, elle lui avait confié qu'elle se rendrait ce soir à la domus de la via Appia, assister à l'office des chrétiens, et il en avait ressenti, comme toujours, inquiétude et irritation.

Tout en progressant à travers le parc il repensait à cette doctrine qui bouleversait si profondément l'âme de ses adeptes. Tout ça pour un Nazaréen supplicié sur une croix comme un vulgaire agitateur. Et pourtant, depuis qu'il en savait un peu plus sur cette religion, il devait avouer que l'explication que les chrétiens proposaient de la naissance du monde et de la vie avait

1. Trimalcion, un autre chevalier célèbre, possédait trente millions de sesterces. Pline le Jeune (qui s'estimait pauvre) possédait quant à lui une vingtaine de millions. Les fortunes de cent millions de sesterces n'étaient pas chose rare.

quelque chose d'une simplicité séduisante : la Création en sept jours, Adam et Eve, le paradis, la chute...

Il y avait comme une mystérieuse logique, beaucoup moins abstruse que le mythe de la nuit engendrant Phanès l'Etre de Lumière, créateur de l'œuf primordial ; cet œuf d'où aurait surgi Éros, lequel portait en lui la semence des bienheureux immortels, conçus avec la Terre Mère, tandis que Phanès, le Premier-Né, leur construisait en Sémélé un abri éternel.

Calixte s'immobilisa soudain. Cette cosmologie, imprécise et changeante, il ne l'avait jamais mise en doute. L'ancienneté de la tradition, le fait que d'innombrables personnes en de nombreux pays la tinssent pour authentique lui avaient suffi. La conversion de Flavia elle-même n'avait à aucun moment troublé ses convictions. Certes la misogynie de l'orphisme était notoire. Mais aujourd'hui se pouvait-il que... Non, il était impossible de considérer la doctrine chrétienne comme exacte — paradoxalement peut-être à cause de cette simplicité. Et cependant... Pour la première fois il se demanda si Zénon et donc lui, Calixte, n'avaient pas été abusés. Il se sentit brusquement bouleversé par ce doute naissant et serra lentement le poing comme s'il avait voulu broyer ces pensées nouvelles qui bougeaient en lui.

Un frémissement inhabituel des branchages le ramena à la réalité. Il tendit l'oreille. On marchait dans le parc. Une ou plusieurs personnes se déplaçaient furtivement. Des brigands ? Depuis les guerres de Marc Aurèle, les voleurs, déjà nombreux dans le passé, étaient devenus une véritable plaie. Un soldat du nom de Maternus les avait même regroupés en bandes et, promettant la liberté aux esclaves, renouvelait les exploits de Spartacus. On chuchotait dans Rome que l'homme s'était même infiltré en Italie avec ses meilleurs hommes.

Sans armes, Calixte se sentit mal à l'aise, inquiet

par-dessus tout que quelqu'un s'attaquât aux biens de son maître. Depuis qu'ils étaient devenus en quelque sorte les garants de sa liberté, il avait décidé d'en devenir leur protecteur inconditionnel.

Maintenant il pouvait distinguer assez clairement les silhouettes : deux hommes... non, trois. Deux hommes qui en portaient un autre et qui haletaient sous son poids. Le cœur battant, il plongea dans l'ombre d'un pin. Les silhouettes progressaient toujours. Ce fut seulement une fois parvenu à sa hauteur qu'il identifia brusquement l'un des personnages. Une femme : Aemilia ! Il cria aussitôt le nom de la servante qui sursauta, poussant un petit cri. A ses côtés son compagnon, qui n'était autre que Carvilius, chuchota d'une voix angoissée :

— Pour l'amour du ciel, taisez-vous !

— Mais que faites-vous là ?

Calixte désigna le corps inanimé.

— Qui est-ce ?

Pour toute réponse, le cuisinier posa l'homme à terre et le retourna sur le dos.

— Hippolyte !

Aemilia s'agenouilla près du jeune prêtre et délicatement elle lui redressa la tête. Alors, sous la lueur blanche de la lune, Calixte put constater la plaie poisseuse de sang qui apparaissait sur la tempe du fils d'Éphésius.

— Qu'est-ce qui...

— Tu aurais pu frapper moins fort..., reprocha Aemilia à Carvilius.

— Je n'avais pas le choix, se défendit le vieil homme.

— Ne restez pas là plantés tous les deux. Allez chercher de l'eau, commanda sèchement la servante.

Les deux hommes se hâtèrent vers l'Euripe. En vue de la rivière, Calixte lança avec un sourire ironique :

— Si c'est toi qui as accompli ce travail, sache que je suis ton débiteur. J'imagine qu'il ne l'a pas volé.

— Ne sois pas stupide. L'instant est grave. Et détrompe-toi, je n'ai pas frappé ce malheureux de gaieté de cœur.

Calixte déchira un bout de sa tunique qu'il trempa dans l'eau.

— Alors pourquoi ? interrogea-t-il envahi par un brusque pressentiment de malheur.

— Les vigiles du préfet ont débarqué ce soir à la domus de la via Appia.

Le cuisinier plongea son regard dans celui du Thrace et précisa d'une voix sourde :

— Ils ont emmené tous ceux qui s'y trouvaient.

Calixte crut que le sol se dérobait sous ses pas.

— Et... ?

— Oui, Flavia, elle aussi.

Non ! ce ne pouvait être vrai.

Ainsi, ce qu'il n'avait cessé de redouter venait de se produire. Il serra les dents, partagé entre colère et ressentiment. Ressentiment contre ceux qui, jour après jour, avaient entraîné cette malheureuse au cœur d'un univers où l'on pouvait mourir pour un dieu. Colère contre ce pouvoir romain qui possédait désormais droit de vie et de mort sur le seul être auquel il tenait. Tout cela, à l'instant où Carpophore leur offrait la chance d'être libres.

— Comment se fait-il que vous ayez pu vous échapper ? interrogea-t-il, bouleversé.

Ils revenaient à pas lents vers le blessé.

— Nous apportions, Aemilia et moi, des vivres pour les pauvres.

Calixte fit immédiatement le rapprochement avec l'incident du cochon de lait qu'Éléazar accusait le cuisinier d'avoir dérobé : ainsi, le villicus avait vu juste.

226

— Aidés par Hippolyte, nous sommes allés les ranger dans la réserve. A notre retour nous avons vu arriver les vigiles.

Aemilia s'empara du tissu mouillé et en couvrit la tempe du blessé. Celui-ci battit des paupières, grimaça, puis soutenu par Carvilius il se redressa lentement, jetant autour de lui un regard hébété.

— Où est-ce que vous m'avez emmené ? bredouilla-t-il en scrutant le décor noyé de nuit.

Apercevant Calixte, une expression méfiante envahit ses traits.

— C'est moi qui t'ai frappé, expliqua le cuisinier. Tu allais te jeter dans les bras des soldats. Il n'y avait aucun autre moyen de t'empêcher de commettre cette folie.

Hippolyte poussa un gémissement et plongea sa tête entre ses mains.

— Ils ont emmené mon père, n'est-ce pas ?

— Ton père, et tous ceux qui assistaient à la réunion, précisa Aemilia en étouffant un sanglot.

— Vous auriez dû m'abandonner là-bas. Ma place est au milieu de mes frères.

— Au centre de l'arène aussi ? ironisa Calixte.

Pour une fois Hippolyte ne releva pas le défi. Il se contenta d'approuver tristement :

— S'il le faut.

Exaspéré, le Thrace le saisit rudement par les pans de sa tunique et le remit sur pied.

— C'est tout ce que tu trouves à dire ! Par ta faute et celle de ton dieu, des êtres innocents sont voués à la pire des fins, et tu ne vois rien de mieux à faire que te lamenter de n'être pas à leur côté !

— Tu ne peux pas comprendre. Dis-toi cependant que si ton chagrin d'avoir perdu Flavia est immense, la perte de mon père m'affecte tout autant.

Carvilius s'interposa entre les deux hommes.

— Allons, vos querelles ne peuvent profiter à ceux qui sont en danger. Réunissons plutôt nos énergies pour trouver un moyen de leur venir en aide.

— Il a raison, approuva la servante. D'ailleurs il est plus prudent de réintégrer la demeure : on pourrait nous surprendre encore.

Sur le chemin du retour, Calixte ressassa inlassablement tous les éléments du drame. Un détail le surprenait plus que tout autre : depuis qu'il était à Rome, et qu'il côtoyait nombre d'hommes et de femmes affichant au grand jour leur appartenance au christianisme — hors le cas tragique d'Apollonius —, il n'avait jamais été confronté véritablement à des répressions contre les chrétiens. A travers Carvilius, Flavia et les autres, il avait eu vent de persécutions sanglantes qui s'étaient déroulées à Lugdunum et dans quelques provinces impériales, mais ces persécutions avaient été sporadiques et locales ; les autorités ne s'intéressaient au christianisme que poussées par la pression publique. Ce faisant, elles se conformaient au précepte de l'empereur Trajan qui avait commandé de ne pas pourchasser les chrétiens, mais uniquement de les punir dans le cas où on les découvrait. Alors, qu'est-ce qui avait donc pu motiver l'intervention de cette nuit ?

— Quelle imprudence avez-vous donc commise pour attirer ainsi sur vous les foudres impériales ? s'écria-t-il soudain.

Ils venaient d'atteindre le centre de la cour. Hippolyte s'arrêta et répliqua avec une fermeté retrouvée :

— La seule imprudence fut de pratiquer notre foi dans la discrétion et la dignité. Nous ne sommes pas comme certains des adorateurs de Dionysos dont les bacchanales effrénées exigèrent du temps des consuls Marcius et Postunius une répression sévère afin de préserver l'ordre et la morale publique[1].

L'allusion se passait de commentaires.

— Ne confonds pas les bacchants avec tous les porteurs de thyrse[2] qui infestent la terre ! Orphée a épuré la religion dionysiaque de ces aspects décadents et licencieux auxquels tu sembles vouloir faire référence ! Ses disciples sont les seuls vrais adorateurs de Dionysos Zagreus.

Toisant le fils d'Éphésius, il reprit son souffle avant de conclure :

— Nous au moins nous n'avons jamais été accusés d'adorer un âne et de boire le sang d'un enfant mort-né.

— Il suffit ! ordonna Carvilius. Il suffit !

— Auriez-vous perdu la tête ? intervint la servante affolée. Si vous tenez absolument à vous étriper, faites-le au moins à l'abri des communes, et non ici sous les yeux du maître !

Le Thrace maugréa quelque chose entre ses dents, avant de repartir avec mauvaise grâce vers les cuisines.

Un instant plus tard ils se retrouvèrent à la lueur vacillante du triple bec d'une lampe à huile. Carvilius, Hippolyte et Aemilia prirent place non loin des fourneaux. Calixte, lui, se mit à arpenter fiévreusement la pièce, en proie à une excitation incontrôlée.

— Il faut que nous trouvions le moyen de les libérer.

— Comment ? soupira le cuisinier.

Hippolyte proposa :

— Il nous faudrait au moins tenter d'entrer en rapport avec eux. Essayer de les réconforter.

Ignorant son intervention, le Thrace demanda :

1. A Lyon, en 186 av. J.-C.
2. Attribut de Bacchus. Bâton, entouré de feuilles de lierre ou de vigne vierge et surmonté d'une pomme de pin, que portaient les bacchants.

— Quel est le magistrat en charge de ces problèmes ?

— Le nouveau préfet du prétoire : Fuscien Sélianus Pudens, répondit le fils d'Éphésius.

Calixte le dévisagea avec incrédulité.

— Fuscien ? Tu as bien dit Fuscien ?

— Parfaitement. C'est lui en effet qui a la charge de la justice civile. Ce sont ses vigiles qui ont arrêté nos frères.

Le Thrace parut réfléchir un instant avant de murmurer avec un faible sourire :

— Alors dans ce cas, je crois que tout n'est pas perdu...

Chapitre 23

Fuscien était tel qu'il l'avait quitté. Tel qu'il serait sans doute toujours : cordial, serviable, liant la fantaisie à un sage pragmatisme.

Calixte le trouva assis entre deux paysans, sur l'un des bancs de pierre au pied de la basilique où siégeait le tribunal. Sans souci des plis de sa toge ou de sa dignité de magistrat, encore moins des intérêts des avocats qui attendaient à quelques pas, piaffant d'impatience, il s'efforçait de concilier les plaideurs.

— Un mauvais arrangement vaut mieux qu'un bon procès. Croyez-en ma vieille expérience. Songez aux frais et aux ennuis innombrables qui vous guettent.

— Seigneur, la cause de mon client est juste, coupa un des avocats. Si tu voulais bien ouvrir l'affaire, je me fais fort de le prouver.

— Ton collègue et adversaire a la même prétention, répliqua calmement Fuscien. Est-il bien nécessaire de perdre le temps précieux de plusieurs clepsydres, ainsi que les deniers de ces braves gens, si l'on peut parvenir à un accord à l'amiable ?

En d'autres circonstances, Calixte, appuyé à l'une des colonnes de marbre, aurait souri des efforts de son ami. Malgré la discrétion de Fuscien, il se doutait que celui-ci devait se poser des questions à son sujet. Encore que Calixte lui avait laissé entendre qu'il était en charge des affaires de son père, riche propriétaire thrace. Et lorsque son service auprès de Carpophore le forçait à disparaître plusieurs jours, il invoquait alors l'autorité d'un affranchi grec qu'on lui aurait soi-disant imposé comme tuteur. Comment réagirait Fuscien le jour où il viendrait à découvrir que son ami n'était en réalité qu'un simple esclave ? Dans la ville les préjugés étaient vifs. Un homme de bien, magistrat de surcroît, ne pouvait être le compagnon d'un esclave. Cette révélation pouvait même déboucher sur une interdiction de participer aux rites orphiques, les esclaves n'ayant pas droit à prendre part aux offices religieux.

— Calixte ! Je suis heureux de te voir. Viens-tu plaider à mes côtés ?

La voix de Fuscien le tira de sa méditation. Il désigna en souriant les deux paysans qui se retiraient bras dessus, bras dessous, et la mine déconfite des deux avocats confiant leur dépit aux témoins qui s'apprê-taient eux aussi à se disperser.

— Même si j'avais une telle ambition, ton éloquence m'en aurait dissuadé. Mais réponds-moi sincèrement : les procès romains sont-ils vraiment les coupe-gorge que l'on dit ?

— Tes questions me surprendront toujours ! D'où sors-tu pour ignorer que les Romains de toutes classes passent la majeure partie de leur journée à juger, plaider ou témoigner dans un quelconque tribunal ?

— J'avais bien remarqué cette particularité, mais tu sais, pour un provincial tel que moi, le droit est une forêt obscure, peuplée d'embûches qu'il vaut mieux éviter d'explorer [1].

— Ce qui prouve bien, soupira le préfet, que les

1. Le droit romain ne fut organisé que sous les Sévères et codifié sous Justinien.

232

provinces sont la sève vivante de l'Empire. Maintenant dis-moi, pourquoi es-tu là ? Je doute que ce soit le seul plaisir de me voir qui t'a poussé à quitter ton antre mystérieux.

Calixte fit mine de ne pas entendre cette dernière remarque, et répliqua avec une certaine gêne :

— Je suis ici pour en appeler à ta clémence.

Fuscien l'examina un instant comme s'il était convaincu que son ami plaisantait. Mais devant son expression grave, il l'invita à le suivre.

Les deux hommes traversèrent la basilique judiciaire pour gagner la petite chambre réservée au préfet. Comme dans toutes les pièces romaines, le mobilier était réduit à sa plus simple expression : une table supportant un gros sablier, au mur les casiers de bois renfermant des rouleaux de cuivre. Nul coffre à vêtements, mais deux fauteuils qui permettaient de s'allonger à moitié. Calixte et Fuscien y prirent place.

— Je t'écoute.

— Tu as fait arrêter la nuit dernière un groupe de chrétiens qui se réunissaient dans une demeure de la via Appia.

— C'est exact. Comment es-tu au courant ?

— Je... je m'intéresse à l'une des esclaves.

Fuscien fronça les sourcils avec une expression malicieuse.

— Tiens donc. Calixte amoureux...

Mais il reprit très vite son sérieux :

— Cette amie est-elle réellement chrétienne ?

Le Thrace acquiesça.

— Mauvais, cela. Je ne demande bien sûr qu'à t'aider. Cependant tu ne peux ignorer que seul l'empereur a droit de grâce.

— Mais est-il indispensable qu'il y ait condamnation ? Une jeune fille anonyme, des esclaves et quelques modestes gens ne menacent en rien la sécurité de l'Empire, non plus que celle des citoyens.

— Peut-être. Mais la loi est ainsi faite. Si ces gens se reconnaissent chrétiens devant le tribunal — et c'est en général ce qu'ils font — je serai forcé de les condamner.

Calixte secoua la tête avec lassitude.

— Pourquoi les as-tu arrêtés ? Je t'ai observé tantôt déployer tant d'éloquence pour éviter un procès. Ces gens de la via Appia ne faisaient pas plus de mal que tes deux paysans !

Pour la première fois depuis le début de leur discussion, Fuscien se troubla.

— J'ai été obligé, avoua-t-il d'une voix sourde. Une personne, à qui je n'ai rien à refuser, m'a informé de cette réunion. Il entre dans les devoirs de ma charge de faire respecter les lois.

— Fuscien, il faut tenter quelque chose.

Dans le même temps qu'il prononçait ces mots, il prenait la mesure du terrible danger qui menaçait Flavia et ses amis. Elle, si fragile, si gaie, disparaîtrait de manière absurde. L'imaginer glacée, raidie... Non, il ne le supporterait pas. Il se détourna comme pour échapper à cette vision déchirante.

A ses côtés, Fuscien, le menton appuyé sur un pouce, semblait réfléchir intensément.

— Je crois qu'il existe un moyen de sauver ta bien-aimée : le procès.

— Le procès ? Mais n'est-ce pas le procès au contraire qui...

— Non. Il suffirait que je m'arrange pour ne *pas* leur demander s'ils sont chrétiens. Et comme preuve de loyauté, j'exigerai d'eux qu'ils brûlent un bâtonnet d'encens au pied de l'effigie de l'empereur.

— Et crois-tu que cela suffirait pour qu'ils soient relâchés ?

Un léger sourire complice apparut sur les lèvres de Fuscien.

— Tout dépend de la sévérité de celui qui juge...

*

Le tribunal du préfet se trouvait à la curie du forum, la place la plus animée de Rome. Habituellement on n'y débattait pas d'affaires criminelles mais uniquement de procès civils. Néanmoins, la situation juridique des chrétiens était si imprécise, la procédure si floue, qu'il arrivait qu'on fît exception à la règle.

Ce matin, fait extraordinaire, la foule bruissante qui quotidiennement envahissait la basilique, était sinon absente, du moins très clairsemée. En vérité, qui pouvait se passionner pour l'affaire de quelques chrétiens considérés par tous comme faisant partie de la lie de la société, alors que les tribunaux des préfets animés de plaideurs illustres offraient aux amateurs de chicanes le spectacle de causes célèbres.

Certains badauds, par habitude plutôt que par intérêt, venaient nonchalamment jeter un coup d'œil vague sur l'assemblée, faisant la moue devant la médiocrité de l'affaire et le caractère souvent soporifique des débats, avant d'aller retrouver sur la place cette rumeur qui composait l'essence même de la vie de Rome.

Calixte, debout à l'ombre d'un pilier, observait nerveusement les accusés. Ils étaient assis, quelques marches au-dessous de lui, alignés sur des bancs de bois, face à la petite tribune où présidait le préfet.

Fuscien paraissait prêter une oreille attentive au plaidoyer du jeune avocat commis d'office pour défendre le groupe de chrétiens, mais Calixte aurait juré qu'il somnolait. Il reporta son attention sur Flavia. Assise aux côtés d'Éphésius, en dépit d'une certaine tension qu'on pouvait deviner sur son visage, elle était toujours aussi belle, et ses cheveux dénoués faisaient comme un défi au soleil. Le cœur du Thrace se serra. Malgré les assurances de Fuscien, il n'arrivait pas à se débarrasser de l'oppression qui l'habitait.

« Je t'aime, Calixte... Et pas comme une sœur. »

Les mots prononcés par la jeune fille revenaient à son esprit avec une sorte de désespérance. Pourquoi ? Pourquoi n'apprécions-nous l'amour des êtres et des choses que lorsque que nous en sommes privés ?

Il repensa à la réaction de Carpophore quand il avait été informé de l'arrestation de ses esclaves. Quoique furieux d'apprendre que sous son toit se tramaient des coteries chrétiennes, il s'était empressé de charger Calixte de trouver une issue positive à l'affaire. La perte d'une vingtaine de serviteurs lui eût été intolérable.

Le plus dur pour le Thrace fut, avec le tempérament qu'il lui connaissait, de dissuader Hippolyte d'assister au procès. Fuscien n'avait vraiment pas besoin qu'une intervention intempestive vienne lui compliquer la tâche. On avait d'ailleurs plusieurs fois frôlé le drame, au cours de l'interrogatoire qui s'était déroulé quelques instants plus tôt.

Interrogé en premier, Éphésius, en tant que propriétaire de la domus de la via Appia, avait répondu à la question rituelle : « Es-tu libre ou esclave ? » par un ostentatoire : « Je suis chrétien. »

Calixte avait dû faire un effort surhumain pour ne pas bondir sur l'homme. Comment une telle inconscience suicidaire était-elle possible ? Fuscien, pris à contre-pied, avait fait mine de ne pas entendre et s'était empressé de répliquer à l'ancien intendant d'Apollonius qu'il désirait seulement savoir si l'homme était libre ou esclave. Éphésius avait encore aggravé son cas en répliquant :

— Cette question n'a pas de sens. Pour des chrétiens, il n'y a ni maître ni esclave, mais uniquement des frères en Jésus-Christ.

A la fois dépité et désarçonné, Fuscien avait une fois encore fait la sourde oreille, pour finalement réussir à lui faire admettre qu'aux yeux de la loi il était avant tout un affranchi. S'adressant ensuite à Flavia, il avait poursuivi :

— Et toi es-tu libre ou esclave ?

La réponse ne s'était pas fait attendre :

— Je suis chrétienne.

— Par Bacchus ! s'était récrié le préfet, c est insensé ! Ta situation légale, c'est tout ce que je te demande : ta situation légale.

Flavia avait eu un geste évasif.

— Je suis chrétienne, donc je me considère libre bien qu'étant esclave.

Fuscien avait levé les yeux au ciel et fait convoquer l'accusé suivant.

— Je te préviens, si tu t'avisais de répondre toi aussi par : « Je suis chrétien », je te ferais donner cent coups de verges pour outrage à magistrat. Et cet avertissement vaut pour tous !

Après quoi, il n'y eut plus d'incident. Les accusés se limitant à répondre aux questions posées par le préfet. Calixte, quant à lui, à mesure que se développait le procès, se disait qu'il y avait quelque chose d'absurde à vouloir sauver des gens malgré eux. Nombre d'entre eux avaient baissé la tête et il pouvait voir leurs lèvres remuer. Sans doute priaient-ils leur dieu.

Tout l'intérêt du Thrace se porta à nouveau sur Fuscien. D'abord il ne comprit pas le but que celui-ci cherchait à atteindre, ni la stratégie employée. Mais progressivement il fut fasciné par son habileté.

En effet, le jeune préfet avait choisi de ruser. En premier lieu, il avait établi les causes de la réunion nocturne. Apprenant que ces cérémonies consistaient en un simple partage de pain et de vin, il avait demandé ce qu'il y avait de réel dans les accusations d'infanticide et de meurtre rituel. Après le démenti indigné des esclaves, il avait fait semblant de compulser ses tablettes pour reconnaître d'un ton docte : « Il est vrai que l'on ne m'a signalé aucune disparition d'enfants d'ingénus ou d'esclaves. » Prenant l'expression sévère du censeur, il les avait alors accusés d'athéisme. La réaction des accusés fut plus spectaculaire encore. Éphésius l'exprima en quelques paroles lapidaires :

— Nous prendrais-tu pour quelques philosophes épicuriens ? Nous adorons Dieu, le Seul, l'Unique. Nous ne sommes pas des athées !

— Parfait, approuva le préfet. Mais on chuchote également que vous n'acceptez pas la légitimité de l'empereur, et que vous ne faites aucune distinction entre Romains et Barbares.

— Seigneur préfet, protesta Éphésius qui faisait véritablement office de porte-parole, ce ne sont là que des calomnies. Nous respectons profondément la fonction impériale et la personne même de César. Tout l'enseignement de notre maître le commande. Pour ce qui est de l'accusation d'incivisme ou de trahison, je te rappelle que des légions entières sont formées de chrétiens. Je ne citerai pour exemple que la fameuse Fulminata, qui par ses prières sauva de la soif l'empereur Marc Aurèle ainsi que son armée lors de la guerre contre les Quades[1]. La seule vérité est que les hommes, créatures de Dieu, sont égaux sous le regard du Seigneur. Et que si un Parthe ou

1. Sauvé par un orage providentiel, Marc Aurèle aurait alors adressé lui-même un message au Sénat pour lui faire part de l'événement.

un Germain se convertit à la Foi, il devient notre frère tout autant qu'un Romain ou un Grec.

Fuscien avait patiemment écouté la tirade de l'ancien intendant. Sitôt qu'il se fut rassis, il déclara :

— Je veux bien croire votre dévotion à César, mais il vous faudra le prouver.

Et désignant une statue de marbre représentant Commode, il ordonna :

— Allez brûler un bâtonnet d'encens devant cette statue. Ceux d'entre vous qui accompliront cet acte seront aussitôt libérés.

Un murmure de surprise courut le long des travées. Nul ne se serait attendu à autant de mansuétude. Calixte avait poussé un soupir de soulagement en apercevant son ami qui levait discrètement le pouce droit — signe dans l'amphithéâtre qui indiquait que l'on décidait de gracier un supplicié. Pourtant quelque chose lui soufflait que tout n'était pas encore gagné.

Il reporta son attention sur le groupe d'esclaves. Ils ne se décidaient pas à quitter leurs bancs. Même si la plupart des visages traduisaient de la résignation, certains conservaient une attitude curieusement fermée.

— Alors ? s'exclama Fuscien visiblement impatienté.

Calixte crut entendre une voix qui disait : « Nous n'avons pas le choix. » Suivie aussitôt par celle d'Éphésius : « Ce serait un reniement, un sacrilège. »

Fuscien se dressa brusquement avec un air glacial que le Thrace ne lui avait jamais vu.

— La mort n'attend pas !

Après une dernière hésitation, les accusés se levèrent et se dirigèrent lentement vers la statue.

— Ne faites pas ça ! implora Éphésius.

Mais on ne l'entendait plus. Les uns après les autres, les hommes et les femmes défilèrent sous l'effigie de

Commode et chacun entreprit de brûler l'encens dans les cassolettes prévues à cet effet. Le préfet inscrivit le nom des esclaves sur une de ses tablettes de cire, avant de les congédier en déclarant sur un ton rasséréné :

— Va, tu es libre.

Bientôt il ne demeura plus que Flavia et Éphésius. L'ancien intendant conservait un air impassible et triste à la fois. La jeune femme au contraire était plus pâle, dénouant et renouant ses doigts d'un geste nerveux. Fuscien se pencha vers eux et les invita à accomplir à leur tour le geste qui devait les sauver.

— Désolé, seigneur préfet. Mais ce que tu me demandes là est impossible.

— Impossible ! Mais pourquoi ? N'as-tu pas affirmé tout à l'heure reconnaître Commode pour légitime empereur ?

— Parfaitement. Mais je ne peux pas lui rendre l'hommage que tu ordonnes.

Fuscien leva les bras au ciel avec une lassitude extrême.

Éphésius poursuivait :

— L'encens est réservé aux dieux. Tu le sais bien. Or, il n'y a qu'un seul Dieu qui règne sur le monde. Ce que tu exiges de nous est une apostasie.

— Mais voyons, tu déraisonnes ! Tes compagnons n'ont fait aucune difficulté.

— Il ne m'appartient pas de juger leur conduite. De toute façon elle n'influera pas sur la mienne.

— C'est bien la première fois que j'essaie de raisonner un mulet ! Et toi, jeune fille, serais-tu de son avis ?

Il y eut un long silence, puis :

— Oui, préfet. Néanmoins je te suis reconnaissante pour...

Elle n'eut pas le temps d'achever sa phrase, le cri de Calixte roula comme un torrent sous la voûte de la basilique. Un cri désespéré, implorant presque :

— Non, Flavia ! Non !

Elle leva son visage d'enfant vers lui et secoua la tête. Et Fuscien comprit tout de suite que c'était pour elle que son ami avait intercédé. Il se frotta le menton d'un geste nerveux.

— Vous savez sans doute que votre refus vous condamne à mort.

— Fais ce que tu estimes être ton devoir, répliqua Éphésius avec un calme effrayant.

— N'ai-je aucun espoir de te convaincre, jeune fille ?

— Si je trahissais ma foi, ce serait de toute façon la mort de mon âme. N'essaie pas, seigneur.

Le jeune préfet soupira, vaincu par tant de détermination.

— Il va donc me falloir employer les grands moyens pour vous faire changer d'avis. Et par Bacchus, je n'aime pas ça.

— Tu ne pourras jamais altérer nos convictions, insista Éphésius.

— A ta place je ne serais pas aussi sûr, ironisa le magistrat.

Sous l'œil voilé de Calixte, Fuscien tendit d'une main tremblante une coupe à l'un des esclaves qui s'empressa de la lui remplir d'un épais cécube [1].

L'ombre pesante des licteurs [2] et des greffiers s'allongeait bizarrement à la lueur vacillante des torchères de bronze suspendues aux parois suintantes, puantes de salpêtre et de moisissure.

A la vue de la sinistre armada de fers, de tenailles et de chevalets, indispensables auxiliaires de la justice, Calixte sentit monter en lui un arrière-goût de bile.

---

1. Vin rare.
2. Garde qui marchait devant les grands magistrats en portant une hache placée dans un faisceau de verges.

— Fuscien, commença-t-il d'une voix tendue, ils ne vont pas...

Le préfet l'interrompit d'un geste qui se voulait rassurant.

— Nous n'avons plus le choix. Mais ne crains rien, je peux t'affirmer que tes amis céderont très vite. Licteurs, enchaîna-t-il, faites entrer les accusés !

Une lourde porte de bronze cuivré s'entrouvrit pour laisser passer Flavia et Éphésius. La jeune fille avait le regard éteint, les joues blanches. Elle avançait comme dans un rêve et ne parut pas s'apercevoir de la présence de Calixte. Quant au visage d'Éphésius, habituellement si vide d'expression, il reflétait sérénité et détermination.

Calixte dans un élan spontané tendit la main vers la jeune fille et ses doigts effleurèrent sa chevelure d'or.

— Flavia, je t'en conjure, obéis au préfet. Fais cela pour moi.

Elle se retourna lentement et laissa tomber avec une certaine mélancolie :

— Je fais tout cela pour toi. Pour que ton cœur s'ouvre à la lumière et que tu vives enfin la Vraie Vie.

— Commencez par l'homme ! ordonna Fuscien. Et que justice s'ensuive.

Très vite, l'ancien villicus d'Apollonius fut débarrassé de ses vêtements et enchaîné, bras levés, contre l'un des murs, face aux greffiers.

Le préfet lui demanda une fois encore s'il consentait à brûler de l'encens devant la statue de l'empereur. Pour toute réponse, Éphésius secoua la tête fermement. Fuscien fit un signe. Un des licteurs s'empara du faisceau de verges qui enveloppait sa hache et entreprit de cingler impitoyablement le corps dénudé du villicus.

— Et dire qu'il est des gens qui seraient prêts à payer pour contempler pareil spectacle dans un amphithéâtre, commenta le magistrat avec une certaine amertume.

Le Thrace, les yeux rivés sur l'intendant, ne trouva rien à répondre. A chaque balafre qui marquait sa peau, l'homme tressautait, ses doigts se repliaient pour ne former qu'un poing refermé sur un invisible filin. Il revint à l'esprit de Calixte une scène pratiquement identique qui s'était déroulée quelques années plus tôt dans la propriété de Carpophore : c'était lui, Calixte, qui se trouvait alors à la place du supplicié de ce soir, et le licteur de service s'appelait Diomédès.

— Plus fort ! ordonna Fuscien.

On devinait pourtant que cet ordre n'était inspiré d'aucun sentiment cruel, mais plutôt du désir d'en finir en obtenant le plus vite possible la reddition de l'homme.

De minces filets de sang couraient en rigoles diffuses le long de la poitrine d'Éphésius, tandis que sous la violence des coups des lambeaux de chair commençaient à se détacher.

Des larmes glissèrent le long des joues de Flavia. Elle baissa la tête et ses lèvres remuèrent sans qu'elle émît un seul mot. Fuscien se dit en l'observant qu'elle devait sans doute prier son dieu, et il éprouva malgré lui une certaine admiration.

— Par Mars, chuchota-t-il en se penchant vers Calixte, pourquoi n'as-tu pas racheté cette malheureuse ? Dès que je l'ai aperçue j'ai tout de suite compris que c'était elle l'objet de ta requête. Vénus elle-même serait jalouse de sa beauté.

Calixte éluda le commentaire du magistrat.

— Fuscien, je crois qu'il faut mettre un terme au supplice de cet homme. Il n'a plus l'âge de supporter pareilles souffrances.

Le préfet considéra le villicus. La tête de celui-ci dodelinait de gauche à droite, ses poings s'étaient entrouverts, ses jambes fléchissaient, et le poids de son corps n'était plus retenu que par les anneaux de la chaîne meurtrissant la chair de ses poignets.

— Encore quelques instants... S'il cède, ton amie ne pourra que suivre son exemple.

Le licteur suait à grosses gouttes. De larges auréoles maculaient sa tunique. Il redoubla de force, irrité de constater le peu de résultat que le traitement produisait sur sa victime. Il concentra alors ses coups sur le sexe du villicus, jusqu'au moment où les filaments de chair et les mèches ensanglantées de la toison pubienne ne formèrent plus qu'un infâme magma. Et toujours aucune plainte !

— Il a perdu connaissance, annonça brusquement le préfet.

En effet, la silhouette sanguinolente pendait lamentablement, le menton affaissé sur la poitrine.

— Vite, donnez-lui à boire !

On s'empressa. On aspergea les membres du malheureux ainsi que son visage. On lui frappa les joues. Un des greffiers colla une oreille contre le thorax décharné.

— Eh bien ? s'impatienta le magistrat.

— Il... il est mort, seigneur...

— Incapables ! Vous êtes des incapables !

— Mais, balbutia le responsable du drame, un licteur n'est pas un bourreau de métier et...

— Silence ! Emportez-le !

Furieux, Fuscien se tourna vers Flavia.

— Cet exemple devrait te suffire. Allons, mettons fin à l'horreur et rends hommage à César. Je te préviens : si tu refuses une nouvelle fois, tu auras droit à un châtiment plus impitoyable encore.

Flavia releva la tête et plongea de grands yeux noyés dans ceux du préfet. Calmement elle commença de se dévêtir.

— Non, implora Calixte. Je t'en conjure par ton dieu, fais ce qu'il te demande.

Toujours silencieuse, la jeune fille tendit au licteur ses poignets. Cette fois Fuscien se sentit véritablement désarmé.

— Par Pluton et Perséphone ! hurla-t-il, petite insensée, ne vois-tu pas que tu choisis la mort ? La pire qui soit ? Regarde donc ce qu'il reste de ton compagnon ! C'est cela que tu veux ?

— Il a dit : *Qui cherchera à garder sa vie la perdra.* Éphésius n'a jamais été aussi vivant.

Cette certitude lancée avec tant de maîtrise laissa les témoins abasourdis. Alors Fuscien ordonna, en pointant son index vers l'un des licteurs :

— Elle est à toi.

Il ajouta très vite, presque à mi-voix :

— Ne l'abîmez pas trop.

Calixte eut l'impression que le sol se dérobait sous lui. Il se précipita vers son ami et lui serra le bras en suppliant :

— Fuscien, pitié, pitié pour elle. Elle n'a pas sa raison. Je t'en conjure, renvoie-la. Pitié...

Les derniers mots s'étouffèrent dans un sanglot. Pitoyable, il voulut s'approcher de Flavia, mais le préfet le stoppa net dans son élan.

— Laisse. Tu ne peux plus rien pour elle.

— Fuscien... Pitié...

Avec une rudesse inattendue, le magistrat tira le Thrace en arrière et l'entraîna vers un coin en retrait.

— Écoute-moi : je te répète que tu ne peux plus rien pour elle. Et moi non plus, d'ailleurs. J'ai été aussi loin que puisse aller un préfet intègre. Si je la libérais, les greffiers ici présents témoigneraient aussitôt de mon attitude. C'est ma place, ma carrière, ma vie, qui seraient en danger. Comprends-tu cela ? Elle va céder. Elle doit céder. C'est sa dernière chance de salut.

Calixte leva vers son ami une expression désespérée, et après un court instant il bredouilla :

— C'est bon, fais donc ton devoir... Et que tous les dieux nous pardonnent.

Il se rua vers la porte de bronze et plongea dans l'immense corridor moucheté de torchères.

Maintenant il était là, recroquevillé au pied des marches comme un animal traqué.

La tête enfouie entre les mains, lui parvenaient par à-coups les voix cauchemardesques des licteurs et des greffiers, le remuement d'objets, quelques gémissements : ceux de Flavia mêlés aux adjurations de Fuscien.

— Mais ne vois-tu pas que nous ne voulons que ton bien ! Qu'est-ce donc qu'un rouleau d'encens brûlé en échange d'une vie ?

— Je te remercie pour ta mansuétude, préfet. N'aie point de remords...

— Mais pourquoi ? Pourquoi ?

— Pour mon âme et celle de mes frères.

Un silence, puis :

— Licteurs, usez des tenailles !

A nouveau l'écho glacial de métaux entrechoqués. Et soudain un hurlement inhumain, suivi d'une plainte déchirante, quelques mots balbutiés :

— Seigneur, pardonne-leur.

— Serais-tu folle ? Où est-il ce seigneur que tu invoques ? Dans le cadavre de ton compagnon ? Dans ce sang que tu perds et qui macule ce parterre ? Dans tes ongles arrachés ?

— Je prie pour toi, préfet...

— Tant pis... Huile bouillante et sel sur ses plaies.

Un cri terrible déchira la voûte de pierre.

Alors, à bout de forces, Calixte plaqua ses mains sur ses tempes et escalada l'escalier qui conduisait à l'air libre.

Plus effondré qu'accoudé au comptoir du thermo-pole, Fuscien servit à son ami une quatrième coupe de massique.

— Je n'ai jamais rencontré pareil entêtement. Jamais. C'en est presque effrayant. Alors que sur ses blessures béantes s'affairait le bourreau, elle trouvait encore la force de s'adresser à son dieu.

— Et toi que j'étais venu implorer de la sauver, tu la détruis, tu la brises et pour finir tu la condamnes aux bêtes. Quelle ironie...

Fuscien rétorqua avec lassitude sincère :

— Je t'ai déjà expliqué ma situation. Mais il doit être possible en soudoyant l'un des geôliers de lui faire parvenir de la ciguë.

— Je te parle de la sauver et tu réponds : mort !

— Tu la préfères donc jetée en pâture aux tigres et aux léopards ?

— Mais puisque tu envisages la corruption pour la faire périr, j'imagine qu'il doit être possible d'en user pour la faire évader !

— Est-ce que tu te rends compte de ce que tu me demandes ?

— Parfaitement. Une illégalité pour sauver une vie qu'une absurde légalité veut perdre !

— En admettant même que nous tentions pareille folie, sache que notre action serait vouée à l'échec.

— Pourquoi ?

— A l'heure qu'il est, ton amie est sans doute en route pour l'amphithéâtre Flavien. Pour la tirer de là, ce n'est pas de la complicité d'un geôlier que nous aurions besoin, mais de celle des gardes, des belluaires, des cochers et des gladiateurs. Finalement, tant de gens seraient au courant de notre projet qu'il parviendrait rapidement à la connaissance des vigiles, et c'est moi qui finirais par prendre la place de ta bien-aimée dans l'arène ! Non, crois-moi, il y a mieux à faire.

Calixte jeta un regard interrogatif.

— Solliciter la grâce impériale. Désormais, Commode est le seul qui puisse sauver ton amie.

— A présent c'est toi qui déraisonnes. Pour quelles raisons obscures un empereur accepterait-il d'intervenir en faveur d'une esclave.

— Quelqu'un pourrait l'en convaincre.

— Toi ?

— Non, je n'ai pas assez de pouvoir. Ce qui n'est pas le cas de la favorite, Marcia.

Calixte crut avoir mal entendu.

— Il m'a été confié qu'à plusieurs reprises l'Amazonienne serait intervenue en faveur de condamnés ; surtout des chrétiens.

— Marcia ? Tu en es sûr ?

— Absolument. D'ailleurs on la dit elle-même chrétienne.

Calixte fixa sa coupe de vin avec une expression nouvelle. La voix de la concubine de l'empereur revenait à sa mémoire.

La haine est un mot à bannir. Seuls comptent la tolérance et le pardon.

Chapitre 24

L'aube rosissait le ciel au-dessus des collines, alors que les derniers fidèles sortaient de la villa Vectiliana. Ils se dispersèrent rapidement par petits groupes, s'éclairant de torches et de lampes grecques, le long des ruelles obscures et tortueuses de la ville maîtresse du monde.

La porte de l'élégante domus était demeurée grande ouverte sur l'atrium où s'attardait un couple. L'homme avait jeté sur ses épaules une chlamyde sombre qui recouvrait sa dalmatique blanche. La femme, après avoir réajusté son châle sur ses cheveux noirs de jais, s'inclina au-dessus du bassin de l'impluvium et y trempa ses doigts qu'elle fit ensuite glisser le long de ses yeux.

— Ça ne va pas ? interrogea son compagnon, surpris.

Marcia se tourna avec un sourire d'excuse.

— Ce n'est rien, Hyacinthe. Mais il y a un tel contraste entre la fraîcheur qui règne ici, sur nos réunions, et le climat de la domus Augustana, qu'il m'arrive d'éprouver, comme en cet instant, le désir de ne jamais rentrer.

Le prêtre approuva de la tête et prit la main de la jeune femme en un geste affectueux.

Depuis que grâce à son influence il avait obtenu un

modeste emploi dans la maison de César, le prêtre comprenait mieux son amie. En dépit du luxe et des délices qui régnaient sur le Palatin, il n'en demeurait pas moins que dans cette ambiance où l'intrigue était reine, les valeurs dévoyées, l'endroit faisait songer à une antichambre du Styx.

— Courage, murmura Hyacinthe.

— Du courage, j'en ai et je continuerai d'en avoir. Ce qui me manque le plus c'est un peu de sérénité, et de pureté.

Ils quittèrent à leur tour la domus sans prendre la peine d'emporter un lumignon. Tous deux savaient parfaitement les moindres détours de la route menant au Palatin. D'ailleurs les premières lueurs pastel du jour envahissaient le décor.

— Marcia, est-ce que...

Pressentant la question, la jeune femme répondit :

— Non, Hyacinthe, l'empereur ne marque toujours aucune disposition à se convertir.

— Il ne faut pas abandonner. Essayer, essayer encore. Ce serait tellement important pour nous.

— Et surtout pour lui. Mais c'est vraiment espérer atteindre l'inaccessible.

— Notre évêque m'a chargé de te dire que s'il pouvait apporter à Commode quelques éclaircissements ou des assurances sur notre religion, il serait évidemment prêt à le faire.

Marcia secoua la tête.

— Il ne servirait à rien. Ce n'est pas dans l'ignorance de nos idées que réside l'écueil.

— Mais alors ?

La favorite du prince jeta un coup d'œil circulaire. La seule animation visible se limitait à un chariot attelé à une paire de bœufs qui regagnait la campagne par la via Appia. Elle attendit que le grondement des roues de bois se fût estompé pour répondre à voix basse :

— Commode vit dans la peur. J'ai la certitude que, pour lui, orgies et débauches ne sont qu'un moyen de s'étourdir, oublier cette angoisse qui le tenaille en permanence.

— Je vois. Mais comment expliques-tu cette attitude ?

— Il se sent seul et haï. Il sait que tous le comparent à son défunt père, et que nul ne trouve en lui les qualités qui furent celles de Marc Aurèle. Et l'on reproche ouvertement à ce dernier d'avoir légué la pourpre à Commode.

Hyacinthe fit un signe évasif et soupira.

— J'avoue que moi-même je n'ai jamais compris l'attitude de Marc Aurèle. Jusqu'à ce jour, faisant abstraction de leurs sentiments paternels, les Césars eurent la sagesse de choisir leur successeur. Par cet acte ils soustrayaient les destinées de l'Empire aux caprices du hasard. Pour quelles raisons celui que nous considérions, à juste titre, comme l'un de nos plus brillants empereurs, a-t-il cru bon de briser la chaîne et de restituer son droit à la nature ?

— Il est probable que nous ne le saurons jamais. De toute façon, tout cela contribue à accroître chez Commode le déséquilibre qui a toujours sommeillé en lui, à quoi s'ajoute depuis quelque temps la crainte d'être assassiné comme nombre de ses prédécesseurs.

— Allons donc ! Paradoxalement, le peuple l'adore. Et pourquoi un homme qui risque si volontiers sa vie dans l'arène aurait-il peur de la mort ?

— C'est vrai, il y a là quelque chose de contradictoire. Pourtant cette contradiction est le symbole même de sa vie : détesté par le sénat, aimé du peuple. Même s'il ne veut pas le reconnaître ouvertement, il est conscient d'avoir hérité d'un pouvoir démesuré qu'il n'a pas la compétence d'assumer. Ce qui explique pourquoi il laisse gouverner ses conseillers et n'intervient que par foucades et colères. Au fond, le jeune César craint que la pourpre dans laquelle il est né ne l'étouffe un jour.

Déjà le fronton imposant de la domus Augustana se découpait sur le ciel grisâtre. Hyacinthe se décida alors à aborder sa dernière préoccupation.

— Marcia, je crains qu'il ne te faille encore intervenir en faveur de nos frères de Carthage.

Elle l'interrogea du regard.

— Oui, les choses se passent très mal là-bas. Sur pression de la population, le nouveau proconsul d'Afrique a condamné aux fers un groupe de notables qui ont embrassé la foi. Parmi eux, leur jeune avocat, un certain Tertullien.

— Je vois. Cela vient donc se greffer au drame que vivent les colons de Saltus Burunatinus. Eux aussi m'ont informée que les procurateurs les tyrannisent en violation totale de la loi.

Elle marqua un temps, puis :

— Je tâcherai de défendre les deux causes en même temps. Ce sera peut-être moins compromettant.

Ils étaient parvenus au pied des marches du palais. Marcia conclut avec gravité :

— Tu peux imaginer aisément les concessions et les subterfuges qu'il me faudra déployer pour obtenir ces grâces...

Hyacinthe ne répondit pas. Il savait. Marcia était sans aucun doute une des rares chrétiennes dont la conduite ne fût pas en conformité avec « l'idéal évangélique »...

— Je ne me suis jamais dérobée, mais je m'interroge parfois sur la manière dont je serai jugée par le tribunal de Dieu. Les hommes, eux, m'ont depuis longtemps condamnée.

Alors qu'elle prononçait ces derniers mots, une image resurgit à son esprit : celle de l'esclave rencontré chez Carpophore. Étrangement, auprès de cet homme, un instant, un instant seulement, elle avait tout oublié de l'absurdité du quotidien.

« Tu es ce que tu es... »

Certes, elle aurait pu répondre :

« Chrétienne avant tout... »

Il n'avait point critiqué la femme, mais s'il avait su, n'aurait-il pas déjugé l'adepte du Christ ?

*

Nu, couché sur le dos, Commode se laissait aller avec volupté aux massages de son jeune esclave et entraîneur : Narcisse. Ce dernier, les joues noires d'une barbe épaisse, le nez écrasé — séquelle d'une séance d'entraînement trop poussée —, paraissait plus que ses vingt ans.

La porte entrouverte donnait sur l'enfilade des portiques de la palestre où le soleil matinal, réfléchi sur le grand rectangle de sable clair, donnait l'illusion d'un lac éblouissant de blancheur. Une saute de vent fit frémir le corps juvénile de l'empereur.

— Marcia, est-ce toi ?

— Oui, César.

La jeune femme se dirigea lentement vers Commode, intérieurement soulagée de constater qu'il avait l'air calme bien qu'elle fût en retard. Le prince de Rome était sans doute le personnage le plus impatient de l'Empire. Le moindre contretemps dans l'accomplissement de ses volontés éveillait en lui des colères aussi redoutables que redoutées. Mais peut-être ce matin César s'était-il attardé dans la couche d'une quelconque créature ? Marcia l'espérait. Depuis le meurtre de Pérennis, tout ce qui pouvait la séparer de son amant était accueilli avec un secret soulagement.

Commode se retourna pour offrir son dos musclé aux onctions de Narcisse.

— Alors, mon Amazone ? Te sens-tu prête à affronter les exercices d'aujourd'hui ?

— Bien sûr, César. Et toi-même, pas trop las ce matin ?

Bien qu'à peine perceptible, l'ironie qui transparaissait de la question n'échappa pas à l'empereur. Il releva la tête et détailla sa concubine. Elle venait d'ôter sa cape grecque.

— Qu'attends-tu pour te dévêtir entièrement ? interrogea Commode.

Si l'athlétisme romain — directement inspiré du gymnase grec — ne se pratiquait pas dans la plus complète nudité, la suggestion aurait pu laisser croire que l'empereur avait d'autres visées.

— J'attends que Narcisse ait terminé, sourit la jeune femme.

— Ça y est, répondit l'entraîneur, notre César est prêt.

Commode se redressa alors, le corps luisant d'huile, et invita Marcia à le remplacer ; ce qu'elle fit, tandis qu'il s'élançait vers le sable de la palestre et entamait quelques mouvements d'échauffement.

C'était un de ces merveilleux matins d'été comme seule l'Italie pouvait en offrir au monde. Le ciel était d'un bleu dur, parfaitement vide de nuages. C'est à peine si le vol rapide de quelques oiseaux jetait une ombre fugitive sur le carré blond de la palestre.

Marcia, maintenant entièrement nue, se laissa aller aux massages de Narcisse. Les paumes douces et chaudes de ce dernier couraient le long de son dos, détendaient ses muscles, glissaient sur ses hanches, éveillant chez la jeune femme un sentiment presque parfait de bien-être.

Là-bas, Commode évoluait dans l'éclat du soleil. Ses gestes souples et précis, son corps au dessin harmonieux, justifiaient d'une certaine manière auprès du peuple son « accession à la divinité ». Alors que, depuis les rois hellénistiques, la coutume voulait que pour ériger leurs statues on greffât la tête des princes sur un corps d'athlète anonyme, contrairement à ses prédécesseurs, Commode avait posé personnellement pour la traditionnelle statue nue du souverain ; ce qui avait contribué à rapprocher le prince de la populace. De même appréciait-on que Commode eût abandonné les hauteurs olympiennes où ses pères s'étaient complu, pour livrer combat dans l'arène, tel le plus simple des gladiateurs.

Le César interrompit brusquement ses mouvements et se tourna vers Marcia.

— Tu m'observes curieusement. A quoi penses-tu ?

— Je pense que tu es beau, murmura-t-elle tout en s'interrogeant sur l'opportunité d'aborder la question des condamnés de Carthage. Non, la prudence s'imposait. L'empereur répugnait qu'on lui parlât d'affaires sérieuses lors de ses entraînements.

Commode eut un petit rire fat.

— C'est vrai, César, tu es certainement le plus beau des imperatores depuis Alexandre.

Cette fois le compliment venait du chambellan Éclectus.

Personne ne l'avait entendu pénétrer dans la palestre. Avec Hyacinthe, Éclectus était le seul chrétien officiellement admis à la domus Augustana. C'était aussi le seul ami véritable que Marcia possédait parmi les hauts dignitaires augustants. A force de patience, elle était parvenue à l'imposer au poste de haute confiance qu'il occupait actuellement.

Commode répliqua avec irritation.

— N'ai-je pas dit que je ne voulais pas être dérangé !

— César, lorsque tu sauras la raison qui m'a conduit à cet écart, tu ne pourras que m'approuver.

Bien que d'origine égyptienne, Éclectus était plus romain que les quirites de la ville. Toujours vêtu — même dans les plus fortes chaleurs — d'une toge immaculée, il conservait en toutes circonstances un maintien grave et digne. Commode retrouvait en lui quelque chose des attitudes de Marc Aurèle, qui l'impressionnait malgré lui.

— Je t'écoute.

— Maternus.

L'empereur maîtrisa un sursaut. Le nom de ce chef de bande, soldat déserteur, était devenu en quelques mois aussi célèbre que celui de Spartacus.

— Maternus, encore et toujours Maternus ! Quel mauvais coup a-t-il encore assené ? Car je présume que tu n'es pas ici pour m'annoncer sa capture.

— Hélas, César. En revanche, les espions viennent de nous informer que l'homme se trouve depuis hier dans la capitale en compagnie de quelques-uns de ses complices. Ils ont l'intention, revêtus de la cuirasse prétorienne, de se mêler à ton escorte et de t'enlever au cours de la fête de Cybèle et d'Attis.

Commode, Narcisse et Marcia se récrièrent presque en même temps devant l'incroyable audace du projet.

— Par conséquent, César, reprit le chambellan, la sagesse t'impose d'abandonner l'idée d'assister à ces festivités.

Le prince de Rome battit des paupières.

— Comment ? L'empereur, le Grand Pontife, absent des cérémonies ? Impossible. Cybèle ne me le pardonnerait jamais.

— Mais le danger...

— Le danger ? L'Herculéen reculerait donc face au danger ? Tais-toi, chrétien ! Ce que tu dis là est impie.

Éclectus glissa un regard vers Marcia qui lui fit de la tête un signe d'apaisement.

— Ton désir sera respecté, soupira Éclectus. Sache toutefois que je ne compte pas attendre, bras croisés, que ces misérables interviennent. J'ai donné l'ordre de les faire rechercher et arrêter. Espérons que ce sera fait à temps.

— Isis ne peut pas nous abandonner, affirma Commode les yeux dans le vague.

Il se détourna, signifiant ainsi que l'entrevue était terminée.

Éclectus s'inclina, esquissa un mouvement de retraite et se rapprocha discrètement de Marcia. La jeune femme s'était relevée et avait jeté machinalement sa chlamyde sur ses épaules. La noblesse qui se dégageait du chambellan provoquait toujours en elle d'inexplicables pudeurs.

— Je te salue, dit-il avec un sourire un peu forcé, et je suis heureux de constater que tu te portes bien. Tu es plus belle et plus resplendissante que jamais.

Il tournait maintenant tout à fait le dos à Narcisse et à Commode. Tout en parlant il tira d'un pli de sa toge un mince rouleau de papyrus qu'il tendit furtivement à la jeune femme.

— Sois remercié, Éclectus, fit la favorite en faisant disparaître très vite le parchemin. Tes compliments me sont précieux car je sais qu'à l'opposé des habituelles minauderies de courtisan, toi tu es sincère.

L'instant d'après le chambellan s'était retiré.

— Par Mars ! s'exclama Commode avec colère, ce chien de Maternus dépasse vraiment les bornes.

— Mais songe, maître, déclara Narcisse, que cette fois nous avons toutes les chances de le tenir. En s'aventurant dans la ville, ce brigand se jette lui-même dans le filet.

Marcia s'était écartée. Hors de vue des deux hommes, à l'abri du pilier, elle déroula hâtivement le message que venait de lui remettre l'Égyptien. Il était bref :

Il faut que je te voie. Décide du jour et du lieu. Il y va de la vie d'un être.

Et c'était signé : *Calixte.*

*

La grosse chaleur du jour était passée, mais ce n'était pas encore l'heure de la sortie des bains.

Les jardins d'Agrippa étaient presque déserts, tout engourdis par la douce tiédeur de cette fin d'après-midi. Dans peu de temps les familles, les amoureux, les groupes de bavards impénitents qui se prétendaient philosophes, ainsi que les légions d'oisifs qui pullulaient dans Rome, tout ce monde viendrait transformer ce paisible lieu en insupportable capharnaüm.

Pour l'instant, on n'apercevait entre les pins et les bosquets que quelques rares toges de sages désireux de jouir en solitaire des charmes de ce jardin magnifique légué par Auguste à ses concitoyens.

Un couple allait aux bords de l'un des étangs, longeant à pas lents les friselis recouvrant la surface cristalline.

La femme était drapée d'une stola couleur safran qui retombait jusqu'aux chevilles, sa tête, ses épaules protégées par un châle pourpre. Quant à l'homme, il était vêtu d'une simple robe de laine brune, pareille à celle portée par les affranchis et les gens de condition modeste.

— J'ai peur de te comprendre. Il n'y aurait donc aucune chance de sauver Flavia ?

Marcia fit un effort pour ne pas baisser les yeux.

— Ce n'est pas ce que j'ai voulu dire. Seulement je ne suis pas aussi influente que le prétendent les rumeurs.

Devant l'expression déçue de Calixte elle se hâta d'ajouter :

— Je sais, je sais. Depuis la mort de Bruttia Crispina on ne cesse d'affirmer que je suis la nouvelle Augusta. Sache pourtant que je demeure avant tout la fille d'un affranchi de Marc Aurèle. Et que s'il m'arrivait de l'oublier, notre César se chargerait très vite de me le rappeler.

Cet aveu inattendu de la première femme de l'Empire surprit Calixte et l'émut à la fois. L'obscurité de ses origines venait d'une certaine manière jeter un pont sur l'abîme qui les séparait. Peut-être était-ce justement en raison de ce passé qu'elle avait spontané-ment accepté de le rencontrer, lui simple esclave. Plus encore que lors de leur première rencontre il était sensible à sa beauté. Elle paraissait bien plus élancée que la plupart des Romaines, qui pourtant ne se privaient pas de chausser de hauts cothurnes pour compenser leurs allures courtaudes. De même que sa sveltesse, ses joues presque creuses contrastaient avec la silhouette de ces patriciennes alourdies par l'embon-point. Il y avait aussi ce hâle constant entretenu par les combats qu'elle livrait sous la lumière crue de l'arène.

— Je te promets de faire tout ce qui est en mon pouvoir pour obtenir la grâce de cette jeune fille.

— Je te crois, fit Calixte spontanément.

Et pourtant quelque chose d'indéfini lui soufflait que dans les assurances de Marcia filtrait quand même l'incertitude.

Comme si elle avait lu dans ses pensées, elle crut utile de préciser :

— Dès cette nuit je tâcherai de savoir où elle est

gardée. Il est fort probable qu'elle se trouve à la prison de Lautumiae, ou dans le carcer du forum.

— Quelqu'un — il faillit dire : Fuscien — m'a laissé entendre qu'elle serait transférée à l'amphithéâtre Flavien.

Marcia secoua la tête.

— Je ne le pense pas. Pour la fête de Cybèle, l'empereur veut montrer au peuple de Rome ses qualités d'aurige. Les cérémonies se dérouleront donc au cirque Maximus, c'est là que Flavia sera probablement amenée.

Elle se tut, songeant presque aussitôt aux autres condamnés pour qui elle venait d'intercéder. Comment expliquer à Calixte que pas plus tard que la veille, entre deux étreintes, elle avait suggéré à Commode, tourmenté par l'affaire Maternus, d'accomplir un sacrifice propitiatoire en l'honneur de Cybèle, en graciant les chrétiens de Carthage exilés dans les bagnes de Sardaigne. Bien que l'empereur eût fait montre d'un manque évident d'enthousiasme, il avait approuvé. Cependant tout était loin d'être réglé. Marcia savait qu'elle devrait revenir plusieurs fois à la charge avant d'arracher un accord dûment écrit et signé. Dans ces conditions, comment avouer au Thrace qu'intervenir encore auprès de Commode — et bien que ce fût en faveur d'un seul être — risquait de mettre en péril sa première requête ? Elle savait les limites à ne pas dépasser. Les colères, les susceptibilités de son amant.

— Pourquoi fais-tu cela ?

Elle eut un sourire mélancolique.

— Peut-être pour me donner bonne conscience.

— Non. Il y a autre chose.

— Je ne comprends pas.

— Je te connais à peine mais je devine en toi une... — il parut chercher ses mots — disons des similitudes

260

curieuses, des traits que je n'ai connus jusqu'à ce jour qu'à un seul être.

— Flavia ?

Il acquiesça.

— Tu m'honores en me comparant à quelqu'un que tu chéris autant.

— Flavia est chrétienne, et l'on chuchote que tu ne serais pas indifférente à cette secte.

Elle l'observa longuement, comme si elle cherchait à mesurer les limites de sa confiance.

Il insista :

— Es-tu chrétienne ?

Cette fois, elle répliqua sans attendre :

— Je le suis. Du moins je m'efforce de l'être. Mais... — elle marqua un court temps d'hésitation — au risque de te surprendre, ce n'est pas l'unique raison qui me pousse à te venir en aide.

Calixte la dévisagea, intrigué.

— Non, reprit-elle, tu as raison. Il y a autre chose. Mais là, nul besoin de mots. Si je devais l'expliquer, ce qui me guide serait rendu stérile et vain.

Elle s'était exprimée avec une pointe de défi.

Il la fixa. Elle soutint son regard sans ciller. Alors, avec une incroyable audace, ou était-ce de l'inconscience ? il posa lentement ses mains sur les épaules de Marcia et l'attira contre lui. Elle se raidit, comme en une ultime protection, certaine pourtant qu'elle ne résisterait pas. Ils restèrent un moment l'un contre l'autre. Immobiles. Fondus dans le paysage, jusqu'à ce qu'elle se dégageât le souffle court, et se coulât hors de son étreinte.

— Il faut que je rentre au palais.

Il ne répondit pas.

Était-ce réel ? Cette sensation de douleur et de bien-être qui submergeait son être. Cette tension

261

jamais éprouvée. Il voulut dire quelque chose, mais elle posa un doigt sur ses lèvres.

— Non... ne dis rien. Tout est si fragile.

Pivotant sur les talons, elle s'éloigna d'un pas rapide en direction de la via Flaminia où l'attendait sa litière.

*

Ce fut en descendant vers le Tibre qu'il croisa des passants qui sortaient des thermes d'Agrippa, plongés dans une discussion pour le moins animée. Tout d'abord Calixte, l'esprit encore plein de trouble, n'y porta pas d'attention. Mais alors qu'il parvenait à hauteur d'un autre groupe, quelques mots le frappèrent.

— Il a été arrêté sur le forum aux bœufs.

— Mais quand ?

— Vers la troisième heure.

Et plus loin :

— Alors, c'est donc vrai ? Maternus a été arrêté ?

— En plein cœur de la ville !

— C'est extraordinaire ! Il a poussé la folie jusqu'à se rendre dans les murs.

— Et en tenue de prétorien.

— C'est bien. Les fêtes en l'honneur de Cybèle s'annoncent donc sous les meilleurs auspices. Notre empereur ne pourra pas être indifférent à un tel présent des dieux.

Chapitre 25

Pain et cirque.

Il fallait que ces deux éléments fussent réunis pour satisfaire le peuple de Rome. Si le pain était assuré en grande partie par les distributions mensuelles du portique de Munucius, les spectacles, eux, submergeaient la vie de la capitale : plus de deux cents jours fériés pendant lesquels on offrait à la population les plaisirs les plus variés. Les fêtes de Cybèle et d'Attis étaient de ceux-là, et donnaient lieu à des débordements de caractère licencieux qui s'étalaient sur plusieurs jours et nuits. De plus, cette année, on savait que leur solennité serait rehaussée par la participation de l'empereur aux courses de chars.

La récente capture de Maternus était interprétée par tous comme le témoignage de la tendresse toute particulière des dieux amants envers le jeune César. Ne chuchotait-on pas que le rebelle impie avait caressé le projet blasphématoire d'enlever et d'assassiner l'Heracleus ? En signe de gratitude, Commode avait solennellement promis de sacrifier, à sa manière, et à la fin des Jeux, Maternus et ses amis.

Au matin de ce jour, Carpophore avait demandé à Calixte de l'accompagner au cirque Maximus.

Si le Thrace n'éprouvait que répulsion pour les combats de gladiateurs, en revanche, à l'instar d'une

263

majorité des habitants de l'Empire soumis à l'influence grecque, l'atmosphère et le spectacle des hippodromes ne le laissaient pas indifférent.

Mais ce n'était pas l'unique raison qui l'avait poussé à accepter l'invitation de son maître. Depuis son entrevue avec Marcia un voile occultait ses pensées. Il n'arrivait pas à se concentrer sur ses tâches, non plus qu'à trouver le sommeil. Le visage de l'Amazonienne ne le quittait plus. Il le retrouvait, têtu, dans les bruits du jour et les silences de la nuit. Il avait le sentiment que désormais, quoi qu'il fît, tout le ramenait à elle.

— Enfin nous allons pouvoir vivre en toute quiétude. Nos provinces ne seront plus foulées par ces légions hors la loi, dont les débordements furent aussi éprouvants que ceux des Barbares. Je veux croire qu'avec l'arrestation du rebelle, ses partisans vont se hâter de rentrer dans les rangs. Il est plus que temps : les bonnes affaires se font rares, et les charges de plus en plus lourdes. Ah, quand je songe aux temps bénis de l'empereur Antonin !

Assis au côté de Carpophore dans la litière bringuebalante qui les menait à la vallée Murcia où était érigé le cirque, Calixte n'écoutait pas. Son regard errait sur la foule de plus en plus dense, de plus en plus bruyante à mesure qu'ils se rapprochaient du plus grand édifice de la ville. Et au cœur de cette foule cosmopolite où l'Hibernien côtoyait le Paropamisade, les grasses matrones, les portefaix aux bras tannés par le soleil, lui ne voyait sans cesse que les images de deux êtres, deux femmes. L'esclave et la favorite. Si proches l'une de l'autre et pourtant si dissemblables. Comme si un même cœur battait dans deux poitrines séparées.

Ils venaient d'atteindre leur destination. La litière posée, Calixte se sépara du banquier et se dirigea vers la cavea qui formait l'ensemble des gradins. La tessère que Carpophore lui avait remise lui donnait droit à une place de choix.

Flamma... Cassius... Octavus...

Le long des parois conduisant à l'arène, la foule avait gravé le nom de ses champions. Célèbres conducteurs de char.

Il leva un œil vers le velum géant que l'on avait tendu afin de protéger les spectateurs du soleil. De l'endroit où il se trouvait, il pouvait apercevoir parfaitement la loge impériale, ainsi que l'ensemble de la piste mouchetée par endroits de paillettes de chrysocale. A peine fut-il installé que les trompettes éclatèrent des quatre coins du cirque, annonçant l'arrivée des chars.

— Ave César ! Ave !

Les deux cent cinquante mille spectateurs s'étaient dressés sur les gradins.

Commode venait de faire son apparition, debout sur un char ruisselant d'or, tête et torse nus, tenant fermement les rênes de quatre chevaux d'une blancheur immaculée. Maîtrisant ses coursiers qui piaffaient nerveusement, il leva la main vers la foule, paume ouverte.

Derrière lui, les quadriges de ses adversaires déboulèrent les uns après les autres le long de la piste, clairement identifiables à la couleur de leurs tuniques. Bleu et rouge, champions de l'aristocratie, généralement méprisés du peuple. Blanc et vert, grands favoris de la plèbe.

Avançant au pas, les chars tournèrent en un mouvement majestueux autour de l'impressionnant mur blanc flanqué de part et d'autre des deux obélisques qui séparaient la piste du cirque sur toute sa longueur. Le règlement de la course imposait aux concurrents d'accomplir sept fois le tour des doubles bornes qui en délimitaient l'extrémité. Accolés à la première étaient alignés sept gros œufs de bois, près de la seconde se détachaient sept dauphins de bronze, destinés, à la manière d'un boulier géant, à indiquer le nombre de tours effectués par les concurrents.

Les chars venaient de parcourir la piste et revenaient vers la loge impériale par le côté opposé, le plus étroit, et donc le plus dangereux à aborder. Le char de Commode vint s'immobiliser au pied de la loge à l'instant précis où montaient la plainte solennelle des trompettes et le glissando ronflant des orgues hydrauliques.

Marcia se leva.

Calixte l'aperçut entre les tentures pourpres qui retombaient en cascade le long des murs. Elle était drapée d'une tunique blanche pailletée d'or. Et elle seule occupait ce lieu sacré, jadis réservé à la famille des princes et aux invités prestigieux.

Un silence se fit lorsqu'elle avança jusqu'au parapet. Elle se pencha vers l'empereur avant de s'écrier avec force :

— Ave Heracleus ! Tous tes fidèles adorateurs te saluent et espèrent ta victoire !

Un tonnerre d'applaudissements salua les propos de l'Amazonienne, et redoubla lorsque la favorite lança vers le prince un haut de tunique vert. Commode le saisit au vol et l'enfila rapidement. Alors le peuple laissa libre cours à sa joie : en revêtant les couleurs de la plèbe, Commode rejoignait du même coup la tradition du divin Auguste ainsi que celle des empereurs « démocratiques » tels que Néron, Domitien, Lucius Verus, qui faisaient du peuple leur allié privilégié.

Calixte, lui, n'arrivait pas à détacher ses yeux de Marcia.

Elle semble si loin des préoccupations des mortels...
Depuis leur rencontre il n'avait plus eu de nouvelles.

Se souvenait-elle encore des jardins d'Agrippa, ou de Flavia ?

Il se refusa à suivre le courant pessimiste de ses pensées. La jeune femme venait de faire un signe en direction d'un personnage qui se tenait à quelques pas de là. Ce dernier laissa tomber son bâton de juge. La corde tendue au travers de la piste s'affaissa mollement, et les huit chars bondirent. Les partisans de Commode n'eurent plus d'yeux que pour la divinité impériale qui portait leur couleur. Hélas, un cri de déception succéda très vite à l'espérance des premiers instants.

L'un des Bleus appartenant à la classe sénatoriale ainsi que son allié Rouge, Caius Tiggedius, venaient déjà de doubler le char flamboyant de Commode. L'empereur, handicapé par son manque d'expérience, fut d'un seul coup freiné par ce rempart mouvant, le visage piqueté par les jets de sable que soulevaient les roues de ses deux adversaires. Pour refaire le terrain perdu, il allait devoir se placer à l'extérieur et tenter de les déborder avant la borne.

L'imperator fouetta avec hargne son attelage, se décala progressivement. Mais très vite, devinant ses pensées, le second aurige de l'équipe bleue se déporta lui aussi dans la même direction, enfermant le char de l'empereur le long de la spina. Toute manœuvre lui devenait ainsi interdite : et la borne était déjà là.

Les deux premiers concurrents la doublèrent successivement. Commode en un mouvement désespéré se colla alors au char de Caius Tiggedius. Furieux, il sentit aux vibrations les moyeux des roues qui s'entrechoquaient, se repoussaient, manquant cent fois de briser les essieux. Dans les gradins, on admirait, fasciné, la lutte que se livraient les deux auriges : tous connaissaient la fragilité de ces véhicules auxquels seul le poids de l'homme conférait une stabilité relative. A nouveau on longea « l'épine dorsale ». L'allure, déjà fantastique, s'accrut sous l'ouragan des cris et des vociférations.

*

Marcia, toujours debout, les poings appuyés sur le parapet de marbre, observe la course folle. Elle n'ignore pas que ce genre d'épreuve peut être fatal aux concurrents ; *a fortiori* à des débutants tels que Commode. Et c'est là que, étrangement, elle ne sait plus très bien si l'angoisse qui s'est emparée d'elle est née de l'appréhension qu'il puisse arriver quelque chose de fâcheux au prince, ou au contraire de l'espoir.

Là-bas, noyé dans un tourbillon de poussière et de sueur, Commode, grâce à la rapidité de ses chevaux, a enfin réussi à distancer le second attelage conduit par l'aurige bleu. Mais devant lui demeure la muraille formée par les deux autres chars qui lui interdisent tout débordement.

Bleu et Rouge. La faction des riches et du sénat. Nul doute qu'ils n'aient intentionnellement aligné dans cette compétition leurs meilleurs coursiers, leurs auriges les plus retors, dans le seul but d'humilier le prince de Rome devant son peuple. Car, sous l'apparence d'une simple compétition sportive, ce sont des intérêts autrement graves que l'on joue ici : les dieux n'accordent-ils pas la victoire à qui bon leur semble ? Et cette victoire n'est-elle pas la preuve éclatante que les dieux favorisent, en même temps que le cocher et son attelage, tous ceux qui, volontairement, s'identifient à lui ? Pour Commode cette attitude n'est pas loin de ressembler à une véritable déclaration de guerre. Il accueille comme autant d'injures personnelles cette projection de sable qui fouette son visage, lacère son front et lui tire les larmes des yeux. En vérité, il a du

268

mal à accepter l'idée qu'on le traite tout simplement comme un concurrent ordinaire.

Le cinquième dauphin s'affaissa sur son axe de métal, annonçant le début du sixième tour.

A l'entrée de la ligne droite, un des concurrents rouges, tente de doubler son rival. L'effort est immense. La tension formidable. Tout à leur combat, les deux adversaires ne se rendent pas compte qu'ils abordent la borne à une allure beaucoup trop vive. Le virage déporte l'un des chars qui vient heurter violemment celui de son concurrent. La foule retient son souffle, on peut croire un instant que l'ossature des chars va se fendre sous l'impact, mais il n'en est rien. Après avoir oscillé sur leur base, les véhicules se séparent d'un seul coup, créant par la même occasion une brèche dans laquelle, avec une folle témérité, s'engouffrent alors les coursiers de l'empereur.

Comme un seul homme, la foule en délire se lève pour hurler son enthousiasme. Les naseaux écumants, les chevaux de Commode sont désormais en tête. Un sourire victorieux éclaire les traits de l'imperator, alors que, relâchant la pression des rênes, il voit poindre en bout de piste le dernier tournant et la loge impériale où se tient sa favorite. Aujourd'hui, il va prouver au peuple qu'il est non seulement un gladiateur émérite, mais aussi un aurige hors pair.

Noyé dans l'ivresse de sa proche victoire, il débouche trop vite à l'entrée de l'ultime courbe. Alors, de toutes ses forces, le corps tendu en arrière, la tête rejetée, il essaie de contrôler la dérive de son char, mais sans succès. Déporté sur la droite, il laisse la voie libre à son poursuivant qui le dépasse dans un tourbillon de poussière et de sable.

D'un coup de fouet furieux, Commode lacère la croupe de ses chevaux qui, hennissant sous l'effet de la douleur, redoublent d'effort. Il sait qu'il lui faut regagner la tête avant la seconde borne s'il veut conserver l'espoir de vaincre. Mais c'est sans compter avec l'expérience de son adversaire. Rompu à toutes les astuces, celui-ci entreprend de louvoyer volontairement devant le véhicule du prince, rendant impossible toute manœuvre de dépassement. C'est finalement le champion des Bleus qui vire en tête et franchit seul la ligne d'arrivée dans un grand fracas de trompettes.

Tremblant autant d'épuisement que d'humiliation, l'empereur mit pied à terre, balançant les rênes au jeune esclave qui s'était précipité vers l'attelage. De tous les crimes de lèse-majesté, il se dit que celui-ci l'atteignait plus que tout autre. Il y avait aussi cet intolérable sentiment d'impuissance devant la défaite qu'il venait de subir. Ah ! si seulement il avait pu se venger en châtiant son vainqueur pour outrecuidance ! Non, il risquait ainsi de se couvrir de ridicule devant son peuple.

Il contempla d'un œil torve le char de son adversaire accomplissant au pas son tour d'honneur sous les acclamations de ses admirateurs qui s'empressaient de lui jeter des pièces d'or et des bijoux.

« Ainsi », songea Commode, que la vue de ce spectacle rendait plus amer encore, « ces pouilleux soutiennent sans scrupule le parti du sénat. » Il prit brusquement en horreur cette populace et son âme versatile. Si seulement elle n'avait eu qu'une seule tête ! Avec quelle volupté il l'aurait alors tranchée...

Machinalement il se tourna vers la loge impériale, et ce ne fut pas pour lui déplaire de constater que le pulvinar était désert : Marcia non plus n'avait sans doute pu supporter l'indécente exhibition de cette foule.

Calixte quitta son siège, et se dirigea vers l'un des innombrables vomitoriums, ces bouches de sortie creusées sous les gradins. Dans son dos retentissaient de nouvelles clameurs, et il se souvint qu'il était question que Maternus et ses complices fussent livrés aux bêtes. Pour des raisons autant humanitaires que religieuses, cette perspective l'écœura : Dionysos Zagreus avait été dépecé et dévoré par les Titans. Le souvenir de cet acte fut toujours symbole de deuil chez les orphistes. Il activa le pas et, avisant un marchand ambulant, il se fit servir un verre de mulsum et décida d'attendre Carpophore sous les arcades.

Ici, l'ombre était souveraine. Il émanait une fraîcheur salutaire des blocs de travertin, qui compensaient la chaleur torride qui s'élevait de cette cuvette creusée entre le Palatin et l'Aventin.

Du revers de sa tunique il épongea les perles de sueur qui dégoulinaient sur son front. Reposant sa nuque contre la pierre, il ferma les yeux.

Que de désordre en son esprit fait de pensées opposées, semblables à une mosaïque dont les teintes refusaient obstinément de s'harmoniser.

Flavia, Marcia, Carpophore... Flavia encore...

Le marchand ambulant le frôla. Calixte se dit qu'il avait une tête bizarre. Son nez busqué le faisait ressembler à un rapace.

L'homme le dépassa, apparemment intéressé par trois individus qui quittaient l'amphithéâtre.

— Une coupe de mulsum, mes seigneurs ?

Ils grognèrent un refus.

— Vous m'en direz des nouvelles. C'est le meilleur de la ville : vin de Calès, feuilles de cèdre... Le meilleur !

— N'insiste pas.

— Du miel de Macédoine, et...

— Puisqu'on te dit de ne pas insister ! Va plutôt

offrir ta mixture aux malheureux que l'on s'apprête à livrer aux fauves.

Le marchand qui s'apprêtait, malgré ses protestations, à offrir une coupe à l'un des hommes, s'interrompit net.

— Vous plaignez donc ces brigands ? Maternus et sa bande ne sont que des assassins, des monstres !

— S'il ne s'agissait que de Maternus.

Comme s'il avait compris ce que ses interlocuteurs sous-entendaient, le marchand eut un geste vague.

— Ah, je vois... Eh bien, ceux-là aussi ne valent guère mieux.

Les trois hommes allongèrent alors le pas, visiblement pressés de s'éloigner de la vallée Murcia.

L'homme au nez de rapace les examina un moment avant de hausser les épaules et de lever sa coupe dans leur direction.

— A la santé de votre Dieu, chrétiens !

A ce dernier mot Calixte, intrigué, se rapprocha.

— Qu'est-ce que ces gens voulaient dire par « s'il ne s'agissait que de Maternus » ?

— Bois, l'ami. Bois à ma fortune.

— Réponds-moi ! Et pourquoi parles-tu de « chrétiens » ?

— Mais ne vois-tu pas ce qui crève les yeux ? Ces gens appartiennent à la secte du Nazaréen !

— Pourquoi dis-tu cela ?

— Parce que voilà plus de dix ans que je « fais » les amphithéâtres. Il est un moyen infaillible de les identifier : ce sont les seuls spectateurs qui quittent le cirque dès que l'on annonce que l'on va sacrifier aux bêtes quelques adeptes du christianisme.

— Mais... aujourd'hui seuls Maternus et ses complices devaient être suppliciés.

— Tu as bien vu comme moi. Il semblerait qu'on

272

ait opéré quelques modifications dans le déroulement de la fête. Peut-être le désir de...

Le Thrace n'écoutait plus. Envahi par un pressentiment subit, il fonça vers le vomitorium. Escaladant deux par deux les marches de l'escalier menant à l'arène, il déboucha à nouveau face à l'immense piste. Et il les vit.

*

Une dizaine d'hommes étaient alignés au pied de la loge impériale. Calixte, faisant de sa main ouverte au-dessus de son front un paravent au soleil, observa la silhouette centrale. Non, il ne rêvait pas. Ce n'était pas une hallucination. Une femme. La seule : Flavia...

Elle était là, immobile au milieu de la racaille, poignets liés derrière le dos, regardant droit devant elle. Absente des rires et des bras tendus de la foule excitée du cirque Maximus.

Sans réfléchir, Calixte se jeta en avant, dévalant les travées sans se soucier des spectateurs qu'il bousculait dans sa course, pour se rapprocher le plus possible de la piste.

Il déboula jusqu'aux gradins sénatoriaux, et, entreprise d'une folle audace, il les traversa de bout en bout jusqu'à la balustrade de pierre, dernier obstacle entre les prisonniers et lui.

Patriciens et sénateurs le dévisageaient avec stupéfaction. Cet individu à l'air égaré était-il aussi un complice de Maternus ? Fallait-il alerter les prétoriens ou se garder soigneusement d'intervenir ?

Calixte, lui, ne voyait que la fragile silhouette de Flavia, que la démesure du décor rendait plus fragile encore.

Ce ne pouvait être possible. Pas elle, pas ici.

273

Les trompettes retentirent pour saluer l'arrivée des panthères.

À fleur de piste, les monte-charge se mirent à déverser par tombereaux leur flot de mort.

Ce sont des dizaines et des dizaines de fauves qui évoluent à présent en cercles désordonnés autour de Maternus et de sa bande. Hésitants, ils se rapprochent, s'écartent, tournent et retournent sur eux-mêmes. Calixte peut clairement apercevoir chaque détail de leur pelage, qui fait penser à des taches de lumière pâle dérivant sur le sable. Un des hommes, visiblement terrorisé, quitte alors brusquement ses compagnons et se précipite droit devant lui, en un puéril espoir de fuite. À peine a-t-il accompli quelques pas, que son mouvement déclenche la curée.

Dans un sursaut pathétique, le fuyard tente d'escalader le mur de la spina, mais deux fauves sont déjà sur lui. L'un a planté ses crocs dans la jambe qui pend lamentablement à une toise du sol, l'autre, bondissant, va ficher ses griffes dans le dos du malheureux. Derrière lui les autres hommes, qui ont eux aussi cherché à se disperser, sont les uns après les autres lacérés, brisés, déchiquetés dans une odeur de sang et d'urine.

Flavia seule est demeurée immobile. Et, curieusement, seule épargnée.

Tous les visages ont convergé vers elle. Et Calixte s'entend hurler :

— Dionysos Zagreus, sauve-la ! Je t'en prie, sauve-la !!

Certains se mettent à exciter, injurier les fauves. D'autres, apparemment sensibles au caractère quelque peu surprenant de la survie de la jeune fille, lèvent spontanément leur pouce vers le ciel, en signe de miséricorde.

Calixte, les doigts serrés sur la balustrade, observe le spectacle, le cœur au bord des lèvres.

Une panthère s'est approchée de Flavia. Elle paraît la jauger. Se rapproche encore, s'en écarte avec dédain, puis brusquement, sans que rien ne l'eût laissé présager, elle lance sa patte en avant vers la jambe nue de la jeune fille, la faisant chuter à terre. Renversée sur le côté, elle subit un nouvel assaut du fauve.

Et c'est là que la chose devient incroyable : recroquevillée sur elle-même, Flavia a une expression tranquille, lointaine. On pourrait presque croire qu'elle sourit.

Sur l'instant, Calixte se dit qu'il doit être victime d'une hallucination. Que ce sourire n'est en vérité qu'un rictus de douleur. Non, la réalité est là. Comme si la jeune fille s'était en quelque sorte dédoublée, la chair et l'esprit dissociés.

Rapidement, d'autres fauves se sont joints au carnage. Le corps de Flavia n'est plus qu'une plaie difforme, que les coups de griffes répétés font rouler sur le sable comme une vulgaire poupée de chiffon. Et elle sourit toujours.

Chapitre 26

Le tavernier chassa de ses doigts repliés le dépôt granuleux et visqueux accumulé au coin de ses yeux par le manque de sommeil. Sa vision en devint plus claire, mais tout aussi incongrue : c'était toujours la même femme qui se tenait devant lui. Une patricienne, ici ? Il n'y avait qu'à voir sa robe de pourpre, ainsi que le foulard en soie de Chine qui protégeait sa chevelure et ses épaules, pour comprendre que même la plus talentueuse des prostituées n'aurait pu s'offrir ce genre de vêtements. L'inconnue — bien que loin d'être dotée des canons habituels de la beauté — possédait des traits particulièrement accusés qui lui conféraient un charme certain. Elle s'adressa à lui avec cette intonation propre aux êtres accoutumés à donner des ordres.

— N'aurais-tu pas reçu ces jours derniers un homme, grand, beau, aux cheveux noirs grisonnants et aux yeux d'un bleu très prononcé, qui devait sans doute s'exprimer avec une pointe d'accent ?

Pendant un moment on n'entendit plus que le grésillement des lampes qui continuaient de se consumer. Les joueurs acharnés qui poursuivaient leurs paris, en dépit de l'heure avancée de la nuit, s'interrompirent pour mieux tendre l'oreille. Le tavernier en profita pour s'éclaircir la voix.

— Les hommes, ce n'est pas ce qui manque ici.

— Je m'en doute. Mais celui qui m'intéresse est problablement assez malheureux pour s'être payé une dizaine de barriques d'albus.

Une lueur amusée passa dans l'œil gris du tavernier.

— Je vois. Un revenant d'amour. Eh bien, je ne sais pas si c'est lui que tu cherches, mais tu pourrais te pencher sur l'individu qui ronfle dans ce coin.

Fixant l'endroit désigné, la femme distingua en effet dans la demi-pénombre un corps qui gisait à même le sol.

Les clients s'écartèrent spontanément sur son passage jusqu'à ce qu'elle fût auprès de l'inconnu. Elle le saisit par les cheveux et examina son visage.

— Enfin, enfin je te retrouve...

L'homme grogna quelque chose avant d'entrouvrir péniblement les paupières.

— Mallia, murmura-t-il d'une voix cassée, toi, ici ?

— Sais-tu depuis combien de jours je te cherche ? Quatorze. Quatorze jours !

Le Thrace se borna à hocher vaguement la tête, tout en refermant les paupières.

— Ah non ! tu ne vas pas te rendormir ! Hé, tavernier !

— Voilà, qu'y a-t-il ?

— Donne-moi un pichet d'eau.

L'homme s'exécuta, et sans hésiter Mallia balança le contenu d'un geste sec à la face de son esclave.

Calixte ouvrit la bouche pour dire quelque chose mais aucun son ne filtra d'entre ses lèvres. Il s'ébroua comme un chien trempé, et finalement réussit à se redresser.

La jeune femme se hâta de régler le tenancier, après quoi, secondée par un des joueurs, elle aida le Thrace à se remettre sur pied et le conduisit jusqu'à la rue où l'attendait sa litière. Ils s'installèrent. Mallia tira prestement les rideaux de cuir. Elle voulut mettre un peu d'ordre dans les cheveux poisseux du Thrace, mais elle s'écarta très vite avec une moue dégoûtée.

— Tes joues sont pleines de barbe et tu sens le cloaque. Depuis combien de temps ne t'es-tu pas lavé ?

— Je n'en sais rien. Mais pourquoi ce regain d'intérêt pour le modeste serviteur que je suis ? Ou serait-ce l'irremplaçable amant qui te manquait ?

— Tu mériterais le fouet, Calixte. Sache que mon oncle a failli envoyer à ta recherche les chasseurs d'esclaves. J'ai eu le plus grand mal à l'en dissuader.

— Noblesse et grandeur d'âme, ironisa le Thrace en se calant contre les coussins et en fermant les paupières.

— L'heure n'est pas au cynisme. Tu sembles avoir oublié les châtiments qui menacent les esclaves fugitifs.

— Si tu savais combien tout m'est indifférent désormais...

Comme une fresque surgie des eaux du Styx, la piste du cirque Maximus se déploya dans son esprit. Avec la disparition de Flavia c'était la meilleure partie de lui-même qu'on lui avait arrachée. Il éprouvait un bouleversement comparable à celui qui avait succédé à la mort de Zénon. A la différence que, ce soir, il n'avait même plus le goût de continuer à vivre.

Comment une telle injustice avait-elle pu être commise ? Comment les dieux avaient-ils pu autoriser le supplice d'un être comme Flavia ? Et tout particulièrement Dionysos Zagreus, le plus juste, le plus compatissant d'entre tous les dieux. Peut-être avait-il jugé qu'elle méritait ce destin puisqu'elle avait choisi de devenir chrétienne ? Mais si Zagreus devait faire périr tous ceux qui ne respectaient pas ses rites...

Et ce sourire... Ce sourire qui n'avait pas quitté la malheureuse tout au long de son agonie. Jusqu'au bout... Pourquoi ? Pourquoi ?

Il avait mal. Tant, que c'en était physique. Il n'arrivait plus à définir si la raison unique de sa douleur était la mort de sa *petite sœur*, ou le sentiment d'avoir été trahi par *l'autre*, celle dont il voulait oublier le nom.

Je te promets, avait-elle dit, je te promets de tout faire pour obtenir sa libération...

Elle n'avait rien fait. Elle lui avait menti. Elle ne pouvait pas ne pas être au courant.

Des lèvres effleurèrent sa joue. Une main se glissa le long de son cou, lui rappelant la présence de Mallia. Et la promiscuité de ce corps collé contre le sien lui fit l'impression d'une souillure. Il eut un mouvement de rejet.

— Qu'y a-t-il? Je voulais seulement consoler ton chagrin.

— Inutile. Il est des chagrins qui ne se partagent pas. Quant à désirer un éventuel retour de nos relations passées — désir que je pressens en toi —, sache que c'est du domaine de l'utopie.

Mallia se mordit la lèvre inférieure et lança, têtue :

— Sais-tu que j'ai les moyens de te contraindre à m'accepter?

— Tu l'as déjà dit en d'autres temps. S'il y a une chose que j'ai apprise ces dernières heures, c'est qu'un esprit fermé est aussi imprenable qu'une citadelle.

La nièce de Carpophore décida d'adopter un autre ton.

— Oh, je t'en prie, ne me repousse pas. Tu ne sauras jamais ce que j'ai éprouvé au cours de ces semaines. Je t'en prie, Calixte. Je saurai être douce et bonne. Je ferai selon tes désirs. Reviens à moi, je t'en supplie.

Le Thrace la contempla un moment, silencieux.

— C'est curieux. Mais je crois que chez certaines

femmes, patriciennes de bon ton en général, la souffrance n'est qu'une forme de distraction.

Mallia pâlit. Elle saisit violemment son esclave par les pans de sa tunique et serra le tissu à le déchirer.

— Tu es odieux ! Immonde !

Sans transition, elle s'effondra en larmes sur son épaule. Il ne fit pas le moindre geste pour la consoler.

— Fuyons, fuyons Rome, hoqueta-t-elle. Partons où tu voudras : Alexandrie, le bout du monde, ton pays, la Thrace. Je suis riche, je peux vendre mes bijoux, engager mes biens propres, je peux voler si cela ne suffit pas.

— C'est inutile, Mallia. N'insiste pas.

— Mais pourquoi ? Tu voulais être libre !

— Libre, mais avec Flavia. Elle est morte, où que j'aille l'univers me sera une prison.

Alors Mallia, l'orgueilleuse, glissa lentement jusqu'à poser son front sur la couverture de laine. Aux tressaillements de ses épaules, il sut qu'elle pleurait.

*

— Je t'écoute, Calixte...

À demi allongé, Carpophore avait abandonné sur un petit guéridon ses tablettes de cire ainsi que le stylet qui lui servait à les graver. Les doigts noués sur son ventre arrondi, il examina attentivement les trois personnes qui se trouvaient dans sa bibliothèque : Calixte naturellement, qui sentait le vin, la crasse, les joues noires de barbe, les cheveux encore plus grisonnants que d'habitude. Mallia, qui avait tenu à l'accompagner. Une Mallia pâle, amaigrie, les yeux rougis par les larmes. Éléazar, enfin, l'air satisfait, instigateur de cette réunion.

— Je n'ai rien à dire, fit le Thrace, avec indifférence.

Mallia chercha tout de suite à atténuer l'outrecuidance de sa repartie.

— Il était ivre lorsque je l'ai trouvé.

Carpophore lui jeta un regard pénétrant.

— Je vois...

S'adressant derechef à son esclave sur un ton ironique et dur :

— Ne crois-tu pas qu'une absence de quatorze jours appelle une explication ? Tu as forcément des choses à raconter. Qu'as-tu fait de tout ce temps ?

— J'ai bu, bu encore, marché et dormi.

— C'est tout ? Voilà qui me déçoit beaucoup, car j'imaginais qu'après mon offre d'affranchissement tu travaillerais avec une ardeur et un sérieux redoublés. Je me tromperai donc toujours sur les êtres...

— Une des raisons qui motivaient mon désir de liberté n'est plus.

— Une des raisons ? Laquelle ?

— Flavia. La coiffeuse de ta nièce.

Le visage rond du banquier s'empourpra d'un seul coup.

— Parlons-en ! Des coteries, des complots, une secte qui évolue sous mon propre toit ! Ces gens n'ont eu que ce qu'ils méritaient.

— Lui aussi ! accusa soudain Éléazar en pointant son index sur le Thrace. Lui aussi est chrétien !

Mallia protesta vivement.

— Tu mens, jamais Calixte n'a fait partie de ces gens !

— Je dis la vérité ! renchérit le villicus. Il est chrétien, tout autant que Carvilius, et la servante Aemilia.

— C'est la haine et la jalousie qui te soufflent ces calomnies !

— Des calomnies ? Comment oses-tu ! Aurais-tu donc oublié que c'est toi qui m'as chargé de dire au préfet que...

— Silence, Éléazar! hurla la jeune femme prise d'une subite panique. Silence!

Et ses ongles se plantèrent dans la joue du Syrien, qu'ils labourèrent sur toute sa longueur.

— Paix! ordonna alors Carpophore en abattant son poing sur le guéridon de marbre. Et toi, Calixte, réponds : es-tu chrétien, oui ou non?

— Je ne suis pas chrétien. Je ne l'ai jamais été. Je suis orphiste et tous ici le savent.

— Répète-le. Fais-en le serment sur Dionysos.

— Sur Dionysos Zagreus, je jure n'être pas chrétien.

— Il ment, aboya Éléazar. C'est la peur qui le pousse à se renier.

— Non, je le crois! coupa Carpophore.

— Mais...

— Il n'est pas de cette secte, te dis-je! Les chrétiens sont des fanatiques, des insensés! Même la perspective de la mort n'a pas modifié les convictions de ce pauvre Apollonius. J'imagine qu'il en fut de même pour cette Flavia. Lui, précisa encore Carpophore en désignant Calixte, lui n'est pas de cette trempe!

Humilié, il vint au Thrace, par simple défi, le désir de contredire son maître.

Carpophore conclut :

— L'incident est clos. La perte de ton amie devrait suffire comme châtiment. Tu vas reprendre ton service et, je l'espère, avec un sérieux retrouvé. Demain dès l'aube, il te faudra être prêt, nous partons pour Ostia. L'*Isis* est de retour d'Égypte. Maintenant retirez-vous! J'ai à m'entretenir avec Mallia.

Une fois seul, Carpophore se glissa hors de son lit et s'approcha de sa nièce.

— D'après ce que j'ai pu constater, ce Calixte n'est pas pour toi un amant ordinaire.

Elle voulut s'en défendre.

282

— Allons, Mallia, cesse de commettre l'erreur stupide de toute jeunesse qui est de croire que ceux qui vous dépassent en âge sont de vénérables imbéciles. Je sais tout. Je sais surtout que c'est toi qui as dénoncé au préfet Fuscien la réunion au cours de laquelle cette femme, l'amie de Calixte, a été arrêtée. J'en déduis naturellement que c'est la jalousie qui t'a poussée à commettre cette action.

Mallia sentit le sol se dérober sous elle.

— Je suppose que c'est par notre cher Éléazar que tu as su que Flavia était chrétienne ?

Elle acquiesça.

— Je t'en prie. Tout serait tellement plus simple : donne-moi Calixte. Je t'en conjure !

— C'est donc si important...

— Oui, je... je l'aime.

— Tu m'en vois, hélas, désolé. Il n'est pas question que je t'accorde un tel présent.

— Dans ce cas, autorise-moi à te le racheter. Bien que ma fortune ne soit aucunement comparable à la tienne, je suis certaine de pouvoir t'offrir mille, dix mille fois son prix.

— C'est non. Non, pour deux raisons précises. La première est que le Thrace a le génie des affaires. S'il ne l'avait pas, son caractère rebelle m'aurait poussé depuis fort longtemps à me débarrasser de lui. La seconde est qu'il est temps pour toi de mettre un terme à ton existence de femme légère et de prendre un époux.

— Quoi ?

— Silence ! J'ai parlé à l'empereur. Il est d'accord pour gracier le père de Didius Julianus, à la condition qu'un mariage nous garantisse sa fidélité. En d'autres termes...

— Jamais ! Jamais je n'épouserai son fils. C'est

un lâche, un vaniteux qui ne sait rien faire d'autre que présider aux banquets. Jamais !

L'imposant sablier posé sur une des étagères de la bibliothèque était presque vide. Carpophore le renversa avant de murmurer lentement, lèvres plissées par un sourire cynique.

— Dis-moi, Mallia, j'imagine qu'il te déplairait que quelque âme mal intentionnée apprenne à ton cher Calixte que c'est toi qui as dénoncé son amie aux autorités...

*

— Où étais-tu passé ? s'exclamèrent d'une même voix Aemilia et Carvilius.

Calixte écarta doucement la servante.

— Tout va bien, tout va bien à présent.

Il se rapprocha du cuisinier, lequel paraissait extraordinairement vieilli.

— J'étais au cirque Maximus...

Lentement, Carvilius se leva, décrocha une outre en peau de chèvre qui pendait au mur, et se versa, d'une main qui tremblait un peu, un vin du Latium.

— Nous étions inquiets, fit-il d'une voix éteinte. Nous étions convaincus qu'il t'était arrivé malheur à toi aussi.

— Hélas, le malheur n'a frappé que Flavia.

— Non, tu fais erreur, répliqua le cuisinier. Notre Flavia est désormais en paix. Elle a rejoint le Seigneur.

Calixte se tendit.

— Et je suppose que tu en as eu la preuve.

Au cours de ces derniers jours il n'avait cessé de s'interroger à travers les vapeurs de l'ivresse sur ce qu'il était advenu de l'âme de la jeune fille. Sous quelle forme elle s'était réincarnée. Il s'était laissé aller à rêver qu'elle s'était métamorphosée en goéland, en

284

mouette, avec la ligne d'horizon pour seule limite à sa liberté. Mais, au tréfonds de lui, il redoutait la colère des dieux qui, pour le châtier de les avoir trahis, l'auraient fait renaître sous forme d'une araignée ou d'un quelconque insecte répugnant. Il prit conscience que Carvilius parlait :

— Il a dit aussi : *Je suis le pain de vie, celui qui mange de ce pain vivra en moi.*

— Encore les propos du Nazaréen...

Il esquissa un sourire triste et laissa tomber :

— En tout cas, lui il est mort, bien mort.

— Et ressuscité.

Calixte allait répliquer mais Aemilia posa sa main sur son épaule.

— Dis-moi, fit-elle doucement. Nous aimerions que tu nous confirmes certaines rumeurs.

— Des rumeurs ?

Gênée, la servante baissa les paupières, ce fut Carvilius qui demanda :

— On raconte que Flavia serait morte le sourire aux lèvres.

Ainsi, songea Calixte avec émotion, c'était donc vrai. D'autres que lui avaient vu ce sourire.

— Oui, répondit-il, mal à l'aise, elle n'a cessé de sourire.

— Es-tu sûr de ne pas te tromper ?

— Non. Je l'ai bien vu. Je me trouvais à quelques pas d'elle, elle ne paraissait éprouver aucune douleur.

— Elle était la meilleure de nous tous, fit Carvilius doucement. Nous, nous essayons d'être chrétiens, elle, elle l'était vraiment.

Il se détourna. Son regard s'était voilé de larmes.

— Pourquoi pleures-tu ? S'il faut en croire vos propos, elle est heureuse à présent.

— Mes larmes ne sont pas de tristesse, mais de

bonheur. Je constate que notre Dieu ne l'a pas abandonnée.

— Votre Dieu... Encore et toujours, *votre* Dieu.

— Le tien aussi, Calixte, même si tu te refuses obstinément à le reconnaître.

— Cette polémique ne finira donc jamais !

Il s'était levé, le trait dur.

— Je ne suis pas ici pour évoquer encore les mystères de votre foi. Des événements autrement plus graves ont eu lieu : Éléazar vous sait chrétiens. Il a prévenu Carpophore.

La servante poussa un cri étouffé, mais contre toute attente Carvilius répliqua sereinement :

— C'est parfait. Ainsi nous aussi ferons partie des élus.

— Je suis désolé d'avoir à décevoir tes espérances, mais je crains fort que l'heure de ton supplice ne soit pas pour demain. Notre maître, vois-tu, n'aime pas perdre ses esclaves, surtout pour cause de christianisme. Il a ordonné au villicus de tenir l'incident pour clos. Si j'avais pu imaginer quelle bonne nouvelle serait pour vous l'annonce de votre mort possible, j'avoue que je me serais bien gardé de vous prévenir aussi rapidement.

Il tournait déjà les talons et s'apprêtait à quitter la pièce lorsque Aemilia le retint.

— Attends ! J'allais oublier. Le lendemain de la mort de Flavia, un esclave est venu apporter un message pour toi.

Après avoir fouillé un instant dans un coffret de bois, la servante en sortit un petit rouleau de papyrus, entouré d'un ruban de soie rouge et cacheté de cire verte. Bien qu'ignorant l'origine du sceau, Calixte se douta immédiatement que l'expéditeur devait être quelqu'un de haut placé : même Fuscien ne nouait pas un ruban de soie à ses messages.

Il déroula le parchemin.

Me pardonneras-tu jamais ? Je sais que tout m'accuse et me condamne, pourtant je te jure que la réalité est autre. Je dois te revoir. Marcia.

Calixte relut plusieurs fois les lignes, comme pour se convaincre de leur sens. Marcia... Quatorze jours durant il avait maudit son nom. Quatorze jours il n'avait cessé de voir partout son image altière, protégée, accolée à celle de Flavia lacérée par les fauves.

Elle avait dit : *Je ferai tout ce qui est en mon pouvoir pour obtenir sa libération.*

Pouvait-on imaginer que le deuxième personnage de l'Empire n'eût pas ce pouvoir ?

Si elle n'avait pas entretenu cet espoir, il aurait peut-être cherché un autre moyen de libérer Flavia. Après tout, les geôliers n'ont jamais été insensibles à la corruption, et c'était lui qui maniait les fonds de Carpophore.

Il se dirigea lentement vers la bougie qui éclairait d'une lumière douce la chambrée de Carvilius, et posa sur la flamme un coin du rouleau. Quand il ne demeura plus qu'un petit tas de cendre, il se tourna vers la servante et déclara calmement :

— Il n'y aura pas de réponse.

Chapitre 27

Un soleil dur dardait ses rayons sur le toit des insulae dressées en bordure de mer lorsque Calixte et Carpophore arrivèrent en vue du port d'Ostia.

Après qu'ils eurent parcouru la voie centrale, ils longèrent les jardins que dominait sur la gauche le temple de Jupiter. Dépassèrent les thermes des Sept Sages, avant de déboucher sur les quais, non loin du forum des Corporations.

Le long du temple dédié à l'annone se découpait une file de boutiques, une soixantaine environ, au seuil décoré de mosaïques noires sur fond blanc. Chaque boutique hébergeait un métier particulier : ici un négociant en bois, là un cordier, des mesureurs de blé ou des pelletiers.

Curbis, Alexandrie, Syrte, Carthage. Gravées dans le bois des linteaux, les cités d'origine de chaque armateur se détachaient comme autant d'appels au large.

Autour des bassins, ce n'étaient qu'interjections, allées et venues où porteurs, marins, vendeurs, femmes et enfants se côtoyaient sur un fond moucheté d'ombres et de lumières. Et des rumeurs : tintement des pièces au comptoir des changeurs, cantilène des foulons pétrissant avec les pieds dans des baquets emplis d'urine ou de potasse les toges à nettoyer ou la laine brute à débarrasser de son suint. Et l'air gonflé de senteurs épicées débarquées du bout du monde.

A la vue de ce spectacle qui lui était pourtant familier, Calixte se sentit pris de malaise. Depuis le cirque Maximus, il ne supportait plus la promiscuité de la foule.

— Qu'y a-t-il ? interrogea le sénateur en constatant la pâleur subite de son esclave. Tu ne te sens pas bien ?

— Ce n'est rien, la chaleur sans doute.

— Pour ce qui est de la chaleur tu as raison. Quelqu'un a dû entrebâiller les portes des Enfers.

Pour mieux marquer sa réprobation, Carpophore essuya avec agacement les gouttes de sueur qui ruisselaient sur son crâne rasé de frais.

Quelques instants plus tard, ils firent halte devant un thermopole d'où se dégageait une forte odeur de garum et de poisson grillé, et se firent servir des boissons rafraîchissantes.

Carpophore étudia attentivement son esclave.

— Alors, dit-il, c'est décidé ? Tu comptes garder cette barbe ?

Calixte glissa sa paume sur ses joues.

— Je crois que oui.

— Je ne t'apprendrais rien si je te disais que, chez les Grecs, se laisser pousser la barbe est un signe de deuil.

Décidément, pensa Calixte, son maître se faisait bien insistant. Il biaisa.

— Je ne suis pas grec.

— Au fond, lorsque je repense à cette coiffeuse, je me dis qu'il y a peut-être un bien dans ton malheur : désormais il ne te faudra plus gagner que le prix de ton affranchissement.

Calixte serra les dents. Si seulement son maître se doutait de la terrible portée de ses propos.

— Évidemment, rien ne remplace un amour de jeunesse, et...

— Il n'y avait rien de plus que de l'amitié et de la tendresse entre Flavia et moi !

— Je vois, je vois... Mais j'insiste : tu t'apercevras très vite que la vie est plus forte que tout...

Il vida d'un trait sa coupe de vin, puis donna le signal du départ :

— Au fait, j'oubliais : Mallia ne te poursuivra plus de ses assiduités.

Devant l'expression perplexe de son esclave, il expliqua :

— Elle épouse Didius Julianus le jeune, et quitte ma propriété aujourd'hui même. Tu pourras donc te consacrer à la direction de ma banque. Tu ne seras plus dérangé.

— Mais alors...

— Quoi donc ?

— Si Mallia épouse le fils du sénateur Julianus, cela voudrait dire que ce dernier rentre en grâce ?

— Je constate avec plaisir que ton esprit a retrouvé sa souplesse. Évidemment, Julianus père retrouvera le Tibre et le forum d'ici quelques semaines. Et, ce qui est tout aussi important, aux ides de septembre tu pourras aller encaisser les vingt talents que nous doit désormais son fils.

Ils avaient atteint le cœur même du port. Devant eux, les onéraires, ces navires de charge à la poupe en forme de cygne qui sillonnaient en tous sens la Mare Nostrum, se balançaient dans leur bassin, tandis que leurs voiles trapézoïdales semblaient faire des ajouts de toile écrue sur le bleu du ciel.

— Par Vénus, qu'il est beau ! s'exclama Carpophore en désignant l'*Isis*. C'est sans doute le bâtiment le plus puissant, le plus rapide et le plus utile de toute la flotte des transporteurs !

L'éloge était justifié : l'*Isis* était de fort loin le navire le plus imposant du port d'Ostia.

Ils aperçurent le capitaine qui s'avançait vers eux en faisant de grands signes.

Personnage pittoresque que ce Marcus. Barbu, replet, son despotisme et son amour du gain étaient aussi légendaires que son rire. Lorsque quelque chose l'amusait, il partait alors d'un éclat extraordinaire, sorte de roulement intérieur émanant d'on ne sait où. Calixte se dit qu'il n'avait pas beaucoup changé depuis la dernière fois qu'ils s'étaient vus. Seuls ses traits, déjà très burinés, paraissaient l'être plus encore.

— Seigneur Carpophore. Tu me vois ravi de te retrouver.

— A ce que je vois, les vents t'ont été favorables, Marcus. Nous ne t'attendions pas si tôt.

— En effet, seigneur, nous avons quitté Alexandrie quatre jours après les fêtes de Cybèle.

— Tu aurais donc fait la traversée en dix jours seulement ?

— Neuf : nous sommes arrivés hier.

— Neuf jours contre dix-huit pour un trajet normal ? Décidément tu vas plus vite encore que les galères impériales.

L'intarissable roulement qui servait de rire au capitaine résonna longtemps avant qu'il ne se décide à répondre.

— Je crois en effet qu'aucun navire utilisant les seuls vents étésiens [1] n'a accompli une traversée aussi rapide.

— A ma connaissance, fit observer Calixte, il y a eu un ou deux précédents. Mais dans un cas comme dans l'autre, les navires ne voyageaient pas avec leur pleine cargaison de blé. En vérité, cet exploit assure pour le service de l'annone, et par conséquent pour toi, maître,

1. Vents du nord qui soufflent dans la Méditerranée orientale chaque année pendant la canicule.

un gain de temps substantiel. Peut-être devrions-nous songer à récompenser le zèle et la compétence du capitaine Marcus ?

Un éclat de reconnaissance passa furtivement dans l'œil gris-bleu du capitaine. Quant à Carpophore, il était trop entraîné à manier les hommes pour négliger le conseil.

— Tu as parfaitement raison, Calixte. Tu verseras à notre ami cinq cents deniers. Et tu doubleras la mise s'il venait à renouveler sa prouesse.

— Les vents étésiens ne sont, hélas, pas toujours aussi favorables, seigneur, fit Marcus en s'inclinant, mais je veillerai à te contenter.

— J'en suis convaincu. A présent donne-moi des nouvelles de ton chargement. C'est l'état des soieries qui m'inquiète par-dessus tout.

— Suivez-moi, vous pourrez juger par vous-mêmes.

Calixte et Carpophore emboîtèrent le pas au capitaine, qui les conduisit jusqu'aux soutes de l'*Isis*. Ils y découvrirent un nombre impressionnant d'objets : tonneaux, caisses, cageots, le tout disposé en gradins le long des parois. Marcus força l'un des coffres et en tira avec mille précautions un habit de soie dont les reflets rappelaient un cyprin doré.

Calixte refit mentalement le chemin parcouru par le vêtement, depuis les fils conçus dans les lointaines provinces de Sérès, aux confins de l'Orient, emmenés patiemment par-delà les mers intérieures jusqu'en Égypte ; le travail unique des tisserands de ce pays ; enfin aujourd'hui : Ostia, l'Italie. Une étoffe comme celle qui avait servi à fabriquer cette pièce pouvait être estimée à près de douze mesures d'or. Soit le salaire de quarante mille journées de travail d'un ouvrier. Un rêve...

— Et là ! — Marcus frappa un grand coup contre l'une des cloisons — mille deux cents modii de blé !

— C'est bien, apprécia Carpophore, le préfet de l'annone est content de toi.

Le banquier effectua un rapide examen de ses marchandises avant de confier à Calixte la suite des opérations. Celle-ci consistait en un premier temps à débarquer les denrées, à les transborder ensuite dans l'un de ces nombreux dépôts géants situés dans la périphérie d'Ostia.

*

La chaleur était pénible et les hommes œuvraient au ralenti. Il fallut environ dix heures pour débarquer une partie du blé. Deux jours de plus seraient nécessaires pour venir à bout des mille deux cents modii.

La nuit s'effilochait au-dessus de la mer lorsque Marcus invita Calixte à se rafraîchir. Ce dernier, bien qu'abruti de soleil et de fatigue, hésita : toutes ces heures durant, sa besogne lui avait évité de penser à Flavia, et au reste. En s'interrompant il craignait de laisser à nouveau le champ libre à toutes sortes d'idées morbides. Il décida néanmoins d'accepter.

Les deux hommes se rendirent à L'Éléphant, une des nombreuses tavernes fleuries du port. A peine furent-ils assis que Marcus déclara :

— Je voudrais te remercier pour la gratification que tu m'as obtenue.

— Cinq cents deniers, c'est peu de chose...

— Peu de chose ?

Et l'inimitable rire du capitaine roula spontanément dans sa gorge.

— Peu de chose sans doute pour un individu comme toi habitué à manipuler des millions, alors que pour moi, simple marin...

Ils étaient installés face à face, accoudés au marbre du comptoir encore tiède de la chaleur du jour passé.

— Tu comprends, reprit le capitaine, le plus important pour moi c'est d'assurer mon avenir. J'aimerais placer suffisamment de deniers pour me retirer quelque part. A Pergame, à Capri, que sais-je ? Fonder une famille, avoir des enfants. Regarde-moi, regarde mes mains. Les hommes de ma race meurent avant le temps. Au début, j'aimais passionnément ce métier, les voyages, l'inconnu. A vingt ans, tout est unique. A cinquante tout est lassant. Et aujourd'hui, Calixte ? Cinquante ans, et pas de progéniture. C'est triste. Certes, il y a eu ces femelles d'Egine, de Carthage, grosses de soleil, vibrantes comme une coupe de Samos bue en plein midi. Et après ? Le silence... Non, il me faudrait peu. Une vigne, une ferme, la paix. Tu comprends ?

Calixte fit oui distraitement. Comme chaque fois que Marcus rentrait de ses périples, il éprouvait inévitablement le besoin de se répandre.

Ainsi il disserta pendant près d'une heure sur les femmes, le temps, l'argent, la politique et le reste, passant d'un sujet à l'autre sans jamais vraiment conclure. Force était de reconnaître cependant qu'il y avait toujours un climat magique dans ces récits, qui incitait au rêve.

Calixte pouvait presque toucher du doigt Alexandrie et ses larges avenues, longues comme des fleuves, les temples cerclés de jardins aux senteurs inoubliables, le sérapéum, la porte du Soleil, et par-dessus tout la tour de feu de l'île de Pharos, tellement lumineuse qu'elle éclairait, disait-on, les confins de l'univers. Antioche au crépuscule, lorsque les lames du couchant transforment l'Oronte en chemin de flammes. Pergame avec son acropole dominant comme un nid d'aigle la vallée encaissée du Caïque. Et tout à coup, au fur et à mesure que Marcus parlait, une idée folle surgit dans l'esprit du Thrace.

Les espoirs d'affranchissement que Carpophore avait fait naître en lui semblaient aujourd'hui bien aléatoires : depuis les guerres de Marc Aurèle, une crise sévissait, multiforme et complexe. D'immenses territoires avaient été ravagés en Orient par les Parthes. En Dacie, Pannonie, ainsi qu'en Illyrie et en Thrace par les Barbares ou les brigands de Maternus. En outre, la peste avait causé des pertes sévères parmi les cultivateurs. La pénurie des vivres avait engendré la cherté de la vie, réduisant les plus pauvres à la misère. Commode avait bien tenté de lutter contre cette situation en imposant un barème que les prix ne devaient pas dépasser, mais cette mesure s'était révélée peu efficace.

De plus, l'empereur lui-même était touché par cette situation. Le rendement des impôts avait considérablement baissé. Il y remédiait un peu en étatisant les douanes, privant ainsi les sociétés fermières — et par conséquence, des personnages tels que Carpophore — de revenus substantiels. Enfin, il venait de prendre la décision de diminuer le taux des intérêts, ce qui soulageait grandement les débiteurs, mais plaçait les banques en fâcheuse posture. Comment, dans ces conditions, gagner honnêtement son affranchissement ?

La voix de Marcus le tira brusquement de ses pensées.

— Alors mes histoires ne t'intéressent plus ?

— Bien au contraire. Je me suis laissé emporter par ton récit : j'étais en voyage.

Ravi de la réponse, le capitaine partit d'un nouvel éclat de rire.

— Quand dois-tu reprendre la mer ? interrogea Calixte avec désinvolture.

— Je n'en sais rien. Sans doute aux alentours des ides de septembre.

En dépit d'un effort de volonté, Calixte sentit son cœur battre si fort dans sa poitrine qu'il eut la certitude que Marcus pouvait l'entendre.

Les dieux étaient avec lui. Les ides de septembre correspondaient très exactement à la période où il devrait récupérer les vingt talents de Didius Julianus. Il eut alors très peur. Les portes s'entrouvraient, mais oserait-il les franchir ? D'autant que le chemin qui y conduisait était couvert d'embûches. Le jeune Julianus pouvait disparaître, ou tout simplement ne pas disposer de la somme à la date voulue, et réclamer à Carpophore un délai supplémentaire. Convaincre Marcus de l'autoriser à embarquer sur l'*Isis* serait une tâche plus ardue encore.

— Dis-moi, Marcus. Tout à l'heure, lorsque tu m'as fait part de ton désir de te retirer des voyages et d'acheter un coin de terre, étais-tu sérieux ? Ou était-ce simplement l'expression d'un état d'âme ?

— Ecoute-moi, petit, sache que Caïus Sempronius Marcus n'a jamais d'état d'âme ! L'état d'âme c'est bon pour les limaces et les fillettes de Vesta. Pas pour un homme de ma trempe.

— Tant mieux. Alors, lorsque tu parlais d'avoir les moyens de te retirer, quel montant envisageais-tu ?

Marcus réfléchit brièvement.

— Disons, cent cinquante, deux cent mille sesterces.

Calixte fit un rapide calcul : à douze mille cinq cents sesterces le talent... Une fois Marcus payé, il lui resterait environ cinquante mille sesterces pour son usage personnel.

— Et si je te trouvais cette somme ?

Le capitaine écarquilla les yeux. Puis, rejetant sa tête en arrière, il laissa échapper un nouvel éclat de rire qui fit se retourner sur lui les clients et les passants.

— Mon pauvre Calixte, le vin a sur toi des effets dangereux. Deux cent mille sesterces ? Mais tu n'en possèdes même pas le premier as !

Il vida son pichet et empoigna le Thrace par le bras.

— Allons, viens, partons. J'entends ton cerveau qui clapote dans ta tête.

Calixte ne broncha pas.

— Je suis tout à fait sérieux, Marcus. Tu auras la somme. Par Zagreus, je t'en fais le serment !

— Qu'est-ce que tu racontes ? Où dénicherais-tu une pareille fortune ?

— Sache simplement que je peux l'obtenir.

Visiblement troublé, Marcus éprouva le besoin de s'appuyer au comptoir.

— Regarde-moi bien dans les yeux, fit-il en rapprochant son visage de celui du Thrace, tu ne t'amuserais pas à ce jeu-là avec moi, n'est-ce pas ? Te rends-tu compte que j'ai passé l'âge ?

Il y eut une pause comme si le capitaine cherchait à jauger son interlocuteur.

— Parfait. Examinons la proposition sous un autre angle... Tu ne vas tout de même pas me faire croire que ce matin tu as ouvert l'œil en te disant : « J'aime bien cette vieille barrique de Marcus, ce serait agréable de pouvoir lui offrir quelques dizaines de milliers de sesterces. » Allons, trêve de palabres : qu'y a-t-il derrière cette soudaine générosité ?

— J'ai besoin de ton aide.

— Nous y voilà. Que veux-tu ?

— Embarquer avec toi sur l'*Isis* lors de ton prochain voyage pour Alexandrie.

— Cette fois j'en suis sûr, Bacchus a empoisonné ta tête. Partir sur l'*Isis* ? As-tu seulement songé aux conséquences ? Pour commencer, notre cher Carpophore se fera une joie de t'estrapader au pied du Capitole. Où quelques charognards viendront picorer

297

ta cervelle malade. Mais ce n'est pas tout, il y a moi. Dans le meilleur des cas, je finirai galérien entre Tyr et Phalère jusqu'à ce que la Méditerranée ne soit plus qu'un bassin pour patricienne en chaleur. Et ça, petit, c'est une vision optimiste des choses !

— Carpophore n'en saura rien. Pour quelle raison voudrais-tu qu'il fasse un rapprochement entre ma disparition et toi ?

— Pour quelle raison ? Eh bien, tout simplement parce que tout se sait dans cette ville et qu'il y aura toujours une âme charitable pour nous dénoncer. Quelqu'un, n'importe lequel des hommes qui t'aura vu monter à bord.

— Pas si j'embarque la nuit.

— Et au cours de la traversée ?

— J'y ai pensé : la soute. Je ne la quitterai qu'une fois à Alexandrie.

— Mais tu es fou ! Dix à vingt jours à fond de cale ?

— Je suis peut-être fou, Marcus, mais toi tu l'es plus encore de refuser deux cent mille sesterces.

Marcus s'essuya le front avec nervosité.

— Tu sais, Calixte, tu me fatigues et me donnes soif.

Il ordonna un autre pichet d'albus.

— Oui, répéta-t-il, tu me fatigues.

— Je t'en supplie, il faut que tu acceptes. Si je reste à Rome je deviendrai fou. Si je ne partais pas, je mettrais fin à mes jours.

— Pas de chantage ! J'ai horreur de ça !

— C'est pourtant la vérité. J'étouffe ici !

— Que je sache, tu occupes une situation privilégiée et tu ne passes pas tes nuits au fond d'un ergastule.

— Ma prison à moi c'est tout ce qui m'entoure. Et puis il y a autre chose. Quelqu'un à qui je tenais plus qu'à moi-même, et qui n'est plus... Plus rien ne me retient ici...

— Balivernes ! Dis-moi plutôt par quel coup de Vénus tu comptes obtenir une pareille somme ?

— Je te l'ai dit, j'en fais mon affaire.

Marcus étudia Calixte longuement d'un air circonspect.

— C'est bon, dit-il enfin, tu gagnes. Tu gagnes, mais à *mes* conditions.

— Tes conditions ?

— Parfaitement. Lorsque je te parlais de me retirer dans un coin tranquille, je n'envisageais pas le moins du monde le faire en échange de quoi que ce soit. En tout cas pas avec ma tête sur la balance. Est-ce clair ? Tu penses bien que je ne vais pas risquer de perdre tout ce que j'ai, comme ça, sans contrepartie.

— Mais alors... les deux cent mille sesterces ?

— C'est bien, mais ce n'est pas assez.

— Tu veux dire que...

— Je veux dire qu'entre un désir et les moyens de le réaliser, il y a un monde. Et ce monde a un prix : deux cent mille sesterces de plus.

— Quatre cent mille en tout ?

— Je sais compter, figure-toi.

Blême, Calixte se sentit perdre pied. Les vingt talents de Julianus ne suffiraient plus. Un bref instant il eut la tentation de tout laisser tomber. Il n'allait pas partir démuni, pour vivre à Alexandrie dans la mendicité ou serviteur de quelque bourgeois alexandrin ?

— C'est bon, annonça-t-il d'un coup, tu auras la somme.

Après tout, n'était-ce pas lui qui contrôlait les finances de Carpophore ?

— Attention, Calixte, pas de tromperie. Quatre cent mille, et pas un as de moins. Je ne sais ni où ni comment tu vas trouver cette somme, mais si tu venais à échouer, il serait toujours temps que tu te souviennes de mes avertissements. Cela dit, je crois qu'il nous faut retourner au navire, sinon ce ne sont pas des sesterces qui vont pleuvoir...

— Attends un instant. Comment serai-je prévenu du départ de l'*Isis* ?

— Mais par Carpophore lui-même. Tu penses bien que je ne vais pas appareiller sans son ordre. Tu sauras probablement la date avant moi.

— Dans ces conditions, rendez-vous est pris, ici même à l'aube du départ.

— Prends garde : passé la deuxième heure, je hisserai les voiles.

— N'aie crainte, je serai là.

Un sourire amusé apparut sur les lèvres du capitaine.

— Tu es fou, Calixte. Fou. Mais veux-tu que je te dise ? Vainqueur ou non, je t'aime bien.

Chapitre 28

— Tu ne peux imaginer combien cette visite m'honore, Marcia. Toi ici, c'est un peu de la pourpre qui pénètre dans ma maison.

Avec un respect tout particulier et un sourire mielleux, Carpophore introduisit sa visiteuse dans le tablinium, agréable pièce ouverte sur le jardin intérieur d'où ruisselait le chant des fontaines, et dont les tentures, soigneusement relevées, laissaient filtrer la douceur de l'été finissant. Tout en se dirigeant vers l'un des divans, Marcia répondit :

— Je suis convaincue de ta sincérité. Il n'est personne dans Rome qui ne sache ton attachement à l'empereur. Ce qui me permet aujourd'hui de m'adresser à toi sans détour.

Carpophore aida la jeune femme à s'étendre, encore tout remué par cette visite extraordinaire. Depuis l'instant où elle lui avait fait part de son désir de le rencontrer, il avait ressenti une certaine appréhension. Il avait trop l'expérience de la vie pour ne pas se méfier de la démarche des puissants lorsqu'ils se font solliciteurs auprès de leurs vassaux. Il s'installa nerveusement en face de la favorite de Commode et attendit.

— Avant de te communiquer la raison de ma démarche, j'aimerais que tu saches que l'empereur est tout à fait satisfait de la manière dont est administrée l'annone. Il est convaincu désormais d'avoir bien agi en te nommant à la tête de cette administration. J'espère que de ton côté tout se passe selon tes vœux.

— Au-delà de mes espérances. Et notre César a mon éternelle gratitude.

— Je suis heureuse de te l'entendre dire. Maintenant voici ce qui m'amène : j'ai besoin d'un esclave.

Carpophore faillit s'étouffer. Il s'était attendu aux requêtes les plus extravagantes, mais celle-ci les dépassait.

— Marcia, pardonne d'avance cette remarque, mais tu peux posséder comme bon te semble tous les esclaves de l'Empire. Alors, pourquoi...

— Pourquoi m'adresser à toi ? La réponse est simple : celui que je désire se trouve sous ton toit.

— Alors, je serais heureux de te servir. Tous mes serviteurs sont d'ores et déjà ta propriété : dix, vingt, trente, cent, autant qu'il te plaira.

— Je reconnais bien là ta générosité, seigneur Carpophore. Mais je n'ai besoin que d'un seul homme.

— Dans ce cas, si tu le veux bien, je vais de ce pas faire rassembler mes serviteurs et tu n'auras qu'à choisir.

Il se levait déjà, mais elle l'arrêta d'un geste gracieux.

— Non, ne te donne pas ce mal. Mon choix est déjà fait.

— Tu... tu connais donc le nom de l'esclave ?

— Calixte.

Une saute de vent frais agita les branchages du jardin, souleva les franges d'or des tentures, ébouriffa les boucles noires de Marcia. Son hôte la considérait en se demandant s'il ne rêvait pas. Calixte ? D'entre tous ses esclaves inutiles qui engorgeaient sa demeure, on lui réclamait le seul auquel il tenait. Non, ce ne pouvait être vrai. Cette femme cherchait certainement à l'éprouver, et à travers elle, l'empereur lui-même. Ce n'était pas la première fois que Commode s'amusait à sonder ses sujets. Le sort de Pérennis était encore en sa mémoire.

— Es-tu... Es-tu bien certaine qu'il s'agit de celui-là ? balbutia-t-il péniblement.

— Tout à fait. Et c'est uniquement lui que je désire.

— Mais... Mais, noble Marcia, c'est un caractériel, un esprit rebelle et irascible. Il ne te causera que des ennuis. En revanche je puis te suggérer de nombreux autres serviteurs, parfaitement soumis, qui te donneront pleine satisfaction.

La jeune femme leva la main comme en signe d'apaisement.

— N'aie crainte, Carpophore. Je te sais gré de vouloir me contenter au mieux, mais je te le répète, seul ce Calixte m'intéresse.

Quand donc avait-il outragé les dieux pour que lui soit infligée pareille épreuve ?

Il croyait deviner l'explication de cette curieuse requête : c'était bien celle d'une débauchée qui cherchait en vérité à satisfaire ses sens avec un nouvel instrument de plaisir. Elle avait sans doute dû croiser Calixte quelque part, peut-être même le soir du banquet, et elle avait jeté son dévolu sur lui. En cela, hélas, rien de vraiment original. Les patriciennes s'offraient souvent ce genre de fantaisie. Dans ces conditions, s'il voyait juste, rien ni personne ne pourrait faire revenir la favorite sur sa décision. Quant à lui, Carpophore, s'il tenait à conserver la préfecture de l'annone, il avait tout intérêt à plier.

— Il sera fait selon ton désir, laissa-t-il tomber en essayant de masquer son immense amertume. Je vais le faire convoquer sur-le-champ.

— Non, c'est inutile. Qu'on me l'amène au palais demain à la première heure.

Carpophore se mordit la lèvre et acquiesça. Elle était déjà debout. Avec un entrain forcé, il la raccompagna jusqu'à sa litière. Une fois seul, il se laissa aller à maudire à haute voix toutes les femmes en rut de l'Empire.

Installée dans la litière qui l'emportait loin de la propriété, Marcia se laissa aller à sourire. Grâce à ce stratagème, elle allait pouvoir le revoir. Elle allait pouvoir enfin lui expliquer, lui confier cet aveu qui lui pesait tellement depuis la mort tragique de Flavia. Il saurait. Il saurait qu'elle n'avait fait que penser à lui, à eux, à n'en plus pouvoir trouver le sommeil. Demain...

*

Calixte reposa la plume près du parchemin et contempla avec satisfaction la colonne de chiffres. Depuis son entrevue avec Marcus, il n'avait pas perdu de temps.

La banque de la porte d'Ostia, qui appartenait à son maître, avait une excellente réputation. Beaucoup de collèges funéraires, d'organisations charitables et même de communautés chrétiennes y avaient consigné leurs dépôts. En quelques semaines, grâce à un savant jeu d'écriture, il était parvenu à transférer la majeure partie des fonds à un compte personnel ouvert dans une banque d'Alexandrie. En outre, il avait passé un accord avec la synagogue de Rome qui précisait que, en échange d'une réduction significative du montant des dettes contractées par les juifs romains, la synagogue s'engageait à rembourser l'intégralité de la créance pour les nones d'août. On était au dernier jour du mois, et parole avait été tenue. Calixte venait avec délectation de conclure le transfert de cette nouvelle somme qui venait s'ajouter aux précédentes.

Maintenant, un dépôt de plus de trois millions de sesterces l'attendait à Alexandrie. Largement de quoi payer cette canaille de Marcus et vivre dans l'aisance.

Comme prévu, il avait eu par Carpophore la confirmation du départ de l'*Isis*, fixé au lendemain des ides. Jusque-là, les pièces de sa mosaïque s'emboîtaient au-delà de ses espérances. Cette tour de Pharos tant décrite par le capitaine, il la voyait se rapprocher de plus en plus. Bientôt elle serait à portée de sa main.

Il quitta sa table et écarta les tentures qui ouvraient sur le parc. Un sourire plissa sa barbe en imaginant la réaction de Carpophore le jour où il viendrait à découvrir l'escroquerie : trois millions de sesterces à rembourser, alors que les affaires étaient loin d'être florissantes. C'est sûr, Calixte n'avait pas intérêt à rôder dans Rome ce jour-là.

— Calixte !

Éléazar accourait vers lui. Il se demanda ce que pouvait bien lui vouloir cette charogne.

— Notre maître te demande. Il veut te voir immédiatement.

Calixte fit un signe d'approbation, jugeant inutile de poser des questions. Entre lui et le Syrien c'était toujours le même état de guerre larvée.

*

— Crois que je suis le premier à déplorer ton départ. Mais comprends-moi, je ne peux rien refuser à cette femme.

Calixte ferma les paupières, au bord de la nausée. Ainsi, la réputation de Marcia était bien justifiée. Une gourgandine, dépourvue de tout sentiment humain.

Elle commandait, il fallait se soumettre. A son immense déception, se greffait un désespoir proche du vertige. Cette femme venait sur un simple coup de tête de réduire en poussière tous ses rêves de liberté. Les plans échafaudés des heures durant, balayés comme des fétus de paille. Il repensa au rendez-vous sur le port, à Marcus, et il eut envie de hurler.

— Ta peine ne m'échappe pas, ajouta Carpophore en dodelinant de la tête. J'en suis même touché. Tu me prouves ainsi que tu étais heureux sous mon toit.

Quelle dérision... quelle monstrueuse dérision... Si seulement le sénateur pouvait lire les pensées de son esclave. Brusquement il se sentit submergé par la colère. Non, il ne tolérerait pas de voir s'effriter ainsi toutes ses espérances. C'était au-delà de ses forces !

— Je n'irai pas.

Carpophore se voulut compréhensif.

— Allons, Calixte. Je te répète que je comprends fort bien ta désolation, j'en suis même flatté. Mais dis-toi que nous avons affaire à un ordre indirect de l'empereur.

— Il ne sert à rien de m'expliquer, je n'irai pas.

Le sénateur fit semblant de ne pas remarquer l'agressivité qui se dégageait de son esclave.

— L'heure n'est plus aux états d'âme. Tu feras selon ma volonté !

Sans plus attendre, il ordonna à Éléazar :

— Occupe-toi de lui. Qu'on l'enferme. Qu'on l'enchaîne s'il le faut, et demain conduis-le au palais. S'il lui arrivait quoi que ce soit, sache que ta tête en payera le prix.

— Ne crains rien, seigneur. Je l'amènerai à bon port.

Carpophore se retira rapidement, les traits fermés, sans chercher à analyser le rictus imbécile qui illuminait le visage de son intendant.

Chapitre 29

Le ciel bleu-mauve de l'aurore flottait au-dessus des toits, mais déjà au-delà des murs naissait la rumeur dense de la ville qui s'éveillait.

Calixte, les poignets enchaînés derrière le dos, enca-dré par Éléazar et Diomédès, le serviteur de Carpo-phore de triste mémoire, attendait dans le jardin intérieur de la domus Augustana. On leur avait dit de patienter ici car la favorite s'absentait certains matins pour quelque mystérieuse raison. Alors qu'ils étaient là, immobiles, les gens les plus divers défilaient sous les portiques : graves sénateurs, officiers prétoriens, jeunes filles papotant et piaillant avec une insouciance qui contrastait avec l'air affairé des esclaves.

De temps en temps quelqu'un lorgnait le trio, mais sans jamais se risquer à les aborder.

Calixte, très pâle, fixait les colonnades érigées à perte de vue. A ses pieds se dressait un bosquet d'ifs taillé en forme de lion, symbole herculéen par excel-lence. Mais qu'est-ce qui poussait donc ces Romains à torturer ainsi la nature sous prétexte de « faire de l'art » ? Et il lui prit l'envie subite de détruire ces effigies imbéciles, de tout saccager.

Plongé dans ses pensées, c'est à peine s'il entendit le balbutiement d'Éléazar derrière son dos.

— Je... je te salue, seigneur, et suis à tes ordres...

Il pivota lentement sur lui-même et aperçut le personnage à qui le Syrien venait de s'adresser : un jeune athlète, déchaussé, vêtu d'une tunique courte, poitrine et bras nus, qui ressemblait à un simple augustant. A quelques pas de l'inconnu, en arrière-plan, se tenait un individu barbu, jeune lui aussi, porteur d'amphores d'huile et de couvertures.

Calixte se demanda pourquoi le villicus adoptait un ton aussi servile à l'égard d'un simple athlète.

— C'est un esclave, seigneur, expliquait encore Éléazar en réponse à une question que le jeune homme venait de lui poser, un esclave que notre maître offre à la divine Marcia.

— L'Amazonienne a toujours eu bon goût...

D'un œil expert il examina longuement le corps de Calixte, avant de déchirer d'un geste sec le col de sa tunique, dévoilant ainsi sa poitrine. Sa respiration s'était faite plus courte, ses prunelles plus fixes. Il caressa lentement le thorax dénudé, glissa le long des pectoraux, s'apprêta à descendre vers le bas-ventre. C'était plus que le Thrace ne pouvait supporter : à défaut de pouvoir se servir de ses poings, il cracha avec mépris au visage du jeune homme.

Eléazar et Diomédès en restèrent pétrifiés. L'athlète avait reculé d'un pas, apparemment aussi stupéfait que les deux hommes. Mais très vite la colère succéda à la stupeur. Il lança son genou vers l'estomac de Calixte, qui se plia sur lui-même comme un parchemin sous la flamme. Presque simultanément, les deux mains de son adversaire nouées en forme de poing s'abattirent sur sa nuque offerte. Dans l'instant précis où il bascu-lait dans la nuit, il entendit la voix de l'inconnu qui criait : « Oser cracher au visage de son empereur ! Jamais personne... jamais ! »

Lorsqu'il reprit connaissance, il douta de sa raison. La pièce où il se trouvait était une impressionnante salle octogonale, aux murs extraordinairement hauts, si hauts qu'il revint à Calixte une phrase prononcée par quelqu'un à propos du palais de Commode : « Certaines pièces sont si hautes qu'il doit certainement y résider un dieu investi du pouvoir terrestre. »

Calixte fut surtout frappé par le mobilier. Jamais, même chez Carpophore pourtant fastueux, il n'avait vu un tel luxe. Aux murs, des bas-reliefs de marbre représentaient les exploits d'Hercule, le sol était parsemé de somptueux tapis persans. Face à lui se dressait un immense lit d'or et d'ivoire recouvert de peaux de lion. Sur le plafond polychrome se détachait une fresque aux couleurs vives représentant la légende de Thésée et d'Antiope. Mais rêvait-il ? La reine des Amazones avait les traits et l'apparence de Marcia. Thésée était le portrait même du jeune homme qui l'avait agressé... L'empereur... Il revit la scène et prit aussitôt conscience de l'énormité de son acte : celui qu'il avait pris pour un vulgaire athlète était donc César.

Il essaya de se soulever, mais son mouvement lui arracha un cri de douleur. On l'avait ligoté, pieds et poings, au divan sur lequel il était étendu.

— Réveillé ? interrogea une voix.

Calixte tourna la tête. Son agresseur était là, tout près de lui. Dix ans s'étaient écoulés depuis leur rencontre aux thermes et depuis qu'il l'avait invité à monter dans sa litière. Mais c'était bien Commode qui se tenait là, nu, l'œil un peu vitreux, la lèvre frémissante.

— César, commença le Thrace, j'ignorais que c'était à toi que j'avais à faire. Je...

— Ingénu, quirite, préfet, imperator : l'insulte est la même pour tous. Elle touche l'homme, non le prince.

— Cependant...

— Silence ! Ici, c'est moi qui parle !

Il avança lentement, ses pieds nus semblaient flotter au-dessus des tapis. Une expression malsaine habitait ses traits comme s'il cherchait à masquer son excitation.

Il s'agenouilla au chevet de Calixte et le fixa longuement.

— Ainsi, c'est ma tendre Marcia qui est l'instigatrice de ta venue...

Il posa une main moite sur la joue du Thrace.

— Sais-tu que l'on me prête une multitude de défauts. Mais rassure-toi, la jalousie n'en fait pas partie. Au contraire. Il y a des domaines où j'excelle dans le partage. J'en fais même un devoir.

Tout en s'exprimant, il emprisonna le visage de Calixte, et alors que rien ne le laissait présager, il plaqua avec force sa bouche contre la sienne. Il essaya fiévreusement de frayer un passage à sa langue entre les lèvres du Thrace, mais en vain. Celui-ci avait instinctivement serré les dents. Alors il se redressa, cogna de toutes ses forces, du revers de l'avant-bras, la tempe de celui qui n'était plus devenu autre chose que l'objet de son désir.

— Entre le plaisir et la douleur. Est-ce donc là que résident tes préférences ? Eh bien, crois-moi, je suis aussi passé maître en cet art-là.

Commode posa sa bouche, mais cette fois sur le thorax dénudé du Thrace. Indifférent aux furieux mouvements de ce dernier qui cherchait à briser ses liens, il se mit à lécher son corps avec passion, glissant progressivement le long du plexus, du ventre, marquant un temps d'arrêt sur le nombril, et parvenant à l'aine, s'arrêta à nouveau.

Calixte avait l'impression que ses viscères lui remontaient à la gorge. Un goût de bile déborda son palais, et

310

il sentit des larmes de rage et d'humiliation couler au bord de ses yeux.

— Tu oubliais la lâcheté, César. La lâcheté parmi la longue liste de tes tares !

Commode se mit à observer silencieusement celui qui venait une fois encore de le défier. Il caressa machinalement sa barbe bouclée d'un geste sec et se dirigea vers un coin de la pièce.

Quand il revint, il tenait à la main un scorpio, sorte de fouet dont la lanière se terminait par un hameçon. Un courant glacial parcourut l'échine du Thrace. Combien d'esclaves avaient trouvé la mort, victimes de cet instrument, au point qu'il n'était plus réservé qu'aux seuls criminels notoires.

Se délectant de l'expression de terreur qu'il lisait dans l'œil de sa victime, l'empereur leva le bras avec une lenteur voulue. Attendit quelques instants, puis abattit le fouet sur le corps nu. Calixte ne ressentit d'abord aucune douleur, puis d'un seul coup ce fut comme si on plantait dans sa chair la pointe d'un tison ardent. Il ne put que constater, impuissant, le sang qui s'échappait d'une entaille creusée sur son pectoral droit. Déjà, Commode arrachait l'hameçon de la blessure et réitérait son geste. Le second coup déchira en profondeur l'aisselle droite.

Dès lors, le Thrace perdit la notion du réel. Les coups se succédèrent à une cadence de plus en plus rapide. L'empereur, les yeux exorbités, haletait sous l'effort. Calixte sentait ses membres lacérés par des traits de feu, le corps progressivement transformé en une plaie brûlante. Il mordit convulsivement ses lèvres pour ne pas hurler. Dans son esprit fusèrent des images désordonnées, des éclairs, un tourbillon d'une force terrible qui le propulsa insensiblement vers la folie.

Le scorpio meurtrissait avec une incroyable acuité chaque parcelle de sa peau, et l'effet était tel qu'on aurait dit qu'il n'y avait plus un fouet mais cent. Lorsqu'en fin de compte la pointe métallique s'abattit sur son sexe, il poussa un cri qui n'avait plus rien d'humain, un cri de bête assassinée.

*

Quand il entrouvrit les paupières, il crut entendre une voix qui résonnait au centre d'un univers cotonneux où lui-même semblait dériver. Une voix de femme.

— Je sais, César. Carpophore m'avait mis en garde contre son caractère abominable.

— Dans ce cas, pourquoi avoir quand même accepté qu'on te le livre ?

— Tu n'en doutes donc pas ? interrogea laconiquement la voix. Mais c'est très justement pour la raison que tu viens de citer.

Dans le même temps, Calixte devina plus qu'il ne vit un doigt qui se promenait le long de ses plaies.

— Au palais nous ne sommes entourés que de pantins : consuls, sénateurs, préfets. Autant de créatures tout juste bonnes à ramper. J'espérais trouver en cet esclave un individu qui fût autrement plus réceptif. N'éprouves-tu pas parfois une certaine lassitude à ne t'adresser qu'à l'écho ? Toujours et encore l'écho.

— Là, tu me surprends. Je croyais largement te suffire.

— Toi, seigneur ? Mais cela ne compte pas, tu es divin, César. C'est d'un homme que j'avais envie. Pas d'un dieu !

Commode éclata d'un rire d'enfant.

— De toute façon, dieu ou pas, je vais restituer cet être à sa juste condition : poussière.

Calixte, au terme d'un effort surhumain, était parvenu à redresser légèrement la tête. Marcia. Ce doigt qui courait avec indifférence le long de ses blessures n'était autre que le sien. Commode levait à nouveau le bras.

— Non, César ! Pas le scorpio. Tu l'achèverais bien trop vite. Prends plutôt ceci.

Elle portait une stola toute simple, couleur d'azur. Sous l'œil écœuré du Thrace, elle défit sa ceinture de cuir qu'elle offrit à Commode.

— Mais attends encore.

Avec des gestes mesurés, elle fit sauter les fibules qui retenaient sa tunique. Le vêtement glissa à terre révélant une parfaite nudité. Avec un sourire espiègle, elle s'allongea sur l'un des lits adjacents et, dans un mouvement qui se voulait innocent, elle posa sa main sur son entrecuisse.

— Maintenant tu peux, César, murmura-t-elle doucement.

Commode l'observa, interdit. Son regard alla du corps du Thrace à celui de sa maîtresse. Il eut un rire fruste. Esquissa quelques pas vers la jeune femme, se ravisa. Revint vers Calixte, lui asséna un terrible coup de poing à hauteur du crâne et, sans plus attendre, alla se couler contre le ventre de sa maîtresse.

Chapitre 30

*Accoudé au bastingage, le capitaine de l'*Isis *ricanait en le montrant du doigt. On avait crucifié Calixte sur un mur du forum, et le sang qui s'échappait de ses poignets et de ses pieds formait d'épaisses rigoles qui couraient le long du quai, jusqu'à la mer.*

— Attends-moi! Attends-moi. Tu avais promis de m'attendre!

Indifférent à ses supplications, Marcus riait toujours. Il se pencha sur le pont du navire, se releva, les mains chargées de pièces d'or qu'il se mit à lancer de toutes ses forces en direction du ciel. Il réitéra son geste, une fois encore, puis deux, puis cent, puisant au creux de ses paumes des brassées de plus en plus importantes, qu'il projeta à nouveau vers l'espace.

*En quelques instants le ciel tout entier fut noyé sous cette avalanche à rebours. Et le soleil éclaté en myriades de points submergea d'un seul coup tous les champs d'azur. Sur la mer, c'était pareil. La crête des vagues n'était plus qu'un monceau de lumière brisée par la proue de l'*Isis *filant vers le sud.*

— Du calme, Calixte, du calme.

L'écho de son nom lui venait comme du fond d'un puits. Il s'efforça d'entrouvrir les paupières, mais elles étaient aussi lourdes que des sceaux de plomb. Il avait mal partout. On avait dû le coucher sur des lames de verre.

Une main se glissa sous sa nuque, souleva sa tête. On essayait de le faire boire. Lentement, à la manière d'un nourrisson, il se désaltéra avant de se laisser retomber.

D'où venaient ces visions qui se bousculaient encore dans sa tête ? Ce ciel d'or, ce navire... Il comprit qu'il avait dû rêver.

Et cette femme voilée qu'il avait cru entrevoir ? Ce bruit de pas feutrés, ces bribes de mots échangés à voix basse. Encore un rêve ?

— Seulement des blessures superficielles... du pavot dans du lait...

L'empreinte d'une main, très douce, sur son front. Une voix d'homme :

— A tes ordres maîtresse.

Des bruits divers, indéchiffrables, entrecoupés de longues périodes de noir absolu. Et toujours, au moindre mouvement, cette souffrance aiguë procurée par des milliers de crocs plantés dans sa chair.

Un doigt releva sa paupière. Il frémit, cilla précipitamment. Pour la première fois il put examiner l'endroit où il se trouvait. C'était une cellule dont la hauteur des parois lui parut disproportionnée avec l'étroitesse des lieux. Le jour entrait par une ouverture grillagée à mi-hauteur du mur qui lui faisait face. Sur la droite, s'étageaient une douzaine de marches qui menaient à une porte de chêne massif.

— Te sens-tu un peu mieux ?

Avec d'infinies précautions, il essaya de se soulever. Son corps, du haut de sa poitrine, au ras du cou, jusqu'à ses chevilles, disparaissait sous un flot de bandelettes entrecroisées qui sentaient l'huile et les plantes médicinales. Un jeune homme, barbu, le nez écrasé, était à son chevet. Humectant ses lèvres sèches, il balbutia :

315

— Qui... qui es-tu ?

— Je m'appelle Narcisse.

— Où sommes-nous ?

— Une geôle de la Castra Pérégrina.

Et comme Calixte retombait en arrière, son interlocuteur ajouta :

— Que veux-tu, on n'insulte pas impunément un empereur. Le crime de lèse-majesté est généralement puni de mort.

— Alors pourquoi ne m'a-t-on pas achevé ?

— La divine Marcia semble beaucoup tenir à toi.

Calixte esquissa une grimace qui se voulait un sourire.

— Elle possède une manière d'exprimer son attachement qui vous pousserait plutôt à souhaiter la mort. Tu es aussi son esclave ?

— Son esclave mais aussi l'entraîneur particulier de l'empereur.

— J'imagine que c'est elle qui t'a demandé de me soigner ?

— Parfaitement.

Il y eut un silence, puis :

— Je te plains.

— Pourquoi dis-tu cela ? Marcia a toujours été bonne pour moi.

— Au point de t'avoir rendu tellement servile que tu en as perdu tout discernement.

Narcisse faillit protester, mais il se contenta de laisser tomber :

— Un jour tu sauras...

Sans plus rien ajouter, il rassembla ses onguents dans un sac de cuir et se dirigea vers le petit escalier. Une fois à la porte, il annonça :

— Je reviendrai une fois la nuit tombée. Je tâcherai de t'apporter une nourriture plus consistante que des bouillons et du lait.

Calixte réprima un frisson en entendant l'écho des verrous que l'on glissait derrière la paroi de chêne Il demeura un moment l'œil vide, fixé au plafond, et finit par sombrer dans le sommeil.

*

La nuit avait transformé la cellule en un gouffre noir. Ce fut à nouveau le grincement de la porte qui le réveilla. Une lueur jaune pâle éclairait le haut des marches. Elle se déplaça et Calixte aperçut une forme qui descendait vers lui, en tenant haut une lampe à huile.

— Narcisse ?

La forme ne répondit pas et continua de se rapprocher. Ce fut seulement lorsqu'elle s'agenouilla à son chevet qu'il la reconnut.

— Marcia...

Il voulut s'asseoir, mais la douleur toujours vive l'en empêcha.

— Ne bouge pas, fit-elle en tirant d'un sac quelques bandelettes ainsi qu'un pot d'alabastre. Je dois renouveler tes pansements.

— Toi, ici...

Elle ne répondit pas, dénoua délicatement les bandelettes.

— Tu es donc si pressée d'user de ton nouvel esclave, que tu ne fais plus confiance à tes serviteurs pour le remettre sur pied ?

Elle ne réagit pas.

— Ou le contact des pouilleux stimule-t-il ton désir ?

— Bientôt tu seras guéri...

— Pour te servir sans doute...

Elle se concentra sur les plaies toujours suintantes.

— Mais quelle sorte d'être es-tu? Un monstre? une...

— Je t'en prie... tais-toi.

— Me taire? Alors qu'il ne me reste que les mots.

— Je comprends ta peine. Tu ne pouvais pas savoir...

— Ce que j'ai entrevu est largement suffisant...

— Calixte...

— Une trahison doublée d'une humiliation. J'ai bu la coupe jusqu'à la lie.

Pour la première fois, elle s'immobilisa et le fixa.

— Tu serais donc semblable aux autres? L'océan serait une surface liquide qui ne peut avoir de fond. Ne cherches-tu donc jamais à lire les événements au-delà de leur apparence?

— Oui, je me souviens : « Les apparences ne reflètent en rien la réalité. »

Elle eut une expression légèrement surprise.

— Tu as donc reçu mon message, et tu n'y as pas répondu?

— Qu'espérais-tu? Te revoir n'aurait pas rendu la vie à Flavia.

— Calixte, je ne l'ai pas abandonnée. Dès le lendemain de notre entrevue aux jardins d'Agrippa, je lui ai rendu visite au carcer du forum.

— Et tu n'as rien tenté pour la sauver. Tu ne le pouvais pas sans doute.

— C'est la vérité. Je ne pouvais pas.

— Toi? La suprême favorite. L'Amazonienne toute-puissante.

— Il est des limites que tu ignores.

— Bien sûr... Et je...

Elle posa doucement un doigt sur ses lèvres.

— Maintenant, écoute-moi.

Elle lui parla de Hyacinthe. Des chrétiens de Carthage, qu'on avait exilés dans les mines de Sardaigne, et en faveur desquels elle avait dû intercéder quelques jours auparavant auprès de Commode. En réclamant en même temps la grâce de Flavia, elle aurait pris le risque de tout compromettre. Il lui avait fallu faire un choix : une vie contre vingt. Les condamnés avaient été libérés, le jour même des fêtes de Cybèle.

Pour Flavia demeurait tout de même un espoir : obtenir sa grâce après la grande course du cirque Maximus. Dans l'euphorie de ses victoires, Commode est souvent d'une insoupçonnable générosité. Hélas, en remportant la compétition, les Bleus avaient du même coup détruit son plan. Après sa défaite, l'empereur était entré dans une crise proche de la démence. Il avait refusé de saluer la foule et le vainqueur, refusé aussi de revenir prendre sa place dans la loge impériale. Mortifié, il s'était rendu vers les cellules où attendait Maternus. En pleine crise de mysticisme il les harangua, clamant à qui voulait l'entendre qu'en attentant à sa vie ces rebelles étaient bien plus que des assassins : des impies.

Interrogeant ensuite les geôliers sur la présence de Flavia et apprenant qu'elle avait refusé de rendre hommage à sa divinité, il s'enflamma de plus belle et décida sur-le-champ de faire un exemple en condamnant la jeune fille en même temps que Maternus.

La jeune femme marqua une pause avant de conclure :

— Crois-moi, dès cet instant tout était perdu. Je n'avais plus aucune emprise sur lui. Et si je peux imaginer aisément l'immensité de ta douleur devant ce drame, sache que, pour moi aussi, de perdre une des miennes fut déchirant.

— Une des... tiennes ?

— Aurais-tu donc oublié que moi aussi je suis chrétienne ? Oui, je sais, je ne corresponds pas tout à fait à l'image de la fidèle, empreinte de chasteté et d'abnégation. Pourtant, chrétienne je demeure. De toute mon âme, de tout mon être. Je ne vais pas m'étendre sur les avantages que me procure ma position à la domus Augustana, mais sache que c'est justement cette existence qui me permet de sauver parfois des vies humaines.

— Et chercher à me reprendre à Carpophore tel un vulgaire objet, est-ce bien chrétien ?

— Tu n'as rien compris, Calixte. J'ai revu Flavia plus d'une fois. En fait chaque soir jusqu'à la veille de sa mort. Elle m'a parlé de toi, de ton obsédant désir de liberté. De ta nostalgie de la Thrace. En me rendant chez Carpophore je me proposais dans un premier temps de t'arracher à ta condition. Plus tard, j'aurais fait de toi un affranchi. Hélas, le destin et ton impétuosité ne l'ont pas voulu.

Calixte semblait perdu. Ainsi il l'avait constamment méjugée. Aveugle sur tout, il n'avait rien pressenti, paralysé par son propre désespoir. Avec une certaine maladresse il emprisonna la main de la jeune femme.

— Me pardonneras-tu jamais...

— Comment t'en vouloir ? Tu me connaissais si peu et si mal. Et — elle marqua un temps d'arrêt avant de conclure — comment pourrait-on en vouloir aux êtres qu'on aime.

Il la dévisagea, perdu, avant de l'attirer contre lui.

— Tes blessures...

— Elles n'existent plus. Il n'y a jamais eu de blessures.

Ils restèrent un moment enlacés. Elle, la tête posée contre sa poitrine, lui, respirant les senteurs secrètes de sa chevelure.

— Si tu savais combien je suis proche de toi, combien je l'ai toujours été.

— Tu es presque reine, je ne suis qu'un esclave...

Elle secoua doucement la tête.

— N'oublie jamais, je suis fille d'affranchi. L'esclavage ne m'est pas inconnu.

— Il est tant de choses que j'aimerais savoir, qu'il me faudrait comprendre.

— Plus tard. Un jour peut-être je te parlerai de ma vie.

Il y eut un long silence, puis il demanda tout à coup :

— Marcia, quel jour sommes-nous ?

Elle le fixa, surprise.

— Est-ce si important ?

— Je t'en prie, réponds-moi.

— Le cinquième jour des ides.

Dionysos ne l'avait pas complètement abandonné. Il lui restait encore cinq jours.

— Il faut qu'à mon tour je te confie quelque chose. Avant de finir ici j'avais mis au point un plan d'évasion.

— Quoi ?

Sans plus attendre, il lui fit le récit complet de sa discussion avec le capitaine de l'*Isis*, les détournements de fonds de la banque de la Porta Ostia. Les vingt talents qu'il devait récupérer chez Julianus.

— Le départ de l'*Isis* a été fixé pour le lendemain des ides. Si je ne suis pas là-bas à l'heure convenue, Marcus appareillera sans moi.

— Te rendre à Ostia ? Mais comment feras-tu ? C'est impossible.

— Impossible pour moi, pas pour toi.

— Je te l'ai dit : il est des limites... D'ailleurs, regarde-toi. Dans l'état de faiblesse où tu te trouves tu ne ferais pas cent pas. C'est de la folie. En outre, comment ferais-je pour te sortir de là ? La Castra Pérégrina est parfaitement gardée.

— Mais pour me rendre visite tu disposes bien d'une aide ? Nul ne s'étonne de te voir soigner un homme blessé par l'empereur ? Un esclave ?

— Non. Je suis chrétienne. On le sait. Tu n'es pas le premier de qui je m'occupe.

— Décidément les lois romaines sont étranges qui rendent la condition des chrétiens si ambiguë. Proscrits d'un côté, familiers de la pourpre de l'autre. Qu'importe, il faut que j'embarque sur ce navire.

— Même si je parvenais à te faire évader, comment t'y prendras-tu pour récupérer la dette de Julianus ?

— J'en fais mon affaire.

— Tu irais donc te jeter littéralement dans la trappe !

Elle se leva et se mit à arpenter la pièce avec nervosité. Au fond d'elle-même, elle savait qu'il n'existait pas d'autre choix possible que cette évasion. Calixte était condamné à plus ou moins brève échéance. C'était peut-être même une question d'heures. Les délices de l'étreinte assouvies, Commode avait clairement fait comprendre à Marcia qu'il était hors de question qu'il tolérât au côté de sa favorite un esclave qui avait eu l'audace d'agresser sa personne. Et s'il avait accepté un emprisonnement momentané, c'était uniquement en attendant de statuer sur la manière dont il ferait mourir le Thrace.

— Il faut que je réfléchisse, murmura-t-elle. J'ai besoin de voir clair.

— N'y aurait-il pas la possibilité de soudoyer l'un des geôliers ? Ils n'ont jamais eu la réputation d'être d'une probité exemplaire.

Marcia fit un signe négatif.

— Trop risqué. Ma condition de favorite m'interdit de prêter le flanc à de tels individus. Non, je pense à un autre moyen... Mais maintenant il se fait tard. Il faut que je rentre au palais.

Elle se dirigea vers le grabat où il était allongé, récupéra son pot et ses bandelettes, et frôla furtivement ses lèvres.

322

— Si seulement j'avais pu prévoir où me conduirait cette promenade dans le parc de Carpophore...

Il la retint près de lui.

— Quand te reverrai-je?

— Pour ta sécurité comme pour la mienne, je crois qu'il vaudra mieux ne plus se revoir.

— Mais alors?

— N'aie crainte... Il reste cinq jours. Je trouverai la solution.

Elle ajouta très vite :

— Et cette fois je réussirai.

— Ce n'est pas ce que je voulais dire. Je pensais à nous.

— Qui sait comment et dans quelle direction tournera la roue du destin...

Alors il murmura d'une voix presque inaudible :

— Je n'oublierai jamais, Marcia. Où que je sois.

Elle posa tendrement sa paume ouverte sur sa joue.

— Prends garde. Tu connais le dicton : « Du mot non dit, tu es le maître, de celui exprimé, tu es l'esclave. »

— Alors, je l'affirme : de ce mot-là je serai l'esclave.

Leurs bouches s'épousèrent furtivement, puis elle s'écarta, les yeux noyés.

— Adieu, Calixte. Pense à moi lorsque tu seras dans ton royaume.

Avec une sensation d'angoisse il la vit se diriger rapidement vers la porte, emportant la petite lampe à huile, restituant la cellule à ses ténèbres.

Chapitre 31

La quatrième nuit qui précédait les ides était déjà fort avancée lorsque Narcisse vint le chercher.

— Debout. Il faut faire vite. Mais avant, mets ceci.

Calixte enfila en silence la tunique et les sandales que lui tendait l'entraîneur de Commode. Il lui emboîta le pas, trébuchant sur les marches, grimaçant de douleur. Ils longèrent un immense couloir désert à peine éclairé. Aux abords du poste de garde, Narcisse ralentit le pas. Des ronflements sonores filtraient de derrière un battant entrouvert. En passant, Calixte eut la vision fugitive de deux corps affalés sur une table entre des pichets de vin renversés et un cornet de dés. Une fois à l'extérieur, ils longèrent la muraille, jusqu'à ce que Narcisse désignât un cheval attaché dans la pénombre d'une ruelle. Il aida le Thrace à enfourcher la bête et, tout en claquant la croupe du coursier, il souhaita :

— Que les dieux te protègent !

Calixte murmura quelques mots de gratitude, avant de s'éloigner au trot à travers le lacis des rues. Après quelques tâtonnements, il prit la direction de la maison de Didius Julianus.

A l'entrée du Trastévère, il croisa l'équipage d'un patricien que des licteurs porteurs de torches raccompagnaient sans doute à son domicile. Il pressa sa monture. Une fois devant le pont Fabricius, il s'arrêta le long d'un muret. La demeure de Julianus se découpait à quelques toises de là. Alors il descendit de cheval. Se coucha sur les marches d'une chapelle consacrée aux dieux lares, et attendit le lever du jour.

Ce fut le vieil affranchi qui servait de portier aux Julianii qui l'introduisit dans le somptueux atrium.

Calixte chercha, mais en vain, à reconnaître les lieux visités des années auparavant en compagnie de Fuscien. Depuis l'incendie de cette fameuse nuit, le palais avait dû être entièrement reconstruit car il n'y retrouva rien du passé. Ou alors était-ce dû à la fièvre qui brûlait son corps ? Depuis sa sortie de la Castra Pérégrina, il avait l'impression d'évoluer au centre d'une nappe de brume qui déformait les sons, voilait les objets. Une sueur glacée dégoulina le long de son dos. Ses jambes vacillaient.

Il n'allait tout de même pas s'évanouir ici ! Pas après avoir surmonté tant d'obstacles.

Il s'efforça de concentrer son attention sur Didius Julianus fils. Était-il au courant de son arrestation ? Carpophore et lui s'étaient-ils rencontrés au cours des calendes ? Auquel cas, le rêve s'écroulerait définitivement. Il entendait clairement la voix de Marcus : « Pas de tromperie ! Quatre cent mille sesterces, pas un as de moins. »

Il déambula nerveusement autour de l'impluvium, tout en maudissant intérieurement cette manie d'hygiène qui habitait certains Romains. Le portier lui avait annoncé que Julianus le recevrait après ses ablutions, et Calixte ne savait que trop combien celles-ci pouvaient se prolonger.

Son regard se reporta pour la quatrième fois sur l'horloge à eau qui trônait dans un coin de la pièce. D'après le niveau du liquide il n'était arrivé que depuis peu, mais il lui semblait que cela faisait un siècle.

Un claquement de sandales se fit entendre dans son dos. Il se retourna. Le jeune sénateur n'avait pour tout vêtement qu'un pagne de lin qui laissait apparaître un ventre proéminent.

— Entre ici, dit-il en soulevant le rideau épais qui fermait le tablinium. Je préfère qu'on ne sache pas que je dois de l'argent à ton maître.

Examinant plus attentivement son visiteur, il s'inquiéta :

— Car c'est bien Carpophore qui t'envoie, n'est-ce pas ?

— En effet, seigneur. Ne te souviens-tu pas de moi ? Nous nous sommes vus aux thermes de Titus.

— Aux thermes de Titus...

— Je m'appelle Calixte.

— Je crois que cela me revient. Mais si ma mémoire est bonne, ce jour-là tu ne portais pas de barbe ?

— C'est exact. Mais les tourments du rasoir sont tels que je me suis résolu à imiter les philosophes.

Tu as bien raison. D'ailleurs pour ce qui est des philosophes, c'est uniquement au port de la barbe qu'on leur reconnaît une certaine sagesse. Pour le reste... tous des mécréants !

Tout en discutant, Didius Julianus ouvrit un grand coffre rangé contre l'un des murs et brandit une pesante bourse de cuir.

— Voilà. Vingt talents euboïques. Connaissant ton maître, je les avais préparés à l'avance. A présent, donne-moi le reçu.

Le reçu ! Par Dionysos. Comment n'avait-il pas songé à un détail aussi important !

Il s'efforça d'adopter un ton naturel.

— Mon... mon maître te le fera parvenir dès que je lui aurai remis la somme.

Julianus, qui avait presque posé la bourse dans la paume de Calixte, se ravisa.

— Il n'en est pas question ! Carpophore ne s'imagine pas que je vais lui remettre pareille somme sans reçu ? Si j'agissais ainsi, il serait fortement capable dans quelques jours de me réclamer ma dette une seconde fois.

— Seigneur Julianus ! comment peux-tu soupçonner mon maître d'une pareille vilenie ? Ton beau-père de surcroît.

— Mon beau-père est un vieux rat syrien qui a su se loger dans un fromage. Et sa fille est encore pire que lui. Je ne te confierai ces vingt talents qu'en échange d'un document signé et daté de sa main.

La fermeté du ton ne laissait planer aucun doute sur la détermination du Romain. Calixte essaya malgré tout de protester.

— Seigneur ! Je t'assure que...

— Tu m'as compris. Va à présent !

Comme dans un mauvais rêve, Didius Julianus se détourna et repartit, serrant précieusement la bourse contre sa poitrine.

De retour dans l'atrium, Calixte marqua un temps d'arrêt devant la margelle de marbre qui entourait l'impluvium. Les pluies y avaient déposé près d'un demi-pied d'eau. Il se dit qu'il ferait aussi bien de se jeter dans le Tibre et de se laisser couler. Tout ce qu'il avait entrepris échouait misérablement sous ce toit. Il eut un brusque regret : celui de ne s'être pas rué à la tête du sénateur, de ne l'avoir pas assommé.

— Calixte !

Il se retourna et ne vit personne.

— Calixte !

Cette fois il cerna d'où venait l'appel. Une main blanche s'agitait entre les rideaux qui masquaient l'entrée d'un couloir. Il allait obéir, lorsque la voix de Julianus retentit à ses oreilles :

— Et n'oublie pas de saluer ton maître en mon nom !

Sans s'arrêter, le sénateur traversa le tablinium pour s'engager vers les thermes.

— Calixte !

A nouveau cette voix. Elle lui rappelait quelque chose de familier. Il s'approcha, et presque aussitôt les rideaux s'écartèrent. Mallia.

On avait dû faire part à la jeune femme de sa visite alors qu'elle se trouvait aux bains, car elle portait encore des sandales de bois et un ample peignoir en peau de mouton.

Il avança vers elle.

— Mais tu boites ?

— Ce n'est rien, une mauvaise chute.

— Bien mauvaise, en effet. Tu saignes.

Calixte constata avec effroi qu'une auréole rosâtre s'était effectivement formée sur sa tunique.

— Ce n'est rien. D'ici quelques jours il n'y paraîtra plus.

— Viens ! fit-elle en lui prenant la main.

— Non, Mallia, je...

— Viens, te dis-je !

Les chambres du palais des Julianii étaient aussi exiguës et aussi sommairement meublées que celles de la plupart des habitations romaines : un lit bas et léger, une grande psyché, un coffre à vêtements, un siège, une table où étaient rangés une nuée de peignes, épingles à cheveux, pots de fards, onguents et parfums. La vue de cet attirail fit aussitôt renaître la voix de Flavia à la mémoire du Thrace :

« Crois-tu qu'elle se contenterait de la simple coiffure républicaine ? Non, bien sûr ce serait un sacrilège. Elle est folle, te dis-je ! »

Seule la richesse du décor faisait la différence avec les chambres des quirites : fresques aux plafonds, mosaïques au sol, murs de marbre rare et... pot de chambre en argent massif.

— Laisse-moi voir ta blessure, demanda la jeune femme tout en aidant Calixte à retirer sa tunique.

A la vue des multiples cicatrices qui parsemaient sa peau, elle ne put retenir un cri d'horreur.

— Par Isis ! Mais comment t'es-tu fait cela ?

Calixte se sentait défait, épuisé, las de tout. Il ne chercha même pas à mentir.

— C'est l'œuvre d'un scorpio...

— Un scorpio ! On a eu le cœur de te fustiger avec un scorpio ? Mais qui a pu faire une pareille chose ? Qui ? Éléazar sans doute.

Il saisit l'explication au vol.

— C'est cela. Il avait un vieux compte à régler.

— Et mon oncle ? Sans réaction ?

Fatigué, Calixte se laissa tomber sur le lit de la jeune femme.

— Éléazar a retrouvé ses pouvoirs, murmura-t-il d'une voix monocorde, et il ajouta avec une certaine dérision : Et toi... tu n'es plus là...

Mallia frappa dans ses mains.

— Gorgô ! Électra ! Venez immédiatement !

Deux petites esclaves firent immédiatement irruption.

— Courez aux cuisines. Ramenez-moi de la graisse, de la charpie et des bandes de toile. Apportez également une amphore de massique. Dépêchez-vous.

*

329

— Et si je te rachetais à mon oncle ?

Calixte, vêtu d'une tunique neuve, ses plaies pansées, porta d'un air absent la coupe de vin à ses lèvres.

— Décidément, Mallia, tu as de la suite dans les idées...

Elle baissa la tête, l'œil triste.

— Ici je me sens tellement seule. Seule et intruse. Je suis la fille adoptive d'un sénateur syrien, du sénateur je suis « le présent » imposé par César. Celle que l'on méprise dans le silence de ces murs, mais que l'on respecte en public. Je les déteste : le père est un vieux porc et le fils un cochon de lait gavé depuis toujours ! Ta présence me serait d'un grand soutien, Calixte.

Bien que l'esprit à mille lieues des préoccupations de la nièce de Carpophore, Calixte ne put s'empêcher d'éprouver un sentiment de pitié pour cette femme, dont il ne restait plus rien de l'arrogance passée. Cette arrogance qui réussissait parfois à faire oublier l'ingratitude de ses traits. La flamme s'était éteinte.

Il allait répondre, lorsque soudain des éclats de voix et l'écho de pas précipités retentirent de quelque part derrière les tentures.

— Mais qu'est-ce qui se passe ? Il semblerait que ce vacarme monte des cuisines. Gorgô, que...

Elle n'eut pas le temps de finir sa phrase. Les tentures furent comme balayées par un coup de vent. Bousculée sans ménagement, Mallia fut plaquée contre le mur. Sous ses yeux interloqués venait de surgir Éléazar. Echevelé, le visage creusé, un manteau sombre jeté sur ses épaules, il pointait son stylet d'une main tremblante d'excitation en direction de Calixte. Derrière lui se profilait la silhouette ronde de Didius Julianus, qui n'avait pas quitté son pagne et dont la peau rose portait encore les traces humides du bain d'où l'on venait de le tirer précipitamment. Un peu

330

plus à l'écart, se tenait la jeune esclave Gorgô qui les avait probablement menés jusqu'ici.

— Alors, je te retrouve une fois encore, Calixte ! Mais j'ai comme l'impression que tu ne goûteras pas longtemps nos retrouvailles. Tu as eu tort de vouloir encaisser ces vingt talents à ma place.

Le Thrace n'attendit pas d'en savoir davantage. Il tenait toujours à la main sa coupe de massique. D'un mouvement rapide il en jeta le contenu au visage du villicus. Surpris, le Syrien esquissa un mouvement arrière de la tête en battant des paupières. A peine eut-il le temps de se ressaisir que la lourde coupe d'argent incrustée de pierreries le frappa de plein fouet, l'assommant à moitié. Dans le même temps, de sa main libre, Calixte lui arracha son stylet et bondit hors de la pièce.

Menacé d'être touché par l'arme, Didius Julianus jugea plus prudent de s'effacer. Calixte fonça à travers l'atrium ; en un éclair il fut dehors. Le sénateur encore sous le coup de l'émotion ouvrit la bouche pour ameuter ses esclaves, mais des ongles acérés s'incrustèrent dans le gras de son avant-bras, lui arrachant un hurlement de douleur. Il fit volte-face et se retrouva devant son épouse, qui le dévisageait avec une expression qu'il ne lui avait jamais vue.

*

Une fois dans la rue, Calixte enfourcha sa monture et s'éloigna au galop. Il renversa dans sa fuite un étalage de fruits, affolant les passants et faisant tanguer une litière. Ses blessures se rappelaient douloureusement à son souvenir et il pouvait sentir les plaies qui se rouvraient à chaque soubresaut. A plusieurs reprises il manqua d'être assommé par les poutres sous lesquelles le précipitait sa course folle. Il ne marqua le pas qu'une fois aux abords du Tibre.

Encore bouleversé par l'apparition impromptue du Syrien, il traversa le pont Fabricius et mit pied sur l'autre rive. Sans ces vingt talents, la route de la liberté était définitivement barrée. S'il avait échappé miraculeusement au villicus, tôt ou tard il serait repéré par les chasseurs d'esclaves ou les espions. Il y avait d'ailleurs de fortes chances pour que ces derniers enquêtent en priorité auprès des personnes avec lesquelles on le savait lié : ce qui annulait définitivement tout espoir d'approcher Fuscien.

Comme il se dirigeait droit devant, vers le théâtre de Marcellus, il eut l'impression que tous les passants du Trastévère jetaient vers lui des regards inquisiteurs. Il continua de progresser dans un état second, jusqu'au moment où il se retrouva à l'embranchement qui menait à la via Ostiensis, à la villa de Carpophore.

Éléazar devait lui aussi emprunter cette voie.

Et s'il lui tendait une embuscade ? Aux portes de la ville ? Trop risqué. Non, s'il voulait récupérer les vingt talents de Julianus, il ne lui restait qu'une seule solution : intercepter l'intendant dès son retour dans la propriété. Certes, c'était pure folie. Mais l'*Isis* partait le lendemain aux premières lueurs de l'aube.

*

Depuis combien de temps était-il tapi là, dans le parc, face à l'entrée de la villa ? Le vent qui gémissait entre les arbres à moitié dénudés le fit frissonner. Il avait mal partout. Il n'avait rien mangé depuis la veille au matin, et il se sentait aussi vulnérable que les feuillages jaunis accrochés aux branchages. La fièvre faisait trembler légèrement ses mains. Son cœur cognait dans sa poitrine.

Le cristal brouillé d'une cloche tinta brusquement dans le lointain. C'était l'appel des esclaves au repas du soir. En regardant machinalement en direction des écuries, Calixte reconnut la silhouette longiligne d'Éléazar qui discutait avec les palefreniers. Maintenant il fallait agir très vite s'il ne voulait pas voir s'évanouir cette dernière chance. Sans quitter le villicus des yeux, il s'avança avec précaution parmi les pins, et atteignit les écuries au moment précis où le Syrien se séparait de ses interlocuteurs. Il tira de sa tunique le stylet dérobé quelques heures plus tôt. Éléazar se dirigeait d'un pas rapide vers les appartements de Carpophore. La bourse de cuir ballottait ostensiblement à sa ceinture. Il allait devoir franchir l'espace à découvert s'il voulait stopper l'homme avant qu'il ne s'engouffre dans la demeure. Quelques toises... Le bout de la terre !

Rassemblant toute son énergie, il se jeta en avant, priant Dionysos et tous les dieux que nul ne l'aperçût.

Ce fut au dernier instant, alors qu'il n'était plus qu'à une longueur de bras de l'intendant, que celui-ci comme mû par un pressentiment se retourna.

L'œil agrandi par la surprise et la terreur, Éléazar leva la main dans un geste de défense. Le stylet le frappa, une fois, puis deux, jusqu'à ce qu'il s'affaissât couvert de sang. Il trouva pourtant la force de pousser un cri terrible dont l'écho résonna par-dessus les allées du parc. La bourse maintenant ! Son attache résistait. D'un geste vif, Calixte tailla les liens à l'aide du stylet. De toutes parts des esclaves accouraient. Il se rua sans hésiter vers le plus proche, stylet pointé. L'homme s'écarta immédiatement, terrorisé. Sans se préoccuper des éclats qui s'élevaient autour de lui, Calixte fonça vers l'angle des écuries.

Et à présent, où aller ? Droit devant, les appartements des maîtres ; à gauche les bains, à droite la resserre à travers laquelle on pouvait avoir accès aux cuisines. Il opta pour cette direction et reprit sa course au moment où, quittant le réfectoire, les esclaves se déversaient dans la cour.

Un instant plus tard il pénétrait dans la resserre. Il referma la porte, avança à tâtons parmi les barriques d'huile et les blocs de saindoux, jusqu'à ce qu'il atteignît l'entrée des cuisines. Le corps en nage, il hésita, essaya de maîtriser son souffle avant de s'infiltrer dans la pièce. Les dieux étaient avec lui. Un seul personne occupait encore les lieux : Carvilius. Indifférent aux rumeurs et aux cris qui montaient du dehors, il était occupé à farcir de miel une oie grasse.

— Calixte ? C'est... Ce n'est pas possible !

— Vite ! J'ai besoin de ton aide. Il faut que je trouve un abri.

— Mais... mais... qu'as-tu fait ? Que se passe-t-il ?

— Plus tard, Carvilius, plus tard. Je t'en conjure, ils vont arriver !

Le vieux cuisinier, affolé, se mit à réfléchir à haute voix :

— Une cachette... Un lieu sûr, ici ? Je ne vois que ma cellule.

— Folie ! C'est le premier endroit qu'ils fouilleront.

A l'extérieur, les éclats de voix se rapprochaient. Calixte tendit la main vers un des couteaux posés sur la table.

— Non ! Attends ! Je crois que j'ai une idée. Suismoi !

Chapitre 32

L'aube n'allait pas tarder à poindre. La chasse à l'homme s'était prolongée jusque fort tard, à la lueur des torches et des lampes à huile. Chaque parcelle, le moindre recoin avait été fouillé de fond en comble, chaque serviteur interrogé, le parc ratissé, le bassin vidé, la rivière sondée. En vain. A présent, le silence était revenu. Et la propriété paraissait figée dans les lambeaux de la nuit. Seules deux ombres avançaient vers l'ossuaire.

— Carvilius...

— Qu'y a-t-il ?

— Si on nous surprenait ?

— Aemilia, cesseras-tu de trembler comme une feuille ? Encore heureux que nul n'ait songé à visiter l'endroit jusqu'à cette heure. De toute façon, qu'importe. Un jour il m'a sauvé la vie, j'ai une dette à régler.

Ils arrivèrent devant la dalle qui fermait l'ossuaire. Carvilius empoigna des deux mains l'anneau qui permettait de la soulever.

— C'est trop lourd... crois-tu que tu arriveras ?

Le vieil homme dut s'échiner un long moment avant de réussir enfin à desceller la lourde masse de pierre. Et Aemilia glissa deux barres de métal dans l'interstice ainsi créé qui leur permit de dégager progressivement l'ouverture. Le crissement de la dalle râpant le sol s'élevait dans le silence épais, et à chaque mouvement Carvilius se disait qu'on devait les entendre jusqu'à Suburre.

Enfin l'ouverture fut complètement dégagée. Calixte gisait, inconscient, au fond de la fosse boueuse, parmi les ossements épars de squelettes d'esclaves portant encore leur chaîne gravée où se devinait le nom de Carpophore. Couché sur le flanc en fœtus, bras entre les cuisses, il ne réagit pas aux interpellations répétées du cuisinier.

— Il... il est peut-être mort..., souffla Aemilia.

— Non. On ne meurt pas après avoir passé quelques heures dans l'ossuaire, surtout lorsque l'on est aussi robuste que lui. Aide-moi, je vais descendre.

— Non ! Attends, il existe un autre moyen.

La servante déboucha aussitôt l'outre de vin qu'elle avait pris la précaution d'apporter et en versa le contenu sur le visage du Thrace. L'effet ne se fit pas attendre. Calixte sursauta, battit des paupières et, apercevant ses amis penchés sur le rebord de la fosse, il se redressa péniblement.

— Vous... Enfin...

— Donne-moi la main, ordonna Carvilius.

Calixte obtempéra, et un instant plus tard, prenant appui dans les interstices, il était à l'air libre.

— Je te l'avais bien dit, grommela le vieil homme, il est plus solide qu'un chêne.

Il ajouta à l'adresse de Calixte :

— Est-il vrai que tu as tenté de tuer Éléazar ?

— Je devais le faire, fit-il la main crispée sur la lourde bourse qui pendait à sa ceinture.

Il marqua un temps avant de demander avec une certaine inquiétude :

— Il est... mort ?

— Non, répliqua Carvilius, mais c'est tout comme.

— Qu'importe ! lança Aemilia. Ce chien méritait

largement de payer. Combien de malheureux ont péri des suites de ses traitements infâmes.

— Ce n'est pas la mort possible d'Éléazar qui me tourmente, mais celui qui en serait responsable. Il est écrit : « Tu ne tueras point. » Toute atteinte aux commandements est une flétrissure de l'âme.

Le cuisinier marqua une pause, avant de reprendre avec une émotion réelle :

— Si le villicus venait à mourir, je ne peux que souhaiter que Dieu puisse te pardonner. Dans ce monde et dans l'autre...

Le Thrace eut un faible sourire.

— Je pense que si ton Dieu ressemble vraiment à ce que tu ne cesses d'affirmer, il m'a déjà pardonné. A présent il faut que je quitte cet endroit. L'aube est là. Si l'on venait à nous découvrir...

— Prends ces provisions, dit Aemilia en tendant un petit sac de peau.

— Rassure-toi. Je n'en ai pas besoin. Merci à tous les deux. Et que *votre Dieu vous* protège...

— Va, mon ami. Je ne sais pas quels sont tes projets, mais où que tu ailles, que la Fortune soit avec toi Va vite...

Calixte observa le couple, la gorge nouée dans le même temps que les mots de Marcus résonnaient à sa mémoire : « Je n'attendrai pas éternellement. Passé la deuxième heure je hisserai les voiles... »

*

Le soleil allait bientôt enflammer les monts Albains Jamais il n'atteindrait le port avant le départ de l'*Isis*.

La borne milliaire à laquelle il avait attaché sa monture se dressait toujours au bord de la route, mais la bête avait disparu. Il examina la longe dénouée sur le sol, entreprit, sans grande conviction, de fouiller le paysage alentour, soutenu par le mince espoir que le cheval ne se fût pas trop éloigné. Rien.

Brisé, le corps plus douloureux que jamais, il leva la tête vers le ciel comme s'il y cherchait un quelconque secours, mais il ne vit que la masse noire des nuages et crut découvrir l'image imprécise de l'*Isis* fendant la mer.

Les premières gouttes de pluie commencèrent à s'effilocher. Calixte, toujours immobile, leva son visage, paupières fermées, s'abandonnant à l'orage. Sa décision était prise. Il ne renoncerait pas. Que pouvait lui importer de s'écrouler sur la route, de s'y laisser mourir ? Il franchirait à pied la dizaine de milles qui le séparait du port. L'*Isis* devait en cet instant même larguer les amarres. Cela n'avait plus d'importance. Il irait quand même jusqu'aux quais.

Ses doigts se refermèrent sur la bourse de cuir. Bien que riche de vingt talents, il ne se faisait guère d'illusions sur la manière dont il pourrait les employer. Tôt ou tard, on le retrouverait. Tout était perdu. Il le savait. Et pourtant, porté par une sorte d'entêtement suicidaire, il commença sa marche vers Ostia.

*

Il progressait avec une lenteur surréelle.

La pluie avait trempé sa tunique et il lui semblait qu'on avait lié des masses de plomb à ses chevilles. De plus un vent glacial s'était mis à souffler. En dépit de ses efforts acharnés pour accélérer le pas, ses jambes étaient comme soudées au sol. Il n'arrivait pas à maîtriser le tremblement de ses membres.

Il crut apercevoir dans le lointain la silhouette isolée d'un thermopole. Un ultime espoir l'envahit. Si seulement il pouvait y parvenir, il lui serait possible d'y prendre quelque nourriture, un pichet de vin, recouvrer un peu d'énergie. Mais très vite il déchanta : ce qu'il avait pris pour une taverne n'était en réalité que les ruines d'une domus abandonnée.

Les bornes milliaires se succédèrent comme dans un cauchemar. Dix. Neuf. Huit...

*

Les premiers îlots d'Ostia apparurent à travers le rideau de pluie.

L'eau et le vent avaient soufflé les torches de l'éclairage public. Il se fourvoya à plusieurs reprises à travers les ruelles qui commençaient à revenir à la vie. Quelques passants matinaux louchèrent avec méfiance et étonnement sur ce fantôme hirsute qui traversait la ville en titubant. Il voulut aborder l'un d'entre eux, mais n'eut pas la force de s'enquérir des navires en partance pour l'Orient.

Il déambula sans trop savoir où aller. Son regard se porta machinalement vers le centre du port. Et il crut sur l'instant que la folie avait définitivement envahi son cerveau. Et pourtant... Il était là ! A quelques pas, qui tanguait mollement sur son point d'ancrage. L'*Isis*. C'était bien lui ! Il l'aurait identifié entre mille.

Soulevé par l'incroyable vision, il se rua vers le navire.

*

A présent, une froide lumière carminée montait de l'autre bout de la terre. Lentement, se hissant le long des rives du ciel, elle inonda tout à fait la mer. Tel le cygne sculpté sur sa proue, l'*Isis* naviguait droit vers les champs du Sud. A fond de cale, furieux, Marcus recompta ses pièces pour la troisième fois.

— Dire que tu as l'outrecuidance de m'annoncer que ces vingt talents font tout juste deux cent cinquante mille sesterces! Alors que nous étions convenus de quatre cent mille!

Calixte, les traits creusés par la fièvre et l'effort accompli, secoua la tête avec lassitude.

— Me croirais-tu donc assez fou pour te remettre ici la totalité de la somme? Tu te serais hâté de me balancer à la mer. Non, ami Marcus, si tu tiens à toucher le solde, il te faudra m'amener à bon port. Cent cinquante mille sesterces t'attendent dans une banque d'Alexandrie.

Le capitaine étudia le Thrace, sourcils froncés, et finit par se laisser aller à son rire familier.

— Par Polybius! Tu es vraiment bien plus rusé que tous les renards de Gaule et d'Italie réunis. C'est bon. Mais dis-toi qu'une fois à Alexandrie, si tu cherchais à me duper — Marcus exhiba le tranchant effilé de sa dague —, je te servirais de barbier, un barbier dont la maladresse est notoire!

— Venant de toi, rien ne peut me surprendre. Pourtant...

Calixte se cala avec précaution entre deux ballots avant de poursuivre.

— Comment se fait-il que tu m'aies attendu au-delà de la deuxième heure? En apercevant le navire encore à son point d'ancrage, j'ai véritablement cru que ma raison vacillait. Un forban tel que toi posséderait-il encore quelques restes de sentiment? Ou serait-ce l'appât du gain?

— Détrompe-toi: je partais.

— Mais alors?

— Allons, trêve de balivernes! Tu sais mieux que moi la raison de mon attente.

— Au risque de te surprendre, la réponse est non.

— Hier, vers le milieu du jour, un homme barbu,

assez jeune et d'allure athlétique est venu me trouver. Il m'a remis mille deniers pour que je diffère mon départ et que je t'attende jusqu'au soir des ides.

— Un homme d'allure athlétique ?

— Oui. Je me souviens en particulier de son nez écrasé.

— Narcisse...

— Tiens, il m'a même remis ce message pour toi.

Calixte tira le parchemin de sa protection de cuir et le déplia fiévreusement. Au premier coup d'œil il reconnut l'écriture.

Du mot non dit, tu es le maître. De celui exprimé tu es l'esclave. Souviens-toi.

LIVRE DEUXIÈME

Chapitre 33

Alexandrie, janvier 187

Le soleil déclinait sur le Rhacotis[1] et touchait presque la colline aux Tessons.

C'était l'heure la plus calme du jour. Le reste du temps, Alexandrie bourdonnait telles les ruches de Virgile. Contrairement aux quirites de Rome dont l'oisiveté était encouragée par les empereurs successifs, l'appât du gain provoquait la frénésie des Alexandrins.

Leur cité constituait le nœud du commerce maritime de l'Orient. Chaque année, au retour de la mousson, plus de cent navires venant des Indes transitaient par canal, de la mer Rouge jusqu'au Nil, pour débarquer au cœur d'immenses entrepôts, désignés sous le nom de « Trésors », les épices, la soie, l'ivoire et les parfums. C'était ici également que la Sitopompoia, la fameuse flotte de blé, avait son port d'attache ; d'ici qu'elle partait pour Ostia ou Puteoli chargée d'un tiers du blé égyptien. Cependant, l'industrieuse métropole, encadrée par le lac Maréotis et la mer, parcourue par les canaux qui la reliaient au Nil, ne limitait pas au commerce son activité dévorante. Partout étaient

1. Quartier indigène.

345

ouverts des ateliers de verrerie et des échoppes d'artisans. C'est en ce lieu que se préparaient les étoffes, les peaux, les papyrus, l'encens, les œuvres d'art, destinés aussi bien aux citoyens de Rome qu'à la cour des Han.

De l'aurore au couchant, les avenues alexandrines étaient envahies par une foule cosmopolite et bigarrée : manufacturiers juifs et marins de toutes origines, Parthes reconnaissables à leur haute mitre, paysans égyptiens à moitié nus, savants du musée traînant derrière eux toute une cohorte d'étudiants, et les inévitables publicains italiotes, souvent concussionnaires, toujours haïs, imposés par la puissance des Césars. Et par-dessus tout, en filigrane, épandues dans les tavernes, les palais, ou dans les bas-fonds du port, il y avait ces célèbres courtisanes qui avaient assuré à la ville sa réputation de volupté et de décadence.

Exceptionnellement, en cette fin d'après-midi, les rues étaient presque vides, et du temple de Sérapis aux avenues du Dais et du Sôna c'est à peine si l'on croisait quelques passants. Pour le familier d'Alexandrie il n'y avait là rien de surprenant. C'était jour de course à l'hippodrome, et la passion des jeux était aussi démesurée dans la cité égyptienne que dans la capitale de l'Empire.

Quelques individus plus affairés, ou de mœurs moins frivoles, profitaient de cette trêve pour accomplir les tâches qui leur tenaient à cœur. Clément était de ceux-là. Il venait de pénétrer dans l'agora du vieux port et, de son pas faussement nonchalant, il se dirigea vers la librairie de son vieil ami Lysias.

Il marqua un temps d'arrêt devant le seuil, afin de lire les annonces épinglées sur le battant vermoulu de la porte, et nota avec satisfaction que les *Moralis philosophiae libri* [1] étaient enfin disponibles. Sans plus attendre, il pénétra dans le local qui se composait d'une pièce de taille modeste, aux murs habillés d'étagères s'élevant jusqu'au plafond. C'était un lieu où il avait toujours plaisir à se rendre. Quelques clients examinaient des parchemins, d'autres discutaillaient littérature avec animation. En équilibre au-dessus des têtes flottaient des grains de poussière dans un rayon de lumière crue.

— Maître ! Comme je suis heureux de te voir.

— Lysias, Lysias mon ami. Combien de fois dois-je te dire qu'il ne faut pas m'appeler maître. C'est ridicule. Je ne suis pas plus ton maître que tu n'es mon esclave.

— Je sais, je sais..., maître. Mais qu'y puis-je ? Je n'imagine pas un seul instant t'appeler autrement. Et puis, les apôtres n'appelaient-ils pas ainsi Notre Seigneur ?

— Lysias, tu n'es pas apôtre et je suis encore moins Notre Seigneur ! Mais parlons plutôt des *Moralis philosophiae libri*. Il semblerait qu'elles soient enfin disponibles ?

— C'est exact. Je vais de ce pas te porter l'exemplaire que j'ai réservé pour toi.

Quelques instants plus tard, Lysias remit à Clément un coffret contenant de splendides rouleaux de parchemin de charta noués par un ruban pourpre.

— Dis-moi, comment se fait-il que toi, philosophe chrétien, tu fasses tant de cas des écrits de ce gentil ?

— Pour la simple raison qu'il est toujours enrichissant de connaître la pensée des hommes qui vous ont précédés, et qu'à mes yeux, de tous les philosophes gentils, Sénèque est certainement celui qui est le plus

1. Livres de philosophie morale. Œuvre de Sénèque aujourd'hui disparue.

proche de la Vraie Foi. On murmure d'ailleurs qu'il aurait été éclairé par l'un de nos frères.

— Je vois... Te faudrait-il autre chose ?

— Un rouleau de papyrus.

Lysias adopta une moue désolée.

— Hélas, l'administration d'État est comme toujours en retard dans ses livraisons. Tous les rouleaux qui me restent ont été retenus.

Contrarié, Clément lissa machinalement sa barbe.

— Pour quand le nouvel arrivage est-il prévu ?

— Hélas, maître. Tu connais comme moi la réputation des services du monopole. Deux jours, trois mois, que sais-je ?

— Et si je te proposais de t'en payer le double ?

Le libraire se rejeta en arrière comme piqué par un frelon.

— Comment peux-tu songer un instant que je pourrais me conduire avec toi comme un de ces vulgaires marchands de rien ! Non, je suis sincère. Tout est retenu.

— C'est bon, grommela Clément, véritablement déçu. Combien te dois-je pour l'ouvrage ?

— Décidément, tu as décidé de me fâcher. Mais... attends, je crois que...

— Qu'y a-t-il ?

— Je reconnais le client qui m'a commandé mes derniers rouleaux de papyrus. Qui sait, peut-être voudra-t-il consentir à t'en céder un ?

Clément tourna son regard en direction de l'homme qui venait de pénétrer dans la boutique : grand, apparemment jeune malgré des traits marqués, une chevelure grisonnante et un épais collier de barbe.

Lysias l'aborda.

— Ta commande est prête, seigneur. Mais, pardonne d'avance ma démarche, mon ami ici présent

348

a un petit problème et j'ai pensé qu'il te serait peut-être possible de lui venir en aide.

— De quoi s'agit-il ? interrogea l'homme avec méfiance.

Clément nota que son visage s'était brusquement assombri. Il décida d'intervenir.

— Rassure-toi, Lysias a le don de tout dramatiser. J'ai simplement besoin d'un rouleau de papyrus et notre ami m'a dit que tu avais acheté les derniers. Peut-être pourrais-tu avoir l'obligeance de m'en revendre un ?

A nouveau Clément observa un changement d'expression chez l'homme, mais cette fois il s'était détendu.

— S'il ne s'agit que de cela. Très volontiers. Fais ton choix. J'ai plus de rouleaux qu'il ne m'en faut. En réalité, je soupçonnais les lenteurs du service du monopole et j'ai préféré prendre mes précautions.

Clément remercia et entreprit d'étaler sur une table plusieurs rouleaux qu'il se mit à étudier.

La meilleure qualité, il le savait, se reconnaissait — entre autres détails — à la longueur des bandes horizontales. Il en caressa la surface pour s'assurer que le papyrus était bien poli. Tout en examinant le lot, il ne put s'empêcher de tendre l'oreille pour écouter le dialogue engagé entre Lysias et son client.

— Oui. J'aimerais aussi acheter un livre.

— Certainement. Quel livre désires-tu ? Roman ? Poème ? Une œuvre technique ?

— Posséderais-tu un ouvrage d'un dénommé... — il parut chercher le nom — Platon. Oui, c'est cela. Platon.

— Bien sûr. Lequel désires-tu ? *L'Apologie de Socrate*, le *Phèdre*, le *Timée*, le *Critias* ou...

— Non, rien de tout cela : *Le Banquet*. C'est bien de Platon ?

— *Le Banquet* ? Parfaitement. Malheureusement je

n'en ai plus en réserve. Il te faudra patienter. Et comme tu le faisais remarquer pour les papyrus, tout dépendra du rythme des livraisons.

Clément ne put s'empêcher d'intervenir à nouveau.

— J'ai l'impression que la providence joue en notre faveur. Cette fois, c'est moi qui suis en mesure de te venir en aide. Je possède chez moi un exemplaire du *Banquet*. Je serais fort heureux si tu me permettais de te le céder.

L'inconnu examina Clément d'un œil hésitant.

— Je... je ne voudrais pas te priver d'un ouvrage dont tu risques d'avoir besoin.

— Sur ce point n'aie aucune crainte, fit Lysias. Le maître pourrait te réciter par cœur toute l'œuvre du divin Platon. Et d'ailleurs son savoir ne s'arrête pas là.

— Comme toujours Lysias exagère. Alors, acceptes-tu ?

— A la condition que tu me permettes de t'offrir les rouleaux que tu as choisis.

Clément se mit à rire de bon cœur.

— J'imagine que si je refusais, tu te priverais du *Banquet*. C'est d'accord. J'habite non loin du Bruchéon. Si tu veux bien, nous pourrions nous y rendre tout de suite.

L'inconnu acquiesça et l'instant d'après ils quittaient la librairie.

— Ainsi tu es donc amateur de philosophie ?

— Amateur de philosophie ? Non, pas vraiment. Pourquoi cette question ?

— C'est pourtant celle qui vient naturellement à l'esprit lorsque quelqu'un s'intéresse à Platon.

— C'est donc un philosophe...

Dans un premier temps, Clément crut que l'homme ironisait, mais très vite, devant le sérieux de son visage, il comprit que ce n'était pas le cas. Il poursuivit.

— Oui, un philosophe. Grec, comme moi.

— En vérité j'ai demandé cet ouvrage parce qu'il m'a été recommandé.

— Je vois.

*

Ils venaient de déboucher sur la place du marché aux Grains. C'est ici que se fixait le cours du blé qui serait vendu à l'annone, avant d'être distribué gratuitement à la majorité de la plèbe romaine.

— D'habitude cet endroit est noir de monde, commenta Clément. Mais aujourd'hui Alexandrie vibre à l'hippodrome. Je présume que tu ne dois pas être un passionné de ce genre de divertissement.

— En effet. Et, depuis un certain événement, j'éprouve même la plus grande répulsion pour tout ce qui a trait à l'arène et aux Jeux.

La réponse ambiguë de son interlocuteur ne fit qu'accroître un peu plus la perplexité de Clément.

Comme ils s'éloignaient du marché pour s'engager dans l'avenue du Sôna, il interrogea brusquement :

— Pardonne ma curiosité, mais tu ne me sembles pas de l'Achaïe [1]. Ton accent...

— Il se remarque donc tant ? C'est vrai. Je suis du pays de Borée [2]. De Thrace plus exactement.

Visiblement gêné de sa confidence, il enchaîna très vite :

— Habites-tu au Muséum ?

— Non, mais guère plus loin. J'occupe une petite maison en retrait de la rue du Dais.

— Si j'en crois Lysias, tu dois être savant célèbre ou médecin.

1. Sous l'Empire, la Grèce formait la province de l'Achaïe.
2. Vent du nord.

Clément eut un petit rire.

— Pas le moins du monde. Je ne fais que diriger une école financée par de généreux donateurs. Et je m'appelle Titus Flavius Clément.

— Un grammaticus, comme disent les Romains.

— Je préfère le mot pédagogue.

Marchant maintenant à l'ombre des colonnades, ils venaient de dépasser le mausolée d'Alexandre, ils obliquèrent vers le Bruchéon — le quartier juif —, et débouchèrent enfin devant la maison de Clément.

*

— Admirable, murmura l'homme en examinant la multitude d'ouvrages alignés sur les étagères en bois de cèdre et protégés dans leur enveloppe de cuir. Les boutons d'ivoire saillaient des rouleaux de papyrus, les titres soigneusement inscrits sur leur ruban écarlate.

— Ne te laisse pas impressionner. Cette bibliothèque est bien loin de renfermer toute la littérature grecque et romaine. Sans évoquer celle des Barbares. Et si je lis beaucoup pour le plaisir, la plupart de ces écrits sont des outils de travail. Hormis quelques poèmes lyriques de Pindare, pour lesquels j'éprouve une réelle affection, et les épopées d'Homère que je relis toujours avec le même enthousiasme depuis le temps de mes études à Athènes, tout le reste, telle cette énorme compilation que représente l'encyclopédie Favorinus, est, disons-le, assez hermétique. Non, si tu désires vraiment voir quelque chose d'extraordinaire, il te faudrait visiter la grande bibliothèque d'Alexandrie. Elle renferme plus de sept cent mille ouvrages.

— Sept cent mille !

— Peu de chose, en vérité, lorsque l'on sait que la majeure partie du bâtiment et son contenu ont été détruits sous César et Cléopâtre.

L'homme hocha la tête, impressionné, tandis que Clément s'emparait d'un étui de cuir où se détachait le nom de Platon.

— Tiens. Voici *Le Banquet*.

— Sois remercié.

— Et conserve-le aussi longtemps que tu voudras. Platon est une musique qu'il faut prendre le temps d'écouter.

Il marqua une pause avant de demander :

— Et à présent, si tu me disais quel est ton nom ?

Après une imperceptible hésitation, l'homme répondit :

— Calixte.

— Calixte, répéta Clément d'un air songeur.

Chapitre 34

Clément entrouvrit les paupières et vit à travers les raies des volets qu'une clarté uniforme et laiteuse avait remplacé la lumière irrégulière de la tour de Pharos.

L'aube déjà.

A ses côtés, son épouse poussa un petit soupir et se pelotonna contre lui. Clément sourit. Marie avait beaucoup de qualités mais elle n'était pas une lève-tôt. En vérité, il était naturel qu'à vingt-deux ans à peine une jeune femme se complût beaucoup plus que lui, qui frôlait la quarantaine, dans les plaisirs du sommeil.

Il se redressa sur un coude et la contempla avec une tendresse infinie. Son corps dénudé, à peine recouvert d'un léger drap, respirait paisiblement dans la demi-pénombre. En été, Clément l'eût laissée dormir à satiété, mais en hiver les journées étaient plus courtes et ils avaient tant de tâches à accomplir. Il l'éveilla en embrassant doucement ses paupières, quitta son lit et commença de s'habiller. Après avoir fixé son pagne et ses sandales, il passa sa tête par l'échancrure de sa longue dalmatique blanche, il lia sa ceinture avant de lisser d'un geste familier ses cheveux courts.

Il ouvrit la fenêtre. L'air de ce matin d'hiver lui parut délicieusement frais. Son regard se fixa au-delà de la masse des murs blancs et des terrasses, sur le voile ténu de poussière et de brume qui flottait sur l'horizon d'où venait de surgir le soleil. Sa femme le rejoignit. Elle avait passé elle aussi une tunique de laine blanche et noué ses cheveux sur sa nuque avant de les fixer avec une longue épingle.

Clément contempla son épouse, et songea au bonheur qu'il avait de partager sa vie avec une telle femme. Il appréciait que Marie fût née et ait grandi dans la lumière du Christ. En effet, élevée dès son plus jeune âge dans l'idée que la femme doit être parée intérieurement et non extérieurement, elle au moins n'avait pas percé ses oreilles et répugnait à posséder ces colliers, bagues et fanfreluches qui semblaient tellement indispensables à toute femme païenne un peu fortunée. De même, ses vêtements immaculés offraient un parfait contraste avec les habits de pourpre, les soieries de Chine tellement en faveur à Alexandrie. Mais bien sûr, ce que Clément aimait par-dessus tout chez elle, c'est qu'elle ne perdît pas de temps à agencer des heures durant ses boucles et ses tresses, ou encore à choisir ces teintures et perruques qui — il le faisait souvent remarquer avec ironie — empêchaient les femmes de dormir la nuit de crainte de déranger pendant leur sommeil les artifices qu'elles avaient échafaudés pendant le jour.

Côte à côte, les deux époux levèrent leurs mains pour une prière d'action de grâces.

La prière achevée, Marie demanda :

— Tu me sembles bien préoccupé depuis hier.

Clément se retourna vers elle, surpris et touché à la fois que son épouse pût si parfaitement lire en lui.

— C'est vrai, je me fais du soucis à propos de quelqu'un.

— Un de tes élèves ?

— Non. Il s'agit d'un homme que j'ai rencontré avant-hier chez Lysias. Un certain Calixte.

— L'homme que tu as ramené chez nous ?

— Oui. Quelle impression t'a-t-il faite ?

La jeune femme hésita :

— Je l'ai à peine entrevu. Je dirai simplement que je l'ai trouvé beau. Beau mais étrange. Lorsque ses yeux ont croisé les miens j'ai eu l'impression désagréable qu'ils me transperçaient. D'ailleurs, si je me souviens bien, il a quitté la maison un peu comme s'il fuyait. Toi même que sais-tu de lui ?

— Pas grand-chose. C'est Lysias qui m'a confié que ce Calixte était dans notre ville depuis peu. Deux ou trois mois je crois. Qu'il vivait solitaire dans une petite maison non loin du lac, et qu'il ne semblait pas avoir besoin de travailler.

— C'est tout ? Mais alors, pourquoi tes inquiétudes ? Pourquoi cet intérêt soudain pour ce personnage ?

— Parce que, au fil de notre discussion, je crois qu'il a perçu que j'étais chrétien. Et j'ai eu l'impression que cela l'irritait.

Marie le dévisagea, troublée.

— Crois-tu qu'il pourrait être un délateur ?

Clément sentit l'inquiétude qui perçait chez sa jeune épouse. Il chercha aussitôt à l'apaiser.

— Non, je ne le pense absolument pas. Il ne faut pas t'inquiéter.

Il caressa tendrement la joue de Marie avant de conclure en souriant :

— Maintenant je dois me hâter. J'ai du travail qui m'attend.

*

Installé confortablement dans le silence tranquille de sa bibliothèque, Clément entreprit de tailler son calame et entama la rédaction de l'exposé qu'il réservait à ses élèves.

356

Ce qui lui posait problème, c'était l'épisode du jeune homme riche décrit par Marc. Scène qui s'achevait par la parole : *En vérité je vous le dis : il est plus facile à un chameau de passer par le chas d'une aiguille, qu'à un riche d'entrer dans le royaume des cieux.*

Cette affirmation était plus spécifiquement ressentie à Alexandrie où les possédants étaient plus nombreux qu'ailleurs. Ceux-ci allaient-ils se refuser à écouter le message du Christ, sous prétexte que ce message les excluait d'office ?

Après avoir longuement réfléchi, Clément aborda ce qu'il pensait être la solution.

Selon sa manière méthodique et posée, il traça le plan du thème qu'il comptait développer. La parole de Jésus s'adressait avant tout au spirituel. Le jeune homme riche possédait peut-être de grands biens, mais il était assurément tout autant dépossédé par eux. Le riche finit toujours par s'estimer pauvre face à plus aisé que lui. Ce n'était donc pas la richesse en soi qui devait être condamnée, mais l'amour de l'argent. C'était cette passion intérieure, avec l'envie, la jalousie et l'égoïsme qui l'accompagnaient inévitablement, qui faisait au bout du compte obstacle à son salut. Mais que le riche perçoive ses biens comme une possession qui lui est confiée pour le bien-être de son frère plutôt que pour le sien propre, qu'il domine ses richesses au lieu de se laisser dominer par elles, alors il serait en harmonie.

A ce point de son argumentation, un doute troubla Clément. Cette interprétation était-elle vraiment la meilleure ? Tout à coup incertain, il posa son roseau taillé et, joignant les mains, il demanda au Père d'éclairer son âme afin de ne pas tomber dans l'erreur. Ceci, non pour sa vanité personnelle, mais pour éviter que son œuvre ne semât plus de troubles dans le cœur de ceux qui la recevraient.

Il était depuis longtemps à méditer lorsque Marie frappa à sa porte pour le prévenir de l'arrivée de ses élèves.

*

— L'hellénisme est-il conciliable avec le christianisme ? Les chrétiens doivent-ils voir dans sa philosophie un péril plutôt qu'un secours ? Moi je vous affirme que revendiquer pour la philosophie hellénique un rôle préparatoire ne signifie nullement que l'on cherche à atténuer en quoi que ce soit l'importance et surtout l'indépendance du christianisme. On peut facilement convenir que les Grecs ont perçu quelques lueurs de la Parole divine et qu'ils ont exprimé quelques parcelles de vérité. Ils témoignent ainsi du fait que la puissance de la Vérité n'est pas cachée. D'autre part, ils dévoilent leur propre faiblesse puisqu'ils ne sont pas arrivés au but.

Clément prit une respiration avant d'enchaîner avec un sourire :

— Je suppose en effet qu'il est maintenant évident pour vous tous que ceux qui font ou disent quelque chose sans posséder la Parole de Vérité sont pareils aux hommes qui s'efforcent de marcher sans jambes.

Clément parlait à ses élèves comme à de vieux complices. Autour de lui, pas un visage qui ne lui fût familier. Pas une expression dont il n'aurait su tirer l'analyse.

Denis, jeune homme à la prodigieuse mémoire, qui révélait déjà des qualités de meneur d'hommes. Léonidas, qui portait sur son bras son jeune fils, Origène. Lysias, le libraire. Basilide, jeune homme brûlant de l'ardeur des néophytes, et cette jeune fille timide et effacée du nom de Potamienne. Avec eux, Siméon, juif hellénisé, Marcus, voyageur recommandé par ses frères d'Italie, et enfin tous les autres. Tous debout, attentifs, qui écoutaient le maître, l'interrogeant de temps à autre sur un mot ou une parabole.

Brusquement Clément, qui allait justement répondre à une question posée, se figea. *Il* était là. Discrètement installé en retrait dans un coin de la salle.

Clément, remis de sa surprise, l'interpella aussitôt avec un large sourire.

— Et toi, mon ami, penses-tu également que les Grecs nous ont précédés, dans la recherche de la Vérité ?

Calixte, pris de court, bafouilla :

— Je... je ne puis répondre que pour Platon... Et encore, pour une seule de ses œuvres...

— Certes, Platon est un excellent guide. N'est-il pas lui-même parti à la recherche de Dieu ? D'ailleurs, sans crainte d'exagérer, on pourrait affirmer que sur tous les hommes sans exception, et particulièrement chez ceux qui s'occupent de recherches spirituelles ou intellectuelles, souffle une certaine inspiration divine.

Clément étaya son argumentation par des citations d'auteurs qui paraissaient familiers aux personnes présentes. Calixte, bien qu'ignorant du monde littéraire et philosophique, reconnaissait ici et là quelques noms. Platon évidemment — qui parlait de Dieu comme du Roi de toutes choses, comme la mesure même de l'existence. Mais aussi Cléanthe, le stoïcien dont Apollonius parlait souvent, qui proclamait la sainteté, la justice et l'amour de l'Être suprême. Ainsi que les pythagoriciens sur lesquels dissertaient parfois Fuscien et ses amis, et qui croyaient à l'unité de Dieu. Par contre, d'autres noms lui étaient totalement inconnus. Tel Antisthène le cynique — qui aurait été l'adversaire de Platon, et que Clément louait pourtant pour avoir rendu hommage au seul vrai Dieu. Le général Xénophon — qui avait défendu l'idée que Dieu ne pouvait être représenté sous forme humaine comme le sont les divinités de l'Olympe.

— C'est grâce au souffle de Dieu que ces affirmations ont été consignées dans les écrits de ces auteurs, conclut enfin Clément. Ils démontrent que tout individu est capable, ne fût-ce que dans une faible mesure, d'entrevoir la Vérité.

*

Au début, Calixte avait cru tomber sur le cours d'un rhéteur ordinaire. Mais très rapidement il fut convaincu que Clément utilisait la rhétorique pour faire passer le message que des êtres comme Carvilius, Flavia, ou encore Hippolyte, avaient tenté de lui faire admettre. Il était forcé de s'avouer que ce rhéteur-là était de loin supérieur à tous ceux qu'il avait côtoyés. Il était clair, aisé à suivre et convaincant. Une chose en particulier avait séduit le Thrace : il usait d'arguments qui, pour la première fois, le touchaient sans le déranger dans ses convictions. Il ne prétendait à aucun moment, ainsi que Carvilius et ses amis, imposer sa foi en se fondant uniquement sur l'autorité du charpentier de Nazareth. Non, cette fois il s'agissait d'une autre vision.

Les élèves commençaient à se retirer. Il attendit que tous fussent sortis pour aborder Clément.

— J'espère que tu ne m'en veux pas pour cette irruption. Cependant, je ne suis qu'à moitié coupable. J'étais venu te restituer ton livre et ton esclave m'a introduit ici, me prenant sans doute pour l'un de tes élèves.

— Il a bien fait. J'espère simplement ne t'avoir pas trop ennuyé avec mes exposés.

— Tu es certainement un pédagogue et un philosophe de talent.

Il tendit le rouleau à son interlocuteur.

— Je te rends ton ouvrage.

Clément eut une expression un peu surprise.

— Tu l'as déjà lu ?

— Oui.

— Je serais curieux de savoir ce que tu en as tiré.

Calixte parut hésiter.

— C'est mon premier livre.

— Dans ce cas, tu ne pouvais mieux tomber : Platon est un excellent guide.

— Bien que de nombreux éléments m'aient échappé, j'ai trouvé l'ensemble assez passionnant.

— On peut lire et relire cent fois Platon, il nous échappera toujours quelque chose. Ce qui compte c'est d'être perméable à l'émotion qui passe. Mais comment définirais-tu le contenu de l'ouvrage ?

— Je dirais peut-être que c'est un échange sur l'amour. D'ailleurs je me range tout à fait du côté de Pausanias lorsqu'il déclare qu'il existe deux sortes d'amour : le vulgaire et le céleste.

— Parfaitement. Et l'amour de la beauté physique peut conduire, dans certains cas, à l'amour pour de belles actions, de belles sciences, jusqu'à atteindre un jour celui de la beauté absolue.

— Et... quelle est selon toi la beauté absolue ?

Clément glissa lentement ses doigts le long de sa barbe comme s'il cherchait à en dénouer les frisures.

— Sans aucun doute la Bonne Nouvelle que nous a révélée le Christ Jésus.

Ainsi, il avait vu juste. Clément était chrétien.

Une ombre passa dans son regard. Et le souvenir du martyre de Flavia revint à son esprit. En particulier, ce sourire qui ne l'avait jamais quittée alors que son corps n'était plus qu'une horrible plaie. Se pouvait-il qu'elle aussi fût à la recherche de cette beauté absolue ? Ou l'avait-elle trouvée, cheminant progressivement de son amour pour Calixte, celui des autres — tous ceux qui l'entouraient —, jusqu'à l'amour de Dieu ? Dans ce cas, son sacrifice n'aurait pas été la conséquence, ainsi qu'il l'avait cru, d'un fanatisme stupide et aveugle, mais un prodigieux acte d'amour.

Il reprit :

— Qui sait, peut-être devrais-je moi aussi relire cent fois *Le Banquet*.

— Permets-moi de te l'offrir, fit Clément spontanément en lui restituant le rouleau.

— Me l'offrir ? Mais tu en as bien plus besoin que moi.

— Comme disait si bien notre bavard de Lysias, je connais le livre par cœur. Et n'aie crainte, je pourrai le remplacer facilement.

Calixte tritura un instant le rouleau entre ses mains avant d'acquiescer avec une certaine maladresse.

— D'autre part, si cela t'intéresse, sache que tous les livres de ma bibliothèque sont à ta disposition. N'hésite pas.

— J'apprécie ton offre. Mais ainsi que je te le disais, la lecture est un monde qui m'est totalement inconnu. Je serais incapable de faire mon choix.

— Si tu m'y autorises, je te conseillerai donc. Comptes-tu demeurer longtemps à Alexandrie ?

— Je ne le pense pas. J'ai l'intention de repartir par le premier navire, dès la fin de la mauvaise saison.

— Cela nous laisse tout le temps d'approfondir nos liens et peut-être de développer tes connaissances. Ma maison et mes cours te sont ouverts. Reviendras-tu ?

Calixte échangea un long regard avec son hôte avant de répondre d'une conviction qui le surprit lui-même :

— Je reviendrai.

Chapitre 35

Octobre 187

Installé sur la terrasse de sa maison, Calixte enroula son papyrus et le glissa dans l'étui de cuir qui contenait le reste du manuscrit.

Il appréciait cette heure incertaine où le soir dérive vers la nuit. Les berges du lac étaient déjà sombres et des langueurs de jasmin parfumaient l'air environnant. Soupirant d'aise, il promena son regard le long de ce paisible faubourg de Canopos où il résidait depuis son arrivée en Égypte. Six mois déjà... Ce quartier suburbain avec ses riches vallons enfouis au sein des frondaisons, entourés de parcs, dégageait une quiétude infinie.

Depuis le petit port artificiel creusé sur la rive et qui abritait des bateaux de plaisance, jusqu'aux pampres en forme de berceau d'où sourdaient des chants de harpe ou de pipeau, tout ici respirait l'aisance et l'harmonie. Liberté. Richesses. Il avait tout pour être heureux. Et il ne l'était pas.

Lorsque, neuf mois plus tôt, il avait débarqué de l'*Isis*, il s'était trouvé d'un seul coup désorienté. Très vite il avait récupéré ses fonds, payé Marcus et fait l'acquisition de cette demeure. Après quoi, le grand vide. Qu'allait-il faire de sa vie? Dilapider jour après jour son capital ? Il avait eu bien trop de mal à l'acquérir. Le faire fructifier à l'exemple de Carpophore ? À quoi bon, pour qui ?

Deux personnes lui auraient donné des raisons de se battre. L'une était morte. Quant à l'autre, son souvenir le brûlait comme une secrète blessure qui ne voulait pas guérir. Marcia... Il aurait voulu lui dire tant de choses. Son image obsédait ses nuits. Jamais il n'aurait cru que ce lien serait si définitif, si absolu... Folie ! Folie ! Autant soupirer après Artémis et Héra. Seule Flavia aurait peut-être pu exorciser ce fantôme. Et peut-être même, qui sait, aurait-il fini par l'épouser. Ils auraient fondé une famille, un foyer.

Non sans quelques scrupules, il s'était enquis d'une paire d'esclaves, qu'il avait d'ailleurs affranchis aussitôt. Ensuite, il avait tâté des célèbres courtisanes de la ville mais les avait abandonnées très vite. Elles se montraient trop curieuses de l'origine de sa fortune et ne lui apportaient au fond qu'amertume et regrets.

Il avait donc passé ses loisirs forcés à visiter cette ville dont Marcus lui avait tant vanté les charmes. Il l'avait parcourue de la porte de la Lune jusqu'à celle du Soleil, avait grimpé les dix étages de la tour de Pharos, vu flamber le célèbre feu d'aloès qui guidait les navires. Il avait admiré les collections du Muséum, les plantes rares de son jardin botanique, médité devant le tombeau d'Alexandre, longé maintes et maintes fois les béliers de la voie Canopique. Mais ce fut dans la bibliothèque qu'il fit cette rencontre qui devait lui ouvrir de nouveaux horizons.

Alors qu'il s'apprêtait à quitter une des vastes salles aux murs recouverts de cartes du monde, un groupe de jeunes étudiants pris dans une discussion animée l'avaient abordé pour arbitrer leur querelle. Ils lui avaient posé une question sur un certain Callimaque. Calixte n'avait pu que bafouiller, s'interrogeant lui-

364

même pour savoir s'il s'agissait d'un homme ou d'un pays. C'est avec humiliation qu'il avait vu les jeunes gens se détourner de lui avec une moue quelque peu dédaigneuse pour se retremper dans leur débat.

Il avait très vite quitté l'endroit l'esprit brouillé, l'œil fixé sur le pavement des ruelles où il aurait voulu disparaître. Tout au long de la journée l'incident l'avait hanté. Il n'avait retrouvé son calme qu'en se jurant de se constituer une bibliothèque digne des plus grands savants. Dès le lendemain, il s'était présenté chez Lysias. Et s'il avait réclamé *Le Banquet*, c'était tout simplement parce qu'il s'était souvenu l'avoir vu bien des fois entre les mains de son premier maître, Apollonius.

Et finalement tout cela l'avait conduit à Clément...

En quittant la demeure du pédagogue, il avait adjuré les Moires [1] de lui dire pourquoi, par quelle incroyable fatalité, le destin têtu ne cessait de placer ces chrétiens sur sa route.

Six mois...

Dans les premières semaines, il avait suivi les cours du Grec avec une certaine méfiance. Par la suite, insensiblement, il avait été conquis. Au cours des derniers temps, des liens d'amitié s'étaient tissés entre les deux hommes. Grâce à Clément, il avait acquis une passion pour la lecture. Avec tact, il avait été encouragé, conseillé. Et peu à peu il avait senti à son propre étonnement fondre les réticences et l'animosité qu'il avait toujours nourries à l'encontre des chrétiens

Toutefois, malgré le sincère attachement qu'il éprouvait pour son mentor, Calixte en était arrivé à cette conclusion paradoxale : il devait fuir. Ne plus remettre ce départ pour Antioche qui aurait dû avoir lieu depuis plusieurs semaines déjà. Fuir, car la personnalité de

1. Divinités du destin.

Clément se révélait trop forte, son intelligence trop subtile, le prestige de son savoir trop rayonnant pour que lui, Calixte, ne finisse par succomber à ses arguments.

Renier l'orphisme et se rendre au christianisme ? Chrétien ! Non. Jamais. En lui une force viscérale rejetait cette perspective. Abandonner l'orphisme serait bien plus qu'une apostasie : c'était trahir Zénon. Renier son père. Il fallait partir. Il avait pris sa décision quelques jours auparavant. C'est demain qu'il partirait.

De toute façon, Clément n'était pas l'unique motivation de ce voyage. Calixte était convaincu que Carpophore n'avait sûrement pas accepté d'avoir été joué et dépouillé sans chercher vengeance. Son ancien maître ne connaîtrait le repos de l'esprit que le jour où il mettrait la main sur lui, et surtout sur son butin. Le danger n'était pas immédiat. Il y avait entre Rome et Alexandrie toute la largeur de la Grande Mer, et la navigation était interrompue pendant les mois d'hiver. Mais passé l'équinoxe du printemps, rester en Égypte devenait trop risqué. En tant que préfet de l'annone, Carpophore y faisait vivre trop de gens pour ne pas compter sur de nombreux auxiliaires.

Tout d'abord, il avait songé quitter Alexandrie pour la Thrace. Son désir de revoir son pays demeurait toujours aussi vif. C'est non sans peine qu'il dut résister à la tentation. Sardica, Hadrianapolis, étaient des villes où on le rechercherait en priorité. Byzance, où Marcus avait manifesté l'intention de se retirer ? Non, c'était encore trop proche de son sol natal. Il avait opté pour Antioche[1]. L'ancienne capitale des rois séleucides lui offrait tout ce qu'il pouvait souhaiter :

1. Capitale de la Syrie séleucide et romaine, fondée sur l'Oronte vers 300 av. J.-C. Aujourd'hui : Antakya, ville de Turquie.

une population suffisamment importante pour qu'il puisse s'y fondre en toute sécurité, une cité active et riche, et surtout la proximité de l'Empire parthe où, le cas échéant, il lui serait possible de se réfugier pour se soustraire à la justice romaine.

Il se leva lentement. Ce soir il contemplait pour la dernière fois ce paysage auquel il s'était attaché ; cette ville où il aurait pu vivre heureux. Il avait occupé cette dernière journée à faire ses adieux aux rares amis qu'il s'était faits : quelques taverniers, une ou deux courtisanes, Lysias et naturellement Clément.

Visiblement, le responsable de l'école catéchistique regrettait ce départ. Calixte revoyait la scène de leurs adieux. Faisant fi de ses protestations, il avait monté l'escalier qui menait de l'atrium à son cabinet de travail. L'instant d'après il revenait en brandissant un épais rouleau.

— Je sais bien qu'en tant qu'auteur je suis loin de me mesurer à Platon, aussi te faudra-t-il faire preuve d'indulgence.

Un nom se détachait sur la large bande pourpre qui entourait l'ouvrage : *Le Protreptique*[1].

*

Attablé à L'Attique, une des tavernes les plus courues du port, Calixte savourait ce qui allait être son dernier vrai repas avant une dizaine de jours. Son expérience à bord de l'*Isis* lui avait enseigné que son estomac n'appréciait guère les traversées maritimes.

1. *Exhortation.* Une des trois œuvres majeures de Clément d'Alexandrie. Les deux autres sont *Les Stromates* et *Le Pédagogue*. Nous possédons aussi dans l'original grec un traité sur le salut des riches (*Quis dives salvetur*) et en traduction latine des fragments de ses *Hypotyposes* (commentaires scripturaires). D'autres œuvres, mentionnées par saint Jérôme, sont perdues.

Sous ses yeux s'ouvrait le magnifique havre de l'Eunostos [1] empli de navires. L'agitation qui y régnait tranchait avec l'immobilité du Grand Port qui se trouvait plus à droite, séparé du premier bassin par la longue jetée de l'Heptastade.

Bien sûr, l'escadre romaine qui mouillait devant l'îlot d'Antirhodos était inactive en ces temps de paix, et la Sitopompoia ne recevrait son chargement de blé que dans quelques semaines. C'est alors que le spectacle changerait. Pour l'heure, les navires à destination de Rhodes, Pergame, Byzance, Athènes, se balançaient paisiblement. Les distances étaient trop longues, et les tempêtes de la Tyrrhénienne et de l'Adriatique trop fréquentes pour qu'on envisageât de faire partir les navires vers l'Occident.

Machinalement, l'attention de Calixte revenait toujours à la tour de feu, symbole d'Alexandrie. Au-dessus d'une enceinte carrée se dressait un premier étage quadrangulaire, percé de fenêtres. Aux angles de la plate-forme qui le surmontait, quatre énormes tritons soufflaient dans des conques. Au-delà, en retrait, se découpait le second étage, octogonal et moins imposant. Le troisième étage, plus étroit encore, était tout en rondeur. Huit hauts piliers le couronnaient, supportant le toit conique qui abritait le fameux foyer de bois d'aloès qui brûlait jour et nuit. Enfin, au sommet de l'édifice, se dressait l'impressionnante statue de marbre de Poséidon qui dominait la passe du Taureau et veillait sur le port.

En portant à ses lèvres son gobelet de cécube [2], Calixte se demanda s'il reverrait jamais ce phare. Toujours fidèle à ses principes orphiques, il avait

1. L'Heureux Retour.
2. Vin supérieur à celui de Falerne, qui passait déjà pour être du meilleur cru.

repoussé le plat de lamproies qu'on lui avait servi, et commandé, en dépit de leur prix excessif, des huîtres d'Abidos.

— Mais par Bacchus ! Puisque je te dis qu'une fois à Antioche tu seras largement payé !

Calixte sursauta, stupéfait d'entendre user ainsi de l'un des plus saints noms de Dionysos Zagreus. Le nom d'une divinité possédait une valeur en soi, et en user à la manière d'un juron c'était profaner un temple. Choqué, il se retourna. L'homme était assis à une table derrière lui. Il lui tournait le dos. L'interlocuteur qui lui faisait face n'était autre qu'Asklépios, le capitaine du navire sur lequel Calixte allait embarquer.

Déjà le blasphémateur reprenait avec la même vivacité.

— Ne comprends-tu donc pas ? Dans dix jours il sera trop tard ! Et ton manque de confiance m'aura fait perdre une fortune.

Le capitaine, un Crétois d'allure efflanquée, leva les bras au ciel.

— Fortune ! Fortune ! Tu parles comme si la victoire était acquise.

— Mais elle l'est ! De Béryte[1] à Pergame, nul n'est de taille à leur tenir tête. Tu dois me croire !

Asklépios secoua la tête.

— Non, l'ami. Je connais trop le hasard des combats pour accepter. A moins que tu ne me donnes une garantie.

— Quel genre de garantie ? interrogea l'homme avec un soudain espoir.

— Ta fille. Accepte de la laisser en gage à Onomacrite, le marchand d'esclaves. C'est un homme honnête. Il acceptera sûrement de la garder trois mois. Si tu dis vrai, tu pourras la récupérer après les Jeux.

1. Beyrouth.

— Pas question ! Ma fille est tout ce qui me reste. Je ne l'abandonnerai pas.

Le Crétois haussa les épaules et siffla d'un trait la dernière lampée de vin.

— Alors tant pis. Trouve un autre navire.

Sans plus rien ajouter, il quitta la taverne.

Il y eut un court silence rompu par une voix fluette :

— Qu'allons-nous devenir, père ?

Jusqu'à ce qu'elle s'exprime, Calixte n'avait pas prêté attention à la fillette assise au côté de l'homme. Elle devait avoir une douzaine d'années. Et la pureté de ses traits — bien qu'il n'y eût pas vraiment de ressemblance — n'était pas sans rappeler ceux de Flavia. Flavia telle qu'il l'avait découverte dans cette ruelle obscure de Rome.

— Puis-je vous venir en aide ? demanda-t-il brusquement.

L'homme se retourna sur son banc. C'était un Phénicien corpulent, barbu, à la peau mate et aux traits tout en rondeur.

— J'apprécie ton offre, mais hélas, je ne pense pas que tu puisses faire grand-chose pour nous.

— Qu'en sais-tu ? Expose-moi quand même ton souci.

L'homme soupira.

— Connais-tu la réputation des lutteurs de Bactres[1] ?

— Je vais te décevoir. C'est la première fois que j'en entends parler.

— Tu me déçois, en effet. Comment peut-on ignorer les prouesses des lutteurs de Bactres ! Depuis longtemps cette région d'Orient retentit de l'écho de leurs victoires. Sache que ce sont les combattants les plus forts, les plus courageux, les plus résistants qui soient. Comprends-tu, étranger ?

---

1. Aujourd'hui Balkh, en Afghanistan.

Calixte hocha la tête.

— Dans une dizaine de jours vont se dérouler au stade d'Antioche des Jeux qui opposeront, en présence de l'empereur, des lutteurs de toutes origines : Grecs, Syriens, Sardes, Épirotes, pugilistes de...

— Tu as bien dit, en présence de l'empereur ?

— Oui. Commode César vient visiter les provinces de l'Orient et fêtera à Antioche les dieux — ou prétendus tels — Adonis et Vénus. Le vainqueur du concours de lutte recevra dix mille aureus d'or. Me suis-tu ?

Trop abasourdi par la coïncidence, il répondit à peine.

— Et moi Pathios, moi qui te parle, je possède en ces lutteurs de Bactres, les plus formidables athlètes qui soient. Deux taureaux de combat. Grands, forts comme les colonnes du temple de Sérapis, qui ne demandent qu'à vaincre. Vois-tu, j'ai écumé ma vie durant tous les stades d'Orient et d'Occident et je peux t'assurer que mes deux esclaves ne feront qu'une bouchée de leurs adversaires. Ils vont les broyer aussi facilement que des grives de Daphnis, et les gober comme des moules de Palorus ! L'empereur étant un fin connaisseur, leur triomphe ne s'arrêtera pas là. Ils combattront ensuite à Olympie, à Rome. On les affranchira. Peut-être même seront-ils faits sénateurs !

Calixte fit un effort de concentration.

— Mais alors, où est ton problème ?

— Volé.

— Que veux-tu dire ?

— C'est simple, j'ai été volé. Hier soir on m'a dérobé ma bourse et tout ce qu'elle contenait. Je ne possède plus le moindre munus[1], le moindre petit as. Par conséquent, je ne peux plus embarquer pour Antioche.

1. Autre nom du sesterce.

— Et le capitaine refuse de te faire crédit.

— Non. Ou à condition que je lui abandonne ma petite Yérakina, ma fille unique en gage. Par Bacchus ! Il me prend vraiment pour un Romain.

Cette dernière réflexion fit sourire Calixte. Mais une autre pensée cheminait dans son esprit.

— Dis-moi, toi qui as l'air si bien renseigné, peux-tu me dire si l'empereur emmènera avec lui sa concubine, Marcia ?

— Marcia ? Je l'ai vue lutter deux fois. Une femme superbe, mais — il fit une grimace, dégoûté — c'était des combats misérables. Entre femmes, ce n'est que du spectacle, pas autre chose qu'un futile spectacle.

— Tu ne m'as pas répondu.

— Eh bien, je ne sais pas. Je présume qu'elle sera du voyage. On annonce un combat de femmes gladiateurs, elle devrait y jouer un rôle. Et...

Le retour impromptu du capitaine crétois l'interrompit. Asklépios se pencha avec déférence sur Calixte.

— Seigneur, les vents sont favorables. Nous partons tout de suite.

— C'est bon. Je t'annonce que tu as deux passagers supplémentaires : cet homme et sa fille. Combien demandes-tu pour eux ?

— Deux seulement ? fit Asklépios avec un sourire. Pourtant il me semble bien avoir entendu parler de lutteurs.

— Tu as raison. Le prix de quatre passagers ?

— Deux cents deniers, seigneur.

Sans hésiter, Calixte sortit sa bourse et compta la somme sous l'œil stupéfait de Pathios.

— Mais..., bredouilla-t-il, qu'exiges-tu en échange ?

— Rien. Si tes deux lutteurs sont aussi merveilleux que tu le dis, tu me rembourseras.

— Et s'ils se faisaient battre ? lança Asklépios, ironique.

— Dans ce cas, il ne me remboursera rien.

— Oh, que si! Il sera remboursé, Crétois de malheur! Dix fois, cent fois le prix qu'il vient de m'avancer. Seigneur — au fait je ne connais pas ton nom — tu verras, je t'enrichirai pour ce beau geste. Ne serait-ce que pour faire regretter à cet âne de Crète d'avoir manqué ainsi de saisir la fortune alors qu'elle lui tendait les bras. Mais ne faisons plus attendre les vents...

*

D'un geste las, Calixte s'essuya les lèvres du revers de la main et tenta de faire quelques pas. Sur un violent coup de roulis, il manqua de passer par-dessus bord, se cramponna et finalement se laissa tomber lourdement sur un amas de cordages. La poigne ferme de Pathios le retint par l'épaule.

— Holà seigneur! Ne nous quitte pas. Je tiens à te rendre ce que je te dois.

— Si tu comptes sur ces « deux taureaux », grimaça le Thrace, je préfère te tenir quitte dès aujourd'hui!

Il désigna de l'index Ascale et Malchion, les deux lutteurs embarqués. Rien, en effet, ne semblait justifier dans leur apparence les éloges dithyrambiques de leur maître. Petits, grêles, pauvrement vêtus, ils inspiraient plus la compassion que la terreur. Ce n'était pas leur seule originalité : leur teint semblait être un curieux mélange de bistre et de safran. Leurs yeux étaient tellement étirés qu'ils avaient l'air d'avoir constamment les paupières fermées. Leurs pommettes exagérément développées, leurs cheveux noirs et raides, coupés court, leurs joues imberbes, ajoutaient à leur déconcertante allure. Ils s'exprimaient plus ou moins en grec, mais avec un accent si bizarre qu'on les devinait plutôt qu'on ne les comprenait. C'était Yérakina qui leur servait d'interprète. La fillette paraissait très proche d'eux, et l'éclatant sourire qu'ils dévoilaient en sa présence témoignait que l'affection était réciproque.

— Par Bacchus ! Attends de les voir à l'œuvre.

— Voudrais-tu ne plus prononcer ce nom ! gronda Calixte.

Pathios loucha, surpris.

— Quel nom ? Bacchus ?

— C'est cela.

— Oh ! mais est-ce que par hasard tu serais un bacchant ? Ou devrais-je dire un orphiste ?

— Parfaitement.

— Voilà qui est extraordinaire ! Figure-toi que moi aussi je fus un adepte de cette croyance.

— Tu ne l'es donc plus ?

— Non.

— Et pour quelle raison ?

— Je me suis converti au christianisme.

Calixte faillit s'affaisser à nouveau.

C'était à peine croyable. Il était concevable que cette secte débauchât des individus païens, adeptes de cultes incertains ou pervertis, mais que l'on puisse abandonner l'orphisme, cette religion d'élite, il y avait là quelque chose d'hallucinant.

— Comment un bacchant a-t-il pu renoncer à toutes les félicités divines pour retomber dans le lot commun des mortels ? Comment as-tu pu renier le bénéfice de tes purifications et sanctifications pour risquer de connaître peut-être le Borboros [1] !

Devant le ton agressif adopté par le Thrace, Pathios eut un léger recul, puis triturant sa barbe il répondit avec un certain embarras.

1. Le Bourbier : endroit où s'enfonçaient les âmes après leur ultime déchéance.

— Hmm... A ce que je vois tu n'es pas encore désabusé. Hélas, l'éloquence n'est pas mon fort. Il faudrait que Dieu me vienne en aide pour te convaincre. Mais laisse-moi à mon tour te poser une question : comment peux-tu, toi, pauvre mortel, espérer devenir divin par la seule grâce des purifications et des jeûnes ?

Calixte eut un sourire ironique.

— Les chrétiens espèrent-ils autre chose ? Un bain rituel pour se laver de leurs souillures, des repas sacrés où ils dévorent leur Dieu. Tout cela pour atteindre l'immortalité...

— C'est une caricature que tu dresses là. Jamais un chrétien n'a imaginé devenir l'égal de Dieu par le biais de ses dévotions. Non, il espère simplement accéder aux Champs Élysées[1], aux côtés du Souverain Seigneur.

— Tu aurais l'audace d'insinuer que l'orphisme est inférieur au christianisme ?

— L'orphisme est un mythe, mon ami. Rien qu'un mythe...

Calixte blêmit. Il ne savait plus très bien si le malaise qui s'était emparé de lui était dû au mal de mer ou à l'indignation.

Il riposta :

— C'est cela. Vous êtes supérieurs en tout ! Si tu veux le fond de ma pensée, vous autres chrétiens renouvelez tous les sept jours le crime des Titans qui ont dépecé et dévoré Dionysos.

— Ami Calixte, as-tu déjà vu un Titan ?

Calixte parut pris de court. L'autre en profita pour enchaîner :

— En vérité, ce sont des détails comme celui-là qui m'ont fait douter de l'orphisme et de la mythologie. Je

---

1. Le terme de « paradis » n'était pas encore très usité. Pathios utilise son équivalent mythologique.

n'arrivais pas — je n'arrive pas — à me représenter une créature grande comme une montagne dont les jambes seraient pareilles à d'énormes serpents[1] ; ou qui serait semblable à un fleuve entourant la Terre.

— Mais ton Dieu chrétien lui aussi est invisible ! Ou alors il se présente sous la forme de petites galettes de pain et vous vous en repaissez ! N'est-ce pas aussi extraordinaire ?

— Non. Tu fais erreur. C'est le Christ Jésus qui a intronisé ce sacrifice afin que les hommes le perpétuent en mémoire de lui. Il n'a rien de commun avec la mythologie. De plus, ce dont nous parlons s'est réellement déroulé sous le règne de Tibère César. Tout ce que cet homme a accompli est historique. Il y a eu des témoins oculaires. Et ce n'est pas tout. Il y a autre chose qui me tourmente concernant l'orphisme ; trop nombreux sont les faux qui circulent sous l'appellation d'Orphée, tandis que nul ne revendique le nom du Christ.

Cette dernière critique rappela à Calixte des propos tenus par Clément. Lui aussi avait évoqué un certain Hérodote, lequel relatait que dans des temps lointains, Hipparque d'Athènes aurait chassé de sa ville un falsificateur orphique. Et ce n'était pas le seul.

Pathios poursuivait :

— Réfléchis, Calixte : combien de traditions diverses as-tu entendues sur Dionysos Zagreus, Orphée, Phanès et la cosmogonie des origines ? C'est un fatras tellement complexe que nul ne s'y retrouve. Elles se contredisent et ne sont guère vraisemblables.

Calixte se leva brusquement :

— Ces traditions ne sont ni plus ni moins invraisem-

---

1. Pathios décrit un géant. Les mythologues distinguaient les géants des Titans, mais la distinction n'était pas toujours très claire au niveau du peuple.

blables que les traditions chrétiennes. Dionysos est mort et ressuscité tout comme ton Christ. Et en matière de prodige, la montée au ciel de ton Dieu vaut tout aussi bien que la tête décapitée d'Orphée qui a continué de chanter et de prophétiser.

D'un geste qui se voulait apaisant, Pathios posa sa main sur le bras du Thrace.

— Pourquoi t'emporter ainsi ? Tu as sans doute raison sur le fond, toutefois je persiste à dire que cette légende qui veut que des monstres aient dépecé et dévoré un enfant divin dans des temps immémoriaux est difficile à croire, et surtout à vérifier. Alors que la crucifixion du Christ... Les archives conservent le souvenir du procurateur Pilate qui prononça la sentence. Des témoignages concordants ont été écrits sur tous ces événements. Comprends-tu ? Orphée n'a probablement jamais existé. Mais des preuves, des traces concrètes subsistent de la vie et des actes accomplis par le Nazaréen.

Calixte lança un regard dur sur Pathios.

— Décidément... Tu es semblable aux rhombes, aux balles et aux osselets dont les Titans se sont servis pour attirer Dionysos enfant dans leur piège. Je n'y succomberai pas, Pathios.

Chapitre 36

Antioche resplendissait sous le soleil du matin. Une foule immense vibrait le long des remparts et sur les quais de l'Oronte. Tous les peuples de l'Orient semblaient s'être donné rendez-vous : le Grec coiffé de son pétase, l'Israélite en robe bariolée, le nomade du désert, l'œil plissé dans un visage tanné, le Romain en tunique légère. Tous acclamaient avec enthousiasme la galère dorée aux voiles pourpres qui après avoir remonté le fleuve, longé les murailles et passé sous le pont de Séleucie de Piérie, abordait maintenant l'île de l'Oronte.

Debout sur le pont de la trirème, Commode faisait de grands signes de la main. Il était vêtu d'une armure d'or d'officier prétorien. Ciselé sur sa face, se détachait le combat d'Hercule contre Antée. Son casque d'argent au haut cimier écarlate, à l'imitation de celui que portait le grand Alexandre, luisait sous le soleil, faisant contraste avec sa barbe blonde et bouclée. Cependant qu'un long manteau pourpre, posé sur ses épaules, flottait sous l'effet d'une brise venue de la mer.

Pathios s'exclama sur un ton un peu puéril :

— Vois, Yérakina, c'est là le maître du monde ! Vois comme il est beau. Regarde-le, tu t'en souviendras toute ta vie.

Et l'enfant juchée sur les épaules de Malchion se mit

à rire et à applaudir, imitée d'ailleurs par tout un peuple déchaîné.

Calixte commenta avec humeur :

— J'avoue ne rien comprendre au comportement hystérique de ces gens.

— Il est pourtant explicable, répliqua Pathios. Après l'usurpation d'Avidius Cassius[1], Marc Aurèle décida de châtier Antioche pour le soutien apporté à son ennemi. Il transféra donc à Laodicée, rivale d'Antioche, le titre de métropole de Syrie. Mais, plus grave encore, il révoqua tous les Jeux qui y étaient célébrés.

— Châtiment terrible, en vérité..., ironisa le Thrace.

— Mais parfaitement ! Les fêtes que va célébrer Commode sont les premières depuis plus de dix ans. Tous ici interprètent cet acte comme le symbole de la réconciliation entre Rome et Antioche. La foule espère aussi sans doute que le séjour de César ne s'achèvera pas sans que leur ville recouvre la totalité de ses privilèges.

Calixte n'écoutait plus. Une autre silhouette était apparue sur le pont de la galère. Du haut des remparts où il se trouvait, il la distinguait clairement. Svelte, elle portait une robe immaculée, les hanches emprisonnées par une large ceinture violette. Conformément à la mode grecque, une autre ceinture plus mince courait sous ses seins. S'il ne pouvait distinguer parfaitement ses traits, il savait pourtant que c'était bien « elle ». Son cœur s'emballa dans sa poitrine à la manière d'un cheval échappé. Tandis, que venant de très loin, s'inquiétait la voix de Pathios.

— Qu'y a-t-il, ami ? Te voilà bien pâle tout à coup. La beauté de cette créature te bouleverse-t-elle donc à ce point ? Ne te fais pas d'illusions, autant rêver de

1. En 175 ap. J.-C., Avidius Cassius était le proconsul de Syrie.

s'offrir Vénus elle-même. Nous ne sommes que des mortels.

Calixte n'eut aucune réaction. Sous son regard brouillé, Marcia venait de lever la tête vers les remparts et saluait à son tour le peuple. Étrangement, ce geste éveilla en lui des blessures qu'il croyait apaisées et lui fit prendre conscience de cet abîme incontournable qui séparerait toujours l'esclave de la première femme de l'Empire...

Il se détourna du spectacle, le cœur à la dérive.

*

— Qu'as-tu, seigneur ? Tu n'as pas faim ?

Calixte posa sur Yérakina un regard mélancolique.

Ils étaient réunis comme chaque soir autour de la grande table dressée sur la terrasse de la maison : Pathios, ses deux lutteurs et la fillette.

Dès son arrivée à Antioche, il avait loué cette vaste demeure dans le quartier aristocratique d'Épiphania, entre la route de Béroée à Laodicée et le mont Sulpius. Il y avait naturellement accordé l'hospitalité à Pathios ainsi qu'à sa fille. Le Phénicien n'était pas riche. Son seul bien se réduisait à ses deux lutteurs. Ceux-ci logeaient au fond du jardin, en compagnie de la Cilicienne et de l'Arménienne acquises par Calixte dès le premier jour. Deux servantes d'allure masculine, mais qu'on lui avait assurées intègres et travailleuses.

— Pourquoi ne réponds-tu pas ?

— C'est vrai, je n'ai pas très faim, petite fille.

— Cesse donc de m'appeler « petite fille », je vais bientôt avoir treize ans !

Le même âge que Flavia, lorsqu'il l'avait découverte sur les marches de l'amphithéâtre Flavien...

Avec un soupir il rejeta sa tête en arrière. Du côté du couchant s'étiraient des jardins, des bosquets de roses, quelques vignes et des plantations. Plus loin, à peine discernables, les thermes se détachaient sur la rive droite de l'Oronte enflammé par les derniers rayons du soleil. D'ici on ne distinguait pas le bois de Daphné. Le plus célèbre site d'Antioche se trouvait à plus de huit milles romains ; mais nul doute que Commode ne décidât de le visiter, ainsi que l'avait fait en son temps l'empereur Lucius. Marcia s'y rendrait-elle également ? Depuis qu'il l'avait revue sur le pont du navire impérial, toutes ses pensées le ramenaient vers elle. Pourquoi ? Par quel sortilège cette femme demeurait-elle ainsi ancrée dans son esprit ?

— Dis-moi, Pathios, interrogea-t-il brusquement, où vous réunissez-vous, vous chrétiens, pour rendre hommage à votre Dieu ?

S'il fut surpris par la question, le Phénicien n'en laissa rien paraître.

— Nous avons pour cela une grande basilique sur l'agora séleucide, non loin de l'enceinte, face au temple de Zeus.

— Mais c'est en plein cœur de la ville !

— Parfaitement.

— Vous possédez donc un bâtiment spécialement affecté à votre culte ? Au vu et au su des Romains ?

Pathios eut un petit rire amusé.

— On voit bien que tu ne connais pas Antioche. Depuis que Paul, un des apôtres les plus proches du Christ, a débarqué ici, les conversions se sont multipliées. C'est certainement la cité du monde qui compte le plus de chrétiens. Ils sont partout : dans l'enseignement, dans le commerce, dans l'armée. Le conseil des décurions qui dirige la ville est lui-même composé d'une majorité de fidèles du Christ. Le gouverneur a bien été forcé de s'adapter à cette situation.

— Et Commode n'est pas un persécuteur.   ânonna machinalement Calixte.

— Je le crois, répliqua Pathios avec conviction. J'ajouterai qu'à mes yeux, c'est le meilleur empereur que nous ayons jamais eu.

Le meilleur... Calixte frissonna au souvenir des tortures que lui avait infligées l'imperator. Mais il ne s'attarda pas sur le sujet.

— Pathios, reprit-il lentement, est-ce qu'il me serait possible d'assister à vos réunions ?

Cette fois son interlocuteur le dévisagea avec des yeux ronds.

— Dans quel but ? Tu n'envisages tout de même pas de te convertir !

Calixte plongea ses yeux dans ceux du Phénicien. Il l'observa un long moment, avant de laisser tomber avec un sourire :

— Et si Orphée n'était qu'un mythe ?...

Chapitre 37

L'amphithéâtre d'Antioche était bâti sur la rive méridionale de l'Oronte, presque en face de l'île et du palais.

Craignant de manquer de place, Calixte et ses amis s'étaient mis en route de très bonne heure. Pathios et Yérakina s'étaient installés à ses côtés dans la litière, et les deux lutteurs suivaient dans leur sillage.

Le quartier d'Épiphania étant situé à la périphérie, ils durent traverser le cœur de la cité pour atteindre le cirque. En dépit de l'heure matinale, le soleil brûlait déjà, et l'animation qui régnait de toute part n'avait rien à envier à celle d'Alexandrie ou de Rome. Si le caractère cosmopolite des deux populations était tout aussi comparable, les rues bordées de colonnades — les célèbres portiques d'Antioche —, leurs bronzes et leurs statues, dont certaines recouvertes d'or, marquaient la différence. De plus, les deux métropoles grecques tranchaient nettement avec la capitale de l'Empire : elles étaient propres, mieux tenues, plus organisées.

Ils arrivaient à l'Omphalos, la grande pierre qui servait de support à la statue géante d'Apollon, protecteur des lieux. On l'avait érigée au centre même de la cité, au croisement des deux artères principales. Ici, la foule était nettement plus dense : opulence et diversité rivalisaient. Le cirque était en vue. Pathios, rendu de plus en plus volubile par la proximité de l'échéance, s'était mis à donner de grandes claques sur l'épaule de Calixte.

— C'est un grand jour, ami! Un très grand jour. Ascale et Malchion vont inscrire nos noms sur les frontons de la gloire, et je n'oublierai jamais que ce sera grâce à toi l'ami. Grâce à toi.

Calixte glissa un regard en coin. Il n'arrivait pas à comprendre l'assurance de son compagnon. Les deux lutteurs, pieds nus, la chlamyde négligemment jetée sur l'épaule, suivaient les porteurs avec une expression de courtoisie figée que ni les bousculades ni le brouhaha ne paraissaient pouvoir altérer.

A les voir ainsi fluets, presque pusillanimes, on ne les imaginait pas un seul instant vaincre les meilleurs lutteurs de l'Orient romain. S'il fallait en croire Pathios, les deux hommes venaient d'un pays appelé Sin ou Tsin. Ils étaient parvenus jusqu'aux Paropamisades avec les caravanes de la route de la soie. Leurs maîtres les avaient vendus à des Grecs de Bactriane qui avaient hellénisé leurs noms. Après bien des vicissitudes, ils avaient abouti à Alexandrie où Pathios en avait fait l'acquisition, non sans les avoir, au préalable, convertis au christianisme.

De plus en plus fiévreux, le Phénicien poursuivait :

— Maintenant je peux te l'avouer, nous allons être encore plus riches que tu ne l'imaginais. Non seulement nous emporterons les dix mille aureus, mais aussi le montant des paris que j'ai investis.

— Tu as parié...? Combien?

— Tout.

— Tout?

— J'ai vendu tous mes biens pour miser sur mes deux Titans. Et que tu le veuilles ou non, nous partagerons les bénéfices. Pathios n'est pas un ingrat!

384

Effaré, Calixte s'interrogea sur la santé mentale de son ami.

— Pathios, si par malheur tes Tsinois étaient battus... Toi, et surtout ta petite Yérakina, qu'allez-vous devenir ?

— Parce que tu crois que Malchion et Ascale pourraient perdre ? s'exclama la fillette, choquée.

De son côté, Pathios considéra le Thrace comme s'il venait de proférer une impardonnable obscénité. Il entrouvrit les lèvres, les referma. Ne trouvant pas les mots, il finit par secouer la tête d'un air affligé.

— Pauvre mortel, pauvre incrédule... Dans quelques heures, quand tu repenseras à tes doutes, tu en seras honteux et horrifié.

*

Au-dessus de leurs têtes, le soleil déployait ses rais brûlants sur toute la surface du velum immaculé qui offrait à la foule une ombre propice.

Calixte, Pathios et sa fille avaient abandonné les deux lutteurs à l'apodyterium de l'arène, avant de gagner les gradins. En dépit de ses deux cent mille places, l'amphithéâtre était plein comme un œuf, et de cette foule compacte montait une odeur âcre de sueur.

Calixte glissa nerveusement sa main le long de ses mèches. Depuis qu'il avait pénétré dans l'endroit, il avait senti grandir en lui un sentiment d'angoisse. Cette atmosphère tendue, cette assistance grisée d'avance, éveillaient en lui de funestes souvenirs. Ce n'était plus l'arène d'Antioche qui se détachait à ses pieds, mais le cirque Maximus. Les traits ravis de Yérakina lui rappelaient un autre sourire.

L'appel métallique des trompettes couvrit tout à coup la rumeur de la foule. Tous les visages convergèrent vers la porte de Pompée, grande avancée de maçonnerie qui saillait fortement au-dessus de la piste de sable doré. Au-delà de cette porte de chêne massif que franchiraient tout à l'heure les athlètes, courait une corniche surmontée d'une balustrade de marbre à quelques pieds du sol. En arrière-plan, sous un velum de pourpre tendu entre deux tours, on remarquait plusieurs rangées de trônes d'ivoire. De part et d'autre, des prétoriens en grand apparat étaient alignés en deux files impressionnantes et dans un ordre parfait.

Un homme en toge rouge fit tout à coup son apparition, salué aussitôt par un ouragan d'applaudissements : Commode. Il fit quelques pas jusqu'au parapet qui délimitait la loge et salua, paume ouverte, bras tendu à l'horizontale.

— Il est beau...

Mais Calixte, indifférent à l'enthousiasme naïf de la petite Yérakina, n'avait d'yeux que pour le personnage qui venait de prendre place au côté de l'imperator. Marcia. Silhouette blanche, presque évanescente. Bouleversé, il s'attarda longuement sur elle, jusqu'au moment où la porte s'ouvrit, livrant passage aux combattants.

Précédé par l'ordonnateur de la fête, les autorités civiles de la cité, les donateurs du jour, le défilé commença. Un chœur de chanteurs et de musiciens précédait les lutteurs qui, le corps luisant d'huile, prenaient plaisir à faire saillir leurs muscles. A leur apparition les vivats redoublèrent. On leur jeta des couronnes et des guirlandes de fleurs. On les encouragea en criant leur prénom ; chacun d'entre eux ayant la lourde responsabilité de défendre de considérables paris.

— Ascale ! Malchion ! Dieu vous garde ! s'époumona Yérakina en trépignant d'excitation.

Les deux hommes qui cheminaient en queue du

cortège, à quelques pas des helladonices [1], lui firent un petit salut de la main. Ils semblaient épanouis. Calixte se dit que s'ils avaient pu comprendre ce qui se disait autour d'eux, leur bonne humeur se serait probablement évanouie d'un seul coup, car les exclamations et les commentaires qui s'échangeaient à leur propos étaient loin d'être élogieux.

— Regarde-moi ces deux malingres !

— Par Hercule ! Depuis quand engage-t-on les phtisiques pour les compétitions du pancrace [2] ?

— Tiens, voilà Milon et Sostratès !

Cette allusion aux deux plus célèbres lutteurs qui eurent jamais existé fit pouffer l'assistance. Calixte, gêné, coula un regard discret vers Pathios. Mais à son grand étonnement il constata que non seulement le Phénicien demeurait insensible aux quolibets qui affligeaient ses champions, mais qu'il se frottait les mains avec contentement.

— Des poissons dans mon filet ! fit-il bienheureux. Des tanches et des gardons dans mon filet... Regarde-les briller ceux qui vont tout à l'heure frétiller sur la rive !

Et Calixte de s'interroger une fois de plus sur ce qui pouvait bien justifier une telle confiance.

Là-bas, le défilé s'achevait. Après un tour de piste il regagna la porte de Pompée. Presque simultanément, à l'aide de bâtons, les helladonices entreprirent de dessiner de grands cercles sur toute la surface sablée. Dans chacune des circonférences une paire de lutteurs prit place selon des règles fixées par le tirage au sort. Le combat pouvait commencer.

Sur un signe de l'empereur, les seize paires d'athlètes, surveillées par un nombre égal d'arbitres,

1. Arbitres.
2. Lutte libre.

s'empoignèrent. Sans quitter les hommes du regard, Calixte se fit expliquer les règles par Pathios. Les concurrents devaient assommer leurs adversaires ou les plaquer à terre, les épaules bien à plat contre le sol, ou encore les forcer à déclarer forfait. Un seul pas hors du cercle avait pour conséquence une élimination immédiate. Pathios parlait encore lorsque Yérakina s'écria :

— Père, père, vois donc ! Malchion a vaincu !

La fillette disait vrai. Dans un coin de l'arène, Malchion, premier d'entre tous à s'être débarrassé de son adversaire, venait de lever les deux bras en signe de victoire. Mais déjà Ascale accomplissait le même geste, victorieux à son tour.

— Alors, jubila le Phénicien, qu'en penses-tu ?

— Je n'en reviens pas... Comment ont-ils fait ? Comment ?

— Tu vas avoir tout loisir d'étudier leur tactique, répondit Pathios avec l'onctuosité du triomphateur.

Noyés sous les cris et les vociférations de la foule, les autres combats se poursuivaient et s'achevaient les uns après les autres. Une fois les vainqueurs proclamés, on procéda à un nouveau tirage au sort pour former d'autres couples de combattants, surveillés par de nouveaux helladonices. On redessina d'autres cercles et tout recommença.

Cette fois Calixte se garda bien de perdre de vue les protégés de Pathios.

On venait de les opposer à des géants, mesurant près d'une toise, au front large comme deux paumes. Au premier abord, les chances paraissaient tout à fait disproportionnées. Mais ce qui suivit défia l'imagination. Poussant de petits cris aigus, Ascale et Malchion se mirent littéralement à voler dans les airs, à papillonner autour de leurs adversaires, ne frappant que pour toucher certains points du corps avec une précision infernale. On vit leurs deux antagonistes plier soudainement sous l'effet de la douleur, avant de s'effondrer, vaincus, à bout de ressources.

Les deux Tsinois étaient devenus le centre du monde et aux quolibets avaient succédé des cris d'étonnement et d'admiration.

Bientôt il n'y eut plus que huit paires de combattants, puis quatre. La tension de Calixte et de Yérakina fut à son comble lorsqu'ils entendirent déclarer que pour ce dernier tour Ascale devrait affronter Malchion Pathios s'empressa de les rassurer :

— Nous avions prévu ce cas. Il a été convenu que celui d'entre eux qui serait le plus fatigué par les combats précédents laisserait vaincre son compagnon.

— Es-tu certain d'être obéi ? Celui qui se laissera battre devra abandonner dix mille aureus. C'est beaucoup.

— Pas pour un chrétien, sourit le Phénicien. D'ailleurs, tiens, regarde.

En effet, Malchion, atteint, s'était laissé rouler hors du cercle. Ne demeurait plus dans l'arène qu'Ascale et trois autres athlètes. Sans doute les meilleurs de tout l'Oïkouméné [1]. A la reprise suivante, sous l'œil affolé de Yérakina, le petit homme jaune fut presque aussitôt ceinturé par son nouvel adversaire. Mais, très vite, celui-ci se trouva forcé de lâcher prise. Lentement, irrésistiblement, il ploya sous la puissance du Tsinois et glissa un genou à terre. Ascale s'apprêtait à affronter son dernier combat lorsqu'on le pria d'arrêter.

— Que se passe-t-il ? demanda Calixte.

— Aucune idée.

Commode, qui avait abandonné son siège et la tribune, descendait dans l'arène. Après un moment de flottement, le public se mit à applaudir à tout rompre.

---

1. Monde civilisé, ou monde habité.

— Il va arbitrer le dernier combat !

— Tu te rends compte ! hurla Pathios littéralement en délire. Tu te rends compte. C'est la gloire ! !

Calixte était nettement moins enthousiaste. C'était la première fois qu'il voyait Commode de si près depuis la séance de torture du palais.

Autour de lui, la foule debout laissait exploser sa joie. Tandis que la fillette exultait, Pathios, en nage, se laissa retomber au côté de Calixte en balbutiant :

— Je m'attendais que mes deux taureaux reçoivent l'hommage de tout Antioche, mais celui de l'empereur lui-même...

Lorsque, sous l'œil attentif de l'empereur, Ascale plaqua au sol les épaules de son dernier adversaire, le Thrace crut vraiment que le Phénicien allait défaillir.

Chapitre 38

La marée humaine se retirait lentement de l'amphithéâtre et s'épanchait le long des vastes avenues de la
ville. Au bout d'un moment, elle grouillait sous les
célèbres portiques, couvrait les chaussées, se dispersait
autour de l'Omphalos. Noyés dans la masse, Calixte et
Yérakina tentaient de se frayer un chemin. Autour
d'eux, sous les arcades des thermopoles à nouveau
ouverts, des hommes discouraient avec force gestes,
des pichets de vin miellé à la main. Après avoir honoré
Cybèle, la cité d'Apollon s'apprêtait à payer son tribut
à Bacchus.

Pathios, heureux propriétaire des héros du jour,
avait été naturellement associé à l'hommage qui leur
avait été rendu. Invité par l'empereur à la cena du
palais, le Phénicien avait insisté pour que Calixte fût
des leurs, en vain. Le Thrace se voyait mal prendre le
risque, une fois confronté à Commode, d'être reconnu.
Finalement il fut convenu que Pathios s'octroierait la
litière et se rendrait à l'invitation en compagnie de ses
deux lutteurs. Tandis que Calixte reprendrait le chemin de la maison avec la fillette.

Dans le crépuscule finissant s'allumaient les premières torches. De tous côtés retentissaient des chants,
des éclats de rire avinés, des louanges consacrées à
l'empereur.

— Il est jeune... Il est beau comme Hercule.

— Et tout aussi musclé que lui ! Il n'aurait nullement déparé dans le défilé des lutteurs de cet après-midi.

Pourtant, quelques pas plus loin, certains commentaires étaient plus critiques.

— Mais il n'a pas osé s'engager.

— Sans doute tient-il à être à la hauteur de sa réputation.

— S'il avait vraiment voulu cela, il ne se serait pas contenté d'arbitrer le dernier combat. Il aurait livré bataille lui-même !

— Par Jupiter, j'aurais été curieux de voir comment notre César se serait comporté face à ce singulier petit homme jaune.

A hauteur de l'Omphalos, une somptueuse litière où se prélassaient des individus d'âge mûr, notables sans doute, s'apprêta à dépasser Calixte et la fillette. Là aussi les propos étaient vifs.

— Mais enfin, Caïus ! La place d'un empereur n'est pas dans l'arène !

— Pourtant il a bien l'intention d'y descendre encore. J'ai appris que dès demain il combattra, ainsi que sa concubine, avec les gladiateurs.

Le cœur de Calixte s'accéléra. Instinctivement il hâta le pas pour demeurer à portée d'oreille.

— Risquer sa vie pour...

— Rassure-toi. Lorsque Commode se prend à imiter le rétiaire, les épées sont de bois et la pointe des tridents émoussée.

Ainsi il allait sans doute revoir Marcia...

— Calixte, tu me fais mal !

Confus, il s'aperçut qu'il était en train de broyer la main de sa petite compagne. Il s'excusa vivement, prenant du même coup conscience de la soudaine pâleur et des traits tirés de la fillette. Il s'enquit avec inquiétude :

— Dis-moi, Yérakina, tu te sens bien ? Tu n'es pas fatiguée ?

Sans attendre la réponse, il la souleva et poursuivit son chemin en la gardant entre ses bras.

Quand ils arrivèrent dans la demeure, le repas du soir était déjà préparé dans le triclinium. Calixte allongea l'enfant sur l'un des lits.

— J'ai soif...

Il s'empressa de lui remplir une coupe d'eau qu'elle vida d'un seul trait. Elle en réclama une autre, et une autre encore.

— Quand père rentrera-t-il ?

— J'en ai bien peur, pas avant l'aube. Ces banquets sont toujours interminables.

— Alors je suis contente que tu sois là.

Il déposa un baiser sur le front de l'enfant et lui tendit une assiette.

— Je n'ai pas faim.

— Prends au moins ces quelques grappes de raisin ?

Elle secoua la tête et désigna l'assiette vide de Calixte.

— D'ailleurs, toi non plus tu ne manges pas.

Il esquissa un vague sourire.

— C'est que, vois-tu, moi non plus je n'ai pas faim...

C'était vrai. Il avait l'estomac noué à l'idée qu'il allait voir Marcia livrer combat dans l'arène. Peut-être même réussirait-il à l'aborder plus tard ? En effet, le surlendemain était le jour du Soleil, un jour que les chrétiens avaient l'habitude de célébrer. Pathios lui avait laissé entendre qu'il y avait de fortes chances pour que la favorite de Commode assistât à la cérémonie présidée par Théophile l'évêque d'Antioche, dans la basilique du forum.

L'heure avançait. Calixte se retira dans le tablinium avec Yérakina.

— Une partie d'osselets ?

La fillette acquiesça, ravie.

Ils entamèrent le jeu, mais très vite, la fatigue de la journée aidant, elle ferma les paupières et se laissa glisser contre le dossier du divan. Bientôt elle dormait.

Le Thrace se leva et porta l'enfant dans son lit. Assuré qu'elle dormait profondément, il alla dans sa chambre, ouvrit la boîte de feutre qui contenait le dernier ouvrage qu'il venait d'acheter sur les conseils de Pathios. Le livre sacré des chrétiens. Sur la bande de toile qui entourait les rouleaux était inscrit ce titre : *Evangelium*.

*

Depuis combien de temps était-il plongé dans sa lecture ? Le violet sombre de la nuit s'étirait sur le péristyle lorsque retentit le pas du Phénicien.

— Déjà de retour ? Je ne t'attendais qu'au matin.

— C'est ce que j'imaginais aussi ! Je te retiens avec ta description de banquets fabuleux !

— Je ne comprends pas. As-tu vraiment dîné avec César ?

— Avec, mais pas *chez* César.

— Que veux-tu dire ?

— La nuance est importante. Tiens, regarde un peu le menu. On ne fait pas plus misérable !

Calixte prit le rectangle de papyrus et lut :

Asperges et œufs durs
Anchois
Chevreau et côtelettes
Fèves et courges
Poulet
Raisins secs et pommes
Poires
Vin du Nomentum

— Tu n'as pas dû avoir besoin d'un vomitif après un tel repas !

— C'est bien plus grave : je meurs de faim.

— Suis-moi, nous allons arranger cela.

Quelques instants plus tard, alors que Pathios faisait taire son estomac à l'aide d'un énorme gâteau au fromage, Calixte désigna le lourd collier de gemmes qui, sur plusieurs rangs, ornait le cou de son ami, ainsi que les magnifiques bracelets d'or massif qui enserraient ses avant-bras.

— A ce que je vois, la générosité de Commode a largement réparé la frugalité de ce dîner.

— C'est vrai, répliqua Pathios, la bouche pleine. Sais-tu combien il m'a proposé pour mes taureaux de combat ? Un million de sesterces ! Sans compter ces menus présents. Un million de sesterces... Je suis riche ! Nous sommes riches ! T'en rends-tu compte ?

— Permets-moi tout de même d'attirer ton attention sur un point. Aurais-tu oublié Yérakina ? Elle est très attachée à tes lutteurs.

Le Phénicien haussa les épaules.

— Ascale et Malchion vont désormais faire partie du corps des affranchis impériaux. Ils lutteront dans les plus prestigieux amphithéâtres de l'Empire. Une formidable carrière va s'ouvrir à eux. Si j'accepte de les vendre, c'est pour leur bien. Quant à Yérakina, comme tous les enfants, le temps aidant elle s'habituera.

Il acheva sa pâtisserie, se versa une coupe de vin.

— Tu n'as pas été surpris par la frugalité de ce menu ?

Avant que Calixte ne réponde, il enchaîna :

— L'empereur a l'intention de combattre dans l'arène, demain.

— C'est en effet ce que j'ai cru entendre sur le chemin du retour. La nouvelle n'a rien d'exceptionnel.

— Oh! que si. Au milieu du repas le César s'est levé et a déclaré : « Je n'ignore pas que chaque fois que je livre combat, des langues fielleuses comparent mes exploits aux pitreries des histrions. Ils ne comprennent pas que si je fais usage d'armes factices, si j'encourage les jeunes nobles de Rome à imiter mon exemple, c'est pour rendre le plaisir du spectacle moins sanglant. Sachez que je ne suis pas le lâche que certains se plaisent à décrire. C'est pourquoi, demain, le combat sera réel et les armes en fer poli. »

— Etonnant, en effet. Et qu'ont répondu les invités ?

— Comme ils se récriaient sur les dangers mortels que l'empereur allait courir, Commode répliqua avec un certain cynisme : « Je sais parfaitement vos inquiétudes... Mais je sais aussi que vous vous hâterez de célébrer le champion qui aura réussi à vous débarrasser de moi. Il ne sera plus à vos yeux qu'un bienfaiteur et un justicier. »

— Si l'exploit s'accomplit, commenta sombrement Calixte, j'offrirai bien volontiers à cet homme providentiel une couronne d'or.

Pathios sursauta.

— Parce que tu es mon ami, j'oublierai ce commentaire. Je te le répète, à mes yeux, Commode est le meilleur des empereurs qui aient revêtu la pourpre.

— Tes frères sont-ils du même avis ?

— Je le pense.

Il y eut un silence, puis :

— Et... Marcia... car j'imagine qu'elle était présente à ce banquet, comment a-t-elle réagi ?

— A peine Commode eut-il fini de parler qu'elle se leva pour déclarer : « Ordonne, César, que l'on arme aussi mes propres adversaires, car si tu venais à être tué, ma vie n'aurait plus de sens. »

Calixte réprima un sursaut, serra les poings. Décidément, il y avait quelque chose dans l'attitude de l'Amazonienne qui lui échapperait toujours.

Chapitre 39

Les Jeux ne devaient reprendre qu'aux alentours de la deuxième heure, mais dès la sixième veille [1], la foule s'était amassée devant les portes encore closes de l'amphithéâtre.

L'incroyable annonce faite par Commode avait enfiévré toute la province et attiré des curieux de Palestine, de Cilicie, de Cappadoce, des royaumes vassaux de Palmyre et de Pétra, et même du grand Empire parthe, pourtant ennemi héréditaire de l'omnipotence romaine.

C'est pourquoi la présence de cette multitude avait transformé les abords de l'édifice en véritable caravansérail. Un peu partout on avait érigé de petites tentes en poil de chameau au pied desquelles, sous les arcades, aux bords des allées, certaines silhouettes dormaient, enroulées dans des couvertures bariolées. D'autres à la manière des pâtres somnolaient debout, appuyés sur de longues cannes, assis en scribe, ou se livraient à de tumultueuses parties de dés.

Enfin, les directeurs des Jeux firent leur apparition. Les chaînes qui interdisaient l'accès du stade furent retirées, et un véritable torrent humain s'engouffra à

1 Minuit.

l'intérieur. L'instant d'après, plus de cent mille personnes installées à l'ombre des velums guettaient le début des combats.

La deuxième heure à peine écoulée, les notables gagnèrent à leur tour leurs places. Eux n'avaient guère eu à se préoccuper de conquérir un siège : les premiers gradins, les plus proches de l'arène, leur étaient réservés. Les magistrats leur emboîtèrent le pas ; ils possédaient en plus le privilège d'avoir leurs noms gravés en lettres d'or dans le marbre des places qui leur étaient destinées. Il en était de même pour les pontifes du clergé d'Apollon.

Calixte et Pathios s'étaient, quant à eux, installés parmi les chevaliers. Malgré ses supplications, ils avaient laissé Yérakina à la maison ; depuis la veille elle était un peu souffrante, sa présence ici n'aurait pu qu'aggraver son état.

Les deux hommes se retrouvèrent assis à côté d'un Parthe à la barbe soigneusement frisée, drapé dans une robe multicolore et coiffé d'une haute mitre cylindrique. Il avait reconnu en Pathios le triomphateur de la veille et avait engagé spontanément avec lui une conversation animée en un grec parfait.

— Votre empereur me paraît très au fait des règles de la lutte.

— Tu peux le dire. J'en fus moi-même étonné. Songe donc...

La sonnerie des trompettes annonçant l'arrivée de Commode les interrompit.

Hormis Calixte qui se limita à observer, tous les spectateurs se dressèrent pour applaudir la silhouette blanche qui venait d'apparaître entre les colonnes de la loge impériale.

Commode était vêtu en Ganymède, drapé de soie de Chine à fils d'or, les manches brodées de dessins asiatiques, le front cerné d'un diadème incrusté de

pierreries. Curieusement, son habituelle cour d'augustants était absente. Seuls deux hommes l'accompagnaient, deux hommes au teint jaune, costumés
en Castor et Pollux, qui portaient une panoplie
d'armes.

— Ce sont Ascale et Malchion, fit remarquer
Calixte.

— Ne t'avais-je pas dit que l'empereur les avait
achetés pour en faire des affranchis de sa maison ?
Pour eux c'est à présent la gloire et la fortune !

Après avoir longuement salué la foule, l'empereur
attendit que les clameurs s'apaisent et frappa dans
ses paumes. Un gong retentit aussitôt, la porte de
Pompée s'ouvrit, et commença alors un extraordinaire défilé d'animaux exotiques. Des zèbres, des
antilopes, des singes, des ours, d'énormes autruches
et des oiseaux multicolores venus des Indes. Pour
couronner le tout, des éléphants fermaient la marche.

Sous la conduite des dresseurs, l'incroyable ména-
gerie fit le tour de l'arène, soutenue par les vivats de
la foule ravie. L'enthousiasme atteignit son comble
lorsqu'une pluie de pièces d'or, de gâteaux de froment et de guirlandes de fleurs se répandit sur les
rangs supérieurs des gradins. C'étaient les esclaves
de l'empereur qui, sur son ordre, procédaient à cette
distribution impromptue. Calixte était consterné de
voir ces femmes, ces jeunes gens, ces enfants, et
jusqu'aux vieillards se disputer les miettes avec
autant d'âpreté.

— Je me demande si les véritables bêtes ne sont
pas de ce côté-ci de l'arène, murmura-t-il.

Le défilé achevé, les éléphants s'agenouillèrent gravement au pied de la loge impériale et tracèrent sur
le sable, à l'aide de leur trompe, le nom de Commode. Le tumulte et les applaudissements enfin
éteints, il se produisit un moment de silence solen-

nel, presque religieux. Commode se leva lentement, et avec des gestes posés, il ôta son diadème, enleva sa tunique, découvrant avec fierté son thorax. Sur un signe, Ascale lui remit le casque, le manche doublé d'écailles métalliques du mirmillon. La foule, enchantée de ces préparatifs, applaudit à tout rompre. L'empereur s'empara du petit bouclier et de la courte épée gauloise qui parachevaient son équipement. Après quoi, tel Alexandre prenant les villes indiennes, il enjamba le muret et se laissa tomber sur le sable de l'arène, salué par une puissante clameur.

Le premier adversaire de César qui se présenta était un rétiaire, trapu et le crâne rasé. Son trident, pour autant qu'on pouvait en juger, était aiguisé et en fer véritable. Le filet qu'il faisait habilement tournoyer au-dessus de sa tête, paraissait aussi solide et lesté que ceux habituellement employés pour ce genre de combat. De toute façon, s'il subsistait encore quelque doute dans l'esprit de certains spectateurs quant à l'authenticité des armes, les événements devaient très rapidement prouver que, cette fois, Commode affrontait véritablement la mort.

Déjà les hommes et les femmes avaient pris parti pour l'un ou l'autre des athlètes. Naturellement la majorité des encouragements allaient à l'empereur. Calixte observait avec une certaine tension les premiers échanges. Si Commode possédait une indiscutable supériorité sur son adversaire, celui-ci s'accrochait néanmoins avec toute la rouerie et l'expérience du vétéran de l'arène qu'il était. Plusieurs fois mis en danger, il réussit in extremis à rétablir la situation, mettant à son tour le jeune César en difficulté.

— Mais ce gladiateur, il le ménage ! commenta le voisin parthe de Pathios.

— Cela m'étonnerait fort, répliqua le Phénicien en

secouant la tête. Il s'agit d'un combat à mort. Même s'il n'est plus de première jeunesse, le rétiaire sait y faire. D'ailleurs...

Une clameur plus forte que les autres l'interrompit. Commode venait de terrasser son adversaire. D'un long regard circulaire, le pied appuyé sur la poitrine du rétiaire, l'imperator consulta la foule. Cette dernière, flattée et conquise par le courage de son prince, fit en abaissant le pouce le signal fatal.

Tue !

Aussitôt le glaive court de Commode décrivit un bref arc de cercle, frappa. Un jaillissement de sang fusa de la gorge ouverte du rétiaire.

L'empereur se détourna, salua les spectateurs de son épée empourprée, et réclama à boire. Une fois rafraîchi, il demanda alors à rencontrer les champions des autres armes de la gladiature. Un nouveau torrent d'applaudissements salua cette audace.

Le cri des trompettes annonçant l'arrivée d'un autre champion tira Calixte de ses pensées. Il s'était surpris un bref instant — très bref — à éprouver une certaine admiration pour cet homme.

Cette fois c'était face à un Gaulois, armé des mêmes armes que lui, que Commode allait livrer combat.

Avec rancœur, Calixte étendit sa main vers l'arène en prononçant à mi-voix une imprécation. Las... fut-elle mal prononcée ou s'était-il trompé de cible ? En un affrontement éclair, Commode se débarrassa de ce nouvel adversaire. Il n'eut même pas à l'achever, son épée avait traversé l'homme de part en part. L'ouragan de vivats qui suivit l'exploit fut tel que le Thrace se leva, décidé à quitter le cirque. La main de Pathios le retint.

— Attends. Ne pars pas. C'est maintenant que les choses sérieuses vont commencer. Regarde !

Un gladiateur venait de débouler dans l'arène Un

Samnite[1], de taille imposante, dissimulé derrière un long bouclier de forme concave. A première vue, rien ne le différenciait des autres combattants. Seuls les cris qui l'accompagnaient, laissaient à penser que cette fois Commode n'aurait pas affaire à un adversaire comme les autres.

— C'est Aristotélès, commenta Pathios.

La foule avait fait silence, consciente elle aussi sans doute de l'importance de ce nouveau duel. Le torse de l'empereur portait une triple balafre, creusée par le trident du Gaulois. Son précédent adversaire lui avait entaillé l'avant-bras, et ces blessures, bien que superficielles, saignaient abondamment. Dans ces conditions, affronter un athlète dont la réputation n'était plus à faire, et de plus lourdement armé, tenait plus de la folie que de la gageure. C'est à ce moment que, sans que rien l'eût laissé prévoir, les prétoriens envahirent l'arène. Le Parthe demanda ironiquement à Calixte et Pathios :

— Votre jeune dieu aurait-il trouvé son maître ?

Cependant, Commode avait arrêté d'un geste les prétoriens et s'adressait à eux. Les trois hommes étaient trop éloignés pour percevoir ce qui se disait, mais après un rapide échange le Samnite rabattit la visière métallique de son casque, et les prétoriens se retirèrent. Un courant fébrile parcourut la foule. Une jeune femme, Syrienne de grande beauté, assise devant Calixte, déclara avec un sourire énigmatique :

— Le nouvel Hercule a visiblement le sens de son devoir. Nous allons pouvoir juger s'il est réellement un dieu.

— Le fou..., commenta simplement Pathios.

1. Classe de gladiateurs baptisés ainsi à cause de leurs armes qui ressemblaient à celles des guerriers samnites (habitants d'une contrée mal déterminée de l'Italie ancienne).

Calixte avec un œil mauvais murmura entre ses dents :

— Dieu, fou, quelle importance. Pourvu que le Samnite nous en débarrasse.

La jeune femme, vêtue comme une prêtresse de Baal, se retourna, examina le Thrace avec étonnement, puis reporta son attention vers l'arène.

Pareils à des fauves, les deux hommes tourbillonnaient sur eux-mêmes, soulevant sous leurs pas précipités de petits nuages de poussière. En se heurtant, leurs épées faisaient naître des brasillements, leurs boucliers résonnaient tels des béliers de bronze. Avec une férocité redoublée ils attaquaient, esquivaient, chacun s'efforçant de trouver la faiblesse qui lui permettrait de triompher de l'autre.

La foule retenait son souffle, consciente de vivre un grand moment de cirque, mais aussi de l'Empire.

La lutte était acharnée. L'ombre de la mort vacillait tour à tour sur chacun des combattants. La résistance de Commode soulevait l'admiration. Les combats livrés quelques instants plus tôt semblaient ne l'avoir aucunement affecté.

Soudain, sous le coup d'une attaque plus rude, il perdit pied, tenta désespérément de battre en retraite. Mais ne réussit qu'à accentuer son déséquilibre. Il chuta, heurtant violemment le mur d'enceinte. Sous le choc, son glaive lui avait échappé. Sûr de sa victoire, le Samnite leva très haut son arme. Commode la vit fondre sur lui à la manière d'un éclair. Son bouclier para le coup, mais le choc le fit éclater. Il était à présent totalement désarmé.

— Frappe ! hurla Calixte en se dressant, pouce abaissé.

A sa grande déception, la foule ne suivit pas son exemple, au contraire. Nombreux étaient ceux qui agitaient des voiles blancs pour demander la grâce du

vaincu. Aristotélès cependant ne semblait pas se soucier de leur avis, son épée oscillait dangereusement
comme s'il voulait jouir de son triomphe. D'un seul
coup il se rua, visant la gorge. A l'instant même où la
pointe allait l'atteindre, Commode se jeta sur le côté.
Le glaive lui arracha un fragment d'épaule avant de
s'écraser contre la pierre. Qu'importe ! Roulant sur le
sol le jeune empereur avait récupéré son arme. Avec un
temps de retard, Aristotélès, alourdi par son équipement, se précipita sur lui. Il fut stoppé net dans son
élan : l'épée de l'empereur, glissant sous sa cuirasse,
s'était enfoncée dans son ventre jusqu'à la garde. Un
instant de stupeur, il croisa le regard de son adversaire
qui l'empalait, sentit le fer qui fouillait ses entrailles.
Avec une lenteur irréelle, il s'effondra.

Le silence régna encore un court moment. Et ce fut le
délire. La foule dressée comme un seul homme se mit à
hurler sa délivrance.

Calixte laissa tomber, écœuré :

— Je vais finir par croire qu'il est vraiment de
descendance divine...

La belle prêtresse de Baal se retourna avec un
sourire.

— Je m'appelle Julia Domna. Toi, quel est ton nom ?

Cette fois, Calixte prit le temps de l'examiner. Elle
avait de grands yeux noirs, des sourcils soulignés de
khôl, la peau mate. Une cascade de cheveux de jais
faisait gonfler le voile qui les couvrait.

— Calixte.

— Tu ne sembles pas être très attaché à l'empereur,
observa-t-elle en désignant Commode.

— C'est un Romain, répliqua Calixte sèchement.

— La belle affaire, tout le monde est romain aujour-
d'hui.

— Peut-être. Mais toi non plus tu ne sembles pas
être de ceux qui l'acceptent.

— Qu'est-ce qui te fait croire cela ?

— Une intuition, une idée...

Une ombre passa sur le regard pétillant d'intelligence de la jeune femme. Elle n'avait guère plus de vingt ans, mais possédait déjà le maintien et l'assurance d'une patricienne de vieille souche.

— Tu dis vrai. Il reste beaucoup à faire.

Sous une pluie de fleurs, de palmes et de pièces d'or, Commode, porté en triomphe par ses prétoriens, achevait son tour d'honneur. Parvenu à la porta Pompae, il se laissa glisser à terre à l'ombre du portail.

La musique des orgues hydrauliques reprit, mêlée à celle des cors et soutenue par le piaillement rythmé des flûtes. Gêné dans sa vision par la nuée de bras qui se levaient devant lui, Calixte ne réussit qu'à saisir les deux noms hurlés par tout l'amphithéâtre :

— Vénéria Nigra !!

— Marcia !!

Il reconnut immédiatement l'une des silhouettes qui s'avançaient vers le centre de l'arène. De la voir nue, ou presque, redoubla son émotion. Elle avait opté pour la tenue et l'équipement du rétiaire : un pagne et des sandales, avec pour armes un trident et un filet. Elle marchait lentement, son épaisse chevelure serrée autour de la tête par un bandeau. Ses seins fermes bougeaient à peine au rythme de sa démarche, ses abdominaux saillaient durement sous la peau uniformément bronzée et luisante. Les muscles longilignes de ses bras et de ses cuisses enflaient sans alourdir jamais la silhouette.

Sa rivale, plus grande mais tout aussi bien proportionnée, avait choisi la tenue du mirmillon : un casque, un glaive court, un petit bouclier et des écailles métalliques protégeant son bras droit.

C'était une superbe statue d'ébène qui, comme Marcia, n'était vêtue que d'un pagne et de sandales.

Les deux femmes, traits inexpressifs, s'immobilisèrent et, faisant volte-face, accomplirent, bras tendu, le salut romain en direction de la porte de Pompée.

Commode, toujours debout dans l'embrasure de la porte, leur rendit leur salut. A ses côtés un homme s'occupait de soigner ses plaies. Narcisse.

Dans un silence lourd, les deux femmes se firent face. Calixte cherchait désespérément à lire le visage de Marcia, mais elle lui tournait le dos, et il ne pouvait que contempler ses muscles tendus, affleurant sa peau hâlée.

— Elles sont belles, n'est-ce pas? interrogea doucement Julia Domna en se tournant à demi vers le Thrace.

Calixte se limita à hocher la tête.

A présent, les deux protagonistes tournaient l'une autour de l'autre, feignant des attaques aussitôt refrénées, esquissant de souples mouvements d'avance et de retrait.

— Mithra m'assiste! lança le Parthe en levant les bras, dans mon pays, jamais au grand jamais on ne verrait des femmes livrer combat comme des hommes. Et encore moins la favorite du roi des rois!

— C'est la différence qu'il y a entre civilisation et barbarie, ironisa Calixte en essuyant nerveusement sa barbe poissée de sueur.

Le filet de Marcia s'était mis à tournoyer dans l'air. Avec un sifflement sec, il s'abattit et Vénéria eut tout juste le temps de se rejeter en arrière pour éviter que le piège ne se refermât sur elle. D'un bond vif elle contre-attaqua, mais son glaive faucha le vide. Marcia, tout aussi agile, avait baissé la tête. Sa main armée du trident se détendit brusquement. Elle chercha à fondre sur la gorge de son adversaire; elle n'érafla que son bouclier. Elle recula de quelques pas et dans le même temps, d'un mouvement vif du poignet, ramena à elle le rets plombé.

Une nouvelle fois les deux femmes tournèrent lentement sur place, le filet de l'Amazonienne décrivant de larges cercles menaçants. Tout à coup, la favorite fit mine d'amorcer une attaque sur la gauche, tandis qu'elle projetait son rets vers les jambes de la guerrière noire. Celle-ci ne se laissa pas surprendre. Elle bondit très haut, évitant le piège des mailles, retomba à pieds joints sur le filet qu'elle immobilisa sous ses sandales, et porta de haut en bas un terrible coup de taille. Dans un étonnant réflexe, Marcia parvint à bloquer l'arme entre la deuxième et la troisième dent de son trident.

Toutefois, ses deux armes neutralisées, l'Amazonienne se trouvait maintenant dans une situation critique. Alors, dans un sursaut désespéré, elle réussit à dégager son filet de sous les pieds de Vénéria. Déséquilibrée celle-ci bascula sur le dos. Une volée de sable rageusement arrachée à la piste atteignit de plein fouet les yeux de Marcia.

Il y eut quelques cris de protestation, mais Vénéria Nigra s'était relevée, et poursuivait Marcia, aveuglée, qui rompait. Un coup d'épée déchiqueta son filet. Il le fit avec une telle violence qu'elle crut un instant que ses doigts aussi venaient d'être sectionnés. Sur les gradins, Calixte serra les poings. Son cœur s'envola dans sa poitrine. Le dénouement était proche.

Vénéria frappa d'estoc, visant le ventre nu de sa rivale. Le geste lui fut fatal. Évitant le coup mortel d'une rapide torsion du buste, et avant que l'autre eût le temps de se remettre en garde, Marcia cogna du manche, agrippant son trident des deux mains. Le poignet brisé sous l'impact, Vénéria laissa échapper son arme. Mais l'instinct de lutte était tel qu'elle chercha quand même à la récupérer. Cette fois, le bois du trident l'atteignit au bas des reins, la faisant choir en avant. Elle se retourna aussi vite qu'elle le put, mais il était trop tard, les crocs métalliques se posèrent sur sa gorge, la paralysant au sol.

Tout en maintenant fermement le manche du trident, Marcia posa un pied sur la poitrine de Vénéria et promena autour d'elle un regard rougi par le sable. Elle devina dans un demi-brouillard Commode qui se précipitait vers elle.

Un vent de folie courait le long des gradins. Vénéria Nigra tenta, mais en vain, de se soulever, retomba pantelante, le pouce levé, implorant grâce. Une bordée d'injures et de sifflets répondit à son geste. Apparemment, l'incident de la poignée de sable avait ligué contre elle tout l'amphithéâtre. Partout on ne voyait que signes de mort. Les premiers mots de Commode allèrent tout naturellement dans ce sens.

— Tu n'as pas le choix. Il faut respecter la volonté du peuple !

— Tue ! hurla la foule.

Marcia, très pâle, demeura immobile. A son côté l'empereur s'impatientait.

— Es-tu en train d'admirer le dieu Pan[1] ? Allons, fais ce que le peuple exige !

Marcia eut une courte hésitation, son regard s'inclina vers le visage de Vénéria Nigra. Elle l'observa un moment. D'un geste sec elle planta la lame dans le sable de l'arène. L'arme vibra, la poignée tournée vers l'azur, cependant que les clameurs s'éteignaient comme une flamme étouffée par une chape invisible.

Marcia croisa les bras et affronta calmement son empereur. S'il n'y avait rien de surprenant à ce qu'un vainqueur décidât d'épargner son adversaire, en revanche, c'était sans doute la première fois qu'un

_____

1. Dieu mi-homme, mi-animal, dont l'aspect frappait de terreur ceux qui le rencontraient inopinément.

athlète cherchait à passer outre à la volonté de l'empereur lui-même.

Commode n'attendit pas. Il s'empara du glaive de Vénéria. La femme esquissa un mouvement pour se relever, mais la lame trancha sa gorge offerte. Le corps retomba lourdement au sol. La tête ne s'était pas détachée du tronc. Murmurant une imprécation, l'empereur frappa à nouveau. Sous les encouragements du peuple, il embrocha alors la tête de Vénéria Nigra par la bouche et la présenta à tout l'amphithéâtre. Il voulut ensuite se tourner vers Marcia, sans doute avec l'intention de lui en faire l'offrande. Mais elle n'était plus à ses côtés. Elle courait vers la porta Pompae.

Chapitre 40

C'est en litière et à la lueur des porte-flambeau que Calixte et Pathios regagnèrent Épiphania.

Après la clôture de ces Jeux — décidément mémorables —, sur la proposition du Parthe, accompagnés par une Julia Domna ravie, les deux amis s'étaient rendus aux thermes. Comme il fallait s'y attendre, les conversations évoluèrent autour des exploits de Commode et de sa favorite. Pathios avait doctement pontifié, expliquant que Marcia, en choisissant d'affronter Vénéria Nigra, avait certainement pris un risque bien plus grand que Commode. Calixte s'était interrogé sur la raison de la clémence de Commode devant l'attitude rebelle de sa concubine. La clémence n'était pas sa qualité première... Julia Domna quant à elle persifla sur la « vie du couple ». Entre ces deux êtres, tout ne devait pas être aussi rose qu'on voulait bien le laisser croire. Enfin, le Parthe, avec l'air de subodorer des intrigues aussi meurtrières que celles qui ensanglantaient périodiquement la cour d'Ecbatane[1], s'était demandé si l'intervention d'Aristotélès, le dernier gladiateur, était vraiment aussi personnelle et spontanée qu'on avait voulu le laisser croire. Aux approches du couchant le groupe s'était séparé.

1. Ancienne capitale de la Médie. Aujourd'hui Hamadan, en Iran.

411

Alors que la litière arrivait à la hauteur de la route de Bersée, le Phénicien interrogea Calixte brusquement :

— Pourquoi n'as-tu pas profité de l'occasion qui s'offrait à toi ?

— Quelle occasion ?

— Allons... Tu sais parfaitement de quoi je veux parler. La petite prêtresse de Baal... A la façon dont elle te déshabillait des yeux, il est clair qu'elle ne demandait qu'à fondre entre tes bras...

— Pour ma part je n'ai rien vu, répliqua Calixte avec une certaine gêne.

Son ami le scruta attentivement.

— Tu mens si mal. Ce n'est pas à moi, Pathios, que tu vas faire croire cela. Et comme je pense que tu n'es pas pédophile...

— Donc...

— Si tu ne l'as pas prise, c'est que tout simplement tu ne l'as pas voulu. Et c'est justement ce qui m'intrigue. Cette femme, c'est tout de même un soleil à elle toute seule ! Un festin de roi... Pourquoi ?

Calixte se contenta de répliquer avec un demi-sourire :

— Décidément, le Parthe t'a contaminé. Tu vois des mystères partout.

— C'est bon. Alors explique-moi donc : tu es riche, plus que bel homme, tu pourrais avoir autant de femmes que tu le désires. Pourtant, depuis notre arrivée ici, je ne t'ai jamais vu t'intéresser à elles. Et je te répète, pas plus qu'aux mignons. Que dois-je en conclure ?

Le Thrace tapota l'épaule de Pathios d'un air faussement affligé.

— Peut-être suis-je très, très malade ? Peut-être ma virilité a-t-elle beaucoup souffert des conséquences de mon mal de mer ?

Pathios partit d'un tel éclat de rire qu'il faillit basculer hors de la litière.

— Allons donc !

Il se ressaisit très vite et ajouta en détachant volontairement ses mots :

— A-mou-reux...

— Je ne comprends pas, répliqua Calixte pris de court.

— Je te plains, mon ami. L'amour est la plus cruelle des folies qui puissent accabler un être humain.

Après un temps, il demanda :

— Je ne la connaîtrais pas par hasard ?

L'image de Marcia passa dans l'esprit du Thrace. Il se surprit à répondre :

— Oui... non...

Pathios plongea son regard dans l'iris bleu métal de son ami.

— J'aurais pu l'avoir croisée ?

Un temps, puis :

— Ce ne serait tout de même pas de Marcia qu'il s'agit ? Je...

— Arrête, Pathios. Ce petit jeu commence à me fatiguer. Parlons d'autre chose, veux-tu ?

Le Phénicien se rencogna entre les coussins d'un air boudeur.

Depuis longtemps ils étaient engagés dans les avenues d'Épiphania, et la lueur des torches éclairait furtivement çà et là des façades rutilantes et les frondaisons d'un parc. La demeure n'était plus très loin.

Calixte rompit le silence.

— Dis-moi, te voilà riche et honoré à présent Que comptes-tu faire ?

— Je vais m'offrir une belle maison dans ce quartier. Pour le reste je ne sais pas encore.

— Nous sommes arrivés, maître..., annonça un des esclaves.

Calixte écarta les rideaux. La litière s'était immobilisée devant la porte massive. Les porteurs déposèrent leur charge à terre avec douceur. Au moment où les deux amis esquissaient le premier pas, la porte de la maison s'ouvrit avec fracas, livrant passage aux deux affranchis de Calixte, Naïs et Troïs. Elles bondirent littéralement vers les deux hommes et s'agenouillèrent aussitôt, front sur le pavé, la voix chargée de sanglots :

— Maître... seigneur ! L'enfant !

— Yérakina ?

Pathios s'était dressé, le visage décomposé. Calixte empoigna Naïs par les épaules.

— Que lui est-il arrivé ? Parle !

— Toute la soirée, elle s'est plainte de maux de tête si terribles qu'ils la faisaient pleurer. Elle venait à peine de terminer son repas, lorsqu'elle fut prise de vomissements et s'évanouit.

— Nous l'avons posée sur sa couche, ajouta Troïs, et depuis elle a la fièvre et elle délire.

Pathios n'écoutait plus. Écartant les esclaves d'un geste rude, il s'engouffra à l'intérieur de la maison.

*

Elle tremblait comme une feuille. Son front, ses joues, étaient d'une effroyable pâleur.

Le médecin grec hocha la tête avec gravité et se tourna vers Pathios.

— J'ai bien peur, hélas, que notre modeste science ne soit impuissante. Je me refuse à accomplir une saignée. Elle a contracté la fièvre des marais ; celle-là même qui fut fatale à Alexandre. Il faut donc attendre.

— Attendre quoi ? Un prodige ?

— Attendre que le mal quitte ton enfant, ou...

— Ou qu'elle en meure.

414

Le médecin ne répondit pas. Il se contenta de baisser les yeux.

Pathios s'agrippa au bras de Calixte tel un noyé. Ses yeux étaient embrumés de larmes. Il était tout à coup plus vieux de vingt ans.

— Ce n'est pas possible... Je ne veux pas la perdre... C'est trop injuste. Ce n'est qu'une enfant. Je n'ai qu'elle au monde et elle va me quitter.

— Il ne faut pas parler ainsi, Pathios. Elle va guérir. Et...

— Tu as entendu comme moi ce qu'a dit le médecin ! D'ailleurs, regarde son visage. Il est déjà touché par l'ombre de la mort.

Tout à coup, il se tourna vers le Thrace avec une expression désespérée.

— L'évêque... Il faut appeler l'évêque. Lui seul pourrait peut-être sauver Yérakina.

— Théophile ? fit le médecin en fronçant les sourcils.

— Ne viens-tu pas à l'instant de reconnaître que ta science est impuissante ? Lorsque les hommes échouent, il ne reste que le recours de Dieu.

— Que veux-tu dire ? interrogea Calixte. Qu'est-ce que cet évêque pourrait bien faire de plus ?

Le Phénicien balbutia :

— Il... il est connu que ces hommes sont les successeurs des apôtres. Ces disciples du Christ ont accompli de grands prodiges. Peut-être Théophile a-t-il gardé quelque chose du pouvoir de ses prédécesseurs.

— Mais enfin, Pathios, c'est absurde ! Tu ne peux pas croire que...

— Si !

Il avait presque crié.

— Il ne me reste que cet espoir ! Je ne veux pas le perdre...

Il serra plus fort le bras du Thrace.

— Je ne peux pas quitter mon enfant... Toi... Je t'en supplie. Toi, va chercher Théophile.

Les traits de son ami étaient si tendus, l'expression si déchirante, Calixte se dit qu'il ne pourrait rien faire pour le raisonner. Il contempla un instant la petite tête brune de Yérakina et laissa tomber :

— C'est bon, Pathios, indique-moi où se trouve l'homme, j'essaierai de le convaincre de venir ici.

*

Contrairement aux rues des faubourgs des autres cités, celles d'Antioche étaient richement éclairées par une profusion de lampes suspendues aux colonnades et aux façades des maisons et des boutiques.

Calixte, secoué par le trot rapide de ses porteurs de litière, examina d'un œil absent la place de l'Omphale, inondée par les reflets mordorés et changeants qui se dégageaient de la statue apollinienne. Quelques instants plus tard, les porteurs marquaient le pas devant une construction imposante.

— Nous voici rendus, maître, annonça l'affranchi licteur qui s'était chargé de leur frayer un chemin.

Si Calixte n'avait su que la résidence du gouverneur romain se trouvait sur le mont Sulpius, il aurait pu croire que ses porteurs s'étaient fourvoyés. Jamais il ne se serait douté que cette demeure pût être celle de l'évêque d'Antioche. Ses doutes furent rapidement dissipés à la vue du poisson sculpté à même la porte. Il marqua une légère hésitation avant de frapper.

Il y eut un bruit de pas. Le battant s'écarta.

— Que désirez-vous ?

Il murmura avec une certaine maladresse :

— Je... je voudrais rencontrer l'évêque.

— Notre maître est occupé. Il reçoit actuellement

une visite importante, répondit le serviteur sur un ton poli, mais ferme.

— C'est qu'il s'agit de la vie d'une enfant. Elle est très malade et... — Il cherchait ses mots, dépassé par l'incongruité de sa démarche — son père insiste pour que l'évêque se rende à son chevet.

— Ne penses-tu pas qu'un médecin serait plus indiqué ?

Certes, il le savait. Il voulut insister, lorsqu'une voix familière résonna dans l'atrium. Une voix qu'il ne s'était pas attendu à entendre en ce lieu :

— Seigneur Calixte ?

— Malchion ! Que fais-tu ici ?

— Ascale m'accompagne. Nous servons d'escorte à un personnage de haut rang qui se trouve auprès de l'évêque.

Négligeant la présence du serviteur, il déclara :

— J'ai besoin de toi... Yérakina est au plus mal.

Le sourire du Tsinois se figea.

— Yérakina ?

En quelques mots, le Thrace lui fit le récit de la situation.

— Si tu possèdes sous ce toit une quelconque influence, il faut m'aider.

Après un court temps de réflexion, faisant fi des protestations du serviteur, Malchion lui fit signe de le suivre. Ils traversèrent l'atrium et une succession de chambres, avant d'arriver à une porte devant laquelle Ascale montait la garde. Les deux hommes échangèrent quelques mots brefs. Ascale s'écarta, et on introduisit Calixte dans une grande salle.

Un vieillard était assis sur une chaise curule, vêtu sobrement. Une silhouette se tenait face à lui, tournant le dos à la porte.

Devant cette intrusion inopportune le vieillard fronça les sourcils.

— Que se passe-t-il ? Qui es-tu ?

— Pardonne-moi, mais...

Il n'eut pas le temps d'achever sa phrase. La silhouette avait opéré une volte-face et son visage était apparu en pleine lumière.

— Calixte !

Abasourdi, le Thrace sentit son cœur bondir dans sa poitrine. Marcia était là, à quelques pas de lui.

*

Calixte atténua la flamme du candélabre.

La scène qui se déroulait dans cette chambre avait quelque chose d'irréel. Yérakina continuait de dériver loin du monde des vivants. L'évêque, agenouillé au pied du lit, mains jointes, priait en silence. C'est à peine si de temps à autre ses lèvres esquissaient un mouvement. Pathios et Marcia, à genoux eux aussi, paraissaient absents de tout. Comme désincarnés.

Et lui, Calixte, se sentait mal à l'aise, perdu. Sans doute parce qu'il ne comprenait pas. Parce qu'il était étranger à cette atmosphère d'intense ferveur où l'on invoquait l'intercession d'une invisible puissance.

Il alla s'asseoir en retrait, près de la fenêtre qui ouvrait sur la nuit, et fixa les ténèbres. Ces ténèbres qui devaient guetter leur proie. Une enfant...

Une heure, peut-être deux, s'écoulèrent...

N'en pouvant plus, il se leva et sortit dans le jardin. Une rage démesurée sourdait en lui. Une effroyable nausée.

Pourquoi ? Pourquoi ? Qu'avait donc fait cette enfant pour être si tôt arrachée à la vie ?

Dieu des dieux... dieu païen, romain, syrien ! Que faites-vous donc ?

Il avait parlé à voix haute, presque à son insu. Et ce n'était pas des mots, mais un déchirement. Il leva la tête vers les étoiles et dit encore dans un souffle :

Et toi... dieu des chrétiens... que fais-tu donc ?

Dieu des chrétiens... !

Il se répéta dix fois encore l'adjuration, cherchant à s'imprégner de tout ce qu'il y avait derrière cette simple phrase.

Brusquement, il leva le poing en direction du ciel et lança à la manière d'un défi :

— Nazaréen ! Ce soir je vais te prendre au mot. Alors daigne un instant, un instant seulement te pencher sur la douleur d'un père. Viens. Approche. Accorde un signe. Pas pour moi, pour lui. Pour elle. Pour cette enfant qui part. Et laisse-moi entrevoir que tu n'es pas un dieu sans cœur... Ce soir, Nazaréen... Rien qu'une fois...

*

L'aube commençait à poindre... Une main caressait son front. Il battit des paupières, et aperçut Marcia.

— Alors ? s'écria-t-il presque, comment va-t-elle ?

Et comme la jeune femme ne répondait pas, il bredouilla dans un souffle :

— Elle... elle est morte...

Un sourire lumineux éclaira le visage de Marcia.

— Non, Calixte. Elle est toujours parmi nous... Elle s'est réveillée. Elle a demandé à manger...

Il parut ne pas comprendre.

— Et elle te réclame...

Il se dressa. L'émotion lui donnait le vertige.

L'évêque venait de sortir à son tour. Il s'empressa de reposer la même question.

419

— Tout va bien, répondit simplement Théophile.

— Tu veux dire... qu'elle est sauvée ? Définitivement sauvée ?

— Oui... La fièvre l'a quittée. Dans quelques jours, elle sera complètement rétablie.

— Ton pouvoir est bien grand.

— Je n'ai aucun pouvoir. C'est Dieu seul qui peut tout.

— Dieu seul... Oui... Peut-être, murmura le Thrace d'une voix imperceptible. Et son regard bleu brillait d'un étrange éclat.

*

Ils étaient assis depuis un moment dans le tablinium de la demeure d'Épiphania. Seuls.

Marcia coula machinalement la main dans son épaisse chevelure et laissa tomber d'une voix triste.

— Tu comprends maintenant ? Est-ce que tu arrives à entrevoir l'absurdité de ma vie ?

— Tu n'es en rien responsable.

— Oh si ! Je suis responsable, et de bien d'autres choses encore...

Il conserva le silence, incapable de trouver les mots. Elle se reprit.

— Mes frères me faisaient confiance. Ils espéraient de moi que je parviendrais à amener Commode à la Foi. J'ai tout sacrifié pour cela. Mon corps, mon esprit. Je me suis salie, exhibée dans les gymnases, et je suis devenue meurtrière dans les arènes. Pourquoi ? A quoi toute cette existence d'horreur a-t-elle servi ? Au bout du compte l'échec, rien que l'échec...

— Marcia, Marcia, arrête. Tu ne sais pas ce que tu dis.

— Et si ce soir je me suis rendue chez l'évêque de cette ville, c'est uniquement parce que je ne me sentais plus capable de poursuivre ma vie auprès de ce gamin malade. J'espérais qu'il m'absoudrait, qu'il me consolerait.

— Dire que j'avais pensé un temps que tu pouvais être amoureuse de Commode. Je n'ai jamais imaginé que tu agissais forcée par tes frères.

La jeune femme leva vers lui une expression volontaire.

— Non, Calixte, tu fais erreur. Nul ne m'a jamais demandé de me livrer corps et âme à l'empereur. J'ai toujours assumé l'entière responsabilité de ma situation. Les choses sont plus complexes. Je crois qu'il est temps que tu saches...

Elle prit une profonde inspiration et commença d'une voix un peu tremblante :

— Mon père était un affranchi de Marc Aurèle — c'est d'ailleurs pour l'honorer et en remerciement de tâches accomplies que l'empereur fit de lui un homme libre et qu'il me baptisa du nom de Marcia. Nous sommes demeurés néanmoins membres de sa maison, et c'est là que je fus remarquée par un jeune familier de Marc Aurèle : Quadratus. Tu dois savoir mieux que quiconque comment l'on traite les filles d'affranchis, ou les affranchies : on ne les épouse jamais, on en use simplement comme concubine. A la grande fierté de mon père, je devins la maîtresse de Quadratus. Il faut reconnaître que pour la fille d'un petit esclave africain de Leptis Minor, c'était une promotion appréciable que de partager la couche d'un augustant fortuné et chargé de noblesse. Mais Quadratus en vérité n'était rien de plus qu'un triste débauché, et pour avoir moi-même partagé cette débauche je puis t'affirmer qu'au bout du compte il n'y a rien de plus lassant, et de plus ennuyeux.

Elle marqua une pause comme pour reprendre son souffle, les traits empreints d'une certaine lassitude.

Calixte devinait à travers ses confidences que si elle avait décidé tout à coup de se dévoiler, c'était pour se libérer du terrible poids qu'elle n'avait eu de cesse de porter toutes ces années durant.

Elle poursuivit :

— Je me dégoûtais. J'avais la sensation de n'être plus rien d'autre qu'un vague objet qu'on déplace, qu'on prend et qu'on rejette à sa guise. C'est alors que je fis la connaissance d'un autre familier du César, un Égyptien du nom d'Éclectus. Tu as certainement dû entendre parler de lui, il est actuellement le chambellan de Commode. C'est un être tout à fait exceptionnel, et qui m'a fait découvrir un autre univers, le moyen de me laver de toute cette fange qui faisait le décor de ma vie. Éclectus était chrétien. Il me fit partager sa foi.

— Et pourquoi n'a-t-il pas cherché à t'arracher à ce milieu ?

— Il a voulu le faire en proposant de m'épouser. J'avais accepté. Mais ce fut à ce moment précis — comme si le sort l'avait en quelque sorte prémédité — que Commode lui-même s'éprit de moi. Il n'était encore qu'un tout jeune homme au lendemain de son avènement. On pouvait tout espérer de lui. J'ai... nous avons été soumis à un atroce dilemme : par amour pour moi, il y avait une chance que Commode graciât nos frères en péril, mais en aurait-il été de même si je m'étais donnée à un autre ? Finalement, je crois que c'est Dieu qui a tranché à notre place. Quadratus a participé à une conspiration destinée à assassiner l'empereur, et si je n'avais pas entre-temps cédé à Commode, j'aurais sans doute été balayée ainsi que tous ceux qui m'étaient proches.

Calixte médita silencieusement les propos de la jeune femme avant de demander :

— Et quels sentiments éprouvais-tu alors pour l'empereur ?

Elle eut un temps d'hésitation avant de répondre.

— J'avoue que dans les premiers temps il ne m'était pas indifférent. Je trouvais la tâche moins pénible que je ne l'avais redouté. La raison était sans doute que la promiscuité de ce corps de vingt ans me fut plus supportable que les étreintes de l'adipeux Quadratus. De plus, pourquoi le nier, à travers Commode j'avais un certain pouvoir, la richesse, la puissance. Mais en réalité je ne l'ai jamais aimé. Si tel avait été le cas, j'imagine que j'aurais certainement pris ombrage des nombreuses maîtresses et des cohortes de mignons qu'il ne cessait parallèlement de s'offrir. Ensuite, avec le temps Commode s'est transformé. Je suppose qu'il est devenu ce qu'il est aujourd'hui parce que nul n'a jamais contrarié un seul de ses désirs. La chute vers le vice toujours renouvelé, la poursuite d'un plaisir jamais satisfait conduit fatalement au crime et à une forme de folie. Je suis d'ailleurs persuadée que si Commode a désiré combattre dans l'arène, sans artifices, c'est moins pour mettre un terme aux railleries qui couraient sur son compte que pour éprouver la volupté secrète de tuer. Pour preuve, s'il en fallait encore, son attitude à l'égard de la malheureuse Vénéria Nigra...

Calixte approuva de la tête.

— Pourtant, Marcia, il y a quelque chose que je ne comprends pas. Il m'a été confié que, au cours du dernier banquet donné par l'empereur, tu aurais déclaré à Commode : « Ordonne, César, que l'on arme aussi mes propres adversaires ; car si tu venais à être tué, ma vie n'aurait plus de sens. »

— C'est exact. Mais ces mots n'ont pas la signification que tu es en droit d'imaginer. En vérité, pendant très longtemps je croyais que j'aurais pu conduire Commode au christianisme, qu'un jour peut-être il s'amenderait...

— Et... ?

Elle posa son menton sur ses deux mains jointes.

— Il n'a jamais progressé que sur la voie d'Isis ou de Mithra. Mes frères les évêques n'ont cessé de me répéter, et me répètent encore qu'il ne faut pas perdre espoir, espérer *la grâce de Dieu*. Moi je ne sais plus... Je ne sais plus... Commode mort dans l'arène, du même coup le but de mon existence se serait trouvé annulé. C'est à cause de cela que j'aurais voulu mourir à mon tour.

C'était la première fois qu'il voyait cette femme qui l'avait habitué à tant de force, perdre pied, donner l'image d'une enfant brisée. Pour cela il se sentit encore plus proche d'elle.

— Et... si tu renonçais ? Si tu abandonnais tout ?

Elle sourit tristement.

— Tu t'en souviens ? Tu m'avais déjà soufflé cette idée dans la Castra Pérégrina... Non, Calixte. Je suis prise comme la mouche dans la toile de l'araignée.

— Nous ne sommes plus à Rome, mais à Antioche ! L'Euphrate est à deux pas, et au-delà il y a l'Empire parthe : le plus inexpugnable des refuges. Nous pouvons y être dans cinq jours.

— Et qu'y ferais-je ? Sans fortune, sans toit... Privée de tout but ?

— J'ai quelques moyens. Certes je ne possède pas la richesse de César, mais je pourrais l'accroître facilement. Je...

Elle posa un index sur ses lèvres et le dévisagea tendrement.

— Non, Calixte... Nous ne pourrions pas vivre une seule heure en paix. Et moi je ne pourrais me résigner à accepter la défaite...

Il la prit par les épaules avec force et dit avec une sorte de désespérance :

— Je t'aime, Marcia...

Chapitre 41

Alexandrie, septembre 190

En vérité, je vous le dis, je suis la porte des brebis. Qui entrera par moi sera sauvé. J'ai d'autres brebis encore qui ne sont pas de cet enclos. Celles-là aussi je dois les mener. Elles écouteront ma voix, et il y aura un seul troupeau, un seul pasteur.

Le livre prêté par Clément est encore ouvert sur la table. Et les mots, ces mots qu'il sait presque par cœur remontent à sa mémoire. Voilà plus d'une semaine qu'ils font le siège de son âme au bord de la reddition.

Le serviteur n'est pas plus grand que son maître. S'ils m'ont persécuté, ils vous persécuteront aussi.

Ce soir non plus il ne dormira pas. Le sommeil le fuit. Pourtant la nuit est douce et propice.

Calixte s'est redressé. Ses draps sont moites. Son corps trempé de sueur. Il faut qu'il sorte. Il étouffe dans cette maison. Plus d'une semaine qu'il confond aube et couchant.

Dehors le lac fait un miroir à la nuit. Une felouque vogue vers le rivage et vient s'amarrer le long du ponton. Des hommes en descendent, halant des filets.

Comme il cheminait le long de la mer de Galilée, Il aperçut deux frères : Simon, celui qu'on appelle Pierre, et André son frère, qui jetaient l'épervier dans la mer, car c'étaient des pêcheurs. Il leur dit :

— Venez à ma suite, et je vous ferai pêcheurs d'hommes.

Aussitôt, laissant leur filet, ils le suivirent.

Calixte a dépassé le ponton. Il sent les regards curieux qui se posent sur lui. Il courbe un peu le dos et active le pas.

La maison s'estompe derrière lui. Bientôt elle se confondra avec le reste du paysage. Seule la lampe oubliée fera dans le noir un repère vacillant.

Des cavaliers... leurs silhouettes se profilent entre les dunes. Syriens ? Romains ? Ou des hordes de Thraces qui fuient on ne sait quoi, qui galopent éperdument vers les rives éclatées du Bosphore.

Il continue d'avancer droit devant. Le sol est boueux, et ses sandales font un bruit d'éponge qui résonne curieusement dans le silence.

N'allez pas croire que je suis venu apporter la paix sur la terre. Je ne suis pas venu apporter la paix, mais le glaive.

Il s'arrête. Une hyène a rugi quelque part. Le vent du désert semble se lever. Il croit deviner une ombre de femme, là-bas, accoudée à la nuit. Sans doute un mirage ou bien le fol espoir d'Isis, exilée de Behbet el-Haggar, qui parcourt le Delta en moissonnant amoureusement les fragments dispersés du cadavre de son époux.

Voici mon serviteur que j'ai choisi, mon bien-aimé qui a toute ma ferveur. Je répandrai sur lui mon esprit et il annoncera la vraie Foi aux nations.

Quelqu'un a parlé... Non, ça ne se peut pas. Elle est morte. Flavia la douce n'est plus. Et ses yeux qui savaient si bien la lumière ne sont plus que des cercles noirs, ouverts sur plus rien.

Suis-moi, laisse les morts enterrer leurs morts.

Il s'est assis à même le sol boueux. De loin en loin le lac miroite toujours. Si seulement *elle* était là. S'il avait pu poser sa tête sur son ventre comme ce soir à Antioche où le sablier s'était miraculeusement immobilisé dans sa fuite.

A présent Rome est au bout de la terre. Et sommeille son amour dans la pourpre impériale.

Je vous ferai pêcheurs d'hommes.

Calixte a replié ses genoux contre sa poitrine.

Il fixe intensément la crête du soleil qui commence à enflammer l'horizon.

Une certaine quiétude a envahi le paysage. Le vent du désert est tombé. Bientôt il fera jour. Et on l'attend.

*

Sur un geste de Démétrios, l'évêque d'Alexandrie, le petit groupe composé de Clément, Marie, son épouse, Léonidas, Lysias et les autres, s'immobilisa le long d'une rive déserte du lac Maréotis.

— Approche-toi, ordonna l'évêque.

D'un geste mesuré il fit glisser la tunique de Calixte et tous deux pénétrèrent dans le lac, jusqu'à la taille.

C'était un de ces matins d'automne qui faisaient tout

le charme d'Alexandrie. Le soleil était déjà haut dans un ciel extraordinairement bleu. Les eaux d'émeraude du lac étaient à peine agitées d'un léger friselis dont on pouvait se demander s'il était provoqué par la brise tiède qui soufflait du large, ou par le mouvement discontinu des embarcations striant la surface liquide.

— Crois-tu en Dieu le Père Tout-Puissant ?

— J'y crois.

Recueillant un peu d'eau dans sa paume, l'évêque la déversa lentement sur le crâne de Calixte.

— Crois-tu dans le Christ Jésus, fils de Dieu qui est né de la Vierge Marie, crucifié sous Ponce Pilate, mort, enseveli et ressuscité d'entre les morts, qui, monté aux cieux, s'est assis à la droite du Père d'où il viendra juger les vivants et les morts ?

— J'y crois.

Pour la troisième fois, Démétrios puisa l'eau dans ses paumes. Puis il prit de l'huile consacrée et l'apposa du pouce sur le front du Thrace.

— Je t'oins de l'huile sainte au nom de Jésus-Christ. Désormais tu n'es plus enfant des hommes, mais enfant de Dieu.

Légèrement en retrait, Clément, ému, ne perdait rien de la cérémonie. Le passé revenait en flots dans son esprit.

C'était il y a quelques mois... Devant ses yeux étonnés le Thrace était réapparu, revenu d'Antioche. Il se souvenait précisément de l'instant. Une fin d'après-midi alors qu'il revenait de la bibliothèque, il l'avait trouvé dans l'atrium, qui discutait tranquillement avec Marie. Spontanément, les deux hommes s'étaient jetés dans les bras l'un de l'autre.

— J'ai l'impression de rêver ! Toi, toi ici ?

— C'est pourtant bien lui, avait répliqué Marie. Et de plus, voici qui va accroître ton étonnement : Calixte est porteur de lettres de la communauté d'Antioche pour notre évêque.

Du coup, Clément avait examiné son ami avec perplexité. En effet, il était exceptionnel que des gentils soient chargés du courrier des fidèles.

— Serait-il donc arrivé quelque chose de grave là-bas?

— Non. Pourquoi cette inquiétude?

— Parce qu'il me surprend au plus haut point que les chrétiens d'Antioche, ou d'ailleurs, chargent un orphiste de ce genre de mission. Il me faut d'ailleurs ajouter qu'il est tout aussi surprenant de voir ce même orphiste accepter.

— L'orphiste dont tu parles n'existe plus...

Comme Clément ne semblait pas comprendre :

— J'ai décidé de me convertir.

Clément et son épouse s'étaient dévisagés, partagés entre l'incrédulité et une immense joie.

— Tu es sûr de ta décision? avait demandé le Grec, convaincu pourtant d'avance de la réponse. Il est de mon devoir de te mettre en garde. La voie que tu entends suivre désormais est droite et juste, mais aussi pleine d'embûches. De plus, ta conversion suppose une rupture avec le milieu qui est apparemment le tien : l'ordre équestre te rejettera et...

Calixte avait eu un large sourire.

— Parce que tout ce temps tu m'as cru chevalier?

— Chevalier, ou en tout cas patricien de haut rang.

Le Thrace avait conservé un instant le silence avant de faire son étonnante confession.

— Non, Clément, l'homme qui te fait face ne fut et n'est rien de plus qu'un esclave fugitif, voleur et peut-être meurtrier.

Clément et Marie s'étaient raidis instinctivement. Le maître de l'école d'Alexandrie avait repris doucement :

— Dans ce cas, il nous faut nous entretenir tous les deux. Viens.

Les deux hommes s'étaient retirés dans son cabinet de travail et ils avaient parlé longuement. Calixte lui avait alors fait le récit détaillé de son existence.

Était-ce le résultat d'une patiente maturation, ou la brutale découverte d'une vérité, qui l'avait conduit à adhérer au christianisme ? Clément n'aurait pu le dire avec précision. Cependant la réalité était là : la Grâce avait touché l'homme. Ce ne pouvait être la lecture de quelques ouvrages qui avait pu ainsi remettre en question ses conceptions orphistes. C'était autre chose. Lorsque Clément l'avait interrogé à ce sujet, une ombre inattendue avait couvert les traits de son ami.

— Ne me demande pas d'expliquer. C'est ainsi. Et ton livre n'a pas peu contribué à m'éclairer.

— Mais un fait, un fait déterminant ?

Un fait déterminant... Nul doute que cette nuit à Antioche où il avait veillé sur la petite Yérakina avait joué un rôle décisif.

Calixte devait passer les mois suivants aux côtés de Clément et de son épouse. Au cours de cette période, il s'attela à l'étude des textes sacrés avec une assiduité tout à fait extraordinaire. Clément ne se souvenait pas avoir connu disciple plus enthousiaste ni plus assidu.

Il se mit à dévorer des auteurs aussi divers qu'Homère, Euripide ou Philon, avec autant de passion que s'il s'était agi de vers d'amour de Catulle.

Clément se souviendrait longtemps de ces nuits entières passées à discuter, qui s'achevaient au tout petit matin, où les deux hommes se retrouvaient épuisés, mais l'œil encore vif de passion.

Il y avait eu aussi cet après-midi de juin... Ils venaient de quitter la maison du lac. A peine avaient-ils fait quelques pas que Calixte faisait demi-tour et réapparaissait une bourse à la main.

— Tiens, Clément. C'est tout ce qu'il reste de la fortune dérobée à Carpophore. Ton école en aura plus besoin que moi.

Clément n'avait rien dit. Il avait simplement secoué la tête négativement. Cela avait suffi. Sans hésiter, le Thrace s'était alors dirigé vers le ponton et avait jeté la bourse dans le lac.

— Tu as raison, Clément. Cet argent est entaché de trop d'horreur.

Voici qu'aujourd'hui ces longs mois de catéchèse trouvaient leur aboutissement sur cette grève d'Alexandrie.

Clément observa Calixte qui revenait lentement vers la berge accompagné de Démétrios, et lui revint la phrase de Paul :

Celui qui fut esclave lors de l'appel du Seigneur, devient l'affranchi de Dieu.

LIVRE TROISIÈME

Chapitre 42

Rome était en liesse. Plus de trois cent mille personnes se pressaient le long des rues que devait emprunter le cortège impérial. C'est par tombereaux entiers que l'on y avait déversé des palmes et des fleurs. Aux quirites s'étaient joints plusieurs milliers de campagnards latins, osques et étrusques, qui attendaient massés le long de la via Appia.

A la porte Capène, ainsi qu'aux abords du cirque Maximus, où pourtant séchait encore le sang des victimes de la veille. Les cohortes prétoriennes fraternisaient avec ceux qu'elles avaient pourchassés quelques heures plus tôt. Ceux-là mêmes qui avaient tenté de les lapider à coups de tuiles et de pierres.

Le soleil au plus haut de son cours éclairait jusqu'au plus profond des étroites venelles.

Une même émotion, une même joie, réunissaient les porteurs de chitons et de chlamydes, de pétases et de capuchons. Tous étaient là pour célébrer la chute du tyran du jour : l'odieux Cléander. Et tous s'apprêtaient à fêter l'homme qui les avait délivrés du fléau. Cléander, dont la rapacité était sans exemple, avait progressivement accaparé tous les arrivages de blé en provenance d'Égypte, provoquant une hallucinante flambée des prix. Naturellement, le préfet de l'annone fut tenu pour responsable de la situation, et il ne faisait pas de doute que l'empereur s'apprêtait à châtier Carpophore — déjà lourdement compromis par la faillite de sa banque, qui avait provoqué la ruine de milliers de citoyens. Mais le Syrien, en vieux renard qu'il était, et dès le début de la disette, avait fait savoir dans les théâtres, les amphithéâtres, les thermopoles, dans chaque coin de la capitale, qu'en réalité les greniers de Cléander regorgeaient de blé. Les suites d'une telle annonce ne devaient pas tarder à se faire sentir : ce fut au cirque Maximus que l'émeute débuta véritablement.

Peu après la septième course, une fillette en guenilles avait fait irruption sur la piste, suivie de cinq ou six autres enfants aussi dépenaillés qu'elle. Ils crièrent qu'ils voulaient du pain, et supplièrent Cléander d'apaiser leur faim. Or le destin voulut que les courses de ce jour ne fussent pas présidées par un personnage important qui, éventuellement, aurait pu maîtriser la situation. Ce fut bientôt cent, mille, dix mille voix qui s'unirent aux suppliques des enfants. Le mouvement prit rapidement corps lorsque les plus excités envahirent la piste. Une foule impressionnante déferla ensuite hors du cirque et se répandit en flots désordonnés le long de la via Appia. C'était là en effet, à six milles des remparts, dans la villa Quintilli, que l'empereur logeait depuis son retour d'Orient.

En réalité ce n'était pas Commode que visait la haine de la foule, mais Cléander le « secrétaire du poignard ». Les émeutiers avaient à peine atteint les jardins de la propriété que les cavaliers de la garde se précipitaient sur eux, le glaive à la main, et les taillaient en pièces, n'épargnant ni femmes ni enfants. Ceux qui eurent la chance de battre en retraite se lancèrent alors dans une fuite éperdue jusqu'à la porte Capène. Là, leurs poursuivants se heurtèrent à la résistance de toute la ville. Les habitants, réfugiés sur les toits, entreprirent de lapider et de désarçonner les prétoriens, tandis que les cohortes urbaines — fait sans précédent — se rangeaient du côté du peuple.

Le soir tomba sur la violence des combats, faisant craindre un retour des guerres civiles. C'est à ce moment-là que, de manière tout à fait inattendue, apparut Carpophore, accompagné du préfet de la Ville, Fuscianus Sélianus Pudens. Ayant fait sonner les vingt-cinq trompettes des hommes à cheval qui les précédaient, ils obtinrent le calme nécessaire pour se faire entendre. Après quoi ils annoncèrent d'une voix ferme que Cléander, reconnu par Commode comme l'unique coupable des troubles, avait été exécuté et que le blé qui était en sa possession serait dès le lendemain distribué au peuple, et ce par l'empereur lui-même.

Une immense ovation avait aussitôt salué la nouvelle. Ceux qui l'instant d'avant s'entre-tuaient furieusement, se donnèrent l'accolade. Des groupes en liesse parcoururent les rues en chantant et en brandissant des guirlandes de fleurs. On alluma sur les places d'impressionnants feux de joie. Du haut des sept collines, tout Rome semblait flamber.

A présent, après une nuit passée à fêter l'événement en compagnie des riches sénateurs qui depuis les incidents rivalisaient de générosité, le peuple attendait son empereur. Vers la troisième heure, entre le Caelius et l'Aventin s'éleva un son de flûtes et de tambours. Presque imperceptible au début, il s'amplifia insensiblement, et l'on vit apparaître une troupe de prétoriens portant à la manière d'une enseigne la tête de Cléander fichée au sommet d'une pique. La foule applaudit à tout rompre le sinistre trophée, symbole de sa victoire.

Le cortège à peine passé, on entendit le pas cadencé des licteurs. Ils étaient vingt-quatre, haches et faisceaux noués de lauriers, qui encadraient un char tiré par huit étalons blancs, sur lequel se tenait Commode.

Pour la circonstance, il avait revêtu une toge de sénateur recouverte d'un long manteau rouge. Son teint était si pâle et ses traits si étrangement immobiles que l'on aurait pu croire que son visage avait été taillé dans un marbre blanc.

Une partie des passants s'était agenouillée sur son passage, tandis que l'autre clamait des remerciements aux dieux et à leur fils, Commode. Celui-ci paraissait ne rien entendre. L'œil fixe, il avançait comme dans un rêve. Un court instant, la vue de cet homme statufié créa un malaise parmi la foule ; malaise très rapidement dissipé quand, par rangs entiers, les esclaves distribuèrent à tour de bras les mesures de froment tant espérées...

*

La cena était déjà très avancée. Les danseuses tourbillonnaient entre les tables rangées en forme d'U. Dans un coin du triclinium les musiciens caressaient les cordes de leur lyre, cependant que des flûtistes — nus comme le voulait la tradition grecque — s'époumonaient en soufflant dans leurs instruments. Pourtant, Commode ne se déridait pas.

Nerveux, toujours aussi blême, il se leva pour la troisième fois et se dirigea vers sa terrasse, lançant des regards inquiets vers les jardins. Car, conformément à la coutume des jours de liesse, on avait ouvert au peuple les allées de la domus Augustana. Disséminée entre les bosquets, allongée sur les innombrables divans installés à cet effet, agglutinée autour des tables ployant sous les victuailles, la foule était partout. En un incessant va-et-vient, les esclaves du prince distribuaient fromages et vins, gâteaux de raisin et quartiers de viande grillés. Tous les autres jardins que l'empereur possédait dans la capitale, qu'il s'agît de ceux d'Agrippa ou du divin Jules[1], étaient pareillement envahis par ces invités d'un soir.

— Tiens. Pour boire à leur santé.

Venue le retrouver, Marcia tendait discrètement à Commode une coupe. Comme par enchantement, les réflexes conditionnés de la souveraineté reprirent leurs droits. Commode leva le lourd objet d'or, sourit, et murmura à l'adresse de la foule des mots aussi banals que flatteurs. Ensuite, à mi-voix, pour n'être entendu que de Marcia seule, il ajouta :

— C'est le chaos... Le chaos originel... Regarde ! Voici les ombres des morts qui s'agitent au milieu des feux de l'enfer...

Marcia l'examina avec inquiétude. Un tic agitait un coin de sa bouche, son visage avait pris une expression hallucinée et sa voix rendait un son creux qui semblait ne lui avoir jamais appartenu.

— Regarde là-bas... C'est mon père. Je le reconnais à sa barbe. A ses côtés, c'est ma sœur Lucilla. As-tu vu le regard qu'elle m'a jeté. Et celui-là, c'est Pérennis. Et celui-ci, je l'ai tué dans l'arène. Oh, bonne Isis, voilà Démostrata et ses enfants !!!

Épouvantée, Marcia n'osait pas interrompre son amant qui, du doigt, désignait des personnages invisibles. Devenait-il fou ? ou Dieu lui envoyait-il la vision de ses crimes dans l'espoir de provoquer son repentir ?

Tout à coup, avec un cri rauque, l'empereur lâcha sa coupe et se précipita vers la salle du banquet. Fort heureusement, sénateurs et magistrats étaient trop occupés à fêter la chute de Cléander, et les femmes trop absorbées par le spectacle des bouffons et des mimes pour remarquer son air halluciné. Il se laissa tomber sur le lit d'honneur où Marcia, toujours silencieuse, vint le rejoindre.

1. Jules César.

— Verse-moi à boire, souffla-t-il.

Elle s'exécuta, et il vida sa coupe d'un seul trait. Il paraissait avoir recouvré son calme, mais ne pouvait arrêter le tremblement de ses lèvres. Ses phalanges demeuraient crispées sur l'or ciselé de sa coupe. Il interrogea soudain sa compagne.

— Si tu étais morte... Si tu te trouvais à la place de Démostrata, reviendrais-tu toi aussi me hanter ?

Marcia frémit. Elle connaissait bien Démostrata qui avait été de ses amies. Commode et elle avaient longtemps été amants. Mais l'empereur l'avait finalement abandonnée à Cléander. Démostrata s'en était facilement consolée, en devenant la concubine du favori de l'heure, elle s'était pratiquement hissée au rang de seconde femme de l'Empire. Ayant eu la sagesse de ne pas jalouser la primauté de Marcia, elle avait même fait élever ses enfants à la domus Augustana.

— J'espère bien, César, que jamais tu ne me donneras des raisons de venir te hanter.

Elle avait tenté de protéger son amie, en vain. Dans la tradition romaine, la chute d'un homme entraînait automatiquement celle de son clan. Ses propres fils devaient être supprimés pour que, plus tard, ils ne cherchent pas à le venger. Ses amis, ses clients, devaient aussi subir le même sort, pour les mêmes motifs.

Aussitôt après l'exécution de Cléander, Démostrata fut égorgée, et la tête de ses enfants fracassée contre les murs. Marcia n'oublierait jamais la vision d'horreur du corps nu et mutilé de la femme exposée sur l'escalier des Gémonies. A ses côtés, tous les membres de son clan, exterminés eux aussi. Qu'elle était loin la clémence de Marc Aurèle, pardonnant à la famille et aux amis de celui qui avait un temps voulu usurper sa place : Avidius Cassius.

— Approche, Carpophore, approche !

Brusquement tirée de ses songes par la voix de Commode, l'Amazonienne jeta un regard glacial au préfet qui accourait en se dandinant sur ses courtes jambes. Sous les torches, son crâne glabre brillait encore plus que d'habitude. Ils étaient en froid depuis le jour où elle lui avait arraché Calixte. Et le fait qu'il fût indirectement la cause de la mort de Démostrata contribuait à accentuer l'antipathie qu'elle éprouvait pour lui.

— M'as-tu bien été fidèle, préfet ? interrogea l'empereur les yeux baissés et d'une voix éteinte.

Surpris par le ton employé, Carpophore et Marcia dévisagèrent Commode avec stupéfaction. Cette attitude, cette voix résignée, étaient si étrangères au César qu'ils crurent un instant retrouver le ton et l'allure de son père au terme d'un règne peuplé de catastrophes successives.

— Comment peux-tu en douter, Herculéen ? se récria le préfet de l'annone. N'est-ce pas moi qui t'ai dénoncé les intrigues infâmes de ce traître de Cléander ? Intrigues qui auraient pu être fatales à ta dynastie ?

— L'ennui, reprit Commode sur le même ton, c'est que tu ne te sois pas contenté de dénoncer à ton César ces agissements, mais aussi au peuple tout entier.

Il n'écouta pas la protestation de son interlocuteur. Se mordillant le pouce, il semblait en proie à une intense réflexion. Marcia qui le connaissait bien en déduisit qu'il se creusait la tête pour trouver un successeur à Cléander. Tâche d'autant plus ardue que les épurations successives avaient singulièrement réduit les personnes de valeur parmi les affranchis du palais. Et Commode n'osant pas se fier à l'ordre sénatorial...

— Je ne veux plus que le peuple de Rome connaisse

441

ces privations de vivres! lança-t-il tout à coup en dressant la tête.

— Je ferai de mon mieux, César, fit Carpophore en s'inclinant.

— Plus que de ton mieux, Syrien! Ta mission est d'éviter des soulèvements tels que celui d'hier. S'il devait se produire d'autres mouvements de cette sorte, tu y perdrais la tête.

Carpophore blêmit et se mit à transpirer à grosses gouttes. Commode, il le savait, parlait sérieusement. Et il ne connaissait que trop les aléas de la navigation pour se sentir assuré du lendemain. Il lui fallait agir avec diplomatie.

— Je me permettrai de te faire observer, César, que je ne puis être tenu pour responsable de la crue du Nil.

— Ce qui veut dire? interrogea l'empereur en fronçant les sourcils.

Marcia commençait à retrouver le personnage impatient qu'elle connaissait. Et elle se demanda si la soirée n'allait pas finir sur un terrible éclat.

— Que le volume de blé que transporte la Sitopompoia dépend de la récolte égyptienne, qui elle-même dépend des caprices imprévisibles du fleuve.

— Je vois..., murmura l'empereur en réfléchissant. Dans ces conditions, je te confie la responsabilité de tout le commerce de blé d'Occident.

Ce qui sous-entendait que le Syrien serait chargé de veiller aux importations de blé de Sicile et d'Afrique.

— J'en suis honoré, César, mais cela ne suffira pas, je le crains, à supprimer tous les impondérables.

— Que te faudrait-il encore?

— Le préfet de l'annone est à peu près désarmé devant les vols de navires et les divers actes de piraterie. Ainsi, l'*Isis* a été retrouvé sans équipage, échoué sur la côte d'Asie Mineure.

— Aemilius!

L'appel lancé à pleine voix couvrit les rumeurs de la fête et interrompit les conversations, les rires, figea les danseurs.

Aemilius Laetus, parfumé et couronné de fleurs, bondit hors de son lit et vint se camper devant son maître.

— Aemilius, désormais, c'est toi qui remplaceras ce bandit de Cléander.

Aussitôt Laetus se courba.

— Ô César, quel honneur... Jamais préfet du prétoire ne te sera plus dévoué. Ô prince divin...

Commode fit un geste de la main qui voulait dire : « Arrêtons ces simagrées », et reprit avec impatience :

— Pour commencer, j'exige que l'on intercepte les détrousseurs de navires dont se plaint notre ami Carpophore. Envoie des courriers dans tous les ports avec leur signalement, des messages optiques à tous les postes de guet côtiers ! Je te donne juridiction sur tous les rivages de notre mer, pour que tous ceux qui troublent le commerce du blé soient arrêtés et punis. Pour le détail accorde-toi avec ton collègue de l'annone.

Les deux hommes s'inclinèrent tandis que crépitaient les applaudissements.

Un curieux sourire éclairait le visage de Carpophore : grâce aux ordres de l'empereur, il allait enfin pouvoir mettre la main sur ce serpent de Calixte et son complice Marcus !

L'approbation générale qu'il avait provoquée autour de lui semblait avoir quelque peu rasséréné le prince. Tout en réclamant une nouvelle coupe de vin, il s'interrogea sur l'opportunité de commettre un autre coup d'éclat. Il se mit à examiner ses invités et s'arrêta brusquement sur un couple allongé côte à côte qui bavardait passionnément.

— Dis-moi, Marcia, peux-tu me dire qui sont cet homme et cette femme ? Ils me sont familiers.

— Ceux-là ? mais voyons, c'est Fuscianus Sélianus Pudens, ton préfet de la ville, et sa compagne n'est autre que Mallia, l'épouse de Didius Julianus, nièce de Carpophore.

Commode fit un signe au premier esclave qui passa près de lui et le chargea de dire à Fuscien qu'il désirait lui parler. L'instant d'après, l'intéressé s'inclinait devant le César.

— Tu es le préfet de la ville ?

— Grâce à ta générosité, César.

— Tu es donc responsable de l'ordre public. Comment se fait-il alors que tu n'aies pas empêché Cléander de s'emparer des stocks de blé ?

Devant un empereur cherchant querelle, il valait mieux conserver son calme. Fuscien répondit paisiblement :

— Tu es très difficile à joindre, César. Alors comment aurais-je pu vérifier si Cléander disait vrai alors qu'il affirmait agir sur un ordre de toi ? Du reste, je me permettrai de te faire observer que le préfet de la ville n'est pas chargé de veiller à son ravitaillement.

Commode sentit la flamme de la colère poindre en lui, il riposta sèchement.

— Si tu avais rempli ta mission, le soulèvement d'hier n'aurait pas eu lieu.

— Est-il possible, César, que tu regrettes ce qui s'est passé ?

— Non, non, bien sûr, fit Commode, réalisant qu'il s'était lancé trop loin : la scélératesse de Cléander méritait naturellement châtiment.

Un silence pesa entre les deux interlocuteurs. Autour d'eux on affectait de continuer à manger ou à discutailler. Courageusement, Marcia vint au secours de Fuscien.

— Veux-tu goûter cette cuisse de caille africaine, préfet ? C'est un véritable délice.

— Je te remercie, Amazonienne, sourit Fuscien, mais je ne puis : je suis orphiste.

— Orphiste ? s'exclama la jeune femme. Tu es donc un bacchant ? reprit vivement Marcia.

— Bien sûr.

— On m'a souvent parlé des bacchanales, enchaîna Commode soudain intéressé. Est-il vrai que vous tourbillonnez tout nus, couronnés de lierre et agitant le thyrse ?

— Euh... ce ne sont pas là véritablement des pratiques orphiques.

— Tu veux dire que tu n'as jamais participé à une bacchanale ? s'étonna l'empereur.

— Si. Mais c'était avant mon initiation aux mystères orphiques.

— Veux-tu nous faire une démonstration ?

Toutes les conversations s'étaient à présent interrompues, et les regards étaient braqués sur les deux hommes. Fuscien ne se méprit pas sur le ton courtois de son empereur. C'était un ordre qu'il venait de lui adresser. Désobéir serait aller droit au suicide... Il essaya malgré tout de se défiler.

— Eh bien ? fit Commode, sourcils froncés.

— Je... je n'ai pas de couronne de lierre.

— Ta couronne de roses en tiendra lieu. Et pour ce qui est du thyrse... Le chef des serviteurs te donnera sa férule.

Fuscien n'avait plus le choix. Il se dépouilla maladroitement de sa tunique, ôta ses sandales. Marcia détourna les yeux. Les quelques rires qui commençaient à fuser çà et là l'irritèrent profondément. Elle se sentait aussi humiliée que le pauvre préfet.

— Attends ! s'écria Commode. Cette danse, il faudrait la montrer au peuple. Après tout, il est de notre devoir d'amuser la plèbe. Rendons-nous dans les jardins.

Déjà les esclaves se précipitaient pour rechausser les convives. Entourant le préfet de la ville, tous descendirent se mêler au vulgaire. Les conversations des quirites s'interrompirent d'un seul coup en voyant apparaître cette singulière cohorte. Mais Commode, en quelques phrases enjouées, leur expliqua que leur préfet allait interpréter en leur honneur une danse dionysiaque. Que l'un des plus hauts fonctionnaires de l'Empire puisse s'offrir ainsi en spectacle, tout nu, stupéfia d'abord ces humbles plébéiens. Mais à Rome, comme partout, toute attitude non conventionnelle, et par-dessus tout irrespectueuse, ne pouvait qu'avoir le don de plaire au peuple. Ils finirent par se lancer dans des applaudissements ravis et, à l'exemple de l'empereur, ils commencèrent à frapper du poing sur les couverts d'argent. Ce fut donc sous ces martèlements discordants que Fuscien entreprit d'esquisser les premiers pas de danse à travers l'espace laissé libre entre les tables, à quelques pas d'un vivier engorgé de poissons multicolores. Seule une atmosphère de recueillement religieux lui aurait permis d'éviter le ridicule qui le frappait. Bientôt un rire incoercible secoua toute l'assistance. Marcia serra les dents.

L'affligeante sarabande dura un moment, jusqu'à ce que Commode se décide à l'interrompre.

— Ah ! s'esclaffa-t-il, heureusement que tu n'es pas danseur de métier, aucun marchand d'esclaves n'aurait voulu de toi !

Et, d'un geste empli de dérision, il poussa Fuscien dans le vivier.

Chapitre 43

Ostia, octobre 190

L'onéraire accosta à Ostia dans le tout petit matin sous une pluie battante. Les quais paraissaient déserts, la ville immobile.

Après avoir franchi la passerelle, Calixte tira instinctivement le rebord du capuchon de son manteau et s'engouffra en compagnie des marins dans l'une des tavernes de la place des Corporations. Là, contrairement aux autres sevrés par ces jours de traversée, il se limita à commander un plat de fèves et un pichet d'eau. Son frugal repas fini, il se leva, salua, prit son balluchon et sortit.

Il y avait quelque chose de singulier dans le calme qui dominait. Trop calme, trop silencieux pour ce port qu'il avait toujours connu plein de vie. Peut-être l'explication se trouvait-elle dans cette pluie lourde qui fondait sur la ville.

Quittant la place des Corporations, il longea le théâtre, déboucha sur la voie Décumane, la grande artère parallèle au fleuve. Hormis deux individus qui, panier à provisions sous le bras, se hâtaient sous les rafales, la voie semblait elle aussi totalement désertée. Calixte s'était fait à l'idée qu'il lui faudrait se montrer le plus discret possible, et pourtant c'était lui au contraire qu'on paraissait éviter soigneusement. A sa gauche se trouvaient les thermes et la palestre. Juste en face, l'écurie du vieux Clodius. Il y pénétra.

A son grand étonnement, ce ne fut pas le vieillard cassé et sarcastique qui l'accueillit, mais un jeune homme nonchalant à la bouche amère. Le Thrace remarqua qu'il s'était arrêté à cinq pas pour lui parler et que ses narines étaient bourrées de laurier. A la vue d'un aureus, il accepta tout de suite de lui louer une cisia[1].

— Jette ta pièce ! Tu peux prendre celle-là.

Surpris par ces manières pour le moins inhabituelles, Calixte sortit le cheval de sa loge et l'attela tout en interrogeant :

— Le vieux Clodius n'est-il plus là ?

— Mort, répondit le palefrenier, en demeurant à l'écart.

— Mort ? De quoi ?

— Mais enfin, d'où sors-tu ? De la peste, bien sûr.

Le Thrace réprima un frisson. C'était donc cela... Au moment où il s'apprêtait à sortir juché sur sa voiture, l'homme l'apostropha :

— Vas-tu à Rome ?

— Oui.

— Dans ce cas, je te conseille vivement de te méfier. Il y circule des bandes qui piquent les passants de dards empoisonnés.

— Mais quelles bandes ? Pourquoi ?

Le palefrenier fit une moue désabusée.

— On voit bien que tu as quitté le pays depuis longtemps...

Et sans plus rien ajouter, il disparut derrière le vantail de bois.

Décidément, il se passait d'étranges choses... Sans

1. Voiture à deux roues tirée par un cheval.

plus attendre, Calixte lança son attelage et prit la direction de la ville aux sept collines.

Ce fut aux abords du couchant qu'il fut en vue de la porte Trigemina. Si la pluie s'était interrompue, le ciel était toujours aussi maussade. Suivant la via Ostiensis, il se mêla à la cohue des chariots, charrois et autres véhicules qui attendaient d'être autorisés à pénétrer dans la cité.

La porte ne s'ouvrit qu'après le coucher du soleil. Dans l'obscurité qui s'installait, Calixte put pénétrer dans la capitale sans risquer d'être inquiété. Il se dit qu'il devrait se hâter avant que la nuit noire ne vienne rendre impraticable le lacis des ruelles. Mais son avance était constamment freinée par le passage d'innombrables cortèges funéraires. Heureusement le quartier de Suburre n'était plus très éloigné maintenant. C'est là que demeurait le pape Victor.

Dans le passé, il n'avait guère été surpris lorsqu'on lui avait appris que le chef des chrétiens vivait dans ce quartier, le plus malfamé de tous. Il en avait conclu que là et nulle part ailleurs le principal personnage d'une secte persécutée pouvait bénéficier du parfait anonymat. En réalité il faisait erreur. Si le pape Victor, qui était aussi l'évêque de Rome, vivait ici, c'était parce que cela lui permettait d'être plus proche des misères du monde.

Il héla un de ces gamins qui dès le crépuscule commençaient de hanter les abords des grandes places ou des riches demeures. Aussitôt l'adolescent accourut vers lui et s'empressa d'allumer sa torche d'étoupe et de résine.

— Connais-tu bien les rues de Suburre ?

— J'y suis né, seigneur, fit le petit bonhomme en relevant fièrement le menton.

— Saurais-tu où se trouve l'insula où vit le chef des chrétiens ?

— Bien entendu. Dois-je t'y conduire ?

— Oui. Éclaire-moi le passage.

Tous deux s'engagèrent alors à travers l'inextricable dédale des venelles puantes. Rapidement, Calixte se trouva forcé de descendre de sa calèche et de poursuivre son avance en tirant le cheval par la bride. Les poutres qui saillaient hors des murs menaçaient à tout instant de choir sur eux. A hauteur de ces façades aveugles se devinaient les bruits de la vie ; écho d'un repas, algarades, lamentations de pleureuses, gémissements de malade. Le souvenir de Flavia et du proxénète lui revint en mémoire. Que de temps, que d'événements depuis ce jour...

— Voici, seigneur, tu es arrivé.

Calixte leva la tête. Cet îlot était semblable à des milliers d'autres. Ni plus ni moins délabré. Mais il n'y avait pas de raison de supposer que l'enfant mentait. Il lui donna un as, attacha son cheval à une borne, après quoi il frappa à la porte.

Là aussi, point de surprise : l'homme qui lui ouvrit ressemblait à un esclave pareil à tous les esclaves.

— J'arrive d'Alexandrie. C'est l'évêque Démétrios qui m'envoie.

L'homme ne sourcilla pas, il répondit simplement :

— Suis-moi.

Il l'entraîna vers un escalier branlant. En passant devant un palier, il perçut une quinte de toux grasse entrecoupée d'inspirations rauques. Son guide surprit son expression interrogative.

— La peste, lança-t-il sur un ton résigné.

A présent ils étaient arrivés devant une porte sur laquelle on avait gravé un poisson. Elle n'était pas close. Le portier s'effaça et Calixte se trouva aussitôt face à un homme assis. Celui-ci leva lentement la tête, découvrant ses traits sous l'éclairage blafard d'une lampe à huile.

Abasourdi, Calixte reconnut Hippolyte.

Le jeune prêtre parut tout aussi stupéfait que l'arrivant. Il y eut un long moment de silence comme si les deux hommes essayaient de se convaincre qu'ils ne rêvaient pas. Ce fut le Thrace qui le premier interrogea :

— Toi, ici ? Mais comment ?

— Je suis où je dois être. Au service de Dieu. Mais je pourrais tout aussi bien te renvoyer la question. Je te croyais à l'abri du côté d'Alexandrie ou de Pergame, en train de dépenser les millions que tu as volés aux clients juifs de la banque de ton ancien maître.

Calixte prit une profonde inspiration. Décidément les années n'avaient guère atténué le ton persifleur d'Hippolyte.

— J'arrive d'Alexandrie. Et je suis porteur de nouvelles importantes. C'est l'évêque Démétrios qui m'envoie.

— Démétrios ? Que lui a-t-il donc pris d'accorder sa confiance à un individu de ton espèce ?

— Puis-je voir le pape ? fut le seul commentaire de Calixte.

— Tu le vois ! lança une voix derrière lui.

Le Thrace sursauta. Il n'avait pas entendu se rouvrir la porte dans son dos. Devant lui s'avançait un homme maigre, plutôt petit, mais au regard gris et volontaire, et dont la vivacité et la nervosité des gestes traduisaient une personnalité assez ferme. Il se souvint de la description que Clément lui avait faite du personnage : « C'est un Africain totalement romanisé, plus porté à tenter de briser l'obstacle qu'à le contourner. »

— Saint-Père, fit Hippolyte, cet homme est Calixte. Hier esclave du bienheureux Apollonius, un temps banquier du préfet de l'annone, et aujourd'hui voleur dont la tête est mise à prix pour vingt mille deniers.

Calixte lui jeta un regard noir.

Ah! pouvoir appliquer à cet individu le même traitement que le Seigneur avait appliqué aux marchands du temple!

— Que désires-tu? demanda sèchement l'évêque de Rome.

Le Thrace tira de sa ceinture un étui de cuir.

— Un message de l'évêque Démétrios.

Le pape se saisit de l'étui et, après en avoir extirpé un rouleau de parchemin de charta, il le tendit à Hippolyte en fronçant le sourcil.

— Lis-moi cela. Toi tu as encore de bons yeux.

Hippolyte commença :

A Victor, successeur de Pierre
Démétrios, évêque d'Alexandrie
S.D.[1]

Des informations me sont parvenues selon lesquelles tu songerais à lancer un anathème contre nos frères des Églises d'Asie qui refusent de suivre la position de l'Église universelle, au sujet de la date des fêtes de Pâques.

Tu sais que lorsque tu as fait convoquer des synodes provinciaux pour trancher cette querelle qui partage l'Orient et l'Occident de l'Église, je fus parmi les premiers à me rallier à tes opinions. Je n'en suis donc plus à mon aise pour te conseiller d'abandonner ce projet.

En effet, le fait de célébrer Pâques le jour de la mort du Seigneur, plutôt que le jour de sa résurrection, ne me semble pas justifier que l'on prenne la responsabilité d'excommunier des Églises entières. Ce que je te dis, je le dis très respectueusement, ayant trop conscience de mon insuffisance et de ma petitesse en face du successeur de Pierre. Mais je te signale toutefois que mon opinion est partagée ici, à Alexandrie, par la plupart des hommes instruits.

Ils font valoir que nos frères d'Asie ne peuvent être jugés coupables d'avoir simplement continué à suivre de vieilles et vénérables traditions. Jusqu'à présent, les Églises grecque et latine ont vécu côte à côte dans la vénération du Dieu Sauveur. Tes prédécesseurs firent montre de grande

1. *Salutem dat :* Donne son salut.

tolérance à l'égard des évêques d'Asie ; notamment Anicet lorsqu'il fut confronté à l'évêque Polycarpe.

Nous ne réclamons pas de toi que tu renonces à tes exigences, mais simplement que tu prennes exemple sur leur prudence. Il ne nous reste plus qu'à attendre la réalisation de nos prières. La grâce du Dieu Tout-Puissant finira j'en suis sûr par éclairer nos frères d'Asie. Qu'il daigne donc t'inspirer la bonne décision.

Vale[1].

Le pape s'était assis sur un petit escabeau de bois et triturait sa barbe d'un air pensif.

— Comment se fait-il que Démétrios t'ait confié ce message ?

Le ton du pontife était direct mais Calixte lui fut reconnaissant de n'avoir pas ajouté : « Puisqu'il semblerait que tu ne sois pas un personnage très recommandable. »

— Plusieurs personnes se sont proposées. C'est moi que l'évêque a désigné.

— Ce qui ne répond pas à la question. Pourquoi un gentil plutôt qu'un chrétien ? intervint Hippolyte.

— Un gentil ? s'étonna Victor.

Calixte secoua la tête.

— Hippolyte ne peut pas savoir : je suis chrétien désormais.

— Quoi ! Que dis-tu ?

Le fils d'Éphésius l'examina, consterné et sceptique à la fois.

— Toi ? Chrétien ? Toi qui fus le plus ardent opposant de notre Foi ? Toi...

Calixte l'interrompit d'un geste sec.

— Oui, je suis chrétien. Les circonstances, et sans doute la grâce de ce Dieu que j'ai longtemps rejeté, ont réussi là où tu as échoué.

Pour la première fois, l'émotion traversa le regard

---

1. Porte-toi bien.

d'Hippolyte. Une émotion sincère, où se mêlaient passé
et présent. Il se racla la gorge et reprit, mais cette fois
presque à voix basse :

— Tu... Tu dis vrai ?

— Je suis recherché par toutes les autorités de ce
pays. Avant ma conversion mon existence fut loin
d'être exemplaire. Si je me suis porté volontaire pour
cette mission, c'est parce que c'est ici à Rome, plus que
partout ailleurs, que je risque ma vie. C'est ma
manière à moi de me soumettre au jugement de Dieu.

Comme Hippolyte, dépassé, conservait le silence, le
prélat demanda :

— C'est étrange... N'as-tu pas imaginé qu'il existait
une autre solution si tu désirais véritablement réparer
tes fautes, moins dangereuse que celle pour laquelle tu
as opté ?

— On m'a déjà fait cette remarque. Mais je suis,
hélas, dans l'incapacité matérielle de dédommager les
victimes de mon vol.

Il y eut un long moment de silence, et, contre toute
attente, Victor fit signe au Thrace de s'agenouiller. Il le
bénit d'un geste lent, et dit :

— Nous te sommes reconnaissants pour ce que tu as
fait. Que Dieu t'absolve et qu'Il te permette de retrouver les tiens, sain et sauf.

Calixte se releva, remercia en inclinant la tête, et
demanda :

— Y a-t-il une réponse pour l'évêque Démétrios ?

— Oui. Tu lui diras que sa lettre m'a touché, mais
qu'il se faisait du souci inutilement. Irénée, l'évêque de
Lugdunum [1], qui partageait les mêmes inquiétudes,
m'a convaincu de ne pas recourir aux mesures
extrêmes que j'envisageais. Il n'y aura pas d'excommunication des Églises d'Asie..

1. Lyon.

Chapitre 44

Lorsque Calixte retrouva sa cisia, la nuit était déjà fort avancée.

Prenant son cheval par la bride, il progressa, se fiant pour cela à sa mémoire, à travers l'enchevêtrement des ruelles. Comme d'habitude l'obscurité compliquait fortement la tâche. Il se serait sans aucun doute cru égaré hors de Rome, sans le bruit tumultueux des charrois qui après avoir distribué leurs marchandises regagnaient la sortie de la ville. S'orientant tant bien que mal, il finit par déboucher derrière une carriole gauloise tirée par une paire de bœufs, qui tanguait et bringuebalait sur toute la largeur de la ruelle. Comme son conducteur paraissait connaître la direction où il allait, Calixte l'aborda.

— Ho! l'ami, où te rends-tu ?

L'interpellé répliqua avec le fort accent rocailleux des paysans latins.

— A la Transtibérienne, par le pont Aemilius.

Calixte poussa un soupir de soulagement ; c'était bien sa route. L'un suivant l'autre, ils parcoururent longtemps encore le lacis des venelles, dépassèrent un temple qu'il ne put identifier, avant d'atteindre enfin une place rectangulaire et dégagée. Le Thrace put alors remonter dans la cisia et lancer son cheval.

Un arc de triomphe occupait le cœur de la place :

Janus Quadrifrons. Il sut alors qu'il se trouvait sur le forum de Nerva.

Il s'éloigna, passa non loin de la curie Julia, contourna la tribune des rostres à la hauteur du Milliaire d'or, qui indiquait le centre exact du fabuleux réseau des voies romaines, et rejoignit la voie Sacrée.

Le sommeil commençait à le gagner, et son cheval donnait lui aussi des signes de fatigue. Il devait trouver rapidement un gîte. Ce fut vers le Vicus Jugarius qu'il découvrit soudain sur sa droite, à quelques pas de lui, au pied d'un chariot immobilisé, un homme qui s'exprimait devant une porte close. En s'approchant, il distingua des cageots de légumes alignés sur le seuil, ainsi que le guichet par lequel le maraîcher était en train de percevoir son dû. A la vue de Calixte, l'homme se retourna vivement, avec une expression interrogative.

— Crois-tu qu'il me serait possible de loger ici pour la nuit ?

Le maraîcher s'écarta afin de permettre à l'aubergiste installé de l'autre côté du guichet de répondre.

— Désolé, nous n'acceptons plus d'étrangers.

— Et pour un denier ?

— Rien à faire.

— Insiste, l'ami, fit le paysan avec un sourire. Ce vieux bandit de Marcellus vendrait son âme pour un peu d'argent. Si tu sais lui parler, il ira jusqu'à t'offrir son propre lit !

— Disons un aureus, surenchérit Calixte.

La somme était prodigieuse, mais il était trop épuisé pour se mettre en quête d'un autre abri. Un double sifflement accueillit son offre, suivi par le son caractéristique des verrous que l'on glisse.

— Entre vite !

— Un instant. Où puis-je ranger ma cisia. Il me..

456

— Confie-la à ce gredin de Butéo. Il saura s'en occuper. Rentre vite. Dépêche-toi !

Son balluchon à la main, le Thrace se faufila par l'entrebâillement. L'hôtelier s'empressa de refermer le battant derrière lui.

— Mais enfin, que se passe-t-il donc dans cette ville ? interrogea Calixte, à la fois surpris et irrité.

— N'as-tu croisé personne dans les rues ?

— Bien sûr. Les habituels chariots des paysans qui venaient effectuer leur livraison. Mais...

— Alors tu peux te vanter d'avoir eu de la chance, car si tu avais fait d'autres rencontres, crois-moi, il eût été peu probable que tu sois arrivé vivant jusqu'ici.

— Va-t-on enfin m'expliquer ce qui se passe !

L'aubergiste baissa la voix.

— Tu dois certainement venir de fort loin pour ignorer les événements qui secouent la capitale. Apprends donc que des bandes d'individus au service du prince piquent les passants avec des dards empoisonnés.

— On m'a déjà raconté cela. Mais pourquoi ? Pour quelle raison commettraient-ils de telles monstruosités ?

— Il faut me croire. Ces gens-là sont tellement désœuvrés qu'ils ne savent plus quoi inventer pour se distraire. Ils touchent ainsi près de deux mille personnes par jour. Sans compter ceux qui meurent de la peste.

Calixte jugea inutile d'exprimer sa perplexité. De toute évidence, quelque chose d'anormal se passait. Demain il aurait tout loisir d'approfondir ce mystère. Il demanda à l'aubergiste de lui indiquer sa chambre. Son hôte l'entraîna dans un escalier branlant, tout en lui avouant qu'il lui restait encore de nombreuses chambres inoccupées.

— Mais que veux-tu, soupira-t-il, la nuit on ne sait plus à qui l'on a affaire.

Il entrouvrit la porte d'un sombre réduit où se trouvait un grabat à l'aspect repoussant.

— Voilà. Certes ça ne vaut pas un aureus, mais que veux-tu...

— Étant donné l'état de fatigue dans lequel je me trouve... aucune importance.

Une fois seul, il se dévêtit à la lueur de la petite lampe à huile et se glissa sous une couverture de crin rude. Il s'apprêtait à souffler la mince flamme lorsqu'il entendit des pas qui ébranlaient l'escalier. Une faible clarté révéla l'encadrement et les planches disjointes de la porte. Celle-ci s'ouvrit lentement et une femme portant une chandelle pénétra dans la pièce.

A la façon dont elle était vêtue — une tunique courte s'arrêtant aux genoux et ne dissimulant pas grand-chose de ses charmes — il devina la raison de sa visite. C'était une de ces serveuses prostituées qui faisaient fréquemment partie du personnel des tavernes et des auberges. Sans doute avait-elle été réveillée par son maître, car ses traits étaient tirés et blafards. Sa chevelure blonde striée de fils grisonnants était défaite et pendait en flots filasse sur ses épaules osseuses. Même frais et reposé, il n'aurait guère éprouvé de désir pour elle.

— C'est le maître qui m'envoie, souffla-t-elle d'une voix morne.

— Je te remercie, mais je n'ai pas besoin de tes services.

— Je ne coûte que six as, insista-t-elle.

— Oui. Mais je te le répète, je suis trop fatigué.

C'était vrai. Ses paupières se fermaient malgré lui. Il allait se laisser glisser vers le sommeil, cependant la femme ne semblait pas vouloir se retirer. Elle fit quelques pas, se pencha sur lui et se mit à le scruter attentivement.

— Tu n'as donc pas entendu ? Je suis épuisé.

— Il existe des femmes plus belles que moi, réplique-t-elle sur le même ton monocorde, mais il n'y en a pas de plus voluptueuse, ni de plus experte.

— La seule volupté à laquelle j'aspire en ce moment est celle du sommeil. Adieu.

— Si tu me chasses, mon maître me battra.

Insoucieux de sa nudité, Calixte se leva, prit l'intruse par le bras et la tira doucement hors de la pièce.

— Je t'en prie... N'insiste pas.

La fille demeura un instant immobile, un peu perdue devant le battant de la porte qui venait de se refermer devant elle. Puis, lentement, appuyant fortement ses pieds nus sur les marches de bois, comme pour se prouver qu'elle ne rêvait pas, elle descendit l'escalier, tout en essuyant ses paumes moites d'excitation contre les pans de sa tunique.

*

— Il est ici ? A Rome ?

Éléazar sursauta et examina avec incrédulité la fille qui se tenait devant lui.

— C'est impossible ! Il ne serait pas venu se jeter dans la gueule du loup ! Comment peux-tu être aussi sûre de toi ?

— Je te le répète, il n'y a aucun doute possible. Il fut mon client, jadis.

L'intendant de Carpophore jeta un œil méprisant vers la prostituée. Avec ses vêtements trop voyants, son expression amère, et l'impressionnant hématome qui voilait sa joue gauche, elle était le symbole même de la déchéance.

Les ténèbres recouvraient encore la ville lorsqu'elle

s'était présentée porte Capène, à la résidence officielle du préfet de l'annone. Tout de suite elle avait demandé à parler à Carpophore, et la nouvelle qu'elle apportait était telle qu'on avait été prévenir le villicus.

Calixte était retrouvé !

— Il se contentait de peu alors..., grinça Éléazar. Est-ce à lui que tu dois cet hématome ?

— Non. C'est l'œuvre de mon maître.

— Mais, dis-moi, il a tout de même dû changer après ces années. Comment as-tu pu le reconnaître si vite ?

— Ses yeux. Malgré la barbe qui lui mange la moitié du visage, son regard n'a pas changé. Je l'aurais reconnu entre mille !

Éléazar était ébranlé. Les propos de cette fille avaient un accent de vérité. Après tout, que perdrait-il à vérifier ? La perspective de pouvoir enfin tenir le Thrace à sa merci le rendit soudain fébrile.

— Où est-il ? Il faut...

— Pas si vite. Je veux d'abord parler au préfet.

— Mais tu perds la tête ! On n'aborde pas aussi facilement un homme de cette importance. Mais je promets que tu auras les vingt mille deniers promis, pour autant que ton information se révèle exacte bien sûr.

— Elle est tout à fait exacte. Mais je veux quand même parler au préfet.

— Pourquoi ? Tu n'aurais donc pas confiance en moi ?

— Là n'est pas le propos. Je veux racheter ma liberté à mon maître. Et pour cela, tu le sais, il faut qu'un magistrat enregistre mon affranchissement.

— Par Cybèle ! N'importe quel édile fera l'affaire, s'écria le villicus exaspéré.

La fille secoua la tête, le front buté.

— Rien à faire. Mon maître confisquerait aussitôt la récompense, et je continuerais de servir de paillasse à ses clients. Cela m'est déjà arrivé une fois.

— Tes déboires passés ne m'intéressent pas ! Tu vas me conduire à Calixte sinon...

Liant le geste à la parole, il défit sa ceinture de cuir. La fille eut un geste de recul, mais se reprit, tout aussi inébranlable.

— Vas-y. J'ai l'habitude des coups. Je ne te mènerai à ton homme que si tu remplis mes conditions.

L'intendant, peu habitué à une telle résistance, hésita. Ce n'était pourtant pas l'envie de châtier cette créature qui lui manquait. Mais il ne pouvait pas prendre le risque de tout compromettre.

— C'est bon, capitula-t-il, je vais prévenir le maître. Mais dis-toi bien que si tu nous as trompés... Au fait, comment t'appelles-tu ?

— Élisha...

Chapitre 45

Une aube grise et moite commençait à blanchir le ciel de la ville lorsque Carpophore, accompagné de son intendant, de la prostituée, ainsi que d'une escorte de vigiles, atteignit l'auberge du Vicus Jugarius. Le préfet lança à l'adresse de la fille :

— Nous y voilà. Et maintenant il ne te reste plus qu'à prier la Fortune, Jupiter et tous les autres dieux que Calixte soit bien ici.

L'ancien maître du Thrace n'avait nullement apprécié d'être tiré de son lit à une heure si matinale, et son humeur s'en ressentait. Ce fut la perspective inattendue de remettre enfin la main sur son esclave infidèle, qui le poussa hors du lit. Et pourtant il ne partageait pas du tout l'enthousiasme de son villicus. A son avis, la fille s'était trompée : Calixte à Rome ! Si seulement cela pouvait se révéler exact. De toute façon, par sécurité, il avait quand même suivi les conseils d'Éléazar, et avait fait un détour par le forum pour obtenir l'aide d'une escouade de vigiles.

L'hôtelier leur ouvrit la porte, l'injure aux lèvres, les yeux encore bouffis de sommeil. Mais la vue du préfet et de ceux qui l'accompagnaient tempéra sa mauvaise humeur.

— Retourne à tes fourneaux, lui ordonna le magistrat.

Et il ajouta à l'adresse d'Élisha :

— Et toi, conduis-nous à la chambre !

Craignant le pire, l'hôtelier se replia dans sa cuisine sans la moindre protestation. Avec ce qui se passait actuellement à Rome, on pouvait s'attendre à tout ; mais de là à imaginer Élisha en agent des curiosii.

Sous la conduite de la fille, Carpophore, Éléazar et les vigiles escaladèrent les marches du vieil escalier qui, malgré toutes les précautions, grinçait, craquait, comme s'il allait d'un instant à l'autre s'effondrer.

— Nous allons finir par réveiller toute la capitale, souffla Carpophore, furieux.

— C'est ici, pointa la fille.

Éléazar l'écarta d'une bourrade, se précipita vers la porte et, après un dernier regard échangé avec son maître, il manœuvra la poignée en forme de fer à cheval et se rua dans la chambre.

Calixte sursauta, se dressa d'un seul coup sur son grabat, offrant son visage aux lampes des vigiles.

— Éléazar, vivant ?

— Oui, bien vivant, misérable ! ricana l'intendant en découvrant ses dents noirâtres, nous allons pouvoir régler nos comptes !

— Tu ne me croiras sans doute pas, fit le Thrace en se levant, mais je suis soulagé de te savoir sain et sauf.

Il entreprit calmement d'enfiler sa tunique. C'était vrai. Il se sentait d'une certaine manière soulagé de tout le poids de ses remords.

— Toi, toi ici..., balbutia Carpophore avec incrédulité.

Le préfet était entré à son tour dans la pièce, laissant les vigiles sur le seuil.

— Oui, seigneur Carpophore. C'est bien moi.

Alors, comme s'il n'avait attendu que cet instant, Carpophore assena à son esclave un terrible coup qui lui fit éclater la lèvre inférieure.

— Quatre ans! Quatre ans que je guettais cette heure!

Il reprit son souffle et jeta un coup d'œil circulaire sur l'antre envahi de toiles d'araignée.

— Comment se fait-il qu'avec la fortune que tu m'as extorquée, tu loges dans un tel cloaque?

— La réponse est simple : je ne possède plus le moindre as de cette somme, répliqua Calixte, très calme.

— Plus un as de trois millions de sesterces? A qui feras-tu croire une telle énormité!

— Il ment! aboya Éléazar.

— Trois millions trois cent vingt-six mille cinquante-sept sesterces très exactement. J'en ai dépensé une bonne partie; l'autre se trouve au fond d'un lac, à Alexandrie

— Il ment! répéta l'intendant. Maître, laisse-moi m'occuper de lui. Je lui ferai cracher la vérité.

— Trois millions trois cent mille nummi, huit cent mille deniers d'argent au fond d'un lac?

La vision de cette fortune noyée paraissait plus affecter Carpophore que le vol en soi

Calixte murmura :

— Je suis entre tes mains, seigneur. En me rendant à Rome, je savais à quoi je m'exposais. Mais je te saurais quand même gré de me dire comment tu m'as retrouvé. Après tout, ça ne fait que quelques heures que j'ai débarqué.

— Grâce aux confidences de ta belle amie, fit le villicus en désignant Élisha demeurée en retrait en compagnie des vigiles

— Élisha...?

— Tu sembles lui avoir fait jadis une grosse impression.

Élisha...

Calixte fronça les sourcils, fouillant sa mémoire.

Alors lui revint l'image de la petite prostituée qui lui faisait tant penser à Flavia, et le visage furieux de Servilius, le proxénète...

Très pâle, la fille balbutia :

— Après... après ton départ, mon maître m'a rattrapée, et confisqué le collier d'or que j'avais obtenu grâce à ton aide. Que pouvais-je faire ?

Calixte eut un sourire amer.

— Peut-être autre chose que de dénoncer un pauvre bougre qui t'avait tendu la main.

La fille accusa le coup, brusquement mal à l'aise sous ces regards qui la scrutaient dans la pénombre. Ce fut Carpophore qui mit fin à son embarras. Depuis qu'il s'était trouvé en face de son esclave, on sentait qu'un flot de pensées contradictoires tourbillonnaient dans son esprit. Il ordonna d'une voix forte :

— Qu'on me laisse seul avec lui !

— Mais, seigneur, protesta Éléazar soudain inquiet.

— Faites ce que je dis !

La porte s'était refermée sur les deux hommes. Debout, leurs traits à peine éclairés par la flamme livide et vacillante, ils restèrent ainsi un long moment sans proférer un seul mot.

— Aurais-tu des soucis, seigneur ? lança Calixte brusquement.

— Des soucis ! ?

Le préfet croisa les mains derrière son dos et se mit à arpenter la pièce à la manière d'un fauve prisonnier. Le Thrace poursuivit encore :

— Puis-je t'aider ?

— Quoi ? !

Carpophore s'était immobilisé, comme pétrifié.

— C'est bien le comble ! En guenilles, en route pour l'Hadès, et tu parles de « m'aider » ?

Il y eut un nouveau silence. Le préfet reprit très vite, presque honteux :

— Et le pire... le plus extraordinaire... c'est que j'ai effectivement besoin de toi...

Le Thrace détourna alors son regard, laissant Carpophore s'expliquer.

— Oui... Tu peux te vanter d'avoir parfaitement réussi ton coup. Rien ne pouvait mieux m'atteindre, et au plus mauvais moment, alors que la baisse des taux d'intérêt mettait en danger des établissements bien plus solides que le mien.

Il vira d'un coup sur ses talons et une nouvelle fois, contre toute attente, cingla la joue du Thrace.

— Toi, toi en qui j'avais toute confiance ! Par ta faute j'ai dû laisser s'éteindre ma banque et aujourd'hui je suis encore contraint d'engager mes propres fonds pour assurer le ravitaillement de la ville. Et c'est ruineux ! Ruineux !

— Est-ce que tu ne dramatiserais pas un peu, répliqua Calixte en essuyant le sang qui perlait de sa pommette éclatée. Il t'est pourtant arrivé de connaître des situations autrement plus pénibles, et tu t'en es toujours tiré à ton avantage.

— Cela c'était avant ! s'exclama Carpophore avec un soupir excédé.

— Avant quoi ?

— La malédiction des dieux, peut-être. Tout va mal, Calixte. Partout. Les villes s'appauvrissent, les mines s'épuisent, le nombre de cultivateurs diminue, et la terre se couvre de friches. Toutes les charges, y compris le consulat, sont à vendre. Le poids des impôts ne cesse d'augmenter, et les riches préfèrent fuir à la campagne plutôt que d'assurer leur part des charges communes. Et par-dessus tout la peste est de retour ! Comme aux plus sombres heures de Marc Aurèle. Rien qu'à Rome, elle tue chaque jour plus de deux mille personnes. Que cette situation se poursuive, et demain l'Empire tout entier ne sera plus qu'un immense forum désolé et sans provisions.

Il se tut, essoufflé, les yeux dans le vague, les bajoues frémissantes et le teint gris.

— Et... que puis-je faire pour toi ?

— Je devrais te faire livrer aux fauves. Ce serait encore trop peu payer pour ta trahison. Mais l'heure est trop grave pour prendre des décisions hâtives. Tu m'as assez prouvé tes capacités — ne fût-ce qu'en me volant ces trois millions de sesterces — pour que je songe à te reprendre à mon service. Si tu m'aides à remonter la pente, non seulement j'oublierai ton crime, mais je te donnerai une somme confortable qui te permettra de refaire ta vie. Qu'en penses-tu ?

Calixte s'était campé devant son maître, les poings sur les hanches. Il songea, abasourdi : *Alors que j'attendais un châtiment, voilà qu'on m'offre une récompense ! Les plans de Dieu sont décidément imprévisibles.*

— Alors ? s'impatienta le préfet.

— Je regrette, seigneur. Mais deux raisons me forcent à décliner ton offre.

— Lesquelles ? hurla Carpophore.

— Tu sembles avoir oublié que je suis la propriété de Marcia. C'est toi-même qui as fait don de ma personne à la première femme de l'Empire, et m'employer sans son consentement serait ni plus ni moins qu'un vol aux yeux de la loi. Mais ce n'est pas tout. Il faut que tu saches que je ne pourrais plus te servir efficacement. Le nouveau maître que je me suis donné défend absolument les extorsions de biens, les chantages, les opérations insulaires, et autres spéculations auxquelles tu m'as si bien habitué.

— Un autre maître ? Tu veux dire que tu as un autre maître que la divine Marcia ?

Le Thrace acquiesça en silence.

— Le nom de ce fou téméraire ?

— Ce n'est pas le genre de maître auquel tu penses : je suis chrétien.

Carpophore cligna des yeux, secoua la tête, et parut s'affaisser.

— Tu es chrétien...

Il y eut un long moment de silence. Un silence lourd qui gonflait la pièce. On aurait dit que le préfet allait s'écrouler, brisé.

Finalement, il se leva avec une incroyable lenteur, se dirigea en silence vers la porte et l'ouvrit :

— Emmenez-le ! Emmenez cet homme au carcer du forum !

Aussitôt, quatre vigiles encadrèrent Calixte et l'empoignèrent sans ménagement. Au moment où il passait devant Carpophore, celui-ci reprit :

— Au cas où tu espérerais secrètement une intervention de l'Amazonienne, sache que l'empereur est au courant de tes forfaits dans les plus menus détails et qu'il a lui-même ordonné de te faire rechercher dans tout l'Empire. Par les temps qui courent, les prévaricateurs sont aussi mal vus que la peste. Ils constituent des boucs émissaires idéaux.

Calixte ne répondit rien. Son regard croisa celui d'Élisha. Elle baissa la tête.

Il aurait juré qu'elle pleurait.

Chapitre 46

Pour la troisième fois, Fuscianus Sélianus Pudens, préfet de la ville, posa d'un geste nerveux son style, près de sa tablette de cire.

Il n'arrivait pas à se décider à rédiger l'ordre qu'en toute logique il aurait dû donner.

Calixte... Ce nom évoquait pour lui l'adolescence, l'amitié, l'insouciance, les réunions orphiques et la ferveur des heures partagées ensemble. Il évoquait aussi, hélas, un scandale qui avait fait l'essentiel des papotages de la capitale, et qui avait éclaté quatre ans plus tôt : la célèbre faillite de la banque de la porta d'Ostia. C'est aussi à cette occasion qu'il avait découvert la véritable identité du Thrace. Certes, les derniers temps Fuscien avait subodoré un mystère, mais sa discrétion d'orphiste l'avait toujours freiné dans son désir d'en savoir plus sur son ami. Cependant, jamais il n'aurait pu un seul instant imaginer que Calixte n'était en réalité qu'un simple esclave, voleur de surcroît.

Que faire aujourd'hui ? Carpophore, son collègue de l'annone, lui avait fait livrer l'homme ce matin même, aux premières heures de l'aube. Il incombait à lui, Fuscien, préfet de la ville, de le condamner ou de le livrer au prince ; ce qui était pareil. Il reprit son style et commença à graver quelques caractères. Mais très vite, emporté par l'irritation, il effaça d'un coup de pouce rageur les signes gravés dans la cire molle, et déplia une fois encore le papyrus où l'on avait noté les informations de l'affaire Calixte. Au fond que lui reprochait-on ? Le détournement de quelques millions de sesterces à ce putois de Carpophore. Fuscien devait reconnaître qu'il trouvait cet acte plutôt méritoire ! Il y avait aussi la tromperie sur son identité. Mais les services rendus ne compensaient-ils pas largement cette attitude ?

Luttant contre l'énervement qui le gagnait, Fuscien appela :

— Valérius !

Un légionnaire entrebâilla la porte.

— Va donc me chercher l'esclave livré par Carpophore.

A peine le légionnaire se fut-il exécuté que Fuscien s'en trouva encore plus agacé. Son père lui avait pourtant répété : « Vivre d'abord, philosopher ensuite ! » Lui, Fuscien, passait son existence à faire le contraire, particulièrement en cet instant. Il n'allait tout de même pas jouer au justicier ! Non, il allait sur-le-champ faire prévenir Commode.

Le légionnaire revint en compagnie de Calixte.

— C'est inutile, tu peux le ramener à sa cellule, maugréa Fuscien sans lever la tête.

Comme le légionnaire étonné ne réagissait pas, il réitéra son ordre dans le même temps que le prisonnier murmurait avec un demi-sourire :

— Ne te frappe point, Valérius, les voies du pouvoir sont imprévisibles.

Piqué au vif, Fuscien leva la tête et le fixa durement.

— A ta place, je ne gaspillerais pas mon énergie en phrases stériles. Tu risques d'avoir besoin de toute ta tête pour affronter le sort qui t'attend.

— Je m'en doute.

— Si ma mémoire est bonne, la dernière fois que

l'on s'est rencontrés, tu ne portais pas de barbe. Mais, bien sûr, tu étais alors quelqu'un d'autre... Au fond, tu n'as jamais cessé d'être quelqu'un d'autre.

Le Thrace fronça les sourcils.

— Peut-être ne faudrait-il pas que tu te fies à ce miroir brouillé dans lequel tu sembles me voir.

Il indiqua les rouleaux de papyrus dépliés sur la table.

— J'imagine que tu sais tout désormais sur celui que tu croyais être un riche chevalier. Pourtant, Fuscien, c'est le même homme que tu as rencontré un matin, il y a longtemps de cela. Son esprit te mentait peut-être, mais pas son cœur.

Le souvenir de cette scène près de l'insula des orphistes éveilla en Fuscien un flot d'émotion. Son visage se rembrunit. Il ordonna d'une voix sèche :

— Valérius, laisse-nous.

Le garde se retira, abandonnant les deux hommes face à face.

— Pourquoi ? Pourquoi ces années de duperie et de trahison ? Pourquoi...

— Je crois que l'histoire t'ennuierait. Laisse-moi à mon tour te poser une question plus simple : aurais-tu accepté un esclave dans la confrérie des orphistes ?

Fuscien répondit sans hésiter.

— Non, sans aucun doute. Mais cela n'explique pas tout. En fait, cela n'explique rien. Il faut que je comprenne. Je veux savoir.

Calixte fit quelques pas, songeur.

— Très bien. Alors écoute...

Il lui fit le plus succinctement possible le récit de sa vie jusqu'à cette heure, s'interrompant de temps en temps, comme pour s'assurer que le préfet donnait foi à sa confession. Quand il eut fini, Fuscien garda le silence un long moment avant de murmurer, un peu sombre :

— Et maintenant...

— Il ne m'attend que ce que j'ai mérité. Alors laisse courir le sort. Tu as déjà beaucoup fait un jour pour quelqu'un d'autre.

— Flavia ? Oui, je me souviens. Hélas, la conclusion fut loin d'être heureuse.

— Fais ton devoir, Fuscien.

Le préfet tritura nerveusement son style, partagé entre son devoir et cette affection qui, il n'en avait jamais douté, le liait encore au Thrace. Brusquement, la vision de Commode le poussant, lui, Fuscien dans le vivier sous les yeux d'une foule pliée de rire lui revint à l'esprit. Il quitta sa chaise curule et se dirigea vers la fenêtre.

— Il y aurait peut-être un moyen...

Et comme Calixte ne disait rien.

— Les mines...

Fuscien revint vers le Thrace.

— Oui, je sais, c'est peut-être une mort lente, une autre forme d'horreur, mais qui sait... avec un peu de chance. Ton opinion ?

Calixte s'efforça de sourire.

— Je ne suis toujours rien. Tu es Fuscien Sélianus Pudens, préfet de la ville. Ai-je le choix ? Je ne peux qu'être reconnaissant pour ce que tu essaies encore une fois de faire pour moi. Je le répète, fais ton devoir.

— Ah ! tu m'exaspères ! Mon devoir, mon devoir ! Tu n'as que ce mot aux lèvres. Mon devoir commanderait que je te livre à l'empereur. Aux bêtes, à la torture !

Vivre d'abord, philosopher ensuite.

Il fit un geste agacé de la main et s'écria :

— Valérius !

Le légionnaire réapparut aussitôt.

— Rafraîchis ma mémoire. N'y aurait-il pas pour demain un convoi de prisonniers prévu pour la Sardaigne ?

— C'est exact. Une trirème doit appareiller avec les vingt-deux chrétiens condamnés selon la liste que tu as toi-même établie.

— C'est parfait. Cependant un point est à rectifier : ils ne seront pas vingt-deux, mais vingt-trois.

Il désigna Calixte du doigt.

— Cet homme les accompagnera. Laisse-nous à présent.

Il reprit, s'adressant au Thrace.

— Certes, la Sardaigne n'est pas Capri, mais ça peut faire gagner du temps. Qui sait... Après tout, les tyrans ne sont pas éternels.

Calixte fit quelques pas et posa sa main sur l'épaule du préfet.

— Je sais que tu vas trouver cela curieux, mais hormis le fait d'éviter la mort, faire partie de ces condamnés m'enchante presque...

Fuscien le regarda interloqué, puis, avec colère, il jeta le style à toute volée contre le mur.

Chapitre 47

Sardaigne, mai 191

Composées de gisements de zinc et de plomb, les mines de Sardaigne rivalisaient avec celles de Gaule, d'Hispanie et de Dacie.

C'est là qu'ils avaient débarqué. A l'ombre des plateaux étagés que dominait la montagne trapue, au centre de la vaste plaine dite du Campidano. Le climat était moite qui transformait l'air en une vapeur pesante, difficilement respirable.

Depuis près de deux heures, les bagnards avançaient en rangs serrés. Calixte leva les yeux vers le ciel. La masse opaque des nuages annonçait l'orage pour bientôt. La pluie tant espérée depuis six mois allait enfin s'abattre sur l'île.

Six mois déjà...

La mine se profila à flanc de colline. La mine, avec son fardeau de souffrances quotidiennes. Un calvaire que la toxicité des fumées rendait insupportable.

Pour l'abattage des roches, les conducteurs de travaux n'avaient trouvé qu'un seul moyen : les roches étaient chauffées à très haute température, ensuite arrosées. Il en résultait une évaporation importante de gaz qui usaient chaque jour un peu plus les poumons des condamnés. Il y avait aussi les infiltrations d'eau qui survenaient par intermittence, et engorgeaient le sol où il fallait s'affairer malgré tout jour après jour.

Calixte essuya machinalement l'épaisse couche de boue qui collait à son front et ses joues et continua d'activer le feu sous la roche.

Depuis trois semaines on l'avait assigné à cette tâche. Au début, il s'était dit que jamais il ne résisterait. Jour après jour, l'accoutumance aidant, tout lui était devenu indifférent. Il en avait conclu que la mort ne voulait peut-être pas encore de lui.

Dès les premiers temps de captivité, il fut mis en présence des confesseurs de la Foi. Presque tous les soirs, à l'insu des gardes, ils se réunissaient dans la pénombre revenue pour rendre grâce au Seigneur, convaincus de participer par leur souffrance à une plus grande gloire de Dieu. Peu importait alors le tourment du corps, puisque l'âme intacte puisait ailleurs sa substance.

La cloche sonnant le rappel le tira de ses pensées.

— Le ciel a fini par nous exaucer, souffla une voix à quelques pas de lui.

Il se retourna et reconnut à la lumière mouvante des torches Khem un esclave phénicien condamné pour avoir assassiné l'épouse de son maître. Il n'avait guère qu'une vingtaine d'années et en paraissait dix de plus. Les trois ans passés ici avaient taillé ses traits comme à coups de burin. Lorsqu'il lui arrivait de sourire, sa peau desséchée se craquelait à la manière d'un vieux papyrus.

— Oui, Khem, le ciel nous a exaucés. Il pleut.

Ils étaient maintenant hors de la galerie. Les nuages se vidaient au-dessus de la plaine et des trombes d'eau barraient l'horizon, rendant la visibilité quasiment nulle. Le mont Limbara, adossé au campement et que l'on pouvait presque toucher du doigt par beau temps. s'était métamorphosé en un linceul.

— Mais voilà, comme toujours il faut que ton Dieu fasse du zèle. On lui demande une averse, il nous sert un déluge !

— Je te l'ai déjà dit, Khem, c'est un Dieu d'une infinie générosité.

— La pitance est infâme, mais je crois qu'aujourd'hui elle sera définitivement indigeste. Je soupçonne les gardes d'avoir laissé volontairement la soupe à l'air libre.

— Avancez ! Avancez ! Si c'est la pluie qui vous plaît tant, on vous fera coucher ce soir à ciel ouvert !

Pour donner plus de poids à ses ordres, le garde tenta, mais en vain, de faire claquer son fouet contre le sol inondé.

Il leur fallut plus d'une demi-heure de marche avant d'atteindre le camp. Là, Calixte put constater que le Phénicien avait vu juste. On n'avait pris aucune précaution pour préserver leur repas de l'orage.

Alignés sur d'interminables files, on leur servit une mixture jaunâtre et froide, plus proche de la fiente que de la bouillie de poisson.

Khem rendit son écuelle, écœuré.

— C'est infect...

— Si ça ne te plaît pas, aboya le garde en indiquant le sol rocailleux, ce n'est ni la pierre qui manque, ni la ronce.

La réaction du Phénicien fut aussi téméraire qu'imprévisible. D'un mouvement rageur il balança son écuelle à la face du garde.

— Tiens, commence donc par te servir !

Une indescriptible bousculade s'ensuivit, comme si le reste des bagnards n'avait attendu que ce signal. Khem cognait avec rage.

— Arrête ! hurla Calixte, tu perds la tête, arrête !

Il se précipita sur son compagnon pour tenter de le séparer du garde. Mais, agrippé à l'autre, il n'entendait

476

plus. C'était toute la haine accumulée au cours de ces trois années qu'il exprimait ainsi. Sourd, aveugle, nul n'aurait pu le ramener à la raison.

Autour d'eux, les bagnards avaient renversé les tréteaux sur quoi on avait posé les marmites, et sous le déluge, qui avait comme par un fait extraordinaire redoublé d'ardeur, les silhouettes se bousculaient dans l'air trempé, comme autant de fantômes brusquement rendus à la vie.

Noir de boue, Calixte se débattit tant bien que mal au centre de cette pagaille de fin du monde. Il pensa : « Ils vont nous tuer jusqu'au dernier. »

— Khem, supplia-t-il... Mais sa voix se perdit parmi les cris qui montaient de partout.

Soudain, aussi rapidement qu'elle avait commencé, la rébellion se figea. Une volée de lances venaient de s'abattre, touchant certains bagnards de plein fouet. Khem, le premier frappé, s'était recroquevillé à terre, et de sa poitrine coulait un épais filet de sang.

Khem...

La troupe avait pris position autour des rebelles.

— Par Némésis, nous allons vous apprendre à vous opposer au droit et à l'ordre !

Le tribun qui venait de parler s'avança de quelques pas en direction des prisonniers pétrifiés.

— Ainsi, vous n'appréciez pas ce que l'on vous sert ? A l'eau et au pain ! Qu'on ne leur donne que ça jusqu'à nouvel ordre. Et maintenant renvoyez-moi ces charognes à leur grabat !

Calixte voulut se pencher sur la dépouille de son ami mais un glaive appuyé contre ses reins le força à prendre la direction des baraquements.

*

Pour la dixième fois au cours de la nuit, Calixte passa le linge mouillé sur le front enfiévré du malade. Les traits brûlants se détendirent un peu, et l'homme remua imperceptiblement les lèvres.

— Décidément, gémit-il, je t'ai donné du souci...

— Ne parle pas, il faut rester calme... Garde ton énergie pour de meilleurs temps.

— De meilleurs temps ? Reverrons-nous seulement l'Italie ?

— Oui, nous reverrons l'Italie. Il faut y croire encore.

Et de prononcer ces mots lui fit du même coup prendre conscience de leur non-sens.

Alors il se leva, et alla s'adosser au mur attiédi de l'ergastule. Il reporta son attention sur l'homme qui commençait à s'assoupir et revit en mémoire les circonstances de leur rencontre.

C'était il y a deux mois. Un grondement avait retenti au centre de la galerie où il travaillait, suivi aussitôt par des cris et le silence. Un silence oppressant, aussi lourd que tout le poids de la colline qui s'élevait par-dessus les travées. Les bagnards s'étaient dévisagés, figés, unis par la même pensée : l'éboulement ; cette menace constante qui les guettait quotidiennement dans quelque coin de la galerie qu'ils fussent.

Il y eut une nouvelle secousse, plus sourde celle-là. Quelque part en amont, les parois étaient en train de céder. Un tourbillon de sable et de gravats déferla sur les hommes, provoquant un mouvement de panique, alors que dans le même temps, dominant le craquement des poutrelles, quelqu'un appelait à l'aide. Il se produisit une secousse plus violente et tous refluèrent en flots désordonnés vers la sortie.

— Par pitié... ne m'abandonnez pas !

Calixte avait beau écarquiller les yeux, un muret de volutes noires s'était formé qui rendait la visibilité nulle. La voix venait de quelque part à l'autre extrémité de la galerie. Il n'hésita pas. Il fit demi-tour et s'enfonça dans les ténèbres.

L'air devenait de plus en plus irrespirable. Les gémissements étaient toujours perceptibles. On pouvait discerner vaguement, au travers des voiles de gaz et de fumée, un corps étendu. Seul le tronc dépassait sous les décombres; les membres inférieurs, eux, étaient emprisonnés par un carcan de roches.

Aussi vite qu'il put, il entreprit de déblayer les pierres entassées. L'homme gémissait, le souffle court. Il ne resta plus qu'un dernier bloc. Calixte se pencha, s'arc-boutant des pieds et des genoux parmi la pierraille. Le roc ne vacilla même pas. Épuisé par la raréfaction de l'air, il se redressa. Sous peu, il ne donnerait pas cher de sa propre vie.

Il fouilla les ténèbres jusqu'à ce qu'enfin il découvrît une poutre enfouie sous un monticule. Revenant sur ses pas, il cala ce levier improvisé entre la terre et le rocher. Finalement, au prix d'efforts répétés il réussit à le soulever sensiblement

— Peux-tu te déplacer ? Essaie... C'est le seul moyen de te sauver.

Le blessé battit des paupières. S'aidant des bras, il commença de se mouvoir lentement.

Il parut à Calixte une éternité avant que la partie inférieure du corps fût libérée. Alors seulement il laissa retomber la poutre qui heurta le sol avec un bruit sourd.

*

— Quel est ton nom ?

Ce fut la première question posée par l'homme dès qu'il fut conscient.

Calixte acheva de panser la plaie de sa jambe avant de répondre.

479

— Calixte.

— Je n'oublierai pas, Calixte. Moi je m'appelle Zéphyrin.

— C'est curieux, c'est la première fois que je te vois. Or il me semblait connaître la plupart des prisonniers.

— Rien d'étonnant. Je ne suis arrivé qu'avant-hier dans la nuit.

— Maintenant il faut dormir. Dormir et prier que ta plaie ne s'infecte pas.

Alors qu'il posait sur Zéphyrin une mince couverture de laine gauloise, celui-ci l'avait questionné à nouveau.

— Pourquoi as-tu risqué ta vie ainsi ?

Calixte répondit avec une pointe d'ironie.

— Va savoir. Peut-être que je m'ennuyais. Ou peut-être avais-je envie de mourir à tes côtés.

— Pour quel délit es-tu ici ? Tu ne sembles pas avoir grand-chose en commun avec ceux qui nous entourent.

— Tu te trompes, hélas. Je suis ici pour détournement de fonds et faux en écritures. Et toi ? De quel crime t'es-tu rendu coupable ?

— Accusé de la plus grande infamie : je suis chrétien.

Calixte était demeuré songeur un moment avant de déclarer :

— Alors sois heureux car toi et moi sommes en quelque sorte frères...

Chapitre 48

Les pentes du Caelius étaient parsemées de demeures aristocratiques au centre de véritables oasis de verdure. Au faîte de leur puissance militaire, les Romains avaient conservé — sans doute en raison de leur origine — une nostalgie et un amour profond pour les choses de la campagne. C'est pourquoi les plébéiens les plus humbles décoraient leurs taudis de pots de fleurs, et les riches s'évertuaient à recréer à force d'artifices et d'imagination la campagne au cœur de leur propriété, même si celle-ci était installée en pleine ville.

La villa Vectiliana faisait partie de ces élégantes demeures. Commode en avait fait don à Marcia. Et c'est là que l'Amazonienne se réfugiait dès qu'elle en avait la possibilité. Elle y retrouvait tout ce que Rome comptait de chrétiens, et leur présence avait quelque chose de vivifiant qui lui insufflait le courage nécessaire pour se replonger dans le bourbier de la domus Augustana, sur le Palatin.

Ce jour-là, dans la chaleur déclinante de l'après-midi, elle était assise sous une tonnelle du jardin et conversait avec deux personnages : le premier n'était autre qu'Éclectus, l'ami de toujours. Le second, le guide de la chrétienté, à la fois pape et évêque de Rome : Victor. Ce dernier lui avait remis une nouvelle liste de chrétiens déportés aux mines de Sardaigne, trente en tout, parmi lesquels l'archidiacre Zéphyrin. Victor précisa :

— Zéphyrin m'est particulièrement cher. C'est un homme de grande ferveur, et c'est aussi mon plus précieux collaborateur.

La jeune femme regarda le successeur de Pierre d'un air désarmé. Comme elle n'osait rien répondre, Éclectus prit sur lui d'intervenir.

— Te rends-tu compte de ce que tu demandes là, Saint-Père ? C'est une tâche impossible.

— Impossible ?

— En tout cas mortellement dangereuse.

Les deux augustants entreprirent d'exposer à Victor la considérable transformation mentale de Commode à la suite de l'affaire Cléander. Depuis que les émeutes avaient coûté la vie à son favori, l'empereur se sentait plus menacé que jamais. La crainte — peut-être vaguement le remords — avait éveillé en lui le désir de se mettre sous la protection de quelque divinité tutélaire.

— Existe-t-il plus sûr protecteur que Notre Seigneur Jésus-Christ ? interrompit vivement le Saint-Père.

Marcia répliqua :

— Ce n'est pas une, mais cent fois que je lui ai parlé de notre Foi. Mon influence a semblé diminuer au fur et à mesure de mon insistance.

Les traditions, le tempérament viscéral de l'empereur le portaient à ne célébrer que les divinités païennes avec une ferveur qui confinait au fanatisme.

— Tous les charlatans d'Orient le harcèlent, le séduisent. Ils font tout pour le dresser contre notre religion, car ils se doutent bien que l'enseignement du Christ est leur plus redoutable ennemi, expliqua Éclectus.

— De plus, ils ont beau jeu avec l'empereur : Commode est convaincu d'être la réincarnation d'Hercule. Sa force physique le confirme d'ailleurs dans cette croyance.

— Et avec le mysticisme oriental qui règne dans la domus Augustana, il n'a pas été difficile de lui faire admettre qu'il devait se comporter comme un dieu secourable et un redresseur de torts, une sorte de mage souffrant pour l'humanité.

— Le malheureux, soupira Victor. Penser que tant de bonne volonté puisse être ainsi détournée au profit de l'idolâtrie !

En effet, il ne connaissait que trop les conséquences de cette situation. Commode venait, entre autres originalités, de faire proclamer son père « Jupiter exsupatorius » comme les Baals de l'Orient. Il s'était fabriqué pour son propre culte un flamen Herculanus Commodus. Croyant lui apporter une protection divine, il avait conféré à Rome la « dignité commodienne », et songeait à faire de même pour Carthage, le sénat, le peuple, les légions, les décurions, jusqu'aux mois de l'année afin qu'ils fussent tous fastes !

— Tu dis bien au service de l'idolâtrie, approuva Éclectus, mais entrevois-tu ce qui risque de découler de cette situation ?

— Que veux-tu dire ?

— Qu'il est fort possible qu'en poursuivant sur cette pente Commode devienne à son tour persécuteur.

— Voyons, protesta l'évêque, dans ce cas vous seriez les premiers sacrifiés.

— Naturellement.

Marcia frissonna malgré elle et se tourna vers le chambellan.

— Éclectus, tu ne peux pas imaginer vraiment que Commode pourrait me...

— Souviens-toi de Démostrata. C'était ton amie, et c'était aussi sa maîtresse.

— Elle l'avait abandonné depuis des années. Elle n'était plus que l'épouse de Cléander, il n'y avait plus le moindre lien affectif entre elle et Commode. Pourquoi se serait-il embarrassé de scrupules ?

— Certes, mais il n'empêche qu'il l'aima quand même. Et il n'a pas hésité à la faire égorger, ainsi que ses enfants. Il est inutile, je crois, de te rappeler dans quelles conditions horribles s'est joué le drame. Alors, pourquoi rêver d'un meilleur sort le jour où il croira que nous représentons un obstacle à sa vision des choses ?

Marcia se détourna. Son regard se posa machinalement sur les socles de marbre qui parsemaient le parc. Elle avait ôté toutes les statues représentant des divinités païennes. Mais, de toute évidence, leur influence néfaste demeurait.

— Que faire ? balbutia-t-elle, brusquement inquiète.

— Je n'en sais rien, répliqua le chambellan sur un ton accablé. Nous sommes dans une nasse. Un jour proche, le pêcheur ramènera le filet sur le rivage et là...

*

La fête battait son plein. Musiciens, danseuses, les vins les plus rares, les mets les plus riches. Ainsi l'avait voulu Commode.

Depuis quelque temps, il ne se passait pas une semaine sans que l'empereur décidât de nouvelles festivités. C'était comme si au travers de ces débordements il cherchait à oublier le chaos vers lequel glissait l'Empire.

Allongée à ses côtés, Marcia paraissait lointaine. Elle s'empara d'une grappe de raisin de Corinthe, mais après qu'elle en eut porté un ou deux à ses lèvres, elle reposa le fruit. Ce soir, ni le chevreau de lait, ni les figues de Syrie, ni le vin de Samos n'éveilleraient son appétit.

Elle coula vers l'empereur un œil inexpressif. Vautré dans ses coussins de soie diaprée, il entamait une nouvelle coupe de vin de Falerne et de miel grec mêlés — sa boisson favorite. Ses prunelles luisaient d'un éclat que Marcia connaissait parfaitement et où l'alcool apportait un peu plus d'irréel.

Elle chercha Éclectus du regard et l'aperçut en grande conversation avec Aemilius Laetus, le nouveau préfet du prétoire. En soupirant elle regarda, par-delà le tourbillon des danseuses gaditaines, les lits où reposaient les affranchis de la maison impériale, ceux qui détenaient véritablement le pouvoir. Pour la plupart, tels Papirius Dionysus qui venait de remplacer Carpophore à l'annone, ou Pertinax, proconsul d'Afrique, elle ne les connaissait que de nom. Présent aussi parmi les notables, il y avait Narcisse. L'entraîneur de Commode était depuis peu un homme libre. Cette faveur lui avait été accordée en raison de ses loyaux services. Ce soir il était supposé fêter son affranchissement, pourtant tout dans son attitude démontrait qu'il était mal à l'aise, étranger à ce milieu où on l'avait transplanté. Marcia lui sourit pour le réconforter.

D'autres n'étaient pas plus réjouis que lui. Notamment les deux consuls désignés pour l'année à venir : le sénateur Ébutien et Antistius Burrus, parent par alliance de l'empereur. La charge de consul, autrefois la plus enviée, était devenue des plus redoutées ; n'avait-on pas vu cinq magistrats s'y succéder en l'espace de quelques mois ? L'un d'eux, l'Africain Septime Sévère, n'avait dû son salut qu'à l'intervention de sa compatriote, Marcia.

Tout à coup la jeune femme sursauta, trahissant la

tension de ses nerfs. Une main s'était posée sur son épaule.

— Qu'as-tu, mon Omphale? Tu trembles? murmura la voix du prince à son oreille

— C'est... c'est ridicule. Pourquoi devrais-je trembler?

Elle sentit qu'il enlevait la fibule qui ajustait ses vêtements, qu'il dénudait ses épaules. Une bouche aux lèvres poisseuses effleura sa nuque.

— De plaisir, peut-être, reprit-il. Ne suis-je pas le plus merveilleux des amants?

Les mains maladroites de Commode rabattirent le tissu de sa robe, s'affairèrent pour écarter le sous-vêtement qui protégeait sa gorge.

Terrorisée, elle souffla :

— Je suis en effet une femme comblée, seigneur...

— Et pour cause. Tu aurais mauvaise grâce à ne pas l'être; surtout après cette nouvelle faveur que je t'ai accordée.

D'un geste brusque, il déchira le mince tissu, libérant les seins dorés de sa favorite. Autour d'eux, la fête se poursuivait. Les danseuses continuaient leur sarabande, les instruments de musique résonnaient toujours. Mais quelque chose d'indéfinissable s'était insinué dans l'air, qui rendait l'atmosphère de plus en plus tendue.

— Pourquoi ne réponds-tu pas, mon amazone? Trente chrétiens seront libérés bientôt grâce à tes supplications. Serait-ce donc toute la joie que cela t'apporte?

Des coups d'œil furtifs commencèrent à couler dans leur direction, au moment où la main moite de l'empereur emprisonna un des globes dénudés de la jeune femme.

Tandis que Commode faisait rouler douloureusement entre son pouce et son index le bouton de son sein, elle trouva la force de répliquer.

— César, ai-je donc encore besoin de te dire toute ma reconnaissance ?

— Tu es froide... Si j'avais su, je n'aurais pas cédé si rapidement à tes injonctions. D'ailleurs — il marqua une pause avant d'ajouter avec ironie —, d'ailleurs il n'est pas trop tard. Je peux encore changer d'avis. Le courrier pour la Sardaigne ne partira pas avant plusieurs jours.

La menace était à peine voilée.

La tête de Commode se pencha sur le beau visage de sa favorite, mais cette fois il se garda de l'embrasser.

— Prouve-moi que tu m'es véritablement reconnaissante de mes bienfaits, dit-il, l'expression soudain très dure.

— Te prouver ? Mais comment veux-tu ? Que...

— Les Romains ignorent le vrai visage de Vénus, leur mère à tous. Il est de mon devoir de remédier à cette carence. M'aiderais-tu ?

Le fait qu'il eût posé cette question avec une apparence de spontanéité ne fit qu'alarmer un peu plus la jeune femme. Il n'y avait pas de doute, cette démarche était préméditée. Mais qui donc l'avait suggérée au prince ?

— Qu'attends-tu de moi ?

— La grande prêtresse d'Aphrodite, Astarté, est une superbe femme. Et nulle dans tout l'Empire, ma reine de Lydie, n'est plus belle que toi.

L'Amazonienne sentit le sang se retirer de son visage. Ce que lui demandait Commode n'était ni plus ni moins qu'une véritable apostasie. Tout devenait clair. C'était certainement les idolâtres qui avaient soufflé cette proposition à l'empereur dans le but de briser son influence, et surtout d'atteindre sa foi.

— Mais, César, le culte d'Aphrodite tel que le conçoivent les gens d'Asie implique la prostitution sacrée. Veux-tu faire de moi une courtisane ?

Il était téméraire de contrarier le mysticisme de Commode. Elle le savait. Elle avait beau s'être mentalement préparée au martyre, elle découvrait combien il était difficile de franchir le dernier pas.

— Et que fais-tu d'autre au palais ? s'enquit l'empereur avec un air désabusé.

Et il conclut avec un ricanement fruste :

— Crois-tu donc que j'ignore que tu fricotes avec ce cher Éclectus ?

Cette fois ce fut la colère qui gagna la jeune femme. Insulter une amitié aussi pure.... D'un mouvement brusque qui surprit son amant, elle se dégagea, sauta au bas du lit, protégeant sa nudité sous ses bras croisés.

— Éclectus est pour moi ce qu'il est pour toi : un ami fidèle et dévoué. Ces propos sont indignes de l'empereur !

Sur quoi elle tourna les talons, consciente que ces voltes inattendues impressionnaient Commode qu'elle savait au tréfonds de lui plutôt timoré.

— Marcia ! Je t'interdis de te retirer !

Elle s'arrêta net. Le ton employé la surprit.

— Approche ! Et toi aussi, Narcisse !

Cette fois le ronronnement familier des discussions se tut. Tous les visages convergèrent vers le couple.

— Mon bon Narcisse, murmura Commode d'un ton affété, je ne t'ai pas beaucoup entendu te réjouir de ton récent affranchissement...

— Mais si, maître. Mon bonheur est complet.

— Eh bien, prouve-le-moi donc.

Désignant sa compagne il ajouta :

— Notre bien-aimée Marcia t'y aidera de toute sa volupté.

— César ! se récrièrent quelques voix atterrées.

Avec la jubilation d'un gamin qui joue une bonne farce, Commode poursuivit :

— Tu as bien dit que tu n'étais pas une courtisane, n'est-ce pas ? Alors, il me plairait que tu commences tout de suite ton apprentissage.

Narcisse jeta un regard affolé vers la jeune femme. Les lèvres serrées elle semblait repliée sur elle-même et, hormis ses prunelles maintenant brouillées de larmes, aucune émotion ne transparaissait de ses traits.

D'un bond, Commode fut auprès d'elle. Il arracha sa ceinture. La longue tunique blanche se dénoua sur le sol marbré. Son bas-ventre n'était plus protégé que par un mince pagne.

— Vois donc ! Admire comme elle est belle, Narcisse ! Je t'accorde ce présent des dieux.

Écœurés, certains invités se détournèrent. C'est alors que, contre toute attente, Marcia saisit volontairement la main du jeune athlète et dit d'une voix blanche :

— Viens, Narcisse. Contentons le maître puisque tel est son désir.

Elle fit deux pas en direction de la porte. Mais la voix de Commode l'arrêta à nouveau :

— Ah non ! Ici. Nous ne voulons pas être privés d'un tel spectacle. N'est-ce pas, mes amis ?

— Ici ?

— Oui, ma douce. Sur le marbre. A même le sol.

Narcisse et Marcia se dévisagèrent, aussi désemparés l'un que l'autre. Après un court silence, elle dit d'une voix rauque :

— Viens, viens mon ami.

Elle se débarrassa de son dernier vêtement.

Après un instant d'hésitation, Narcisse se déshabilla à son tour. La jeune femme s'était couchée sur le dos à même la pierre froide, les cuisses légèrement écartées. Alors le jeune homme s'approcha et la couvrit de son corps. Il ondula lentement sur elle, son thorax collé à ses seins, et la pénétra d'un seul coup.

Comme dans un demi-brouillard, Marcia entendit encore la voix de l'empereur qui s'adressait aux deux futurs consuls.

— Vous ne serez pas en manque, mes amis... Ma jument vous est offerte dès que celui-là aura fini de la chevaucher.

Chapitre 49

— Que le Seigneur te remette tes fautes...

Calixte esquissa un signe de bénédiction sur le front du mourant.

Cela faisait bientôt quatre ans que Basilius travaillait aux mines. Quatre ans, alors que la plupart des condamnés ne résistaient pas plus de deux ans. Nombreux étaient ceux qui ne voyaient même pas la fin de leur première année. Rongés, brisés, décomposés par la malnutrition et l'atmosphère sulfureuse des galeries, ou encore piégés un jour par les éboulements.

Lucius, Émilius, Dudmédorix, Térestis, Fulvio et Khem bien sûr... Depuis qu'il avait débarqué dans cet enfer, Calixte trouvait presque naturel de voir ses compagnons s'éteindre les uns après les autres.

« Et Zéphyrin ne tardera pas à les rejoindre », songea-t-il. Lui qui aurait tant désiré sans doute administrer le malheureux agonisant en ce moment sous ses yeux. C'était par nécessité que le Thrace avait accepté de devenir — bien que se jugeant tout à fait indigne — le vicaire de Zéphyrin.

Basilius se mit à râler. Ne sachant trop que faire, Calixte lui releva le buste, porta à ses lèvres desséchées la coupe de bois emplie d'eau douteuse. Les lèvres

491

aspirèrent machinalement quelques gouttes, puis une toux terrible déchira la poitrine du malheureux. Des gouttes de sang étoilèrent la main du Thrace. Tout à coup, les expectorations s'arrêtèrent. Le corps de Basilius se raidit, ses prunelles se révulsèrent. Calixte le reposa doucement sur sa couche et récita à voix basse la prière des morts.

*

L'aube grise pointait à peine lorsque, les paupières lourdes, à la limite de l'épuisement, il se fraya un chemin parmi les corps allongés des forçats, jusqu'à la cellule de Zéphyrin. A peine eut-il pénétré dans le réduit putride qu'il aperçut une ombre agenouillée au chevet du diacre. Quelqu'un qu'il n'avait jamais vu auparavant.

— Calixte... voici Hyacinthe, murmura son compagnon, un de nos frères, un prêtre. Il vient d'arriver de Rome.

Le Thrace se laissa glisser contre le mur du baraquement. Il essaya de maîtriser les frissons de fièvre qui secouaient ses membres et demanda :

— Condamné aussi ?

— Non, il est venu nous apporter une nouvelle inespérée.

Calixte interrogea le prêtre du regard.

— Vous allez être libérés...

Comme le Thrace, incrédule, ne semblait pas réagir, il ajouta :

— Oui. Libérés. La grâce a été accordée et signée de la main de l'empereur lui-même.

— L'empereur ?

— En réalité, c'est sa concubine qui tenait cette main...

Calixte ferma un instant les yeux. Les traits de

Marcia se découpèrent derrière un voile, imprécis.

— Marcia..., fit-il d'une voix presque inaudible.

— Oui, confirma Zéphyrin. Grâce à son intervention, trente des nôtres vont pouvoir retrouver la vie.

— Et toi, quel est ton nom ? ton matricule ? s'enquit Hyacinthe.

— Calixte. Matricule mille neuf cent quarante-sept.

— Mille neuf cent quarante-sept... C'est curieux, fit le prêtre en fouillant des yeux son parchemin, je ne te trouve pas sur ma liste. Es-tu certain ? Tu...

— Mais c'est impossible ! coupa Zéphyrin. Il doit y être.

— Ce décret ne concerne que les confesseurs de la Foi, non les prisonniers de droit commun.

— Calixte est chrétien !

Troublé, Hyacinthe consulta son parchemin une seconde fois.

— Inutile, intervint le Thrace. Ce n'est pas le chrétien qui a été condamné, mais le détourneur de fonds.

Le prêtre s'étonna.

— Oui, j'ai été amené ici pour un motif moins noble que mes autres compagnons.

— Il ne figure peut-être pas sur ta liste, reprit fermement Zéphyrin, mais plus que quiconque il mérite d'être libéré. C'est un homme de bien. Je lui dois la vie. Et de plus, il est mon vicaire. C'est aussi et surtout un élève de Clément qui l'a instruit dans la Foi. Je peux t'assurer que rarement notre cause aura été servie par âme plus dévouée. Hyacinthe, il faut faire quelque chose...

Une expression de profonde perplexité se dessina sur le visage du prêtre. Il n'existait aucune solution. Les trente noms avaient été établis par ses soins, leur libération approuvée par l'empereur. Il ne voyait pas comment on aurait pu modifier ce document sans risquer de remettre en cause toute l'affaire.

— Hélas, déclara-t-il avec tristesse, ce que tu me demandes là est irréalisable. Crois-moi, ce serait la liberté de tous qui serait compromise.

— Dans ce cas, répliqua Zéphyrin, ce sera sa libération contre la mienne !

— Tu n'y songes pas ! s'exclama Calixte. Ce serait pure folie !

— Il a raison. Ta place est à Rome au côté du Saint-Père. Nous avons besoin de toi.

Zéphyrin secoua la tête avec entêtement et désigna sa jambe entourée de linges souillés et poisseux.

— Vois. A Rome je ne pourrai guère être plus utile qu'ici. Je suis estropié et mes os pourrissent lentement. D'ailleurs pour tout dire, je ne crois pas qu'il me reste beaucoup de temps à vivre.

— Zéphyrin, tu as perdu la tête, fit lentement Calixte. Tu sais parfaitement l'homme que je suis. Un vulgaire voleur. Ta survie vaut bien mieux que la mienne. Tu partiras à Rome avec nos frères. Une fois là-bas, quelques semaines de nourriture saine et des soins appropriés te feront vivre cent ans. Laisse-moi donc à mon destin.

Zéphyrin se rencogna dans un mutisme presque enfantin. Au loin, dans le silence, on percevait le ronronnement des roues à godets.

— Il faut que je vous quitte, déclara Hyacinthe un peu perdu. Je n'avais même pas l'autorisation de vous voir, simplement de remettre l'ordre au responsable de la mine. C'est à lui que je dois d'avoir pu vous parler quelques instants.

— Je le connais, murmura Zéphyrin. L'homme n'est pas dépourvu de sentiment... Peut-être que...

Devançant sa question, Hyacinthe s'exclama :

— Non ! Il ne peut rien faire pour Calixte, il risquerait sa vie.

— Mais tu fais partie de la domus Augustana. Tu possèdes quand même une certaine influence !

Hyacinthe allait répondre, mais il n'en eut pas le temps. Le Thrace s'était redressé.

— Il existe peut-être une solution, commença-t-il d'une voix tendue.

Comme les deux hommes l'observaient, perplexes, il demanda au prêtre :

— Un certain Basilius figure-t-il sur cette liste ?

*

Trente-six heures plus tard, les confesseurs de la Foi étaient en vue d'Ostia. Pas un seul nom n'avait manqué à l'appel.

Assis sur le pont, le dos appuyé au grand mât de l'onéraire, les genoux repliés contre sa poitrine, Calixte songeait que Marcia venait indirectement de le sauver pour la seconde fois. A travers le bastingage, il garda l'œil fixé sur la ligne onduleuse du rivage qui se rapprochait de plus en plus.

Autour de lui, les vingt-neuf autres condamnés libérés étaient regroupés dans un coin du pont. Les traits tannés, silencieux, sortes de morts-vivants semblables à lui, Calixte, miraculé de la dernière heure. Ainsi qu'il l'avait supposé, il avait pu prendre la place du défunt Basilius avec la complicité du responsable du bagne. Sans corruption. La position que Hyacinthe occupait dans l'entourage de César avait joué en sa faveur.

L'Italie... Rome bientôt... A nouveau sa pensée fut pour l'Amazonienne. Qu'était-elle devenue ? Était-elle toujours prisonnière de cette cage dorée, piégée par ses convictions, enchaînée comme il le fut lui-même sur cette île de l'horreur ?

Il jeta un coup d'œil en direction de Zéphyrin. Son ami avait fermé les yeux et une expression curieuse habitait son visage, les doigts crispés sur une poutre noueuse pour se préserver du roulis.

— Une fois à Rome, demanda soudain Calixte, pourrais-je demeurer ton vicaire ?

Zéphyrin entrouvrit les paupières et le contempla étonné.

— Tu ne veux donc pas regagner Alexandrie ?

— Je crois que je serai plus utile à Rome. Clément et les siens peuvent se passer de moi. Et j'aimerais rester à tes côtés.

— Nous voilà donc liés pour longtemps.

— Sache toutefois que le pape Victor ne semble pas me tenir en grande estime.

— Ne crains rien. Je me charge de le convaincre. Et si en raison de ton passé ta présence à Rome le gêne, je crois me souvenir qu'il existe un petit port non loin de la capitale où vit une communauté de fidèles. Je sais qu'ils ont toujours eu besoin d'un prêtre pour les soutenir dans leur vie quotidienne. Je suis persuadé que le Saint-Père ne verra pas d'inconvénient à ce que tu demeures là-bas.

Chapitre 50

4 décembre 192

Marcia était l'une des rares femmes admises au Ludus Magnus, l'école des gladiateurs située sur le Caelius.

Il est vrai que, depuis quelque temps, c'est là qu'elle devait se rendre si elle voulait avoir une chance de rencontrer l'empereur. Depuis plusieurs semaines, il faisait à l'école des séjours de plus en plus prolongés, à tel point que Marcia lui avait dit un soir sur le ton de la plaisanterie qu'il finirait son règne plus gladiateur que César. Commode n'avait pas cillé, pas souri. Sombre, nerveux, il était devenu une sorte de roc. Et hors du Ludus Magnus, il se montrait soupçonneux, offensant, imprévisible ; comme s'il se sentait entouré de complots, de poignards et de poisons. Ce n'était que parmi ses chers gladiateurs qu'on le voyait un peu se détendre et retrouver par instants l'humeur d'antan.

La litière de l'Amazonienne s'immobilisa devant le portail de la caserne de la famille [1]. Avec un soupir, Marcia se leva et jeta un denier d'argent à l'esclave crieur qui, armé d'une canne au pommeau d'ivoire, était chargé de précéder la litière en annonçant les

1. On nommait ainsi les troupes de gladiateurs.

qualités du maître. L'esclave remercia et se retira à reculons en multipliant les courbettes.

Sans plus attendre, la jeune femme franchit le portail et pénétra dans la cour du Ludus au moment où s'effilochaient les premières gouttes de pluie. Elle leva vers le ciel gris de nuages une expression contrariée ; elle n'aimait guère s'entraîner nue en plein décembre. Mais aujourd'hui elle n'avait pas le choix. C'est alors qu'elle prit conscience de l'atmosphère inhabituelle qui régnait autour d'elle.

Contrairement aux autres jours, la cour était déserte. Elle aperçut un attroupement sous le préau qui faisait face à l'entrée. Intriguée, elle traversa le vaste carré. Le sable mouillé par les dernières pluies colla désagréablement à la semelle de ses sandales ; il lui parut n'entendre que le crissement de ses pas. Elle avança plus vite, trahissant l'extrême tension qui désormais l'envahissait chaque fois qu'elle devait aborder l'empereur. L'empereur... Depuis combien de temps maintenant avait-elle cessé de songer à lui comme à un amant ?

A mesure qu'elle se rapprochait lui parvenaient des murmures et des exclamations diffuses. On ne se rendit compte de sa présence qu'au moment où elle arrivait à hauteur des colonnades. Alors les voix se turent comme par enchantement et les visages se fermèrent, ce qui ne fit qu'accroître l'appréhension de la jeune femme. Jamais ils ne l'avaient accueillie de la sorte, elle pensait même jouir auprès d'eux d'une certaine popularité.

— Mais que se passe-t-il donc ? interrogea-t-elle en s'efforçant de paraître détendue. C'est le ciel qui vous rend d'humeur si maussade ?

Lentement, en silence, les rangs s'entrouvrirent, dévoilant l'entrée des vestiaires.

De plus en plus intriguée, la jeune femme en franchit

498

le seuil et fut aussitôt saisie par la scène. Une dizaine d'hommes étaient là, appuyés aux murs, bras croisés. L'œil noir, ils n'eurent aucune réaction en la voyant apparaître. Toute leur attention était concentrée vers un coin de la pièce. Marcia fit encore quelques pas. Sur une table de pierre gisait un jeune homme d'une vingtaine d'années. Ses yeux étaient grands ouverts, sa poitrine immobile. Des mouches aux reflets métalliques virevoltaient autour du sang caillé qui s'était formé sur une plaie au flanc droit. Prostré, tournant le dos à Marcia, quelqu'un était agenouillé au pied de la table. Son corps était secoué de soubresauts. L'homme pleurait.

— Narcisse ?

L'homme à genoux tressaillit et se releva d'un bond.

La jeune femme, blême, l'interrogea des yeux.

— Maîtresse..., commença l'entraîneur de Commode. Mais un sanglot étouffa le reste de la phrase.

L'Amazonienne posa une main qui se voulait réconfortante sur son épaule.

— Qu'est-il arrivé, Narcisse ? Pourquoi ? Pourquoi ton frère... Car c'est bien la dépouille d'Antius...

Le jeune homme ne répondit pas et enfouit son visage entre ses mains.

— Va donc interroger ton amant bien-aimé, ironisa alors un des gladiateurs à l'autre bout de la pièce. Il te décrira sans doute la volupté qu'on éprouve à assassiner un enfant de vingt ans !

Marcia perdit pied. Elle pointa son index sur le mort.

— Commode ? Ce serait son œuvre ?

Ce fut Narcisse qui répliqua :

— Oui... Folie, balbutia-t-il, folie...

— Mais je t'en prie, explique-toi !

— Tu n'es pas sans savoir que l'empereur et moi-même sommes des disciples du dieu Mithra.

La jeune femme acquiesça.

— Pour son malheur, mon frère Antius a désiré nous rejoindre dans notre foi.

— Pour son malheur, en effet...

Et Narcisse, faisant fi dans son émotion de la discrétion élémentaire que devait observer tout initié aux *mystères*, et particulièrement à l'égard des femmes, entreprit de s'expliquer.

Commode avait consacré depuis peu une salle au culte de Mithra : le pronaos, dans la domus Augustana. C'est là que se réunissaient les officiants, sans distinction d'origine ou de classe, appartenant tous au palais. Ils étaient vêtus selon leur rang mithriaque : les Fiancés, drapés dans un voile de flamme ; les Lions, d'un manteau rouge ; les Perses, d'une tunique blanche. Lui-même, Narcisse, en tant qu'Héliodrome, était vêtu d'une pourpre galonnée d'or. C'était, par ordre hiérarchique, la seconde dignité juste en dessous de celle de Père occupée par Commode. L'empereur avait accédé à ce rang par faveur spéciale, sans avoir eu à passer par les étapes d'initiation, car on ne pouvait imaginer un « être divin » confiné dans une position subalterne.

En tant que mystagogue[1] de son frère, Narcisse le guidait ce matin-là. Conformément au rituel, Antius était nu, les yeux bandés. Tous deux avançaient dans l'éclat mouvant des torches et des braseros enflammés à l'ombre des images peintes, dans le jeu des étoffes et des ornements sacerdotaux aux couleurs vives.

— L'initiation d'Antius avait bien commencé, poursuivit Narcisse. Je maintenais une couronne au-dessus de sa tête, tandis que les initiés lui faisaient subir les unes après les autres les épreuves habituelles ; celle de l'eau, du feu, et les autres. La dernière épreuve devait être infligée par le Père.

---

1. Prêtre initiateur aux mystères sacrés.

— La mise à mort, ajouta le gladiateur qui était déjà intervenu quelques instants plus tôt.

— La mise à mort ?

— En réalité elle n'aurait dû se limiter qu'à une légère blessure, reprit Narcisse d'une voix sourde. Et Antius, comme le voulait la tradition, se serait effondré à terre, feignant d'être atteint mortellement. L'empereur aurait dû alors trancher les liens qui emprisonnaient ses poignets, et l'inviter à ôter son bandeau pour contempler l'éclat de sa *nouvelle vie*.

La suite était simple à deviner.

— Naturellement, Commode ne s'est nullement contenté de cet acte symbolique, anticipa Marcia.

Le jeune homme allait répondre, lorsqu'une voix claqua derrière lui.

— Narcisse ! A ce qu'il me semble, tu es en train de parler des mystères !

Dans un même mouvement, tous les visages convergèrent vers l'entrée des vestiaires. Commode était debout sur le seuil, entouré des huit Germains qui composaient depuis peu sa garde personnelle.

— Il ne faisait que m'expliquer la mort de son frère..., intervint rapidement Marcia.

Elle enchaîna très vite :

— Pourquoi, César ? Pourquoi ?

— Antius devait mourir pour renaître à une vie meilleure, répliqua Commode impassible, l'œil fixe, comme exorbité. C'était à moi de faire le geste, ainsi que le commandait mon rôle de Père.

— Mais ce ne devait être qu'un simulacre ! Ne vois-tu pas que ce pauvre Antius est bien mort à présent, et que rien ne le fera plus renaître.

— Si Mithra ne l'a pas ressuscité, c'est qu'il ne devait pas en être digne, fut la seule réponse de l'empereur.

Affolée, Marcia se souvint alors qu'on lui avait

rapporté que depuis quelque temps il exigeait des prêtres d'Isis qu'ils se flagellent avec des scorpios et non plus avec de simples lanières de chanvre. Que, en outre, il avait abrogé l'édit d'Hadrien interdisant les mutilations volontaires, pour que les prêtres d'Attis puissent à nouveau pratiquer l'auto-émasculation.

— Mais Mithra n'a jamais recommandé que l'on tue ses disciples !

— Je suis seul à détenir la vérité ! Jusqu'à présent les Pères se prêtaient à un ridicule subterfuge, mais moi je rétablirai le culte dans toute sa pureté ! Est-ce clair ?

Un silence succéda à ces propos, un silence que nul n'osa troubler.

*

Sur le chemin qui la ramenait à la domus, la litière de Marcia croisa la foule dense qui se rendait à l'amphithéâtre Flavien. Elle fit aussitôt donner l'ordre à l'esclave qui ouvrait le chemin de ne pas crier son nom. Par les temps qui couraient, toute personne soupçonnée d'évoluer dans l'entourage de l'empereur faisait l'objet d'actions de haine et de mépris. Comme si la plèbe, n'osant et ne pouvant châtier son prince, avait décidé de reporter ses ressentiments sur ses proches.

Marcia glissa discrètement son châle sur son visage pour éviter d'être reconnue. Un bref instant, elle se surprit à envier la béatitude dans laquelle semblait se complaire ce peuple. La décomposition de l'Empire, Rome polluée par les Barbares... rien ne paraissait troubler leur quiétude dès lors qu'on ne les privait pas de ces deux nourritures essentielles : le pain et le cirque.

Retrouvant une certaine objectivité, la jeune femme

se rappela combien la vie était impitoyable pour les petites gens. Sans les distributions gratuites de blé, la plupart des Romains n'auraient pu se nourrir à leur faim. Au fond, les spectacles étaient le seul moyen d'oublier un moment la médiocrité de leur existence. Et si le peuple ne réagissait pas contre les tyrans de manière plus volontaire, c'est que peu leur importaient leurs excentricités. Après tout, ce n'était pas aux gens simples que les officiers de la garde prétorienne venaient dire un matin : « César veut que tu meures ! »

Non, les victimes de Commode se situaient dans les rangs autrement plus privilégiés de la noblesse et du patriciat. Aujourd'hui, le fils de Marc Aurèle se comportait en tous points comme ses prédécesseurs, qu'ils se fussent appelés Néron, Caligula ou Domitien.

Naturellement, Marcia ne pouvait s'empêcher de songer à sa propre situation. Elle pressentait de plus en plus qu'elle était en sursis. Et pourtant son esprit rejetait cette crainte de toutes ses forces. Commode l'aimait trop. Mais n'aimait-il pas également sa sœur Lucilla ? Lucilla qu'il avait fait étrangler dans son palais de Capri sans le moindre scrupule.

En vérité, si la jeune femme s'était écoutée, elle se serait déjà embarquée pour Alexandrie. Alexandrie, où peut-être Calixte l'attendait encore...

— Nous sommes arrivés, divine, annonça le chef des porteurs.

Tirée de ses pensées, Marcia répondit avec humeur en mettant pied à terre.

— Epargne-moi ce surnom, veux-tu ?

Elle passa sous la porte monumentale, traversa rapidement l'atrium, puis le péristyle où les arbres dépouillés par l'hiver offraient un spectacle lugubre. Elle allait franchir le pas de sa chambre lorsqu'elle devina, plus qu'elle ne vit, comme une ombre blanche dissimulée derrière un des piliers du portique.

— Qui est là ? s'enquit-elle.

Il n'y eut aucune réponse.

Elle sentit un frisson glacial parcourir son échine. Espion ? Assassin ? Essayant de refréner les battements désordonnés de son cœur, la jeune femme s'en voulut d'être devenue aussi timorée.

Elle s'approcha résolument et aperçut une silhouette qui se dévoilait.

— Philocommodus ! s'écria-t-elle soulagée à la vue du petit page. Mais pourquoi te cachais-tu ?

L'enfant avait le teint blafard et les traits décomposés. Des traces de larmes étaient visibles sur ses joues.

— Que t'arrive-t-il ? On t'a battu ?

Elle connaissait Philocommodus depuis long-temps et savait que de temps à autre il servait de giton à Commode ou à d'autres débauchés du palais. C'est parce qu'elle avait vu en lui une vic-time, pareille à elle-même, qu'elle l'avait pris sous sa protection, s'efforçant de remplacer la mère qu'il n'avait jamais eue. Malgré un mouvement de recul, elle l'attira contre elle. Il éclata alors en sanglots.

— Mais calme-toi, mon petit, fit Marcia en s'agenouillant, et raconte-moi tes malheurs.

— Ce... ce n'est pas de moi qu'il s'agit, bre-douilla le page, en essuyant ses larmes du revers de son petit poing fermé.

— Pas de toi ? Dis-moi, dis-moi tout...

Après un court instant d'hésitation, l'enfant extirpa un mince rouleau de parchemin qu'il ten-dit à la jeune femme. Elle l'examina, intriguée, et se rendit compte tout de suite que le sceau avait été subrepticement décollé — sans doute avec la pointe d'une lame chauffée à blanc. Marcia savait ces ruses d'esclave. Elle déplia avec précaution le rouleau et aussitôt, elle eut l'impression de n'être plus qu'un fétu, ballotté par les lames d'un torrent.

— Comment... Comment t'es-tu procuré ce document ?

— L'empereur venait de me faire l'amour et je m'étais assoupi. J'ai été réveillé peu après par un bruit de conversation entre lui et le chef des statores, ses gardes du corps. Lorsqu'il s'est rendu compte que j'étais éveillé, il a immédiatement congédié le Germain et m'a fait promettre de ne jamais révéler à qui que ce soit ce que j'avais entendu. Ce que je fis sans peine : je n'avais pas eu le temps de comprendre ce qu'ils s'étaient dit. Mais ce matin, à l'aube, je le surpris qui rédigeait ceci... Tu le sais, ce n'est pas dans ses habitudes de se mettre au travail à une heure aussi matinale. Intrigué, j'ai attendu qu'il se fût retiré pour mettre la main sur le document.

Marcia lut une nouvelle fois les consignes adressées au chef de la garde. Elle n'arrivait pas à se persuader qu'elle ne vivait pas un cauchemar. Pourtant, le sens du texte était clair et formel : il s'agissait ni plus ni moins de l'ordre de la supprimer, elle, ainsi qu'Éclectus et Hyacinthe. Au lendemain des saturnales...

Chapitre 51

26 décembre 192

Ce même jour, dans le tablinium de la domus Augustana, le chambellan Éclectus rencontrait Aemilius Laetus. Celui-ci, après les salutations d'usage, demanda :

— Sais-tu pourquoi notre jeune dieu nous a convoqués ?

— Je n'en ai pas la moindre idée, avoua l'Égyptien.

— Que moi, Aemilius je l'ignore, passe encore : le préfet du prétoire est aujourd'hui la dernière personne que l'on cherche à tenir au courant des événements. Mais toi... On m'a toujours dit que la réalité du pouvoir résidait au palais.

— Aemilius, je te croyais suffisamment au fait des affaires pour ne pas donner crédit à ce genre de ragots qui ont cours chez les plébéiens.

Aemilius médita, puis, arrangeant nerveusement les plis de sa tunique, il demanda :

— C'est bon, je ne surestimerai plus ton omnipotence. Mais néanmoins tu dois savoir s'il s'agit d'une affaire d'État ?

Le chambellan eut un geste vague.

— Il y a longtemps que j'ai cessé de croire aux

prodiges. Je suppose que l'empereur veut nous faire partager l'une de ses nouvelles extravagances.

— Parce qu'il lui en reste encore à commettre ? ironisa le préfet.

Au cours des semaines précédentes, Commode, en pleine crise de mégalomanie, avait décerné au sénat le titre insigne de « Sénat commodien ». Et pour que la capitale ne fût pas en manque, il avait changé le nom de Rome en celui de « Colonie commodienne ». Non satisfait, il avait même été jusqu'à rebaptiser les mois de l'année, les remplaçant par les qualificatifs qu'on lui décernait habituellement : « Amazonius, Invictus, Heracleus... »

— Si encore il se limitait à ces broutilles, soupira Éclectus, on pourrait se contenter d'en rire. Hélas, ce jeune fou a aussi dilapidé tout l'argent de l'État. Il ne reste plus aujourd'hui dans les caisses que quatre-vingt mille sesterces !

— Que dis-tu ?

— J'en ai fait le compte pas plus tard que ce matin.

— Dans ces conditions, le voyage qu'il projette de faire en Afrique, à l'exemple de celui d'Antioche, devient une folie !

— Ou tout simplement un stratagème pour remplir les corbeilles [1].

— Je ne comprends pas.

— Réfléchis. Pourquoi crois-tu que notre Hercule ait décidé de se faire payer ses exhibitions de gladiateur ? Pourquoi penses-tu qu'il veuille désormais recevoir de somptueux présents à chacun de ses anniversaires ?

— Ce serait dans le but de renflouer ses fonds personnels ?

Le chambellan hocha gravement la tête.

— Il vient de demander au sénat — en réalité il

1. En latin, *fiscus* : panier. Par extension : Trésor public.

507

serait plus juste de dire : aux sénateurs — de lui avancer l'argent du voyage. Il s'arrangera probablement par la suite pour se garder un « petit bénéfice ». Sans compter ce qu'il extorquera aux cités africaines.

Le visage d'Aemilius s'assombrit un peu plus.

— Il faut empêcher à tout prix ce voyage. Je suis originaire de Thaenae en Afrique, et je ne supporterai pas l'idée que...

— Que faut-il empêcher, Aemilius ?

Les deux hommes se retournèrent dans un même mouvement. Pris par leur discussion, ils n'avaient pas entendu arriver l'empereur. Ils s'empressèrent de dissimuler leur gêne par de solennelles salutations.

Commode était encadré par les hommes de sa garde privée. Il revenait apparemment de son entraînement, les boucles de sa chevelure et de sa barbe encore humides de sueur. Pendant un moment, qui parut une éternité, il jaugea ses interlocuteurs. Éclectus se décida à rompre le silence le premier.

— Tu désirais nous entretenir, César ?

— Parfaitement. Je voulais vous informer que désormais je logerai à la caserne du Ludus Magnus. Ce sont les gladiateurs qui me serviront de prétoriens.

Aemilius ne put s'empêcher de faire remarquer :

— Je ne te comprends pas, César. Tu n'aurais plus confiance en ta garde fidèle ? Tu sais pourtant combien elle t'est attachée.

— Oui. Je paie d'ailleurs assez cher son attachement. La garde sait que tout prince qui me remplacera sera très certainement moins généreux que je ne le suis. Mais vois-tu, malgré tout, ces soldats de parade ne m'inspirent plus confiance. Je suis sûr que, dans l'arène, je pourrais disposer d'eux par série de trois, et sans effort. Seule la vaillance éprouvée des meilleurs combattants de l'Empire peut protéger dignement la vaillance de César.

— Est-ce une raison pour infliger aux prétoriens la honte de...

— Il suffit, préfet ! Ton rôle n'est pas de discutailler mes ordres. A moins, bien sûr, que tu n'aies une raison secrète de ne pas me voir au Ludus Magnus. Est-ce le cas ?

— Une raison, César ? Aucune. Il sera fait évidemment selon ton désir. Toutefois, permets-moi de déplorer quand même cette décision.

— Et toi, Éclectus. Éprouves-tu les mêmes réticences ?

La vie de cour avait accoutumé le chambellan à l'impassibilité. Il s'inclina, le visage aussi calme et indéchiffrable qu'une statue de marbre.

— Aucun scrupule, César. J'espère seulement que tu seras aussi en sécurité là-bas qu'au milieu de tes amis et...

— Des amis ! Des amis ! Tu veux dire des comploteurs ! Veille à transférer mon mobilier. Je compte que tout soit parfaitement installé pour les saturnales. Portez-vous bien !

Il tourna les talons avant que les deux hommes qui le saluaient se fussent redressés. Ils se dévisagèrent atterrés, puis, assurés que l'empereur était loin, Éclectus soupira :

— Eh bien, mon pauvre Aemilius, à ce qu'il me semble, le vent de la lame est passé très près du cou.

De sa paume, le préfet fit disparaître les perles de sueur que l'émotion avait fait naître sur son front dégarni.

— L'Empire s'écroule, et notre jeune dieu n'est préoccupé que par ses gladiateurs... Écoute-moi, Éclectus, il faut absolument faire quelque chose.

Le chambellan haussa les épaules, las.

— La seule chose à faire, c'est obéir.

— Tu ne m'as pas compris. Mais quittons plutôt cet

endroit. Je n'ai aucune envie d'une nouvelle confrontation.

*

Quelques instants plus tard, ils débouchaient dans l'atrium du palais.

A l'approche des saturnales, la fébrilité habituelle du Palatin s'était sensiblement accrue. Cette fête, qui devait saluer le retour des forces du Soleil, était devenue l'événement populaire par excellence. Ce jour-là en effet, la tradition imposait que toutes les hiérarchies fussent bouleversées. Les maîtres servaient les esclaves et ceux-ci commandaient aux maîtres. On échangeait des présents, c'était l'heure des visites impromptues. Un vent de folie enveloppait la capitale.

Les deux hommes manquèrent de bousculer un petit groupe de pages impériaux installés en cercle, en train de disputer une partie d'osselets.

— Disparaissez! ordonna Aemilius en dispersant le jeu d'un coup de pied.

Les jeunes garçons ne se le firent pas répéter. Ils s'éclipsèrent tout en jetant vers les deux hommes des regards furieux.

— Tu as tort de les rudoyer ainsi, commenta doucement Éclectus. Après tout, ils sont dans leur droit.

— Si toute cette tourbe était moins servile envers son prince, Rome et l'Empire s'en porteraient mieux !

— Qui sait, sourit le chambellan, c'est peut-être exactement ce qu'ils pensent de nous.

— Dois-je en conclure que tu ne verrais pas d'un mauvais œil la disparition de ce gamin incapable et débauché ?

— Il est certain que l'air serait plus respirable Mais que deviendrait l'Empire ?

510

— Ce ne sont pas les candidats à la succession qui manquent.

— Sans doute, mais...

Il se tut pour saluer un jeune athlète richement vêtu qui passait à leur hauteur. Il s'agissait de Onon, devenu par la grâce d'une virilité exceptionnelle le favori de l'empereur.

— Sans doute, reprit Éclectus, mais souviens-toi de la guerre civile qui a déchiré l'Empire après la mort de Néron. C'est cela qu'il faut éviter à tout prix.

Le préfet du prétoire réfléchit un instant.

— L'idéal serait de recourir à la même solution que le vieil empereur Nerva. Sachant qu'il n'en avait plus pour longtemps à vivre, il désigna comme successeur le chef d'une des principales armées de Rome. Tenu en respect par la force militaire, nul n'osa lui contester sa légitimité.

— Et tu songes à ce chef ? Quelqu'un en particulier ?

Aemilius lissa un pli de sa toge. A ce point de la discussion il prit tout à coup conscience qu'ils étaient ni plus ni moins en train d'élaborer les contours d'un coup d'Etat. Après tout, l'heure était peut-être venue. Il répondit :

— Oui. Septime Sévère commande les légions de l'Ister. Et ce qui pourrait être un atout : il est comme nous-mêmes originaire d'Afrique.

Éclectus fit la moue.

— Je t'approuverais si j'étais certain que le sénat se rallierait à sa candidature. Hélas, rien n'est moins sûr.

— Il doit pourtant y avoir un moyen !

— Je le crois aussi. Je me demande d'ailleurs s'il ne tient pas dans l'idée que tu soulevais tout à l'heure.

— Laquelle ?

— Recourir à un nouveau Nerva. Un personnage suffisamment respectable pour être accepté de tous.

Suffisamment âgé pour n'avoir d'autre choix que de se désigner lui-même rapidement un successeur..

Un sourire détendit les traits d'Aemilius.

— Je reconnais bien là la subtilité... égyptienne. Quel est ton candidat ? Laisse-moi deviner... le vieux Pompéianus ?

— Erreur. Il a promis à Marc Aurèle de veiller sur Commode. Non, je pense plutôt à un autre de ses compagnons : Pertinax, le Ligure.

— Celui qui a remplacé Fuscien à la préfecture de la ville ? Mais c'est un homo novus.

— Sans doute ! Toutefois il a acquis assez de gloire dans la guerre contre les Barbares et assez de fortune pour être l'un des premiers du sénat.

— Admettons, soupira Aemilius. Mais il n'empêche que nous n'avons toujours pas abordé l'élément clé : comment nous débarrasser de... l'obstacle ?

— Hier encore, les choses auraient été plus simples. Maintenant qu'il a décidé de loger au Ludus Magnus, autant vouloir attaquer un nid de guêpes à visage découvert.

— Maudit morveux ! A croire qu'il a pressenti notre projet avant même que nous en parlions !

— Allons, calme-toi. Je ne pense pas — et l'histoire de ce pays l'a prouvé amplement — que l'assassinat d'un empereur, si bien protégé soit-il, soit une tâche insurmontable. L'occasion, Aemilius, l'occasion et la providence. Nous, Orientaux, nous savons faire confiance aux lois de la fatalité. Patience...

*

Il pleuvait à verse le soir de ce même jour, lorsque Hyacinthe croisa Éclectus sur le chemin de la villa Vectiliana.

— Alors, toi aussi tu as reçu une convocation du

prince ? fit le prêtre en l'attirant sous l'abri d'un balcon.

— Une convocation du prince ? Non. C'est Marcia qui m'a fait appeler.

Hyacinthe eut un geste d'impatience.

— Elle a fait de même pour moi. Mais jamais elle ne s'est permis d'interrompre nos activités au palais. C'est pourquoi j'en déduis qu'il doit s'agir de César.

Le chambellan secoua la tête.

— Je te le répète, tu fais erreur. Commode réside désormais au Ludus Magnus.

— Eh bien ? Il n'a qu'à faire dix pas pour regagner la villa Vectiliana. Les deux édifices sont sur le Caelius.

Éclectus parut troublé par la remarque.

— Dans ce cas, nous aurions intérêt à nous hâter.

Les deux hommes s'engagèrent résolument sous les trombes d'eau.

— Est-ce vrai ce que l'on dit ? questionna Hyacinthe en frissonnant. On murmure que, le jour des saturnales, Commode s'apprêterait à défiler dans Rome vêtu en secutor, en compagnie d'une escorte de gladiateurs ?

— C'est exact.

— Le prince de Rome avec des êtres qui, pour les gentils eux-mêmes, sont frappés d'infamie ! Ah ! quand donc viendra le règne de Dieu ?

Devant eux se dressa la masse austère de la villa Vectiliana.

*

— Condamnés à mort ? Mais pourquoi, pourquoi ?

Hyacinthe, le visage gris, crispa nerveusement ses mains en répétant, atterré, la question.

— Pour Éclectus et toi, répondit Marcia, résignée, j'imagine que cette condamnation n'a pas de raison d'être. Pour moi, c'est peut-être, ainsi que l'a écrit

Paul, parce que le salaire du péché c'est la mort. Toute cette existence corrompue, tous ces égarements... Ou alors, pour des raisons mystérieuses, l'empereur a estimé que je représentais un danger pour lui.

Hyacinthe réprima un frisson d'angoisse. Jusqu'à ce jour, la fréquentation du palais avait procuré au prêtre un sentiment — bien que relatif — de sécurité. La perspective du martyre n'avait jamais été qu'une idée plus ou moins vague, quelque chose d'irréel. Voir cette idée se concrétiser aujourd'hui le rendait brusquement fragile, humain. Il laissa tomber à voix basse, presque timidement.

— Nous pourrions peut-être éviter cette fin...

Éclectus l'observa silencieusement, et lui revint la parole du Christ : « L'esprit est prompt, mais la chair est faible. »

— Fuir, commenta Marcia d'une voix neutre.

Hyacinthe enchaîna comme pour s'excuser :

— Pensez à Paul... Après tout, chaque fois que l'occasion lui a été donnée d'éviter le supplice, il l'a saisie. Il n'y aurait rien d'humiliant à l'imiter.

— Hyacinthe a raison, dit à son tour Marcia. Il reste encore quelques heures. Quittons Rome !

Le chambellan médita un instant. Lui seul avait conservé cette dignité un peu raide que les Romains appelaient « gravitas ». Il promena machinalement un index le long de sa lèvre inférieure et déclara enfin :

— Impossible. En tout cas pour toi, Marcia. Commode te ferait rechercher par tous les espions de l'Empire, et pratiquement toute l'Italie connaît tes traits. Pour moi, les conséquences seraient sensiblement les mêmes. Seul toi, Hyacinthe, aurais une chance de passer à travers les mailles du filet.

Le prêtre se redressa, une expression ferme sur le visage.

— Je l'avoue, je crains la souffrance. Mais je crains

encore plus de vivre lâchement. Je ne partirai jamais sans vous.

Après un temps il ajouta :

— Peut-être existe-t-il une autre solution ?

— Il en existe une, en effet : assassiner l'empereur.

— Que dis-tu ? s'exclama Marcia.

— Je répète : éliminer Commode.

— Mais comment ? Et qui accomplirait un tel acte ? Certainement pas l'un de nous ! Ce serait trahir notre Foi, répliqua fermement Hyacinthe.

— La mort d'un tel personnage ne peut pas être considérée comme un acte répréhensible. Ne voyez-vous donc pas ce qui se passe ? Nous n'avons plus affaire à un être humain, mais à un dément. En le tuant nous commettrions une action salutaire.

— De toute façon cette solution est du domaine de l'utopie, répliqua Marcia. Protégé, barricadé derrière les murs du Ludus Magnus, il n'existe pas une seule personne qui pourrait approcher Commode sans se faire tailler en pièces par sa garde personnelle.

— Détrompe-toi, Marcia, fit Éclectus avec un regard étrange. Cette personne existe.

Comme elle le considérait d'un air interrogatif, il précisa :

— Une femme : toi.

L'Amazonienne bondit littéralement de son siège.

— Serais-tu à ton tour devenu fou, Éclectus !

— Ressaisis-toi. Et essaie de réfléchir. Tu es la seule à pouvoir l'aborder sans risque.

— C'est insensé !

— Non, Marcia. Ce qui le serait, c'est de laisser cet homme en vie. De plus, il est un autre point autrement plus grave auquel aucun de vous n'a songé : il ne s'agit plus de notre sort, mais de celui de milliers d'autres chrétiens.

— Que veux-tu dire ?

— Crois-tu vraiment que Commode se contentera de notre mort ? S'il nous tue, c'est à cause de notre Foi. Tu sais parfaitement que si tu avais accepté de devenir grande prêtresse de Vénus, tu serais aujourd'hui en sécurité. Il ne s'arrêtera pas là. Son fanatisme idolâtre le poussera certainement à s'en prendre à tous ceux qui n'honorent pas les mêmes dieux que lui. Nous ne serons que les premières victimes d'une longue série.

— Tout compte fait, je crois qu'il a raison, murmura Hyacinthe.

Ébranlée, la jeune femme lança au prêtre un regard éperdu.

— C'est toi qui dis cela, Hyacinthe ? Le commandement sacré ne serait plus qu'un vain mot ? « Tu ne tueras point... » Aurais-tu oublié ?

— Je n'oublie pas l'Écriture, Marcia... Mais il s'agit d'un cas de légitime défense.

— Eh bien, je t'écoute, Éclectus. J'imagine que ta suggestion n'a rien de spontané. Comment pourrais-je le tuer ?

— Vous vous entraînez toujours ensemble.

— Oui. Mais entourés de gardes ou d'amis gladiateurs. Impossible de tenter quoi que ce soit à ce moment sans risquer d'être transpercé par une lance ou un trident.

— Je sais, mais Commode a toujours pour habitude de prendre sept à huit bains par jour. Certains se déroulent encore en ta compagnie.

— C'est vrai. Qu'est-ce que ça change ?

— Si ma mémoire est bonne, il profite de ces instants de délassement pour se faire servir quelques coupes de son vin préféré. Dans ces conditions, il me paraît...

Marcia coupa le chambellan. Elle avait deviné son plan.

— Le poison.

— Parfaitement.

— Malheureusement, il existe une faille de taille.

— Laquelle ?

— Une femme nue peut difficilement dissimuler sur elle une fiole, si petite soit-elle.

— Même celle-ci ? interrogea l'Égyptien en glissant deux doigts sous le bracelet d'or ciselé qui enserrait son poignet.

Il fit apparaître un minuscule vase d'albâtre scellé d'un bouchon de cire. Hyacinthe et Marcia le fixèrent avec des yeux agrandis, tandis qu'il expliquait :

— On peut facilement cacher un tel objet dans une boucle de cheveux. Il suffira au moment opportun de percer le couvercle d'un coup d'ongle et d'en verser le contenu dans son vin. Ni la couleur ni le goût n'en seront altérés.

Un silence s'installa entre les trois personnages. Marcia examina la fiole en la tournant et retournant lentement entre ses doigts. Ainsi, Éclectus avait déjà songé à cet instant. Cette fiole en était la preuve. Elle eut une ultime objection.

— As-tu seulement pensé aux réactions de la garde prétorienne ?

— Marcia, rétorqua Éclectus en détachant calmement ses mots, il n'y aura pas de garde prétorienne.

Chapitre 52

31 décembre 192

Helvius Pertinax embrassa Cornificia en priant mentalement les dieux de ne pas le punir pour sa trop grande fortune.

En effet, pour un homme de soixante-sept ans, se faire aimer d'une maîtresse de quelque trente années plus jeune n'était pas en soi une situation courante. Mais quand de surcroît la maîtresse en question n'était autre que la fille de Marc Aurèle, et la sœur de Commode César, cela devenait tout à fait extraordinaire.

Quelle étonnante ascension pour le fils d'affranchi ligure qui vendait du charbon de bois ! Elle avait commencé lors du règne précédent, au cours des guerres marcomaniques. L'urgence des événements, la quête de bravoure et de compétence étaient telles que les officiers capables se virent offrir des carrières fulgurantes et des chances de promotion sociale inespérées. A la fin du règne, Pertinax était devenu sénateur et avait occupé le consulat. Après une courte disgrâce sous Commode, conséquence d'intrigues de cour, il avait été rappelé aux affaires en raison du manque d'hommes d'expérience. Et depuis, que ce fût le gouvernement de Bretagne ou le proconsulat d'Afrique, le Ligure avait rempli ses tâches avec le même bonheur. Aujourd'hui, succédant à la préfecture de la ville à un obscur ami de Commode, un certain Fuscien, il était au faîte de sa carrière.

Un temps, découvrant que son épouse était devenue l'amante d'un joueur de flûte de renom, Pertinax avait commencé à croire que les dieux étaient jaloux de lui. Mais, à la même époque, il faisait la connaissance de Cornificia.

— Ne pourrais-tu te détendre un peu ? Ne fût-ce que pour cette nuit des saturnales, interrogea-t-il en caressant avec douceur la jeune femme allongée auprès de lui.

De leur petite chambre obscure, ils pouvaient entendre clairement les chants et les éclats de rire grossiers des esclaves réunis dans le triclinium. Comme le commandait la coutume, ils festoyaient à la place de leurs maîtres, et se gobergeaient de leurs friandises et de leurs vins.

Pertinax, qui considérait que sa fonction de haut magistrat ne lui permettait pas d'aller jusqu'à servir lui-même ses hommes, comme le voulait l'usage, avait opté pour leur céder entièrement la place. Il se consolait en se disant qu'au fond c'était un moyen comme un autre de disparaître en compagnie de sa maîtresse pour une longue nuit d'amour.

— Pardonne-moi, gémit la sœur de Commode, mais j'ai un affreux pressentiment. Je crains qu'un grand malheur ne se prépare.

Pertinax redressa la tête.

— Ton frère t'aurait-il fait une confidence particulière pour que tu penses ainsi ?

Il faisait trop sombre pour qu'il puisse distinguer les traits de son amie, mais lorsqu'elle lui répondit ce fut avec une nuance de dégoût dans la voix.

— Mon frère... Tu sais bien que nous nous ignorons parfaitement et que je refuse de le voir.

— Et tu as tort...

— Comment peux-tu dire cela ! Il a osé faire assassiner notre sœur Lucilla, ma belle-sœur Crispina. Il se commet chaque jour un peu plus avec la lie de Rome. C'est un monstre ! Je ne comprendrai jamais comment un être aussi admirable que fut mon père a pu donner naissance à pareille engeance !

Sensible à la révolte de sa jeune maîtresse, le préfet de la ville déposa un baiser sur sa joue.

— Je parlais pour ton bien. Commode est implacable avec ceux qu'il soupçonne être ses opposants, même — j'allais dire surtout — s'ils sont de sa famille. L'éloignement de la cour, les distances prises avec la domus Augustana, n'arrangent pas vos relations. Dernièrement, j'ai appris qu'il avait fait supprimer une de vos tantes maternelles qui se trouvait en Achaïe.

— Zeus tout-puissant ! Pourquoi ne m'en as-tu pas parlé ?

— Je ne voulais pas t'effrayer. Sans doute ai-je eu tort. Pourtant j'insiste : ton exil volontaire constitue un réel danger. Laisse-moi, pour ta sauvegarde, tenter de te réconcilier avec l'empereur.

Un frisson parcourut l'échine de Cornificia qui se serra instinctivement contre son amant.

— Tu es si bon et droit, dit-elle en passant ses doigts dans la barbe soyeuse de Pertinax. Sans toi je serais tout à fait seule, dans cette ville où ne règnent plus que la peur et la délation.

— Pourquoi te tourmenter ainsi, Cornificia ? Il ne faut pas.

— Je sais, mais je suis incapable de contrôler cette angoisse qui domine toutes mes pensées. Plus particulièrement depuis quelques semaines. Les signes et les prodiges se multiplient. Je ne citerai pour exemple que le séisme du mois dernier.

Cette fois ce fut au tour de Pertinax d'être gagné par un courant glacial. Comme tous les Romains, il croyait ferme aux avertissements des dieux. Et il n'avait pas été sans noter lui aussi une inquiétante succession de phénomènes étranges.

Il resta si longtemps silencieux que Cornificia crut qu'il s'était assoupi. Elle se serra contre lui.

— Par Vénus, que t'arrive-t-il ? demanda-t-elle. Te voilà tout à coup bien pensif.

— Il me revient à l'esprit un incident dont mon père m'a entretenu jadis. Selon lui, le jour de ma naissance, un poulain nouveau-né avait réussi à escalader le toit de la maison familiale. Alors que tous s'émerveillaient de cet exploit, le poulain glissa et se fracassa à terre. Inquiet, mon père se rendit à la ville voisine questionner un devin. L'homme lui expliqua que son fils s'élèverait au sommet des honneurs, mais qu'il y trouverait la mort. Chaque fois qu'il contait l'incident, mon père ajoutait : « Ce charlatan m'a pris mon argent pour me raconter des fadaises. »

Pertinax prit une profonde inspiration et poursuivit comme s'il se parlait à lui-même.

— Aujourd'hui lorsque je considère ma situation, je me dis que je ne puis monter plus haut. Alors peut-être que...

— Tais-toi. Je ne veux plus rien entendre. Je mourrais si je venais à te perdre !

Avec une sorte d'avidité désespérée, Cornificia s'empara de la bouche de son amant, épousant en même temps son corps comme si elle avait voulu s'incruster en lui de toute sa chair. Soudain elle se figea.

— Écoute !

Le cœur au galop, le souffle rauque, Pertinax répondit :

— Ce n'est rien. Reste ainsi contre moi.

En ces heures troubles, l'amour restait le meilleur antidote à la mort et à l'angoisse.

Mais la jeune femme sursauta à nouveau : deux coups impératifs avaient été frappés à la porte.

— Seigneur Pertinax ! fit une voix qui lui parut menaçante.

Les deux amants échangèrent un regard troublé.

— Seigneur Pertinax !

La porte s'ouvrit dans un grincement sinistre. Cornificia poussa un cri et s'arracha au corps du préfet.

Deux hommes venaient de faire irruption, une lampe alexandrine à la main. Elle les identifia immédiatement. L'un était le chambellan Éclectus, autre le préfet de la ville, Aemilius Laetus : deux suppôts de son frère. Ce fut Aemilius qui parla le premier.

— Laisse-nous, femme, ordonna-t-il. Nous avons à nous entretenir avec le seigneur Pertinax.

— Pas question ! répliqua-t-elle farouche.

Pertinax prit à son tour la parole d'une voix tremblotante, mais qui se raffermit dès les premiers mots.

— Il y a longtemps que je vous attendais. Vous me voyez délivré d'une angoisse qui ne m'a quitté ni le jour ni la nuit. Accomplissez donc votre infamant devoir !

— L'heure n'est pas au stoïcisme, gronda Aemilius agacé par cette grandiloquence surfaite de « vieux Romain ». Il te faut nous suivre au camp prétorien.

— Pourquoi perdre du temps avec ce qui de toute évidence ne sera qu'une vague comédie judiciaire ? Tuez-moi ici, et qu'on en finisse !

— Qui parle de te tuer ? intervint Éclectus. Commode est mort. Nous venons t'offrir la pourpre.

Cornificia étouffa une nouvelle exclamation en plaquant puérilement sa paume contre sa bouche.

— Peut-être aurais-je dû garder le silence devant elle ? poursuivit le chambellan sur un ton d'excuse.

— Aucune importance.

Pertinax avait bondi hors du lit. C'était un homme de grande taille, mais que l'âge avait alourdi. Sa panse pendouillait devant lui comme une outre flasque. Son visage était orné d'une barbe longue qui filait presque sur sa poitrine, et on le devinait handicapé par l'arthrose de ses membres. Éclectus sourit intérieurement en se disant que, dans ce plus simple appareil, le futur César n'avait vraiment rien d'impressionnant.

— Vous dites que Commode est mort ? Mais comment est-ce arrivé ?

— En sortant du bain, vers la douzième heure, il a été frappé par une attaque, et tous les efforts pour le ranimer furent vains.

— Mais pourquoi avoir songé à moi pour le remplacer ? Après tout, autant qu'il me souvienne, nous n'avons jamais été très proches.

— S'il en fut ainsi, sache que nous n'en sommes pas responsables. L'obéissance à l'empereur nous a imposé un certain nombre d'attitudes que nous n'aurions certainement pas adoptées devant un prince vertueux. Tu as toujours eu tort de nous juger comme de vulgaires intrigants sans scrupule. La preuve en est que nous sommes ici, sous ton toit, convaincus que tu es le seul capable d'obtenir l'obéissance des armées provinciales. Toi seul pourras éviter un combat de chefs pour le pouvoir, comme nous en avons connu aux pires heures de la République. L'honneur de la patrie t'impose de ne pas te dérober.

Pertinax, toujours nu, tritura sa barbe nerveusement.

— Vous êtes vraiment certains que Commode est bien mort ?

— Aussi mort que l'est Marc Aurèle. Nous t'en faisons le serment.

— Votre parole ne me suffit pas. Je veux voir le cadavre.

— Mais c'est impossible, se récria Aemilius. La dépouille est demeurée dans les appartements de la domus Augustana. Nous ne pouvons pas t'y introduire sans ébruiter la nouvelle, avec toutes les conséquences que tu peux imaginer !

— Dans ce cas, arrangez-vous pour que le corps me soit apporté ici.

— Sois raisonnable, supplia Éclectus. Tu nous vois transporter un cadavre jusqu'ici ? Je t'en conjure, parons au plus pressé. Mets ta toge et rendons-nous au camp prétorien.

Le préfet secoua négativement la tête, avec un entêtement de vieillard.

— Rien à faire. Je vous le répète, je ne bougerai pas d'ici avant d'avoir eu la preuve formelle de la mort de Commode. A présent, sortez de chez moi !

Éclectus et Aemilius échangèrent un regard consterné. Pertinax prévint une nouvelle tentative.

— Inutile d'insister. Sortez ou j'appelle mes esclaves !

Après une ultime hésitation, les deux hommes se retirèrent. A peine la porte refermée, Cornificia se précipita vers son amant. Elle tremblait de tous ses membres.

*

Aemilius ne décolérait pas.

— Que la peste étouffe ce vieux bouc ! marmonnat-il. On lui offre l'Empire et vois ce qu'il exige pour accepter ! Non, il nous faut trouver un autre candidat !

— Ne te laisse pas emporter par ton ressentiment. N'oublie pas que nous passons pour les mauvais génies de Commode. Il n'est donc pas étonnant qu'il redoute un piège. Et tu sais tout comme moi que Pertinax est le seul candidat qui convienne.

Les deux hommes avaient repris le chemin de la domus Augustana, rentrant la tête pour se protéger des rafales glacées. Ici et là résonnaient encore dans le lointain des rires qui leur rappelèrent que cette nuit était, pour la ville, celle de l'allégresse et de l'insouciance.

— Alors, que proposes-tu ? questionna le préfet à contrecœur.

— Je possède quelques esclaves dévoués. Je vais leur demander de chercher la dépouille de l'empereur et de l'envelopper dans des draps comme s'il s'agissait d'un banal sac de linge sale.

— Parce que tu es assez naïf pour croire que les gardes les laisseront entrer et sortir en toute impunité des appartements impériaux ?

— Ils prétendront être chargés de faire le ménage.

— En pleine nuit ! Tu ne sais plus ce que tu dis. Je sais que nous vivons des heures singulières mais tout de même ! Ton plan n'a aucune chance de marcher.

Éclectus réfléchit.

— A condition que la garde habituelle ne soit pas de faction. Là, c'est ton domaine. Il te faudrait donner les ordres nécessaires pour la faire remplacer par des hommes de confiance qui n'ont pas l'habitude du service du palais. Tu dois bien connaître quelques prétoriens qui seraient ravis de toucher une récompense ou, pourquoi pas, une promotion ?

Une averse commença à se déverser sur la ville, alors qu'ils étaient en vue des lumières rougeoyantes des torches cerclant le Palatin. Aemilius poussa un profond soupir.

— Si nous nous tirons sans dommage de cette affaire, je promets d'offrir un sacrifice au dieu des chrétiens.

Chapitre 53

15 janvier 192

Le soleil printanier a le don de métamorphoser jusqu'aux recoins les plus sordides de la terre. Même ceux qui semblent les plus réfractaires à la transformation. Suburre était de ceux-là.

Les insulae, les masures, les pavés disjoints glissants et jonchés de détritus, qui composaient ce quartier de Rome, s'ils paraissaient toujours aussi laids et pouilleux, s'étaient malgré tout drapés d'une luminosité qui rendait l'endroit plus supportable.

A l'angle d'une de ces ruelles évoluaient toujours les mêmes femmes rondes, assises derrière leurs étals, haranguant les passants ; les mêmes enfants nu-pieds, en haillons, jouant à rien ou à s'éclabousser en se poursuivant parmi les flaques d'eau grisâtres.

Brusquement, déposant son pichet de terre cuite à terre, un des hommes quitta précipitamment le groupe où il se trouvait et, mains tendues, claudiquant, il s'exclama :

— Calixte ! Pour une surprise...

— Zéphyrin... Tu vois, tout arrive.

Les deux hommes se donnèrent l'accolade.

— Mais comment se fait-il que tu aies quitté Antium ? interrogea très vite le vicaire du pape.

— Je viens remettre au Saint-Père le produit du carême des villages du Latium.

— Hélas ! Tu tombes mal. Victor se trouve actuellement en déplacement dans la ville. Mais qu'à cela ne tienne, je lui remettrai les fonds. A présent, viens, suis-moi, nous allons nous partager un délicieux mulsum qu'un tavernier du coin me garde de côté pour les grandes circonstances. Comment vont les choses à Antium ? Les échos qui nous parviennent de là-bas te sont des plus favorables.

— Je n'en suis pas conscient. Il y a encore tant à faire.

— Apparemment tu sembles heureux dans ce village.

— J'y suis bien. Et je n'oublie pas que c'est à toi que je dois ce bonheur.

— Cela va faire bientôt deux mois que tu es à Antium, n'est-ce pas ?

Calixte acquiesça.

Deux mois...

Antium était hors du monde, hors du temps.

Le nombre d'habitants en faisait une agglomération plus proche du village que de la ville. Cependant, en dépit de cela, les autorités municipales avaient transformé ce hameau en une cité miniature. On y trouvait les principaux monuments, et une institution urbaine complète : forum, tribunal du préteur, thermes, et même un grossier théâtre de bois où des troupes de comédiens ambulants présentaient mimes et pantomimes.

Les habitants tiraient une certaine fierté de ce qu'Auguste, le premier empereur, se fût fait proclamer Père de la Patrie à Antium. Encore que d'avoir été le berceau de Néron et de Caligula eût largement suffi à faire sa renommée.

Le port était aussi un centre de commerce non

négligeable. Et le calme de l'endroit en faisait un lieu d'élection pour certains nobles qui se piquaient de philosophie, déambulant à l'ombre de la statue de la magicienne Circé — qui, selon la légende, avait fondé le village — et celle d'Apollon qui dominait le portique de Latone.

Antium possédait aussi une petite communauté de chrétiens que d'absurdes conflits théologiques avaient amenés à se déchirer. En effet, un certain Praxès, disciple de l'hérétique Noët, était venu répandre ici l'hérésie monarchienne, qui niait la distinction du Père et du Fils; attitude qui conduisait naturellement à admettre que le Père avait été crucifié!

L'opposition de toute une partie des fidèles à son chef était devenue telle que celui-ci avait dû être rappelé par l'évêque de Rome. Et la communauté avait attendu son successeur dans un climat pour le moins anarchique.

Calixte y était arrivé vers la fin de novembre et s'était installé dans une petite cabane de pêcheurs mise à sa disposition. Dès le lendemain, il avait servi l'office. Tous les assistants avaient pu constater son aspect étrange. Il était d'une maigreur squelettique; on aurait pu croire l'homme sorti d'une tombe avec la complicité d'un fossoyeur. Sa peau râpée par le soleil de Sardica avait pris une teinte de vieux cuir. Ceux qui se trouvaient les plus proches de lui furent frappés par l'état de ses mains : desséchées, calleuses, elles faisaient penser à des feuilles mortes. Mais ses yeux, entourés de cernes profonds, étaient d'un bleu dur, lumineux, qui aurait presque pu éclairer les ténèbres.

La voix de Zéphyrin le ramena à la réalité.

— Je présume que tu es au courant des dernières nouvelles ?

— Il m'en arrive quelques échos. Commode, assassiné, a, paraît-il, été remplacé par le vieux Pertinax. Pour les quirites, ça doit être un changement de taille.

— Tu ne crois pas si bien dire. Dès que le sénat eut entériné sa candidature, Pertinax s'est empressé de vendre tout le mobilier de la domus Augustana ; les bijoux, l'argenterie, les esclaves et les gladiateurs de Commode. Au cours des derniers mois, il a réduit le nombre des Jeux, supprimé aussi l'augmentation des soldes que son prédécesseur venait d'accorder. Pour finir il a chassé du palais tous les favoris et les courtisanes.

— Lui arrive-t-il d'inviter quelqu'un à dîner, cet économe ?

— Parfois. Mais à sa table on ne sert, dit-on, que des choux et des moitiés d'artichauts.

Les deux amis éclatèrent de rire. Calixte, reprenant très vite un ton grave, demanda :

— Penses-tu que Pertinax sera aussi bienveillant envers les chrétiens que le fut Commode ?

— Je le crois. Le chambellan de Commode était chrétien. Pertinax l'a conservé à ses côtés, et il en a même fait son conseiller. Dans ce cas...

— Le chambellan... Ne s'agirait-il pas d'un certain Éclectus ?

— C'est exact.

Il y eut un court silence, puis Calixte questionna à nouveau son ami.

— Tu dois certainement te souvenir de celle à qui nous devons d'être en vie aujourd'hui. La concubine de l'ex-empereur.

— Marcia ?

— Oui. Saurais-tu me dire ce qu'elle est devenue ?

— Ta question est vraiment d'actualité. Si mes informations sont exactes, à l'heure où nous parlons, elle doit être en train de se marier à la villa Vectiliana.

Calixte crut que Suburre se désarticulait autour de lui. Une pâleur terrible recouvrit ses traits. Il bafouilla.

— Marcia... Se marier... Mais avec qui ?

— Mais justement avec celui dont nous parlions : Éclectus...

*

La villa Vectiliana paraissait être devenue le centre du soleil.

Ses portes, ses fenêtres, des terrasses aux jardins, tout avait été orné de guirlandes, de branches de houx, de myrte et de laurier. On pouvait même apercevoir pendues aux portiques des boules de laine frottées de graisse de loup. Les esclaves, alignés sur une double haie, brandissaient des flambeaux d'aubépine, faisant du même coup un rempart entre les centaines de curieux et le chemin que devaient emprunter les futurs époux.

Marcia apparut, en tunique blanche, serrée à la taille par une ceinture nouée d'un nœud d'Hercule. Conformément à la tradition, un voile de feu, retenu par une couronne de verveine cueillie par la jeune femme elle-même, cerclait son front. Deux jeunes garçons lui tenaient la main et un troisième la précédait.

Calixte la vit qui passait à quelques pas de lui. Il eut un mouvement pour écarter les curieux, fendre la foule, mais la main de Zéphyrin, posée vivement sur son bras, le ramena à la raison.

— Tu ne peux plus rien y faire, fit le prêtre d'une voix qui se voulait apaisante. Elle ne t'a jamais vraiment appartenu. Elle ne t'appartiendra plus jamais.

De toute façon, qu'aurait-il pu y faire ? Un esclandre imbécile et puéril. Son compagnon avait raison. Elle était déjà passée avec, dans son sillage, joyeusement mêlés, des porteurs de présents, des parents, des esclaves, et quelques amis. Parmi eux, Calixte reconnut Hyacinthe et le pape Victor.

L'Amazonienne s'arrêta devant le seuil de la villa. Un homme d'un certain âge, en habit de fête et qui n'était autre qu'Éclectus, vint s'agenouiller devant elle et lui demanda selon l'usage quel était son nom.

— Où tu seras Gaius, je serai Gaia[1], répondit-elle doucement.

Derrière le couple, Victor et Hyacinthe accomplirent un geste de bénédiction. Après quoi, l'ex-chambellan de Commode souleva Marcia et pénétra avec elle dans la demeure sous les acclamations des assistants.

— Et maintenant, questionna Zéphyrin, que comptes-tu faire?

— Entrons, dit simplement le Thrace d'une voix blanche.

Se glissant discrètement parmi la cohorte des parents, les deux hommes réussirent à pénétrer dans l'atrium. Autour d'eux ce n'étaient que salutations et souhaits de bonheur. Marcia et son époux avaient disparu.

— A quoi bon demeurer ici, tu ne feras que souffrir davantage. Je t'en conjure, Calixte, partons.

Le Thrace secoua la tête.

— Il faut que je la voie. Il faut que je lui parle.

— Mais c'est absurde! Tu es homme de Dieu désormais, tu ne peux plus rien pour elle. Laisse-la à son bonheur.

Calixte fit une soudaine volte-face et plongea un regard bouleversé dans celui du prêtre.

— Son bonheur! Mais quel bonheur? Ne vois-tu pas que tout ceci est factice! Commode mort, tout

1. *Ubi tu Gaius, ibi ego Gaia.* Formule tenant lieu de sacrement.

pouvait être encore possible entre elle et moi. Son bonheur, Zéphyrin...

Il se tut un instant, ajoutant dans un souffle :

— Et le mien ?

Le prêtre secoua la tête avec tristesse et se résigna à suivre son vicaire en traînant la jambe, séquelle de son séjour au bagne. Ils atteignirent le péristyle où l'on avait dressé des tables pour les pauvres et les esclaves, et s'installèrent silencieusement au pied d'un cèdre géant.

Les heures s'écoulèrent. La fête se poursuivait, et dans chacun de ses éclats le Thrace voyait comme une offense. Puis, lentement, sans doute en raison des nouvelles réglementations concernant la durée des banquets que venait d'imposer Pertinax, l'extinction des feux s'annonça.

Zéphyrin essaya une nouvelle fois de convaincre le Thrace.

— Il faut que je la voie, fut encore sa seule réponse.

— Dans ce cas, répliqua le prêtre irrité, qu'attends-tu ? Que ce soit elle qui vienne à toi ? Tu n'as qu'à entrer dans le triclinium. Vas-y. Ridiculise-toi, une fois pour toutes !

Comme s'il relevait un défi Calixte se leva d'un coup et se rua vers la salle du banquet. Sur le seuil, il marqua un temps d'arrêt, parcourant la salle des yeux. Nul ne lui prêta attention. Elle était allongée sur l'un des lits, la tête tendrement appuyée sur l'épaule de celui qui était devenu son époux.

C'était plus qu'il ne pouvait supporter. Serrant les poings, il l'observa encore un instant et revint sur ses pas, les épaules voûtées comme si son corps était rivé au sol.

Il entraîna Zéphyrin et tous deux se dirigèrent vers la sortie.

— Pas si vite, souffla le vieil homme. Ma jambe proteste.

Calixte, confus, ralentit le pas.

C'est alors qu'une voix l'interpella.

— Calixte ?

Les deux hommes se retournèrent dans un même élan.

Essoufflée, pieds nus, Marcia contemplait le Thrace comme on observe un prodige.

— Non, poursuivit-elle en baissant le ton, tu dois être un lémure [1].

— Non, Marcia, je suis moi-même et pas une ombre.

Incrédule, elle approcha de lui et lentement tendit la main vers son visage. Ses doigts effleurèrent sa joue, son front, son cou. Il fit de même, caressa ses cheveux de jais, glissa le long de ses bras nus.

— Il vaudrait peut-être mieux vous éloigner d'ici, suggéra Zéphyrin mal à l'aise. Je ne sais pas si les invités comprendraient.

Et comme s'il avait voulu fuir la vision du couple, il se retira dans les ténèbres.

A nouveau face à face, le couple s'observa un long moment, leurs lèvres se cherchèrent mais une sorte de pudeur les retint de se livrer totalement l'un à l'autre.

Elle murmura d'une voix presque imperceptible :

— Je te croyais mort... Perdu à jamais. Les dernières nouvelles de toi m'ont été communiquées par l'évêque d'Alexandrie, Démétrius. Il m'a appris ta conversion et m'a dit qu'il t'avait chargé d'un message pour le pape. Depuis, plus rien.

— J'ai été arrêté le soir même de mon arrivée dans la capitale.

— Et je l'ai su. Après plusieurs semaines de recherches, j'ai appris de manière tout à fait fortuite,

1. Esprit des morts.

par Fuscien, l'ancien préfet de la ville, qu'il avait dû te condamner aux mines. Renseignements pris, on m'a dit que tu étais mort là-bas.

Calixte songea au malheureux Basilius dont il avait pris la place.

— Il ne s'agissait pas de moi... mais d'un autre.

Il marqua un temps de réflexion avant de poser la question qui lui brûlait les lèvres.

— Pourquoi ce mariage ? Je croyais qu'Éclectus n'était rien de plus qu'un ami, un frère.

Marcia baissa les yeux.

— Je n'ai pas eu le choix.

— Je ne comprends pas.

— Depuis la mort de Commode, je suis devenue la personne la plus haïe de l'Empire. Les victimes de l'empereur défunt ne me pardonnent pas d'avoir été la maîtresse de leur bourreau. Le sénat m'en veut parce que, fille d'affranchi, j'ai manqué devenir impératrice. Alors que j'ai toujours refusé le titre d'Augusta et le feu sacré. Quant à ceux demeurés fidèles à Commode, ils ont juré ma perte en raison du rôle que j'ai joué dans l'élimination de leur prince. La rumeur a circulé, et circule encore dans Rome : j'aurais moi-même assassiné l'empereur.

— Est-ce vrai ?

— Non ! J'ai seulement tenté de le faire, mais les choses ne se sont pas déroulées selon nos prévisions.

Il conserva le silence, tandis qu'elle expliquait :

— Je m'étais entraînée une dernière fois avec Commode dans la palestre du Palatin. Je dis une dernière fois, car il avait entre-temps fait transporter tout son mobilier au Ludus Magnus. Après les exercices, nous avons pris, ainsi que nous en avions l'habitude, notre bain. J'étais nue, mais j'avais dissimulé une petite fiole d'albâtre contenant un poison dans ma chevelure

535

nouée en chignon derrière ma nuque. Les esclaves avaient pour ordre de ranger dans le frigidarium plusieurs coupes de vin de Falerne, pour nous permettre de nous désaltérer. Je me suis arrangée au prix de mille difficultés pour vider le poison dans l'une des coupes. Je l'ai offerte à l'empereur. Il l'a prise et l'a vidée d'un trait. On m'avait prévenue que le poison ne ferait effet qu'après quelques heures. Nous avons donc quitté le frigidarium pour la salle des massages. C'était la nuit des saturnales, et les esclaves masseurs, ainsi que tous les autres, étaient absents. Je me suis proposé de les remplacer. Commode s'est étendu sur le ventre et j'ai commencé à répandre l'huile sur son dos. Au bout de quelque temps, alors que je le croyais endormi, il s'est brusquement retourné et j'ai vu le visage de la mort.

A ce point de son histoire, la jeune femme reprit son souffle, gagnée par une émotion intense.

— Un visage cireux. L'œil glauque. A la commissure des lèvres s'écoulait une bave jaunâtre. Il s'est redressé et a tenté de saisir mon poignet. Je réussis à m'écarter. Commode roula à terre, le corps pris de terribles convulsions, il se mit à vomir à gros bouillons sur le sol. C'était insupportable. J'ai quitté la salle, dévalant les couloirs, me heurtant aux statues. Ce fut Narcisse qui m'empêcha d'aller plus loin. Il était là, comme s'il avait guetté cet instant. Il m'a saisie entre ses bras, et m'a demandé : « Alors ? As-tu réussi ? Est-il mort ? » Je crois avoir balbutié : « Mais comment... comment sais-tu ? — Le seigneur Éclectus m'a mis au courant. Il craignait que tu n'aies pas la force d'aller au bout. Que s'est-il passé ? — Je crois qu'il a vomi le poison. » Alors Narcisse m'a demandé de l'attendre, et il est retourné vers la salle que je venais de quitter. Ce ne fut pas long. Lorsque je le vis réapparaître, il s'est contenté de dire simplement :

« Mon frère et les autres anonymes sont vengés. » — Comprends-tu maintenant pourquoi, lorsque Éclectus me l'a proposé, j'ai accepté de devenir son épouse ? Ainsi, s'étend indirectement sur moi la protection du nouvel empereur. Comprends-tu ?

Calixte hocha la tête doucement et esquissa un sourire mélancolique.

— Décidément, tout nous séparera toujours...

Elle posa sa tête contre son épaule et il sentit des larmes qui coulaient silencieusement sur ses joues.

Les ombres de la nuit avaient à présent noyé tout le paysage.

— Et toi, dit-elle doucement, que vas-tu devenir ?

— Ma route se poursuit. Elle m'a été en quelque sorte tracée par toi. Je suis le serviteur de ton Dieu. De notre Dieu.

— C'est incroyable, Calixte, toi chrétien !

Une toux discrète les ramena à la réalité. Zéphyrin venait de réapparaître dans la pénombre.

— Marcia. Je crois que ton époux s'inquiète de ton absence...

Et il se retira aussi vite qu'il était intervenu.

— C'est étrange comme certaines scènes de la vie se répètent, à quelques acteurs près, fit Calixte d'une voix rauque.

— Que veux-tu dire ?

— Il y a quelques années, dans un certain parc, c'était un empereur qui te cherchait.

Elle éclata en sanglots, libérant brusquement la tension qui n'avait cessé de croître en elle au cours des dernières semaines.

— Laisse-moi te rejoindre. Demain. Ce soir. Où vis-tu ?

— Non, Marcia. C'est trop tôt. Ou trop tard. Tu es mariée. Je suis homme de Dieu. L'adultère nous est interdit. Déjà ma présence ici est une autre forme de souillure. Laisse donc nos vies suivre leur cheminement. Elles ne nous appartiennent plus.

Il se tut tandis qu'elle s'écartait de lui. Elle murmura, éperdue :

— Nous ont-elles jamais appartenu...

Chapitre 54

Avril 192

L'haruspice[1] impérial fronça les sourcils : le chevreau qu'il venait d'immoler n'avait pas de foie ! Et c'était sur le foie précisément qu'il exerçait son art. Comment un tel prodige pouvait-il être possible ? Il savait pourtant qu'un animal ne pouvait vivre sans cet organe.

Profondément troublé, il fit signe à ses aides de lui apporter la seconde victime. Le jeune animal, les pattes repliées, poussa un bêlement plaintif lorsqu'on le coucha sur le marbre de l'autel. Appréhendant ce qu'il allait découvrir, l'haruspice retint un instant le coup fatal, et observa le décor autour de lui.

Depuis le temple de Jupiter sur le Capitole, il pouvait embrasser d'un seul coup d'œil un vaste panorama. L'aube aux tons pastel, mélange de bleu et de rose, émergeait lentement au-dessus de la ville. Partant de ce pont, son regard parcourut la succession des forums avec en second plan, entre le Quirinal et l'Esquilin, les quartiers populeux de Suburre et des Carènes. Poursuivant son observation, son regard effleura la masse altière de l'amphithéâtre Flavien,

---

1. Devin lisant l'avenir dans les entrailles des animaux.

croisa par-delà les basiliques Aemilia et Julia l'architecture impressionnante de la domus Augustana érigée sur le flanc du Palatin, dériva au-dessus du forum des Bœufs, animé comme chaque jour de marché. Il acheva son tour d'horizon sur le Tibre et se dit qu'au fond ce cinquième jour des calendes d'avril ne différait en rien des précédents. Il abaissa alors son couteau.

Le sang jaillit immédiatement, et l'animal retomba pantelant. Sans s'attarder devant les soubresauts qui secouaient le corps, le devin fendit la panse avec des gestes précis forgés par des années d'expérience. Plongeant la main dans les entrailles, il en extirpa les viscères, et poussa un soupir de soulagement : le foie était bien là, ainsi que les reins et les intestins. Il fouilla à nouveau l'ouverture à la recherche du cœur mais, à son immense surprise, l'exploration systématique de la cavité ne lui permit pas de le trouver.

— Sporus ! s'exclama-t-il avec une sueur d'angoisse au front, le cœur est-il tombé au sol ?

— Non maître, tu ne l'as pas encore retiré.

Et pour cause... L'haruspice se mit alors à tâtonner parmi la masse gluante parsemée de caillots de sang qu'il avait étalée sur l'autel, et dut se rendre à l'évidence : si le précédent animal n'avait pas de foie, celui-ci était privé de cœur.

— C'est un signe des dieux, balbutia-t-il, bouleversé, un grand malheur marquera cette journée !

*

La foule colorée qui emplissait habituellement les rues de Rome se figea et salua avec respect et crainte le carpentum qui dévalait les pentes du Caelius.

Pourtant, en rase campagne cette simple carriole bâchée de cuir et tirée par un couple de mulets n'aurait sans doute pas attiré l'attention. Mais depuis le divin

Jules, il était formellement interdit pendant la journée de faire circuler une voiture dans les rues de la capitale. Cette décision, qui avait été prise pour désengorger les rues souvent trop étroites, était appliquée avec une sévérité exemplaire, et seuls quelques très hauts personnages pouvaient, avec la permission expresse de l'empereur, y échapper.

C'est aussi sans doute pourquoi la plupart des passants tentaient de deviner l'identité du couple qui, assis sur des coussins de soie, jambes ballantes, conduisait placidement l'attelage, sans se soucier le moins du monde de l'émoi que son passage provoquait. Ceux qui se trouvaient les plus proches d'eux pouvaient remarquer que la femme avait une attitude distraite, lointaine, et que son compagnon était plongé dans une sorte de monologue.

— Marcia !

La jeune femme sursauta, tirée de ses pensées.

— Qu'y a-t-il, mon ami ?

— Tu es vraiment absente de tout depuis ce matin. Ce n'est pas très flatteur pour ton pauvre Éclectus.

— Pardonne-moi, mon ami. Que demandais-tu ?

— Une question naïve sans doute : M'aimeras-tu jamais ?

— Ne me suis-je pas donnée à toi, hier soir ?

L'ex-chambellan de Commode secoua la tête avec gravité.

— Ce n'était pas de l'amour, Marcia, c'était un combat. Un combat que tu livrais entre deux parties de toi-même, et d'où j'étais exclu.

Marcia parut enfin sortir de sa torpeur.

— Pourquoi dis-tu cela ?

— Peut-être parce que je connais les êtres, et surtout parce que je crois te connaître. En me serrant entre tes bras, c'était quelqu'un d'autre que tu ser-

541

rais, et tu t'en voulais de cela. Je me demande seulement pourquoi tu as désiré cette étreinte. Rien ne t'y forçait.

— Tu es désormais mon époux. Et une femme, me semble-t-il, a des devoirs envers l'homme qui partage sa vie.

Éclectus eut un sourire contrarié.

— Sans doute. Mais nous ne sommes pas un couple comme les autres. Toute ta vie durant tu t'es offerte parce que tu y fus obligée. J'aimerais aujourd'hui que tu saches que rien n'est plus pareil. Je ne suis pas Commode. Je suis un homme qui te respecte et qui t'aime. Et qui t'aime parce qu'il te connaît. Je suis ton ami, Marcia. Alors, pourquoi ne pas te confier à moi ?

Il marqua une pause et demanda très vite :

— Comment s'appelle-t-il ?

Après un très court moment d'hésitation, surprise par l'étonnante perspicacité de son ami, Marcia laissa tomber à mi-voix :

— Calixte.

— Ni sénateur, ni chevalier, ni préfet, me semble-t-il, ne porte ce nom.

— Et pour cause, il n'est rien de tout cela. C'est un simple esclave.

— Un esclave ! Ton cœur est pris par un esclave ?

La jeune femme l'interrompit.

— Pourquoi cette réaction ? De la part d'un païen, elle ne m'aurait pas étonnée, mais un chrétien ne devrait pas être choqué par des relations entre deux êtres qui ne sont pas du même rang.

— C'est simplement la surprise. Je ne m'y attendais pas.

Il se tut comme pour laisser à son esprit et à son cœur le temps d'assimiler l'aveu de son épouse, avant d'interroger :

— Et où est-il ? Pour quel maître travaille-t-il ?

Elle allait répondre, mais une colonne de prétoriens arriva à leur hauteur et les dépassa au trot, en ordre parfait. Elle attendit qu'ils se fussent éloignés, puis doucement, elle lui conta toute l'histoire depuis sa rencontre avec le Thrace, dans le parc de la propriété de Carpophore, et conclut sur leurs retrouvailles de la veille.

— Et tu aimerais sans doute le revoir ?

— Dois-je répondre ? Il me semble que...

Elle n'eut pas le temps d'achever sa phrase. Tout à coup, avec une brusquerie inattendue, Éclectus cingla la croupe des mules qui tiraient l'attelage. Aussitôt les bêtes activèrent le pas. Marcia, bousculée, se raccrocha à l'un des montants et retomba en arrière parmi les coussins de soie.

— Que... Que se passe-t-il ?

— Les prétoriens !

— Les prétoriens ?

Lancé au plus vite que pouvaient les mulets, le carpentum remontait la pente du Palatin en direction de la domus Augustana.

— Les prétoriens que nous venons de croiser, poursuivit l'Égyptien entre deux cahots, ils n'auraient jamais dû se trouver là. Ils ne font pas partie de la garde ordinaire. Et ils se dirigent vers le palais. J'ai un pressentiment funeste : il se prépare quelque chose de très grave.

Le chariot s'engouffra avec fracas dans la majestueuse cour d'honneur de la résidence impériale.

— J'avais pourtant adjuré Pertinax de ne pas retarder, quelle que fût la gravité de la crise financière, le paiement du traditionnel donativum [1] aux prétoriens.

—————

1. Donation que chaque empereur versait à la garde prétorienne au début de son règne.

— César, je t'en conjure, il faut quitter le palais. Fuir !

Pertinax haussa les épaules, ce qui eut pour résultat de faire **glisser** deux plis de sa toge et de défaire l'ordonnance de son majestueux vêtement.

Prestement, Marcia rattrapa les plis et les réajusta sur le bras gauche de l'empereur. Si le geste le surprit, Éclectus éprouva une certaine gêne : cette besogne était habituellement dévolue aux esclaves.

— Je n'ai jamais fui devant un ennemi. De toute façon qu'est-ce qui te permet de croire que cette poignée d'hommes pourrait réussir un coup de force ?

— La solidarité du corps prétorien. A choisir entre la discipline et leurs camarades, ils se rallieront toujours du côté de la fraternité des armes. D'ailleurs vois...

A travers la vitre grossière qui fermait la fenêtre du cabinet de l'empereur, on distinguait des silhouettes qui progressaient dans le péristyle. Ce qui prouvait bien que la garde personnelle de Pertinax avait laissé le champ libre.

Le César tressaillit légèrement, tandis que Marcia intervenait à son tour.

— Je connais chaque méandre de la domus Augustana. Laisse-moi te guider. Par des couloirs dérobés, nous pouvons gagner une petite ruelle non surveillée.

— Dans quel but ? interrogea le César.

Éclectus répondit :

— Tu pourras déjà te mettre sous la protection du peuple, ou celle des vigiles des cohortes urbaines. Avec leur complicité tu gagneras Ostia, et de là le port de Misène, où tu disposeras des équipages de la flotte, de même que des légions provinciales. De plus...

L'Egyptien s'arrêta net dans ses explications. Il n'y

avait qu'à observer les traits de Pertinax pour comprendre le doute qui l'avait envahi. Sans doute l'empereur repensait-il au rôle que Marcia et lui, Éclectus, avaient joué aux côtés de Commode, la facilité avec laquelle ils avaient abandonné le prince défunt pour se rallier à lui, Pertinax. Et l'empereur devait en conclure qu'ils n'hésiteraient pas à faire de même aujourd'hui. N'étaient-ils pas tous deux des amis de Septime Sévère, le légat impérial pour les légions de l'Ister ? Et si cette prétendue rébellion des prétoriens n'était autre qu'un subterfuge pour laisser la place au légat ?

L'Égyptien eut envie de crier à Pertinax que sa méfiance était sans fondement, qu'elle l'aveuglait, qu'elle allait le conduire à sa perte. Il chercha désespérément un moyen de le convaincre.

— La fuite que vous me suggérez est indigne d'un empereur et d'un général illustre. Je vais parler à ces mutins.

— César, murmura Éclectus d'une voix blanche, tu vas au-devant de la mort.

Mais Pertinax ne l'écoutait plus. De son pas altier de vieux Romain, il quitta la pièce. Sur le seuil, il se heurta presque à Narcisse. Ce dernier tenait deux glaives.

— Non ! Pas par là César. Ils te tueront !

— Laisse-moi passer, répondit simplement le vieil homme.

Après un court instant d'hésitation, Narcisse s'écarta. Éclectus en profita alors pour se saisir de l'un des glaives.

— Écoute-moi bien, Narcisse. Je te confie mon épouse. S'il devait m'arriver malheur, tu la protégeras.

Et comme le jeune homme le dévisageait, affolé, il insista :

— Promets-le-moi, Narcisse !

Aussitôt Marcia s'accrocha à son bras.

— Où vas-tu ? Ne vois-tu pas que tout est perdu !

— Il faut que je défende ce vieux fou. Et qui sait, un miracle pourrait se produire. Dans une circonstance analogue l'empereur Nerva a été sauvé par le seul prestige de la fonction impériale.

— Non, Éclectus ! N'y va pas ! Ils te tueront aussi !

Éclectus eut un geste qui se voulait d'apaisement et sans plus attendre il se rua dans le sillage de Pertinax.

Marcia, paralysée par la rapidité à laquelle se déroulaient les événements, se ressaisit alors que son époux disparaissait au bout du couloir. Elle tendit la main vers l'autre glaive que tenait toujours Narcisse.

— Donne-le-moi, ordonna-t-elle d'une voix ferme.

— Non, maîtresse. Il ne faut pas.

— Donne-moi ce glaive, te dis-je ! Je ne vais pas l'abandonner alors qu'il court à la mort !

Lentement l'affranchi lui tendit la lame, mais au dernier moment, de sa main libre, il la frappa violemment du revers. Elle s'affaissa telle une poupée de chiffon.

*

Ce ne fut que plus tard que l'on connut les détails du drame qui s'était déroulé dans la salle dite de Jupiter où Pertinax s'était heurté aux prétoriens. Ils avaient envahi l'immense pièce et s'étaient immobilisés devant leur empereur. L'ancien légat de Marc Aurèle, rompu au maniement des légionnaires, prit aussitôt la parole d'une voix dure.

— De quel droit vous êtes-vous permis d'entrer dans ce lieu ! Si c'est ma vie que vous êtes venus chercher, vous feriez mieux d'attendre un peu. Elle me quittera d'elle-même. Si vous êtes venus venger Commode, vous perdez votre temps, car ce sont ses propres vices qui furent cause de sa mort. Mais si vous êtes ici pour assassiner l'empereur que vous avez mission de défendre, alors prenez garde! Prenez garde à la colère des dieux et des citoyens. Prenez garde surtout à la réaction des légions provinciales qui depuis toujours jalousent vos privilèges. Croyez-vous vraiment qu'ils pourraient accepter sans réagir un éventuel empereur mis en place par les prétoriens?

Un court instant, Éclectus, qui se tenait à quelques pas derrière Pertinax, crut que le vieil homme allait retourner la situation en sa faveur. Impressionnés par le ton péremptoire tout autant que par les arguments développés par Pertinax, lequel avait si souvent commandé les légions romaines, les prétoriens hésitèrent. Et l'un d'entre eux rengaina son arme.

— Nous sommes ici pour réclamer notre dû!

— Oui, le donativum!

— Trois mois! cela fait trois mois que nous n'avons pas été payés!

Sans se départir de son calme, l'empereur leva le bras pour imposer le silence.

— Si vous n'avez pas encore été payés, c'est tout simplement parce que les caisses sont vides. Pourquoi croyez-vous que j'ai été obligé de réduire les dépenses du palais? On ne peut donner ce que l'on ne possède pas!

— Quand? Quand recevrons-nous ce donativum?

— Retournez à votre camp. Je vous promets que vous serez payés dès que j'aurai réuni la somme.

— Et quelle certitude avons-nous? Quelles assurances?

— Ma parole, répliqua Pertinax avec une certaine hauteur. Elle devrait vous suffire!

— Non! lança quelqu'un des derniers rangs. Pas question!

Et l'homme se fraya un passage jusque devant le

prince. A la différence de la plupart de ses camarades, il n'avait pas rengaîné son glaive.

— Nous devons t'obéir. Retourner au camp. Espérer notre donativum pour les mois ou les années à venir ! Mais en retour ? Tu parlais des légions provinciales... qui peut imaginer que ces légions, que tu sembles tant chérir, nous pardonneront de t'avoir menacé ?

Tout en vociférant le prétorien agita sa lame sous le menton de l'empereur.

— Il me semble que la parole d'un empereur vaut bien celle d'un prétorien.

Ce fut le moment que choisit Éclectus pour intervenir. Délibérément il vint se tenir au côté de Pertinax, son propre glaive menaçant la poitrine du soldat.

— Qui est celui-là ? questionna une voix en désignant l'Égyptien.

Éclectus répliqua :

— Quelqu'un qui remplit la mission sacrée qui est aussi la vôtre : protéger l'empereur.

— Nous n'avons de leçons à recevoir de personne ! aboya l'homme qui agita son glaive de plus belle.

— Prétoriens ! clama Pertinax, en pointant son index sur le rebelle, rachetez-vous. Arrêtez cet individu et conduisez-le au camp. Je vous promets de...

Il ne put achever. L'homme venait de le transpercer, labourant ses chairs de part en part. Tout aussi promptement, Éclectus se rua sur lui et l'abattit à son tour.

Ce fut alors comme si l'on avait donné le signal de l'hallali. Les prétoriens, qui jusqu'ici s'étaient contentés d'écouter, dégainèrent comme un seul homme et se précipitèrent sur le chambellan et Pertinax qui se vidait de son sang à gros bouillons. C'est à peine si Éclectus, transpercé par une dizaine de lames, eut le temps de revoir en mémoire le visage évanescent de Marcia.

Le lendemain Cornificia, dont le mariage avec l'empereur était prévu pour le premier jour des nones, prit le deuil.

Chapitre 55

— En avant !

Calixte crispa ses mains sur le gros câble et prit le pas de course, le visage fouetté par les grains de sable fin que soulevaient les pieds nus du pêcheur qui le précédait. Dans son dos, on entendait le halètement d'un autre homme, et à une vingtaine de pas sur la gauche trois autres halaient l'autre bout du filin. Les torons de l'épaisse corde incrustée de sel leur sciaient douloureusement l'épaule, et leur poitrine brûlait du souffle de l'air frais.

Le long du rivage, le claquement du filet heurtant l'écume résonna dans le silence. Le filet se faisait plus lourd à mesure qu'il raclait le fond sablonneux, plus lourd également cependant que dans les mailles refermées venaient s'emprisonner de nouveaux poissons.

Enfin le rets roula tout entier sur la grève humide, dévoilant une multitude d'écailles frémissantes.

— La journée a été bonne, lança une voix.

— C'est peut-être notre ami Calixte qui nous porte chance '

— Non, amis, la chance n existe pas. Mais Dieu sait récompenser l'effort.

*

Elle l'aperçut sur la grève qui aidait les pêcheurs à rouler leurs filets. Elle essaya de maîtriser les battements de son cœur qui cognait dans sa poitrine au rythme désordonné des vagues. Elle se mit alors à marcher plus vite encore, laissant sur le sable l'empreinte cristalline de ses pas, aussitôt reprise par la mer.

Les pêcheurs se retiraient. Il leur fit un dernier signe. Elle vit qu'il tenait un poisson par les ouïes et partait vers une maisonnette encastrée parmi les dunes. Il allait y pénétrer lorsque, sans raison apparente, il s'immobilisa sur le seuil.

*

Il observait le mouvement des courants. Il aimait cette vision d'écume et d'eau. Elle le rassurait. Décidément, le monde et ses tumultes étaient bien loin d'Antium. Ici, seuls comptaient des événements qui avaient pour nom sécheresse, orage, mauvaises pêches. Empereurs, sénateurs, préfets, flottaient plus haut que les nuages.

Il allait rentrer, lorsque tout à coup quelque chose attira son attention. Une silhouette blanche. Elle avançait dans sa direction, longeant le rivage. Une silhouette de femme. Il attendit sans trop savoir pourquoi. Sans doute pour se convaincre que ce n'étaient pas les embruns qui tissaient un incomparable mirage. Ce fut seulement lorsqu'elle murmura son nom qu'il eut la certitude.

— Calixte...

Marcia s'était arrêtée devant lui. Il pouvait percevoir son souffle. Il voyait sa poitrine se soulever. Ce n'était pas un rêve, non plus qu'une illusion forgée par l'écume et le soleil.

— Calixte...

La gorge nouée, il entrouvrit les lèvres, mais sans réussir à prononcer un mot intelligible.

*

Le crépitement des braises couvrait par intermittence la rumeur de la mer.

Elle se rapprocha de lui et posa sa tête sur son épaule à la manière d'une enfant qui cherche l'apaisement.

— Que s'est-il passé ensuite ?

— Narcisse m'a ramenée à la villa Vectiliana, me sauvant ainsi la vie. Les événements qui suivirent ne méritent pas d'être contés. Disons simplement qu'ils seront pour les temps à venir la honte de Rome.

— J'aimerais savoir.

— Les prétoriens n'avaient pas effectué ce coup de force pour imposer qui que ce fût, mais pour obtenir la prime qui, par tradition, leur était dévolue à chaque avènement. C'est pourquoi ils firent savoir qu'ils reconnaîtraient comme César l'homme qui leur allouerait le donativum le plus important. Deux candidats se déclarèrent immédiatement. Deux sénateurs parmi les plus fortunés. Un certain Sulpicianus, et le fameux Didius Julianus. C'est ainsi qu'au camp prétorien, sous le regard atterré des témoins, la pourpre et l'Empire furent littéralement mis à l'encan. Chaque fois que l'un des hommes annonçait une somme, son rival renchérissait. Le vainqueur de ce duel sordide fut Julianus. Il emporta le titre en promettant à chaque prétorien plusieurs milliers de deniers.

— C'est fou, commenta Calixte. Et dire que c'est le monde qui était en fin de compte l'enjeu de ce sordide marchandage.

— Tu te doutes bien que nul n'aurait pu respecter un empereur parvenu au pouvoir dans ces conditions. C'est pourquoi, à peine la nouvelle eut-elle atteint les légions provinciales, qu'on apprenait que celles-ci proclamaient César leurs généraux respectifs : l'armée de l'Ister, Septime Sévère ; celle des Gaules, Albinus ; celle d'Orient, Niger.

— Alors c'est la guerre civile qui nous guette ?

— J'en ai bien peur.

Calixte demeura méditatif un long moment avant de demander à nouveau :

— Il manque encore des pièces à la mosaïque. Ta présence ici ? Comment as-tu appris que je me trouvais à Antium ?

— Zéphyrin.

— Zéphyrin ?

— Vois-tu, il y a quelques jours, j'ai prié le vicaire de me rendre visite à la villa. J'avais besoin de parler à quelqu'un, de partager ma solitude et mon désarroi. La première question qu'il me posa dès son arrivée concernait la fin tragique d'Éclectus. Ma réaction dut le surprendre. Elle n'était pas celle que l'on attend d'une épouse qui vient de perdre son mari.

Marcia se tut et ferma les yeux comme pour mieux s'imprégner de la scène.

Elle et le vicaire étaient installés dans le tablinium. Zéphyrin avait incliné la tête, mal à l'aise.

— Je ne comprends pas, Marcia. Tu aimais tout de même Éclectus ?

— Certes. Mais pas d'amour. Je le pleure comme on pleure la perte d'un ami très cher. Comprends-tu ?

— Pas vraiment. Mais as-tu jamais vraiment aimé qui que ce soit ?

La question du vicaire avait été formulée à la manière d'une critique. Voilée certes, mais dont le sous-entendu n'échappa pas à la jeune femme. Alors elle avait souri avec indulgence.

— Détrompe-toi, Zéphyrin, j'ai aimé très fort. Passionnément. Mais le sort, la présence de Commode,

553

rendaient impossible l'accomplissement de ce sentiment.

Zéphyrin avait froncé les sourcils.

— Calixte ?

— Oui, Calixte. Je n'ai jamais aimé que lui.

Elle s'était dressée, le visage suppliant.

— Tout ce temps, tu n'as rien voulu me dire. Il te l'avait probablement interdit aussi. Mais aujourd'hui les choses sont différentes. J'aimerais tellement le revoir. Lui parler à nouveau. Dis-moi... Dis-moi : où puis-je le retrouver ?

Le vieil homme avait médité longuement avant de déclarer :

— Il vit à Antium. Il est en charge de la communauté.

Rayonnante, elle était tombée à genoux aux pieds de Zéphyrin.

— Merci, merci, mon ami. Tu viens de me procurer la plus grande joie de mon existence.

— Je t'ai confié cela parce qu'il me semble que plus rien désormais ne s'oppose à vos retrouvailles. Il me paraît que si Dieu a voulu qu'il en soit ainsi, c'est qu'Il a estimé dans sa très grande bonté que ton dévouement méritait sa récompense.

Il avait posé doucement sa main sur le front de la jeune femme avec une expression de pitié. Il savait ce qu'elle avait enduré, ce qu'elle endurait encore. Il savait que depuis la mort de Commode la ville entière l'avait rendue responsable de tout. On parlait d'elle comme de la pire des prostituées. La plus grande criminelle depuis Locuste. Lui-même, Zéphyrin, se compromettait en lui rendant visite. Même le Saint-Père avait soulevé la question de savoir si l'on devait continuer à considérer cette femme comme faisant partie de la communauté chrétienne. Il avait fallu toute l'énergie du vicaire en sa faveur pour imposer le

silence aux partisans de son exclusion — tout particulièrement l'un d'entre eux : Hippolyte, plaidant pour la
rigueur la plus extrême. Mais pour combien de temps ?
Toute l'Église, après avoir été défendue par Marcia, se
trouvait aujourd'hui indirectement compromise par
elle.

Zéphyrin esquissa un geste pour la relever, lorsque
la porte de l'atrium s'ouvrit d'un seul coup. Narcisse fit
irruption en compagnie de Hyacinthe qui, lui, avait
toujours conservé sa place dans la domus Augustana.

— Maîtresse, hurla Narcisse, il faut fuir !

— Oui, souffla le prêtre suant à grosses gouttes.
J'arrive à l'instant du Palatin. Le nouvel empereur a
donné l'ordre de t'arrêter.

— M'arrêter ? Mais pourquoi ? Je n'ai jamais causé
le moindre désagrément à Didius Julianus. Et depuis
la mort de mon époux, je ne quitte plus ma retraite !

— C'est exact. Mais on vient d'apprendre que les
légions de Septime Sévère marchent sur Rome. Or, ce
n'est un secret pour personne, Sévère est l'un de tes
compatriotes. Quelqu'un à qui tu as rendu des services.
C'est assez pour que tu sois accusée de complicité.

— Il faut fuir ! insista Narcisse. Les prétoriens sont
en route.

— Il a raison, approuva Zéphyrin. Vite.

— Fuir, mais où ? bredouilla la jeune femme.

Zéphyrin s'était approché d'elle en claudiquant.

— Nous parlions de quelqu'un il y a peu. Et d'un
endroit...

— Antium ?

Marcia ouvrit de grands yeux. Puis, sans plus attendre, un sourire complice éclaira son visage.

— Prépare les chevaux, Narcisse. Je me change.

— Arme-toi aussi, maîtresse, nous risquons d'avoir
à combattre.

— C'est ainsi, poursuivit Marcia en fixant les

braises, que nous avons abandonné la villa Vectiliana, Narcisse et moi, sous l'apparence de cavaliers gaulois. Au début tout s'est parfaitement déroulé. Nous avons dévalé le Caelius et poursuivi notre route jusqu'à l'enceinte. C'est à l'entrée de la porte Capène que les choses se sont gâtées. Nous allions en franchir le seuil lorsque l'un des prétoriens de garde nous a barré le chemin.

— Ignorez-vous donc qu'il est interdit de porter des armes dans Rome ?

— Nous l'ignorions en effet, répliqua Narcisse. De toute façon nous quittons la ville.

Le prétorien appela tout de même son supérieur. Le décurion leur jeta un coup d'œil inquisiteur avant de s'adresser à Marcia.

— Êtes-vous étrangers pour manquer à la loi ?

— En effet, avait-elle répondu en essayant tant bien que mal de masquer sa voix. Nous sommes gaulois.

Le décurion eut une moue sceptique et s'approcha un peu plus. Marcia frémit lorsqu'il posa sa main calleuse le long de sa cuisse.

— Tu t'épiles donc les jambes ?

— Y aurait-il aussi une loi qui s'opposerait à cela ?

— C'est mon amant, chercha à expliquer Narcisse. Mais le décurion ne parut pas se contenter de cette explication. Il saisit la main de la jeune femme.

— Et c'est toi qui lui as offert ce bracelet, ces bagues ? Par Jupiter ! Il y en a au moins pour cent mille sesterces !

— Et alors ? lança Marcia avec une colère mal contenue. Depuis quand la générosité serait-elle un crime ?

— Décurion, fit observer l'un des légionnaires, j'ai vécu à Lugdunum, ces deux-là n'ont ni l'un ni l'autre l'accent gaulois.

Marcia n'hésita plus. Elle balança son pied à la face

du décurion et, en même temps que Narcisse, dégaina son arme. Une mêlée s'ensuivit. La jeune femme martela violemment des talons les flancs de sa monture. L'animal se cabra, bondit en avant bousculant les gardes. La voie était libre. Elle s'éloigna au galop et ne ralentit qu'aux premières frondaisons de la via Ostiensis.

Lorsqu'elle se retourna, Narcisse avait disparu.

Chapitre 56

— Tu ne me quitteras plus...

Elle avait dit sa certitude.

— Marcia, on ne se quitte pas soi-même.

Rassurée, elle posa son front contre sa poitrine et demeura ainsi longtemps, bercée par le crissement des dernières braises. Il y avait des siècles, des heures, qu'un soir glorieux avait cessé d'illuminer la toile qui fermait l'unique fenêtre. Le calme profond de la nuit s'était posé sur Antium, et l'océan faisait songer à une vaste plaine.

— Comme je t'aime.

Il ne répondit pas, se bornant à caresser son cou et ses lèvres. Une fois encore il se prit à repenser au temps parcouru depuis le soir où ils s'étaient rencontrés dans les jardins de Carpophore. Comme portées par un torrent, roulèrent des images diffuses : celle de Flavia, Commode, la visite de Marcia dans la Castra Pérégrina, Antioche enfin.

Elle bougea contre lui. Il effleura de sa paume la courbe de ses reins, ses cuisses. Elle se retourna, lui offrant la pointe de ses seins hâlés. Alors leurs corps se ressoudèrent, avec encore plus de passion que lors de leur première étreinte, plus de violence. Elle se noua, se dénoua, retenant un cri à l'orée du plaisir, alors que lui-même se noyait en elle. Lentement, elle retomba à ses côtés, le corps couvert de sueur qui vint se mêler à sa propre sueur. Il se tourna vers elle, et en la contemplant il fut frappé par l'extraordinaire expression d'innocence et de douceur qui se dégageait de ses traits. Loin, si loin du regard volontaire de la courtisane.

Flavia... Il repensa à leur discussion à propos de ce sentiment qu'il disait n'avoir jamais connu. C'était donc cela l'amour ? L'impression que l'univers ne tourne plus qu'autour de soi. Une déchirure intérieure, un besoin de protéger, de garder, d'élever des murailles pour isoler son secret du reste des hommes.

— Oui, tu ne me quitteras plus.

Il lui sourit, ému. L'idée que c'était peut-être le naufrage de leurs âmes qu'il avait cru entrevoir dans ses traits chavirés traversa furtivement son esprit.

Les doigts de Marcia frôlèrent sa joue.

— A quoi penses-tu ?

Sans répondre, il se leva, saisit le tisonnier et ranima la braise. Elle vint le rejoindre, le corps enroulé dans un drap.

— Il me semble que tu es triste, tout à coup. Pourquoi ?

— Non. Pas de tristesse. Peut-être de l'inquiétude.

— A cause de moi ?

Il tenta d'exprimer ce qui se bousculait dans sa tête. Didius Julianus allait certainement mettre tous les espions de l'Empire à sa recherche. Il fallait peut-être lui trouver un abri plus sûr que ce petit port si proche de Rome.

Elle l'interrompit.

— Non, je crois que mon ami Septime Sévère va lui donner de bien plus graves soucis que celui de rechercher une femme en fuite. Surtout si cette femme ne menace en rien directement son pouvoir. Du reste, à l'heure actuelle, on doit me croire réfugiée auprès de Sévère ou voguant vers l'Afrique.

— Il n'en demeure pas moins que, tôt ou tard, la nouvelle de ta présence ici va se répandre. Tu ne peux imaginer la rapidité à laquelle se répandent les rumeurs. Antium est un village. Comme dans tous les villages les habitants ont pour distraction majeure de s'observer.

— Pourquoi feraient-ils le rapprochement entre moi et celle qui fut un jour la concubine de Commode ? J'ai vendu les bijoux qui m'ont fait repérer, et cette somme me suffira largement pour m'acheter des vêtements de paysanne. On oubliera très vite dans quelle tenue je suis arrivée ici.

— Peut-être. Mais il se pose aussi une autre question : toi, habituée aux fastes impériaux, comment feras-tu pour t'accoutumer à la vie ingrate et effacée qui est la mienne ?

— Dois-je te rappeler que ce faste, que tu évoques, ne fut à aucun moment en harmonie avec mes désirs de femme.

— La puissance, la richesse...

— Non, Calixte. Rien, rien de tout cela. Aujourd'hui j'ai envie d'autre chose.

Elle écarta le drap, posa sa paume sur son ventre et poursuivit.

— Un jour, quelqu'un a écrit, peut-être Sénèque ou Lucain, qu'entre le rêve et la réalité existe un prodigieux abîme. Au cours d'une existence, le bonheur se limite à essayer de combler ce vide. Tu le sais, Calixte, peut-être plus que quiconque, que mon vide est toujours démesuré. J'ai vu le temps qui gagnait chaque jour un peu plus de terrain. J'ai vu l'aurore, et le couchant. Les feuilles jaunir et reverdir, le Tibre chavirer la mémoire de Rome. C'est tout. Lorsque je regarde mon corps, il m'arrive de me dire qu'il n'aura jamais porté la vie, qu'il n'aura jamais servi qu'à assouvir la jouissance d'autres vies. Et je suis triste pour cela, et pour tout le reste.

— Mais il y a la foi.

— Bien sûr, il y a la foi. Et heureusement. Car, sans elle, que me serait-il resté ? La déchéance ou le suicide.

Bouleversé, Calixte la serra contre lui.

— Tu vivras donc avec moi, dit-il, mais je ne peux pas continuer à t'appeler Marcia, du moins pas en présence de témoins. Ce nom n'est pas assez courant pour être sans danger.

Elle suggéra avec un sourire.

— Pourquoi ne m'appellerais-tu pas Flavia ?

Il réprima un sursaut.

— C'est un nom qui nous est cher à tous les deux.

— C'est aussi un nom sacré pour moi. J'aurais l'impression de le profaner en l'employant pour une autre.

Marcia baissa la tête un moment avant de demander d'une voix sourde :

— Tu l'aimais vraiment autant que cela...

— Oui, je l'aimais. De tendresse. Mais c'est toi qui as raison. Je t'appellerai donc Flavia.

Elle le dévisagea d'un air étrange.

— Ne finiras-tu pas par nous confondre ?

Il secoua la tête.

— Non, Marcia. On ne confond pas le fleuve et la mer.

Leurs lèvres se joignirent à nouveau. Ils s'allongèrent, pressant leurs corps nus l'un contre l'autre.

— Crois-tu qu'il existerait une chance de bonheur dans cette vie ? demanda-t-elle au bout d'un instant.

— Je ne sais pas cela. Je pense seulement que l'on doit pouvoir conjurer le malheur...

Au loin, un coq lançait son premier chant.

*

La nouvelle existence de Marcia commença.

Dès le lendemain elle acheta un chapeau de paille, des sandales et un grossier vêtement de paysanne. Mais la jeune chrétienne qui lui vendit ces fripes ne put taire la curiosité qui la dévorait au vu de ce personnage au corps musclé et dont le regard, le ton de la voix, traduisaient quelque chose de royal.

A ses questions pressantes, Marcia répondit un mélange de vérités et de mensonges. Elle dit s'appeler Flavia, avoir été la compagne de servitude de Calixte, qu'elle avait été achetée par un maître très riche qui par testament l'avait affranchie et même dotée d'un certain pécule. Cette version, elle dut la répéter d'innombrables fois. Que ce fût à la fontaine, au fenil, sur le seuil de sa porte, et naturellement à l'issue de l'office qui se déroulait régulièrement dans une ferme désaffectée. Une conclusion s'imposa très vite : tant qu'elle serait à Antium, elle serait forcée de vivre dans le mensonge et la ruse.

Et Calixte cautionnait cet état. D'ailleurs aurait-il pu faire autrement ? Les mensonges de Marcia n'étaient-ils pas les siens propres ? De plus il accomplissait avec elle commerce de chair, condamné à ne jamais pouvoir légitimer la situation.

En dépit de ce quotidien équivoque, la jeune femme s'épanouissait lentement, ressemblant à une terre désertée un temps, qui découvre le soleil et l'eau.

— Je réapprends à respirer, se plaisait-elle à répéter au cours des longues promenades qu'ils faisaient le long de la grève.

Le bouleversement radical de milieu et de décor ne paraissait l'avoir en rien affectée. Elle retrouvait jour après jour les gestes de sa mère esclave, pétrissant la pâte, cuisant le pain, attentionnée à la tenue de sa nouvelle demeure.

Quelquefois, elle allait ramasser des moules dans l'eau claire des criques, en compagnie de filles d'alentour qui, fascinées par sa beauté et ses connaissances, l'admiraient et la harcelaient de questions. D'autres, cependant, voyaient en la nouvelle venue comme une intolérable intruse. Marcia en eut la preuve un jour qu'elle quittait l'office. Une femme entre deux âges l'aborda, revêche.

— Je te défends désormais de côtoyer ma fille !

— Mais, pourquoi ? avait balbutié la jeune femme.

— Elle n'a pas besoin d'être pervertie par une débauchée dans ton genre.

— Je... Je ne comprends pas.

— Tu t'accouples avec le prêtre après t'être vautrée dans la couche de ton maître, et tu dis ne pas comprendre ?

Marcia sentit la révolte l'envahir. Elle aurait voulu crier à cette femme imbécile qu'elle se trompait, qu'elle était ignoble, mais elle se retint et, serrant les dents, au bord des larmes, elle avait regagné la cabane.

En rentrant de l'office, la découvrant si pâle, Calixte s'était inquiété.

— Ce n'est rien, avait-elle répondu. Rien.

Qu'aurait-elle pu lui dire ? S'il venait à réaliser que ses ouailles condamnaient leur liaison, ne croirait-il pas que son devoir lui imposait de se séparer d'elle ? Rien qu'à cette idée, elle ressentait une terreur qui submergeait tout son être.

D'autres contrariétés allaient venir insensiblement ternir ces parcelles de bonheur.

*

Les chrétiens ne formaient, à Antium comme ailleurs, qu'une minorité. Et les gentils qui les côtoyaient avaient adopté envers eux une attitude qui allait de la réprobation, voire du mépris affiché, à la condescendance et à l'ironie.

La réputation de sagesse qui entourait les chrétiens, l'interdiction qui leur était faite d'assister aux spectacles sanglants de l'arène et à ceux licencieux du théâtre était raillée, tournée en ridicule. La vertu des femmes était plus durement attaquée encore. Les Romains, habitués à la débauche et au divorce répétitif, ne comprenaient nullement que les chrétiennes ne prennent pas d'amants, ce qui déclenchait sur leur passage des remarques salaces et ironiques.

C'était là une des raisons pour lesquelles Marcia évitait autant que possible de se mêler aux idolâtres d'Antium. Elle était consciente que sa beauté, loin d'être un avantage, constituait pour elle un danger. Elle s'efforçait donc de suivre autant que possible les recommandations vestimentaires des Pères de l'Église. Pourtant, malgré ses efforts, elle fut surprise une fin d'après-midi alors qu'elle coupait des bûches, de s'entendre interpeller :

— Est-ce parce qu'il est le chef des chrétiens que ton homme te laisse accomplir les plus dures besognes ?

Elle redressa vivement la tête et vit Atrectus, l'édile de la petite cité, qui était aussi le prêtre du culte d'Apollon. Le ton sur lequel il l'avait abordée était ironique, presque hilare. Aussi avait-elle répondu avec réserve, mais d'un air aussi détendu que possible.

— Non, je m'occupe de mon propre gré. Vois-tu, je ne peux vivre sans exercice...

Elle disait vrai. L'entraînement quotidien auquel Commode l'avait habituée avait créé en elle le besoin impérieux de se dépenser. C'est pourquoi, même lorsque Calixte s'y opposait, elle se rabattait de plus en plus souvent sur les travaux de force.

— Pourtant, reprit l'édile, ce labeur de bûcheron n'est pas fait pour une femme !

Éclatant de rire, Marcia leva le bras, indiquant la proéminence de ses biceps.

— La preuve que non.

— Par Hercule! serais-tu par hasard née chez les Amazones?

Cette fois, la jeune femme ne put s'empêcher de rougir. Ce nom d'Amazone avait-il été lancé au hasard, ou était-ce une allusion au surnom que Commode lui avait décerné? Elle prit conscience de la fixité du regard de son interlocuteur. Il y brillait une lueur qui ne trompait pas. Elle s'en voulut presque aussitôt d'être sortie pieds nus et uniquement vêtue de sa première tunique qui s'arrêtait aux genoux.

— Après la vie que tu as connue, reprit-il doucereusement, on ne t'imagine guère te livrer à des travaux aussi rustres : tu étais, si la rumeur est exacte, la concubine d'un maître richissime.

— C'est vrai. Ce n'était pas un personnage commun, émit-elle avec un malaise grandissant.

Atrectus s'était rapproché.

— Si j'avais été à la place d'un homme aussi béni des dieux, je t'assure qu'il n'y aurait eu ni présents ni fastes assez beaux pour toi.

— Peut-être mon maître pensait-il de même, répondit-elle énigmatique.

Il était maintenant tout près. Il posa sa main sur son avant-bras et elle pouvait sentir son souffle sur sa joue.

— Je ne plaisante pas. Les prêtres d'Apollon sont connus pour leur sincérité.

— Je te crois, fit-elle avec prudence. Et je suis convaincue que ton épouse a bien de la chance de t'avoir.

Sa voix chuchota presque à son oreille.

— C'est sûr. Toi aussi tu aimerais ma manière de combler ceux que j'aime.

Marcia voulut s'écarter, mais déjà il la serrait entre ses bras, écrasait sa bouche contre la sienne.

Après un bref instant de raidissement, la jeune femme entrouvrit doucement ses lèvres. Enhardi, le magistrat la fouilla avec sa langue, et presque immédiatement poussa un hurlement en sentant les dents cisailler violemment sa chair.

— Garce! aboya-t-il en se rejetant en arrière, la bouche rouge de sang.

Sa main décrivit un arc de cercle, mais ne rencontra que le vide. Retrouvant les réflexes de l'arène, Marcia s'était fléchie, virevoltant avec une extraordinaire souplesse, et menaçait l'homme avec le plat de sa hache.

— Recommence! fit-elle d'une voix sourde. Recommence donc, et il ne restera plus grand-chose du prêtre d'Apollon!

— Allons, ne joue pas à la vestale. Une fille comme toi a certainement dû accepter des privautés autrement plus osées.

— Veux-tu laisser ma femme tranquille!

L'édile se retourna d'un seul coup. Calixte venait de faire irruption à l'angle de la maison.

— Que me racontes-tu là? Dis plutôt ta concubine. Que je sache, tu ne l'as jamais épousée.

— Et cela te donne-t-il le droit de la prendre?

— Pourquoi pas? Une créature comme celle-là devrait appartenir à tout le monde, ironisa l'édile.

Les doigts de Marcia se crispèrent sur le manche de sa hache à s'en blanchir les jointures. Elle savait que, contrairement aux matrones que la loi défendait de toute sa rigueur, les mœurs permettaient de suborner une affranchie à loisir. La précarité de leur condition ne laissait à la plupart d'entre elles d'autre solution que de monnayer leurs charmes; ce qui expliquait l'outrecuidance du magistrat.

Calixte empoigna l'édile par un pan de sa tunique et la souleva presque de terre.

— Tu ferais mieux de partir, seigneur Atrectus.

L'homme baissa les paupières sous l'impact du regard bleu. Il voulut maugréer quelque chose, mais la poigne du Thrace se resserra sur sa gorge. Un instant plus tard, il battait en retraite.

— Je crains fort que nous n'ayons désormais un ennemi de plus à Antium, murmura Marcia en voyant disparaître la silhouette dans la poussière dorée du couchant...

Ce fut le lendemain vers la deuxième heure, au moment où le soleil dissipait les dernières brumes, que deux paysans qui se rendaient aux cultures firent une étrange rencontre.

Au détour d'un bosquet, un homme les interpella. Un homme ou un animal ? Il avait maladroitement noué autour de ses reins une vieille peau de mouton, puante, pour dissimuler sa nudité. Sa peau rougie par le soleil, sa chevelure en broussaille, ses joues creusées de barbe, ses pieds saignants, en faisaient presque un revenant de l'Hadès.

— Un Pan !

Terrorisés, les deux paysans s'apprêtèrent à fuir, mais la créature les adjura de ne pas avoir peur.

— C'est moi, ce n'est que moi ! Capito. Le centurion Capito.

Les deux paysans se dévisagèrent abasourdis. Ils se rapprochèrent, à moitié rassurés, examinèrent attentivement les traits de l'homme. Oui, c'était bien lui. Ce personnage qui était devenu en quelque sorte la fierté d'Antium. Il avait abandonné la petite cité quelque dix ans auparavant, mais y revenait de façon régulière. On savait qu'il s'était engagé parmi les cohortes prétoriennes, cette garde d'élite de l'empereur, seule armée autorisée à stationner en Italie.

Maintenant les deux paysans s'étaient complètement repris et assaillaient le centurion de questions. Capito les laissa sur leur faim, les priant simplement de se rendre à la demeure de ses parents et de lui rapporter une tunique pour qu'il couvrît sa nudité.

Ils s'exécutèrent, et lorsqu'ils revinrent ils étaient accompagnés par un cortège de villageois qui porta littéralement le centurion en triomphe et le ramena au village. Des têtes surgissaient de toutes parts, des hommes, des femmes, des enfants gesticulaient aux fenêtres et sur le seuil des maisons. Et tout ce monde se regroupa enfin sur la place centrale du minuscule forum d'Antium. Le propriétaire de l'unique taverne avait déjà sorti plusieurs tonnelets de vin marmarien, et tous firent cercle autour de Capito pour écouter son étonnante histoire.

Septime Sévère avait envahi l'Italie, et son arrivée avait déclenché une terrible panique dans les rues de Rome. Les légats des cohortes prétoriennes, soucieux d'éviter la guerre civile, avaient écrit au général de l'armée de l'Ister un courrier où ils le reconnaissaient comme seul empereur. Sévère avait paru sensible à cette démarche et, dès qu'il eut installé son camp sous les murs de la capitale, il invita les prétoriens, parmi lesquels Capito, à lui rendre hommage en tenue de cérémonie ainsi que le voulait la coutume.

— Nous nous sommes donc rendus à son camp avec des branches de laurier, et nous avons pris place en bon ordre devant la tribune des harangues, seulement armés de notre glaive de parade. Mais nous n'étions pas rangés qu'une nuée de légionnaires bardés de fer, surgis d'on ne sait où, nous encercla. Le temps de comprendre que nous étions tombés dans un piège grossier, Septime Sévère apparut sur l'estrade, vêtu de sa cuirasse et de ses armes de guerre.

» Le discours qu'il prononça fut fort clair : il nous accusa, nous les prétoriens, d'être les assassins de Pertinax et d'avoir déshonoré l'Empire par notre cupidité. Ensuite il nous donna l'ordre de mettre bas nos glaives, sous peine d'être massacrés sur place. Il ne nous laissa aucune alternative. Nous nous exécutâmes donc en implorant la clémence du nouveau prince de Rome.

» Soit, avait-il répondu, je ne désire aucunement entacher les premières heures de mon règne par un bain de sang. Je vous commande seulement d'arracher vos insignes, de jeter votre cuirasse, d'abandonner jusqu'au dernier de vos vêtements et de disparaître le plus loin possible. Celui d'entre vous qui viendrait à être surpris à moins de cent milles de la capitale sera immédiatement mis à mort !

À ce point du récit, la voix de Capito s'étrangla et des larmes coulèrent le long de ses joues. Autour de lui, les hommes conservèrent le silence, bouleversés de voir pleurer ainsi un de leurs fils, celui qu'ils avaient depuis toujours considéré comme un « fils de la Fortune » et qui aujourd'hui n'était plus rien.

Calixte fut le premier à briser le silence.

— Et Didius Julianus ? Qu'est-il devenu ?

— À peine les légions de Sévère arrivées à Ravenne, le consul Silius Messala fit proclamer l'ancien empereur ennemi public du sénat. Aux dernières nouvelles, il aurait été assassiné par un anonyme dans les jardins de la domus Augustana.

— Et Mallia ? L'impératrice.

Des regards étonnés convergèrent vers le Thrace. Compte tenu des nouvelles consternantes qu'on venait de leur apprendre, pourquoi s'intéresser au sort d'une femme, fût-elle Augusta, alors que l'Empire était en jeu ?

Capito répondit d'une voix morne :

— Il semblerait que l'on promène toujours le feu sacré devant elle.

Un court instant, Calixte se demanda quels pouvaient bien être ce soir les sentiments de celle qui avait été un temps sa maîtresse. L'époux qu'elle avait toujours rejeté était mort, et elle bénéficiait encore des honneurs d'un rang qui n'était plus le sien.

*

Marcia s'arrêta un instant de découper le carré de mouton, et leva les yeux vers son compagnon.

— Jamais je n'aurais imaginé que ces pauvres Éclectus et Pertinax fussent vengés aussi vite.

Calixte ne fit aucun commentaire. Il se contenta de la dévisager d'un air lointain.

— Qu'y a-t-il ? demanda-t-elle surprise.

— Tu ne sembles pas avoir conscience qu'au-delà de ces événements quelque chose de plus déterminant et de plus personnel vient de surgir.

— Je ne te comprends pas.

— Didius Julianus, ton persécuteur, est mort.

— Et alors ?

— Cela signifie que désormais les portes de la capitale te sont à nouveau ouvertes. Tu peux revendiquer le rang et les richesses qui furent les tiens. Nul doute que ton ami Septime Sévère te les rende intégralement.

La jeune femme bondit, interloquée.

— Et crois-tu que je quitterais Antium et t'abandonnerais pour une poignée d'or et une parcelle de puissance ? Pour qui donc me prends-tu ? Pour la libertine que décrivent les ennemis de Commode ?

Marcia se tut un moment avant d'enchaîner ·

— La seule chose que la mort de Julianus change pour moi, c'est qu'elle va me permettre de t'aimer sans crainte. La chasse des espions s'arrête aujourd'hui. Alors je t'en prie, éloigne de ton esprit l'idée que nous puissions jamais nous séparer. Plus jamais.

Chapitre 57

Un soir d'été, alors que l'air se brisait de tous les rires des enfants courant sur le sable, le malheur entra dans la cabane.

Calixte était en train de lire *Le Pédagogue*, ouvrage que Clément lui avait envoyé d'Alexandrie, lorsqu'une ombre imposante apparut dans l'encadrement de la porte. Dans le contre-jour il eut du mal à distinguer les traits de l'inconnu. Ce fut seulement une fois que la silhouette eut pénétré dans la pièce qu'il l'identifia.

— Hippolyte ! s'exclama-t-il étonné.

Sans dire un mot, le prêtre alla s'installer sur le petit banc de bois qui courait le long du mur. D'un geste nerveux, il essuya la sueur qui recouvrait son large front. C'était bien le même homme que le Thrace avait toujours eu à affronter : mêmes vêtements austères, même expression sévère ; tout dans son attitude reflétait cette constante intransigeance, presque arrogante. Un pressentiment funeste envahit aussitôt le Thrace et il demanda d'une voix hésitante, certain que l'homme était porteur de mauvaises nouvelles :

— Comment se fait-il que tu sois à Antium ?

Hippolyte continua d'essuyer sa sueur avant de répondre.

— Je suis ici à la demande du pape Victor. Pour te rappeler à l'ordre.

— A l'ordre ?

— Ton étonnement constitue en soi une preuve du bien-fondé de cette démarche.

Calixte se dressa. Hippolyte enchaînait :

— Lorsque, à la prière de Zéphyrin, le Saint-Père, en dépit de ton passé, a accepté de te confier cette communauté, c'était dans l'espoir que tu t'en montrerais digne.

— Et ?

— Il n'a pas fallu longtemps pour que des rumeurs, vite confirmées, parviennent à Rome.

— Quelles sortes de rumeurs ?

Hippolyte plongea un regard noir dans celui du Thrace et expliqua en détachant sciemment chaque mot :

— Tu vis en concubinage avec une femme de mauvaise vie. Tu scandalises tes frères, et fais le bonheur des gentils qui n'épargnent plus les sarcasmes à l'égard de la communauté.

— Ce serait mes propres frères qui me mettent en accusation ?

— Je n'ai guère eu besoin de délateur : c'est tout le village qui te montre du doigt.

Ainsi, l'instant tant redouté était là. Depuis le premier jour où Marcia avait débarqué sous son toit, il savait que cela arriverait. Les commérages, les calomnies, étaient devenus son lot quotidien. Il s'enquit d'une voix lasse :

— Le pape veut que je rompe, n'est-ce pas ?

— C'est cela. Le spectacle de ta vie est une offense à Dieu lui-même, et un exemple désastreux pour nos frères.

Crois-tu qu'il existerait une chance de bonheur dans cette vie ?

Je ne sais pas. Je pense seulement que l'on doit pouvoir conjurer le malheur...

Ces phrases échangées quelques semaines auparavant sonnaient comme un glas. Pour toute réponse, Calixte secoua la tête et fit quelques pas vers la petite fenêtre ouverte sur la grève et le large. Hippolyte l'étudia, intrigué.

Connaissant le tempérament de son interlocuteur, il s'était attendu à une tout autre réaction. Révolte, colère, et non cette apparence de résignation.

— Pourtant nous ne commettons pas le mal, aucun mal, dit Calixte d'une voix presque imperceptible.

Et Hippolyte aurait juré qu'il s'adressait à lui-même. Il répliqua :

— La stricte règle d'un prêtre est de respecter la parole du Christ. Dois-je te rappeler les mots : « Si tu le veux, viens, abandonne tout, et suis-moi. »

— Un être va souffrir à cause de cela.

— La souffrance et le sacrifice ne sont-ils pas notre lot à tous ? Nous sommes ici pour préparer une autre vie. Et...

Une voix interrompit le prêtre.

— L'espérance d'une autre vie occulterait donc toutes les joies du présent ?

Marcia s'était glissée à son tour dans la cabane. Pris par leur discussion, aucun des deux hommes ne l'avait entendue arriver. Elle se tenait là, debout, ses sandales à la main, les cheveux roulés sur sa nuque, encore humides du dernier bain.

Calixte tendit la main vers elle et déclara d'une voix rauque :

— Marcia, voici Hippolyte. Un envoyé du pape Victor.

Le prêtre examina la jeune femme avec un intérêt évident.

— Ainsi c'est donc toi... l'Amazonienne...

— Ce surnom appartient au passé, aujourd'hui je ne suis plus rien qu'une femme : celle de Calixte.

— On te l'interdit désormais, fit le Thrace en retournant vers la fenêtre.

L'air qui les enserrait ne fut plus tout à coup qu'une dentelle de cristal, prête à se briser au moindre mouvement.

— Que... que veux-tu dire ?

— Ordre du pape : il faut nous séparer.

— Le pape ? Mais pourquoi ? Comment ?

Son ton était si désespéré qu'Hippolyte en éprouva une certaine gêne. Il ne put supporter son regard et exposa la situation en fixant un invisible point par-delà les murs de la pièce.

— Le commerce de l'esclave avec une patricienne ne peut engendrer aucun lien légal. La femme soupçonnée d'une pareille relation commet un délit qui doit être sévèrement puni par le sénatus-consulte claudien, entraînant pour la coupable, selon les circonstances, la perte de sa propre liberté ou au moins de son ingénuité[1]. Il n'eut pas le temps d'achever ses explications.

— Mais si nous vivons en marge de cette loi, ce n'est pas parce que nous le voulons ! C'est cette même loi qui nous interdit le mariage. Moi, patricienne, Calixte non affranchi, comment et par quel détour pourrions-nous régulariser cette situation que le pape condamne ?

— Sachant cela, il ne fallait pas sombrer dans l'illégalité.

— Mais c'est une loi injuste !

— Pour l'heure, la loi de l'Eglise est ainsi faite qu'elle rejoint la loi romaine.

— C'est absurde. Absurde ! Et que fais-tu de la loi la plus sacrée ? celle de Dieu ? Où donc est-il écrit qu'Il rejette et condamne l'amour de deux êtres que leur rang sépare ? Où ? D'ailleurs est-il seulement question de classes ou de hiérarchie dans notre Foi ?

1. En droit romain, l'ingénuité était l'état d'une personne née libre.

Hippolyte leva les bras avec une emphase un peu ridicule.

— Tu persistes à ignorer la recommandation de Paul : « Qui résiste aux puissances temporelles, s'oppose à l'ordre voulu par Dieu ! » C'est pourquoi l'Église respecte le sénatus-consulte claudien.

Marcia ouvrit la bouche pour exprimer à nouveau son désaccord, lorsqu'elle prit tout à coup conscience de l'impassibilité de Calixte.

— Tu ne dis rien ? Tu ne vas tout de même pas te plier à une telle ignominie ?

Le Thrace, étrangement calme, mit un temps avant de répondre.

— Marcia, ce n'est pas d'aujourd'hui que je me pose ces questions. Nous faisons corps avec ce village où il me faut enseigner le code chrétien. Or quel exemple pourrai-je offrir à ces gens, si moi-même je ne suis pas les préceptes les plus élémentaires de la religion ?

Elle s'approcha de lui et s'accrocha à son bras comme si l'océan venait de déferler dans la cabane.

— Calixte, je t'aime. C'est le seul précepte à suivre. Nous avons connu notre part de sacrifices. Nous avons payé, toi et moi, pour des siècles de fautes à venir. Alors, je t'en conjure, ne les laisse pas m'arracher à toi.

Il y eut un long silence bercé par la cadence lointaine des vagues.

— Je ne peux plus m'arracher à Dieu...

Elle l'observa bouche bée. Incapable de trouver les mots.

C'est le moment qu'Hippolyte choisit pour intervenir.

— Le pape Victor m'a chargé de vous dire qu'en cas de refus il devrait se résoudre à vous excommunier l'un et l'autre. Il n'aurait pas d'autre choix.

La jeune femme serra les poings en silence, et brusquement elle éclata en sanglots.

— Excommunier ! Châtier ! Punir ! Vous les hommes n'avez donc jamais d'autres mots pour vos semblables ? Un jour, cette loi inique, quelqu'un la changera, demain, dans mille ans, alors pourquoi souffrir aujourd'hui au nom d'une injustice ?

— Marcia... j'ai mal. Aussi mal que toi. Il nous faut du courage. Ce n'est pas à toi que j'enseignerai le courage. Tu me l'as appris.

— Te quitter... retourner au néant... au vide, à l'absurde...

— Aurais-tu oublié que ce Dieu, c'est toi qui as contribué à ce que je m'en approche ?

— Et voici qu'Il te vole à moi.

Elle le fixa, les yeux noyés de larmes.

— Si je franchis le seuil de cette maison, nous ne nous reverrons plus jamais.

Il baissa la tête et conserva le silence.

*

Lorsque Hippolyte repartit d'Antium, Marcia l'accompagnait.

— Tu es toujours décidée à te rendre à Rome ? interrogea le prêtre d'une voix sourde.

Silencieuse et raide, Marcia parut sortir d'un rêve.

— A Rome, répondit-elle doucement, oui...

— Y trouveras-tu un toit ?

— N'aie aucune inquiétude pour moi, frère Hippolyte. Septime Sévère est là. Il m'aidera à recouvrer mes biens, ma fortune, ma puissance.

— Tu es chrétienne, la foi t'aidera...

Marcia le dévisagea d'un air énigmatique.

— Chrétienne, Hippolyte... ?

Chapitre 58

Avril 201

Rome avait des allures de ville occupée.

A mesure que Calixte progressait le long des ruelles en pente du Quirinal, il croisait sans cesse ces nouveaux gardes prétoriens mis en place par Septime Sévère. Non seulement leur nombre avait été doublé — près de dix mille hommes — mais ils venaient d'Illyrie[1] et de Pannonie[2], et non plus d'Italie comme c'était le cas jusqu'alors. Et la présence permanente de la IIe légion Parthica cantonnée à Albano, aux portes de Rome, accentuait encore cette impression de pays envahi.

Depuis bientôt huit ans qu'il avait pris le pouvoir, Sévère, avec un mépris ouvert pour le sénat, et s'appuyant uniquement sur l'armée, avait mis en marche un processus pour amener insensiblement l'Italie au rang de simple province entre les provinces. D'aucuns voyaient dans cette politique la revanche de l'Africain de Leptis Magna sur cette aristocratie sénatoriale et ces Romains qu'il n'aimait guère.

1. Région balkanique proche de l'Adriatique. Aujourd'hui l'Illyrie est partagée entre l'Italie, la Yougoslavie et l'Autriche.
2. Région de l'Europe ancienne, entre le Danube, les Alpes, l'Illyricium et partiellement la Bulgarie et la Thrace.

Dès les premiers mois de son règne, l'empereur avait forcé le sénat à réhabiliter la mémoire condamnée de Commode en se faisant proclamer fils de Marc Aurèle, devenant par là même le « frère » du prince assassiné. Puis, sans doute afin d'être agréable au peuple, il avait poussé jusqu'à la caricature ce sursaut de fidélité, en se livrant lui-même à des compétitions de chars et des exhibitions de gladiateur.

Calixte avait encore en mémoire ce jour où on était venu lui apprendre que le malheureux Narcisse, l'ami fidèle qui avait su si bien protéger Marcia aux heures difficiles, Narcisse retrouvé par les vigiles, avait été jeté en pâture aux fauves, tandis qu'on annonçait aux spectateurs : « Celui-ci est l'homme qui a étranglé Commode ! »

Des éclats de voix qui montaient d'une taverne proche attirèrent un instant son attention. Mais il ne prit pas la peine de freiner sa monture : les rixes qui opposaient les gens du peuple et ces nouveaux soldats frustes et brutaux, plus accoutumés à leurs forêts sauvages et aux montagnes enneigées qu'aux portiques de marbre, faisaient partie du quotidien, et nul ne s'en inquiétait plus.

Il continua sa descente en direction de Suburre. Le soleil glissait vers son déclin, et il lui restait encore un long chemin à parcourir avant d'atteindre la villa de la famille Caecilii.

Il traversa les rues crasseuses, longea les forums, le marché aux bestiaux, et atteignit les quais.

Deux ans venaient de s'écouler... Deux ans avec leur poids de souvenirs et de bouleversements. Après le départ de Marcia, il avait pris cent fois la route de Rome. Cent fois il avait rebroussé chemin. Tout le poussait à retrouver cette moitié de lui. Sa foi lui avait imposé de ne pas faillir.

Il y avait eu un automne, un hiver, un automne encore.

Ce fut en fin d'après-midi, le II des nones de novembre 199, alors qu'il s'apprêtait à accompagner les pêcheurs, que l'on frappa à sa porte.

A peine avait-il entrouvert le battant qu'il comprit en voyant le visage fermé de Hyacinthe qu'on venait lui faire part d'une nouvelle grave.

— Le pape Victor est mort.

Calixte invita le prêtre à entrer.

— Ce n'est pas tout. Les diacres ainsi que le collège presbytéral ont élu son successeur.

— Son nom ?

— Quelqu'un qui t'est proche : ton ancien compagnon d'infortune.

— Zéphyrin ?

— Lui-même. Depuis hier, ainsi que le veut la tradition, notre ami est évêque de Rome, vicaire du Christ et chef de l'Église.

Zéphyrin pape...

— C'est lui qui m'a prié de t'annoncer la nouvelle. Et il tient à te voir rapidement.

— Sais-tu pourquoi ?

— Il est désormais le pasteur. Il te le dira lui-même.

Calixte avait médité un instant, confus, puis il s'était levé et avait suivi le prêtre.

En pénétrant dans la villa Vectiliana, Calixte éprouva tout de suite une émotion profonde, indéfinissable. Il avait appris par Hyacinthe que Marcia était rentrée en possession de ses biens grâce à l'intervention de Sévère et qu'elle avait fait don de cette villa à l'Église de Rome.

Maintenant, entre ces murs où il savait qu'elle avait vécu, il avait l'impression que d'un instant à l'autre elle allait resurgir au détour d'un couloir. Il traversa l'atrium et son pas résonna étrangement le long de l'exèdre attenant à la chambre du nouvel évêque.

Zéphyrin était assis à sa table de travail. Des rouleaux de parchemin étaient disséminés sur des étagères de fortune, qu'un rayon de soleil balayait sur toute la longueur.

La première réaction de Calixte fut de s'incliner. L'homme qui lui faisait face n'était plus le bagnard à qui un jour il avait sauvé la vie. Aujourd'hui, il était le successeur direct de Pierre. Mais Zéphyrin ne lui laissa pas le temps d'accomplir son geste.

— Aurais-tu fait une chose pareille alors que nous brûlions nos poumons sur cette île ! Allons, ami, rien n'a changé, si ce n'est que — il marqua une pause — si ce n'est que j'ai quelques années de trop. Mais rassure-toi. Je ne t'ai pas fait rentrer d'Antium pour évoquer les rigueurs de la vieillesse. Non, il s'agit d'autre chose

Zéphyrin fit signe à Calixte de s'asseoir.

— Voilà, reprit-il sur un ton grave, la mort du pape Victor nous laisse en présence de problèmes préoccupants. Comme nous l'avions hélas pressenti, les persécutions ont repris. Il ne se passe pas un jour sans que l'on me fasse part d'une nouvelle tragédie. Je m'inquiète à mon tour des conséquences de cette pression que Septime Sévère nous fait subir depuis qu'il a pris le pouvoir. Et je repense aux appréhensions du pape défunt, lorsqu'il disait que nous connaîtrions « une période répressive qui risque d'être comparable aux heures néroniennes ».

— Mais ne pourrions-nous pas agir ? Nous n'allons pas une fois encore laisser conduire nos frères comme un troupeau aux abattoirs !

— Je reconnais là ton caractère emporté. Que voudrais-tu faire ? T'attaquer les mains nues aux légions ? Livrer bataille aux fauves ? C'est un empire qui nous assiège, non une poignée de vigiles.

— Que proposes-tu ?

— Tenir. Croître, rester unis. Par-dessus tout rester unis. Ce qui est loin d'être aisé avec ces innombrables conflits théologiques qui empoisonnent depuis quelque temps la vie de l'Église. Des groupes d'hérétiques d'inspirations très différentes s'attaquent au christologique, nient la divinité du Christ, ne voient en lui qu'un homme adopté par Dieu, s'en prennent au dogme trinitaire : Théodote, Cléomène, Basilide[1], Sabellius bien sûr, sans oublier Hippolyte et son acharnement à me voir user de la menace d'excommunication contre ces gens.

— Je suis au courant de l'affaire Sabellius. Sa théorie sur la Trinité est une véritable hérésie. Et — Calixte marqua un court temps d'hésitation —, pour une fois, je me demande si l'insistance d'Hippolyte n'est pas justifiée.

— Jamais ! Je ne céderai jamais à ce genre de pression. Une âme chassée de l'Église est une âme chassée de Dieu.

Devant cet emportement soudain, Calixte se contenta de hocher la tête. L'heure était mal choisie pour entamer une polémique.

Zéphyrin massa machinalement sa jambe toujours douloureuse et se cala sur sa chaise curule avant de poursuivre.

— Tu dois donc comprendre combien, face a ces événements, chacun de nous est indispensable. Et si je t'ai fait venir c'est que j'ai l'intention de te confier des tâches importantes. Je te nomme diacre, et d'entre les sept tu seras celui qui aura toute ma confiance. Inutile, je pense, de te rappeler les qualités requises pour mener à bien ton action : indépendant, de préférence

1. Originaire d'Alexandrie, il considéra le Dieu de la Bible comme le chef d'une catégorie inférieure d'anges, créateurs du monde matériel.

célibataire, jeune — tu n'as pas encore quarante ans. Tu devras me suivre partout, le cas échéant voyager pour moi. Tu seras le lien qui unit pasteur et troupeau. Ton devoir ne sera ni l'évangélisation ni la liturgie, mais l'action sociale. Tu seras mon regard et mon cœur.

Comme Calixte ne disait rien, Zéphyrin poursuivit.

— Ce n'est pas tout. Lors de notre séjour au bagne, tu m'as raconté tes aventures et la place que tu occupais chez ce banquier... — il chercha le nom — comment s'appelait-il déjà ?

— Carpophore.

— J'ai décidé de mettre tes qualités au service de nos frères : je te confie dès ce jour l'administration des biens de la communauté, tu en seras le trésorier.

Calixte allait répondre, le pape enchaîna :

— Je sais, je sais ce que tu vas me dire. Mais c'est justement à cause du délit que tu as commis que je te propose cette responsabilité. Car vois-tu, à l'opposé de Victor, je pense que le meilleur moyen d'effacer une erreur de parcours, c'est — lorsque l'occasion se présente — d'en accomplir un autre aussi similaire que possible. Tu peux confirmer ma théorie. Désormais, c'est entre tes mains que reposeront les propriétés ecclésiastiques. Elles sont certes modestes, mais elles sont pour nous un bien précieux.

Zéphyrin se dirigea vers une étagère, il s'empara d'un rouleau de cuivre et le tendit à Calixte.

— Tout est inscrit. Tires-en le meilleur profit.

Le Thrace s'empara du rouleau et, après un moment de méditation, il se leva en déclarant :

— J'accepte l'honneur que tu me fais, Zéphyrin. Et je saurai me montrer digne de ta confiance. Cependant...

Le pape le dévisagea avec curiosité.

— N'attends pas de moi de rester muet. C'est aussi

mon regard et mon cœur que tu engages à tes côtés. Je ne voudrais pas être uniquement ton ombre.

Zéphyrin esquissa un pâle sourire.

— Je suis un vieil homme, Calixte. Un vieil homme ne s'appuie pas sur une ombre.

*

En établissant l'inventaire des biens dont on lui avait soumis l'administration, Calixte n'avait pas été autrement surpris de découvrir plusieurs cimetières, parmi lesquels le plus ancien, le cimetière Ostrien situé sur la via Salaria, et qui remontait au temps de Pierre.

Sur cette même voie, il y avait aussi la catacombe voisine, dite de Priscille, le cimetière Commodile où Paul était enterré, le cimetière de Domitille, sur la voie Ardéantine, et enfin les cryptes de Lucine, sur la voie Appienne.

L'attention du nouveau diacre se porta plus particulièrement sur ces dernières, car, au fur et à mesure qu'il avait examiné l'ensemble des cimetières, il avait pris conscience d'un manque : il n'existait pas de cimetière officiel de l'Église. Les cryptes de Lucine pouvaient le devenir[1]. Le plus difficile fut de réunir les fonds nécessaires à l'acquisition des terres avoisinantes, lesquelles appartenaient depuis plusieurs générations à la famille des Acilii Glabriones. Après plus d'un an de pourparlers, la famille l'avait enfin convoqué. Et maintenant il allait à ce rendez-vous le cœur bat-

---

1. Les cryptes de Lucine devinrent effectivement le cimetière chrétien par excellence et portent aujourd'hui le nom de catacombes Calixte.

tant, plein d'espoir. Il allait traverser le pont Fulvius, lorsque de violents éclats de voix attirèrent son attention.

— *Area non sint!* Pas de cimetières pour les chrétiens!

Le cœur de Calixte bondit dans sa poitrine. Il immobilisa son cheval et attendit en retrait. Un groupe d'hommes et de femmes se déversait le long des quais. Certains étaient armés.

— *Area non sint!*

Aucun doute n'était possible. Il n'y avait plus un instant à perdre, il fallait prévenir Zéphyrin et les autres. D'un coup sec, il tira sur les rênes et fit demi-tour en direction de la villa Vectiliana.

Il débaula littéralement dans le jardin de la propriété. Après avoir posé pied à terre, il se rua dans l'atrium.

— Zéphyrin! hurla-t-il, envahi par un terrible pressentiment.

Il fouilla toutes les pièces, du triclinium au cabinet de travail, et finit par trouver le pape sur la terrasse en compagnie du jeune Astérius, l'un des nouveaux clercs. Il y avait aussi Hyacinthe, et quelques nécessiteux à qui la villa servait de lieu d'hébergement.

— Zéphyrin...

Le vieil homme fit un geste las de la main.

— Je sais. Et cette fois ils ont l'air décidé. Regarde...

Dans le crépuscule, des silhouettes progressaient vers la villa, torches à la main.

— Mais pourquoi? Qu'est-ce qui a bien pu provoquer cette nouvelle montée de violence?

— Tu n'es donc pas au courant?

Hyacinthe expliqua:

— Nous venons d'apprendre que l'empereur Septime Sévère aurait proclamé un édit interdisant for-

585

mellement toute conversion au judaïsme ainsi qu'au christianisme.

— La prohibition du baptême ?

— La nouvelle vient de Palestine où l'empereur se trouve en ce moment.

— Mais pourquoi ? Pourquoi mettre fin à des années de tolérance !

— Va donc savoir ce qui peut se passer dans la tête d'un César. Peut-être son séjour en Orient a-t-il créé en lui le sentiment que nous représentons un danger pour l'Empire ? Pour les juifs, cet édit n'apportera pas de bouleversement. La circoncision, pour qui n'est pas de famille juive, a toujours été interdite. Il n'y a pas de doute, c'est nous qui sommes visés directement.

— C'est à n'y rien comprendre. Sévère croit aux prodiges, aux miracles, à la divination, à la magie, et rend, comme son fils Caracalla, un culte et des honneurs à tous les sanctuaires qu'il rencontre sur sa route. Il est tellement religieux qu'on ne sait plus quelle est sa religion !

— D'autant plus incompréhensible, enchaîna Zéphyrin, que Caracalla aurait eu une nourrice chrétienne, que certains d'entre nous ont accès au palais, et que Julia Domna, l'épouse de l'empereur, passe pour une intellectuelle curieuse des choses religieuses, s'intéressant beaucoup au christianisme. Hippolyte lui a même fait parvenir, il y a quelques jours à peine, sur sa demande, l'opuscule qu'il a rédigé sur la résurrection.

— Nous n'avons pas le choix, Saint-Père, intervint le jeune Astérius, il faut fuir.

De la rue enflait le mouvement de la foule. Un bruit sourd monta soudain de l'atrium, suivi par un choc plus violent.

— Ils cherchent à enfoncer la porte ! s'écria Hyacinthe.

586

— Et ils y parviendront sans peine. Le battant n'est pas plus épais qu'une liasse de papyrus.

— Viens, Zéphyrin, déclara Calixte, Astérius a raison, nous devons quitter la villa.

Le pape présenta à son diacre une expression tourmentée. Comme s'il lisait dans ses pensées, Calixte insista.

— Non, rester ne servirait pas notre cause. Le martyre peut attendre.

Mais où irions-nous ?

- Les cryptes de Lucine, proposa Calixte. Récemment j'y ai fait faire des travaux, creuser quelques galeries supplémentaires qui forment un véritable dédale à travers lequel je suis seul à pouvoir me retrouver. Nous y serons en sécurité en attendant que les esprits se calment.

— Mais nous n'atteindrons jamais la voie Appienne !

— Il faut essayer. Nous trouverons des montures chez Marcellus, et les ténèbres nous protégeront. Nous avons une chance de passer.

Un craquement venait de se produire, indiquant que le battant n'était plus loin de céder.

— Allons. Il n'y a pas un instant à perdre. Bientôt il sera trop tard.

Joignant le geste à la parole, Calixte saisit le pape par le bras et l'entraîna vers l'arrière de la demeure, imité par Astérius, Hyacinthe et les autres fidèles.

Ils atteignirent le mur délimitant le jardin. Calixte s'accroupit à même le sol.

— Vite, Zéphyrin, prends appui sur mes épaules.

— Mais c'est impossible ! Je n'ai plus vingt ans. Et ma jambe...

— Il le faut, Saint-Père, adjura Hyacinthe.

— Je ne pourrai pas. Je...

— Zéphyrin ! je t'en supplie. Souviens-toi, là-bas,

dans la mine : je t'avais demandé de ramper sous le bloc de pierre et tu as parfaitement réussi. Fais-en autant aujourd'hui.

Un vacarme effroyable s'éleva de l'atrium. La porte avait fini par voler en éclats, livrant passage à la marée humaine.

— Grimpe !

Il plongea un regard ferme dans celui du pape et ajouta :

— Cette fois, Zéphyrin, c'est ma vie que je te demande de sauver...

Dans un effort qui paraissait surhumain, assisté par Astérius, le pape s'exécuta.

Un instant plus tard ils avaient tous basculé de l'autre côté du mur.

— Et maintenant, éloignons-nous au plus vite !

— Ma jambe ! gémit Zéphyrin en s'écroulant à terre. Fuyez sans moi. Vous avez toutes vos chances. Qu'il soit fait selon la volonté du Seigneur.

— Et la volonté de l'homme, qu'en fais-tu, Zéphyrin !

Ignorant ses protestations, Calixte le souleva de terre. Derrière eux les cris de la foule montaient du péristyle

Chapitre 59

Août 210

— Tout ce sang versé !

Rageur, Calixte lança sur le lit les tablettes qui venaient d'apporter au pape les nouvelles d'Afrique du Nord.

— Le nom de ces deux jeunes femmes, Urbia Perpétue et Félicité, restera longtemps gravé dans nos mémoires, commenta tristement Zéphyrin. Leur mort fut en tout point exemplaire. De plus, hier soir on m'a fait parvenir de Carthage un document bouleversant rédigé de la propre main de Perpétue, qui nous raconte le drame de sa captivité.

— Apporte-t-il quelques éclaircissements sur son martyre ?

— Oui. Accusés d'avoir enfreint l'édit impérial Urbia, Félicité et d'autres catéchumènes ont été arrêtés par des fonctionnaires de Tuburbo[1]. Gardés à vue dans la maison d'un magistrat, ils ont poussé l'héroïsme jusqu'à recevoir clandestinement le baptême tombant du même coup sous la juridiction proconsulaire, forcés d'affronter un procès capital. Saturus, l'évangéliste du

---

1. Aujourd'hui Henchir et Kasbate, à cinquante-cinq kilomètres au sud-ouest de Tunis.

groupe, s'est empressé lui aussi de se dénoncer pour partager le sort de ses frères, comme ils avaient partagé sa foi.

» Un détail que j'ignorais, c'est que, quelques jours avant son arrestation, Perpétue a donné naissance à un enfant, un fils ; quant à Félicité, elle était enceinte de huit mois. Je ne m'attarderai pas sur la chaleur suffocante qui régnait dans le réduit obscur qui leur servait de cellule, l'odeur âcre d'excrément, la promiscuité, le harcèlement des gardes. Puis — et ce fut peut-être le plus pénible — revenant plusieurs fois à la charge, le père d'Urbia usa de tous les arguments, de tous les sentiments pour faire fléchir sa fille, et l'on peut imaginer la lutte intérieure qui a dû se livrer en elle, écartelée entre l'amour de son père et sa fidélité au Christ.

» Tu connais les derniers instants : Perpétue, emprisonnée dans un filet, offerte nue comme ses compagnes aux regards obscènes des spectateurs ; lorsqu'à son tour elle est frappée maladroitement par un gladiateur novice, elle trouve la force de se relever et de diriger elle-même la main de son bourreau contre sa gorge. Elle n'avait pas vingt deux ans...

— Hélas, ces deux êtres ne sont pas les seules victimes du proconsul. Il m'arrive de perdre le décompte de nos martyrs. Les informations qui parviennent d'Alexandrie sont affligeantes : Clément, forcé de fuir, aurait cédé au jeune Origène la direction de l'école catéchistique. Ce dernier a lui-même échappé à la mort de justesse. Il faut nous rendre à l'évidence : de la Numidie à la Maurétanie, nulle ville n'est épargnée.

Zéphyrin se redressa péniblement sur sa couche avec une expression abattue. Calixte poursuivit :

— Théoriquement ce sont les conversions nouvelles qui devaient être visées, or les autorités s'attaquent aussi aux chrétiens affirmés. En vérité, nous ne pouvons rester les bras croisés dans l'attente du salut divin.

Le pape eut un geste de lassitude.

— Calixte, Calixte, mon ami, il ne se passe pas une heure sans que nous reparlions de ce problème. Nous baptisons chaque jour de nouveaux catéchumènes, sous la menace constante. Dois-je te rappeler qu'au cours de ces dernières années nous avons failli cent fois nous faire lapider ? Et je ne sais plus le nombre de nos maisons dévastées.

Calixte secoua la tête à plusieurs reprises.

— Je persiste à dire qu'il faut tenter quelque chose.

— Je t'écoute. Ton insistance doit sûrement cacher un projet, une idée. Ou alors...

— Plus qu'un projet : une réalité. J'ai demandé à être reçu par Julia Domna.

— Quoi ? L'épouse de Sévère ? Mais aurais-tu perdu la raison ? Sais-tu au moins qui est cette femme ?

— Je l'ai rencontrée un jour à Antioche, au cours des Jeux organisés par Commode. Il y a longtemps de cela. Elle n'était pas encore impératrice.

— Permets-moi quand même de rafraîchir ta mémoire... Julia Domna est syrienne, fille du grand prêtre d'Émèse.

— Je sais cela. Mais elle est aussi un « homme d'Etat », remarquablement intelligente, cultivée, disposant d'une influence certaine sur Septime Sévère. En outre, elle a rassemblé autour d'elle une cour de savants, de philosophes et d'écrivains. Sa propre nièce, Julia Mammaea, s'intéresse ouvertement au christianisme. Elle ne l'a pas condamnée aux arènes pour autant.

Zéphyrin fit un mouvement brusque, comme s'il cherchait à chasser l'angoisse qui le tenaillait depuis quelque temps.

— Et comment espères-tu obtenir cette entrevue ?

— C'est fait. Je vois l'impératrice demain.

Zéphyrin, interloqué, ne disait rien. Calixte lui expliqua :

— Fuscien, mon compagnon orphiste, est intervenu auprès d'elle. De même qu'il avait intercédé auprès de Septime Sévère pour que Marcia recouvre ses propriétés. Certes, cela n'a guère été facile. Il a fallu que Fuscien revienne à la charge maintes et maintes fois au cours de ces derniers mois. Il a tout de même fini par réussir.

Le vieil homme se laissa retomber en arrière en fermant les paupières.

— Décidément, Calixte, parfois je m'interroge, et je me demande qui de nous deux est aujourd'hui le premier personnage de l'Église...

*

Allongée sur un lit d'ivoire et de bronze, Julia Domna observa avec une acuité troublante l'homme qui se tenait debout à quelques pas d'elle. Elle mit machinalement de l'ordre aux plis de sa longue tunique noire damassée, se souleva en prenant appui sur un coude, et sa voix grave et lente roula dans l'immense pièce de la domus Augustana.

— Fuscien a l'air de te porter en très haute estime. Ainsi, tu étais comme lui un adepte d'Orphée...

Avant de répondre, Calixte examina le décor autour de lui. Aux côtés de l'Augusta se tenaient deux de ses nièces : Julia Soémias et Julia Mammaea, ainsi que deux adolescents de vingt et un et vingt-deux ans, Caracalla et Géta, les deux fils de l'impératrice, tous deux déjà proclamés Augustes et héritiers de la pourpre. Ce fut surtout l'expression du jeune Caracalla qui attira l'attention de Calixte : le cheveu ébouriffé, replet, le nez rond, un œil glauque qui laissait entrevoir un esprit malade.

— Je t'écoute, reprit celle que Rome avait baptisée « Pia et Felix ».

— C'est exact. Je fus un adepte d'Orphée. Cependant, aujourd'hui ce n'est plus l'orphiste, mais l'enfant du Christ qui se présente devant toi.

Elle eut une expression ennuyée.

— Je sais, je sais. C'est justement cette conversion qui me heurte. Je connais les préceptes orphiques, ils sont tout à fait louables. Alors pourquoi trahir une foi pour une autre ?

— Orphée est une légende, le Christ une réalité. Et...

— Tu renies donc si facilement tes croyances ? intervint brusquement Caracalla.

— Ce n'est pas parce que l'on est né dans un univers avec, pour seul soutien, les mots enseignés par ceux qui vous aiment, qu'il est interdit un jour de croire en autre chose.

— Ta théorie peut s'appliquer à tout. Pourquoi demain ne rejetterais-tu pas de même le christianisme ?

Cette fois, la question était posée par Julia Mammaea.

— La réponse se trouve justement dans ma présence ici. Tu dois le savoir mieux que quiconque, de nos jours il est plus prudent et plus aisé d'être orphiste, prêtre de Baal, adepte d'un quelconque dieu barbare, que d'être chrétien.

Un sourire amusé apparut sur les lèvres de l'impératrice.

— Ce n'est pas parce que l'on est prêt à mourir pour une idée que cette idée est nécessairement la bonne.

— Peut-être, mais cela prouve en tout cas une certaine détermination.

— Ma nièce et moi avons lu très attentivement

l'opuscule sur la résurrection que nous a fait parvenir un de tes frères. Un certain Hippolyte. Est-ce vraiment sensé ? Un homme crucifié, mort sur une croix, et qui trois jours plus tard revient à la vie.

— Des individus qui se prosternent devant une pierre noire qui serait tombée du ciel, un dieu-soleil qui encourage la prostitution sacrée... serait-ce plus sensé ?

La famille impériale se figea d'un seul coup, et les yeux extraordinairement noirs de l'Augusta parurent s'assombrir plus encore.

— Mesure tes mots, chrétien ! aboya le jeune Caracalla, c'est la religion de nos pères que tu décris avec autant d'impudence !

— Je ne suis pas ici pour vous offenser, mais pour vous rappeler que tous les jours, depuis des mois, des milliers d'innocents meurent torturés. Pourtant — Calixte se tourna vers Julia Domna — si j'en crois les rumeurs, l'empereur serait un adepte de Sérapis, la divinité gréco-égyptienne. Penses-tu un instant que l'on puisse s'opposer à ses convictions par la violence ?

— Tes paroles sont vides de sens. Mon époux est un César. Mais trêve de discussions stériles, qu'attends-tu de moi ?

— Je viens te supplier d'intercéder auprès de Sévère afin qu'il mette un terme au martyre de mes frères.

Julia Domna se leva lentement et fit signe à Calixte de la suivre sur la terrasse. La lumière avait presque disparu derrière les collines et le crépuscule effaçait les contours du paysage.

— Mon époux n'a jamais promulgué cet édit dont tu parles.

Calixte abasourdi crut avoir mal entendu.

— Non, répéta Julia Domna, il n'y a jamais eu d'édit.

— Cependant...

594

— Il est vrai que Sévère a bien eu l'intention d'interdire le prosélytisme, mais ma nièce et moi l'en avons dissuadé.

Elle marqua une pause avant de poursuivre.

— Chrétiens, juifs, adorateurs de Cybèle, de Sekmet ou de Baal, l'empereur n'a jamais vraiment songé à s'immiscer dans ce labyrinthe des croyances. Si ceux qui lui imputent cet édit étaient mieux informés ils sauraient que la superstition fait partie des traits essentiels du caractère de l'empereur : or un superstitieux ne livre pas bataille aux dieux, si fantaisistes soient-ils.

— Mais alors ? Tous ces massacres...

— Reporte-toi à l'Histoire. Le peuple de Rome a toujours eu besoin de boucs émissaires. Tes amis chrétiens en possèdent toutes les caractéristiques. Anesthésiés devant la mort, sans réplique sous l'injure, dépourvus de tout esprit de revanche. Bref, la brebis idéale. Les gouverneurs s'en sont donné à cœur joie.

— Des années se sont écoulées sans que rien n'ait été fait pour s'opposer à l'horreur. L'empereur a donc entretenu le malentendu ?

— Une fois encore, tes interrogations sont puériles. Tu portes sur la vie d'un César le regard du présent. Ceux qui suivront ne se poseront pas ce genre de questions. Es-tu seulement conscient de l'œuvre qu'il a accomplie ? Pour la première fois dans l'histoire de cet empire dominateur, un empereur s'est intéressé au sort des pauvres et aux aspirations égalitaires d'un monde longtemps gouverné par les souverains et la classe bourgeoise. Alors, si pour parvenir à ses fins il a dû laisser la bride à quelques proconsuls imbéciles, qu'importe. C'est une dynastie qu'il inscrit, non quelques décisions de jurisconsultes. Alors tes chrétiens...

Abasourdi par ce qu'il venait d'apprendre, Calixte se sentit envahi par un sentiment de révolte et de colère.

— La vie d'un chrétien, la vie d'un homme quel qu'il soit vaut mieux que tous les rêves de grandeur d'un César ! Il faut que cesse cette injustice !

L'impératrice fit une brusque volte-face.

— Il faut ? Mais qui es-tu donc pour oser parler de la sorte ?

— Un être humain, Julia Domna, un être de chair pareil à toi.

La jeune femme examina attentivement son interlocuteur. Un sourire amusé apparut sur ses traits. Elle se rapprocha et referma ses doigts sur la chevelure du Thrace.

— Ainsi, les chrétiens sont faits de chair...

Et comme Calixte gardait le silence, elle reprit d'une voix douce :

— Tu sais que tu es beau, chrétien... Beau et téméraire. J'aime cela chez un homme.

Maintenant Calixte pouvait presque sentir ses lèvres effleurer les siennes.

— Pourquoi fais-tu cela, Domna ? Tout l'Empire connaît ton pouvoir de séduction. Tu n'as pas besoin de t'en assurer comme une quelconque plébéienne...

Le corps de la jeune femme se tendit comme sous l'effet d'une brûlure. Elle se dirigea d'un seul bond vers une petite table de marbre rose où se trouvait une dague et revint vers Calixte.

— Nul, tu m'entends, nul ne parle sur ce ton à une impératrice !

Liant le geste à la parole, elle plaqua la pointe de la lame sur la joue du Thrace et murmura :

— Et maintenant... Où est-il ton Dieu ?

Impassible, Calixte se contenta de fixer la jeune femme avec une certaine tristesse.

— Si de prendre ma vie peut servir à prolonger celle de mes frères, je te l'offre, Julia Domna.

L'impératrice accentua sa pression, creusant une entaille verticale le long de la joue.

— Tu vois... Mon sang a la même couleur que le tien, poursuivit Calixte toujours immobile.

— Dehors, chrétien ! Disparais ! et ce soir rends hommage à ton Dieu pour mon infinie indulgence. Dehors !

Le Thrace hocha la tête et se dirigea lentement vers les jardins. Au dernier instant il se retourna et offrit à la jeune femme son visage ensanglanté.

— N'oublie pas... Il faut que cesse l'injustice.

Il allait repartir. La voix de Domna claqua à nouveau :

— Et ceci ! n'est-ce pas aussi l'injustice ?

Elle avança vers lui et dénuda son buste d'un geste brusque. Comme Calixte, interdit, ne comprenait pas, elle emprisonna dans sa paume l'un de ses seins et le présenta au regard du Thrace.

— Regarde, chrétien ! Contemple l'empreinte de la mort ! Je n'ai pas encore quarante ans...

L'instant de surprise passé, Calixte aperçut la boursouflure violette qui déformait le mamelon, grosse comme une châtaigne entre la peau et le muscle.

— Galien, sans doute le plus prestigieux médecin que l'Empire ait connu, n'a pu que m'avouer son impuissance devant ce mal horrible qui vit et croît en moi. Je vais mourir, chrétien... Cela aussi c'est l'injustice...

Elle s'était exprimée avec un désespoir sincère. Et Calixte fut troublé malgré lui.

— Julia Domna, commença-t-il doucement, tout à l'heure tu t'interrogeais sur la foi chrétienne. Sache donc que pour ceux qui la pratiquent, la mort n'existe pas. Le Nazaréen a dit : « En vérité celui qui écoute ma parole et croit à celui qui m'a envoyé aura la vie éternelle... »

Un sourire un peu las apparut sur les traits de l'impératrice. Elle recouvrit sa nudité et murmura :

— Va, chrétien... va... tu es un poète, ou alors peut-être es-tu simplement un fou...

*

Au cours des mois qui suivirent, et à l'étonnement de tous, on put constater un brusque revirement dans l'attitude des gouverneurs de province. Sans que nul ne sût trouver d'explications, les massacres s'atténuèrent progressivement, pour ne plus se limiter qu'à quelques cas isolés, en Cappadoce ou en Phrygie.

Après plus de neuf ans de tourments, l'Église retrouvait enfin l'apaisement...

Un an et demi plus tard, le 4 février 211, à Eboracum[1] sous les pluies battantes de Bretagne, miné par la goutte, Sévère rendait l'âme, léguant la pourpre aux deux enfants de Julia Domna : Géta et Caracalla. Désireux d'un règne sans partage, Caracalla s'empressa de faire assassiner son frère, et ce fut pratiquement dans les bras de l'impératrice que le malheureux rendit l'âme.

1. Aujourd'hui York, en Ecosse.

Chapitre 60

Zéphyrin pointa son index sur Calixte et Astérius.

— Il est inutile de feindre, je sais que vous me reprochez une attitude trop conciliante à l'égard de ces hérésies qui foisonnent au cœur de notre communauté. Pourtant je persiste à croire qu'il ne faut rien tenter qui puisse remettre en cause l'unité de l'Eglise. Voici près de quatre ans que Septime Sévère est mort. Quatre ans que les cris de détresse de nos frère se sont tus. Une ère de paix va s'ouvrir sur le monde chrétien, et vous voudriez que je sème la discorde par un jugement sans concession ?

Astérius échangea avec Calixte une expression embarrassée.

— Pourquoi ne répondez-vous pas ? enchaîna Zéphyrin. Dites clairement le fond de votre pensée.

— Je pense, fit Calixte, qu'il faut condamner les hommes qui défigurent la foi et dont le seul but est d'imposer leur propre doctrine. Une telle condamnation me paraît au contraire propice à l'union, non à la discorde.

— Je présume que tu veux parler du cas Sabellius ?

— C'est exact.

— Je suis las de ces constantes querelles doctrinales

et théologiques où chacun s'imagine posséder la vérité. Les adoptionistes, les montanistes, et aujourd'hui les sabellianistes !

— On ne peut tout de même pas laisser se propager cette théorie absurde sur la Trinité ? Vous savez comme moi qu'elle dénature l'Ecriture Sacrée. Dois-je vous rappeler les thèses de Sabellius [1] ? Le Christ serait le Père lui-même, c'est lui qui aurait souffert et qui serait mort sur la croix ! N'est-ce pas une hérésie ?

— Le problème essentiel reste celui des rapports à définir entre Dieu le Père et le Christ, son fils. Or, pour établir avec précision ces rapports nous ne disposons que des citations de l'Evangile, lesquelles laissent le champ libre à toutes les interprétations. Dans ces conditions, comment sévir ? Pourquoi condamner ces hommes qui eux aussi sont convaincus de détenir la clé ? Il ne faut pas châtier, mais éclairer.

Astérius, qui jusque-là s'était contenté d'écouter, se risqua à intervenir.

— Saint-Père, il te faut prendre en considération le fait que Noët, fondateur des sabellianistes, fut chassé de son Église de Smyrne. Pour quelles raisons devrions-nous tolérer ici, à Rome, par le biais de disciples de Noët tels que Sabellius, ce qui fut rejeté par nos frères d'Asie ?

— De plus, précisa Calixte, la théorie que cherchent à défendre ces hommes contredit totalement le caractère le plus fondamental de notre foi : la soumission de Jésus, une soumission dévouée, pleine d'amour, à la volonté du Père. Sa prière, son sacrifice, toute l'œuvre de la rédemption. Par ailleurs...

Il fixa intensément Zéphyrin, comme pour le mettre en garde avant de poursuivre.

---

1. Selon Sabellius, le Père et le Fils ne seraient que deux modes différents d'existence du même être, qui est le Dieu unique.

— Nous sommes critiqués par nos propres frères. Ils nous reprochent notre manque de fermeté.

— Lorsque tu dis nos frères, c'est plus précisément du prêtre Hippolyte qu'il s'agit ?

— Entre autres...

— Eh bien, sache que je ne céderai ni à vos pressions ni à celles de nos frères. Une âme chassée de l'Eglise est une âme perdue pour Dieu. Je n'agirai pas contre Sabellius et son école.

Un silence succéda à la conclusion de Zéphyrin. Il y eut un dernier regard échangé, et le Saint-Père se retira, suivi par Astérius.

*

— Il nous a laissé les mots ! Il nous a laissé l'empreinte sacrée de ses pas sur les rives de Tibériade afin qu'elle nous serve de guide sur la juste voie. Car je vous le dis, mes frères : point de salut hors de la juste voie ! Point de salut !

Ainsi qu'il le faisait souvent, Hippolyte avait convoqué les disciples qui formaient son école dans cette crypte du cimetière ostrien ; ce lieu où, au dire de certaine légende, la voix de Pierre le vénéré aurait retenti

— Ils affirment, le Christ EST le Père. Et c'est le Père qui est ne et qui aurait souffert sur la croix. Voilà ce qu'ils affirment !

Une nouvelle rumeur de désapprobation monta des rangs.

— Mon cœur est déchiré à l'idée que des hommes qui font partie de notre Église tolèrent, se soumettent à cet insupportable affront représenté en la personne de Sabellius ! Et parmi ces hommes, deux de nos frères et non des moindres : le pape Zéphyrin et Calixte, son diacre principal.

— Honte à eux ! cria quelqu'un.

— En vérité, il faut que vous sachiez que notre Saint-Père n'est pas vraiment coupable. Depuis dix-sept ans, il ne gouverne pas, il se laisse gouverner. Vous le savez comme moi, et j'ai peine à le dire : au fond Zéphyrin n'est qu'un sot et un avare manipulé dans l'ombre par son diacre. Calixte ! C'est lui qui possède tous les pouvoirs. Cet individu dont je préfère ne pas rappeler le passé trouble.

La crypte s'enveloppa de cris offusqués.

— Oui ! Le pasteur n'est plus que l'écho de son diacre. Si Sabellius continue impunément de propager son mal, ce n'est pas le pape mais son diacre qui doit supporter le blâme !

Il prit une profonde inspiration, laissa un instant son regard errer le long de la foule et conclut d'une voix soudain affligée :

— Si je vous dis toutes ces choses, c'est uniquement pour vous mettre en garde, et non point pour faire germer en vos cœurs la graine de la révolte. Zéphyrin est peut-être un homme faible, mais il n'en demeure pas moins notre chef incontesté. Prions à présent, prions, car seule la prière éclairera les ténèbres.

Et Hippolyte commença de célébrer le sacrifice...

Calixte se massa les paupières d'un geste las.

Église, si forte et si fragile.

Plus il réfléchissait, plus se forgeait en lui la même certitude. Il fallait un phare. Un chef qui prît les rênes avec fermeté. Il fallait assurer la rectitude immuable de la foi et resserrer les liens qui unissaient les chrétiens à l'Église. De même qu'un choix plus sévère, une préparation plus attentive devait assurer la constance de ceux qui se présentaient au baptême. En cela,

Rome devait donner l'exemple et être le centre de l'unité.

La tâche est immense... Il est tant de choses à faire...

*

Le défilé s'étirait le long de la voie Sacrée que bordait une foule en délire. Ce que l'on voyait semblait irréel tant la démesure était présente en toutes choses.

Les trois cents vierges aux seins nus venaient de franchir l'arc géant de marbre rose et s'éloignaient lentement vers le forum. Traînée par deux cents taureaux que l'on s'efforçait d'enrager en les harcelant avec des meutes d'hyènes enchaînées, apparut sur une immense charrette surbaissée un pénis conçu dans un bloc géant de granit.

Plus loin, debout sur un char d'or et de pierres rares, Avitus Bassianus, surnommé déjà Elagabal, quatorze ans à peine, fit son entrée. Il marchait en tête et à reculons, afin que son regard ne se détournât jamais de son maître, cependant que les prêtres veillaient à ce que dans sa démarche l'empereur ne fît pas de chute.

Il succédait ainsi à Macrin, meurtrier de Caracalla, lui-même assassiné quelque part en Asie Mineure. A Emèse, Julia Domna s'était laissée mourir de faim. C'était sa nièce Soémias qui avait réussi à faire proclamer empereur son fils, prêtre du dieu syrien, Elagabal.

Dès ce jour Rome devait connaître de bien étranges spectacles.

La pierre noire, symbole d'Elagabal, avait été solennellement amenée dans la capitale et placée dans un temple que l'on s'était hâté de construire à cet effet sur le Palatin. A l'intérieur du sanctuaire, on commença de célébrer des cérémonies empruntées au rite syrien. Au fil des nuits, s'éleva l'écho de chants étranges dans le ciel étonné de Rome. Il courut le bruit de sacrifices d'enfants, ainsi que d'autres pratiques, aussi inconcevables ici qu'elles étaient courantes dans la patrie originelle du dieu-roi.

Aux fêtes publiques on se mit à sacrifier par hécatombes, répandant les vins les plus vieux et les plus précieux. Elagabal dansait lui-même autour des autels au rythme des cymbales, accompagné par des chœurs de femmes syriens. A ses côtés, sénateurs et chevaliers rangés en cercle devenaient des spectateurs impuissants, tandis que les titulaires des fonctions les plus hautes, en costume syrien de lin blanc, apportaient leur contribution au sacrifice.

Le bruit courait aussi qu'Elagabal se complaisait à s'offrir comme giton. Certains soirs, ainsi que Dionysos, vêtu de soie de Chine, il se donnait au son des tambourins et des flûtes, pour le plaisir de son dieu. Visage peint, portant colliers et vêtements de femme, il tournoyait des heures durant, se dépouillant progressivement de tout caractère masculin.

Où était donc passée la grandeur de Rome ?

Chapitre 61

Août 217

Au-dessus de la villa Vectiliana, la nuit avait gagné tout le paysage et le ciel ressemblait à un immense champ de lucioles.

En silence, Hyacinthe tendit à Calixte la dalmatique blanche enrichie de soie et ornée de deux bandes pourpres. Le Thrace, torse nu, la saisit et l'examina avec un demi-sourire.

— C'est presque un vêtement de roi...

— Il en est d'autres bien plus somptueux, s'empressa de répliquer Hyacinthe, et pour toi, ce soir, aucun habit n'est assez digne.

Presque aussitôt, il revint à la mémoire de Calixte la vision d'une autre tunique, entrevue il y a bien long-temps dans les soutes de l'*Isis*, le prestigieux navire de Carpophore. Il demeura un instant méditatif, avant de se décider à faire glisser le vêtement par-dessus sa tête.

Du dehors se devinaient des rumeurs de voix, des bruits de pas.

Il s'approcha de la baie à travers laquelle soufflait un vent frais, et laissa son regard errer vers les étoiles. Dans le jardin, sous la lueur des torches et des lampes grecques portées par la foule, vacillait l'ombre des cyprès. C'était par une nuit semblable à celle-là que Zéphyrin était mort. Une semaine, un mois ?

Le Thrace prit une profonde inspiration, comme s'il avait voulu s'imprégner de la sérénité de la nuit, puis il invita Hyacinthe à le suivre.

*

— Nous voyons que c'est de l'autorité divine que vient l'usage d'élire le nouveau pape en présence du peuple, sous les yeux de tous, et faire approuver par un témoignage public un élu qui serait digne et apte à ses fonctions. Car dans les Nombres, le Seigneur donne cet ordre à Moïse : *Prends Aaron ton frère et Eléazar son fils, et fais-les monter sur la montagne de Hor. Tu ôteras alors à Aaron ses vêtements pour en revêtir Eléazar son fils, et Aaron sera réuni aux siens : c'est là qu'il doit mourir.*

Augustin, l'évêque de Corinthe, marqua un temps de silence avant de reprendre.

— Lorsque tous auront donné leur témoignage selon la vérité, et non seulement une opinion préconçue, que l'homme présente bien ces qualités devant le tribunal de Dieu et du Christ, pour la troisième fois il interrogera le peuple afin de savoir s'il est vraiment digne du ministère.

A ce point de son discours, Augustin se tut à nouveau et observa la foule. Un silence impressionnant régnait dans le péristyle, à peine troublé par quelques bruissements d'air qui couraient entre les rinceaux.

— Ainsi que l'exige la tradition, il me faut vous demander de confirmer votre choix : est-ce bien lui que vous désirez porter à la tête de l'Église, à la tête du peuple de Dieu ?

Et l'évêque désigna de l'index l'homme qui se tenait au premier rang, autour duquel tous les membres du presbytérium étaient assis en demi-cercle.

— Oui, c'est bien lui

Une deuxième fois, Augustin posa la question, mais cette fois en s'adressant plus précisément aux diacres, aux clercs, aux confesseurs de la Foi, aux évêques, qui approuvèrent d'une même voix.

Alors seulement on invita Calixte à s'approcher de l'autel que l'on avait dressé au centre du jardin.

Dans le même temps s'avancèrent les diacres tenant ouvert le grand livre des Évangiles qu'ils élevèrent au-dessus de celui qui devenait le seizième pape de la jeune histoire de l'Eglise.

Augustin imposa ses mains sur le front de Calixte et dit d'une voix forte :

— Dieu et Père de Notre Seigneur Jésus-Christ, regarde ce qui est humble. A Toi à qui il a plu, dès la fondation du monde, d'être glorifié en ceux que Tu as élus, maintenant encore répands la puissance qui vient de Toi, celle de l'Esprit souverain. Accorde à ton serviteur que Tu as choisi pour l'épiscopat qu'il fasse paître Ton saint troupeau et qu'il exerce le souverain sacerdoce sans reproche en Te servant nuit et jour. Qu'il ait, en vertu de l'Esprit, le pouvoir de remettre les péchés suivant Ton commandement, qu'il distribue les charges suivant Ton ordre, en vertu du pouvoir que Tu as donné aux apôtres. Avec le Saint-Esprit, dans la Sainte Église, maintenant et dans les siècles des siècles.

Aussitôt, à tour de rôle, tous les membres du presbytérium, les évêques présents, s'approchèrent de Calixte, s'inclinèrent devant lui et lui offrirent le baiser de paix. D'abord presque imperceptibles, les premières strophes du psaume XVIII s'élevèrent parmi la foule, insensiblement le chant triomphal enfla, grandit et finit par déferler dans le ciel de Rome comme les eaux d'un fabuleux torrent.

Alors le nouveau pape se dirigea lentement vers l'autel et commença de célébrer son premier office. Au moment du sacrifice, il prit le pain, le rompit et déclara :

— Tandis qu'Il se livrait à la souffrance volontaire pour détruire la mort et rompre les chaînes du diable, amener les justes à la lumière, prenant du pain, Il rendit grâces et dit : *Prenez, mangez, ceci est mon corps qui est rompu pour vous.* De même, soulevant le calice : *Ceci est mon sang qui est répandu pour vous. Quand vous faites ceci, faites-le en mémoire de moi.*

Calixte ferma un instant les yeux, et crut entendre les dernières paroles prononcées par Zéphyrin agonisant :

« Il n'a été envoyé qu'aux brebis perdues... »

Levant la tête, il contempla l'assistance des fidèles et dit :

— Afin que survive la gloire de Dieu et que survive la Foi dans toute sa vérité, que mes successeurs se souviennent de ce temps. Que l'Église ouvre ses portes, qu'elle ne se replie pas sur elle-même telle une vieille femme acariâtre enfermée dans de stériles certitudes. Que jamais elle ne suive le courant des fleuves, mais qu'au contraire elle soit ce courant. La force du Nazaréen fut avant tout dans sa rupture avec les préjugés et dans son infinie tolérance. La tolérance n'est autre que l'intelligence de l'âme : je souhaite à l'Église des siècles à venir l'intelligence de l'âme.

Ces quelques mots prononcés, le Saint-Père entama la distribution de l'eucharistie. Assisté d'Astérius, il se dirigea vers le premier rang. De loin en loin, il reconnut des visages familiers. Alexianus le boulanger, Aurélius le licteur, Justinien le décurion. Humbles et riches, chaque semaine, sans discontinuer, des hommes de tous bords étaient venus grossir les rangs de la chrétienté.

C'est alors qu'il la vit.

Certes, ses cheveux avaient blanchi, quelques rides

marquaient son front, mais sa silhouette avait conservé la même harmonie et demeurait toujours l'expression ardente et volontaire de ses yeux. Leurs regards se confondirent, intenses, l'un et l'autre, vacillant sous la brusque marée des souvenirs.

La main de Calixte trembla légèrement en lui présentant l'eucharistie. Il crut percevoir un frémissement de ses lèvres. Leurs doigts se frôlèrent. Elle inclina son visage, ferma les paupières. Il continua de célébrer l'office.

Chapitre 62

Mai 221

Un printemps superbe coulait le long des rives du Tibre. Deux années venaient de s'écouler sans qu'aucune nouvelle menace ne vînt peser sur la communauté. Le champion impérial du monothéisme solaire, non plus que sa famille, ne chercha à ranimer le temps des persécutions. Il était probable qu'Elagabal et les siens en étaient arrivés à la conclusion que tôt ou tard, le christianisme serait absorbé par la nouvelle religion, et qu'il se rendrait au culte de Baal.

C'est exactement le contraire qui se produisait. Depuis qu'il dirigeait l'Eglise, Calixte pouvait constater tous les jours que l'expansion de la foi chrétienne contrastait avec la récession des mythes païens. Le monde gréco-romain ne se convertissait que sporadiquement au culte de Mithra ou à celui de Cybèle, alors qu'affluait vers les églises un nombre croissant de personnes désireuses d'adhérer à l'enseignement du Christ. Plus de deux siècles après le Golgotha, et bien qu'il fût difficile de faire une estimation précise, on pouvait évaluer aujourd'hui les chrétiens à près de quinze pour cent de la population de l'Empire. Et ce n'était point une évaluation téméraire. En dépit de ces éléments propices, Calixte demeurait inquiet.

A travers les branchages, le soleil couchant faisait des reflets jaunes qui s'allongeaient au-dessus des catacombes.

Calixte s'immobilisa à proximité d'un lucernaire. Sous ses pieds, il y avait l'immense dédale et les centaines de loculi encastrés dans les murs. Il avait réussi sa mission. Par ses soins, le cimetière de la communauté romaine de la via Salaria avait été définitivement transporté ici, sur la voie Appienne, aux cryptes de Lucine. Ce lieu était devenu le cimetière officiel de toute la chrétienté romaine.

Il eut une pensée mélancolique pour ceux qui reposaient au-dessous de la terre. Le pape Victor, Zéphyrin, Flavia dont il avait fait déplacer la sépulture. Les innombrables anonymes... Désormais à la droite du Père.

Je ne suis pas venu appeler les Justes, mais les pécheurs.

Soudain, il eut très peur. Il venait de prendre conscience de l'audace des réflexions qui depuis ces derniers mois n'avaient cessé de le poursuivre. Qui donc était-il pour remettre en question les dogmes séculaires ? D'autres étaient venus avant lui, bien supérieurs, cent fois plus savants. Voici que l'ancien esclave se prenait pour Pierre. Il se sentit terrorisé à l'idée qu'il risquait à son tour de devenir un hérésiarque.

Il se laissa brusquement tomber à genoux et noua les doigts.

— Mon Dieu... Je ne suis qu'un voleur repenti. Je n'existe et n'existerai qu'à travers vous... Aidez-moi, Seigneur... Aidez-moi...

*

Lorsque l'on vint frapper à sa porte, il faisait encore nuit. Il reconnut immédiatement son diacre Astérius. Il était accompagné d'une femme âgée, les traits défaits, les yeux rougis de larmes.

— C'est ma mère, balbutia Astérius. Elle travaille au palais, au service de Julia Moesa, la grand-mère de l'empereur. Cet après-midi, son service accompli, ma mère a regagné sa chambre pour découvrir que Gallius mon jeune frère avait disparu. Elle a bien sûr imaginé qu'il jouait, ainsi qu'il lui arrivait parfois, dans les ruelles avoisinantes. Mais elle n'a trouvé aucune trace.

— A-t-elle interrogé l'entourage ?

— Bien sûr. Elle a littéralement harcelé les serviteurs qui travaillent au palais. Rien.

— Ensuite ?

— C'est seulement il y a environ une heure que l'un des eunuques lui a confié que l'enfant avait été enlevé sous les ordres de Moesa elle-même.

— Mais pourquoi ? Pour quelle raison ?

— Pour le sacrifice.

Cette fois, c'était la mère d'Astérius qui avait répondu.

— Le sacrifice ?

— J'en suis certaine. Les monstres syriens vont offrir mon fils à leur dieu. C'est toujours ainsi lorsqu'un enfant disparaît.

— S'il est vrai que les pires déviations sont à mettre au crédit de ces individus, un sacrifice humain me semble...

— Saint-Père, un cœur de mère ne se trompe jamais. D'ailleurs l'eunuque me l'a affirmé. Ils ont conduit Gallius dans leur sanctuaire maudit. Il est peut-être déjà trop tard.

Calixte jeta un coup d'œil embarrassé en direction de son diacre.

— Mais que puis-je faire ?

Cette fois encore, la mère répondit. Elle fit d'une voix suppliante :

— Me ramener mon enfant...

— Femme, je n'ai aucun pouvoir !

— Pardonnez-lui, intervint Astérius, elle est convaincue qu'il n'existe que vous au monde pour lui rendre Gallius.

— Si, si, répéta la malheureuse. Vous pouvez, vous êtes le Christ, vous avez le pouvoir.

Calixte passa une main sur la joue de la femme.

— Non, fit Calixte avec indulgence, je ne suis pas le Christ. Néanmoins je veux bien tenter de retrouver ton fils.

Elle voulut lui embrasser la main, mais il l'en empêcha et l'invita à s'asseoir.

— Tu vas nous attendre ici, tandis qu'Astérius et moi nous partirons à la recherche de l'enfant. Promets-moi de ne pas quitter cette maison.

— Je ferai tout ce que vous voudrez, mais je vous en conjure, ramenez le petit.

Il fit signe au diacre de le suivre.

Un instant plus tard ils prenaient la direction du Palatin. Si la femme avait raison, c'est là-bas qu'on avait une chance de trouver Gallius.

*

Une seule torche éclairait l'entrée du sanctuaire, et si l'on n'avait perçu par intermittence des accents de musique, on aurait pu croire le lieu désert.

Astérius et Calixte gravirent lentement les marches de marbre rose. Il flottait dans l'air nocturne un mélange imprécis de myrrhe et d'encens. Ils franchirent la salle hypostyle aux colonnes recouvertes de dessins lascifs. Là-bas, on commençait de distinguer des lueurs, des ombres.

Ils firent encore quelques pas. Devant eux apparut la pierre noire, le bétyle, symbole des adorateurs de Baal. Tout autour, des danseuses dénudées tourbillonnaient telles des lucioles affolées.

Le diacre désigna un point sur la droite.

Une silhouette venait de surgir des ténèbres. C'était un adolescent adipeux, fardé à outrance, vêtu d'une longue robe damassée.

L'empereur... Elagabal, seigneur du haut lieu.

Calixte ne put s'empêcher de penser : quelle dérision...

A ses côtés, deux femmes étaient apparues. La plus âgée d'entre elles n'était autre que Moesa, grand-mère du César.

Les danses s'étaient faites plus suggestives. Les corps voilés de sueur ondulaient sous l'œil torve de l'adolescent. Lorsque enfin les chants se turent, les danseuses s'immobilisèrent pour livrer passage à trois personnages, des hommes, qui portaient haut au-dessus de leurs têtes, le corps d'un enfant inconscient.

— C'est lui , chuchota Astérius... C'est mon frère Gallius.

On coucha l enfant sur un autel d'ivoire.

Serait-ce possible ? Cette grotesque cérémonie pouvait-elle déboucher sur un meurtre ?

L'un des personnages, le plus grand, prit Julia Moesa par le bras et l'attira jusqu'au pied de l'autel.

— C'est Comazon, chuchota Astérius.

Calixte examina plus attentivement l'individu. Le nom ne lui était pas étranger. Comazon Eutychianus. Quelqu'un que tout Rome s'accordait pour juger hors du commun. Figure orientale singulière. Avant de devenir le favori de Moesa, il avait parcouru un cursus tout à fait impressionnant. Affranchi, marin, préfet du prétoire, préfet de la ville et deux fois consul. A plus d'un titre, la promotion étonnante de cet homme marquait comme la fin d'un monde. Rome conquise par l'Orient.

— Elagabal! Dieu-soleil! Tu as chassé les ténèbres et l'obscurité avec les rayons de tes yeux. Ô chaleur qui entretient la vie. Rayonnant qui se lève dans l'horizon. Vivant qui ouvre la nuit!

La voix de Comazon avait claqué forte et claire sous la voûte.

Une femme aux lèvres peintes, aux paupières couvertes de cendre, s'approcha de l'autel. Lentement, elle empoigna une dague au manche cerclé de pierres fines.

— Saint-Père, il faut agir...

Les incantations avaient repris. La femme leva le bras, prête à frapper.

— Arrêtez! Au nom du Seigneur, je vous ordonne d'arrêter!

La femme se figea, cependant que tous les visages convergeaient vers Calixte.

Affolé, Elagabal chercha le regard de sa grand-mère, laquelle semblait tout aussi décontenancée. Seul Comazon conservait son calme.

— Qui es-tu, pour oser interrompre l'heure sacrée?

— Un homme respectueux de la vie d'autrui. Je viens reprendre cet enfant pour le rendre à sa mère.

Il se dirigea d'un pas ferme vers l'autel.

— Emparez-vous de lui! ordonna Comazon.

En un éclair, les prêtres se jetèrent sur Calixte et son diacre et les immobilisèrent.

Elagabal, rassuré, s'approcha des deux hommes et les examina à la manière de quelqu'un qui découvre une bête curieuse.

— Qu'on les tue! vociféra un prêtre.

— Ils ont commis un sacrilège!

Comazon, toujours aussi maître de lui, intima le silence

— Ton nom, interrogea-t-il en plongeant un œil froid dans celui de Calixte.

— Calixte...

— Je le reconnais, lança Bara, le plus agressif de tous. C'est un chrétien. C'est même leur chef.

— Leur chef ? fit Comazon, brusquement intéressé.

— C'est exact. A présent, que l'on me rende cet enfant. Vous n'avez pas le droit de commettre...

— Nous n'avons pas le droit ?

Pour la première fois, Elagabal intervenait.

— Ne sais-tu donc pas que le dieu solaire possède tous les pouvoirs ?

— Il n'existe pas de dieu solaire, mais uniquement un seul Dieu : le Christ, Notre-Seigneur.

— Sacrilège ! hurlèrent les prêtres.

— Ainsi, reprit Elagabal, tu affirmes qu'il n'y a pas de dieu solaire et que Baal n'existe pas.

— Baal n'est rien d'autre qu'une chimère, pareille à toutes ces effigies romaines dépourvues de sens : Cybèle, Arès, Pluton... Votre Baal n'a pas plus de pouvoirs que le bétyle qui le représente.

Ces propos eurent pour effet d'attiser plus encore la haine des prêtres.

Bara s'empara de la dague destinée à l'enfant et la pointa sur la gorge de Calixte.

— Pas encore ! ordonna Elagabal. Cet homme m'amuse.

Calixte répliqua avec une passion soudaine :

— César, vous êtes encore un enfant. N'écoutez pas ces gens qui vous font grandir dans l'erreur. Je vous amuse peut-être, mais ne voyez-vous pas que vous êtes vous-même le jouet de ces gens ? Il n'est pas un seul parmi eux qui ne rie de vous en aparté. Que ce soit cet individu — il pointa son index sur Comazon — ou ces caricatures de prêtres, tous vous méprisent et ne cherchent rien de plus que de vivre le pouvoir à travers vous.

C'est à ce moment que Julia Moesa se pencha vers son petit-fils et lui glissa quelques mots que nul n'entendit. Elagabal parut tout d'abord surpris, on le vit méditer, et pour finir il acquiesça du regard.

— Relâchez le chrétien, laissa-t-il tomber d'une voix monocorde. Et rendez-lui l'enfant.

Se tournant vers Calixte, il ajouta :

— Ainsi tu sauras que le dieu Baal sait se montrer magnanime. Violent, mais aussi doux comme le soleil.

Les prêtres, Bara en tête, déclenchèrent un concert de protestations. A leurs yeux le chrétien méritait cent fois la mort. Mais, d'une voix qui ne souffrait aucune contradiction, Julia Moesa leur intima l'ordre d'obéir.

Alors Calixte souleva le petit Gallius toujours inconscient et, suivi de son diacre, il se dirigea vers la sortie du sanctuaire.

Moesa se pencha à nouveau vers Elagabal.

— C'est bien, Majesté, vous verrez que j'ai eu raison. On m'a appris qu'il valait mieux se méfier de ces chrétiens. Ils sont capables de jeter des sorts. Des sorts terribles.

Elagabal ne parut pas entendre. Peut-être pensait-il à ce que lui avait dit l'homme, et une expression d'enfant traqué illumina furtivement ses yeux.

Chapitre 63

Rome, 18 février 222

— Saint-Père, je ne voudrais pas te presser, reprit Hyacinthe, mais je te rappelle que...

— Oui, je sais. Les plus hauts dignitaires de l'Église d'Occident et quelques-uns de ceux d'Orient attendent mon bon vouloir. N'aie crainte, ils n'attendront pas longtemps.

Les deux hommes quittèrent la pièce et traversèrent le portique. En ce mois de février, le jardin intérieur de la villa Vectiliana récemment restaurée avait perdu quelque peu de son éclat, d'autant qu'aux branches dépouillées qui surplombaient un tapis de feuilles mortes s'ajoutait la nudité des socles de marbre débarrassés de leurs idoles mythologiques.

Ils croisèrent un trio de femmes vêtues de lin blanc, pensionnaires de la demeure, occupées à balayer les allées.

Une fois devant le tablinium, ils en repoussèrent la tenture. La vaste pièce était froide malgré le feu qui se consumait dans l'un des braseros. Seuls deux hommes étaient présents. Le premier était Hippolyte, l'autre le clerc Astérius. Ce dernier tendit à Calixte un parchemin.

— Voici la rédaction définitive.

Hippolyte rectifia, d'un geste sec, un invisible pli de son pallium et déclara avec une colère rentrée ·

— Frère Calixte — depuis la nomination du Thrace, il évitait systématiquement d'employer à son égard les titres de Père, ou de Saint-Père —, une dernière fois je viens te supplier de renoncer à proclamer cet édit !

Calixte secoua la tête avec lassitude.

— Nous nous sommes expliqués plus d'une fois sur cette affaire. Tu ne conçois l'Église que comme une communauté de saints. Je ne déprécie pas la grandeur de cet idéal, mais cependant tu dois comprendre que...

— Tu ne le déprécies pas, mais tu y renonces ! Comme tu renonces au message du Seigneur. Il a dit . *Soyez parfaits comme l'est votre Père aux cieux.*

— Hippolyte, quand donc apprendras-tu à ouvrir les yeux ? Ne vois-tu pas ce qui se passe dans ce monde en perpétuelle évolution ? Si l'Église ne contribue pas à soulager la désespérance des hommes, leurs conflits intérieurs, si elle ne les aide pas à vivre le quotidien en harmonie avec les principes que nous prêchons, toute l'aventure du Fils de l'Homme sera reléguée un jour au rang d'une merveilleuse mais inutile histoire. Et ce printemps dans le cœur des peuples aura vécu

— Comment peux-tu imaginer...

— Écoute-moi donc. Il ne se passe pas de mois sans que nous soyons confrontés au désespoir de ces chrétiennes condamnées à vivre un concubinage dégradant sous prétexte que la législation romaine s'entête à proscrire le mariage de deux êtres dès lors que l'un d'entre eux est de condition inférieure. Toute femme de rang sénatorial venant à épouser un homme n'ayant pas titre de clarissime perd son titre et ne peut même plus le transmettre à ses enfants ! Tu connais les conséquences de cette situation tout aussi bien que moi : les chrétiennes de haut rang qui n'ont point abjuré tout orgueil aristocratique, et qui ne veulent ni devenir infidèles à l'Église en épousant un païen de leur condition, ni déchoir de leur dignité en s'alliant à un chrétien sans naissance, ces femmes vivent une situation sans issue.

Le visage d'Hippolyte s'empourpra et il martela sa réplique avec une hargne disproportionnée :

— L'Église ne doit reconnaître que les unions approuvées par la législation romaine ! Aller contre cette législation serait reconnaître purement et simplement le concubinage : l'union hors la loi !

Calixte domina le prêtre du regard un court instant et demanda avec calme :

— Ton intervention est-elle terminée, frère Hippolyte ?

— Non ! Tu sais parfaitement qu'il existe un autre point sur lequel je te demande de revenir. Autrement plus grave !

— Le problème de la discipline pénitentielle...

— Fornication, homicide et apostasie sont des péchés irrémissibles ! Souviens-toi des recommandations sacrées.

Calixte approuva de la tête et récita d'une voix morne :

— Je m'en souviens : « Dès lors qu'un homme vient à commettre l'une de ces fautes, il se doit de coucher dans la cendre, affliger son corps par un extérieur inculte et son âme par la tristesse. Compenser son péché par des austérités. Observer un régime simple ayant égard, non à la satisfaction du ventre mais à la conservation de la vie. Gémir nuit et jour vers Dieu. Se rouler aux pieds des prêtres et s'agenouiller devant ses propres frères. Solliciter sans répit l'intercession devant tous les fidèles. Car quiconque s'est rendu coupable des trois péchés irrémissibles doit en faire pénitence, et n'attendre le pardon que de Dieu, et de Dieu seul. »

620

— Cela me semble clair.

— Le pardon de Dieu seul, répéta le nouvel évêque de Rome d'un air songeur. C'est-à-dire traîner sa vie comme on traîne une maladie honteuse, dans l'espoir d'une rémission après la mort. Et d'après toi, Hippolyte, ce serait là l'héritage du Nazaréen ? Faut-il donc dans l'Église vivre de mépris, comme si la douleur d'un membre n'était pas celle de tous ?

— Absoudre le meurtre, les plaisirs de la chair, le blasphème contre l'Esprit-Saint ? Mais c'est aller contre les principes divins ! Comment le faire admettre à un personnage dont la formation théologique est...

— Tu sembles oublier que j'ai bénéficié des cours de Clément d'Alexandrie, coupa Calixte.

— Les bons préceptes n'agissent pas également sur tous les terrains. Il y a la bonne terre, et les cailloux du chemin.

Hyacinthe ouvrit de grands yeux affolés.

— Frère Hippolyte !

— Laisse, fit Calixte très calme. Pour lui, je suis toujours resté un banquier véreux et un faussaire.

— Qu'importe ce que tu es, reprit avec fougue le prêtre. Mais je te demande, je te supplie de ne pas publier cet édit. Tu fermerais les portes de l'éternité à tous les malheureux qui se risqueront à appliquer tes consignes !

— Une fois de plus tu fais erreur. Ces portes, nous les fermerons bien davantage si nous excluons de l'Église les grands pécheurs. Il a dit : *Je suis venu pour les malades et non pour les bien-portants.*

Le visage d'Hippolyte prit l'aspect d'un masque de pierre.

— Tu es habile à citer l'Écriture conformément à tes vues. Mais prends garde, Calixte, prends garde !

Avant que le nouveau pape ait eu le temps de lui demander de s'expliquer, son rival avait soulevé la tenture et gagné l'atrium d'où s'élevaient déjà les échos d'une assistance impatiente.

Hyacinthe se contenta de déplorer :

— Dommage... Nous aurions eu besoin d'un théologien et d'un écrivain de sa trempe.

— Je n'arrive pas à comprendre l'entêtement qu'il met dans toutes ses oppositions, s'interrogea Astérius.

— Que veux-tu, soupira Calixte désabusé, Hippolyte et moi sommes rivaux depuis — il esquissa un sourire lointain — depuis le jour où j'ai poussé son père dans le bassin d'un impluvium. Et sans doute n'arrive-t-il pas à admettre que je sois devenu ce que je suis. Maintenant, allons-y. Le temps presse.

Ils gagnèrent l'atrium à leur tour et passèrent dans le péristyle. Une assemblée compacte d'environ deux cents hommes les accueillit avec une évidente satisfaction. Rien dans leur attitude ni dans leurs vêtements ne permettait de les distinguer du simple citoyen, et pourtant ils constituaient le plus illustre groupement d'évêques de tout l'Oïkouméné.

Quelques années plus tôt, il eût été pure folie de réunir tous ces hommes en un seul lieu, mais aujourd'hui les temps avaient changé. De nouveaux bouleversements étaient intervenus dans les affaires de l'Empire. Élagabal était allé rejoindre dans le sang ses deux prédécesseurs. Aujourd'hui, depuis six mois, le nouveau César n'était autre qu'Alexandre Sévère, dernier rejeton mâle de la dynastie sévérienne, fils de Julia Mammaea. Et Calixte avait reçu des assurances de celle qui avait toujours porté un regard indulgent et intéressé sur le christianisme : rien ne serait tenté contre les chrétiens.

Il prit place sur la chaise curule qui lui était réservée. Elle était la seule dressée au centre du péristyle. Tout autour, les allées étaient bordées par les escabeaux devant lesquels attendaient les évêques. Calixte leur fit signe de s'asseoir en premier, ne voulant être considéré par eux que comme leur primus inter pares [1].

Ils s'exécutèrent, à l'exception de quelques-uns qui persistèrent à demeurer debout. Ils formaient le noyau dur et conservateur de la chrétienté. A peine le silence fut-il instauré que la voix de leur chef s'éleva :

— Vous savez ce qui nous sépare, commença-t-il fermement, nous en avons assez débattu ces temps derniers. Cet édit est une infamie ! Vous allez plonger l'Église dans un drame aux conséquences incalculables !

— C'est faux, faux ! protestèrent des voix.

— Vous allez abolir toute discipline ! Le pardon des péchés irrémissibles ne peut dépendre de la hiérarchie ecclésiastique !

Hippolyte prit un instant son souffle et, fixant Calixte droit dans les yeux, conclut :

— Tu n'es pas le Christ !

Le pape se dressa lentement et affronta son contradicteur.

— Je suis Pierre. Et Il a dit : *Tu es Pierre et sur cette pierre je bâtirai mon Église, et les portes de l'enfer ne prévaudront pas contre elle. Je te donnerai les clefs du royaume, et ce que tu lieras sur terre sera lié dans les cieux, ce que tu délieras...*

Hippolyte prit l'assemblée a témoin

— Ce qui ne signifie en rien que Notre-Seigneur conférait à Pierre le pouvoir de remettre les péchés irrémissibles. Nous savons que l'absolution de ces péchés ne peut être donnée que par le Père lui-même. Seul compte le pardon de Dieu.

1. Le premier d'entre les égaux.

— Nous *sommes* le pardon de Dieu.

Les traits d'Hippolyte se figèrent.

— Oui, nous sommes le pardon de Dieu, appliqué désormais par la main de l'homme.

— Hérésie !

Le mot avait été lâché. Il se produisit dans la foule un remuement considérable. Calixte reprit sans se départir de son calme :

— Venez à moi vous qui peinez et ployez sous le fardeau, car moi je vous soulagerai. Car je suis doux et humble pour les cœurs. Vous trouverez alors le soulagement pour vos âmes. Entends-tu, frère Hippolyte ? *Soulagement pour vos âmes !* Mon seul désir est de ne pas refouler nos frères dans un désert. On ne peut réclamer à l'homme que des efforts humains !

— Tes frères te renieront pour cela !

— Non, Hippolyte, je suis le Bon Pasteur, je connais mes brebis et mes brebis me connaissent !

Se tournant vers l'assistance, Calixte poursuivit :

— Et moi je vous dis qu'il n'y a pas de fatalité quand existe l'amour. Qu'est donc notre Foi si ce n'est une foi d'amour ?

Se tournant vers le groupe de protestataires, il lança avec ferveur :

— Savez-vous vraiment ce qui nous divise ? C'est que là où je vois une faute, vous voyez un crime. Là où j'entends une plainte, vous n'entendez que blasphème !

Indifférent, Hippolyte laissa tomber avec ironie :

— Tu manies bien le verbe...

Et sans attendre il harangua la foule :

— En laissant cet homme nous convaincre que l'évêque de Rome détient des pouvoirs infinis, jusqu'à déterminer lui-même les limites du Bien et du Mal, vous vous engagez sur la voie de l'orgueil. Celle de votre perte. Sachez donc que nous ne vous suivrons pas sur ce chemin !

— Vous ne songez pas...! s'écria Astérius.

Éludant volontairement toute explication complémentaire, Hippolyte fit volte-face et se dirigea vers la sortie de la demeure, suivi par ses disciples.

Calixte fut le premier à réagir.

— Astérius, rattrape notre frère et tâche de le dissuader de prendre une décision regrettable.

Astérius s'exécuta. Calixte, songeur, le vit disparaître derrière les colonnades. Au fond de lui il savait qu'il était trop tard : un schisme, le premier de l'histoire de l'Église naissante, était inéluctable.

— Saint-Père, intervint alors timidement Hyacinthe en tendant le parchemin, objet du litige.

— Lis, fit simplement Calixte.

Alors le vieil homme commença d'une voix haute :

— « Moi Calixte, évêque de Rome, vicaire de Notre Seigneur Jésus-Christ, gardien des clefs du royaume, édicte à ce jour remettre les péchés de la chair, les homicides ainsi que l'idolâtrie, et j'en promets l'absolution par pénitence. De surcroît, là où la loi romaine dit : Pas de mariage pour les esclaves, je dis que désormais tout mariage entre esclaves sera aussi sacré qu'entre les hommes libres. De même sera reconnue valide dès cette heure l'union entre deux chrétiens, quel que soit le rang occupé par l'un ou l'autre. J'affirme que de telles unions seront légitimes devant Dieu.

« Ainsi, toute femme constituée en dignité, si elle est sans époux et dans l'ardeur de sa jeunesse, ne désirant pas perdre sa dignité en contractant un mariage légal, cette femme pourra prendre pour époux soit un esclave, soit un homme libre et le considérer comme époux légitime.

« Vale. »

Et à mesure que s'envolaient les mots prononcés par Hyacinthe, Calixte prit brusquement conscience que tout dans son enfance, sa jeunesse, ses déchirures, ses rares instants de bonheur, ses ambitions et ses renoncements, tout avait conspiré pour le conduire ici, à cet instant. L'esclavage, Apollonius, l'évasion avec Flavia, Carpophore, le capitaine Marcus, Clément et la force de son enseignement, les mines de Sardaigne, Zéphyrin, son ami et prédécesseur, enfin et surtout sans doute, l'amour impossible qui le liait à Marcia. Tout cela lui apparaissait à présent comme la trame logique de sa destinée.

Noyé dans ses pensées, il sursauta presque lorsque Hyacinthe lui remit l'édit. Il y apposa sa marque, les principaux évêques firent de même. Cette fois, rien ne pourrait plus arrêter le processus.

15 octobre 222

Blottie dans l'ombre de la ruelle, la femme attendit longtemps qu'il eût quitté la villa. Il passa à quelques pas d'elle sans se douter de sa présence, et se dirigea à longues enjambées vers le pont Aurélius.

Brusquement, elle eut la prescience que quelque chose d'anormal était en train de se produire.

Calixte venait de s'arrêter à l'entrée du pont. Des inconnus lui barraient le passage.

— Que voulez-vous ? Laissez-moi passer !

— Alors, chrétien, on a encore offert une pauvre vierge à son dieu ?

— Vous êtes stupide, laissez-moi passer !

— Et l'insulte prompte avec ça ! Tu ne nous reconnais donc pas ? Je suis Bara, le prêtre de Baal.

— Je ne connais pas de prêtre de Baal. Laissez-moi passer !

L'homme avait saisi violemment Calixte par sa tunique. D'autres voix se mêlèrent à la sienne.

— Allons, ne ruse pas. Tu n'as pas pu oublier. La cérémonie, cette nuit-là dans le sanctuaire. Tu as commis le sacrilège de nous interrompre pour récupérer le frère de ton diacre. Tu te souviens ?

— Je vois... Vous avez la rancune tenace. Voilà près de sept mois qu'Elagabal a été assassiné et que votre pierre sacrée a repris le chemin d'Emèse.

— Blasphémateur !

Calixte se libéra fermement du bras qui le retenait et tenta de se frayer un chemin à travers le petit groupe de curieux qui s'était formé.

— C'est un chrétien ! hurla quelqu'un. Comme tous ceux de sa race, il n'a que mépris pour les autres croyances !

— Des assassins !

— Des comploteurs !

Une fois de plus, il fut forcé de constater avec tristesse que paradoxalement, si les relations de l'Église et de l'État s'étaient nettement améliorées au cours des dernières années, l'agressivité et la hargne imbécile du peuple à l'égard des chrétiens n'avaient guère changé.

— On ne traite pas ainsi un grand prêtre !

Bara s'était rapproché.

— Mon ami a raison. Pour te faire pardonner, je te propose de participer à une de nos cérémonies. Tu y louerais le vrai dieu. Le seul.

— Croyez-vous donc que mon Dieu soit interchangeable ? Non, chez nous point d'astre solaire qui remplace Vénus

627

Calixte essaya une nouvelle fois de repartir, mais le cercle se resserra autour de lui.

— Mépris!

— Un comploteur!

— Des assassins!

— Alors, souffla Bara, tu les entends? Il ne serait pas impossible que ce soit l'un des tiens qui ait tué ce pauvre Élagabal!

— Absurde! Tout le monde sait qu'il a été assassiné au cours d'une émeute de prétoriens. Il suffit maintenant! Rentrez chez vous!

— Tu n'éprouves donc aucune honte?

— J'ai honte pour toi et pour tous ceux qui se prosternent encore devant des statues!

Le couteau jaillit en plein soleil.

Presque simultanément il y eut un cri. Un cri de femme qui heurta sa mémoire au moment précis où la lame transperçait sa poitrine.

Il y eut un deuxième coup, puis un troisième, et Calixte se dit que c'était donc ainsi que les hommes assouvissaient leur mépris de Dieu.

Et à nouveau ce cri.

Étrange... Il ne pensait pas qu'il allait mourir, mais seulement à identifier l'origine de ce cri.

Quand la femme réussit enfin à se frayer un passage parmi la foule déchaînée, il baignait déjà dans une mare de sang.

Elle le prit entre ses bras et cria son nom. Une fois, cent fois. Et sa voix résonna dans la ville à la manière d'un cri fauve de louve à qui on enlève ses petits.

Elle se coucha sur lui pour lui faire un rempart de son corps.

Il entrouvrit à peine les yeux. Il la vit et sourit.

NOTES COMPLÉMENTAIRES
DE L'AUTEUR

Calixte mourut ce 15 octobre 222. Son corps fut jeté dans un puits. Le diacre Astérius retira la dépouille. Il l'aurait ensevelie dans le cimetière dit « de Calipodius » sur la voie Aurélienne.

Le pape Jules II fit élever une basilique en sa mémoire (Santa Maria in Trastevere), et l'Église le vénère en tant que pape et martyr.

En dépit des violences de ses opposants, l'édit sur l'absolution des péchés irrémissibles s'imposa partout. Il n'a plus été remis en cause.

La question de la patrie d'origine d'Hippolyte reste posée. Le P. J.-M. Hanssens (*La Liturgie d'Hippolyte*) avance qu'il serait d'origine égyptienne, d'autres qu'il serait de souche romaine.

Après avoir régné en anti-pape, Hippolyte fut déporté en Sardaigne vers 235, en compagnie du pape Pontien, sous la persécution de l'empereur Maximin.

Tous deux moururent martyrs et leurs corps furent ramenés à Rome. Ils furent par la suite semblablement honorés par l'Église. Avant sa mort, Hippolyte engagea ses fidèles à rallier la grande Eglise.

En 1551 on exhuma sur le territoire de l'ancien cimetière de la voie Tiburtine une statue mutilée qu'on reconnut pour celle d'Hippolyte. Cette statue érigée de son vivant par ses disciples nous fait connaître les œuvres rédigées par lui.

En 1842, Mynoïde Mynas rapporta du mont Athos à Paris les *Philosophoumena*. Cet ouvrage, qui fut écrit plusieurs années après la mort de Calixte, contient toute la synthèse des ressentiments éprouvés alors par Hippolyte à l'égard de celui qu'il considérait comme son rival. L'Église catholique y est dépeinte, entre autres, comme la « secte de Calixte ».

DU MÊME AUTEUR

Aux Éditions Denoël

AVICENNE OU LA ROUTE D'ISPAHAN, *roman*, 1989 *(Folio, nº 2212)*.

L'ÉGYPTIENNE, *roman*, 1991 *(Prix littéraire du quartier Latin, 1991) (Folio, nº 2475)*.

LA POURPRE ET L'OLIVIER, *roman*, 1992 (nouvelle édition révisée et complétée) *(Folio, nº 2563)*.

LA FILLE DU NIL, *roman*, 1993 *(Folio, nº 2772)*.

LE LIVRE DE SAPHIR, *roman*, 1995 *(Folio, nº 2965)*.

L'ENFANT DE BRUGES, 1999 *(Folio, nº 3477)*.

COLLECTION FOLIO

Dernières parutions

Composition Bussière
et impression Bussière Camedan Imprimeries
à Saint-Amand (Cher), le 11 juin 2001.
Dépôt légal : juin 2001.
1ᵉʳ dépôt légal dans la collection : février 1994.
Numéro d'imprimeur : 012872/1.

ISBN 2-07-038849-2./Imprimé en France.